SANTO GUERREIRO

Outras obras do autor publicadas pela Verus

A Batalha do Apocalipse:
Da Queda dos Anjos ao Crepúsculo do Mundo

Filhos do Éden:
Livro 1 — Herdeiros de Atlântida

Filhos do Éden:
Livro 2 — Anjos da Morte

Filhos do Éden:
Livro 3 — Paraíso Perdido

Filhos do Éden:
Universo Expandido

Santo Guerreiro:
Ventos do Norte

EDUARDO SPOHR

SANTO GUERREIRO

ROMA INVICTA

5ª edição

Rio de Janeiro-RJ / São Paulo-SP, 2025

VERUS
EDITORA

Editora
Raïssa Castro
Coordenadora editorial
Ana Paula Gomes
Copidesque
Ana Paula Gomes
Revisão
Raquel Tersi

Diagramação
Beatriz Carvalho
Capa
André S. Tavares da Silva
Imagem da capa
Predrag Todorovic, *St. Georg*
Mapas
Marcelo Amaral
www.paladinopirata.com.br

ISBN: 978-85-7686-852-1

Verus Editora Ltda.
Rua Argentina, 171, São Cristóvão, Rio de Janeiro/RJ, 20921-380
www.veruseditora.com.br

CIP-BRASIL. CATALOGAÇÃO NA PUBLICAÇÃO
SINDICATO NACIONAL DOS EDITORES DE LIVROS, RJ

S749s

Spohr, Eduardo, 1976-
Santo guerreiro : Roma invicta / Eduardo Spohr. - 5. ed. - Rio de Janeiro [RJ] : Verus, 2025.
588 p. (Santo guerreiro ; 1)

ISBN 978-85-7686-852-1

1. Jorge, Santo, m. 303 - Ficção. 2. Ficção brasileira. I. Título. II. Série.

CDD: 869.3
20-66923 CDU: 82-3(81)

Meri Gleice Rodrigues de Souza – Bibliotecária – CRB-7/6439

Revisado conforme o novo acordo ortográfico.

Seja um leitor preferencial Record.
Cadastre-se no site www.record.com.br e receba
informações sobre nossos lançamentos e nossas promoções.

Atendimento e venda direta ao leitor:
sac@record.com.br

— Por que há tantas histórias de heróis na mitologia?

— Porque é sobre isso que vale a pena escrever.

Joseph Campbell e Bill Moyers, *O Poder do Mito*

SUMÁRIO

PRIMEIRO TOMO — LAIOS E POLYCHRONIA

SEGUNDO TOMO — SANGUE E FOGO

TERCEIRO TOMO — ANTIOQUIA

QUARTO TOMO — A JORNADA

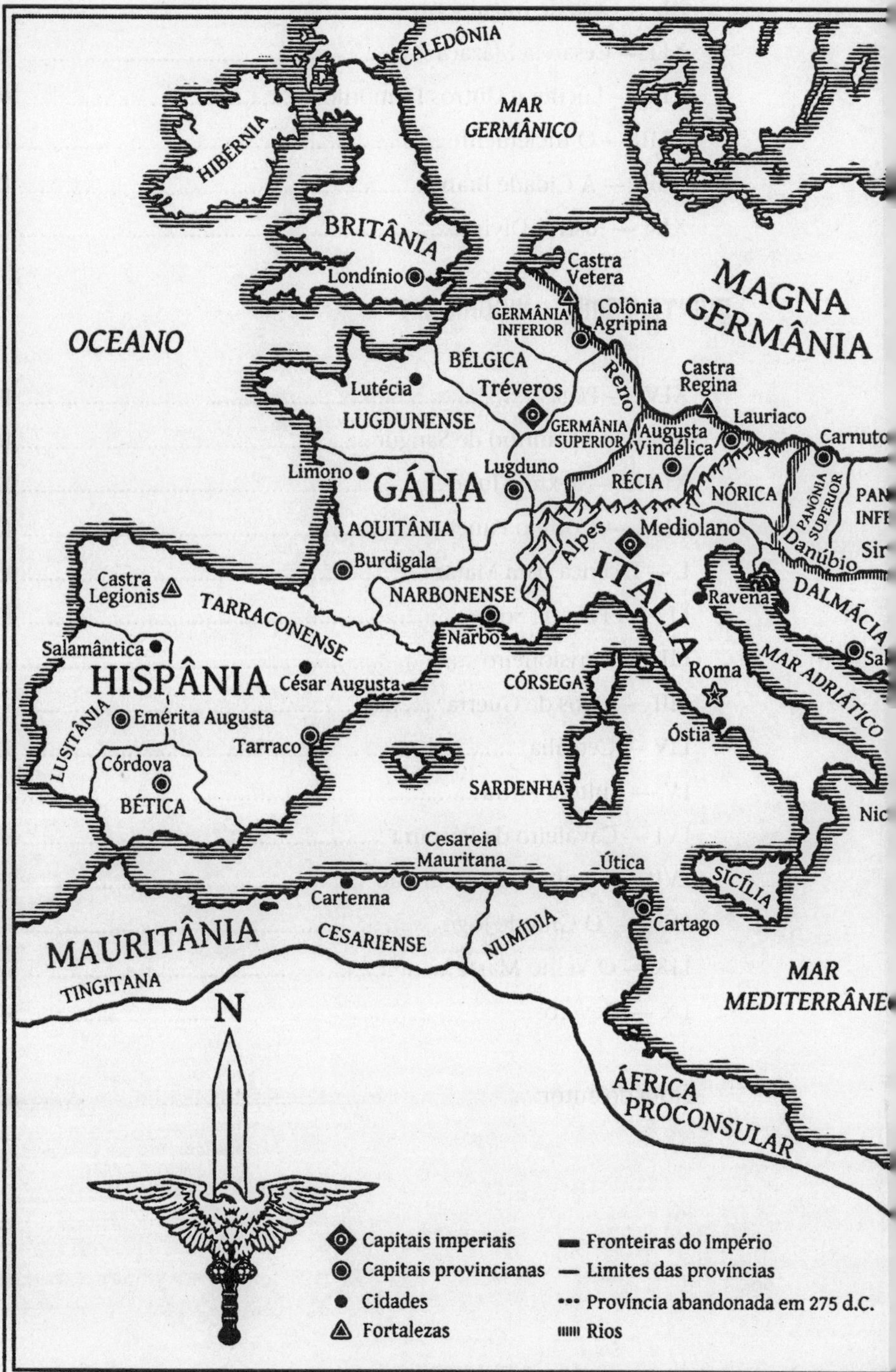

CALEDÔNIA
MAR GERMÂNICO
HIBÉRNIA
BRITÂNIA
Londínio
Castra Vetera
MAGNA GERMÂNIA
GERMÂNIA INFERIOR
Colônia Agripina
OCEANO
BÉLGICA
Reno
Castra Regina
Lutécia
Tréveros
LUGDUNENSE
GERMÂNIA SUPERIOR
Augusta Vindélica
Lauriaco
Carnuto
Limono
Lugduno
GÁLIA
RÉCIA
NÓRICA
PANÔNIA SUPERIOR
AQUITÂNIA
Alpes
Mediolano
Danúbio
Burdigala
ITÁLIA
Castra Legionis
TARRACONENSE
NARBONENSE
Ravena
DALMÁCIA
Narbo
Salamântica
HISPÂNIA
César Augusta
CÓRSEGA
Roma
MAR ADRIÁTICO
Emérita Augusta
LUSITÂNIA
Tarraco
Óstia
Córdova
BÉTICA
SARDENHA
Cesareia Mauritana
Útica
SICÍLIA
Cartenna
Cartago
MAURITÂNIA
CESARIENSE
NUMÍDIA
TINGITANA
MAR MEDITERRÂNE
N
ÁFRICA PROCONSULAR
Capitais imperiais
Capitais provincianas
Cidades
Fortalezas
Fronteiras do Império
Limites das províncias
Província abandonada em 275 d.C.
Rios

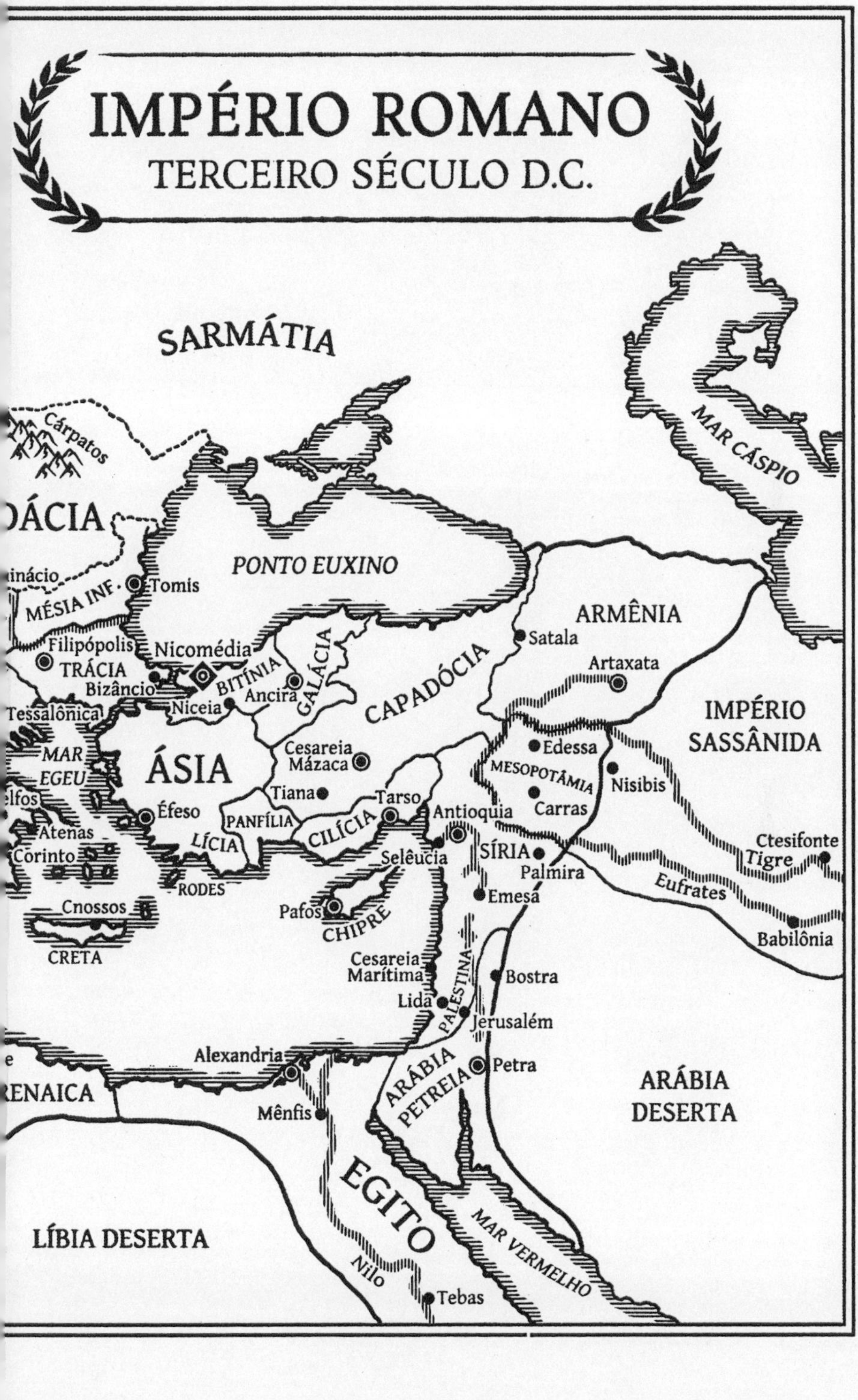
IMPÉRIO ROMANO
TERCEIRO SÉCULO D.C.
SARMÁTIA
Cárpatos
DÁCIA
MAR CÁSPIO
PONTO EUXINO
MÉSIA INF.
Tomis
ARMÊNIA
Satala
Artaxata
Filipópolis
TRÁCIA
Nicomédia
Bizâncio
BITÍNIA
GALÁCIA
Ancira
Niceia
CAPADÓCIA
Tessalônica
IMPÉRIO
SASSÂNIDA
MAR
EGEU
ÁSIA
Cesareia
Mázaca
Edessa
MESOPOTÂMIA
Nisibis
Carras
Tiana
Tarso
Antioquia
Éfeso
PANFÍLIA
CILÍCIA
LÍCIA
Atenas
Corinto
RODES
Selêucia
SÍRIA
Palmira
Ctesifonte
Tigre
Eufrates
Emesa
Cnossos
CRETA
Pafos
CHIPRE
Babilônia
Cesareia
Marítima
PALESTINA
Bostra
Lida
Jerusalém
Alexandria
ARÁBIA
PETREIA
Petra
ARÁBIA
DESERTA
RENAICA
Mênfis
EGITO
MAR VERMELHO
LÍBIA DESERTA
Nilo
Tebas

Prezado Eusébio,

Desde que voltei da Palestina, tenho pensado bastante nas coisas que o senhor me falou. O litoral da Galileia é um paraíso, repleto de animais e árvores frutíferas, o Deserto da Judeia impressiona pelas colunas de sal, e as praias do Rio Jordão parecem saídas das páginas do Gênesis. Jerusalém, em especial, é uma cidade que nos captura de diversas formas, sendo impossível descrever a sensação de caminhar por suas ruas, de explorar seus becos, prédios e sítios históricos, ainda que tenham sido grosseiramente modificados desde a época do Nazareno.

Não me cabe julgar se o que os romanos — refiro-me aos latinos, aos ocidentais, não a nós — fizeram foi certo ou errado. Na guerra, algumas medidas são necessárias, e Sexto Severo talvez não tenha encontrado alternativa à completa destruição da cidade. O importante é que agora temos a chance de restaurar o que foi devastado, de restabelecer os antigos santuários, para que o povo renove sua fé. Essa é uma tarefa que tomei como missão, ainda que não me reste muito tempo de vida. Depois que fiz setenta anos, flerto constantemente com a morte, que a cada dia tem me parecido menos terrível. É algo pelo qual todos antes de nós já passaram e todos depois de nós passarão, então, pensando friamente, não há muito que se possa fazer.

Soube também de sua mais nova obra, o *Martirológio* (é assim que se escreve?). Uma lista de santos e mártires executados desde os primórdios da Igreja até a última perseguição aos cristãos. O motivo de eu — finalmente — estar escrevendo estas linhas é tentar ajudá-lo com as glosas relativas a um indivíduo específico.

Refiro-me — como o senhor deve imaginar — a Georgios Graco, que conheci quando jovem em Bizâncio. Desde então, tive a oportunidade de acompanhar sua carreira, primeiro como cavaleiro da Púrpura, depois como tribuno, paladino e duque. Preparei — estou preparando, na realidade — uma série de textos descrevendo todas as fases de sua vida, esforçando-me para dar a eles certa qualidade literária. Para tal, tenho me inspirado nos épicos gregos. excluindo, naturalmente, suas propriedades fantásticas. Zelei antes de tudo pela verdade. Entrevistei soldados, oficiais, sábios, escravos e professores que.

de uma forma ou de outra, tiveram contato com o santo, além dele próprio — é óbvio — durante o período em que esteve preso na Nicomédia. Nessa ocasião, Georgios me revelou tudo o que eu precisava saber, mas eu queria ir além (ou aquém) e contar a história dos pais dele, Laios e Polychronia, porque as circunstâncias em que se conheceram são fundamentais para entendermos não só o contexto da época como os rumos que a nossa civilização tomou após a ascensão de Constantino.

O primeiro capítulo desse tomo, portanto, descreve a queda do Império de Palmira, o que considero um marco para a sociedade ocidental, sobretudo graças à atuação da rainha Zenóbia, uma mulher controversa e misteriosa cujas intenções nem mesmo eu, após vastas pesquisas, consegui decifrar. Laios, o pai de Georgios, participou como comandante nessa batalha. Polychronia, por sua vez, de acordo com todas as fontes que consultei, era uma das criadas da monarca palmirense.

O relato — como se pode notar nos manuscritos anexos — foi escrito em grego. O latim continua predominante no Oeste, mas o grego é — e provavelmente sempre será — a segunda língua do mundo. O uso do grego permitiu, também, que eu esmiuçasse alguns conceitos que seriam autoexplicativos no idioma latino. Por exemplo, a *Legio XII Fulminata* é comumente traduzida como "Décima Segunda Legião Fulminante", mas em latim "fulminante" tem o conceito intrínseco de um golpe de raio, portanto seu significado mais preciso seria "Décima Segunda Legião Armada com Raios".

Para dar credibilidade à narrativa, usei como base o ceticismo de Élis, doutrina que me ajudou a olhar os fatos e as situações com o distanciamento necessário. O próprio Georgios, apesar de o terem santificado, era um cético por natureza, herança de sua educação aristotélica. O que o transformou em herói, o que fez dele diferente de todos — ou pelo menos da maioria —, foi a capacidade de compreender as religiões, os deuses e as escrituras não enquanto forma apenas, mas enquanto metáfora, percebendo como essas mensagens se relacionam com a nossa vida. O contato com as divindades estrangeiras foi, penso eu, essencial para que ele desenvolvesse essa mentalidade lógica, o que acabaria, acredite ou não, por sentenciá-lo ao cadafalso.

Espero que considere estes pergaminhos úteis ao seu trabalho. Por favor, sinta-se à vontade para criticá-los e comentá-los. Não sou poeta e não tenho a pretensão de sê-lo, então quaisquer apontamentos seriam, para mim, de extrema utilidade.

Reforço o que escrevi nas cartas anteriores: este palácio está de portas abertas para o senhor. Em verdade, espero uma visita sua em um futuro próximo — assim podemos discutir pessoalmente tanto o seu *Martirológio* quanto o documento que se segue.

Flávia Júlia Helena, augusta de Bizâncio,
no vigésimo ano do reinado de Constantino, o Grande

PRIMEIRO TOMO

LAIOS E POLYCHRONIA

I

PALMIRA

— ISTO É PRAGA DOS DEUSES — ESBRAVEJOU AURELIANO. — SÓ PODE SER. — Desferiu um soco contra o tampo da mesa. — Péssimo agouro.

Constâncio se aproximou. Era o seu principal guarda-costas, tinha apenas vinte e dois anos e um traço característico: a tez, o cabelo e os pelos do corpo completamente brancos, o que lhe valera o apelido de Cloro, que significa "pálido" em latim.

— Os deuses nos ajudaram até aqui, césar. — Ele usou o tratamento adequado para se dirigir a Aureliano, na época o governante supremo do Leste e do Oeste. — Não há o menor risco de essa rainha síria nos derrotar. O marido dela está morto, nós a superamos em Imas e a desalojamos de Emesa. Palmira é o seu último refúgio. — E afirmou, no intuito de motivá-lo: — Zenóbia está acuada. Não tem como escapar.

— Um adversário desesperado é três vezes mais perigoso — retrucou o imperador, mal-humorado. — É isso que me preocupa.

Na tenda, ao redor deles, encontrava-se uma dúzia de homens, incluindo quatro generais, alguns oficiais de alta patente, dois condes e o idoso Numa, um eunuco nascido na Sardenha que atuava como primeiro secretário do imperador, ocupando-se de todos os registros públicos e da burocracia.

O conselho de guerra havia se reunido horas antes da grande batalha, porque Cláudio Tibério, o então líder da Legião Fulminante, morrera durante a noite após ser picado por uma cobra. Essa tropa — a Fulminante — era a mais aguerrida de todas, porém um de seus centuriões desertara, migrando para o exército inimigo, onde fora alçado ao posto de general pela própria rainha Zenóbia. Aureliano tinha esperança de que Cláudio Tibério o ajudasse a negociar a paz com Zabdas, o centurião traidor, mas com sua morte tais conversações seriam impossíveis.

O sol ainda não tinha nascido, e na tenda os braseiros estavam acesos, fornecendo luz e calor naquele fim de madrugada. O imperador ficou de pé, deu as costas para seus conselheiros e encarou a estátua em tamanho real do deus Marte, que retratava a figura de um homem em trajes militares, segurando um escudo e usando um capacete de crina alta. Ficou alguns instantes parado, quieto, tentando encontrar uma solução. Ninguém ousou interrompê-lo, até que Numa deu um passo à frente.

— O segundo em comando, logo abaixo de Tibério — murmurou —, é um sujeito chamado Laios Anício Graco. Posso sugerir o nome dele para substituir o falecido general nas negociações?

Aureliano não respondeu imediatamente. Era um indivíduo baixo, forte, de olhos azuis e cabelos grisalhos, que, como muitos césares de sua época, ascendera à Púrpura após uma coleção de vitórias. Na ocasião da batalha em Palmira, somava cinquenta e três anos. Presunçoso, arrogante e indômito, tinha a fama de ser duro com seus generais e até com alguns senadores, mas os soldados o amavam, o que era o bastante naqueles tempos de crise.

O imperador pigarreou.

— Anício? Como os Anícios da antiga República?

— O ramo grego, sim, césar.

— O que aconteceu com Oribásio? — Tornou a se virar para o conselho, gesticulando. — O senador. Irmão de Petrônio.

— Morto em Imas, césar.

— E Maximiano?

— Ferido em Tiana.

— Bom, se não tem mais ninguém, que seja ele, então. — Deu de ombros. — Que horas são agora?

— Falta pouco para o raiar do dia — respondeu Numa.

O soberano respirou fundo. Estava mais calmo, ou assim parecia.

— Deixem-me a sós — ordenou. — Preciso me deitar por alguns minutos. Quem vai entrar em contato com esse Laios Graco?

Constâncio Cloro, o guarda-costas, prontificou-se e deixou o abrigo. Lá fora, sobre uma das colinas do deserto da Síria, onde os romanos haviam montado acampamento, o jovem comentou com Numa:

— Já que o césar tanto o escuta, tente enfiar na cabeça dele que esta batalha está ganha. Não há com que se preocupar.

— Sempre há um risco — redarguiu o eunuco, em tom superior.

— Mesmo se fosse o caso, toda guerra é feita de vitórias e derrotas. Não é assim tão catastrófico perder uma ou outra batalha.

— Meu caro protetor — Numa falou pausadamente, chamando Cloro pelo título associado aos seguranças imperiais —, o senhor parece ignorar o fato de que Zenóbia é a comandante em chefe das forças palmirenses. O imperador não tem problema em perder uma batalha. Ele está é morrendo de medo de ser superado por uma mulher. Será que ainda não percebeu?

O guarda franziu a testa. Realmente não lhe tinha passado pela cabeça a questão, mas fazia sentido. Ficou em silêncio, pensativo, constrangido por não ter desvendado o mistério antes. Com ares de sábio, o secretário contemplou a abóbada celeste, que começava a assumir tons carmesins, e declarou, educado:

— É melhor o senhor se apressar. Hoje será um dia muito importante.

Enquanto os generais debatiam, em uma tenda ali perto Laios Graco fazia suas orações matinais.

Cada soldado — pelo menos é o que dizem — tem o próprio modo de se preparar para a batalha. Naqueles tempos, muitos legionários eram (ainda) fiéis seguidores dos ensinamentos de Mitra e sacrificavam uma lebre ou um pombo em seu nome. Outros recorriam ao vinho, ao sexo, ao ópio, e alguns simplesmente treinavam. Laios sempre fora da opinião de que, para lutar com energia, tudo que um homem precisa é de uma boa noite de sono.

Laios era um tribuno, um oficial da ordem dos equestres, a baixa nobreza de Roma. Naquele período específico da história, os equestres integravam a guarda montada, a tropa de elite do imperador. Eram cavaleiros, homens instruídos tanto na arte da guerra quanto em política e filosofia. Laios nascera na Capadócia, onde a cultura helênica imperava. De fato, não fossem os cabelos negros, cortados curtos, à moda romana, qualquer um o tomaria por grego na primeira oportunidade: os olhos eram castanhos, o nariz ligeiramente adunco, o rosto quadrado e a pele, morena. Quando pensava nos deuses, ele instintivamente clamava a Zeus e não a Júpiter, a Atena e não a Marte, a Afrodite e nunca a Vênus.

O rufar dos tambores o ajudou a se lembrar de sua missão, a mais difícil que já tivera. Uma hora antes recebera de Constâncio Cloro a incumbência de negociar a paz com o general Zabdas. Laios e Zabdas haviam servido juntos em inúmeras batalhas, até o último ser seduzido pelas promessas de Odenato, um aristocrata árabe que ajudara os romanos a combater os persas. Com o poder e a autonomia que conquistara, Odenato se declarara soberano da Síria, revoltando-se contra a autoridade dos césares. O imperador de Palmira — como ele gostava de ser chamado — morrera assassinado fazia dois anos, e o que parecia uma bênção acabou por se tornar um problema, pois Zenóbia, sua esposa, demonstrou ser uma líder muitíssimo mais perigosa, uma verdadeira leoa, disposta a tudo para preservar sua linhagem.

O sol acabara de nascer e o calor já era insuportável. Laios equipou-se, trajando a túnica escarlate, o colete de couro, a armadura de escamas, as grevas, os braceletes, as botas de equitação e as condecorações militares. Finalmente apanhou sua espada, a Ascalon, supostamente forjada pelo deus Hefesto nas profundezas do Monte Etna, na Grécia. Quando menino, seu pai costumava dizer que era mágica, que apenas os justos poderiam empunhá-la, mas Laios, de sua parte, nunca testemunhara nenhum efeito extraordinário da arma, exceto o fato de ser extremamente afiada, capaz de trespassar aço, bronze e ferro.

Saiu da barraca e foi saudado por seus subordinados — com a morte de Tibério, ele se tornara o comandante interino da legião. No horizonte, atrás das ondas de calor, os muros de Palmira impressionavam pelas formas em alto-relevo: uma miríade de deuses estrangeiros, que pareciam proteger a cidade. O edifício mais alto, perfeitamente visível desde a colina, não era o palácio, mas o Templo de Bel, o Senhor do Fogo, uma divindade dos tempos remotos. Lá dentro, avenidas arborizadas, jardins particulares, dutos artificiais e um amplo complexo de banhos públicos amenizavam a aridez do deserto.

Laios montou em seu corcel negro, que batizara de Tuta, dirigiu-se à comitiva imperial, cumprimentou o césar e começou a cavalgar ao seu lado.

Devidamente paramentado, Aureliano ostentava uma couraça dourada e a capa púrpura que era a marca dos soberanos de Roma. Só aquelas duas peças, calculou o tribuno, seriam suficientes para sustentar uma família plebeia por décadas.

— Quem é você mesmo? — perguntou o imperador, de repente.

— Laios Graco, césar — respondeu. — Sou o substituto de Tibério.

— Ah, sim, o grego.

— Sim, césar.

— Quero que mantenha a boca fechada durante as negociações. Não diga nada, a menos que eu lhe pergunte. Fui claro?

— Perfeitamente, césar.

Os dois prosseguiram em silêncio, escoltados por oito guerreiros a pé. Súbito, o soberano indagou:

— Serviu em Palmira, comandante?

— Sim, césar. — Não só Laios como seus colegas da Legião Fulminante estiveram estacionados na cidade por quatro anos. Quando Odenato se rebelou, os romanos voltaram à antiga base na Capadócia, mas nem todos, como era o caso de Zabdas. — Sirvo à Fulminante desde os quinze anos.

Aureliano ignorou essa última informação e mudou de assunto:

— O que sabe sobre Zenóbia? Que tipo de mulher ela é?

— Só a vi uma vez, e a distância. Sobre uma sacada, se bem me lembro. Eu recebia ordens de Tibério. Nunca cheguei a conhecer Odenato.

O imperador fez um muxoxo e puxou as rédeas do cavalo. Tirou o elmo e observou as forças palmirenses, dispostas em blocos compactos. O contingente de Zenóbia era definitivamente menor que o seu. Por alto, calculou quatro legiões, enquanto ele tinha seis, incluindo a Fulminante, teoricamente invencível, a Cirenaica, que reunia os soldados mais cruéis do Império, e sua tropa de origem, a *IV Flavia Felix*. Zenóbia tinha a vantagem de estar combatendo às portas de casa, seus homens estimulados e bem alimentados, mas suas unidades seriam esmagadas. O único perigo, ele percebeu, era a cavalaria, muito superior à romana. Os cavaleiros palmirenses dispunham de técnicas e equipamentos melhores: trajavam malha de aço dos pés à cabeça, capacete, portavam escudo, espada e lança.

Um desses guerreiros montados se aproximou do corpo diplomático. Diferentemente dos companheiros, estava sem o véu metálico que lhes cobria a face. O rosto era fino, alongado, os olhos negros e a pele acastanhada, como a dos árabes. Cavalgava um magnífico alazão, que o imperador desejou para si, assim como desejara a rainha Zenóbia.

— Quem é ele? — Aureliano se virou para Laios. — É o tal Zabdas?

— O próprio, césar. — Os dois haviam descido a colina e estavam parados em uma planície no meio do caminho entre ambos os exércitos, a duas léguas de Palmira. Tradicionalmente, os generais se reuniam nesse ponto, chamado pelos romanos de *vacua regio*, ou "zona vazia", porque ficava fora do alcance das flechas.

Zabdas freou o cavalo a uma distância segura. Estava desguarnecido, sem soldados ou guardas, mas trazia uma lança.

— Laios. — Cumprimentou o ex-colega com um aceno de cabeça. O tribuno respondeu da mesma forma, mas não disse nada, obedecendo às ordens do imperador, que logo tomou a palavra.

— E então, rapaz — começou Aureliano, embora Zabdas não fosse nem de longe um "rapaz". Tinha trinta e três anos, a mesma idade de Laios, e muita experiência em combate. — Quer fazer um acordo?

O general palmirense encrespou o cenho.

— Que tipo de acordo?

— Consular — disparou o governante. O título de consular era o mesmo que o Senado havia concedido a Odenato e dava a quem o possuísse o direito de governar uma província. O que o césar estava propondo era fazer de Zabdas o governador da Síria, em troca de sua lealdade, obviamente, e de algo mais. — Entregue-me Zenóbia e seu filho, Vabalato. É esse o nome do príncipe, não é? Esses sírios têm nomes estranhos — comentou, debochado. — O que eu posso garantir é que seus homens serão poupados. Você poderá mantê-los em seu exército.

— O exército não é meu — lembrou Zabdas. — É da rainha Zenóbia.

— Pela glória de Marte, você é um centurião. — A paciência de Aureliano durava pouco. — Poderia mandar crucificá-lo, mas em vez disso estou aqui, pessoalmente, oferecendo-lhe um título. Onde está a sua dignidade? Você prestou um juramento à Legião Fulminante.

— Eu prestei juramento a Galiano — rebateu Zabdas. Galiano fora o imperador que transferira a Fulminante para Palmira, com o objetivo de combater os persas. Morrera assassinado na Itália, e depois disso, em um espaço de quatro anos, Roma tivera três governantes: Cláudio, Quintilo e, enfim, Aureliano.

— Não seja rebelde. O seu dever é para com o Império Romano.

— O Império Romano é o Senado — argumentou Zabdas, ao mesmo tempo em que lançava uma indireta certeira contra o imperador e seu ministério. Diferentemente dos antecessores, Aureliano fora aclamado pelo exército, e os senadores tiveram que se submeter a ele. O que Zabdas estava querendo dizer, com palavras veladas, é que não reconhecia a legitimidade do césar e que era *ele*, portanto, o rebelde.

— Que ironia escutar isso da boca de um estrangeiro. De onde você é? Palestina? Egito? Mesopotâmia? Já esteve em Roma? Já visitou o Senado?

— Essa discussão é inócua — reconheceu o oficial palmirense. — Começo o avanço das tropas ao início da terceira hora e disparo as flechas logo depois. — Os romanos (não só eles) reconheciam a "terceira hora" como a metade da manhã, entre o nascer do sol e seu zênite. — Os senhores estão de acordo?

O imperador o menosprezou:

— Dispare quando quiser. Meus homens estão loucos para entrar em ação. — E, ao dizer isso, soltou as rédeas e deu meia-volta. Laios teve o estranho impulso de se despedir de Zabdas e o ímpeto ainda mais inusitado de lhe desejar boa sorte, mas em vez disso apenas recuou. Fez o cavalo dar cerca de dez passos de costas, como era recomendado em situações semelhantes. Depois se alinhou ao imperador em seu trote.

Quando olhou para o lado romano do campo — o seu lado —, Laios reparou que os soldados já estavam todos em posição. Salvo um ou outro ajuste, a estrutura do exército se mantinha praticamente a mesma desde os tempos republicanos. O grosso das tropas era formado pela infantaria pesada, guerreiros armados de espada curta e pilo — o dardo romano —, protegidos por armaduras feitas com tiras de metal sobrepostas, escudos retangulares e elmos de bronze, agrupados em baterias de cem homens, as chamadas centúrias. Os arqueiros e as unidades de artilharia, com suas balistas e catapultas, posicionavam-se atrás dessas linhas, e mais além ficavam os cavaleiros, prontos para descer e galopar pelos flancos.

Enquanto regressavam à colina, Aureliano perguntou para Laios:

— Ele era seu amigo?

— Zabdas? Não — respondeu o tribuno, sinceramente. — Só um colega. Servimos juntos na fronteira, sob o comando de Galiano.

— Isso eu já sei — retrucou o césar, cansado. — Se você o encontrar no campo de batalha, o melhor que pode fazer é matá-lo. Um adversário digno merece uma espada no coração, nunca a captura. Talvez um dia você entenda o que quero dizer.

— Eu entendo.

— Já que entende, então me diga uma coisa. O que levaria um homem como Zabdas a nos receber cara a cara, em vez de se manter atrás dos muros de Palmira, onde estaria em segurança? Coragem? Desespero? Tolice?

Laios respondeu o que lhe veio à mente:

— Os plebeus diriam que Zenóbia o enfeitiçou.

— Mas você não acredita nisso.

— Lógico que não. O mais provável é que estejam ganhando tempo.

— Com que objetivo?

— Não sei, césar — admitiu o tribuno. — Realmente não faço ideia.

Os dois haviam chegado ao topo da colina. Com a ajuda de seus escravos, Aureliano desmontou. Laios não sabia o que fazer, então se manteve sobre a sela.

O imperador se dirigiu a ele aos sussurros, sem que Constâncio Cloro e Numa, que estavam ali perto, pudessem ouvir:

— Eis suas ordens, comandante. Os equestres vão *fugir*.

Laios não entendeu.

— Fugir? Para onde?

— Para o mais longe possível. Na direção do Eufrates. Quero que a nossa cavalaria encontre a deles em uma manobra penetrante. Perfure a formação, produza um corredor e faça os animais correrem como nunca. Isso vai desnorteá-los.

— E fará com que nos persigam — desvendou o tribuno.

— Os cavaleiros de Zenóbia são muito pesados. O único jeito é dispersá-los. Tudo depende disso.

— E se eles resolverem continuar avançando?

— Então esse pode ser o fim do Império Romano. — O argumento não era meramente retórico. Por todo o mundo, generais se rebelavam, legiões debandavam, fronteiras sofriam ataques, conspirações agitavam o Senado. Nem mesmo Roma estava segura. — O comando dos equestres é seu — informou o soberano. — Faça bom uso dele.

— Farei, césar.

— Que Mitra o proteja. — Fez uma saudação militar. — Roma invicta — exclamou, evocando um dos lemas do exército. — Roma eterna.

Do alto de seu cavalo, Laios ouviu o sopro de uma trompa — grave, possante e contínuo — seguido por três sinais de corneta.

Instantes mais tarde, enquanto suspendia a túnica para urinar, Aureliano perguntou a Constâncio Cloro:

— E então, o que acha? Podemos confiar nele?

— Nunca se pode confiar em um grego — opinou o jovem pálido.

Numa, que se aproximava com uma ânfora na mão, pontuou:

— Não se trata de confiar em um grego, mas de confiar nos deuses.

O imperador se aliviou com o jato de urina. Em seguida indagou:

— Como assim?

— Uma cobra matou Tibério, o seu general mais experimentado. O substituto é um cavaleiro, justo nesta batalha, em que a cavalaria será decisiva. Os deuses estão conversando conosco, césar — afirmou. — Basta sabermos escutar.

Constâncio Cloro não concordava, mas era apenas um guarda-costas.

Numa, em seu íntimo, tinha mais medo que fé. Na condição de escravo, não queria ser vendido, tampouco capturado, então inventava profecias para que as pessoas o respeitassem. Se alguém se dispusesse a listá-las, perceberia que quase sempre ele errava, que era um enganador, um mentiroso.

Um farsante.

Mas não naquele dia. Naquela manhã de outono, Numa estava certo.

Ele não sabia disso, mas estava certo.

Um arqueiro grego — os romanos os chamavam de sagitários, em homenagem à constelação do zodíaco — disparou uma flecha o mais alto que pôde. O objeto cortou o céu, percorreu uma longa distância, desceu com um silvo e perfurou o chão do deserto. Ficou encravado no solo, delineando uma fronteira invisível entre as forças do Oriente, lideradas por Zenóbia, e as tropas do Ocidente, sob o comando de Aureliano.

Equício Probo, de quarenta anos, o mais graduado dos generais em campanha, informou ao imperador:

— César, os nossos homens estarão seguros até aquele ponto. — Apontou para a flecha. Probo era um sujeito esguio, de olhos tristes e fala mansa, dotado de excepcional inteligência. — Ultrapassado esse marco, seremos alvejados.

— Ótimo — anuiu o soberano, observando tudo a partir da colina. — Comece a avançar na terceira hora.

— Sim, césar.

Laios encontrava-se sobre o mesmíssimo outeiro, à frente de mil e quinhentos ginetes. Portavam escudos ovais, mais leves e menores que os da infantaria, lanças longas e espadas. Quase todos vestiam armaduras de escamas metálicas, mas havia os que trajavam cotas de malha e couraças polidas. Diferentemente dos plebeus, isto é, dos legionários a pé, a maioria desses cavaleiros era composta por nobres, pertencentes a famílias importantes. Suas marcas e brasões eram distinguíveis não só pelos escudos multicolores, mas pelos elmos, cada qual com um estilo próprio — alguns se assemelhavam aos capacetes gregos, outros imitavam peças do aparato germânico e havia os tradicionais elmos gauleses.

Ciente de que comandaria indivíduos mais ricos e influentes que ele, Laios resolveu fazer um discurso.

— Senhores. — Puxou as rédeas e se virou para trás. — Em nome de césar, eu os saúdo duplamente. Primeiro, pelo privilégio de liderá-los e, segundo, pela natureza desta missão. Cada um de vocês carrega um nome, mas, acima de tudo, um compromisso com a Cidade Eterna. — Um burburinho percorreu as linhas. O tribuno fez uma pausa, esperou que os homens se calassem e prosseguiu: — Está em nossas mãos a tarefa de garantir a sobrevivência do Império. Eu, Laios Graco, servi por anos em Palmira e conheço o que existe do lado de lá. — Apontou para o deserto infinito, para além das dunas e do Rio Eufrates. — Morte, ignorância e barbárie. Os senhores, que hoje se apresentam diante de mim, são, portanto, a única coisa que se interpõe entre a salvação do mundo e sua catástrofe — disse, e estava sendo sincero, o que fez os oficiais se aprumarem. — Esta não é uma simples disputa entre nações. O que está em jogo, agora mais do que nunca, são as nossas crenças, as nossas terras, o nosso sangue. Não temam, filhos de Roma, pois os deuses nos observam do alto. Cabe a nós não decepcioná-los.

Um novo murmúrio se espalhou, este de aprovação, ou assim parecia. Laios ergueu a cabeça, percebeu que faltava pouco para o início do prélio e encerrou sua fala.

— Fiquem atentos aos meus sinais, e boa sorte — exclamou, completando: — Quem quiser rezar, esta é a hora.

Uma das atribuições dos tribunos era avaliar o momento certo para o ofício religioso. Não deveria ser muito antes do combate, nem em cima da hora. O ritual, nesse ponto, costumava ser pessoal. Laios apanhou uma moeda de ouro, estendeu-a contra o sol e fez uma prece a Atena, a deusa da estratégia em batalha, oferecendo o próprio corpo em sacrifício caso não se mostrasse apto a cumprir a tarefa. Depois tornou a guardar a peça sob o cinto.

Quase no mesmo instante, a infantaria desceu a colina e começou a marchar através da planície. Era um espetáculo contagiante ver todos aqueles soldados avançando em sincronia, ostentando bandeiras e estandartes. O som era como o de um terremoto, com mais de sessenta mil homens pisoteando o solo, esmagando a terra, batendo os pés e gritando. O rufar dos tambores os acompanhava, e então soaram as trompas, e os romanos subitamente pararam.

Do outro lado do campo, o exército de Zenóbia se moveu. Suas unidades entoavam uma espécie de canto, clamando o nome da rainha estrangeira.

Enfim as legiões palmirenses também estacaram, e a cavalaria assumiu a linha de frente. Seis esquadrões tomaram a dianteira, passando do trote ao galope em questão de segundos. De repente, estavam cavalgando tão rápido que seria inútil disparar contra eles.

Numa, em pé ao lado de Constâncio Cloro, perguntou:

— O que está acontecendo? — Era um dia claro, mas seco, com ondas de pó encobrindo a paisagem. — Não enxergo nada.

— Zabdas resolveu enviar seus ginetes primeiro — o jovem explicou. — Péssima estratégia. Serão detidos pela nossa parede de escudos. Serão massacrados.

— Hummm... — O escravo cruzou os braços, pensativo. — É um terrível desperdício de vidas humanas, não acha?

— Pelo contrário — reagiu Cloro. — Estamos salvando vidas e não as tirando. Consegue imaginar o que aconteceria se eles chegassem a Roma?

Numa engoliu em seco só de pensar nos anfiteatros em chamas, nos aquedutos demolidos, na pilhagem e na carnificina que se seguiriam a um ataque palmirense à metrópole, mas o que aconteceu não foi — nem de longe — o que Cloro previra.

Os cavaleiros de Zenóbia cruzaram a fronteira imaginária entre os dois exércitos e, quando estavam perto das linhas romanas, sacaram seus arcos. Graças à poeira, ninguém conseguiu enxergar as armas que eles traziam. Os combatentes ocidentais não estavam preparados para uma chuva de projéteis — não a curta distância, partindo de guerreiros montados.

Com habilidade superior a qualquer arqueiro latino — e mesmo aos respeitados sagitários gregos —, os cavaleiros lançaram suas setas, que despencaram sobre a terceira, a quarta e a quinta centúrias. Desprevenidos e desprotegidos, os homens de Aureliano caíram como frutas podres, perfurados nas costas, nos ombros, nos braços e antebraços.

Sobre a colina, Laios Graco escutou os cavalos bufando atrás de si, os cascos batendo, os oficiais impacientes.

— Esperem. — Fez um gesto com a palma aberta. Por mais doloroso que fosse assistir ao massacre de seus compatriotas, ele sabia que precisava aguardar o instante exato. Se se precipitasse, poria tudo a perder. — Mantenham posição. — E reforçou: — Esperem.

Os equestres, condes e duques obedeceram, confiaram nele, e de fato o exército de Roma se adaptou velozmente. Sob a gerência de capitães perspicazes, já na segunda salva de flechas cada centúria se fechou em uma espécie de casco, com escudos posicionados à frente, atrás, dos lados e acima, perfazendo uma manobra conhecida como testudo, ou tartaruga. Por dez minutos, os legionários aguentaram firme sob essa carapaça, suportando quatro saraivadas de pontas mortais.

Recompostos do susto, os guerreiros avançaram, cercando os temíveis cavaleiros de Zabdas.

No corpo a corpo, a infantaria era imbatível e começou a lutar como nunca. De uma hora para outra, as centúrias se espalharam, engolfando os palmirenses e seus animais.

O que se percebia agora, do alto, era um escarcéu: gládios faiscando, gemidos de dor, cavalos relinchando, estandartes caindo e o choque ensurdecedor de metal.

O imperador apertou os lábios. O desfecho da luta era ainda uma incógnita.

— Numa? — Da sela, Aureliano cutucou o escravo com a ponta do pé. — O que dizem os deuses? Devemos recuar?

— Sou apenas um burocrata, césar — o secretário se defendeu. — Não sacerdote ou áugure.

— Mas você sabe ver os sinais. Não sabe?

— Ocasionalmente.

— E o que eles dizem? — insistiu.

Numa pensou rápido. Precisava bolar algo convincente.

— Uma recompensa nos aguarda no fim da estrada. Os estrangeiros continuarão triunfando. O homem grande sairá vitorioso.

— Somos estrangeiros neste país, não é? — interpretou o soberano.

— Sim, césar — confirmou Numa. — Decerto que somos.

Constâncio Cloro reprimiu uma risada. Não conseguia acreditar em nada do que o eunuco dizia. No entanto, graças aos deuses ou não, a sorte dos romanos estava prestes a mudar.

Probo fez um sinal com a mão, e um regimento auxiliar, composto por brutamontes armados de maça, uniu-se às tropas regulares. Sua função era acertar o joelho dos cavalos, arrancando os ginetes das selas. Encurralados por esses homens e reparando no perigo que corriam, os cavaleiros orientais retrocederam, saltando sobre corpos, esquivando-se de lanças, chutando cabeças, atropelando quem estivesse no caminho. Deram meia-volta, tomaram distância, mas quando estavam quase chegando aos portões de Palmira, cansados e feridos, Laios e seus esquadrões emergiram da poeira pelos flancos, saltando sobre eles como uma onda de maremoto.

— *Cuneum formate!* — bradou o tribuno, instruindo seus homens a executarem a formação em cunha, própria para romper e penetrar a disposição inimiga. — *Cuneum formate!*

O movimento foi brilhantemente realizado. Houve um estrondo inicial, seguido por choques e colisões. Laios Graco, na dianteira, quebrou a lança ao perfurar a malha de uma armadura qualquer. Ele nem viu quem acertou, só reparou no impacto, o sujeito caindo, o cavalo empinando. Sentiu um cheiro metálico combinado ao odor de suor. Rasgou as fileiras em êxtase, quase cego pela sinfonia da morte.

Desviou-se de um dardo, susteve uma pancada nas costelas e depois um guerreiro montado o agrediu com o sabre. O escudo o salvou, mas o impacto despedaçou a madeira. Sem opções, largou o cotoco e desembainhou a Ascalon. Estava louco para lutar, sedento de sangue, como um leão faminto diante da presa. Contudo, recordou as ordens do césar e decidiu obedecer à risca. Ergueu a espada e deu um grito:

— Cavaleiros, comigo! — Sacudiu o aço sobre a cabeça. — Prosseguir.

Sem pensar duas vezes, os oficiais o seguiram, contrariando um dos principais ensinamentos da guerra, segundo o qual, no calor da peleja, toda vantagem deve ser explorada. Os cavaleiros romanos haviam surpreendido os guerreiros de Zenóbia e poderiam tê-los aniquilado, mas preferiram dar as costas aos oponentes e se retirar do combate.

Naturalmente, era uma ação calculada. Quando mandou que Laios fugisse, Aureliano fez uma aposta com os deuses. Se os soldados orientais os perseguissem, acabariam se dispersando e a luta estaria ganha para as forças do Oeste. Felizmente para o imperador, foi o que aconteceu, embora o motivo seja até hoje um mistério.

O que se sabe é que, por instinto, Laios disparou na direção do Eufrates, e talvez tenha sido isso, no fim das contas, que decidiu o curso da guerra.

E, por conseguinte, o destino do mundo.

II

RIO STYX

NO CAMPO DE BATALHA, A INFANTARIA ROMANA ESTAVA, FINALMENTE, PRESTES A enfrentar as legiões de Zenóbia.

Desde a República, Roma se orgulhava de ter os melhores soldados a pé, e Aureliano de fato havia chegado a Palmira com uma quantidade invejável de homens. No entanto, muitos desses guerreiros haviam sido mortos ou feridos no embate contra os cavaleiros orientais e agora se encontravam em desvantagem numérica.

O general Equício Probo ordenou, então, que suas tropas ficassem estáticas, formando uma longa parede de escudos. Imaginando que os inimigos estivessem acuados, os palmirenses marcharam impetuosamente na direção deles, em vez de disparar flechas. O contingente latino àquela altura era menor, e, se as forças de Zabdas conseguissem ultrapassar as linhas romanas, poderiam galgar o outeiro e capturar o imperador.

Era uma perspectiva tentadora, uma oportunidade única, que não podia ser desperdiçada.

Gradualmente, o sol se aproximava do zênite. Sobre a colina, o calor aumentara. Numa, já fraco e idoso, sentiu a boca seca, o suor escorrendo, e fez menção de se dirigir à sua tenda para buscar um pouco de água, mas Constâncio Cloro o impediu, segurando-o pelo braço.

— Espere — disse o guarda. — O melhor está por vir.

O secretário repudiou o toque.

— Eu sei. Já vi muitas guerras e admito que as considero repugnantes. Portanto, se o senhor me der licença...

Numa esquivou-se de Cloro e teria se evadido se Aureliano não o tivesse chamado.

— Numa, fique. — O imperador desceu do cavalo. — Quero que escreva sobre isto nos seus relatórios.

— Sim, césar — submeteu-se o escravo.

— Guardei algo especial para esta batalha — afirmou. — Preste atenção. — Deu uma fungada teatral, como se estivesse farejando o ar. — Está sentindo o cheiro?

Numa respondeu, mas suas palavras se perderam em meio aos sons de correntes, de roldanas girando, do ranger de madeira, de metal tilintando. Depois, escutou-se uma pancada na traseira das linhas, como se um grande arco tivesse sido disparado. De repente, uma bola de fogo passou sobre a cabeça deles, sibilando, deslocando o ar. Outras quatro seguiram, crepitando feito as chamas do Hades.

Não eram apenas pedras de catapulta. Estavam embebidas em uma substância inflamável, cada vez mais rara nos dias de hoje, mas muito usada pelos césares de outrora.

— Betume — gemeu o eunuco.

— Consegui com um comerciante persa. Quem diria. — Aureliano esfregou as palmas, sorrindo. — Não é muito, mas é o suficiente. Pelo menos assim espero.

O imperador parou de falar quando a primeira bola de fogo estourou sobre as unidades de Zenóbia. Era na realidade um imenso pote de argila, que se espatifava ao tocar o solo, espalhando calor para todo lado. O betume grudava na pele, ardendo por minutos antes de apagar. Era uma morte lenta, dolorosa e macabra.

Numa olhou para cima. Outros projéteis de fogo foram atirados como cometas, deixando rastros de fumaça negra. O cheiro era forte, causava náuseas e dor de cabeça.

Constâncio Cloro pegou o cantil e o estendeu ao secretário.

— Quer?

Numa aceitou a oferta e sorveu dois goles com avidez.

— Obrigado. — Devolveu o utensílio ao jovem pálido, secando os lábios com as costas da mão. — Por que não ofereceu antes?

— Esqueci completamente.

— Não quer beber um pouco? — O eunuco reparou nas faces do guarda. — O senhor está vermelho. Melhor se hidratar.

— Não. Agora não. Depois. — Cloro estava hipnotizado pelo espetáculo da guerra. — Eu aguento.

Intimidados pela artilharia romana, os palmirenses começaram a retroceder. Uma retirada estratégica parecia benéfica para as forças rebeldes, afinal elas estavam nos portões de casa e, uma vez dentro da cidade, poderiam se reagrupar, forçando os romanos a um cerco prolongado. Probo, ciente desse problema, fez uma manobra astuta. Enviou a cavalaria germânica até as muralhas de Palmira, impedindo o recuo das brigadas de Zabdas.

Esses homens — os germânicos — faziam parte de um regimento auxiliar, que atuava como uma divisão mercenária. Eram cavaleiros leves, protegidos por coletes de couro, elmos de bronze e escudos, armados de lança e espada, que galopavam mais rápido que os romanos e eram geralmente usados em missões de reconhecimento. Eles desceram a colina pelos flancos, cercando os palmirenses por trás. Quem tentava regressar à cidade era perfurado, cortado ou atropelado pelos cavalos dos bárbaros.

Empolgado com a cena, Aureliano se aproximou de Probo.

— General, os sagitários — lembrou. — Quero uma salva de flechas.

— Julgo desnecessário, césar — ele disse. — Se dispararmos agora, podemos acertar os germânicos.

— É para isso que eles são pagos em dobro — retrucou o governante. — Dispare tudo o que temos. É uma ordem.

— Sim, césar.

Nisso, os soldados gregos atiraram suas setas. Como as legiões orientais já estavam dispersas, não conseguiram se reunir sob a carapaça de escudos, e o que se deu foi um banho de sangue. Por sorte, apenas um cavalo germânico foi atingido. Quando, enfim, a infantaria romana cruzou a fronteira imaginária entre os dois exércitos, as tropas de Zenóbia já haviam sucumbido. Um número considerável de soldados tentou fugir, outros tantos se renderam, e um contingente pequeno lutou até a morte.

*

Enquanto os guerreiros ainda pelejavam, os cavaleiros romanos galopavam através do deserto. Laios Graco não esperou pelos colegas, apenas seguiu a orientação que lhe fora dada, de fugir na direção do Eufrates.

Soltou as rédeas, e Tuta — seu cavalo — correu freneticamente.

Uma flecha zuniu, resvalando no elmo. Outra passou rente ao nariz e uma terceira o atingiu, mas foi repelida pela armadura de escamas. Estavam sendo disparadas desde as muralhas de Palmira, e para evitá-las ele foi obrigado a se desviar para a direita. Forçou o animal mais um pouco e percorreu quase uma milha em campo aberto, até que os sons do combate foram ficando para trás. Não escutava mais o barulho dos cascos, dos gládios, dos gritos de guerra.

Sem perceber, tinha se distanciado tanto de seus companheiros que até o solo se transformara, com áreas verdes ocasionais e uma fileira de caniços tremulantes.

Do galope, passou ao trote. O cavalo babava de sede.

Deu meia-volta. Os muros de Palmira, agora, bloqueavam a visão do combate. Era impossível saber o que estava acontecendo, quem estava ganhando ou perdendo. Entretanto, as colunas de fumaça eram distinguíveis, como línguas negras contra o sol vespertino.

Boa notícia, pensou, sinal de que o imperador utilizara o betume, como vinha planejando fazia meses.

Laios não sabia se os equestres haviam feito como ele, se tinham corrido e se espalhado, mas a tática de Aureliano — ao que parecia — dera certo. Os palmirenses os haviam perseguido e não estavam dispostos a deixá-los escapar.

O tribuno teve certeza disso quando reparou em um homem que se aproximava, montado em uma égua castanha. Envergava a cota de malha dos oficiais palmirenses, coberto de aço dos pés à cabeça. Como Laios, o cavaleiro perdera a lança e o escudo, mas conservava uma espada de lâmina curva, ideal para rasgar e cortar. O véu metálico ocultava sua face, e por um instante Laios imaginou que fosse o próprio Zabdas. Depois descartou a hipótese: Zabdas era mais alto, mais robusto e encorpado do que o sujeito que o encarava.

O palmirense parou, como se o desafiasse singularmente. Era uma situação improvável: dois ginetes sozinhos, sem ninguém a observá-los, prestes a travar um duelo, defendendo ideias e civilizações antagônicas.

Laios observou — possivelmente pela última vez — as torres de Palmira, as guaritas, os pendões drapejando, o Templo de Bel, os jardins suspensos, as palmeiras centenárias. Como patrício, ele ansiava pelo triunfo de suas tropas, de seus homens, de seu exército, mas um décimo de seu coração lamentava pelos cidadãos palmirenses. Zenóbia fizera da cidade um centro de estudos, recebendo homens e mulheres de todas as partes do mundo. Seu marido, o falecido Odenato, construíra um museu com peças egípcias e gregas, além de uma biblioteca com mais de cinquenta mil títulos.

O ser humano, porém, é uma criatura imperfeita. Não satisfeitos com o que conquistaram, Odenato e Zenóbia alargaram suas fronteiras para o oeste, ocupando a Síria, o Egito e a Palestina, atiçando assim o Império Romano.

O cavaleiro desconhecido desembainhou a espada suja de sangue. Esperou alguns segundos. Olhou para o chão, como se rezasse. Quase sem fôlego, Laios fez o mesmo. Então, os corcéis dispararam um contra o outro. O tribuno se posicionou à esquerda, brandindo a arma com o gume estendido.

Três segundos depois, as lâminas se chocaram, e foi aí que a Ascalon mostrou seu poder. O aço grego destroçou a espada curva, seguiu adiante, cortou a armadura e dilacerou o tórax do oficial palmirense, abrindo-lhe um rasgo através das costelas. O homem gemeu, perdeu o equilíbrio e desabou no solo macio. Laios olhou para o adversário, sentiu uma ardência na testa e só então percebeu que também fora atingido. Uma lasca do sabre penetrara-lhe o elmo, provocando um corte no supercílio.

Zonzo, desmontou. Tuta tinha duas flechas encravadas no dorso, que haviam penetrado superficialmente. Laios se deitou, removeu o capacete e olhou para o céu. Ficou assim por alguns momentos, recuperando o ar, contemplando o firmamento. Depois engatinhou até o cadáver do inimigo. Despiu-lhe o véu. Era jovem. Um rapaz, um *garoto*: moreno, imberbe, cabelos negros.

Pegou a moeda de ouro sob o cinto.

— Oh, Atena, eu lhe ofereço este corpo — declarou o tribuno. — Este homem lutou bravamente. — Enfiou a peça na boca do morto. — Que ele encontre o caminho do Elísio.

Laios tentou se levantar, mas cambaleou e caiu. Uma poça de sangue o circundava — sangue romano, o *seu* sangue.

Os olhos ficaram pálidos, e ele concluiu que estava morrendo, porque a última coisa que viu foram as águas rubras do Rio Styx e uma canoa estacionada na margem.

O medo o dominou.

Ocorreu-lhe de repente que oferecera outro corpo em sacrifício. E que não tinha mais moedas para pagar o barqueiro.

No início da tarde, as forças do Oeste reinavam soberanas sobre a planície. Por todo o terreno, o que se via eram corpos perfurados, gente mutilada, pedaços de escudo, cavalos mortos, sangue, tripas e ossos. O solo, chamuscado pelo betume, estava repleto de flechas quebradas, enfiadas na terra, esticadas na areia. Os feridos do lado romano haviam sido retirados, mas os palmirenses continuavam lá, gritando, gemendo, rastejando. Trezentos homens foram destacados para exterminá-los, todos pertencentes à Legião Cirenaica, a tropa rival da Fulminante, de Laios. Gostavam de atuar como "abutres", o apelido que se dava aos pelotões responsáveis por executar os oponentes caídos. Os abutres eram, também, os primeiros a recolher os espólios e estavam sempre exibindo anéis, braceletes de ouro, brincos, armas e toda sorte de objetos roubados.

Quando a poeira baixou, no entanto, os invasores tiveram uma surpresa desagradável.

— Os portões continuam fechados — Probo avisou ao imperador, apontando para a cidade com a ponta do gládio. Usava uma couraça preta, com a águia romana estampada no peito. — Sugiro esperarmos até amanhã. Os nossos homens estão fracos demais para iniciar o cerco.

Aureliano já não sorria. Estava sério — e preocupado.

— E se for uma armadilha?

O general o fitou com curiosidade.

— De quem, césar?

— Dos persas. Parados neste fim de mundo, somos presas fáceis.

Probo refletiu e opinou, criterioso:

— Nesse caso, um dia a mais ou a menos não fará diferença.

O governante aquiesceu, mas internamente tinha suas dúvidas. Ele se lembrou do que Laios Graco lhe dissera, que os palmirenses talvez estivessem querendo ganhar tempo. E se a própria batalha tivesse sido uma distração, uma tentativa de encobrir algo maior?

Numa, que aguentara firme, em pé, todo aquele tempo, sugeriu ao amo:

— César, em momentos como este, recomenda-se um pacto com os deuses.

Era o que o imperador precisava ouvir.

— Boa ideia. Mas com qual deus? Marte? Júpiter? Mitra?

— Os deuses do Lácio têm pouca influência nestas paragens — manobrou o eunuco. — Sol talvez seja o mais indicado.

Sol era a divindade oficial de Emesa, outra cidade síria que, em um passado distante, travara guerra contra Palmira. Era inimigo de Bel, o deus do fogo dos palmirenses.

Na esperança de ser atendido, Aureliano se ajoelhou sobre a areia, abriu os braços e prometeu aos céus que, se Zenóbia caísse em suas mãos até o anoitecer, construiria um templo ao Sol Invicto na cidade de Roma e faria dele a divindade oficial do Império.

Era um preço alto a ser pago, mesmo para um imperador.

Mas ele havia pedido algo impossível.

Para os gregos, o Styx era um dos cinco rios que desciam ao domínio dos mortos. Segundo a tradição, o barqueiro Caronte transportava os espíritos através dessa rota, e quem não tivesse uma moeda para pagá-lo seria condenado a vagar pelas margens, sem alcançar o descanso eterno. De sua parte, Laios sempre duvidara dessas histórias, até se deparar, ele mesmo, com as águas rubras do submundo.

Como chegara lá, não sabia, mas estava tão sedento que se arrastou até o banco de areia. Bebeu de uma poça.

Cuspiu.

O líquido era intragável. Salgado. Gosto de sangue.

Buscou uma posição sentada. O corpo pesava mais que de costume. Respirou pausadamente, até se recompor. Procurou a famosa barcaça e a encontrou uns cinquenta passos à esquerda, presa a um atracadouro, mas estava vazia, parada entre as folhas de junco.

De súbito, avistou uma mulher coberta por uma túnica, o rosto oculto sob o capuz. Surgiu outra moça atrás dela, também coberta, e entre as duas caminhava um anão.

Laios julgou a cena onírica, grotesca até. Imaginou que fossem criaturas do Hades buscando carniça para se alimentar. Um segundo depois, porém, olhou à direita e se deparou com Tuta pastando na vegetação ribeirinha

O corpo do oficial palmirense continuava estirado, embora sua égua não estivesse mais lá.

Enfim o tribuno se ergueu. No horizonte, discerniu os brasões de Palmira e, mais além, o acampamento romano. Não estava morto. Estava vivo, e o rio à sua frente não era o Styx, mas o Eufrates.

O sol descendente sugeria que ele desmaiara por duas ou três horas, graças à perda de sangue, à sede e à insolação.

Coçou o nariz, esfregou a mão no rosto. O ferimento na testa secara. O braço do escudo já não doía.

Perdera o elmo. Tirou a espada da lama e a enfiou na bainha.

O barquinho permanecia atracado, e agora as três figuras tentavam desamarrá-lo do cais. O correto seria ignorar aquelas pessoas e regressar ao campo de batalha, mas seus instintos falaram mais alto e Laios resolveu abordá-las. Caminhou pela margem, os pés enfiados no lodo, depois entrou no rio, a água pelos joelhos. Segurou o barco com a mão, impedindo que zarpasse.

Surpresa, uma das mulheres gritou em latim:

— Fora! — Fez um gesto para que se afastasse. — Rua!

Laios percebeu que ela quase não tinha sotaque. Ou era italiana legítima, ou bem instruída no idioma do Lácio.

O fato o deixou curioso. Duas mulheres no meio do nada, sem escolta, trajando roupas pesadas naquele calor. Seriam escravas, aproveitando a desordem para fugir de seus mestres? Na dúvida, não as deixou escapar.

— Quem são vocês? — inquiriu.

Como ninguém respondeu, ele arrancou o capuz da mulher mais à frente e se deteve, perplexo. O rosto era de um moreno-claro, os olhos verdes e muito expressivos. Os cabelos negros estavam soltos e eram lisos como a superfície de um lago. Devia ter menos de trinta anos e parecia saudável, embora fosse magra demais para os padrões do Ocidente. Laios já a tinha visto antes, mas não lembrava onde. Talvez no mercado de Palmira, talvez na praça, talvez nas ladeiras próximas ao Templo de Bel. Não era uma escrava, não *podia* ser uma escrava, não com aquele olhar forte, *superior*.

— Para onde estão indo? — ele tornou a perguntar e, enquanto vasculhava a memória, despiu o capuz do anão. Era uma criança, um menino pequeno, franzino, de olhos arregalados. Então, Laios começou a entender o que se passava. — Saiam! — exigiu. — Saiam do barco.

— Não. — A morena o encarou. — Seja quem for, grego ou romano, amigo ou inimigo, ordeno que recue. Exijo que nos deixe em paz!

Nesse instante, o ferimento na testa latejou, e Laios sentiu-se zonzo novamente. Estava a ponto de desmaiar quando segurou o cabo da Ascalon e a sacou da bainha.

— Saiam do barco — repetiu. O contato com o aço lhe trouxe renovada energia. — Já a vi uma vez. É Zenóbia, rainha de Palmira, e o menino é Vabalato, seu filho. Considerem-se presas, você, a criança e sua cortesã. — Laios, àquela altura, não tinha ideia de quem era a segunda mulher. — Estão sob custódia da Legião Fulminante.

Zenóbia — era ela, sem dúvida — não teve saída. Estava determinada a preservar sua linhagem, e com um simples balanço da espada Laios poderia degolar o menino. Sua única opção era se render, mas antes indagou:

— Qual é o seu nome?

— Laios Anício Graco — ele respondeu com orgulho. — Filho de Gerontios, nascido na Capadócia.

— Prometa, pela honra de seus antepassados — exigiu a monarca —, que nenhum mal acontecerá ao meu filho.

— Somos romanos, majestade — ele afirmou, indiferente. — Não matamos príncipes, apenas os subjugamos.

Ela ignorou a resposta.

— Jure!

Como oficial, Laios fora instruído a lidar com situações como essa. Salvo em casos muito específicos, os generais nunca executavam membros da corte — era mais fácil prendê-los, para mais tarde obter o resgate.

— Eu juro — prometeu o tribuno.

— Jure pelos seus deuses — ela exclamou. — Jure sobre a Pedra de Júpiter.

— Eu juro.

Zenóbia o fitou seriamente, como que para firmar o pacto sagrado. Em seguida, desembarcou da canoa.

Só então Laios reparou na outra mulher. Era esguia, tinha os seios pequenos, os quadris largos, a tez acobreada, os cabelos castanhos. Observando seu rosto, o nariz delicado, imaginou que fosse grega.

E, sem contar a ninguém, interessou-se por ela.

III

DOIS HERÓIS

PERTO DA DÉCIMA HORA, O CALOR DO DESERTO AMAINOU. O SOL SE TRANSFORMARA em uma grande esfera alaranjada, colorindo o céu com borrões violeta.

Geralmente, ao fim de um confronto, as duas partes enviavam diplomatas para negociar a trégua, mas até então os portões da cidade continuavam fechados. Era uma situação atípica, que intrigou os romanos.

Longe dali, Laios cortou as rédeas de Tuta e as usou como corda. Colocou Zenóbia e o filho sobre o cavalo, atou-lhes os punhos e foi puxando o animal pelo cabresto, enquanto a outra mulher caminhava ao seu lado.

Aproveitou a jornada para reparar no menino. Vabalato devia ter doze anos, mas não se comportava como uma criança de sua idade. Não dissera uma palavra desde que fora capturado, não reagia, não se comunicava. Supôs que fosse limitado intelectualmente, uma hipótese razoável, considerando a prática de certas monarquias de casar membros da mesma família — às vezes irmãos —, gerando filhos defeituosos.

Contornaram os muros de Palmira pelo sul, regressando ao campo de batalha. Sedento, exausto e ferido, Laios teve receio de desfalecer novamente, quando se deparou com uma patrulha romana, um grupo de doze "abutres" que ainda vasculhava os cadáveres.

O burburinho se espalhou rapidamente. No princípio os patrulheiros nada fizeram, apenas avisaram os colegas, que avisaram outros e outros. Logo uma pequena multidão se reuniu para contemplar a rainha, os dedos apontados para ela. Os homens, fossem centuriões ou legionários, velhos ou jovens, olhavam-na embasbacados, não só pela beleza, mas porque aquela *era* Zenóbia, a legendária governante da Síria. Zenóbia transpirava poder, exalava nobreza e carisma. Era difícil olhá-la diretamente, tanto quanto é encarar o sol da manhã.

Em meio aos guerreiros, um em especial ousou chegar perto. Usava uma armadura de placas sobrepostas, suja de terra e manchada de sangue. O elmo tinha o penacho horizontal dos centuriões, e, como claramente passava dos trinta anos, Laios calculou que era o primeiro centurião da Cirenaica, o *primus pilus* — ou, como se convencionou chamar em grego, primipilo —, o mais experiente entre os soldados da infantaria, o posto máximo que um plebeu podia alcançar. Comparado a Laios, era um gigante, de olhos cinzentos e sobrancelhas louras, o rosto sombrio, o peito estufado.

Uma vez entre amigos, o tribuno sentiu-se à vontade para retirar os prisioneiros da sela — eles agora não teriam para onde fugir, e seria mais adequado, pensou, que se apresentassem a Aureliano a pé. Desceu o garoto primeiro e o entregou ao centurião. O homem o segurou, meio sem entender, e perguntou ao equestre:

— Quem é esse?

Laios não gostou do tom. Os centuriões, ainda que respeitados, eram subordinados aos tribunos e lhes deviam obediência, mesmo que pertencessem a legiões diferentes.

— Quem você acha?

— O príncipe. — O gigante observou o garoto, que permanecia apático. — O filho de Odenato. O herdeiro de Palmira.

— Não — Laios o censurou. — É um presente para o imperador.

— Um presente deve ser propriamente embrulhado. — O louro se virou para os comparsas com um riso malicioso nos lábios. — O que acham, rapazes?

Os doze legionários responderam com uma saudação de apoio, e foi então que aconteceu algo terrível. O primipilo suspendeu Vabalato pelo pescoço e o atirou no meio da turba. No instante em que o garoto tentou se levantar, o centurião pisou em sua cabeça e, antes que Laios ou Zenóbia pudessem fazer qualquer coisa, o estocou com o gládio direto no coração. Imediatamente depois, como uma matilha de cães vorazes, os demais o imitaram, cortando, furando, rasgando.

Foi tudo tão rápido que não se escutou um só grito, apenas o ruído do metal contra a carne, as lâminas tinindo, encravando no solo, e o suspiro dos assassinos.

Laios entendeu que era tarde para salvar o menino, mas decidiu interromper o massacre. Os homens estavam surdos pela loucura, e nenhuma palavra os deteria, então ele catou do solo um escudo rachado e investiu contra o chefe deles, acertando-o com o instrumento. O primipilo, embora forte, foi impelido para trás, desengonçado. Laios deu um passo à frente, posicionando-se sobre o cadáver da criança.

— Recolher armas — ordenou. — Sentido!

Os soldados se detiveram, mas o centurião não recuou. Continuava sedento, a arma empunhada, e agora nervoso por ter sido agredido. Leais ao capitão, os guerreiros permaneceram no mesmo lugar, em alerta, porém hesitantes. Laios decidiu que precisava mostrar autoridade. Puxou a Ascalon e a brandiu.

— Recolher armas — repetiu. — É uma ordem.

— Ordem de quem? — desafiou-o o gigante. — Estamos cumprindo o desejo do césar — explicou. — Sem prisioneiros.

— Estes não são prisioneiros comuns, seus animais. São aristocratas sírios. Sabem o que isso significa?

O sujeito insistiu:

— Sem prisioneiros.

E se aproximou de Zenóbia. Laios tomou posição de combate, colocando-se entre ele e o cavalo de guerra.

— Pare, em nome de Roma.

Mas o capitão não parou. Inflado de cólera, as narinas dilatadas, deu um urro e atacou na vertical, tencionando mutilar o oficial capadócio. Por reflexo, Laios erigiu o escudo, repelindo o golpe que o teria aleijado.

Nessas horas, o instinto fala mais alto. Laios não parou para pensar que estava enfrentando um colega, apenas girou o punho e se moveu contra ele, em uma manobra a meia altura. Soltando faíscas, a espada rasgou a armadura de placas, cortando-a como se fosse de papel. O primipilo, todavia, saltou para trás, evitando que o aço o tocasse.

Irado, desmoralizado diante de seus subalternos, o centurião franziu a testa e se preparou para acometer outra vez. Um soldado entregou-lhe um escudo para que os dois, plebeu e patrício, lutassem em pé de igualdade. O duelo, que já era assistido por um número razoável de combatentes, atraiu a atenção dos oficiais superiores.

O gigante louro rodou o gládio como quem usa uma clava e, com um assalto potente, destruiu o escudo de Laios — ele ficou temporariamente desnorteado, e o inimigo aproveitou para lhe dar um chute no peito. O tribuno escorregou no sangue de Vabalato e desabou, indefeso.

O primipilo ameaçou trespassá-lo, e o teria feito sem vacilar. No último segundo, entretanto, desistiu. Endireitou o corpo, os pés unidos, as costas eretas. Os outros o imitaram, e então Laios avistou um corcel castanho-avermelhado. Era o cavalo de Zabdas, mas quem o guiava era Aureliano.

O equestre ergueu-se, ensanguentado, e saudou o imperador.

Aureliano nem sequer o notou. Desceu do alazão com a ajuda de Constâncio Cloro, seu guarda-costas. Calmamente, examinou o corpo da criança. Coçou os olhos azuis, fingindo consternação, fez uma prece silenciosa a Júpiter e se dirigiu a Zenóbia.

— Majestade — falou respeitosamente —, é um prazer conhecê-la. — E se virou para a tropa: — Quem a capturou?

Laios deu um passo à frente.

— Fui eu, césar.

— O grego, claro. Que auspicioso — ele comentou com Cloro, depois apontou para o corpo de Vabalato. — Esse é o príncipe?

— Era — interferiu o primipilo. — Sem prisioneiros. — Ergueu a espada. — Salve a Legião Cirenaica.

— Salve — respondeu o soberano. — Quem é você?

— Räs Drago, césar.

— Räs? Que tipo de nome é esse?

— É dácio, césar.

— Os dácios são grandes guerreiros, muito hábeis e vigorosos. — O imperador deu um abraço em Drago, seguido por três beijos na face. Depois, fez o mesmo com Laios. — Dois heróis — ele os aplaudiu. — Receberão uma recompensa vultosa. Reportem-se ao prefeito do acampamento. Quero vê-los mais tarde. Por enquanto, estão dispensados.

O tribuno, contudo, pediu permissão para falar e foi autorizado.

— César, prometi que garantiria a segurança da rainha e do filho — ele disse. — Fiz um juramento sagrado.

— Será atendido — afirmou o governante. — O menino terá um funeral à altura. É tudo o que posso fazer.

Confiando nas palavras do soberano, Laios andou até Tuta e ajudou Zenóbia a desmontar. O tempo todo ela permanecera sólida como uma esfinge, os olhos vítreos, o rosto petrificado. O equestre não podia mensurar sua dor, pois não tinha filhos à época, mas lhe parecia óbvio que a mulher estava em choque, completamente abalada. Só que não estava. O que diferencia os fortes dos fracos, Zenóbia aprendera com o falecido marido, é que os fortes controlam seus sentimentos, enquanto os fracos são escravos deles. Se a rainha conseguisse administrar suas angústias agora, no momento mais crítico, os deuses a ouviriam e ela seria vingada.

— O senhor quebrou sua promessa, tribuno — ela murmurou ao apear. — Eu o amaldiçoo com infertilidade. Sua linhagem está fadada a desaparecer deste mundo. — E se voltou para Drago. — E você, centurião, tenha cuidado com os cemitérios, pois morrerá na próxima vez que pisar sobre o túmulo dos fariseus.

Räs Drago empalideceu. Como homem do povo, era suscetível a superstições. Laios, por sua vez, não deu importância ao conjuro. Ficou quieto, perscrutando o ambiente, calculando o que deveria fazer, até que Equício Probo — o general — trouxe a biga de Aureliano. O imperador fez com que Zenóbia subisse no carro e assumiu ele próprio as rédeas. Contrariando as recomendações de segurança, o césar, com sua capa púrpura esvoaçante, conduziu o veículo até os muros da cidade, para que todos, rebeldes e legalistas, reconhecessem a esposa de Odenato.

Zenóbia. Ela agora era *sua*. Seu espólio. Seu troféu.

Zenóbia era também a chave — que abriria os portões de Palmira.

E assim aconteceu.

Quando a noite caiu, as primeiras centúrias romanas penetraram a metrópole desértica. E enfim a tomaram.

Três dias após a ocupação da cidade, os sacerdotes de Marte acenderam uma pira funerária no pátio do Templo de Bel. O cadáver de Vabalato foi coberto com ataduras brancas e estendido sobre uma tábua salpicada de betume. O fogo subiu alto, e a fumaça foi avistada por todos em um raio de léguas. O funeral do garoto, ao mesmo tempo em que respeitava os costumes locais, seguia os passos do ritual da vitória, uma cerimônia comum entre as legiões que consistia em simplesmente acender uma fogueira no ponto mais elevado da capital conquistada.

O Templo de Bel era, naquele período, um dos edifícios mais belos do Oriente. O prédio central lembrava um templo grego clássico, sustentado por colunas altas e construído sobre uma plataforma de mármore. O acesso se dava através de uma rampa, que conduzia a um pórtico e então ao santuário propriamente dito. Um muro, rodeado por colunatas, emprestava ao complexo um ar belicista, com largos passadiços e ameias para a proteção dos arqueiros.

Um banquete seria oferecido aos oficiais logo que o funeral terminasse. Estavam presentes os legados — generais responsáveis pelas legiões —, os tribunos, os equestres e os guarda-costas imperiais, à exceção de Constâncio Cloro, que sofrera uma insolação e estava de cama, em estado grave. A estrela do espetáculo era sem dúvida Zenóbia, que fora vestida com as melhores roupas, adornada com brincos e braceletes e exposta como uma estátua de Vênus. Ela estava em pé ao lado de Aureliano, diante da pira, escutando o crepitar do carvão. Não derramou uma lágrima, o que atiçou a curiosidade do césar.

— Sempre quis saber — ele perguntou aos sussurros. — Foi você que matou Odenato?

— Que bom que tocou no assunto — ela retrucou, gélida. — Porque eu ia lhe perguntar a mesma coisa.

— Majestade, meu conselho é que comecemos uma relação cristalina. — Aureliano usou de toda a educação que podia. — Não queira ser minha inimiga. Desafiar-me seria imprudente. Só eu posso garantir a sua integridade.

— Integridade? — Ela deu um sorriso cínico. — Você quer que eu seja sua concubina. Sua meretriz particular.

— E isso é tão ruim? — o imperador emendou, igualmente cínico.

Zenóbia fechou os olhos, suspirou e não respondeu. Um segundo depois, retomou a linha anterior de raciocínio.

— Não mandei matar Odenato. Por que faria isso?

— Para tomar o controle do Império de Palmira — ele rebateu. Já podia sentir o cheiro da comida, da carne, dos condimentos. Estava faminto e precisava urgentemente de uma bebida. — Não é óbvio?

— Então nós dois temos a mesma motivação. E como ele era seu inimigo, não meu, a lógica nos leva a pensar que foi *você*.

— Odenato estava muito atento aos meus planos, justo pelo fato de ser meu inimigo. Não nego que a ideia me passou pela cabeça, mas seria impossível assassiná-lo.

— Bom. — A rainha não tirava os olhos da pira. — Se não fui eu nem você, quem foi?

— Qual é seu palpite?

— Quem são nossos adversários em comum?

— Os persas.

— Não é óbvio? — ela replicou o que ele dissera, com uma pitada de ironia. — O meu marido os derrotou. Para a dinastia sassânida, seria melhor lutar contra os romanos do que contra ele.

— Por quê?

— Porque vocês são fracos. — O tom equilibrado de Zenóbia convenceu Aureliano de que aquele não era um insulto, mas um *fato*. Os persas os desprezavam, e isso o tirava do sério. Era uma afronta não só ao Império, mas a *ele*, à sua honra e masculinidade.

— Bando de selvagens — resmungou, mais para si. — E o que eles pretendem agora?

— Como eu vou saber? — A rainha fez uma expressão de indiferença. — De qualquer modo, se você quer segurar as fronteiras, deve manter guarnições e estabelecer postos avançados na Palestina, pois é por lá que eles vão invadir.

— Por que a Palestina?

— É o caminho mais curto para o Grande Mar. — Zenóbia usou o termo grego para se referir ao Mediterrâneo. — Se eles tomarem Cesareia ou Tiro, terão acesso total às rotas marítimas que conduzem à Grécia e à Itália.

O pensamento de que os persas poderiam atacar Roma diretamente era por demais repugnante. O êxtase da vitória esfriou de repente, e Aureliano foi tomado por uma nova onda de preocupação. Quase sempre era assim: ele fazia planos, vencia uma batalha, gozava de uns instantes de alegria e então começava tudo de novo. Essa angústia, por outro lado, essa *sede*, era o que fazia dele um soldado tão obstinado, tão perfeito aos olhos do povo, e mais: era o que dava sentido à sua vida.

O banquete foi servido ao som de harpas e liras. Enquanto Zenóbia e sua criada, Polychronia, recolhiam as cinzas de Vabalato, os patrícios comiam carneiro, pães, azeitonas e saboreavam vinho sob a lua cheia.

Quando o festim acabou, Aureliano convocou a rainha para seus aposentos, mas bebera tanto que acabou pegando no sono antes mesmo que ela chegasse.

Aureliano acordou com os primeiros clarões da manhã, disposto como nunca. Saltou da cama, molhou o rosto em uma bacia de cobre, esfregou os cabelos grisalhos, vestiu a couraça, os braceletes e a capa, pegou a espada e saiu para as ruas. O toque de recolher continuava em vigor, então não havia civis circulando. O silêncio era sepulcral, quebrado apenas pelo gorjear dos passarinhos. Um galo cantou ao longe, um cão latiu em uma ladeira vizinha. O comércio estava fechado, nenhuma atividade ao ar livre. O imperador mandou que lhe trouxessem o cavalo, o corcel castanho-avermelhado que agora era *seu*. Cruzou os portões, cingidos por duas estátuas de um leão alado, cavalgou sem escolta através da planície e retornou ao acampamento, no topo da colina desértica.

— Convoque o conselho de guerra — ordenou ao prefeito do acampamento, que o seguiu para dentro da tenda. — Desperte os meus generais. — Fez uma pausa, serviu-se de vinho e acrescentou, erguendo a taça: — É o único jeito de curar a bebedeira. — Depois completou, sisudo: — O que está esperando?

O homem curvou-se, deu meia-volta e afastou-se como uma lebre assustada. Em poucos minutos, os generais foram tirados da cama e se apresentaram, sóbrios, à presença do césar.

Laios não comparecera ao banquete. O protocolo militar era claro ao recomendar que o exército não se deslocasse integralmente para dentro de uma cidade recém-conquistada. O grosso das legiões deveria permanecer fora dos muros, atento à chegada de possíveis reforços e pronto para repelir distúrbios, rurais ou urbanos. Laios se apresentou como voluntário para pernoitar no deserto porque temia, àquela altura, ser obrigado a executar os civis de Palmira, afinal vivera por anos na cidade e conhecia um bocado de gente. No fim não houve mortes desnecessárias, porque os moradores se renderam sem resistência.

Aureliano decidiu poupá-los não por altruísmo, mas porque era mais vantajoso, naquele momento, fazer aliados que inimigos. Ciente de que os habitantes estavam seguros, Laios dormiu como uma criança, até que o acordaram dizendo que o imperador regressara à colina.

Por volta da hora do almoço, ele foi chamado para uma audiência. Trajou a armadura de escamas, conseguiu uma capa nova, costurou as tiras das ombreiras e enfiou o elmo debaixo do braço — estava amassado, mas polido. Entrou na tenda quando foi autorizado, esperando encontrar os outros tribunos, mas o que viu não lhe agradou nem um pouco.

Aureliano estava sentado a uma mesa larga, sobre a qual se apoiavam mapas, papéis, tabuletas cobertas de cera e migalhas de pão. Na frente dele, em pé, encontrava-se Räs Drago, o assassino de Vabalato. O primipilo limpara o uniforme, talvez para demonstrar disciplina, mas o equestre não confiava nele. Na opinião de Laios, um homem incapaz de controlar seus instintos não era diferente de uma besta, e isso era perigoso em uma nação civilizada.

Laios se adiantou e saudou o imperador costumeiramente, com o braço erguido e a palma para baixo.

— Ave, césar.

— Salve, comandante. À vontade. — Aureliano ofereceu-lhe um pedaço de pão. — Come alguma coisa?

— Não, césar. Obrigado.

— Bebe?

— Já fiz o desjejum. Estou bem. — Mas não estava. Não com Drago ali, ao seu lado. O desconforto de Laios era nítido.

— Ótimo. Bom, vamos direto aos negócios. — Pigarreou antes de começar. — Laios Graco, sei que fez um juramento, uma promessa que foi quebrada. Sei também que o centurião Räs Drago — olhou brevemente para o primipilo — o desrespeitou. Ele veio até mim pedir desculpas formais. Quero que vocês dois façam as pazes.

— César... — Laios ia falar, mas se deu conta de que estava diante do imperador e se calou.

Aureliano se recostou na cadeira e pediu, em tom sério:

— Continue.

— O centurião Räs Drago não é um soldado, é um criminoso. Não cabe a ele a decisão de matar monarcas ou príncipes. Essa decisão recai, ou *deveria* recair, sobre o imperador ou o general responsável.

— Bom ponto. — Aureliano coçou o queixo e apontou para Drago. — O que diz em sua defesa, capitão?

— Só cumpri ordens, césar, *suas* ordens — argumentou o primipilo. — Eu era o líder dos abutres, e estávamos executando inimigos no campo de batalha quando surge em nosso caminho não só mais um inimigo, mas *o* inimigo, o herdeiro declarado de Palmira.

— Como você sabia que ele era o herdeiro?

— O tribuno — ele apontou para Laios — me informou.

— Eu não disse nada! — rosnou o equestre.

— Esperem. — O imperador poderia encerrar a contenda com uma simples palavra de ordem, mas precisava que eles se aceitassem, que trabalhassem juntos, pois tinha planos para ambos. — Laios — ele se dirigiu ao capadócio pelo primeiro nome —, como você disse, a decisão de poupar ou não o menino cabia a mim. E eu lhe digo, com todas as letras, que Vabalato teria que ser morto, de uma forma ou de outra. O protocolo, eu sei, recomenda a prisão e o pedido de resgate, mas quem pagaria para ter o garoto de volta? Os persas? — Aureliano não chegou a rir, mas a colocação fora obviamente irônica.

— E quanto a Zenóbia? — Laios atreveu-se a perguntar. — Será também executada?

— Deveria, mas não será. Em respeito ao seu juramento. — Era uma mentira descarada, que todos podiam notar. O imperador queria possuir a rainha e quem sabe transformá-la em amante. Contudo, se o resultado fosse o mesmo, se Zenóbia fosse poupada no fim das contas, Laios ficaria satisfeito, e o que o imperador desejava, naquele momento, era apenas satisfazê-lo. — Sendo assim, considerando que a morte de Vabalato era inevitável, o único crime que recai sobre Räs Drago é o de desafiá-lo publicamente. — Tornou a olhar para o centurião. — Isso eu não posso perdoar.

— Compreendo, césar — murmurou o gigante louro, balançando a cabeça. — E aceito a punição, seja qual for.

— Räs Drago, eu o afasto permanentemente do posto de primipilo e do comando da primeira coorte da Terceira Legião Cirenaica — declarou Aureliano, e até Laios ficou meio chocado. Esperava que Drago fosse preso, talvez flagelado, mas a expulsão permanente da legião era uma sentença assaz dolorosa. O próprio Drago não disse nada, como se já esperasse o castigo, e o imperador emendou: — Façam as pazes agora.

Laios virou de lado e olhou nos olhos do antagonista pela primeira vez desde que entrara na tenda. O centurião se aproximou, sem traços de remorso, tocou-lhe o ombro e os dois se beijaram duas vezes, uma em cada canto da face. Depois se reposicionaram de frente para o soberano. Houve um segundo de silêncio. Aureliano deixou escapar um breve sorriso, então gritou:

— Numa! Traga os mapas.

O secretário, que estava esperando do lado de fora, entrou rapidamente na tenda e esticou sobre a mesa dois pergaminhos: um que mostrava a província da Síria Palestina, como era chamada na época, e outro que parecia ser a planta de uma cidade romana.

— Obrigado, Numa — o governante agradeceu. — Como está Cloro, a propósito? Tem notícias dele?

— Parece que vai sobreviver, césar — disse o escravo. — É um homem jovem, com vigor e energia de sobra.

— Excelente. — Voltou-se aos militares. — Continuemos, então. — Com a ponta do dedo, o imperador indicou a faixa de terra entre o Mar Mediterrâneo e a Arábia Deserta, antes conhecida como Judeia. — Conhecem este lugar?

— Palestina? — Laios usou o nome romano. — Só o que li nos livros de história, sobre as sucessivas revoltas judaicas e a destruição de Jerusalém por Sétimo Severo.

— De acordo com os meus generais, esta seria uma provável rota de invasão dos sassânidas — afirmou Aureliano, omitindo o nome de Zenóbia, a única que efetivamente lhe instruíra nessa questão. — Concordam?

— Possível, não provável... — Laios o corrigiu. Normalmente não teria dito nada, mas, como o imperador pedira sua opinião, ele se sentiu à vontade para discordar. — Temos uma legião inteira estacionada em Alexandria. — A legião a que ele se referia era a Segunda Legião de Trajano, em latim *Legio II Traiana Fortis*. — O xá da Pérsia teria que passar por ela para chegar a Jerusalém, onde encontraria resistência das centúrias acampadas na cidade. Um ataque como esse só seria bem-sucedido se os persas fossem dotados de grande mobilidade.

— É justamente a mobilidade deles que me preocupa — disse o césar. — Os cavaleiros palmirenses foram treinados pelos sassânidas, segundo os meus espiões. Como você avalia o poder da cavalaria inimiga?

— Se os persas forem tão aguerridos quanto os homens que enfrentamos aqui, teremos sérios problemas.

— Reparei nisso também. — O imperador sacou a adaga, cortou um pedaço de pão, enfiou-o na boca, mastigou, engoliu e encravou a ponta sobre um círculo no mapa, deixando-a lá, como um alfinete de marcação. — Senhores, o nome dessa localidade é Lida. É estratégica, porque fica no meio do caminho entre Jerusalém e o porto Cesareia. Precisamos reorganizar a área urbana, erguer um muro, construir uma cúria, montar um posto de vigília e transformar Lida em uma autêntica colônia romana. — Sacudiu o indicador na direção de Laios e Drago. — Gostaria de delegar essa tarefa aos meus dois melhores soldados. O que acham da ideia?

Räs Drago deu um passo à frente, estufou o peito e exclamou:

— Seria uma honra, césar.

Laios, de novo, ficou quieto e surpreso. Nunca lhe passara pela cabeça que fosse um dos "melhores soldados" de Aureliano, mas, depois que Drago se apresentou sem hesitar, ficou claro para o tribuno que ele não poderia recusar a tarefa, já que o centurião era seu rival declarado e qualquer recuo seria visto como um ato de covardia. O que mais o perturbava, contudo, era o jeito como o césar o manipulara. Drago aceitara calmamente a expulsão da Cirenaica porque *já sabia* de sua nova missão, enquanto Laios fora forçado a ela.

— Claro que aceito — replicou o equestre, sem muito entusiasmo. — Mas insisto que Zenóbia seja posta em segurança.

— Ela será enviada a Roma — revelou Aureliano, coçando o nariz. — Lugar mais seguro não há.

— César, assim sendo — interveio Drago, respeitoso, mas incisivo —, gostaria de fazer um pedido. Se a criada de Zenóbia estiver à venda, seria de meu agrado comprá-la.

— O espólio é meu! — protestou Laios. — Fui *eu* que a capturei. É justo diante dos deuses que, se ela for separada de Zenóbia, seja entregue a mim.

— Justo — ponderou Aureliano. De acordo com as leis romanas, santificadas pelos deuses, quem capturasse um inimigo teria o direito de escravizá-lo. Laios não pretendia escravizar Polychronia, mas de qualquer maneira a alegação era válida. — É justo que o tribuno a receba como espólio. — E, quando Drago fez menção de reclamar, ele o acalmou com um gesto, seguido de um argumento que Laios só entenderia meses depois, e da pior forma possível. — Räs Drago, já entregamos o que lhe pertence. — Ergueu-se da cadeira, e, ato contínuo, o secretário ofereceu a cada um dos oficiais uma cápsula de pergaminhos. Laios e Drago as aceitaram. — Numa os instruirá sobre os pormenores da missão. Mais alguma pergunta? — Não havia nenhuma, então o imperador disse apenas: — Boa sorte, senhores. — E completou: — Dispensados.

Laios saiu da tenda confuso e agradeceu mentalmente a Atena por ter feito dele um guerreiro, não um político. Os objetivos de um soldado são quase sempre claros, diretos, enquanto os chefes de Estado precisam fazer concessões para agradar grupos rivais, muitas vezes contrariando os próprios ideais e princípios. Então ele abriu um dos documentos e compreendeu, afinal, o papel e a importância que teria em Lida.

E logo ele, que era um herói em batalha, que enfrentara gauleses, germânicos e palmirenses, sentiu medo.

IV

POLYCHRONIA

NO QUINTO DIA DE OCUPAÇÃO, OS ROMANOS COMEÇARAM A PREPARAR O INVENTÁRIO dos espólios. O trabalho foi enormemente abreviado depois que Aureliano proibiu o saque à cidade — ele esperava cultivar aliados em Palmira e precisava fazer um gesto de compaixão. Seja como for, o césar alcançara todos os objetivos que almejava: capturara a rainha, executara o príncipe herdeiro e esmagara o exército de Zabdas. Não havia necessidade de promover um massacre.

Mesmo assim, os cofres foram abertos e o tesouro particular de Zenóbia, distribuído entre as legiões. Na biblioteca, Numa encontrou milhares de livros raros, provenientes de diversas partes do mundo. Um mapa chinês, em especial, chamou-lhe a atenção. O documento supostamente indicava a localização das cidades de Sodoma e Gomorra, destruídas pela "ira de Deus". Uma pena, ele refletiu, que metade da carta tivesse sido rasgada.

Os quartos do palácio foram convertidos em escritórios e alojamento para os generais. Era tudo provisório, uma vez que o imperador esperava voltar a Roma o mais breve possível.

No sétimo dia, Laios foi chamado ao gabinete de Numa. O complexo palaciano ficava sobre a colina central, um nível abaixo do Templo de Bel. Os prédios seguiam o estilo arquitetônico grego, mas a decoração era diferente, com portas de bronze trabalhadas e vasos de planta pendurados no teto. Cortinas de seda tingidas de cores vivas traziam alegria ao ambiente alvejado.

O pátio, cercado de palmeiras altas, era cortado por um lago artificial. Nele, uma família de cisnes brincava, arensando de asas abertas. Dali, Laios subiu uma escada e atravessou o corredor externo até a câmara do secretário. Numa estava sentado a uma escrivaninha bebendo um líquido rosa transparente, com pilhas de papéis ao lado. O aposento tinha uma sacada com vista para o Eufrates e duas cadeiras de vime.

— Comandante. — O eunuco se levantou e se curvou perante Laios. — Por favor. — Mostrou um dos assentos. — Sente-se. Quer um refresco?

— Não. — O cavaleiro se sentou. Era estranho conversar com Numa. Ele era um escravo, nem sequer tinha direitos políticos, e ao mesmo tempo era um dos homens mais influentes do Império, por ter contato direto com o césar. Os oficiais não sabiam lidar com ele, se o tratavam como nobre ou como serviçal. — Obrigado.

— Posca. — Ele se referia à bebida rosada, uma mistura de água e vinagre muito apreciada pelos plebeus, mas desprezada pelos patrícios. — O imperador às vezes me proíbe. Não é sofisticado. Não cai bem, mesmo para alguém como eu. Mas eu gosto. O que posso fazer?

Com o rosto impassível, Laios balançou a cabeça.

Numa separou uma grande folha de pergaminho e a virou para que o equestre pudesse ler.

— Preciso que assine aqui. — Ofereceu-lhe uma vareta com a ponta de bronze afiada. Laios arrastou a cadeira para perto e leu rapidamente o documento. — Esta é a escritura da propriedade em Lida — explicou o eunuco. — Pertenceu ao senador Caio Valério Fúlvio, que perdeu tudo no jogo.

O cavaleiro se impressionou. Os senadores eram homens riquíssimos, cuja fonte monetária resistia a secar.

— Que má sorte.

— Quem brinca com fogo amanhece queimado — concordou, apontando para um espaço no pé da escritura. — Por favor, nesta linha.

Laios assinou esse e outros documentos. O último era o termo de propriedade de um escravo — ou melhor, de uma escrava, chamada Polychronia, de acordo com os registros. Ele estranhou.

— Não preciso de escravos.

— Não? — Numa examinou o papel e entendeu a confusão. — Ah, sim. — Bateu palmas e projetou a voz: — Sila!

Instantes depois, um homem de aparência andrógina adentrou o recinto. Trazia uma jovem de tez acobreada, com um vestido branco longo e os braços à mostra. Era a criada de Zenóbia. Estava tão maquiada que Laios quase não a reconheceu. O perfume era forte, doce e exagerado.

Numa insistiu:

— Comandante, assine aqui.

— Pensei que ela fosse uma mulher livre — contestou.

— Era.

— Há necessidade de ser escravizada?

— Sem dúvida nós temos esse direito. Não é assim desde sempre? — instigou o secretário, e acrescentou uma informação relevante: — O centurião Räs Drago também a solicitou como espólio. Se o senhor se recusar a recebê-la, a moça será entregue a ele.

Contrariado, Laios assinou o termo de propriedade.

— Pronto. — Pousou a caneta sobre a mesa.

— Perfeito. — O eunuco carimbou os papéis e começou a recolhê-los. — O imperador destacou cinco homens para acompanhá-lo na viagem até Lida. Precisa de mais alguma coisa?

— Não.

Numa enfiou os documentos em um tubo e os entregou ao equestre.

— Então acho que é isso. Boa viagem.

Laios apanhou o tubo, deu as costas para o escravo e se aproximou de Polychronia. Ela estava de cabeça baixa, em postura submissa, transparecendo constrangimento e vergonha.

— Olá. — Ele ia iniciar uma conversa, mas ao vê-la ali, apresentada como um objeto, não teve coragem. Sentia-se culpado, de modo que disse apenas: — Venha comigo.

Inicialmente chamada de Judeia, a Palestina foi conquistada nos tempos de Júlio César e rebatizada mais de cem anos depois, quando milicianos judeus atacaram uma base da Décima Legião próxima ao porto de Cesareia. Em poucos dias, a região estava mergulhada no caos. O jovem comandante Bar Kokhba, cognominado Filho da Estrela, enforcou oficiais romanos, entrou em Jerusalém e proclamou a independência de Israel. Para esmagar o levante, o imperador

Adriano despachou suas melhores tropas, que destruíram vilas, crucificaram pessoas e sitiaram fortalezas, até Kokhba ser finalmente encontrado. Os combates, que se alongaram por meses, terminaram com mais de oitocentos mil mortos. O país ficou devastado, e o césar, em retaliação, mandou que os palácios, muralhas e construções fossem reerguidos segundo o modelo helênico, isto é, iguais aos da própria Roma, com fóruns, termas, colunas votivas, anfiteatros, capitólios e, claro, templos dedicados aos deuses estatais.

Lida é um autêntico retrato desse período. Quase dois séculos depois da revolta, o Templo de Zeus ainda ocupava a colina onde centenas de guerrilheiros foram degolados. O homem mais importante de Lida nos anos anteriores à chegada de Laios era um senador da família dos Fúlvios, cujas posses — por razões que ainda serão reveladas — caíram nas mãos do Estado. Foi assim que a Vila Fúlvia, duas milhas a oeste de Lida, tornou-se o lar de Laios Graco, e a *domus*, isto é, a casa urbana do senador, passou ao controle de Räs Drago.

Conta-se que, quando Laios viu a propriedade pela primeira vez, perguntou a um pastor de ovelhas que "aldeia" era aquela. O terreno era de fato imenso, um complexo de casas cercado por muros de tijolos, cobertos de estuque em tons uniformes. O pátio central era amplo, decorado com árvores em círculo, e em volta ficava o alojamento dos proprietários, depois o dos escravos. Havia ainda galpões, armazéns, oficinas, hortas, um pequeno lago, chiqueiro, galinheiro, além do estábulo e de uma área circular, nos fundos, para o treinamento dos cavalos. Nenhum aqueduto passava por Lida, mas o solo era fértil graças às águas subterrâneas, muito propício ao cultivo de oliveiras, cuja plantação, a propósito, se estendia para o sul — e agora também pertencia a Graco.

Quem os recebeu foi um indivíduo magro, calvo, de barba crespa e sobrancelhas grisalhas, vestido com uma túnica rasgada nas pontas. Parecia ser sexagenário, porém o equestre soube, depois, que tinha apenas cinquenta e dois anos. Estava deitado com a testa no chão de pedrinhas, os pés descalços, e atrás dele havia outras dez pessoas usando trajes limpos, mas simples, posicionadas da mesma forma. De início, Laios não entendeu quem eram eles, porque, apesar de ser um patrício, estivera a vida toda no exército e, antes de Polychronia, jamais possuíra um escravo.

— Levantem-se. — Ele fez um movimento com a mão. — Quem são vocês?

O homem calvo se aprumou.

— Sou Strabo, ex-secretário do senador Fúlvio — apresentou-se. — E o senhor, imagino, é o nosso novo dono.

Laios desmontou. Na comitiva vinham Polychronia e mais cinco guerreiros da Fulminante, sendo um deles um centurião. Desde Damasco o grupo não comia decentemente. Estavam todos cansados, sobretudo os homens, que envergavam armaduras metálicas.

— Strabo. — O nome, se ele bem lembrava, era o mesmo de um sábio helênico que fizera voto de castidade e pobreza para se dedicar inteiramente aos estudos. — É um prazer. Que bom poder conversar em grego, para variar.

— Quanto a isso, o senhor não terá problemas. Só se fala grego por aqui. Pelo menos as pessoas decentes.

O cavaleiro julgou o comentário um tanto elitista, mas não retrucou.

— Já foi instruído sobre as minhas necessidades?

— Sim. — Strabo afagou os pelos do rosto. — Os mensageiros imperiais foram quase didáticos. O senhor gostaria de começar por...

— Por uma boa refeição. — Laios olhou para Polychronia e os companheiros de armas, que, como ela, já tinham apeado. — Depois precisamos de um banho prolongado, e então cuidaremos da burocracia.

— Perfeitamente.

Strabo curvou-se e os conduziu através do portão de entrada, que cruzava um dos galpões, chegando ao pátio externo. Lá, dois garotos podavam as árvores e outros dois cortavam a grama com foices de mão. À esquerda havia um longo alpendre, sustentado por vigas de madeira e coberto de telhas. Depois dele ficavam os aposentos dos visitantes, do senhor e de sua família. Penetrando ainda mais o edifício, percorrendo um corredor à direita, chegava-se a um pátio interno, um *atrium* (ou átrio) bem arejado, onde fora posta uma mesa com um pequeno banquete. Divãs e cadeiras se espalhavam pelo recinto, que contava ainda com duas piras e uma estátua da deusa Afrodite esculpida em pedra-sabão. Os dez escravos estavam prontos para servi-los e logo lhes ofereceram taças de vinho, cogumelos e ostras cozidas.

O centurião, um ruivo de origem gaulesa chamado Saturnino, dirigiu-se a Laios:

— Se não se importa, comandante, os rapazes estão famintos. Talvez um dos escravos possa nos indicar a cozinha.

— De jeito nenhum. — Laios enrugou a testa. — Vocês comem conosco.

O sujeito agradeceu, e mesmo um tanto tímidos ele e os soldados comeram e beberam à vontade. Polychronia fez sua refeição discretamente, e só quando os visitantes saíram ela se aproximou do tribuno.

— E quanto a mim? — perguntou. — O que devo fazer?

Os dois quase não haviam se falado desde Palmira. Tudo o que Laios sabia era que ela nascera em Tessalônica, na Macedônia, e se tornara criada de Zenóbia aos catorze anos. Ele tentara puxar assunto durante a viagem, mas a moça se mostrava fria, monossilábica. Aproveitou a oportunidade para sanar suas dúvidas:

— O que você sabe fazer?

— Eu? — A réplica a pegou de surpresa. — Não sei. — Ela gaguejava, confusa. — Não pensei em nada. Nem sequer sei o que sou. Uma criada? Uma escrava? Sua concubina?

— Prefiro considerá-la minha convidada — ele respondeu e arregalou os olhos, como quem se recorda de algo. — Espere aqui.

Laios saiu do átrio e retornou cinco minutos depois com um documento na mão. Desenrolou o pergaminho. Era o termo de posse de Polychronia. Ele se aproximou de uma das piras e atirou o objeto no fogo.

Por um segundo, a jovem se assustou. O homem a estava libertando, mas ao ver os papéis arderem ela teve a impressão de que seria expulsa de Lida, de que não era mais necessária ou benquista pelo (agora antigo) senhor. Ninguém, pobre ou rico, deseja ficar sozinho no mundo, e Polychronia não era diferente.

— Por que está fazendo isso? — ela quis saber.

O oficial admitiu:

— Já tenho escravos demais.

Polychronia continuava sem entender.

— Você é cristão?

Ele riu do absurdo.

— Cristãos não são permitidos no exército.

— Bom, se não é cristão — divagou a moça —, só pode ser estoico.

— Se você diz... — Laios aquiesceu. Desafivelou o cinto e tirou a armadura. A túnica vermelha estava molhada de suor. Os pés doíam. Diferentemente dos infantes, que calçavam sandálias, os cavaleiros romanos, já naquela época, usavam *calcei*, uma espécie de bota que ajudava a mantê-los firmes sobre a montaria, mas cuja sola esquentava, causando frieiras. — Caminhe pela propriedade, converse com os escravos, capatazes e serviçais e fique à vontade para decidir o que quer fazer, no tempo que lhe for necessário. De minha parte — ele suspirou —, preciso de um banho.

— Eu também.

— Strabo!

O velho encontrava-se ali perto e atendeu prontamente:

— Mestre.

— Os soldados já terminaram? Quanto tempo para preparar mais duas tinas de água?

— Ah, mas isso pode ser arranjado sem demora. — O secretário deu uma risadinha agradável. — Me acompanhem, por favor.

O ar de mistério atiçou a curiosidade de Laios e Polychronia, que seguiram Strabo de volta ao jardim. Caminharam de oeste a leste até um galpão de teto baixo, com apenas um andar e janelas altas. O escravo abriu a porta. O que se via lá dentro era uma piscina larga, o fundo decorado com mosaicos que ilustravam a figura de um cisne de asas abertas, ou talvez fosse um pato.

O equestre se surpreendeu.

— Como conseguem tanta água? — Laios não esquecera que, apesar de o solo ser especialmente fértil em Lida, eles estavam em uma zona árida, rodeada de desertos.

— Há um poço artesiano na propriedade — informou Strabo. — Não nos falta água, mesmo sem o aqueduto.

— Luxo demais para um soldado como eu. — Ele tirou a túnica, descalçou as botas e desceu pelas escadas de pedra, banhando-se na água fria. O alívio ao mergulhar foi libertador, porque, além do esforço que a viagem exigira, o dia estava quente e o ar, abafado. Polychronia o observava de longe. Não se mexeu, não o acompanhou, e ele percebeu o motivo. Ordenou ao escravo: — Strabo, deixe-nos.

O careca saiu, e só então Polychronia tirou a roupa. Laios estranhou o pudor, afinal tanto gregos quanto romanos apreciavam a nudez, então só restava uma explicação. Curioso, o tribuno devolveu a pergunta que ela lhe fizera mais cedo:

— Você é cristã?

— Não é o que parece. — A jovem entrou na piscina. O reflexo do corpo esguio tremulava na água, fazendo-a parecer uma ninfa de cabelos longos e feições delicadas. — Já fui casada — revelou. — O meu marido morreu na Batalha de Palmira. Estou aos poucos me acostumando com a ideia. Não é fácil para mim ficar a sós com outro homem.

— Quem era ele? — Laios se interessou em saber. — Servi em Palmira. Pode ser que tenhamos nos conhecido.

— Duvido. Na verdade, tenho certeza de que não se conheceram. Mas não importa. Preciso seguir adiante.

— É sempre o melhor a fazer. Na verdade, é a única coisa que se pode fazer.

Polychronia — que fora humilhada, que ficara calada por dias, agindo como se fosse um boneco — não se conteve e replicou:

— Quem é você para dizer isso? Com tantos privilégios e uma família abastada, não tem o direito de opinar.

— Gostaria que estivesse certa, mas infelizmente eu sei do que estou falando. — Ele deu um mergulho, veio à tona e alisou o cabelo. — E se eu lhe contasse que, quando criança, quase me tornei um escravo?

— Eu duvidaria.

— Na época de Valeriano, os persas invadiram a Capadócia. Eu tinha treze anos quando fui separado dos meus pais e por pouco não fui capturado. Os sassânidas queriam escravizar a todos, em especial os aristocratas romanos. O meu pai, chefe da guarnição da cidade, foi apunhalado ao tentar lutar, e a minha mãe... — Ele hesitou antes de prosseguir. — Bom, fizeram coisas piores com ela.

O relato, carregado de emoção, acabou por comover Polychronia.

— Como você escapou?

— Quando as tropas do imperador chegaram à cidade, eu me alistei imediatamente. Por sorte, um dos oficiais conhecia o meu pai. Fui incorporado como aprendiz e galguei todos os postos da cavalaria até me tornar tribuno — contou. — Não vou mentir — ele se abriu. — Sou um soldado e já vi coisas terríveis. Já *fiz* coisas terríveis. Mas existem certos limites que nenhum ser humano deveria ultrapassar.

Envolvida pela história, Polychronia agiu por instinto e o abraçou. Laios retribuiu o gesto e acariciou-lhe as costas, os ombros, os cabelos. A proximidade o excitou, e seu membro se tornou mais rígido. Constrangido, ele tentou se afastar, mas a moça o procurou.

— Não. Eu preciso — ela pediu. — Faça amor comigo.

— É o que você quer?

— Eu... — A frase se transformou em um gemido à medida que o tribuno a empurrava contra os ladrilhos da piscina. Polychronia abriu as pernas, tomada pelo calor do momento, e Laios a penetrou brutalmente. Ela gritou de dor, pensou em contê-lo, mas era tarde demais, então resolveu se entregar. — O que está fazendo? Me beije — exigiu. — Já fez amor com uma mulher de verdade? Ou só com prostitutas? — O equestre não respondeu, e ela insistiu: — Me beije.

Os dois se beijaram. Contudo, por mais que tentasse, Polychronia não conseguia chegar ao orgasmo. Fechou os olhos e pensou no falecido marido. Imaginou que era ele que a apertava, não Laios, e em segundos a genitália desabrochou como uma flor. Deu um longo e sonoro suspiro, até que uma onda de prazer lhe percorreu o corpo.

Laios se satisfez logo depois e, abraçados, os dois voltaram para o centro da piscina. Ficaram assim por alguns instantes, que pareceram ter durado séculos, até que o oficial capadócio sentiu que precisava urinar.

Saiu da água. Em um nicho da casa de banho, sobre um estrado, havia duas bacias e um pote de óleo, além de algumas toalhas. Espalhou o óleo sobre a palma e começou a esfregar a pele. De repente, perguntou à mulher:

— Não me respondeu se era cristã.

— Nem você.

Os dois riram. Um riso jovial, de sincera alegria.

Com a bexiga cheia, Laios chamou Strabo. O secretário o aguardava no pátio e mostrou a ele onde ficavam as latrinas.

Polychronia permaneceu no galpão, a sós. Caminhou até o lado oposto da piscina, raspando os pés no chão para sentir a textura dos mosaicos. Certa hora, ajoelhou-se nos degraus e, sem que ninguém a visse, começou a rezar.

Clamou a uma infinidade de deuses e deusas: Ísis, a mãe de Hórus; Cibele, a protetora das mulheres; Hera, a esposa de Zeus; e Bel, o Senhor do Fogo.

V

CIDADE DE ZEUS

O ATO SEXUAL SUGOU AS ÚLTIMAS FORÇAS DE LAIOS. DEPOIS DO BANHO, ELE FOI ao gabinete dos Fúlvios para examinar os contratos de sua nova propriedade e acabou cochilando sobre tinteiros e gizes de carvão.

Sonhou com Zenóbia, que o amaldiçoara com a infertilidade. No sonho, a rainha e sua criada estavam reunidas no escritório de Numa, em Palmira, arquitetando uma forma de destruir o Império Romano. Laios entrava na sala por acaso, era acusado de traição, imobilizado por guardas sem rosto e castrado por Polychronia.

Despertou com um susto.

— Mestre. — Strabo o cutucou. Já havia anoitecido. O gabinete era um misto de estúdio e biblioteca, com centenas de pergaminhos atados em rolos, enfiados nas prateleiras. No fundo do aposento havia um busto de mármore apoiado sobre uma meia-coluna, retratando a figura de um homem que ninguém sabia quem era, e em um nicho enxergava-se a estátua da loba amamentando Rômulo e Remo. — Eis os registros que o senhor me pediu. Prefere deixar para amanhã?

— Ah. — Laios esfregou os olhos. — Que horas são?

— Primeira hora da noite. — Esticou alguns papéis sobre a escrivaninha, prendendo as pontas com cubos de bronze. — Está cedo ainda.

— Que dor de cabeça. — Laios endireitou-se e abafou um arroto. — Bom, é melhor adiantarmos o que for possível. — Caminhou até a porta, bloqueada por uma cortina áspera, pôs a cabeça para fora e pediu que alguém lhes trouxesse dois copos de água. Em seguida, voltou ao assento e apontou para a cadeira à sua frente. — Sente-se. Está com a lista do imperador?

— Sem dúvida. — O velho conferiu algumas anotações que tinha feito em tábuas recobertas de cera. — Suponho que a prioridade seja a muralha, depois o recrutamento da milícia, a cúria, a reforma do fórum, uma torre de vigília e então outros monumentos podem se seguir, conforme a necessidade.

— Como sugere que arrecademos o dinheiro?

— Convoque o conselho municipal. Certamente haverá homens dispostos a patrocinar tais construções.

— Conselho municipal? — Laios sempre tivera aversão a política e nunca se interessara em saber como funcionava uma cidade romana. O que ele tinha imaginado, de início, era que governaria Lida como uma espécie de ditador regional, mas não era esse o caso. — O que seria um conselho municipal, exatamente?

— O conselho municipal é como um Senado urbano, se me entende — respondeu Strabo, sem traços de ironia ou desdém. — Os "senadores" municipais são chamados de decuriões ou edis. Nos tempos da República e durante o início do Império, esses políticos eram eleitos pelo povo, mas hoje parece que isso só é realidade na Itália. Nas províncias, integram o conselho todos os homens notáveis, que têm certa importância para o funcionamento das urbes. Alguns possuem terras, outros gerenciam negócios vitais, e há aqueles que controlam uma quantidade razoável de clientes ou seguidores, como é o caso, aliás, do bispo Claudiano.

— O que é um bispo?

— O chefe de uma comunidade cristã.

— Há muitos cristãos na cidade?

— Ah, sim, muitos — informou Strabo, e havia um claro desconforto em sua voz. — Eu diria, inclusive, que Lida é uma cidade majoritariamente cristã.

Intrigado com a reação, Laios perguntou:

— Qual é a sua opinião sobre eles?

— O cristianismo é a religião dos pobres, sobretudo dos pobres de espírito. Dos fracos, dos necessitados, dos vazios. Nenhum homem letrado, em sã consciência, acreditaria nos evangelhos. Mas a seita mantém a plebe sob controle, o que é útil, admito.

— Em que você acredita, então?

— Na razão humana. No fim, ela deve prevalecer — opinou Strabo. — Sócrates dizia que, quando fazemos o mal, é porque não conhecemos nada melhor que isso. Assim, é importante ler, estudar e pensar. Não há religião superior à verdade.

— Eu o invejo, Strabo. Um indivíduo que não teme os deuses.

— Eu temo os homens, mestre, que são muito piores.

— Eu costumava gostar de filosofia — divagou Laios, quando uma escrava chegou trazendo os copos de água. Ele e o secretário beberam o conteúdo de uma vez. — Não converso sobre essas coisas desde criança. — Levantou-se. — Mas é melhor deixar o resto para amanhã. — Dirigiu-se à porta. — Estou exausto.

— Se me permite, sugiro marcarmos logo a reunião.

— Dois dias é um prazo razoável?

— Totalmente.

— Estou ansioso para conhecer os notáveis. E escreva também para o centurião Räs Drago. Ele tem uma *domus* na cidade. Descubra onde fica. Nós vamos visitá-lo antes do conselho. Precisamos acertar uns detalhes.

— Sim, mestre.

Já no corredor, o equestre indagou:

— Qual é a lei para o porte de armas dentro de Lida?

— Que eu saiba, não temos uma.

— Ótimo — ele aquiesceu, pensativo. — Que continue assim.

O dia seguinte à chegada de Laios foi intenso. Sempre na companhia de Strabo, ele passou a manhã, a tarde e o início da noite percorrendo as terras que agora eram suas. Descobriu, como já suspeitava, que a Vila Fúlvia era uma comunidade autossustentável, capaz não só de cultivar alimentos como de refiná-los. Para que o lugar prosperasse, contudo, era necessária uma quantidade exorbitante de escravos, e Laios, um defensor clássico da liberdade, tornou-se de uma hora para outra um dos maiores escravagistas da região — se não o maior. Esses homens e mulheres trabalhavam nos campos de oliveiras, nas hortas, oficinas, na cozinha, no processo de produção do azeite, na limpeza da casa, e havia os servos esclarecidos, como Strabo, que administravam as finanças e controlavam os outros escravos.

De todas as alas da Vila Fúlvia, Laios gostou mais dos estábulos. Como equestre, ele aprendera a venerar os cavalos, e havia na propriedade dezoito desses animais, além de três mulas, um burro, seis bois de carga, uma dúzia de bodes e quatro vacas leiteiras. Os porcos ficavam afastados, no chiqueiro, e o galinheiro só não estava lotado porque fora atacado por uma raposa, que quebrara os ovos e comera as galinhas.

Laios ocupou-se, naquele dia, menos de explorar os detalhes estruturais da vila e mais de conhecer as pessoas, e se surpreendeu com a submissão dos escravos. Ele próprio era submisso a seus líderes, mas havia em certas almas um tipo estranho de apatia. Criaturas assim são facilmente manipuladas, podem cair nas garras de um chefe tirânico e se tornar marionetes da noite para o dia. Se bem que, pensou Laios, ele também era um títere, um matador sob as ordens do césar. Nesse aspecto, o que dissera a Strabo era verdadeiro: ele admirava aqueles que não temiam os deuses, pois eram donos do próprio destino. Não era o seu caso, em definitivo. Laios aprendera cedo a cultuar os ídolos gregos, não só Atena, mas Apolo e Zeus, entre outros. De fato, presenciara mais de uma vez essas deidades em ação, como durante uma viagem a Creta, quando seu navio fora pego por uma tempestade. O sacrifício de um cavalo que estava a bordo, seguido de uma prece coletiva a Poseidon, fora suficiente para que a tormenta desaparecesse, em questão de minutos. Os deuses, na opinião dele, não só existiam como eram vulneráveis às fraquezas humanas: sentiam ódio, ciúme, inveja, então convinha respeitá-los — e adorá-los, quando possível.

Polychronia fora acomodada em um quarto no alojamento dos senhores, o que a deixara ainda mais confusa quanto às suas funções, se é que tinha alguma. Laios estava encantado por ela e desejava pedi-la em casamento, mas não acreditava que fosse o momento oportuno. De qualquer maneira, o matrimônio entre os dois não era uma opção àquela altura. De acordo com a lei vigente na época, o único modo de formalizar um casamento era por meio de um contrato de dote: a família da esposa oferecia ao marido uma quantia em dinheiro, o que dava à mulher o poder do divórcio. Se ela resolvesse se separar, teria o direito de voltar para a casa dos pais carregando consigo o dote, o que, dependendo do valor, podia levar o esposo à bancarrota. Portanto, quanto maior fosse o dote, mais força tinha a mulher. O problema é que Polychronia não possuía terras, ouro, prata, tampouco uma família que a apoiasse, então a união, em termos legais, se fazia inviável.

Na manhã do terceiro dia, Laios vestiu um manto branco solto e pregueado, chamado pelos patrícios de toga, calçou sandálias confortáveis e caminhou até a cidade com Strabo, percorrendo uma estrada de blocos de pedra. Os engenheiros que reconstruíram a Palestina depois da Revolta de Bar Kokhba fizeram um trabalho excepcional, ele pensou, embora Lida estivesse um tanto suja e malcuidada. Não havia muros que a cercassem, sendo a entrada demarcada por um pórtico, semelhante a um arco do triunfo. Encostado nesse arco, um homem com dois potes de cerâmica vendia água potável, oferecida aos transeuntes em uma caneca de chumbo.

— O aqueduto fica longe — Strabo sussurrou para Laios. — O comércio de água é um negócio rentável por aqui.

— Quem controla essa atividade?

— Um sujeito chamado Eron. O nome estava nos documentos — lembrou o escravo. — O senhor vai conhecê-lo hoje.

Laios e Strabo penetraram na área urbana. O caminho era agitado, porque o arco conduzia diretamente ao cardo, isto é, à avenida do comércio, cingido por padarias, tinturarias, sapatarias, carpintarias, açougues, bares e oficinas. Todas as lojas, ele reparou, seguiam o modelo romano, sendo abertas para a rua, com balcões sobre os quais os comerciantes negociavam os produtos. Laios chamava atenção não só por ser estrangeiro como pela toga que usava, símbolo de opulência, e era abordado a cada instante por indivíduos que ofereciam tapetes, utensílios de madeira e serviços de massagem. Strabo ia na frente e os afastava aos gritos.

— Que língua é essa? — perguntou o equestre.

— Aramaico, mestre.

— Lembra o púnico. — Ele se referia ao idioma da antiga Cartago, ainda falado no norte da África. — Digo pela sonoridade.

— São línguas irmãs — contou o secretário, desviando-se de um bolo de estrume. Três meninos passaram correndo por eles, perseguindo um cachorro manco. — Raros são os que conhecem latim. Felizmente a maioria dos lojistas entende grego. O sotaque é tosco, mas eles se esforçam, sobretudo quando querem vender alguma coisa.

Dobrando à esquerda, chegaram a uma rua transversal, que se projetava ao largo de uma escadaria de mármore, terminando em um complexo de banhos públicos. O prédio era lindíssimo, com frontões e colunas, mas os degraus estavam imundos, repletos de rachaduras, e o interior parecia abandonado. Em vez de homens limpos, cheirando a óleo, o que Laios viu nos níveis acima foi um jovem de manto preto agitando um cajado. Umas quinze pessoas o escutavam: mulheres na maioria, atentas a cada palavra. Strabo balançou a cabeça e fez um muxoxo.

— Cristãos.

— É assim que eles pregam? — Laios perguntou, sem reduzir o passo. — Nas ruas? Fora de templos?

— Eles se reúnem em templos chamados "igrejas". Gostaria de dar respostas mais precisas, mestre, mas não sei muito sobre a seita. Peço desculpas.

Laios não insistiu, apenas o acompanhou através de ruelas e pequenas praças, enfim chegando à *domus* do senador Fúlvio, que agora pertencia a Räs Drago. O lugar era uma autêntica mansão urbana, com dois andares, pátios internos e fechada por uma porta de carvalho maciço. Naquele dia, as seções estavam abertas, dando acesso a um corredor, nem curto nem longo. O piso da entrada havia sido quebrado. Dois artífices trabalhavam no chão, refazendo os mosaicos, compondo uma figura que, aos olhos do equestre, lembrava os contornos de uma serpente alada.

— Um dragão — exclamou Räs Drago, chegando de surpresa pelo corredor. Usava uma túnica cinzenta, braceletes de cobre e sapatos de couro. Dirigiu-se a Laios e estendeu-lhe a mão. Os dois se cumprimentaram, mas havia certa tensão no ambiente. — *Dra'ko* para nós — ele disse, fitando o mosaico. — É uma criatura nativa do meu país, a Dácia. — Os dácios, sabia o equestre, eram um povo que vivia nos arredores dos Montes Cárpatos, a sudeste da Germânia. — Por favor, entre.

Drago fez um gesto para que Laios o acompanhasse, mas deu um assovio de desaprovação quando Strabo os seguiu. Com o dedo rígido, ordenou que ele aguardasse na cozinha. O velho obedeceu, sem hesitar.

— É o seu primeiro escravo? — perguntou Drago, e acrescentou, antes que Laios respondesse: — É preciso ser duro, até com os domésticos, senão eles ficam indisciplinados. — Os dois chegaram ao átrio, cruzaram uma antecâmara, entraram em um segundo pátio, com um canteiro no fundo, e viraram à direita na sala de jantar, mobiliada com quatro divãs. Uma mulher de cabelos pretos depositava uma ânfora sobre a mesa de centro. Quando os percebeu, recuou, visivelmente assustada. Laios achou que fosse uma escrava, até que Drago os apresentou. — Esta é Lídia, minha esposa. — E encarou a mulher, sisudo. — Cumprimente o tribuno, Lídia.

Ela fez uma vênia, quase se ajoelhando, depois saiu sem dizer uma palavra. Drago percebeu o desconforto do visitante, serviu duas taças de vinho e comentou:

— Desculpe se os meus hábitos o perturbam. No meu país as coisas são diferentes.

— O que um homem faz dentro de sua casa não me diz respeito — retorquiu o equestre em tom amistoso.

— Nós começamos com o pé esquerdo, comandante. É difícil julgar alguém por seus atos no calor da batalha. — Sorveu um gole de vinho. — Proponho recomeçarmos do zero.

— Claro. — Laios provou a bebida. Era excelente. — Por isso estou aqui.

— Ótimo. — Drago sentou-se em um dos divãs. O visitante o imitou. — Já esteve no circo?

— Não. Cheguei há poucos dias. É a primeira vez que venho à cidade — disse, levando o copo aos lábios. — Nunca fui um grande apreciador de corridas.

— Nem eu. — Deu risada. — É uma arena de gladiadores. Pelo que soube, foi restaurada por um comerciante siciliano a partir das ruínas de um anfiteatro.

— Deve ser um negócio infrutífero. — O equestre imaginou que os cristãos, pelo pouco que sabia deles, repudiassem esportes sangrentos, mas a verdade, como ele comprovaria depois, era que a arena vivia lotada.

De repente, escutou-se um grito abafado, um berro de dor vindo de algum lugar sob a estrutura da casa. Drago desconsiderou o lamento e prosseguiu:

— É contra os jogos?

— Depende. Considero perfeitamente legítimo um condenado à morte perecer com uma espada na mão. Não há forma mais digna de execução. Mas há exageros.

— Que tipo de exageros?

— Mulheres e crianças atiradas aos leões, por exemplo — afirmou, circunspecto. — Isso não é jogo, é covardia.

Drago não pensava assim, e o equestre percebeu pelo seu olhar. Os dácios se equiparavam aos germânicos em termos de crueldade, e alguns sustentavam que eram os menos civilizados dos povos do Império. Na aldeia em que Drago nascera, os ritos masculinos de passagem à idade adulta eram desumanos. Para se tornar um guerreiro, o jovem precisava matar o próprio pai, fazer um talho no cadáver e comer o coração. Só assim ganhava o respeito da tribo e podia se considerar um forte, um *dra'ko*, com hálito de fogo e escamas impenetráveis.

Nesse momento, um menino de três ou quatro anos cruzou o pátio em direção ao canteiro, mas, ao notar que a sala de jantar estava ocupada, dirigiu-se até ela. Tinha os cabelos claros, estava descalço, vestia uma túnica marrom e encarou Laios com um olhar fulgural.

— Este é Hron, meu filho. — Drago apontou para a criança, que deu as costas e sumiu pelos quartos. — Agora você já conhece a família toda. — Esboçou um sorriso falso e se levantou. — É melhor irmos andando, ou vamos nos atrasar. O fórum não é assim tão perto, e a reunião está marcada para a sexta hora.

O tribuno concordou. Regressaram ao átrio e de lá para o corredor de entrada. Strabo, sentado em um banco, ergueu-se prontamente. Laios o chamou, os três driblaram o mosaico e saíram. Do lado de fora, dois homens fortes, de olhos azuis e dentes escuros, aproximaram-se de Drago arrastando um jovem ensanguentado, as roupas rasgadas, coberto de hematomas.

— Ele confessou, capitão — disse um dos capatazes. — Degolamos?

— Não, não. — Drago não alterou a voz. — Sabe quanto me custaria comprar outro desses? — Deu um passo à frente e segurou o queixo do rapaz. Era um adolescente moreno e franzino. — Esmaguem os testículos. — O garoto começou a se debater ao escutar a sentença, mas foi contido pelos feitores. — Um ladrãozinho — o centurião relatou a Laios enquanto caminhavam. — Foi pego roubando de seu próprio senhor.

— O que ele roubou?

— Não cheguei a averiguar. Hron o acusou. É o bastante.

— Hron? — Laios não queria ser grosseiro, mas o menino não devia ter nem cinco anos. — O seu filho?

— Sim. — Drago entendeu o estranhamento e se justificou: — Se ele roubou ou não, pouco importa. O que eu precisava era de alguém que servisse de exemplo, para que os outros saibam quem manda na casa.

— E eles não sabem?

— Não se esqueça, comandante, de que tanto os meus como os *seus* escravos tinham outro mestre, o senador Fúlvio, e o amavam. Não há como competir com alguém tão adorado. O melhor, portanto, é que sejamos temidos. — Esfregou os dedos em uma parede, limpando o excesso de sangue. — É sem dúvida a melhor estratégia.

Os homens que torturaram o escravo, Strabo diria a Laios depois, eram Horgan e Revan, os gêmeos trácios, uma dupla de malfeitores bastante conhecida em Lida. Eles haviam chegado à cidade dez anos antes para atuar nos jogos, representando o papel dos *thraeces*. Um dos tipos mais antigos e clássicos de gladiador, os *thraeces* usavam elmo, escudo e uma espada curva, chamada por eles de sica. Skudra, o Forte, administrador da arena, acabou dispensando os irmãos por conta de seus impulsos assassinos — eles tinham o costume de matar os gladiadores escravos em vez de apenas feri-los, o que acabava onerando Skudra. Horgan e Revan receberam uma indenização e dali em diante passaram a viver nas ruas, fazendo negócios ilícitos. Quando soube da reputação desses homens, Drago tratou de contratá-los, afinal, conforme dissera a Laios a caminho do fórum, uma de suas tarefas era organizar a milícia urbana, e que melhor maneira de começar do que ganhar logo de cara o apoio dos valentões?

Laios jamais recrutaria facínoras, mas preferiu não questionar o parceiro. Strabo lhe revelara na noite anterior que os dois, ele e Drago, formariam uma dupla de magistrados cuja função seria presidir o conselho municipal. Significava, portanto, que querendo ou não teriam de trabalhar juntos, então era melhor que se entendessem e se respeitassem — ou a vida de ambos seria um inferno.

Caminhando ao lado de Drago, Laios parecia um anão. O gigante louro olhava por cima da populaça e impressionava pela expressão leonina. No fórum, o comércio era intenso e as discussões, acaloradas. O povo negociava de tudo, de animais a espólios de guerra. O espaço era sujo, fedorento e decadente, à exceção do Templo de Zeus — ou Casa de Júpiter, para os romanos —, que se destacava no outeiro adiante. Sustentado por seis colunas na frente e oito de cada lado, tinha o frontão triangular, portas de ferro e uma estátua do deus olímpico refulgindo sobre o pináculo.

Como Lida não tinha uma cúria, os notáveis, não por acaso, se encontravam no Templo de Zeus. Quem os recebeu foi um sujeito de barba branca, toga azul e capa açafrão. O traje, limpo e em perfeito estado, e o sorriso, com todos os dentes na boca, sugeriam que era alguém abastado. Strabo evidentemente o conhecia.

— Demetrios. — O secretário ergueu o braço. — Salve.

— Salve, Strabo. — O homem o cumprimentou com um aceno e logo apertou a mão dos visitantes. Em seguida perguntou: — Estão armados os senhores?

Laios respondeu que não, Drago desconversou e eles entraram no grande salão. O mármore regulava a temperatura a um patamar agradável. Strabo sentiu o cheiro forte de incenso misturado ao perfume das flores depositadas ao pé da estátua de Zeus. O espaço era amplo, e no meio dele ficava uma mesa larga e comprida, à qual se sentavam uns quinze homens vestidos com mantos e togas, a maioria de meia-idade, conversando animadamente em grupos de três a cinco. Entre o vozerio, Laios escutou latim, aramaico, mas especialmente grego, e agradeceu aos deuses por isso. Cada um daqueles aristocratas devia ter trazido seus escravos, ele calculou, pois o ambiente também estava lotado de homens em pé, que usavam túnicas simples e carregavam bolsas de ombro e plaquetas de anotação.

— Meu nome é Demetrios Sula, sacerdote de Zeus — disse o sujeito, indicando-lhes dois lugares à cabeceira. — Não faço parte do conselho municipal. Sou um mediador e nada mais. Permitam-me apresentá-los aos notáveis.

Demetrios nomeou os presentes um a um, explicando quem eram, a origem da família e suas ocupações na cidade. Depois Strabo anunciou Laios e Räs Drago, saudando-os como os novos magistrados.

— Quero agradecer a todos por terem comparecido a este encontro — disse Laios em grego. Embora ele fosse estrangeiro, tinha convocado a audiência e era o anfitrião, afinal. — O imperador nos indicou, a mim e ao capitão Räs Drago, para os cargos mais altos da cidade porque o perigo de invasão é real. Os persas ameaçam as nossas fronteiras, e Lida é estratégica. Talvez os senhores tenham visto as exigências do césar, descritas no convite que lhes foi enviado. Dessas, a construção da muralha é a mais urgente.

— Lida já teve uma muralha, erguida pelo próprio rei Davi — declarou um indivíduo pequeno, dentuço, que usava uma touca de feltro. O judeu Itzchak Baruch ben Moses tinha sessenta e dois anos e era proprietário da maior parte das lojas do cardo. — Os romanos a derrubaram depois da Revolta de Bar Kokhba. Está nos registros. Demetrios poderá comprovar.

— Não duvido — retrucou Laios. — Mas agora precisamos de outra.

— Talvez as ruínas possam servir de base para o tracejado dos novos muros, por isso mencionei — prosseguiu Moses. — Como os senhores são ambos soldados, tomarei a liberdade de ser objetivo — explicou. — Por razões óbvias, não tenho interesse em financiar a edificação de fortalezas romanas. Entretanto, posso lhes indicar o melhor engenheiro que conheço, um egípcio, e hospedá-lo na minha casa pelo tempo que permanecer na cidade.

Um homem gordo, de beiços largos e sobrancelhas escuras, ergueu o dedo.

— Eu poderia fornecer parte do dinheiro. — Era Afraim Eron, um dos comerciantes mais prósperos da região. — Sob certas condições.

— Que condições? — indagou Laios.

— Quero exclusividade sobre a venda de água.

— Mas você já não a tem? — protestou um sujeito de manto rasgado. De olhos castanhos e barba preta, era o mais jovem na audiência. Chamava-se de Claudiano, nome que, segundo ele, adotara após ser liberto em homenagem ao seu antigo senhor, um tal Cláudio Sobo. Claudiano era o bispo de Lida, o chefe da comunidade cristã. Os notáveis o detestavam, mas eram obrigados a aceitá-lo porque sua influência era imensa, especialmente entre os escravos domésticos.

— Não — retrucou Eron. — Soube, inclusive, que alguns dos seus discípulos — disse com sarcasmo — andaram contrabandeando tonéis para dentro da cidade.

— Contrabandeando? — Claudiano se revoltou. — A água é um bem público. O aqueduto é público. O povo tem sede.

— Uma coisa é buscar água no aqueduto — continuou Eron. — Outra é vender. Quem vende não está com sede.

— Senhores. — Laios tentou mediar a briga antes que ela se alastrasse. — Os dois estão corretos, a meu ver. Não se pode impedir o consumo de água. Isso seria criminoso. Mas pode-se regular o comércio. Qualquer um poderá trazer água para a cidade, para consumo próprio, mas só Eron poderá vendê-la.

— Absurdo! — gritou Claudiano.

— É justo — o equestre o enfrentou. — O preço pago é pelo transporte, um serviço que os cristãos jamais fariam, pois condenam o lucro, até onde eu sei.

O jovem bispo fechou a cara. Eron alisou a manga da toga, coçou o nariz e disse:

— Se os senhores magistrados prometerem inibir o contrabando, eu me comprometeria com dois terços do custo de construção da muralha. Evidentemente o empreendimento deve conter uma placa com o meu nome.

— Está acertado, então — concordou Laios. — Quem mais estaria disposto a colaborar com a empreitada?

— Pode ser interessante — disse Skudra. De origem siciliana, o ex-legionário romano era o responsável pelos jogos de gladiadores. Laios percebeu que Skudra devia ter sido muito forte, mas agora, aos cinquenta e dois anos, os músculos haviam se transformado em gordura. — Não tenho o dinheiro no momento, mas posso conseguir.

— Como?

— Promovendo lutas durante o inverno. E cobrando ingresso, claro.

— Ótimo. Há algum impedimento?

— Os espetáculos são tradicionalmente gratuitos, e o povo resiste a pagar — explicou Skudra. — Seria de grande ajuda se os senhores magistrados, que têm autoridade para falar em nome do césar, fizessem um anúncio público das atrações.

Laios não enxergou nada de estranho na proposta. Na realidade, era tudo muito simples.

— De acordo.

Drago tomou a palavra.

— Proponho organizarmos um banquete. No fórum — sugeriu. — Quando é o próximo feriado?

Demetrios, o sacerdote de Zeus, informou aos notáveis:

— Doze de outubro. — A data marcava a Augustália, festival em homenagem a Augusto, o primeiro imperador romano. — Faltam catorze dias apenas.

— Perfeito — comemorou Drago.

— O meu povo não frequenta banquetes — Itzchak Baruch ben Moses voltou à conversa. — Mas, se o meu nome for citado como patrocinador, eu aceitaria participar do rateio. O que os senhores têm em mente?

— O sacrifício de vinte touros — adiantou-se o gigante dácio. — Um touro para cada um de nós. E seiscentas ânforas de vinho. Se dividirmos, o custo não será alto. É a oportunidade ideal para que o povo conheça os novos magistrados. Não há nada mais auspicioso do que começar o mandato com um sacrifício a Júpiter.

Houve um burburinho de concordância e assim a reunião terminou, com os notáveis se cumprimentando, combinando visitas e conversando sobre amenidades. Entre escravos e senhores, só Strabo parecia amuado. Laios percebeu sua angústia.

— O bispo. — O equestre notara o desprezo que ele nutria pelos cristãos. — É o bispo que o incomoda?

— Não, mestre.

— O que o atormenta, então?

— Não sei. — Os dois saíram do templo, atravessaram o fórum e ganharam a avenida do comércio. — Só os devaneios de um velho.

— Compartilhe-os comigo.

— É uma ordem?

— Um pedido.

— Senti algo estranho. — Strabo enrugou a face. — Eu farejo essas coisas. Nada me escapa.

— O que você farejou?

— Não importa. — Ele suspirou. Estava entrando em uma seara perigosa e resolveu não seguir por ela. — Não importa, mestre. Não há de ser nada.

VI

A RAINHA DE ROMA

De Palmira, Zenóbia e sua corte foram transferidas para Emesa, na Síria, onde foram julgadas por um tribunal extraordinário e condenadas à morte. O correto seria executar a rainha imediatamente, assim como seus conselheiros, mas Aureliano tinha um defeito notório: a vaidade. Ele queria mostrar a seus adversários políticos a proeza que realizara, então poupou a viúva e a levou para Roma, apresentando-a diante do Senado.

Roma, já naquela época, encontrava-se em franco processo de decadência, mas ainda era uma cidade vibrante, que conservava muito do antigo esplendor. A zona urbana encolhera, a área a leste do Monte Esquilino — a mais alta das sete colinas — se transformara em uma necrópole a céu aberto, e alguns dos famosos cortiços de Subura foram abandonados após um incêndio que matou quase seiscentas pessoas — a maioria crianças. O Campo de Marte estava tomado por indigentes, e o Templo de Augusto, próximo à Via Flamínia, servia agora de abrigo para ladrões.

Em contrapartida, a região central da metrópole brilhava intensamente. Os distritos perto do fórum — do porto do Tibre ao Capitólio — haviam ganhado novos prédios, jardins e basílicas. Os Montes Célio e Palatino, onde se localizavam as mansões patrícias, eram patrulhados dia e noite, e o Circo Máximo havia sido completamente reformado, ganhando novos bares, latrinas públicas e fontes de água potável.

Zenóbia foi exibida ao Senado em uma tarde clara de outono. O interior do edifício — a cúria — era bem menos faustoso do que ela havia idealizado. Tratava-se de um salão retangular com três níveis de arquibancadas, que terminava em um altar dedicado à deusa Nice, representada pela estátua de uma mulher segurando uma coroa de louros. O prédio era alto, com janelas gradeadas e paredes revestidas de mármore, mas o que chamava atenção era o piso, coberto de desenhos multicolores.

Zenóbia estava algemada, usando trapos, descalça e suja. Um guarda a atirou aos pés de Aureliano, que fez um longo discurso descrevendo a campanha contra Odenato, batalha por batalha. No fim, ele pegou a rainha pelo braço e a colocou de pé, para que todos a contemplassem. Só que, em vez de continuar olhando para o chão, Zenóbia ergueu o queixo e observou os trezentos políticos com a altivez que lhe era característica. O Senado se calou de tal forma que era possível escutar o canto dos passarinhos, as pessoas conversando nas ruas lá fora.

O impacto foi tamanho que, constrangido, o imperador teve de encerrar a sessão e ordenar que Zenóbia fosse devolvida às masmorras. Minutos depois, no pórtico da cúria, ele foi abordado por Marco Cláudio Tácito, um homem de setenta e cinco anos que ocupava a posição de primeiro cônsul, isto é, presidente do Senado romano. Tácito era frágil, tinha os cabelos brancos encaracolados e a pele curtida de sol.

— César, ave. — Ele apertou a mão de Aureliano e o abraçou. — Que grande feito para o Senado e para o povo de Roma. — O cônsul se referia à derrota do Império de Palmira. — Jantamos juntos hoje, em meu palacete?

O imperador sabia que estava caminhando sobre um vespeiro. Não pretendia ficar na cidade por muito tempo.

— Gostaria — desviou-se —, mas preciso me reunir com os meus generais. Problemas na Gália.

Tácito puxou o governante para um canto, de modo que ninguém os escutasse.

— César, é esse o meu ponto. Soube que está tentando arrecadar fundos para lutar contra os rebeldes transalpinos. Pois eu posso ajudá-lo.

— Pode? — Aureliano endireitou-se e falou duro: — Como?

— Estive pensando... Se a rainha será executada, se ela não é mais interessante para os seus planos, talvez eu possa ficar com ela. — Fez uma pausa, olhou ao redor e sussurrou: — Cinco mil talentos de ouro?

O imperador se aprumou.

— Estamos negociando?

— Pense no assunto. — E insistiu: — Eu teria muito prazer em financiar a sua próxima campanha. De romano para romano.

O césar assentiu com a cabeça, e Tácito se afastou com um sorriso. O episódio teria terminado ali se um segundo indivíduo, de toga alva e corpo esguio, não tivesse se aproximado. Era Marco Lólio, senador e oficial da cavalaria.

— César — se apresentou. Tinha dois escravos com ele, um dos quais uma criança. — Posso lhe falar por um minuto?

Curioso, Aureliano deu-lhe permissão. Lólio começou:

— Sou jovem e ainda não me casei, césar. Sei que é um homem pragmático, um soldado, como eu, então prefiro ser objetivo. Quanto o senhor cobraria pelo perdão a Zenóbia?

— Pode sair caro — brincou o soberano.

— Não importa. — O rapaz estava decidido. — Diga-me o preço.

O imperador pigarreou.

— Bom, vou pensar no seu caso.

— Peço que considere, césar. Na realidade, imploro que o faça.

Lólio saiu. Atrás dele se formara uma fila de nobres, todos com a mesma reivindicação: estavam dispostos a pagar para libertar Zenóbia e se casar com ela.

Constâncio Cloro, sempre atento aos arredores, insistiu que retornassem ao palácio, pois não era seguro um imperador ficar parado na entrada da cúria por tanto tempo. Eles assim o fizeram, mas mesmo lá, dentro dos muros do Monte Palatino, receberam dezenas de mensagens de homens ricos — solteiros, casados e divorciados — oferecendo dinheiro para anistiar a monarca.

— Tecnicamente, Zenóbia é sua escrava — constatou Numa, examinando os papéis que chegavam. Ele, Cloro e Aureliano estavam em um salão obscuro repleto de bustos de granito, parcamente iluminado por lamparinas e mobiliado com divãs confortáveis. — O senhor tem todo o direito de vendê-la.

O imperador se espreguiçou em um dos divãs. Fitou o teto, contemplativo.

— Essa atitude não poderia ser encarada como uma fragilidade da minha parte?

— Por quê?

— Ela foi condenada à morte.

O secretário ponderou:

— Os seus adversários vão criticá-lo, como sempre. Os apoiadores, por outro lado, continuarão a respeitá-lo. Como eu disse, não há nada de errado em negociar a liberdade de Zenóbia. É perfeitamente legal.

Cloro arriscou uma palavra:

— César, precisamos do dinheiro para a campanha na Gália.

Numa o apoiou:

— Ele está certo. É uma oportunidade única. Organizemos um leilão.

O imperador resistiu à ideia:

— Sou um soldado, não a merda de um judeu.

— Segundo Heródoto, foram os babilônicos que criaram os leilões — informou o escravo, placidamente. — O fato é que mais dinheiro significa mais tropas. Uma derrota na Gália mancharia as recentes conquistas no Leste — lembrou. — Seria um desperdício.

Depois de algum tempo calado, Aureliano suspirou.

— Quanto fixamos para o lance inicial?

— Do jeito que eles estão desesperados — respondeu Numa —, oito mil talentos de ouro seria um valor realista.

Cloro murmurou:

— É muito dinheiro.

— Sim — assentiu o eunuco. — O preço alto valoriza o produto.

— Muito bem. — O imperador se levantou. — Organize logo o leilão. Não quero esses políticos no meu pé.

Dito isso, Aureliano se recolheu a seus aposentos. Já era noite. Numa comentou com Constâncio Cloro:

— Ele anda irritado. — Estalou a língua. — Temo pelos nervos dele.

— É a vida na cidade grande — palpitou o jovem. — Mexe com a cabeça da gente.

VII

O SACRIFÍCIO

Em Lida, o clima começou a esfriar no princípio de outubro. No pátio dos fundos da Vila Fúlvia, a poeira se transformou em lama e o lago artificial transbordou. Três meninos, filhos de escravos, brincavam na água turva. Laios os observava de longe, à sombra de uma figueira, e se entristeceu de repente. Recordou-se do cotidiano nas legiões, das viagens, do companheirismo entre os soldados, do cheiro da morte, do gosto do sangue. Ele se considerava um homem bom, tentava ser justo e piedoso, fazer o certo, mas tinha um caso de amor com o exército, uma espécie de obsessão com a guerra que começara cedo e o acompanharia para o resto da vida.

Nos tempos de Valeriano — imperador romano que foi capturado e esfolado pelos persas —, Cesareia Mázaca, a capital da Capadócia, foi invadida pelo rei Sapor, dos sassânidas. Houve pilhagens, incêndios e execuções, mas o que se seguiu à retirada das tropas foi ainda mais pavoroso. Em meio ao caos, os próprios cidadãos se revoltaram e saíram às ruas para saquear. O centro urbano foi tomado pela barbárie, com homens e mulheres alucinados. Laios foi separado dos pais enquanto fugiam e vagou sozinho pelos becos, comendo restos, bebendo água das calhas. Três dias depois, a Legião Fulminante chegou à cidade e retomou o controle do fórum. Em uma manhã particularmente clara, o pequeno Laios viu, nas escadarias do Templo de Júpiter, os legionários em formação, com suas armaduras e lanças, as capas vermelhas, os elmos brilhantes. Certa hora, o povaréu tentou avançar, e com uma palavra do centurião os soldados ergueram os escudos, todos ao mesmo tempo, formando uma muralha intransponível. Essa muralha demarcava a fronteira entre a ordem e o caos, entre o dia e a noite. Laios nunca esqueceria essa cena. Ele precisava estar lá. Tinha que ser um daqueles homens. Roma era a disciplina, a *luz*. Todo o resto eram trevas.

Laios sentia-se infeliz e assim continuaria enquanto não estivesse em campanha. Era uma sensação esquisita, que ele realmente não sabia explicar.

Pediu que um escravo trouxesse a espada e, sozinho, golpeou a figueira. Começou com estocadas curtas, uma, duas, que ficaram fortes, mais fortes, intensas, brutais, e quando parou para tomar fôlego a casca da árvore estava em frangalhos. Do caule, escorria uma substância viscosa. Laios suava. O pulso doía.

— É a Ascalon? — soou uma voz na retaguarda. O equestre se virou e lá estavam dois homens. Um era Skudra, o Forte, o dono da arena de Lida, e o outro era um sujeito também musculoso, porém de constituição mais atlética, um indivíduo maduro, caolho, o corpo repleto de cicatrizes. Usava uma túnica curta, comum aos escravos, mas apesar da postura servil Laios teve a impressão de que ele poderia esmagá-lo a qualquer momento em que desejasse.

— Sim — respondeu, meio sem graça.

— Certamente o senhor se lembra de mim — disse Skudra.

— É claro. Perdoe-me. — Apertou a mão do visitante. — Estava concentrado.

— Não há do que se desculpar. O combate é mesmo uma espécie de transe, que facilmente nos captura. Eu é que peço perdão por ter chegado sem avisar.

— Minhas portas estão sempre abertas. — Laios lembrou que Demetrios, o sacerdote de Zeus, apresentara Skudra como ex-legionário. — Especialmente para um companheiro de armas. — Retornou a Ascalon à bainha. — Estou curioso. Em que legião serviu?

— *Legio I Italica* — ele respondeu em latim, depois estendeu um dos anéis contra a luz, exibindo a figura do javali, o símbolo da Primeira Legião Italiana. — Passei a maior parte do tempo guardando a costa do Mar Adriático. Não era um serviço muito penoso, admito.

Laios convidou Skudra para dentro da casa, e os dois acabaram no átrio. O outro homem os acompanhou em silêncio.

— O senhor me parece pouco habituado à vida no campo — notou Skudra. — Confesso que eu também era assim.

— O problema não é a vida no campo — desabafou Laios. — Sinto falta de estar em ação. Mas ordens são ordens.

Um rapaz serviu-lhes água, hidromel, uma tigela de azeitonas frescas e cascas de pão embebidas em azeite.

— Ordens imperiais — concordou o Forte, enfiando na boca um punhado de azeitonas. — Por que não comparece aos jogos qualquer dia? Tudo por minha conta. Quem sabe o contato com as lutas afaste maus pensamentos?

— Não faz o meu gênero.

— Entendo. — Deu uma risada gentil. — Talvez, como soldado, o senhor preferisse estar dentro da arena a fora dela.

— Pode ser. — Laios pensou sobre isso. Provavelmente era verdade. — Mas o que o traz à minha casa?

— Uma doação à Vila Fúlvia. — Skudra traçou no ar um semicírculo com o braço, apresentando de forma teatral o caolho que o escoltava. — O nome dele é Ulisses. É o meu presente de boas-vindas ao senhor, comandante.

— Um escravo? Que generoso.

— Ulisses esteve comigo na Dalmácia, fez dívidas e acabou desse jeito. De qualquer maneira, é um bom sentinela e um lutador excepcional. Me serviu por anos, primeiro como gladiador e depois como guarda-costas. Um magistrado acaba fazendo inimigos, e é sempre bom ter alguém para vigiar a traseira. — Suspendeu o copo em um brinde. — Envio os papéis amanhã, mas desde já fique com ele.

— Eu o saúdo, Skudra. Como posso compensá-lo?

— Nem pense nisso. Que este seja o início de uma grande amizade. — Sorriu, bebeu o hidromel e olhou para a Ascalon. — Claro, se eu puder... — ele fingiu estar encabulado — tocá-la.

Laios não entendeu.

— O quê?

— A espada. — Skudra apontou para a arma. — Esta é a famosa Ascalon, não é? Forjada por Hefesto nas profundezas do Etna. Ouvi falar dela. O aço é mesmo indestrutível?

— Nada é indestrutível. — Laios estendeu a bainha na direção do siciliano. — Por favor, fique à vontade.

Skudra aceitou a oferta, e o que se deu a seguir é nebuloso. De acordo com cidadãos respeitáveis de Lida, o Forte teria sentido um formigamento no braço ao tocar no pomo da Ascalon e imediatamente a soltou. O objeto caiu no chão com um ruído metálico, abafando o grito, que de outro modo teria se alastrado pelos corredores.

Laios apanhou a arma e a pousou sobre um divã. Perguntou se Skudra queria sentar, beber alguma coisa, ficar para o almoço, mas ele se recusou, forçou um sorriso e se despediu, para nunca mais voltar à Vila Fúlvia.

O fato em si não é contestado. O que se discute são as causas do surto. O que provocara a estranha dormência? O organismo de Skudra, debilitado pela falta de exercícios? O olho maligno de Ulisses, cujo único globo enxergaria o além? Ou as propriedades da Ascalon, que, segundo as lendas, só podia ser empunhada por alguém virtuoso?

Seja como for, Skudra faria de tudo para abafar o caso.

Mas Lida era uma cidade pequena.

O calendário oficial do Império não reconhecia dias semanais de descanso, como é o caso do *Shabat* judaico. Os romanos dos tempos de Laios trabalhavam todos os dias, exceto nos feriados, por isso estes eram tão importantes. Claro que tal privilégio não se estendia aos escravos, e foram eles, a propósito, que armaram um estrado de madeira no fórum de Lida, centralizado por uma coluna de ferro. Presos a esse mourão, os touros começavam a ser sacrificados por um especialista do templo, marcando o início da Augustália. Sob a supervisão de Demetrios Sula, o executor introduzia a lâmina na base do crânio, rasgava a carótida do animal e descia o fio, dilacerando a traqueia e o esôfago. Quase sempre, o touro morria sem pronunciar um único som, mas às vezes ele soltava um mugido, e nas raras ocasiões em que isso acontecia a carne se tornava mais dura — ninguém sabia ao certo o porquê.

Os notáveis foram acomodados longe dos plebeus, nas escadarias do santuário, à sombra das colunas sagradas. Lá de cima, sentados em cadeiras confortáveis, tinham uma visão ampla da praça e dos edifícios mais próximos. Nos assentos centrais estavam Laios e Drago, e ao lado deles Polychronia e Lídia, respectivamente. O equestre pedira que a ex-criada de Zenóbia o acompanhasse, mas depois se arrependeu. Havia uma sensação estranha no ar, como um perigo invisível, e, quando Polychronia aceitou uma caneca de água, Laios cochichou só para ela:

— Não beba isso.

— Por quê?

— Precaução. — Falando baixo, graças ao falatório que os envolvia, ninguém podia escutá-los. — Os augúrios são ruins.

— Não sabia que você havia se consultado com um áugure.

— Não me consultei. Mas reparei nos sinais.

— Que sinais?

— Strabo se sentiu mal na reunião do conselho. Depois, Skudra ficou tonto ao segurar a Ascalon. Ela nunca mente.

— O único oráculo verdadeiro é o de Delfos, e mesmo sua voz está se perdendo — ela disse. — Eu sei. Eu *vi*.

— Devo ignorar os indícios, então?

— Não. Eu positivamente acho que você deve escutá-los — afirmou Polychronia. — No entanto, não são necessários sinais para perceber que estamos nadando entre tubarões. Se você derramar uma gota de sangue, eles o atacarão, todos juntos.

Laios concordou. Era um soldado e, sozinho, seria engolido pelas artimanhas políticas, a não ser que alguém o ajudasse. Mas quem? Strabo? Ele era um filósofo, inflexível e cheio de convicções. Skudra, seu colega de armas? Talvez, mas a Ascalon o rejeitara. E quanto a Drago? *Não*. O equestre não confiava nele. Tentara se abrir à sua amizade, mas sinceramente não conseguira.

O anúncio do banquete atraiu muita gente, de outras cidades inclusive. Legionários de folga, estacionados em Jerusalém, chegavam às dezenas. O cheiro da carne, assada em grelhas e temperada com ervas, seduziu sobretudo os cristãos, cujo cardápio costumava ser despojado. Carros de boi distribuíam ânforas de vinho, oferecendo-as a qualquer um que passasse.

Räs Drago se levantou e foi até Laios. De pé, com uma taça na mão, perguntou ao parceiro:

— O que está achando?

— Foi uma grande ideia — opinou o tribuno. — Se o povo estiver satisfeito, os nossos cargos estarão assegurados.

— É impossível agradar a todos, comandante. Portanto, repito o que lhe disse na *domus*: o melhor é ser temido.

— E como conseguiremos isso?

— Pensei em algo impactante — confidenciou-lhe o centurião. — É surpresa. Tenho certeza de que gostará.

Laios ficou intrigado, mas não perguntou o que era.

O sol desceu com o avanço da tarde. Não demorou para que todos os touros fossem abatidos. O palanque estava encharcado de sangue, amolecendo a rigidez da madeira. Crianças brincavam com as vísceras bovinas, jogando-as aos cães e fazendo-os pular. Era a hora de os notáveis seguirem para dentro do templo, onde teriam o próprio banquete, mas, quando Laios ameaçou se levantar, o centurião deu o aviso.

— Esperem, senhores — disse, não só a ele como aos outros patrícios. — Não terminou ainda. Só mais um minuto.

Nisso, os gêmeos trácios surgiram por uma das ruas transversais, afastando os pedestres, trazendo um homem encapuzado. Um dos irmãos, Revan, carregava um balde contendo uma substância oleosa. Os malfeitores subiram no tablado e ataram o prisioneiro à coluna de ferro, amarrando-o com correntes. Na praça, os plebeus se calaram, curiosos para saber quem era o cativo e o que seria feito com ele.

— Cidadãos de Lida — gritou Horgan, o outro gêmeo. — O centurião Räs Drago, primipilo da Terceira Legião Cirenaica, e Laios Anício Graco, tribuno da Décima Segunda Legião Fulminante, os novos magistrados de Lida, oferecem ao povo este banquete, patrocinado pelos notáveis. — Ele tirou um papel de dentro da túnica e leu o nome de cada um dos decuriões, enquanto Revan, com uma esponja, esfregava o conteúdo do balde no corpo do condenado. — É costume em Roma, durante os grandes festivais, os imperadores sacrificarem, além dos touros, um dos inimigos declarados do Estado. — Nesse momento, Revan tirou o capuz do prisioneiro, revelando um indivíduo moreno de olhos negros, a barba por fazer, os cabelos cheios, próprios de alguém que está no cativeiro há dias. — Cidadãos de Lida — Horgan repetiu. — Eis o general Zabdas, comandante militar de Zenóbia, chefe das forças de Odenato.

Zabdas. Ex-colega de Laios. Desertor da Legião Fulminante.

— Zabdas — gemeu Polychronia. — Parem — pediu. — É horrível.

O equestre, assim como ela, tinha aversão àquele tipo de prática — sacrifícios humanos —, mas nada podia fazer.

— É tarde demais — ele se controlou. — Conversarei com Drago para que isso não se repita.

— Faça com que parem — murmurou a jovem. Laios virou para o lado e reparou que ela estava pálida, em choque. — Laios — Polychronia tornou a gemer, chamando-o pelo nome pela primeira vez. — Zabdas. Ele é... meu...

Drago, desta feita, surgiu por trás e cutucou o tribuno.

— Eu disse que ia gostar. Ele era o seu grande inimigo, não era? O seu grande rival — perguntou, cínico. Laios não disse nada e o centurião se afastou. — Bom, aproveite o espetáculo. — Sorriu.

Lá embaixo, sobre o tablado, Horgan e Revan untavam o corpo de Zabdas. O cheiro se espalhou pelo fórum.

Era betume.

— Últimas palavras? — perguntou um dos gêmeos a Zabdas.

— *Bel la hrura rebuli zu ze liki* — ele declamou e depois repetiu em grego: — Que Bel me receba em sua morada.

Polychronia encravou as unhas nos braços da cadeira. Por alguns momentos, o mundo físico se fechou para ela. Os gritos e as salvas se reduziram a sons abafados, oníricos. Era como se sua alma tivesse sido atirada em outra dimensão, em outro lugar. O pescoço enrijeceu, os músculos travaram. Desejou estar morta. Quis que alguém a enterrasse. Que alguém a tirasse de lá.

Então, ao olhar novamente para a moça, Laios entendeu o que estava acontecendo. Zabdas era, afinal, o marido de Polychronia, que ela pensava ter morrido em batalha. Os dois, ele soube mais tarde, haviam se conhecido na corte de Zenóbia — e se casado no Templo de Bel.

Seja como for, era impossível, àquela altura, interromper a cerimônia. Se Laios assim o fizesse, se concedesse o perdão ao seu maior inimigo, seria visto como um fraco, como um rebelde, como um traidor, o que o enfraqueceria politicamente — não só perante os notáveis, mas sobretudo perante o povo de Lida. Por outro lado, a morte de Zabdas deixaria Polychronia arrasada, destruída, e ela não merecia mais esse sofrimento.

Enquanto Laios fazia cálculos mentais, um transeunte ofereceu aos irmãos uma tocha. Os gêmeos desceram do palanque, tomaram uma distância segura e arremessaram o archote sobre a madeira. O fogo bateu nas tábuas, alastrou-se rapidamente e cresceu em uma chama alta quando chegou à coluna de ferro. Zabdas não gritou. De seu bojo escapou um silvo macabro, mistura de tosse, assovio e arroto. Para os seguidores de Dīs, o deus romano das catacumbas, o fenômeno, chamado de *mortis sibilus*, era o som do espírito se esvaindo do corpo, tentando escapar da carcaça antes que ele próprio fosse queimado.

Com o reforço do betume, o incêndio engoliu o estrado em questão de minutos. Logo não se enxergava a coluna e muito menos o cadáver, soterrado sob a pilha de carvão fumegante.

Laios nunca chegou a descobrir se Drago, naquela ocasião, sabia que Zabdas e Polychronia eram casados, mas uma coisa era certa: o sacrifício, aliado à contratação dos gêmeos, constituía um recado claro e direto a todos que se opusessem a ele — especialmente aos patrícios.

Pouco a pouco, a plataforma do Templo de Zeus se esvaziou. Demetrios Sula foi o primeiro a se levantar, educadamente, seguido por Afraim Eron, o comerciante de água.

Laios aguentou quanto pôde, até que se ergueu. De mãos dadas com Polychronia, dirigiu-se a seu parceiro político:

— Capitão, eu preferiria que, nas próximas vezes, me informasse antes sobre essas "surpresas".

— Está certo — Drago concordou, fingindo cumplicidade. — Era para ser uma homenagem, mas parece que exagerei.

VIII

DEUSES E DEUSAS

NAS SEMANAS QUE SE SEGUIRAM AO SACRIFÍCIO DE ZABDAS, POLYCHRONIA ADOECEU. Ela se recusava a comer, a sair da cama e passava os dias dormindo, como que à espera da morte. Laios pensou em chamar um médico, mas o diagnóstico era claro: a moça caíra vítima de uma profunda tristeza e não havia remédio que pudesse salvá-la.

Sem saber como ajudá-la, ele pediu que a chefe das cozinheiras, uma italiana chamada Rúbia, preparasse alimentos de fácil ingestão, mas nem isso adiantou. Uma tarde, quando ele já havia perdido todas as esperanças, Polychronia acordou e se deparou com duas escravas ajoelhadas ao lado de sua cama recitando uma oração diante de uma estatueta de madeira, que haviam trazido para o quarto. O objeto retratava a figura da deusa Ísis em trajes egípcios, seminua, segurando o filho, Hórus, e dando-lhe de mamar.

Inicialmente, a jovem não conseguiu entender o que elas diziam, mas, por alguma razão, a melodia das palavras a emocionou. Sugou o ar pelas narinas e balbuciou:

— Ísis. — Ela reconhecera a imagem. — Que oração é essa?

Uma das escravas — Rúbia, a cozinheira — levantou-se e verificou a temperatura da moça. Só quando teve certeza de que ela não corria perigo, respondeu:

— É a oração da portadora de Deus.

— Por favor, continuem — pediu Polychronia.

Rúbia e Gustel, a assistente de cozinha, tornaram a se ajoelhar e declamaram juntas:

— Oh, Virgem, portadora de Deus. Contente-se. O Senhor está contigo. És bendita entre as mulheres. E bendito é o fruto de teu ventre, o Salvador de nossa alma.

Repetiram três vezes o cântico, até que Polychronia arfou:

— Não conhecia essa prece a Ísis. É linda.

— Não é uma prece a Ísis, senhora — corrigiu Rúbia —, mas à Virgem Maria, portadora do Nosso Senhor Jesus Cristo.

Naquela época, não havia embaraço algum da parte dos escravos — muito menos das escravas — em proferir a fé cristã. Na realidade, como Strabo dissera a Laios meses antes, Lida era uma cidade "majoritariamente cristã".

Polychronia apontou para a estatueta.

— Essa não é Ísis?

— Não. É Maria. E o bebê no colo dela é o menino Jesus.

Gustel comentou:

— Deve ter sido difícil para essa mulher assistir à crucificação do próprio filho. O exemplo dela me dá forças.

Polychronia imaginou a dor de uma mãe ao perder sua criança de modo tão trágico e de repente já não se sentia tão só. Chegou à conclusão de que não era a primeira e não seria a última pessoa no mundo a sofrer com a morte de um ente querido. Pediu às escravas que lhe contassem mais sobre o ministério de Cristo e, enquanto as escutava, foi tomada por uma nova energia. Devorou uma tigela de mingau de trigo e, nos próximos dias, voltou a andar pela casa.

Uma semana depois, Polychronia estava praticamente recuperada. Quando a viu no jardim com os cabelos soltos, atirando sementes aos pombos, Laios saiu de seu gabinete e foi encontrá-la.

— Sinto muito. Não tinha ideia dos planos de Drago. Juro sobre a Pedra de Júpiter.

— Não precisa se desculpar — retorquiu a moça, lacônica. — Eu acredito em você.

Constrangido com o silêncio que se seguiu e contaminado pela febre do amor, Laios disse o que lhe veio à mente:

— Quer se casar comigo?

Polychronia apertou as pálpebras em uma expressão de incredulidade. De início, imaginou que fosse piada. Mas Laios não era do tipo que fazia piadas.

— Inviável.

O equestre insistiu:

— Não me importo com o dote.

— O problema não é o dote. Sou cristã — revelou.

Laios pigarreou.

— Por que não me disse antes?

Ela respondeu com outra pergunta:

— Você se casaria com uma cristã?

— Eu me casaria com *você*.

— Não sou uma pessoa fácil.

— Sempre gostei de desafios.

Polychronia sorriu.

— Nesse caso, eu aceito.

O tribuno deu um passo à frente e a beijou nos lábios.

— O que passou, passou — ele disse. — Quero recomeçar.

— Eu também.

Mas ambos sabiam que era impossível.

O casamento aconteceu dois meses depois, em uma cerimônia privada. Nenhum dos notáveis foi convidado, porque, se Laios os chamasse, Drago viria também, e Polychronia o odiava. O que lhes restou foi oferecer o banquete aos escravos da Vila Fúlvia, e esse ato, por mais individualista que fosse, acabou por consolidar a fama de Laios como um político honesto e um senhor generoso.

Demetrios Sula organizou o ritual segundo os costumes romanos. Em respeito ao marido, Polychronia jamais contou a ninguém que era cristã, insistindo que a estatueta que tinha em seu quarto representava Ísis e Hórus. O fato é que, realmente, Polychronia nunca chegou a ser batizada. Quando pediam sua opinião sobre o cristianismo, ela afirmava que era simpatizante da seita e conhecia suas práticas graças aos escravos com quem convivia diariamente.

O segundo encontro do conselho municipal aconteceu sob forte tensão. Os notáveis entenderam o sacrifício de Zabdas como um desafio pessoal a eles e acreditavam que Laios planejara tudo ao lado de Drago. O centurião piorou as coisas ao chegar ao Templo de Zeus acompanhado dos gêmeos trácios, mas teve ao menos o bom senso de ordenar que aguardassem do lado de fora. Laios pediu o mesmo a Ulisses, o ex-gladiador que atuava agora como seu guarda-costas.

O conselho fora convocado por Itzchak ben Moses, e a reunião se deu em uma manhã fria de novembro. O calçamento da cidade estava encharcado por conta de um temporal, e o sistema de esgoto transbordara. Os degraus do templo se tornaram escorregadios, com folhas secas espalmadas no mármore. Logo na entrada do santuário, Demetrios se desculpou por não ter tido tempo de trazer a mesa para dentro do salão. Em vez disso, posicionou as cadeiras em círculo, sugerindo, intencionalmente ou não, que todos eram iguais diante de Zeus.

Itzchak ben Moses foi o último a aparecer, na companhia de um indivíduo magro, moreno, de cavanhaque agudo, que usava uma túnica longa de algodão amarela e turquesa, de mangas curtas. O cabelo estava untado com óleo, o que o tornava brilhante, distinguindo-o dos demais.

— Senhores notáveis — começou Moses, após a tradicional abertura de Sula. — Este é Zaket, de Mênfis, o engenheiro de que lhes falei. Custeei sua viagem e permitirei que fique na minha casa, conforme prometi — disse, coçando os olhos pequenos.

— Ele fala grego? — perguntou Laios.

O próprio Zaket respondeu:

— Sim, senhor magistrado.

— Salve, Zaket. Moses nos disse que você poderia nos ajudar a construir a muralha.

— Sim, senhor. Eu posso.

— Quais são suas referências? — inquiriu-lhe Eron. — Em que outras obras trabalhou?

— Iniciei minha carreira aos dezoito anos, construindo túmulos na necrópole de Tebas, no Egito. — O tom demonstrava orgulho, mas não pedantismo. — Me mudei para Alexandria aos vinte e cinco e fui contratado pelo então prefeito Tito Magno para projetar as catacumbas de Berha-Say. Depois, segui para Élia Capitolina, onde passei uma década supervisionando a manutenção do aqueduto. — Élia Capitolina era o nome oficial de Jerusalém, rebatizada após a Revolta de Bar Kokhba. O curioso era que ninguém, nem mesmo os romanos, a chamava assim.

— Foi então que nos conhecemos — explicou Moses.

— Estranho. — Claudiano, o jovem bispo, alisou a barba. — Desde quando judeus podem entrar em Jerusalém?

— Desde sempre. — O olhar de Moses faiscou. Os romanos haviam proibido os judeus de morar na cidade após a revolta, mas o acesso era permitido em datas especiais ou em ocasiões extraordinárias. — Durante a Páscoa.

— O que realmente importa é a construção da muralha. — Laios censurou a discussão e se voltou a Zaket. — Em quanto tempo conseguiria nos apresentar o projeto?

— Já o fiz, na verdade. — O egípcio estalou os dedos e um criado de Moses lhe entregou um grande rolo de pergaminho. Zaket entrou no meio do círculo de cadeiras e estendeu o documento no chão. O que se descortinou foi um desenho de Lida vista de cima, com pontos de referência distinguíveis e um traçado ao redor da área urbana. — O muro que os senhores veem é bem maior que o anterior, porque obviamente a cidade cresceu. — O criado de Moses estendeu-lhe uma vara de oliveira, que o engenheiro usou para indicar partes específicas do projeto. — O que se pode aproveitar das ruínas é o que se vê no setor norte, perto do arco de entrada. Todo o resto terá de ser refeito.

Laios perguntou:

— Qual seria o prazo estimado para finalizar a construção?

— Pelo orçamento inicial, três anos — anunciou o egípcio, sob murmúrios agitados. — Se os senhores a quiserem pronta no próximo outono, precisaremos triplicar a quantidade de operários, o que, naturalmente, triplicaria os gastos. Não há mão de obra suficiente em Lida, então teríamos que contratá-la em Tiro, Jerusalém ou Cesareia.

— Por que não usamos os nossos próprios escravos? — perguntou Drago, e sua voz se destacou sobre todas as outras.

— Treiná-los levaria muito tempo — respondeu Zaket —, e utilizar homens não qualificados comprometeria a qualidade da construção. É claro que eu poderia erguer uma paliçada em menos de três meses, mas, com todo o respeito, duvido que esse tipo de proteção seria de alguma serventia contra os sassânidas.

— Isso é verdade — ponderou Laios. Paliçadas eram muros feitos com toras de madeira, bastante comuns nos acampamentos romanos. — Os persas não são meros bárbaros.

— Concordo — Drago comentou. — Mas o prazo que o imperador estipulou é muito inferior a três anos.

— Um ano — reforçou Zaket. — É possível erguê-la em um ano.

— Mas e quanto ao dinheiro? — Dessa vez, foi Skudra quem falou. — Eu só conseguiria juntar a minha parte em março, com o fim dos jogos de inverno.

Laios perguntou ao egípcio:

— Quais seriam os custos mensais?

— Cinco mil denários. — O denário ainda era, na época, a unidade monetária oficial do Império e correspondia a uma peça de prata.

— São valores muito altos — declarou Skudra, diante de uma plateia calada.

— Podem ser reduzidos — Zaket tornou a dizer. — Se o trabalho se estender por mais um ou dois anos.

— Não dispomos desse tempo. — Laios respirou fundo. — Precisamos começar a obra o mais rápido possível.

— Como? — desafiou-o Eron, mas foi Drago quem respondeu.

— Os senhores não consideraram o óbvio — ele exclamou, petulante. — Se não podemos usar os nossos escravos, então aumentaremos os impostos.

— Os impostos já são altíssimos — bufou Claudiano. — O povo está na miséria. Como espera que se alimentem?

— Talvez eles prefiram ter a cabeça enfiada em uma estaca — rugiu Drago. — Porque, acredite, é o que os persas fazem quando invadem uma cidade romana. E os cristãos são os primeiros. Ou você acha que o seu deus o protegerá?

O bispo arregalou os olhos e se empertigou, horrorizado.

— Blasfêmia!

— Lembre-se de que está no Templo de Zeus. O herege aqui é *você*.

— Tenham calma. — Laios fez um sinal pedindo que Claudiano se mantivesse sentado. — Deve haver outra solução.

— Receio que não. — Moses, que tinha a fama de conhecer mais sobre finanças do que qualquer outra pessoa, deu sua opinião. — Nesse ponto, devo concordar com o magistrado Räs Drago. Não há outro jeito de arrecadar o dinheiro a não ser por meio de impostos, mas a taxa seria temporária.

— Por quanto tempo? — perguntou Eron. — Um ano?

— Dois — respondeu o judeu. — Se diluirmos a cobrança em vinte e quatro meses, ela se tornará menos pesada.

— Pode ser — acedeu o comerciante de água.

— Não sei. — Laios não estava seguro da decisão. Pelas leis romanas, os dois magistrados deveriam aprovar a medida antes que ela fosse anunciada publicamente. — Preciso pensar no assunto. É cedo para bater o martelo.

— Nos dobraremos ao que você decidir — disse Drago, mas o tom cordial era ardiloso. Ele concordara em ceder a Laios o poder de decisão sobre a muralha porque desejava assumir o controle de outra tarefa. — Enquanto isso, queria a autorização dos notáveis para iniciar o recrutamento da milícia, conforme a exigência do imperador.

— Parece que você já começou — ironizou o bispo. — Os gêmeos trácios são seus empregados, pelo que vejo.

— Uma dupla de seguranças particulares não constitui uma milícia — justificou-se o gigante dácio, tornando a olhar para os colegas. — O que me dizem?

Os notáveis sabiam que Drago era o mais indicado para realizar o serviço, mas resistiam a lhe dar o controle das forças armadas, com medo de represálias futuras. Ficaram calados, desconfortáveis, esperando que alguém se pronunciasse. Finalmente, Laios indagou:

— Quantos homens pensa em treinar?

— Uns vinte, para começar. Esses vinte treinarão mais cinquenta, e assim por diante. O contingente exato dependerá de quanto dinheiro teremos para pagá-los.

— Quanto pretende gastar de início?

— Nada — disse Drago. — Nenhum sestércio do conselho. — O sestércio era a tradicional moeda de bronze romana, inferior ao denário. — Treinar vinte homens não é caro. Eu gostaria de fazê-lo, afinal é a minha especialidade. Fica por minha conta.

— De graça? — duvidou Moses.

— Sim, esses vinte, sim. Por enquanto.

— Ótimo — Skudra o apoiou. — Ofereço o meu campo de treinamento e a arena, quando estiver ociosa.

— E então, comandante? — Drago pressionou Laios. — Estou autorizado?

— Se ninguém tem objeções, está — concordou o tribuno. — Drago coordena a milícia, e eu pensarei sobre a questão da muralha.

Sula declarou encerrada a segunda reunião dos notáveis. Laios cumprimentou os colegas e apertou a mão do engenheiro egípcio, que, ele notou, usava um anel de ouro maciço decorado com a figura de uma serpente emplumada.

Na escadaria, Drago o abordou:

— Comandante, o que eu puder fazer para ajudá-lo em relação à muralha, por favor me avise.

— Obrigado — o equestre foi tão educado quanto podia —, mas esse é um problema que eu tenho de resolver.

— Muito bem. — Balançou a cabeça. — Desculpe-me pelos maus modos, a propósito. Não tive tempo de conhecer a Vila Fúlvia. — Deu um sorriso de escárnio. — Prometo visitá-lo qualquer dia. — Tomou a rua ao norte. — Até breve.

Laios e Polychronia haviam se transferido para o mesmo quarto após a noite de núpcias. O aposento ficava no segundo andar do pavilhão dos senhores. Era quieto, reservado e a janela dava para o muro oeste, não para o pátio. Quase não se ouvia, de lá, o costumeiro barulho dos criados, dos animais, das oficinas e dos carros de boi.

O silêncio era tanto que, certa manhã, Laios dormiu além da conta. Despertou com alguém batendo à sua porta. Os toques, contínuos e agitados, sugeriam urgência. Levantou-se e atendeu ao chamado. Era Strabo.

— O senhor precisa vir comigo.

O equestre ficou preocupado.

— O que aconteceu?

— Melhor que veja com seus próprios olhos.

Laios vestiu uma túnica simples, calçou as primeiras sandálias que encontrou e o acompanhou até o portão. Embora fosse inverno, o sol tinha subido, a chuva cessara e o clima esquentara um bocado.

Um grupo de umas duzentas pessoas, com roupas sujas e mantos surrados, se espalhava pela plantação de oliveiras. Ulisses tentava organizá-las, com a voz firme e uma clava na mão. Quando as viu, Laios enrugou a testa.

— O que eles querem?

— Não sei. — Strabo era de temperamento calmo, mas tinha aversão a tumultos. — São plebeus. Camponeses, acho.

Laios estacou sob o umbral da Vila Fúlvia, meio dentro, meio fora da propriedade. Com um gesto, chamou Ulisses.

O caolho o saudou ao estilo militar:

— Salve, comandante.

— O bando tem um porta-voz?

— Vou encontrar um.

O ex-gladiador se embrenhou na turba, sacudindo a clava e perguntando, aos berros, quem aceitaria representá-los. Um homem se prontificou. Idoso, tinha a barba e os cabelos brancos, os olhos castanhos e as pálpebras cansadas, com calos nas mãos e poucos dentes na boca. Ulisses o conduziu à presença de Laios, à sombra do portão.

Quando o vislumbrou, o plebeu se ajoelhou, a testa encostada no solo. O equestre pediu que ele se levantasse.

— Quem é você?

— Baruch, filho de Eliezer, nascido em Damasco, excelência.

— O que faz em minha casa, Baruch, filho de Eliezer?

O homem estendeu as palmas para o ar, como se rezasse.

— O povo suplica uma graça.

— Graça?

— Um milagre.

— Deve ter alguma coisa errada. — Laios não compreendia. — Sou um soldado, não um profeta ou algo do gênero.

Mas o plebeu insistiu:

— Uma graça, senhor magistrado. O milagre do pão. Está ao seu alcance. Os impostos. O povo suplica a graça do pão.

— Quer que eu vete o aumento dos impostos? — arriscou o tribuno. — É isso?

— *Ita!* — o camponês confirmou em latim. — O povo suplica. Em nome de Deus.

Strabo detestava a autopiedade cristã. Deu um tapa no ar, na direção do plebeu, com o objetivo de afastá-lo.

— Chega — gritou. — O meu mestre não tem a obrigação de escutar essas bobagens. Saiam daqui. Fora!

— Espere. — Laios se voltou para o ancião. — Baruch, filho de Eliezer, onde você trabalha?

— No apiário de Emenon, excelência.

— Fica ao norte, certo?

— Certo.

— Bom... — O cavaleiro refletiu por alguns instantes. — Está bem. Prometo que levarei o seu pedido em consideração. — Virou-se para Strabo. — Tome nota desse problema. Vamos discuti-lo mais tarde. — E retornou ao camponês. — Peço agora que voltem para casa.

— Senhor magistrado — o homem continuou a falar, sem permissão —, se os impostos aumentarem, teremos de nos vender como escravos. Sendo assim, aqui ficaremos, pois preferimos servir ao senhor do que a outros mestres.

Laios perguntou a Strabo, em voz baixa:

— Isso é verdade?

— É possível — anuiu o secretário. — O que eles ganham de fato é muito pouco.

— Não quero a plebe de Lida acampada na minha plantação.

— O pior é que nem poderíamos tomá-los como escravos. Não temos recursos para alimentar tanta gente.

Laios sentiu-se derrotado. Nas batalhas em que lutara, era um especialista em tomar decisões rápidas, mas nenhuma solução lhe surgia. Seguiu seus instintos e anunciou:

— Eis a minha palavra. — Impostou a voz para que os presentes o escutassem. — Os magistrados não aumentarão os impostos.

O plebeu tentou beijar-lhe os pés, mas Ulisses o empurrou para longe. O sujeito agradeceu três vezes, gritou algumas frases em aramaico e os demais se curvaram. Incomodado por ser tratado com tamanha deferência, Laios acenou com a cabeça e retornou ao interior da propriedade.

— Mestre... — Strabo o seguia.

— O que foi?

— Sinto informar, mas, sem o acréscimo nos impostos, a muralha...

— Isso eu *já* sei. — O equestre se esforçava para não ser rude, mas o impasse o tirara do sério. — Se quer ajudar, por que não propõe uma solução?

— Não tenho uma.

— Então encontre. Estarei no meu gabinete. — Deu as costas e entrou em um dos pavilhões. — Não sairei de lá até descobrir um jeito de arrecadar o maldito dinheiro.

— O que é uma fortuna para uma cidade pequena nada significa para a Púrpura romana — argumentou Strabo. Já era noite e ele se encontrava no gabinete de Laios, que o observava sentado à escrivaninha. Polychronia estava ao lado do marido, em pé, escutando o escravo com toda a atenção. — O imperador começou uma nova campanha contra os persas, e Lida pode ser usada como posto avançado. Provavelmente será. Os motivos são mais que suficientes para que o Estado forneça o dinheiro, sem mencionar que a construção da muralha é uma ordem direta do césar.

— Os motivos são bons, tem razão — concordou o equestre. — Mas nada garante que Aureliano aceitará nos financiar.

Polychronia se manifestou:

— O mais provável é que ele *não* aceite.

— Penso justamente o contrário, senhora — Strabo divergiu. — Que eu saiba, o imperador tem o mestre em alta conta. Um pedido como esse não se recusa a um amigo.

— O césar não é meu amigo — disparou Laios.

— Perante a sociedade, ele é — contra-argumentou o secretário. — O imperador não pode recusar um pedido do homem que capturou Zenóbia e livrou o mundo da destruição.

— Ele pode fazer o que bem entender — retrucou Polychronia. — Bastaria ignorar a carta, por exemplo.

— Oh, não. — Strabo fez uma expressão teatral para reforçar seu ponto. — O que proponho é que a solicitação seja feita pessoalmente.

— Fora de questão — ela decretou, imperativa. — Sabe o risco que é viajar até Roma nesta época do ano?

— Roma? Quem falou em Roma? O imperador está reunindo suas legiões na Trácia, perto de Bizâncio, e permanecerá lá até março, quando marchará para a Síria.

Laios se espantou.

— Como sabe disso?

— Escutei anteontem, no fórum.

— Então — o equestre se recostou na cadeira — o imperador está em Bizâncio agora?

— Nos arredores da cidade, melhor dizendo. Já fiz essa viagem, as estradas são ótimas. A travessia não leva mais que vinte dias, ainda mais sobre o lombo de um cavalo veloz.

Polychronia, que também conhecia o trajeto, afirmou:

— Nesse caso fica mais fácil, realmente. Só recomendo que não vá sozinho. — Ela olhou para o marido. — Roma tem inimigos de sobra, e você agora é um aristocrata romano.

— Nunca pensei em ir sozinho. — Laios se levantou. — O que acham de Ulisses?

— O escravo de Skudra? — Polychronia torceu o nariz.

— É o melhor guerreiro que tenho.

— Não é cedo para confiar nele?

— Talvez, mas não tenho alternativa. — De pé, o tribuno se dirigiu a Strabo: — Prepare tudo. Quero partir amanhã.

Com essas palavras, Laios deixou o gabinete dos Fúlvios e se recolheu. Polychronia se juntou ao marido no quarto e fizeram amor. Quando terminaram, a moça sussurrou:

— Laios, não quero perdê-lo.

— Não vai acontecer nada comigo — ele garantiu. — É uma missão diplomática.

— Rezarei por você.

— Faça isso — ele pediu com um sorriso. — Não acredito no deus dos cristãos, mas toda ajuda é bem-vinda.

IX

MORTE E NASCIMENTO

DEPOIS DE UMA SÉRIE DE NEGOCIAÇÕES, QUEM OBTEVE A LIBERDADE — E, CONsequentemente, a mão — da rainha Zenóbia foi Marco Cláudio Tácito, o primeiro a solicitá-la. Embora Aureliano precisasse de recursos para a campanha na Gália, levou em consideração não só o dinheiro como a posição política de Tácito, que era o primeiro cônsul de Roma. O césar esperava, ao favorecê-lo, ganhar a simpatia do Senado, mas acabou por cometer o maior erro de sua vida.

Seja como for, as forças legalistas esmagaram as legiões rebeldes na Batalha dos Campos Cataláunicos, como ficou conhecida, incrementando o moral das tropas imperiais. Entusiasmado com o que chamou de "maré de sorte", Aureliano decidiu partir para o leste o mais rápido possível. Seu objetivo era chegar à capital dos persas, Ctesifonte, capturar o xá e pilhar seus tesouros.

Ocorreu, contudo, que alguns oficiais, nesse ínterim, foram acusados de ser cristãos e expulsos do exército. Um deles, Mauzio Virgílio, fugiu para o Egito levando consigo seis esquadrões de cavalaria, o que obrigou o imperador a interromper sua marcha e recrutar novos homens. O inverno o alcançou no meio do caminho, e ele não teve alternativa a não ser esperar.

Estabeleceu-se na Trácia, nas proximidades da aldeia de Cenofrúrio. O acampamento ficava a menos de uma milha do vilarejo. Fora montado em campo aberto, mas a trilha que conduzia a Cenofrúrio cruzava um bosque de pinheiros, vários dos quais haviam sido derrubados para a construção da paliçada. Com muito tempo ocioso, era impossível proibir que os soldados gastassem seus dias de folga e seus poucos denários comendo, bebendo e fornicando na própria Cenofrúrio.

O césar era um desses soldados. Passou a frequentar uma taverna local, famosa pelas bebidas importadas. No começo era discreto e cauteloso, mas depois entendeu que estava cercado de homens fiéis e passou a ser escoltado por apenas três guardas. Constâncio Cloro havia sido deixado na Gália, com a tarefa de restabelecer a autoridade imperial. Seus novos seguranças eram competentes, mas sisudos, o que incomodava Aureliano, um tagarela incurável. Certa noite, ele bebeu além da conta e foi aconselhado por um desses homens a regressar ao acampamento.

— Não cai bem o senhor ser visto em público nessas condições — sussurrou um dos legionários. — O povo fala demais.

O imperador concordou. Estava tão bêbado que não soube como saíra da taverna. Quando deu por si, caminhava pela mata sob a vigília dos três seguranças, todos armados de gládio e trajando cotas de malha. Era noite de lua cheia, com montículos de neve sobre o capim. De repente, sentiu uma ardência na bexiga e teve vontade de urinar.

Parou e se virou para o lado. Olhou na direção das árvores. Teve a impressão de ter escutado um uivo. Um lobo, pensou. Ou talvez um chacal.

Levantou a parte inferior da túnica, desamarrou a tira da calça e se aliviou sobre a neve. Ouviu cochichos. Eram os guardas. Recolheu o pênis, afivelou o cinto e se aproximou deles, tentando observá-los ao luar.

— Quem é você? — perguntou a um dos soldados. — Não o reconheço.

Nenhuma resposta. Os três o fitavam sem dizer nada.

— É novo no exército? — insistiu Aureliano e se virou para o outro. — Também não o conheço. De onde você é?

De novo, sem resposta. O césar estreitou os olhos. Só viu dois legionários. Recuou, começando a entender o que se passava.

— Quem são vocês? — exigiu saber em voz alta. Deu mais um passo atrás. Sentiu uma fisgada no dorso. Falta de ar.

Um dos guardas o apunhalara pelas costas. Não podia ser, raciocinou. Levou a mão à bainha. Procurou a espada.

Não a havia trazido.

Um segundo assassino esfaqueou-o na região da barriga. Dessa vez, o césar teve ânsia de vômito. Regurgitou.

Era sangue.

— Com os cumprimentos da rainha Zenóbia — disse alguém, e a seguir outra fincada, agora através das costelas.

Só quando escutou o nome de Zenóbia é que Aureliano percebeu que estava sendo emboscado. Sentiu-se traído. Zenóbia? Ora, ele poderia tê-la queimado em praça pública, mas a poupara da morte e a levara para Roma. Toda a generosidade, para quê? Era *isso* que recebia em agradecimento?

— Seus ratos — gorgolejou. — Sabem o que estão fazendo?

O protesto não surtiu efeito. Um quarto golpe rasgou-lhe o pescoço. Um quinto perfurou-lhe o pulmão. O mundo rodou e, subitamente, o imperador estava deitado na grama, gélido, encarando a lua que descia no leste.

— Ele morreu? — perguntou um dos assassinos, esbaforido.

O líder deles murmurou no escuro:

— Não sei. — Segurou o gládio e trespassou o cadáver. Esperou alguns segundos e declarou: — Está morto agora.

Laios cavalgava ao lado de Ulisses. Dez dias após terem partido em viagem, estavam de volta à Vila Fúlvia.

Senhor e escravo cruzaram o portão e galoparam até o pátio dos fundos. Desmontaram.

Era uma tarde quente de inverno. Laios entregou Tuta aos cuidados do ex-gladiador. Suado, removeu o elmo.

— Mestre? — Strabo o recebeu com a ponta dos dedos unida logo que ele entrou no pavilhão dos senhores. — Já? O que houve?

— Péssimas notícias. — O tribuno seguiu pelas galerias internas. — O imperador está morto. Os oficiais da Legião Gaulesa em Trípoli nos contaram que o corpo foi encontrado às margens de um bosque na Trácia. É tudo o que sabemos por ora.

— Previsível. — Durante seu tempo de vida, Strabo testemunhara a ascensão e a queda de pelo menos vinte imperadores, alguns dos quais governaram por meses apenas. — Quem é o novo césar?

— Não sei. As informações ainda são desencontradas. — O cavaleiro entrou na cozinha, tomou água de uma garrafa de chumbo, limpou os lábios e continuou: — O melhor a fazer nessas situações é aguardar. Manter as coisas como estão. Continuar trabalhando. — Bebeu mais um gole. Saciado, apoiou o recipiente sobre uma mesa de madeira cheia de utensílios culinários. — Onde está Polychronia?

— No quarto, imagino. — Strabo desviou o olhar. — Devo redigir uma carta convocando o conselho?

— Não antes de sabermos quem assumirá a Púrpura. Fique atento aos correios. Mais tarde conversamos melhor.

Subiu as escadas até os aposentos do segundo andar. A porta do quarto estava entreaberta. Viu a esposa de costas, o olhar perdido através da janela. Ela usava um vestido branco longo e um véu sobre a cabeça.

Laios entrou.

Polychronia se virou para ele. Seu rosto estava marcado por um grande hematoma, que começava na testa e descia até o olho esquerdo. O pulso direito estava enfaixado e as unhas, quebradas. Havia pequenos cortes nos lábios.

— Pela sombra de Hades. — Laios a fitou com um misto de indignação e surpresa. — O que aconteceu?

— Nada — ela respondeu casualmente. — Caí do cavalo.

— De qual cavalo?

— Foi apenas um tombo. Quis me arriscar depois de vários anos. — E tentou mudar de assunto: — Senti a sua falta.

Laios ignorou o comentário.

— Strabo chamou um médico?

— Não foi preciso. Não é nada de mais — garantiu. — O inchaço vai desaparecer em uma semana. O pulso logo vai ficar bom.

— Um ferimento é sempre um ferimento.

— Não seja dramático. — Polychronia o abraçou. Laios, apesar da tensão, acabou se rendendo e retribuiu o gesto. Finalmente, ela perguntou: — Como foi a viagem?

— Curta. Monótona, mas agradável. — Havia duas rotas para chegar a Bizâncio a partir de Lida: uma por terra e outra por mar. O percurso de barco seria mais rápido, mas viajando por terra Laios poderia pernoitar nos postos dos correios, privilégio garantido aos oficiais graduados. — Sem perigos. E eu pude conhecer melhor Ulisses. É um bom homem.

— Ouvi parte da sua conversa com Strabo. O imperador está morto?

— Foi assassinado.

— E agora?

— Esperaremos — ele respondeu automaticamente. Tinha se esquecido dos problemas imperiais. Continuava preocupado com a mulher. — Não devia ter se arriscado sobre o cavalo.

— Essas coisas acontecem. — Polychronia o beijou. Fechou a porta do quarto e tirou o véu. — Deite-se comigo.

Laios estava sujo e cansado. Preferia que fornicassem após o banho, mas a jovem o puxou para a cama. Pediu que ele ficasse por cima. Direcionou ela própria o membro dele à sua vagina. Gemeu quando o esposo a penetrou. Um gemido ruidoso, mais de dor que de prazer.

Laios gostou e acabou ejaculando. Quando tentou se virar para o lado, exausto, Polychronia o agarrou e insistiu que ele permanecesse onde estava.

— Quero que saiba que eu o amo — ela disse. — Preciso que acredite.

Ele apreciou o comentário, mas sentiu algo estranho no ar.

— Claro que acredito. Por que duvidaria?

Com o olhar fixo no teto do quarto, Polychronia divagou:

— O combate nos portões de Palmira foi um engodo. Uma distração para que Zenóbia pudesse escapar.

— Cheguei a imaginar essa possibilidade — reconheceu o equestre. — Por que está me dizendo isso?

— Porque ela agora é uma mulher livre. E vai se vingar de todos que a maltrataram — afirmou. — Aureliano foi o primeiro. Outros virão. — E acrescentou, obscura: — Precisamos ter cuidado.

Polychronia se recuperou depressa. No solstício de inverno o hematoma havia desaparecido, e no começo de janeiro o pulso sarou, mas ela começou a sentir enjoos pela manhã. Laios chamou um médico judeu, amigo de Itzchak ben Moses, que confirmou a gravidez. Polychronia já suspeitava, obviamente. A dúvida era sobre o que viria a seguir.

Segundo a tradição romana, não bastava um filho ser concebido, ele precisava ser *aceito*. Era comum que os pais, fossem ricos ou pobres, se negassem a ter ou a ficar com a criança. Métodos contraceptivos e o aborto eram moralmente aceitáveis, e o abandono do recém-nascido também.

Depois de tudo que passara, Polychronia não tinha certeza se queria levar a gestação adiante. Foi convencida a mantê-la por Rúbia e Gustel, as escravas que a apresentaram ao cristianismo.

— Essa criança será como um raio de esperança — disse a cozinheira quando elas estavam sozinhas no átrio, acrescentando que era uma parteira de mão cheia e teria prazer em supervisionar o procedimento. — Não só para nós, cristãos, como para toda a humanidade.

Polychronia achou que ela estava exagerando e perguntou:

— É uma citação dos evangelhos?

— Não — admitiu Rúbia. — Não é.

— Como você sabe, então, que essa criança é tão especial?

— Todas elas são, senhora — explicou Rúbia. — *Todas* são.

Laios, por sua vez, desejava um herdeiro e insistiu que a esposa desse à luz, então Polychronia se dobrou aos anseios da maioria.

Enquanto isso, em Roma, o Senado aclamava Marco Cláudio Tácito como o novo imperador. Embora todos soubessem de sua união com Zenóbia, o nome da rainha foi ocultado dos registros públicos, o que no fim das contas não fez diferença. Logo os oficiais que haviam lutado em Palmira se opuseram à ascensão da ex-esposa de Odenato ao cargo de imperatriz e organizaram uma conspiração, liderada por Equício Probo, o maior dos generais de Aureliano. O embate entre opositores e aliados de Tácito se espalhou pela Itália, e o caos se instaurou no Império.

O alvoroço teve reflexos em Lida. Livres da pressão vinda da metrópole, Laios e Drago decidiram, em concordância com os notáveis, que o muro seria erguido no tempo devido, o que permitiu ao conselho usar apenas o dinheiro previamente acumulado, sem o aumento dos impostos. Zaket, o engenheiro egípcio, apoiou a moção, destacando durante um encontro no Templo de Zeus que, dispondo de "mais alguns meses", poderia realizar um trabalho muito melhor.

Na Vila Fúlvia, todas as atenções estavam voltadas para Polychronia, cuja barriga crescia a olhos vistos. Ela era magra, pequena, e o ventre se dilatou tanto que as escravas passaram a untá-lo com azeite para reduzir a formação de estrias.

No quinto mês, a jovem não conseguia mais caminhar. Todos pareciam felizes, exceto a futura mãe. Preferia ficar sozinha e vivia calada, com uma expressão de tristeza no rosto. Como precisava de assistência contínua, mudou-se para um quarto no primeiro andar, afastando-se de Laios física e emocionalmente. O equestre tentou averiguar o motivo, mas ela sempre desconversava, o que o levou a concluir que Polychronia estava com medo do parto, um processo arriscado e que poderia ser fatal, mesmo para as mulheres patrícias.

O nascimento estava previsto para setembro, mas foi em uma tarde de agosto que as dores alcançaram níveis insuportáveis. Somado a isso, o aumento das contrações indicava que o bebê estava a caminho — o tormento chegaria ao fim, de uma forma ou de outra. Polychronia, no entanto, tinha a estrutura óssea pouco robusta, e Rúbia temia que ela não alcançasse uma dilatação satisfatória. Sussurrou para Gustel:

— É melhor trazer o conjunto de facas. — Elas estavam em um aposento especialmente preparado para o trabalho de parto. Gustel deixou o ambiente correndo, e Rúbia se dirigiu a Laios, que aguardava no corredor. — Senhor magistrado, caso o pior aconteça, devo priorizar a senhora ou a criança?

— Como assim? — Ele se assustou. — Do que está falando?

— Se não houver alargamento suficiente, terei de escolher entre cortar o ventre da mãe, salvando a criança, ou utilizar uma tenaz para esmagar o bebê e removê-lo aos pedaços, preservando a gestante.

— Uma tenaz? Não existe uma terceira opção?

— Receio que não. Se ajuda, saiba que a maioria dos pais opta pela criança. É a escolha mais lógica.

Laios respondeu com a voz embargada.

— Nós poderemos ter outros filhos — murmurou, como se falasse consigo mesmo. — Imploro que salve a minha esposa. Em nome de Júpiter e de Vênus.

— Farei o possível. — O grito de Polychronia ecoou pela casa. — Preciso ir agora.

O equestre tentou acompanhá-la, mas Rúbia o deteve com a mão espalmada.

— O senhor não pode entrar — avisou. — Não importa quem seja, rei ou escravo. No momento do parto, somos nós que mandamos. — E concluiu duramente: — Não entre até ser autorizado.

*

O cômodo era retangular, tinha o piso de cerâmica e janelas altas gradeadas. No teto, corriam três vigas meio enfiadas entre o cimento, e delas pendiam oito lamparinas a óleo, que balançavam com a brisa noturna. O lugar, antes usado como despensa, encontrava-se ocioso desde a chegada dos novos senhores. Além da gestante, da parteira e da assistente, o espaço estava ocupado por duas mesas compridas e muitos objetos peculiares, a começar pelo banco de parto, uma cadeira comum desprovida de assento. Polychronia estava sentada nessa cadeira, vestida de branco, com a saia rasgada e as coxas abertas, apoiada nos braços de madeira para não escorregar. Logo abaixo havia uma bacia de bronze pronta para receber o bebê, mas que até então só coletara excrementos. Rúbia examinou a substância e disse a Gustel:

— Enquanto só houver dejetos comuns, a criança não desce. O composto tem de estar misturado a uma secreção mucosa, às vezes esverdeada. O cheiro é parecido com o do esperma. Pode escorrer torrencialmente ou gotejar. É preciso ficar atenta. Entendeu?

Gustel concordou com a cabeça, lavando as mãos em uma tigela de barro. Rúbia tateou a sujeira e pediu que a assistente trocasse a bacia. Ela obedeceu e em seguida queimou ervas aromáticas em copinhos, que logo amenizaram o odor.

Desorientada, Polychronia só escutava murmúrios, mas distinguiu a ordem "Beba", dada por uma das escravas, que a fez engolir um líquido amargo, mistura de vinho, esterco e papoula. Duas canecas depois, começou a relaxar. Os gritos se transformaram em gemidos. Suas partes íntimas esquentaram à medida que Rúbia as preenchia com gordura de ganso. Enfim, sentiu como se urinasse involuntariamente.

— É agora? — perguntou Gustel.

— Pode ser ou pode não ser — respondeu Rúbia. — O ideal é que seja. — Levantou-se e tentou falar com Polychronia. — Minha senhora. Senhora? Força para baixo. Preciso que faça força para a criança sair.

Polychronia não ouviu o começo da frase, mas entendeu o que a parteira queria. Toda vez que as contrações atingiam o ápice, em intervalos curtíssimos, ela se esforçava, grunhia, urrava. Era como tentar passar uma corda pelo buraco da agulha.

O martírio seguiu-se por mais três horas.

Os pés dela incharam. Mais gordura de ganso.

O cheiro a enjoava.

Quarta hora. O anestésico parou de fazer efeito e as dores voltaram, com potencial renovado. Polychronia tinha a impressão de que uma esfera de chumbo a esmagava por dentro, tamanho era o peso que se avolumava em seu ventre. Gustel aqueceu bexigas de água e as pressionou contra os flancos da patroa, que agora urinava sangue.

Todas suavam.

Lá fora, no pátio da Vila Fúlvia, os escravos se reuniram em silenciosa vigília. Cavalariços, artífices, marceneiros, jardineiros, cozinheiros e até os homens e mulheres que trabalhavam na lavoura vieram prestar seus respeitos. Uma camponesa segurava uma vela; um ferreiro trazia uma flor.

Dentro de casa, Laios caminhava de uma ponta à outra do corredor, com Strabo ao lado, sem saber o que fazer ou para onde ir, até que viu Rúbia sair do quarto.

Já era de madrugada.

— O sangramento aumentou — ela disse, objetiva. — Se esperarmos mais, corremos o risco de perder o bebê.

— Minha esposa tem chance?

— Não, senhor. Sinto muito. Mas a criança está a salvo, por enquanto. O sangramento é no útero, não no feto.

— Posso vê-la?

— Ela prefere que o senhor não entre.

— Faça com que seja rápido — foi só o que ele pediu, mas a morte no parto era tudo menos rápida. O "método de César" recomendava a extração da criança com a mãe ainda viva, para evitar que o bebê fosse contaminado com "sangue podre", como os gregos chamavam. Seja como for, Rúbia voltou ao quarto e Laios ficou do lado de fora, arrastando as sandálias no chão. Confidenciou a Strabo: — No fim, nada disso importa, não é? Riqueza, poder, influência, conquistas. Todas essas coisas são inúteis diante da morte.

— Do pó ao pó, como dizem os cristãos — ele concordou. — Eis a minha filosofia: só o que conta é o aqui e o agora.

— Nunca me senti desse jeito. Nem quando perdi os meus pais.

— Perder os pais é diferente de perder a esposa. Ou um filho. É contra a lei da natureza. Ninguém está preparado.

— Foi assim que você se tornou escravo? — indagou Laios. — Depois de perder tudo?

— Ah, não, mestre. Esse tipo de coisa jamais aconteceria comigo.

— Por quê?

— Porque sou um covarde. É preciso ter coragem para estabelecer laços de afeto, sabendo que este mundo não hesita em cortá-los. Escolhi a pobreza, optei pelos livros, pelos estudos. Já o senhor resolveu embarcar nessa aventura, com todos os riscos que ela oferece, com todos os gigantes, ciclopes e sereias pelo caminho. E, neste momento, quem está à sua frente é a própria Medusa. Não há maior prova de bravura.

— Nunca pensei dessa forma.

— E nem deveria. — Strabo concluiu: — O filósofo sou *eu*.

Polychronia chegara a um ponto em que não sentia mais dor, entorpecida pelos anestésicos. Sua mente se alternava entre períodos de inconsciência, euforia e delírio. Gustel a moveu do banco de parto para uma esteira e a pôs deitada. O chão estava escorregadio, coberto de sangue. Rúbia foi até a mesa e desenrolou um estojo de couro. Lá dentro havia sete facas, sendo duas pequenas, afiadas como navalhas. Selecionou uma delas.

— Senhora? — Gustel sacudiu Polychronia ao perceber que chegara o momento derradeiro. — Minha senhora.

— Ela não pode nos ouvir. — Rúbia untou o polegar com azeite e marcou a testa de sua mestra com duas linhas cruzadas, uma vertical e outra horizontal. — Por esta unção e misericórdia — disse, enquanto a gestante convulsionava —, que Deus alivie a sua dor e a perdoe pelos seus pecados.

— O Senhor está entre nós — declamou Gustel, e as duas começaram a rezar.

Em sua letargia, causada em parte pelas drogas, em parte pela cadência das orações, Polychronia enxergou um corcel branco galopando através de uma cidade em chamas. O cavaleiro usava armadura dourada e um elmo cobria-lhe a face. Portava a Ascalon, mas certamente não era Laios.

— Oh, Virgem, portadora de Deus. Contente-se. O Senhor está contigo. És bendita entre as mulheres. E bendito é o fruto de teu ventre, o Salvador de nossa alma.

Rúbia respirou fundo e se preparou para efetuar a cisão.

No sonho de Polychronia, uma serpente alada brotou do solo, agitando a cabeça e soltando fumaça. O cavaleiro desviou-se da cusparada de fogo, sacou a espada e golpeou. Houve um risco de prata, seguido por um esguicho vermelho. Depois, o negrume.

E o completo silêncio.

Silêncio por vários instantes. Por uma eternidade, talvez. Então, escutou-se um choro. Inconfundível, agudo. Polychronia tentou abrir os olhos. Não conseguiu. Uma luz forte a cegava. Devia estar morta.

Não estava.

O dia nascera. Havia muito sangue espalhado no chão, mas o ventre não fora rasgado. Sorridente, Rúbia entregou-lhe um rolo de pano.

Era um menino.

Polychronia se recompôs. Toda a loucura dos remédios se desvaneceu, como se nunca tivesse existido.

— Meu filho. — Ela o abraçou. — Meu filho. — E sussurrou, para que só ele escutasse: — Você não tem culpa — disse. — Escute-me agora e carregue estas palavras contigo: você *não* tem culpa.

Ao erguer o bebê à luz do sol nascente, Laios concordava em tomá-lo como filho. Era comum, também, nesse período específico da história, o pai escolher o nome da criança na hora, e o único que lhe veio à mente foi o de seu avô, Georgios, membro da guarda pretoriana, tribuno da Legião Augusta e soldado de elite do imperador Caracala.

As circunstâncias em que o pequeno Georgios chegou ao mundo logo se tornaram conhecidas pelos escravos, que viram nele uma espécie de santo. De acordo com os cristãos de Lida, o menino teria operado seu primeiro milagre ainda no ventre, ao salvar a mãe, desacreditada pela parteira. Se isso é verdade ou não, jamais saberemos. O fato é que, com o nascimento do bebê, o humor de Polychronia melhorou. Sua recuperação física também se deu de forma acelerada. Ela tornou a comer e a dormir com o marido, mudando-se de volta para o quarto do segundo andar.

Georgios, o menino, tinha a pele clara e os olhos cor de avelã. O médico apareceu no dia seguinte ao parto e constatou que era perfeitamente saudável, apesar de prematuro.

No sétimo dia, os presentes começaram a chegar e foram reunidos no átrio. Certa tarde, Polychronia foi até o local para conferir os artigos, empilhados ao redor das pilastras. Afraim Eron, o comerciante de água, enviara uma quantidade generosa de lã. Itzchak ben Moses mandara trazer de Jerusalém taças e copos de prata, enquanto Skudra, o Forte, optara por oferecer um grande vaso incrustado de pérolas.

Räs Drago pediu que um de seus homens entregasse na Vila Fúlvia uma pequena arca de bronze repleta de moedas de ouro. Quando Polychronia viu aquilo, ficou pálida. Deu um passo atrás e teve vontade de vomitar.

— Tire isso daqui — resmungou, sombria.

— Mas, senhora... — Rúbia espiou dentro do baú. — É muito dinheiro.

— Para o inferno! Tire essa coisa da minha frente. — E prosseguiu, aos berros: — Suma com isso daqui!

Laios estava por perto, ouviu a gritaria e correu até o pátio interno. Polychronia não costumava perder o controle. Ele ficou preocupado.

— O que está acontecendo?

— Joguem essa merda *fora*! — Ela apontou para a caixa. — Isso fede.

— Isso o quê? — Laios não compreendeu. Não sabia se a esposa estava se referindo às moedas, ao cofre ou se estava simplesmente tendo uma crise nervosa.

Rúbia explicou:

— É o presente de Räs Drago, senhor.

— Cale-se! — Polychronia se virou para a escrava. — Não quero escutar o nome desse porco na minha casa.

— Calma. — O equestre fez um gesto pacífico. — Mais do que ninguém, já tive meus desentendimentos com Drago, mas isso é passado.

— Não quero o dinheiro desse monstro. — Ela estava exaltada, como nunca estivera. — Não quero nada dele por perto. *Nada!*

— Está bem. Vou doar o montante para os escravos. Eles...

— Não! — trovejou a moça. — Esse ouro está sujo, imundo, contaminado. Não serve. Quero-o longe, fora da nossa vida. — E continuou, descontrolada: — Eu mijo nesse ouro. Eu cago nesse dinheiro. Fora!

Pego de surpresa, Laios assentiu. Era a primeira vez que Polychronia agia dessa maneira, portanto a questão devia ser importante para ela. No mesmo dia, deu a ordem para removerem o baú da propriedade. Escolheu Strabo, o escravo em que mais confiava, para dar sumiço no tesouro. O secretário colocou a caixa sobre uma charrete, cruzou os limites da cidade e percorreu mais algumas léguas, até avistar o aqueduto que terminava em Cesareia.

Desceu, pegou uma pá e abriu uma vala profunda. O sol estava se pondo. Não havia ninguém por perto. Despejou as moedas de ouro lá dentro. Cobriu tudo com terra e areia.

Era noite quando voltou à Vila Fúlvia. Sentia-se exausto. As costas doíam. Procurou Laios no gabinete. O aposento estava vazio. Encontrou-o no terraço, de frente para o pátio, sentado em uma poltrona de vime, à sombra dos pilares que sustentavam o alpendre. O equestre olhava para cima, contemplando as estrelas. Tinha um bilhete na mão esquerda e uma taça de vinho na direita.

— Conseguiu? — ele perguntou quando viu Strabo.

— Tudo certo. — Curvou-se. — Posso ir agora?

— O imperador está morto — disse Laios.

— Já me contou, mestre. — Aproximou-se do tribuno, imaginando que ele estivesse alcoolizado. — Faz alguns meses.

— Tácito pereceu na Capadócia. Febre, é o que dizem. — Estendeu o bilhete ao escravo, que o leu rapidamente, apesar da escuridão parcial.

— Tácito? — Strabo suspirou. — Governo curto. Nem eu esperava por essa.

— Ninguém esperava.

— E agora?

— Eu é que lhe pergunto. — O cavaleiro se recostou. — O que devo fazer?

— Esperar, como o senhor sempre diz. Um novo nome deve ser anunciado em breve.

— Sim, mas até quando? Sem um imperador forte, Roma cairá e as fronteiras ficarão desguarnecidas.

— Não existe vácuo de poder. — Strabo falou como um político. — Logo que uma brecha se abre, alguém a ocupa.

— Se eu fosse o rei dos persas, aproveitaria o momento para atacar — Laios pensou alto. — Não acha?

— Sem dúvida, mas estamos seguros aqui — opinou o velho. — Lida é o último lugar a que eles chegariam.

— Por que diz isso?

— Porque a Palestina está guarnecida por duas legiões, a Décima Legião do Estreito, baseada em Jerusalém, e a Cirenaica, estacionada em Bostra, sem falar nas tropas reunidas em Alexandria. Entretanto, o maior problema dos sassânidas seria transpor o deserto, considerando que os árabes são seus inimigos mortais.

— Humm... — Laios coçou o queixo. Olhando por esse ângulo, o escravo estava certo. Não era só lógico, era *óbvio*. Então por que Aureliano imaginara o contrário? Com que objetivo o antigo césar o enviara para Lida? — Por que nunca me disse isso?

— O senhor nunca perguntou. — Deu um sorriso cansado. — Se me permite, acho que vou me deitar.

Strabo retornou a seus aposentos e o equestre permaneceu no terraço, divagando sobre o que ele dissera. Meditou sobre o falecimento de Tácito, relembrou a própria atuação em Palmira, visualizou o Templo de Bel.

Serviu-se de mais vinho. Bebeu até que os dedos ficassem dormentes.

Zenóbia, pensou.

Onde ela estava agora? O que teria acontecido com ela? E, o mais importante, quais eram seus planos desde o começo?

Cesareia Marítima, Diocese do Leste, 1080 *ab urbe condita*

Estimada Helena,

Não tem ideia da alegria com que recebi sua carta — e da avidez com que li seu texto. O relato acerca de Palmira é impressionante e me capturou sobretudo pelo aspecto humano. Calculo quão desgastante deve ter sido reunir todo esse material, as horas de entrevistas e o empenho na leitura dos registros oficiais. Como historiador, no entanto, compreendo que as pedras no caminho tornam a jornada ainda mais saborosa. Estou certo de que seus manuscritos vão me ajudar na confecção tanto do *Martirológio* (sim, é assim que se escreve) quanto das demais obras em que estou trabalhando. Por favor, envie o próximo tomo logo que estiver disponível. Peço isso não só como bispo, mas como amigo, admirador e, principalmente, como devoto do Senhor Jesus Cristo.

Já que me pediu que comentasse, farei perguntas e críticas nos parágrafos adiante.

Em primeiro lugar, admito que fiquei um tanto frustrado por nosso personagem — Georgios — ter surgido apenas no último capítulo. Entendo a importância de descrever a relação de seus pais, mas um leitor casual poderia julgar as reuniões do conselho um pouco maçantes. Como cronista, todavia, acredito que quanto mais informação melhor, então, no fim das contas, eu optaria por manter os trechos supracitados, apesar da morosidade.

Outro ponto que poderia incomodar parte do clero são as cenas explícitas de sexo. Pelo menos três de meus colegas — tenho certeza — as classificariam como desrespeitosas aos olhos da Igreja. Contudo, mais uma vez, penso que devem ser preservadas para fins acadêmicos.

Uma crítica de caráter filosófico: na carta, a senhora afirma que tomou como base o ceticismo de Élis para nortear seus escritos. Soou-me estranho, portanto, o fato de a espada de Laios apresentar poderes extraordinários — até mágicos — em mais de uma ocasião. Temo que esse detalhe, ainda que diminuto, provoque certo ruído na narrativa. Se bem que, admito, talvez eu esteja sendo por demais rigoroso, afinal a Ascalon é uma arma pagã, "forjada por Hefesto nas profundezas do Etna". Uma comichão me tirava da cadeira — *mea culpa* — cada vez que eu lia essa frase.

Feitas as críticas, vamos às perguntas.

Os historiadores latinos concordam que a batalha final entre Zenóbia e Aureliano se deu às portas da cidade de Emesa, não de Palmira, e que a rainha, uma vez derrotada, fugiu para a capital, sendo de fato capturada nas margens do Eufrates. Gostaria de perguntar, com todo o respeito, qual das versões é a correta. Se quiser (e puder) compartilhar a identidade de suas fontes, eu apreciaria bastante — não por duvidar, mas a título de curiosidade, apenas.

No terceiro capítulo, reparei que a senhora empregou o termo "Mediterrâneo" para se referir ao Grande Mar. De acordo com minhas pesquisas, a palavra apareceu pela primeira vez em *De Mirabilibus Mundi*, de Solino. Minha dúvida é se esse nome já era utilizado nos tempos de Aureliano ou se a mudança se deu para facilitar a compreensão dos leitores modernos, o que seria aceitável — e justo, diga-se de passagem.

Um elogio, para finalizar. De longe, o que mais me surpreendeu foi a isenção com que a senhora descreveu Constâncio Cloro, seu futuro (hoje falecido) marido. Fico imaginando se Constantino aparecerá em algum momento — e como será retratado.

Eusébio

Post scriptum: No tocante à restauração dos santuários na Terra Santa, deixo os pormenores a cargo de Silvestre. Como a senhora sabe, não tenho autoridade para lidar com questões políticas. Conforme manda a lei, a questão deve ser discutida pessoalmente entre o bispo de Roma e o imperador. Não quero ser acusado de heresia, então prefiro me manter afastado dos assuntos que se referem à corte.

Prezado Eusébio,

Confesso que não esperava receber sua carta tão cedo. Obrigada pelas palavras. Fico feliz em contribuir com o *Martirológio* e lisonjeada de poder contar com seus comentários. Por favor, não se furte a fazê-los.

Começarei pelo final.

Em relação às questões políticas, nunca foi minha intenção envolvê-lo. Compreendo o peso que a Igreja tem dado à hierarquia ultimamente, então reportarei o caso ao meu filho, que saberá como agir. Não se preocupe com nada.

Sobre a isenção, agradeço o elogio, mas vale lembrar que Cloro e eu nos divorciamos décadas atrás. De todo modo, respondendo à sua pergunta, Constantino será, sim, retratado em certo momento, o que promete ser uma tarefa desafiadora. Talvez eu mesma apareça como personagem. Outro sacrifício que estou disposta a fazer.

É verdade que o primeiro escritor a usar o termo "Mediterrâneo" para se referir ao Grande Mar foi Caio Júlio Solino, mas o nome estava na boca do povo havia pelo menos um século. O Senado aprovou uma lei durante a administração de Caracala proibindo que oficiais e cidadãos escrevessem a palavra em textos e documentos — suponho que por razões imperialistas —, formalizando o uso de *Mare Nostrum*. Solino assumiu o risco, e o resto é história.

A batalha final aconteceu mesmo em frente aos muros de Palmira. Minha fonte, como o senhor deve imaginar, é ninguém menos que Constâncio Cloro, que acompanhou o conflito de perto. Estou a par do que escreveram os latinos e creio que deve ter havido confusão, não má-fé. Como sabemos, os palmirenses tornaram a se rebelar um ano depois da captura de Zenóbia, quando, enfim, a Legião Cirenaica invadiu a cidade e a incendiou por completo. Os historiadores devem ter chamado o primeiro confronto de "Batalha de Emesa" e o segundo de "Batalha de Palmira" a título de organização. Com efeito, Emesa era rival de Palmira e se rendeu pacificamente a Aureliano. Não à toa Zenóbia foi julgada por magistrados romanos e sírios, que alegavam, esses últimos, ter sido "oprimidos" por Odenato e "humilhados" por sua esposa.

Quanto à Ascalon, não descrevi nada além do que me foi relatado. Skudra, o Forte, realmente sofreu um ataque cardíaco durante sua visita à Vila Fúlvia, de acordo com pelo menos três testemunhas. De minha parte, não acredito que a espada tivesse poderes mágicos. Estive com ela — com o que sobrou dela, na verdade, após o fatídico duelo na Nicomédia — em mãos mais de uma vez. Pareceu-me um fragmento de aço ordinário. Com todo o respeito, rogo que essas palavras o aquietem.

No tocante às cenas de sexo, talvez o senhor esteja certo. Vou repensá-las.

Lamento ter me alongado ao narrar as reuniões do conselho. Elas são maçantes, concordo, mas essenciais para a continuidade da história.

Para sua alegria, Georgios aparece já no começo do segundo tomo, que envio por intermédio de Magno, meu assistente. No entanto, devo advertir que Laios e Polychronia ainda terão participações importantes. Infelizmente — ou felizmente, dependendo do ponto de vista — seria impossível contar esta saga sem detalhar a política de Lida, a conspiração dos Drago, a Campanha da Pérsia e os personagens que participaram desses eventos, muitos dos quais se tornariam figuras cruciais na vida do santo.

Caso o senhor se sinta de alguma forma ameaçado ou coagido por seus superiores, avise-me. Farei questão de esclarecer o episódio junto ao tribunal eclesiástico e de lhe dar guarida, se for preciso.

Flávia Júlia Helena, augusta de Bizâncio,
no vigésimo ano do reinado de Constantino, o Grande

SEGUNDO TOMO

SANGUE E FOGO

X

O PRÍNCIPE DA PÉRSIA

QUANDO TÁCITO FALECEU, O SENADO SE APRESSOU EM ESCOLHER UM NOVO imperador: Floriano, seu irmão. Uma semana depois, no entanto, chegou à metrópole a notícia de que as legiões orientais haviam — sem consulta prévia ou qualquer tipo de aviso — elevado Equício Probo ao posto de césar.

Probo era um general respeitado, que atuara em diversas campanhas sob o governo de Aureliano. Baseado no Egito, controlava diretamente as tropas do Leste e contava com a simpatia dos exércitos do Oeste. Os senadores, ao saber da nomeação, sentiram-se ultrajados. Probo não desejava, ao que parecia, instaurar um império próprio em regiões afastadas. *Não*. Ele assumira o título de *augusto*, reivindicando controle total sobre o mundo romano.

Pela primeira vez em séculos, o Senado ficou de mãos atadas. Os patrícios não se conformavam com a ousadia de Probo, mas ninguém tinha coragem de se insurgir contra ele.

O funeral de Tácito se deu um mês depois de sua morte. O corpo, embalsamado por especialistas egípcios, foi exposto no átrio de sua mansão no topo do Monte Célio, em Roma. Enfiado em um sarcófago de mármore, o cadáver não só parecia ter diminuído como estava irreconhecível. Lembrava uma escultura de cera e cheirava a areia, cal e tomilho. Duas moedas de ouro cobriam os olhos, e chumaços de algodão tampavam as narinas.

Os aristocratas compareceram em peso, bem como os oficiais da guarda pretoriana, a tropa de elite dos césares, o único corpo militar autorizado por lei a permanecer dentro dos muros. Zenóbia mostrou suas habilidades de anfitriã, recebendo um por um e escutando seus pêsames.

Depois que os sacerdotes louvaram o defunto, a viúva ofereceu um banquete aos convivas. O assunto geral era política. Floriano, o novo imperador, vinte anos mais jovem que o irmão, estava no centro das atenções, constrangido por nada poder fazer contra Probo.

O jantar seguiu madrugada adentro. No momento em que a lua atingiu o ápice, Zenóbia bateu palmas e chamou os comensais de volta ao átrio. Contemplou solenemente o marido morto, tocou seu rosto e declarou:

— Gostaria de agradecer a presença de todos. Quero que saibam o apreço que o meu marido tinha pelos senhores e o amor que nutria pelas instituições sagradas. O Senado — ela apontou para um grupo de políticos —, o clero — olhou para os sacerdotes de Júpiter — e o exército — sinalizou o comandante dos pretorianos. — Por mais de mil anos, esses foram os pilares da civilização romana, que se encontra agora em perigo. Uma sombra se ergue no Leste, capaz de destruir tudo o que conquistamos. Esta noite — Zenóbia continuou, observando a lua — eu louvo Marco Floriano Pio Félix Invicto como o nosso salvador. Não importa o que custe, não importa quanto custe, Probo precisa ser confrontado. Eu os incito à guerra, senhores, à luta justa por tudo o que Roma representa e pelas tradições que desejamos preservar.

Os homens não reagiram imediatamente. Ficaram quietos, hipnotizados por aquelas palavras. Quando, enfim, o fascínio se desfez, alguém perguntou à rainha:

— Como, senhora? Como espera que enfrentemos o maior general do Império?

— Não sei — ela disse. — Tudo o que sei, e *eu* sou a prova, é que Roma sempre vencerá. Nas colinas, nas florestas cerradas, nos desertos distantes, nas montanhas, nos mares bravios. — Então ela usou a célebre frase proferida quase quinhentos anos antes por Catão, o Velho durante o legendário confronto entre romanos e cartagineses, que simbolizava a necessidade de se tomar medidas extremas para preservar a metrópole, não importava a que custo: — Cartago deve ser destruída.

Silêncio.

Zenóbia gritou:

— Cartago *deve* ser destruída!

Sem que planejassem, como que enfeitiçados, os presentes repetiram em uníssono:

— Cartago deve ser destruída!

Quem esteve no funeral de Tácito naquela noite relata o êxtase que se seguiu ao discurso. Zenóbia não só conseguira tocar em uma nota sensível no coração dos romanos, mas também se destacara entre eles como uma articuladora notável, uma peça essencial ao funcionamento da *urbs*.

Duas semanas depois, Floriano saiu em campanha. Ele e o adversário acabaram por se encontrar nas planícies da Ásia em fins de outubro. O exército metropolitano, todavia, ao reconhecer a superioridade inimiga, capitulou. Floriano foi morto por seus próprios homens, e Probo se consagrou como senhor supremo do mundo romano.

Zaket levou três longos anos para construir a muralha. Se dependesse dela, os persas teriam devastado a cidade, mas Strabo estava certo em suas previsões. Nenhum sassânida pôs os pés em Lida.

Não naquele ano. Nem nos próximos.

Até uma certa manhã de setembro.

Georgios brincava sobre uma colina. Chegara até lá perseguindo formigas. Era fascinante vê-las caminhar em fila, carregando grãos de areia e as folhinhas amarelas de outono. Subiam, desciam e contornavam os sulcos e as pedras como se eles não existissem.

Quanta disciplina, pensou. Quanta força e determinação.

De acordo com Homero, os mirmidões, legendários soldados da Guerra de Troia, eram formigas antes de Zeus transformá-los em seres humanos. Polychronia desprezava essas histórias, mas Georgios acreditava nelas.

Fazia sentido.

No cimo do outeiro havia uma macieira decrépita. Georgios trepou nela, achando que podia escalar como os insetos. Desistiu ao chegar ao primeiro galho, exausto e com as palmas raladas. Deteve-se ao avistar o campo de oliveiras, que era belíssimo e pertencia a seu pai. O solo tinha a aridez do deserto, mas ao redor da plantação a grama florescia.

Georgios tinha oito anos, os cabelos acobreados cortados à moda romana, os olhos cor de avelã, e estava com fome. Quando o estômago roncou, ele se esqueceu das formigas e se preparou para descer. Foi nesse instante que viu um fantasma. Uma entidade metálica, com a testa brilhante e o corpo de aço, montada sobre uma égua cinzenta.

O medo o paralisou.

O fantasma não notou o menino. Passou por ele como uma brisa e deslizou rumo à cidade.

Georgios correu para casa. Nunca estivera tão apavorado.

O cavaleiro apeou a cem metros dos muros. Envergava uma cota de malha completa, que lhe cobria o corpo e o rosto, oculto ainda por uma espécie de véu. Como arma, trazia um sabre.

Apenas um sabre. Sem escudo. Sem lança. Um cavaleiro solitário. Um catafractário. Um soldado de elite da Pérsia.

Um inimigo.

Observou o terreno com os olhos treinados. Era plano e rochoso, com tufos de relva e arbustos castanhos.

Do alto do passadiço, os vigias da cidade imediatamente o notaram e avisaram aos capitães. Eram homens de Drago, que organizara a milícia oito anos antes.

Quatro rapazes foram destacados para abordar o intruso. Usavam peitorais de couro e escudos ovais com o emblema do dragão alado. Chegaram em postura de ataque, espadas em riste.

— Pare! — esbravejou um deles. — Mãos ao alto. Renda-se.

Nenhuma reação. Um segundo depois, ouviu-se uma voz abafada.

— Peço que me levem ao magistrado da cidade — disse o forasteiro. — Não ao centurião, mas ao tribuno. Só me entregarei a *ele*.

O jovem soldado insistiu:

— De joelhos.

— Só me renderei ao tribuno — replicou a voz atrás do véu. — Não se aproximem, ou sofrerão as consequências.

Os guardas se entreolharam.

— Somos quatro, e você é um só — advertiu um dos milicianos. — Obedeça. — E gritou: — Você está preso!

— Este é o último aviso — o estrangeiro afirmou, sem se alterar. — Se chegarem mais perto, correrão sério risco.

Os guardas o cercaram. O catafractário, em resposta, tocou a empunhadura do sabre, como que desafiando o quarteto a atacá-lo. Por um instante, pareceu aos rapazes que o mundo havia parado. Eles tinham a obrigação de avançar, mas estavam com *medo*.

O impasse se desfez ao som de cascos contra o solo arenoso. Era Laios, que soubera da presença estrangeira através de seu filho e correra para interceptar o intruso. Conseguira, às pressas, vestir a armadura de escamas, mas não tivera tempo de encontrar o elmo.

Puxou as rédeas de Tuta, freando o animal a uma distância segura.

— Sou Laios Graco, um dos magistrados de Lida — disse. — Quem é você?

— Laios Graco, o Libertador do Leste — murmurou o sassânida. — É você quem procuro. — O catafractário desafivelou o cinto e pousou a lâmina no chão. — Eu me rendo.

Laios desmontou. Pegou a arma do persa e a entregou aos guardas de Drago.

— Eu aceito a sua rendição. Diga-me agora quem é.

O fantasma tirou o véu, revelando a tez morena, o rosto esguio e o bigode pontudo. Os olhos projetavam uma energia selvagem, como se ele fosse um tigre — ou um leão, prestes a destroçar sua presa.

— Sou o príncipe Yasmir, filho legítimo do rei Bahram da Pérsia — revelou. — Estou aqui porque preciso de ajuda.

Desarmado, Yasmir foi conduzido pelos guardas ao pátio de um antigo templo, ao norte da plantação de oliveiras. O edifício em ruínas servira como santuário para os seguidores da deusa Cibele, mas fora abandonado havia séculos e agora abrigava um depósito. Entre colunas, estátuas quebradas e trepadeiras, havia tonéis de azeite e sacos de farinha de trigo.

Laios ordenou que Ulisses vigiasse o intruso enquanto avisava Drago do ocorrido. Os dois magistrados se encontraram no templo ao cair da tarde. O equestre trouxe Strabo, para que ele registrasse tudo em sua plaqueta de cera. Drago chegou uma hora atrasado, na companhia dos gêmeos trácios.

O tribuno cruzou os braços e se aproximou de Yasmir.

— Já sabe quem somos, alteza. Fale-nos agora sobre você.

— Sou o primeiro filho de Bahram — repetiu o sassânida. Continuava usando a cota de malha, o elmo e as roupas de viagem, sujas e empoeiradas.

O grego dele era limpo, quase não tinha sotaque. Não havia dúvidas de que recebera a melhor educação possível, mas era cedo para acreditar que fosse mesmo filho do xá. — Meu pai foi assassinado. Bahram II é o novo rei. Ele é meu irmão de sangue.

— Por que Bahram II o enviaria para tão longe de casa? Não há diplomatas na Pérsia?

— Não represento o governo — replicou Yasmir. — Deixei a corte por livre vontade, para me juntar aos conspiradores liderados pelo príncipe Hormizd, meu primo.

— Outro príncipe? — estranhou Drago.

— Hormizd é o líder das forças rebeldes — continuou Yasmir, sem se abalar com a interrupção. — Eles estão reunidos na província do Sakastão, perto das Montanhas Dnag.

— Conspiradores... — Laios custava a aceitar. O Oriente sempre lhe soara como um lugar místico, uma terra de monstros, espíritos maléficos e homens fanáticos, desprovidos de sentimentos humanos. Quem poderia imaginar que tinham os próprios problemas? — Os persas estão em guerra?

— Não, ainda não, mas a turbulência é catastrófica — disse Yasmir. — Na nossa capital, Ctesifonte, os distúrbios internos são muito piores que os externos. Por que acha que as suas fronteiras continuaram intactas por oito anos, mesmo ante o caos que assola o Império Romano?

Strabo ruminou:

— Faz sentido.

— Para mim já não faz tanto. — Drago caminhava em volta do pátio, arrastando os pés nos ladrilhos quebrados. Como Laios, ele mudara pouco fisicamente. Desde o nascimento da filha, Tysa, e da morte da esposa, Lídia, no parto, Räs Drago se tornara mais razoável com os notáveis e com o próprio Laios, aceitando quase tudo o que ele propunha. — Como espera, alteza — disse para Yasmir com ironia —, que confiemos em uma pessoa disposta a trair o próprio irmão?

— Bahram II não é meu irmão. Não *mais* — corrigiu-se. — O xá tem apenas dezesseis anos e caiu sob os encantamentos do mago Kartir, que agora o domina como se ele fosse um autômato. Talvez seja possível salvá-lo, mas eu não contaria com isso.

— Bom — Laios voltou à conversa —, imagino que queira algo de nós.

— Sim. — O intruso relaxou o corpo. Deu um passo adiante em postura casual. — Cavalguei até aqui para propor uma aliança ao imperador de Roma, a fim de entrarmos juntos na capital persa e destronar o novo rei.

Drago, que era especialmente supersticioso, indagou:

— E o tal mago? Pelo que contou, o verdadeiro problema é ele.

— Deixem Kartir comigo — retrucou Yasmir. — Os detalhes estratégicos da invasão eu preferiria discutir com o próprio césar. Já falei mais do que devia. De qualquer maneira, tenham em mente a minha oferta: abrir as portas de Ctesifonte para as legiões romanas, que poderão saqueá-la ou destruí-la, se assim desejarem. Nós, os conspiradores, só queremos o trono. — E, ao ver a indecisão no rosto dos magistrados, completou: — Não precisam responder agora. É melhor que não o façam. Com todo o respeito, essa não é uma questão para os senhores.

— Por que Lida? — quis saber o oficial capadócio. — Por que não foi diretamente para Roma ou Bizâncio? Ou mesmo para Jerusalém?

— Maniqueu me enviou para cá antes de ser morto.

— Quem é Maniqueu?

— O chefe da minha seita. Kartir o crucificou.

Laios começou a se interessar pelo assunto. Era temente aos deuses e sempre tivera certo fascínio pelas religiões estrangeiras. Encostou-se em uma das pilastras. No ar, circulava o aroma característico das tardes de outono, uma mistura de carvão e flores silvestres.

— Que seita é essa? — ele perguntou a Yasmir.

— Somos maniqueístas — esclareceu o príncipe. — Acreditamos em um mundo dividido entre o bem, representado por Deus, e o mal, encarnado na figura do Diabo.

Strabo não resistiu:

— Quanta bobagem. Já temos cristãos suficientes em Lida. Não precisamos de outra...

— Basta! — Laios o cortou. Ele devia muito a Strabo, confiava em seus conselhos, mas não ia admitir que tratasse um diplomata, rebelde ou legalista, daquela maneira. Dirigiu-se a Yasmir: — Perdoe o meu secretário, alteza.

Yasmir aceitou as desculpas, e o tribuno fez um sinal para Drago. Os dois saíram do pátio e caminharam até o corredor que conduzia à saída, para que pudessem conversar a sós. O lugar estava sombrio com a aproximação do crepúsculo, com fragmentos de telha espalhados no piso.

— E então? — Laios perguntou ao colega. — O que acha?

— Se tem uma coisa que aprendi no exército — o gigante dácio alisou o pescoço — é que não se pode confiar nos sassânidas.

— Não é essa a questão.

— Qual é a questão?

— Devemos consultar os notáveis?

— De forma alguma. — Drago franziu a testa. — Este é um assunto militar. Não tem nada a ver com a cidade de Lida.

— Tem razão. — Laios espiou o pátio para ter certeza de que Yasmir e os escravos continuavam por lá. — Onde o hospedaremos, então, enquanto avisamos o césar?

— Não sei se devemos avisar o césar.

— Por que não?

— E se for uma armadilha?

— O imperador saberá o que fazer.

— O imperador não é um tipo de deus — argumentou o centurião, e Laios considerou o que ele disse. Desde criança, via a Púrpura como uma espécie de divindade, mas os césares eram humanos e cometiam erros. — Se for uma armadilha, nós seremos punidos.

— Pode ser. Mas, se Probo souber que escondemos o príncipe da Pérsia sob o nosso nariz, vai ficar louco de raiva.

— Por que não entregamos a *cabeça* dele ao imperador, então?

— O que ganharíamos ao matar esse homem?

— O respeito do césar.

— Podemos lucrar mais com ele vivo — raciocinou Laios.

— De que maneira?

— Pensarei em um jeito.

— Como desejar. — Drago usava uma túnica azul-clara, cinto de couro, sandálias e não portava armas. — Posso considerar este um problema seu?

— Sim, eu assumo a responsabilidade.

— Ótimo.

O tribuno encarou o parceiro e disse, com o indicador erguido:

— Sem surpresas desta vez.

— Longe de mim questioná-lo, comandante. Somos irmãos de armas, afinal. — O centurião fez uma mesura, mais cômica que sarcástica, e prometeu: — Nada de surpresas.

XI

O BEM E O MAL

STRABO REDIGIU UMA LONGA CARTA PARA O IMPERADOR, QUE PRECISOU SER CORrigida várias vezes por Laios. Não por conta da gramática, mas porque o texto era extraordinariamente preconceituoso. Yasmir, na primeira versão, era referido como "o príncipe dos bárbaros", pertencente a "uma cultura ainda apegada a crenças e superstições obscuras".

O equestre passou o documento a limpo e fez duas cópias, guardando-as em seu gabinete e enviando o pergaminho original para Sirmio, na Panônia, residência oficial de Probo e sua família. Laios, porém, não cultivava esperanças de que a mensagem chegasse até ele. O césar seguia empenhado em combater os germânicos na frente ocidental, e, como o Oriente estava até certo ponto pacificado, foi deixado ao capricho dos prefeitos locais.

Mesmo que o imperador lesse a carta, poderia levar meses — ou anos — para responder, e nesse meio-tempo os magistrados precisariam encarar o problema que era ter um príncipe persa em seus domínios. Nem Laios nem Drago poderiam hospedá-lo em casa, sob pena de serem acusados de alta traição, então o tribuno ofereceu a Yasmir um cômodo simples dentro dos muros da cidade. O lugar se parecia com as famosas ínsulas de Roma, isto é, prédios quadrados de três andares com um pátio interno grande, cercado por dezenas de apartamentos. Na Cidade das Sete Colinas, esses apartamentos costumavam ser minúsculos e abrigavam homens e mulheres paupérrimos, mas em Lida tinham dimensões razoáveis e eram habitados por profissionais livres, veteranos do exército e pequenos comerciantes, além de suas famílias e, é claro, seus escravos domésticos.

Os cômodos eram alugados e pertenciam a Itzchak ben Moses, que recomendou que Laios acomodasse o forasteiro em uma unidade no primeiro andar. O corredor que desembocava no pátio começava em uma rua conhecida pelas lojas de tapetes. Os vendedores eram núbios, na maioria, e aceitavam bem os estrangeiros. De sua parte, Yasmir não teve problemas para se adaptar. Versado em diversas línguas, comunicava-se com os vizinhos coloquialmente e acabou ganhando a confiança deles. Quando a noite caía, nos meses que se seguiram, os condôminos se reuniam em volta de uma mesa de pedra no pátio, e ele contava histórias sobre anjos e demônios e a luta entre a luz e as trevas.

Enquanto isso, na Vila Fúlvia, os Gracos viviam uma época de paz. A colheita fora a melhor em cinco anos, o frio do inverno não prejudicara a lavoura e os gafanhotos só apareciam ocasionalmente. No outono, Laios decidiu que precisava iniciar o treinamento marcial de Georgios. O menino, que já tinha aulas de filosofia, gramática e retórica com Strabo, teria um novo tutor no mundo dos esportes: Ulisses, o guarda-costas do magistrado.

Nascido como escravo na ilha de Creta, Ulisses comprara a própria liberdade e aos dezoito anos se alistara no exército, com o sonho de se tornar centurião. E teria conseguido, se um golpe de machado não tivesse esmagado um de seus olhos, durante uma batalha contra saxões na Britânia. Por conta do ferimento, fora gradualmente deslocado para o serviço burocrático. O tédio o levara à depressão e ao álcool. Ulisses acumulara dívidas e, quando Skudra, o Forte sugerira comprá-lo, cobrindo seus débitos e prometendo torná--lo gladiador, ele aceitara sem pestanejar.

Ulisses fora entregue a Laios como presente oito anos antes. O plano de Skudra era usá-lo como espião, mas o ex-gladiador logo se afeiçoara ao equestre e, em seu íntimo, jurara servi-lo pelo resto da vida. No começo, Skudra exigia relatórios mensais e Ulisses era evasivo. Cerca de um ano e meio depois, no entanto, o proprietário da arena de Lida sofreu um ataque de nervos enquanto fornicava em um prostíbulo perto de Jerusalém, ficou de cama por meses e, quando acordou, tinha se esquecido de um bocado de coisas — inclusive de Ulisses.

Os jogos, a propósito, continuavam a ser a principal atração de Lida, que despontara como um dos polos locais do esporte. Muitos dos gladiadores haviam sido treinados por Ulisses, quando ele ainda trabalhava para Skudra. O anfiteatro da cidade era oval, com arquibancadas a céu aberto. Os bancos mais próximos da arena eram reservados aos notáveis, tinham almofadas sobre os degraus e lonas que protegiam os espectadores do sol. Georgios e todos os outros membros da família de Laios possuíam assentos cativos, e era em um deles que agora se encontrava o menino, ao lado de Ulisses, seu protetor. À esquerda deles havia uma sacada que se projetava sobre a arena, destinada aos patrocinadores. Durante a República e por quase todo o período imperial, os jogos eram gratuitos, bancados por esses homens ricos, que buscavam divulgar o próprio nome. Em Lida, cobrava-se um valor simbólico. O visitante, porém, tinha direito a consumir água e posca à vontade, o que, para a maioria, compensava o preço da entrada.

Georgios e Ulisses chegaram cedo ao estádio. O espetáculo começou com um desfile de babuínos, que dançavam e sorriam com suas presas imensas. Seguiu-se uma apresentação de teatro, encenada por três atores que declamavam textos em latim. Houve uma pausa, e ao meio-dia as lutas tiveram início. Os gladiadores, um time heterogêneo de atletas da morte, deram uma volta completa na arena, foram aplaudidos de pé e pararam diante da sacada. Um homem ergueu-se sobre o terraço e, com as palmas abertas, pediu que o público fizesse silêncio. Era gordo, de estatura média, cabelos crespos e pele negra. Usava uma toga azul, limpa e pregueada.

— Salve! — ele gritou, cumprimentando a todos com sua voz poderosa. — Salve, homens de Lida. Os jogos deste feriado de 6 de julho estão sendo patrocinados pela senhora Fabiana, em homenagem ao aniversário de falecimento de seu marido, o célebre Afraim Eron — o apresentador apontou para uma mulher muito velha acomodada à sua direita, toda vestida de preto —, e pela família de Otávio Jano, o açougueiro da rua do comércio. — Estendeu o braço para um jovem obeso de cabelos claros e bochechas rosadas. — São patrocinados também pela guilda dos sapateiros, sob a liderança do senhor Noé ben Shua — disse, e escutou-se uma onda de vaias. Shua era judeu, e só isso era motivo para os cristãos o detestarem. — Está com os gladiadores a palavra.

Os gritos de escárnio se transformaram em aplausos e assobios. Um dos lutadores, alto, de rosto quadrado e com uma covinha no queixo, estendeu o gládio e falou:

— Nós, diante dos deuses, prometemos ser açoitados, amarrados, queimados, mortos e suportar tudo o que nos for exigido, desistindo do nosso corpo e do nosso espírito. — Depois, olhando diretamente para os patrocinadores, o combatente exclamou: — Nós, que estamos prestes a morrer, o saudamos.

Georgios arregalou os olhos, sem entender como uma só pessoa poderia ser açoitada, amarrada e queimada.

— Pura formalidade, jovem mestre — comentou Ulisses. — Faz parte do espetáculo.

— O que é "formalidade"? — O menino já escutara a palavra, mas não tinha certeza do que significava.

— Strabo não lhe ensinou? — O caolho soltou uma gargalhada sonora. — É um texto decorado, que os gladiadores repetem desde que os jogos foram inventados. Não quer dizer que eles serão necessariamente queimados, embora eu já tenha visto acontecer.

— Onde?

— Em Roma.

— Já esteve em Roma?

— Sim, nos meus tempos de legionário. Naquela época eu era um soldado e assistia a tudo dos bancos superiores. Roma tem o maior anfiteatro do mundo. Foi construído pelos titãs com pedras que caíram dos céus, quando o mundo era jovem. O próprio deus Marte forjou suas portas e Atena as abençoou.

— Eram os deuses que patrocinavam os jogos de Roma?

— Não sei. Se o fizeram, foi séculos antes de qualquer um de nós nascer. — Ulisses estendeu o indicador na direção da arena, encerrando o assunto. — Veja, os primeiros duelistas estão entrando pelo gradeado.

Georgios olhou para o corredor que levava às masmorras e percebeu duas figuras surgindo das sombras. Uma delas era um gaulês de cabelos ruivos, sem camisa, o corpo delgado, trajando uma calça quadriculada, botas e portando duas espadas. A outra era um indivíduo corpulento, ostentando uma couraça de bronze e um elmo fechado. Trazia um escudo em uma das mãos e um gládio na outra.

— O gaulês com duas espadas nós chamamos de "duas-facas", por razões óbvias — explicou Ulisses. — O outro, com armadura pesada, é conhecido como "mirmidão".

— Como os mirmidões de Aquiles?

— Levemente inspirado.

No círculo de batalha, os antagonistas se posicionaram para o duelo. A atenção de Georgios, no entanto, estava focada em um trecho das arquibancadas onde se sentava Horgan, um dos gêmeos trácios, que fazia a segurança de Hron, o primogênito de Drago, agora com doze anos, e de Tysa, a filha caçula do centurião, um ano mais velha que Georgios. O menino já a tinha visto algumas vezes e a achava lindíssima. Tysa tinha a pele clara como a neve, os olhos da cor do céu e os cabelos dourados presos em trança. Havia outras meninas bonitas na Vila Fúlvia, mas ele escutara os adultos dizerem que não poderia se casar com elas, pois eram escravas. Tysa, sendo filha de um magistrado, seria a esposa perfeita.

Ulisses o cutucou.

— Preste atenção. — Apontou os gladiadores. — É importante.

O gaulês começou a rodear o mirmidão, que o perseguiu através da arena. Por uns dois minutos os rivais apenas se estudaram, sem deslanchar um golpe sequer. Então, ouviu-se o som de um berrante e a plateia gritou "Aço! Aço! Aço!", exigindo que os desportistas se enfrentassem. Enfim, o guerreiro com duas espadas deu uma série de piruetas no ar, aproximou-se do mirmidão e o atacou com ambas as armas. O outro se protegeu com o escudo, recuando progressivamente ante a saraivada de lâminas.

O duas-facas, em vez de continuar agredindo, afastou-se e, com a rapidez que o corpo seminu lhe permitia, circulou o estádio, acenando para o público e recebendo em troca, além de gritos de aprovação, flores e moedas de cobre. Georgios era uma criança ainda, mas julgou a atitude um tanto imprudente. E se o mirmidão o surpreendesse e o atacasse pelas costas? Será que o gaulês teria tempo de reagir?

O duas-facas voltou à luta após se exibir e tornou a golpear, raspando as lâminas uma na outra, produzindo um ruído metálico. Com um grito de guerra, o mirmidão acometeu, mas o gaulês o desarmou.

Sem o gládio, o brutamontes agora só tinha o escudo para se defender. Retrocedeu, desengonçado, tropeçou e caiu no chão de areia. O público respondeu com um suspiro, as mãos levantadas, esperando o momento em que o gladiador sem camisa daria cabo do oponente — mas aconteceu o contrário. Acuado, este agarrou o calcanhar do duas-facas e o arremessou contra a mureta de pedra. Levantou-se com os olhos vermelhos, suspendeu o gaulês pelo pescoço e o agrediu com cabeçadas, depois o atirou ao solo. Chutou-lhe as costelas, recuperou a espada e se preparou para desferir o golpe final. Olhou, antes, para a sacada, esperando o aval dos patrocinadores.

Nos assentos mais altos, o apresentador de toga azul cochichou para a senhora Fabiana e perguntou alguma coisa ao jovem obeso. Em seguida fez um gesto com o braço estendido.

— *Mitte!* — trovejou, evocando o termo em latim que significava, literalmente, "Deixe-o ir".

O mirmidão curvou-se, agradeceu à plateia e saiu do estádio ovacionado. O rival, por sua vez, continuava prostrado, sangrando. Dois homens entraram na arena e o arrastaram de volta às profundezas dos túneis.

— Não é tão ruim quanto parece — Ulisses sussurrou para Georgios. — Hoje mesmo ele vai estar em alguma taverna se afundando no vinho e comendo algumas bocetas. — Outra risada. — Que filho da puta.

— Então... — o garoto não entendeu — é tudo uma farsa?

— Não. Isto é sério. — Ele fingiu se ofender. — É uma profissão honrada. Os duelistas se ferem às vezes, mas a luta é ensaiada. Na arena, o combate precisa ter elegância, precisa ter *poesia* e deve contar uma história. Por qual outro motivo estaríamos aqui? Se fosse para assistir a uma briga comum, bastaria sair andando pelas ruas. — Ulisses esticou as costas, tirou da algibeira algumas moedas e as contou. — Quer comer alguma coisa?

Georgios não estava com fome. Ulisses comprou três damascos de um ambulante que os exibia em uma cesta. Devorou-os rapidamente e cuspiu os caroços na arena. Depois de uma pausa de quinze minutos, houve outra luta, e então mais duas. Todas elas, Georgios começava a notar, seguiam um determinado curso dramático. Primeiro, um dos competidores partia para o ataque, humilhava o adversário, era tomado pela soberba, aí ocorria uma reviravolta e ele era derrotado.

O que se viu nos duelos seguintes foi muito sangue, muitos gritos e vaias, mas nenhuma fatalidade, porque aquelas batalhas eram, afinal, organizadas por um único homem: Skudra, que era dono de todos os gladiadores e obviamente não queria perdê-los.

O anseio por uma violência mais crua era aplacado ao cair da tarde, quando os lutadores que haviam combatido pela manhã voltavam à arena para executar criminosos. Ulisses detestava essa última etapa, porque carecia de emoção. Em geral, os condenados eram indivíduos sem treinamento algum, assaltantes de estrada ou gatunos, que acabavam por ser massacrados pelos atletas profissionais.

— Muito sangue por nada. — O caolho se levantou. — Melhor irmos andando.

— Só mais um pouco — pediu Georgios.

— Não. Seu pai prefere que cheguemos em casa antes do anoitecer. E eu ainda preciso comprar uma panela para Gustel. Prometi a ela.

Ulisses saiu andando e o menino o acompanhou. Era o auge do verão, e a túnica de Georgios estava molhada. Cruzaram a cidade, passando pelo fórum, e dobraram na rua dos núbios, que ignoravam os feriados romanos. Os estabelecimentos, portanto, estavam todos abertos, expondo tapetes e utensílios de bronze. Ulisses parou para negociar em várias lojas, até que se deteve em uma, com dezenas de panelas atrás do balcão, colheres de pau, canecas de cerâmica, taças e facas.

O caminho pela rua dos núbios era cortado por becos, vielas e atalhos, alguns muito estreitos, com as paredes grafitadas. Georgios tentou decifrar os rabiscos, mas nenhum deles fazia sentido. O cheiro era pútrido, bem diferente do campo. O menino, todavia, sentiu-se como Teseu no labirinto de Creta e decidiu explorá-lo. Quase que por instinto, afastou-se da loja em que Ulisses pechinchava e deu alguns passos na direção de um corredor. O passadiço era sombrio e lembrava o túnel de uma masmorra, com letras estranhas gravadas no topo.

Georgios chegou a uma cortina de palha, cruzou o umbral e descobriu-se no pátio interno de uma ínsula. O céu sobre ele era um quadrado azul, obstruído por varais sobrepostos. Os apartamentos estavam com as portas fechadas, à exceção de uma, entreaberta, no térreo, de onde escapava um aroma agradável.

O garoto espiou pela fresta e discerniu dois homens feridos deitados sobre esteiras de junco. Um terceiro indivíduo, de pele morena e bigode pontudo, usava uma pinça para espalhar lesmas sobre a perna em carne viva de um dos doentes.

— Pode entrar — murmurou o curandeiro. — Não tenha medo.

Em uma das paredes havia um afresco com a imagem de deuses alados surgindo no meio das nuvens e descendo através de um raio de luz. O cheiro que Georgios sentira lá fora vinha de um incensário de bronze pendurado nas vigas do teto.

— Não estou com medo — ele mentiu, apontando para um dos enfermos. — Que vermes são estes?

— São sanguessugas. — O homem mostrou a ele um pote de chumbo com mais dessas criaturas guardadas. — Elas bebem o sangue contaminado e absorvem os males do corpo.

— Que nojo. — O menino sentiu náuseas. — Você é médico?

— Não exatamente. Meu nome é Yasmir. E você é Georgios. Certo?

— Como sabe?

— Li sua mente.

O garoto deu um passo atrás. Pensou em fugir, mas algo o impeliu a ficar.

— Como faz isso?

— Eu só estava brincando. — O príncipe fechou o pote e o guardou em um armário. — Sei quem você é pois conheço o seu pai.

— Hummm... — O interesse do menino se voltou para o afresco. Observando a obra de perto, percebeu que retratava uma guerra entre uma tropa de soldados brilhantes, que desciam do céu, e uma hoste de homens com asas de morcego ao redor de um único personagem com chifres, armado de chicote e tridente. Intrigado, perguntou: — O que é isso? Que batalha é essa?

Yasmir pegou uma lamparina para iluminar a pintura.

— É a eterna luta entre a luz e as trevas. Entre Deus e o Diabo. Georgios. — Ele fez uma pausa. — Posso chamá-lo de Georgios?

O garoto fez que sim com a cabeça.

— Georgios, escute-me agora — continuou o príncipe, sisudo. — Existe uma clara fronteira entre o bem e o mal. Quando você crescer, muitos tentarão convencê-lo do contrário, tentarão persuadi-lo de que coisas erradas podem ser feitas em prol de um objetivo maior. Não acredite nessas pessoas. O bem sempre será o bem, e o mal sempre será o mal. — Fitou-o com seriedade e altivez. — Entende o que eu digo?

— Sim — respondeu o menino. Era como se, naquele momento, naquele único e brevíssimo momento, ele fosse adulto, como se já tivesse vivido muitas guerras, e muitas vidas também. — Sim, Yasmir. Eu entendo.

— Sei que entende.

— Quem é esse? — Com a ponta do dedo, Georgios tocou o personagem de chifres.

— O Príncipe das Trevas, que o profeta Isaías chamava de Lúcifer. Ele não é um demônio, é *o* demônio. Um dia ele pedirá que você sacrifique um dos seus pais em nome das forças do inferno. Recuse. Recuse sempre. Jamais aceite barganhar com o Diabo. Ou então... — O fidalgo persa hesitou. — Ou então...

De repente, uma mão forte se fechou sobre a clavícula de Georgios, por trás. O garoto deu um salto de pavor, certo de que era o próprio Diabo que o apertava.

— Por Hades, o que está fazendo nesta espelunca? — Era a voz de Ulisses.
— Estava procurando você.

O garoto se acalmou.

— Desculpe.

— Não me escutou? — perguntou o caolho, enfurecido.

— Não.

— Chega. Já rodamos bastante por hoje. — Ulisses o puxou para fora da ínsula. — Esse homem é um bruxo.

Georgios indagou, em tom infantil:

— O que é um bruxo?

— Não se faça de tonto. Você sabe!

Os dois caminharam algumas quadras, tomando distância da rua dos núbios. Finalmente, Ulisses parou no meio da calçada, girou sobre os calcanhares, ajoelhou-se diante do filho de Laios, segurou-o pelos ombros e o sacudiu.

— Me prometa que não vai voltar lá.

O menino não entendeu o pedido, afinal era proibido de sair sozinho da Vila Fúlvia. Mesmo assim, replicou:

— Prometo.

— Jure sobre a Pedra de Júpiter.

— Juro.

O ex-gladiador rogou-lhe uma praga:

— Se descumprir a promessa, Zeus acertará um raio na sua cabeça.

Georgios escondeu o rosto, envergonhado.

— Depois não diga que eu não avisei. — Ulisses recuperou a jovialidade, deu um suspiro e exclamou: — Vamos embora.

XII

TYSA

Quando Strabo soube que Georgios estivera com Yasmir, ficou encolerizado. Decidiu contra-atacar preparando uma aula especial para o menino, em que mostraria as virtudes do ceticismo. Professor e aluno se encontraram no átrio do pavilhão dos senhores. Para Georgios, aquele era o melhor ambiente da casa, por conta da piscina rasa que ocupava o centro do cômodo. Já as lições de Strabo, ele considerava enfadonhas. Gostava de brincar de gladiador, de legionário, adorava as histórias mitológicas, mas detestava retórica, direito e matemática. Ou talvez fosse o jeito como Strabo ensinava, de modo excessivamente prolixo. Naquele dia, porém, o velho o surpreendeu com uma questão inusitada:

— O que separa a luz das trevas?

Georgios imediatamente pensou em Yasmir e no afresco da guerra celeste. Estava prestes a repetir o que escutara do príncipe, mas ficou com medo de que Zeus o fulminasse e optou por uma resposta mais simples:

— O crepúsculo.

— Mais ou menos. — Strabo caminhou pelo átrio. Georgios estava sentado em um banco de madeira, as mãos apoiadas nos joelhos. — Vamos por partes. O que são as trevas, para começar?

— É quando tudo fica escuro — arriscou o pequeno.

— Como você se sente no escuro?

— Cego.

— Ótimo. — Strabo fez um sinal para que ele esperasse. — Então concordamos que as trevas nos cegam?

Georgios encolheu os ombros. Não sabia qual era a resposta certa.

— Pode ser.

— E se eu disser — o professor arqueou as sobrancelhas grisalhas — que posso ensiná-lo a enxergar no escuro?

Georgios empertigou-se. Imaginou que aprenderia poderes mágicos, ou que ganharia um elmo que lhe permitiria ver no breu, mas, em vez de um artefato encantado, Strabo o presenteou com um rolo de pergaminho.

— Um livro? — reagiu o garoto.

— Superficialmente, sim. O importante é o que tem dentro.

— O que tem dentro?

— Conhecimento, meu jovem — a voz do pedagogo subiu em um crescendo. — É o conhecimento que separa as trevas da luz, não um bando de seres fantásticos. Não há religião superior à verdade. E a verdade é uma só. História, aritmética, lógica, filosofia, literatura... O estudo dessas matérias permitirá que você julgue corretamente os seus atos, anteveja as atitudes dos seus inimigos e comande o próprio destino.

Georgios estava confuso. Não tinha ideia de aonde Strabo queria chegar, muito menos do que pretendia ensinar.

— Não são os deuses que comandam o destino dos homens?

— Só dos homens tolos — decretou o filósofo. — Os heróis, por sua vez, são aqueles que regem a própria vida e por isso se tornam imortais. Você quer ser um herói ou um tolo?

Essa era fácil.

— Um herói.

— Então terá muito a aprender. O conhecimento é o único bem que ninguém pode lhe roubar. Se estudar com afinco, quem sabe um dia consiga enxergar nas trevas.

Georgios fez um esforço de raciocínio, e surgiu-lhe espontaneamente a questão:

— E você? Consegue enxergar nas trevas?

— Eu tento — resmungou Strabo com um sorriso nervoso. — Com sorte, você será um aluno melhor do que eu fui. — Ele encarou o menino com profunda tristeza e completou: — E, no futuro, pensará em mim como eu sou de verdade: um velho. Apenas um velho ridículo.

No ano que se seguiu, a fama de Yasmir se alastrou pelas ruas. A medicina persa sempre fora superior à romana, e, embora o príncipe tivesse apenas noções básicas de tratamentos elementares, já era o suficiente para ser reconhecido como um curandeiro infalível. Os pacientes escutavam atentamente tudo o que ele dizia e, quando uma enfermidade era curada, recompensavam-no com o pouco que tinham. O fato de ele ser estrangeiro, nesse caso, pesava a seu favor, reforçando a aura de mistério, o que acabou por incomodar o bispo de Lida, que não tolerava concorrentes. Claudiano tentou difamá-lo de todas as formas, mas, quando o filho de alguém tinha uma febre e as orações não funcionavam, os plebeus recorriam a Yasmir. Perdido, o bispo decidiu apelar para os magistrados. Para um deles, em específico.

Na primeira semana de janeiro, Räs Drago chegava à sua mansão quando Revan o abordou no portão dos fundos.

— Capitão, o senhor tem visita — disse o trácio, com uma expressão de deboche.

Drago percebeu o trejeito e perguntou:

— Quem é?

— O senhor não vai acreditar.

— Então não me conte. — O centurião sorriu, malicioso.

Drago limpou as sandálias em um capacho e entrou pelo corredor da casa. Ele e Revan cruzaram o peristilo — uma passagem coberta ao redor de um canteiro a céu aberto — e chegaram à sala de jantar, que também era usada para reuniões. Havia ali uma mesa de centro pequena e quatro divãs em volta. Em um deles estava sentado um homem no fim da casa dos trinta anos, de barba negra e cheia, usando um manto preto.

O visitante se levantou ao perceber a presença de Drago. Deu um passo à frente para apertar-lhe a mão.

— Magistrado.

— Salve, bispo. — Drago retribuiu o cumprimento de Claudiano e fez um gesto para que ele voltasse a se sentar. Os dois se acomodaram nos divãs. Revan ficou parado, em pé na soleira, como um cão que vigia o dono. — Há quanto tempo não nos vemos — disse Drago. Claudiano não comparecia às reuniões do conselho municipal fazia meses. — Deve estar atarefado. — O comentário era sarcástico. Drago, claro, estava ciente dos atritos entre ele e Yasmir, mas, em vez de ser direto, preferiu a zombaria. — Diga-me, como vão as coisas?

— Salve, magistrado. — O bispo parecia um coelho acuado. Era evidente que estava ali para pedir alguma coisa e considerara Drago sua última opção. O centurião percebeu isso e se divertiu com o fato. — É uma bela casa.

— Pertenceu ao senador Fúlvio, o antigo magistrado.

— Eu sei. Já estive aqui antes — respondeu Claudiano, polidamente. — Era um bom homem, mas de hábitos sexuais duvidosos.

— Sabe que fim levou ele?

— Não tenho certeza. — Claudiano se ajeitou no assento. — Dizem que recuperou grande parte de sua fortuna e agora está no Chipre. — O bispo fez uma pausa, quando uma escrava idosa e curvada entrou no recinto trazendo uma ânfora de vinho e duas taças. Colocou-as sobre a mesa de centro e saiu.

— Beba — ofereceu Drago, servindo ambos os copos e pegando um para si.

— Não, obrigado.

— Beba! — rosnou o centurião, meio sério, meio brincando. Constrangido, Claudiano levou a bebida à boca. Drago saboreou o vinho e, satisfeito, dispensou as formalidades. — Diga, então. O que o traz à minha casa.

— O senhor é um homem esperto — começou o bispo, apertando a taça, nervoso. — Deve imaginar por que estou aqui.

Drago trocou um olhar com Revan.

— Não faço ideia. — Encolheu os ombros. — Por que não me diz?

Claudiano tomou o que restava do vinho em um só gole.

— O estrangeiro...

— Que estrangeiro?

— Yasmir. O nome é esse, acho.

— O que tem ele?

— Por favor, magistrado — Claudiano implorou com a voz tremida. — Deixemos a hipocrisia de lado por um instante.

— Hipócrita, eu? — Drago deu risada. — Pensa que não sei que você é o homem mais rico da cidade? E que, no entanto, se veste como mendigo? O que acha que os seus fiéis pensariam se soubessem quanto tem guardado?

Claudiano ficou em silêncio. Depois, acrescentou:

— Bom, parece que nos entendemos, afinal.

— Parece que sim.

O bispo olhou ao redor. Ia dizer alguma coisa, mas se deteve. Revan continuava próximo e o encarava.

— Não se preocupe. — Drago entendeu que a presença do trácio o inquietava. — Os gêmeos são da minha confiança.

— Tem certeza? — Ele se inclinou para a frente, sussurrando. — Há quanto tempo você os conhece? Oito anos? Nove? Conhece o passado deles? Sabe de onde vieram?

— Diga logo o que deseja. — Drago se irritou porque, no íntimo, tinha consciência de que realmente sabia pouco sobre o passado dos irmãos trácios. Devia tê-los investigado melhor, mas agora era tarde demais. — Minha paciência tem limite, e ela está se esgotando.

— Muito bem. — O bispo não aguentava mais tantos rodeios e foi direto ao ponto. — Yasmir. Eu o quero morto.

Drago bebeu mais vinho.

— Essa não é uma atitude muito cristã.

— O que você sabe sobre o cristianismo?

— Sei que a seita prega o amor ao próximo.

— Ao próximo, não ao distante — rebateu Claudiano. — E prega também a aceitação de Cristo como a única divindade. Se essa nova religião se espalhar pelo Ocidente, o perigo para a Igreja é imenso. Os pagãos crucificaram Jesus. Os bárbaros...

— Não perca seu tempo tentando me doutrinar — Drago o interrompeu. — Não é necessário. Vamos aos negócios. Você quer que os meus homens o matem. Mas isso é algo que eu não posso fazer.

— Por que não?

— Porque Laios Graco pediu que eu não fizesse. Se algo acontecer com Yasmir, ele saberá que fui eu.

— Não necessariamente.

— Talvez não de imediato. Mas, de qualquer maneira, o crime será investigado. O risco é muito grande.

— Por que dá tanta importância ao que pensa o seu colega? Nenhum fiscal do imperador pisa em Lida faz anos. Com o meu apoio, você poderia governar a cidade sozinho.

— Se eu precisasse do seu apoio, não seria capaz de governar a cidade sozinho — contra-argumentou Drago.

— Pode ser feito, capitão — a voz de Revan se fez ouvir aos murmúrios. — O serviço pode ser feito, sem contratempos.

Drago se virou para o capanga.

— Como?

— Faremos com que pareça um acidente — garantiu o trácio, a postura servil. — Não vou desapontá-lo.

— Muito bem. — O centurião ergueu a taça. — Se Revan diz que pode, então nós podemos. — Voltou-se a Claudiano. — O que me oferece em troca?

— Ouro.

— Quanto?

— O suficiente para aumentar o número de guardas e equipar a milícia. Com isso, ninguém poderá se opor a você, nem mesmo o tribuno.

— E o que mais?

— Já ofereci o meu apoio. — O religioso não entendia. — Dinheiro, poder e influência. O que mais você quer?

— O senhor tem uma filha. — Drago olhou de novo para Revan e sorriu. — Ela já tem dez anos, certo?

— O que é isso? — Claudiano se levantou, furioso. — O que está querendo insinuar? Nenhum homem com um mínimo...

— Calma. — Drago gargalhou. — Só estava brincando. — Ergueu-se e ofereceu a mão ao bispo. — Considere feito.

Claudiano se levantou, retomou a compostura e, com o rosto ainda vermelho, perguntou aos presentes:

— Quando?

— Nós o manteremos informado. — Drago fez um sinal para o gêmeo. — Revan, conduza sua excelência à saída.

— Sim, capitão.

O guarda-costas escoltou Claudiano até a porta principal. O bispo reparou no mosaico com o desenho do dragão que decorava o corredor de entrada. Cruzou o umbral e chegou à rua. Era uma tarde fria, e havia uma tempestade ao longe.

— Não se preocupe, bispo — disse o capataz, antes de o cristão se afastar. — O senhor veio ao lugar certo.

*

Laios estava em pé em seu gabinete, observando a estátua da loba amamentando Rômulo e Remo. Em um surto de nostalgia, acariciou a superfície do bronze, como se a imagem pudesse transportá-lo às sete colinas de Roma, ao campo de batalha, às tendas da Legião Fulminante, à presença de seus velhos amigos.

Fazia nove anos que ele não combatia. Sua última luta acontecera em Palmira, quase uma década antes. Completara quarenta e dois anos no inverno anterior. Sentia-se jovem, apesar da idade, mas o coração lhe pesava. Ele e Drago haviam feito um bom trabalho em Lida, construíram a muralha, organizaram a milícia e já se preparavam para erguer a cúria municipal. Contudo, divagava o equestre, seu lugar não era entre burocratas e políticos, *nunca* fora — não nascera para isso, não lhe era aceitável.

O pensamento de que nunca mais empunharia uma lança de repente o abateu, e Laios se afundou na cadeira. Deslizou o olhar sobre os pergaminhos enrolados e enfiados nas estantes, depois pelos papéis à sua frente: contas públicas, processos jurídicos e ordens de pagamento. Encostou a cabeça na escrivaninha, relaxou o corpo e adormeceu, até que alguém o cutucou.

— Mestre?

— O quê? — Laios reconheceu a face de Strabo. — Já é hora do almoço?

— Um mensageiro — o secretário anunciou.

— Da parte de quem?

— Do imperador, segundo ele.

— Finalmente. — O tribuno endireitou-se. — Faça-o entrar.

O mensageiro fora detido nos portões da Vila Fúlvia e demorou uns cinco minutos para chegar ao pavilhão dos senhores, tendo Strabo como guia e Ulisses na escolta. Era um rapaz sem armadura, usando a túnica vermelha do exército e botas de cavalgar, com uma bolsa de couro enviesada no ombro. Os cabelos eram curtos, louros, a barba rala e bem aparada.

Os três homens entraram na sala. Strabo colocou-se à esquerda de Laios, atrás da mesa. Ulisses manteve-se mais afastado, observando-os com os braços cruzados.

O mensageiro bateu sobre o peito. Cumprimentou o oficial capadócio com o braço erguido e a palma para baixo, a clássica saudação militar.

— Salve, tribuno — disse em latim. — Sou Lúcio Flávio Petro, emissário do césar. — Tirou um pergaminho da bolsa e o entregou ao equestre.

Laios leu e a princípio não acreditou.

— Como é o seu nome?

— Lúcio Flávio Petro — repetiu, obediente.

— De que legião você é?

— Terceira Legião Gaulesa, senhor.

— Hummm... — Laios não sabia como reagir. Procurou algo no pergaminho. — Desde quando esse Marco Aurélio Caro é o césar?

— Faz poucos meses, senhor.

Laios estava a ponto de indagar o que havia acontecido com Probo, mas seria inútil. Provavelmente morrera assassinado, como os predecessores. Em vez disso, perguntou:

— A quanto tempo o imperador está de Lida?

— Não mais que três horas.

— Ulisses — ele ergueu a voz para que o segurança o escutasse. — Conduza o legionário até a cozinha e o alimente.

O rapaz fez um breve agradecimento com a cabeça, prestou uma nova saudação e saiu. Strabo pegou a carta da mesa e a examinou com o olhar igualmente incrédulo.

— Como saberemos se esse Caro é o imperador legítimo? — conjecturou o filósofo. — Não recebemos ainda notícias de Roma.

— Qual foi a última vez que recebemos notícias de Roma? — A pergunta era puramente retórica. — Julgaremos pelos números.

— Quatro legiões, diz a mensagem.

— Se for verdade, não restarão dúvidas. Só o imperador conseguiria mobilizar tanta gente.

— Pode ser — concordou Strabo. — Mas o que um imperador, ou *o* imperador, estaria fazendo neste fim de mundo?

— É o que vamos descobrir em três horas. — Laios se levantou. — Prepare a casa e reúna os escravos. Eu avisarei Polychronia. — Andou até o corredor e deu uma olhada de cima a baixo. — Onde está Georgios?

*

Georgios não estava tão longe. Todos os dias — exceto nos feriados —, ele acordava cedo e assistia às aulas de latim, matemática e literatura. O almoço era servido, ele descansava e Ulisses lhe passava uma série de exercícios físicos. No começo da noite, mais aulas: gramática, retórica e filosofia. O intervalo entre o término das lições de Strabo e o início da tarde era o único que ele tinha para brincar ao ar livre. Havia muitas crianças na Vila Fúlvia, mas nenhuma de sua idade. Como passava a maior parte do tempo sozinho, aprendeu a inventar as próprias histórias. Inimigos e aliados imaginários ele tinha de sobra, e um pedaço de pau em suas mãos logo se transformava em uma espada poderosa.

Seu passatempo preferido era cavalgar. Aos nove anos, não tinha força nem altura suficientes para subir em um cavalo, mas sempre havia um ou outro potro que ele usava para dar voltas ao redor do laguinho. O animal que ele montara nos últimos dois meses era uma égua castanha que se deixava selar com facilidade, mas ainda não havia sido totalmente adestrada. Para piorar, Georgios era um cavaleiro inexperiente e não soube frear quando o bicho atravessou os portões dos fundos, momentaneamente abertos para a entrada de uma carroça. A princípio ficou animado. Sentiu-se como Perseu no lombo de Pégaso, mas depois percebeu que estava se afastando de casa e puxou as rédeas. O equino empinou, sacudiu o pescoço, deu um salto e continuou galopando.

Com medo de que um novo pinote o derrubasse, encolheu-se na sela e se segurou onde dava. Sobre o dorso frenético da montaria, cruzou o campo de oliveiras e rumou em direção à cidade. Cavalgou por quinze minutos, até que a égua deu sinais de cansaço. Quando ela reduziu o ritmo, o menino pulou para o chão.

Olhou para trás.

Uma nuvem de poeira escondia a plantação de seu pai. Colinas sublinhavam o horizonte. Os muros de Lida ficavam à esquerda, e à direita só havia o deserto.

Identificou uma trilha à sua frente, uma antiga estrada de blocos irregulares que terminava em uma mureta de pedra, delimitando uma área plana, com duas ou três árvores velhas. Entre as folhagens, Georgios avistou uma menina ajoelhada, de vestido longo e com a cabeça coberta, toda de preto.

Soltou a égua, apostando que ela, exausta, não fugiria, e se aproximou do muro. Espiou e reconheceu Tysa, a filha caçula de Drago. Um pouco mais velha que ele, a garota tinha dez anos. Estava sozinha e, ao que ele pôde notar, chorava, o olhar fixo no solo.

Pulou a mureta e deu-se conta, enfim, de que estava em um cemitério, repleto de lápides desgastadas, com símbolos e inscrições ilegíveis. Os judeus, pelo que Strabo lhe contara, costumavam enterrar seus mortos, enquanto os romanos os incineravam. Tudo levava a crer, portanto, que aquela era uma necrópole judaica. O que Tysa estaria fazendo ali?

Movido mais por curiosidade do que por qualquer outro sentimento, ele se aproximou da menina, tentando se esconder atrás de uma oliveira, mas ela o avistou. Ergueu-se, secou as lágrimas com a manga do vestido, fechou a cara e o olhou de frente, como se o desafiasse.

— Zelota — praguejou na direção dele. Os zelotas eram membros de uma seita organizada em Jerusalém com o objetivo de combater o Império Romano, mas, na prática, o termo servia para designar qualquer pessoa sem escrúpulos, que não tinha bons modos. — Sabe o que acontece com quem invade um cemitério?

Georgios não respondeu. Nem sequer entendera a pergunta. Ficou parado, mirando-a apenas. Tysa queria chamar a atenção dele de alguma forma. Pegou uma pedra e a atirou. O objeto resvalou na casca da árvore.

— Os mortos estão vendo — exclamou a menina e, apanhando mais duas pedras, lançou-as para a frente. — Zelota!

Georgios se esquivou, deu meia-volta e regressou ao deserto. Não reparou, entretanto, em um garoto que estava por perto, de pele e cabelos claros, olhos azuis e túnica bege. Hron, o irmão de Tysa, tinha treze anos, era forte e correu para interceptá-lo. Georgios sentiu como se estivesse sendo perseguido pelo Leão de Nemeia e montou na égua com desenvoltura absurda. Dessa vez conseguiu controlar o animal e tomou distância, mas foi atingido por uma pedrada nas costas.

— Fora, seu pirralho! — gritou Hron, os olhos cheios de fúria. — Seu pai é um fraco. Não volte mais aqui.

Georgios escutou a provocação e teve vontade de reagir, mas o medo era maior que a raiva. Com o coração pesado e a coluna doendo, galopou até a propriedade de Laios, direto para o estábulo. Ulisses estava procurando por ele.

— Sumiu de novo? — O caolho zangou-se. — Não me diga que...

— Não. — O menino tremia. — O cavalo disparou. Não tive culpa.

Ulisses o pegou pelo braço.

— Já para o banho.

— Por que tanta pressa?

— Teremos visitas. — O ex-gladiador foi arrastando-o pela casa. — Ele chega em uma hora.

— Ele quem?

— O imperador — revelou Ulisses, como se fosse uma ação rotineira. — Depressa!

XIII

ESPADA E FEITIÇARIA

MARCO AURÉLIO CARO ATRASOU E SUA COMITIVA TAMBÉM, O QUE DEU TEMPO para que Laios reunisse a família, os escravos e organizasse uma recepção à altura.

O sol ainda brilhava quando o imperador entrou pelo portão. O novo césar — ou, melhor dizendo, o *mais novo* césar — não se parecia com um soldado à primeira vista. Era magro, calvo, tinha a testa proeminente, as pálpebras caídas e o nariz aquilino. Qualquer um o tomaria como um político comum, não fossem o peitoral folheado a ouro, a capa púrpura e a coroa de louros que ele trazia na cabeça. Guiava um cavalo negro e era seguido por outros doze equestres, a maioria envergando camisas de escamas de aço e elmos com crina preta, a cor histórica da guarda pretoriana. O próprio Caro, Laios saberia depois, havia sido o chefe dessa unidade de elite, até passar o bastão para um de seus filhos, Carino.

Além do imperador, o único que não se vestia de preto era o comandante de sua escolta, um homem de quarenta anos chamado Diócles, que vinha montado em uma égua branca, trazendo uma espada e um escudo oval. De pele bronzeada, cabelos negros e olhos azuis, trajava uma couraça de aço brilhante, ombreiras metálicas e capa escarlate.

Marco Aurélio Caro desmontou sem ajuda. Diócles fez o mesmo e se posicionou logo atrás dele, tentando sondar o ambiente. Laios não usava nenhum tipo de armadura, apenas túnica e capa, mas prendera a Ascalon ao cinto, como mandava o protocolo. Polychronia estava a seu lado direito, e Georgios, à esquerda. Ulisses e Strabo os vigiavam pelas costas, e, um pouco mais distante, alinhavam-se uns dez escravos domésticos, prontos para servir às necessidades do imperador e de seu grupo.

O equestre cumprimentou Caro com a saudação militar. O césar retribuiu da mesma forma.

— Laios Anício Graco? — ele perguntou, numa entonação espartana.

— Sim, césar. — O capadócio não o fitou diretamente. — Sou Laios Graco.

— Salve. — Caro deu um longo suspiro, dirigiu-se a Polychronia e foi surpreendentemente gentil. — Senhora. — Fez uma vênia e afagou a cabeça de Georgios. Então voltou-se a Laios e retomou a postura austera. — Certamente sabe quem sou.

— Certamente.

— Aureliano falava muito de você — disse Caro, mas não era um elogio. O tom continuava sisudo. — É o homem que capturou Zenóbia, certo?

— Sim, césar.

— Soube que é um bom cavaleiro e um oficial competente.

— Obrigado, césar.

Diócles deu uma risadinha atrás de Caro. Laios não soube dizer se era uma manifestação de alegria ou de sarcasmo.

— O que tem feito nesta cidade? — o imperador perguntou ao tribuno.

— Sou o magistrado, cargo que divido com Räs Drago, ex-primipilo da Legião Cirenaica.

— E onde está esse Räs Drago?

— Não sei, mas garanto que foi avisado de sua chegada. — De fato, Laios enviara uma mensagem à mansão do colega mais cedo. — Drago mora em uma *domus* na cidade.

— Não é importante — Caro o interrompeu, fazendo um gesto como se espantasse uma mosca. — Sabe por que estou aqui?

— Suponho que esteja em campanha.

— Estamos marchando para a Pérsia. Quero que assuma o comando da Legião Fulminante. Está interessado?

Laios engoliu em seco. Claro que estava interessado, mas a proposta era tão inusitada que ele achou que fosse uma piada ou um teste.

Caro insistiu:

— O que me diz?

— Sou um equestre. Os legados, segundo a tradição romana, precisam pertencer à classe senatorial.

Caro olhou de soslaio para Diócles. Não riu, mas a expressão de ambos fazia crer que já esperavam essa reação.

— Outros tempos — disse o césar. — E então? Aceita?

— Seria uma honra.

— Ótimo. Como meu legado, me diga uma coisa, para começar — continuou, sério. — Se estamos marchando para a Pérsia, por que eu desceria até a Palestina?

— Não sei.

— Pense — Caro ordenou.

— Yasmir?

Diócles, nesse momento, entregou a Caro um pergaminho. Era a carta que Laios escrevera a Probo cerca de um ano antes. O césar a abriu e mostrou o conteúdo ao equestre.

— É a sua assinatura?

— Sim, fui eu que a enviei.

— Muito bem. — Caro devolveu o pergaminho a Diócles. — Então, onde está esse príncipe sassânida?

— Em Lida. — Laios fez um curto movimento de cabeça na direção da cidade.

— Quero que o traga ao meu acampamento. — Laios ainda não sabia, mas as legiões imperiais haviam montado acampamento no deserto, a apenas duas léguas de sua casa. — E traga-me esse Räs Drago também.

— Sim, césar.

— O mais rápido possível.

— Sim, césar.

— Perfeito. Vou ficar aguardando.

Caro, então, deu as costas para o equestre e andou até o cavalo. Diócles largou o escudo e colocou-se à sua esquerda, pronto para ajudar o imperador a montar, mas Laios acrescentou, antes que o governante o fizesse:

— César, preparamos um banquete em sua homenagem. Temos uma excelente casa de banho...

— Não há tempo para festins. O caminho é longo. Partiremos amanhã. Espero-o em minha tenda no começo da noite. Por ora, está dispensado, general. — E concluiu, sem o menor traço de simpatia: — Seja bem-vindo de volta.

O que Laios dissera ao imperador era verdade. Ele enviara um mensageiro à casa de Drago, que, todavia, não o encontrou. O centurião, segundo boatos que circulariam mais tarde, saíra de Lida sorrateiramente, coberto com um capuz e guiando uma charrete, para sepultar nas colinas ao sul o corpo dos gêmeos trácios, que haviam morrido em circunstâncias macabras.

O falecimento dos dois homens é até hoje envolto em mistério. O relato que chegou até nós, somado às evidências e testemunhas, dão conta de que eles retornaram à *domus* após sete noites desaparecidos. Horgan e Revan haviam dito ao patrão que se recolheriam a um esconderijo no campo para planejar o assassinato de Yasmir com total discrição. Contudo, fazia uma semana que eles não davam notícias, e Drago começou a ficar preocupado. E se tivessem sido descobertos? E se o tivessem traído — e o delatado aos informantes de Laios?

Sentiu certo alívio, assim, quando acordou determinada manhã e, logo ao sair do quarto, avistou-os no pátio dos fundos da mansão. O centurião os chamou, mas eles não responderam. Estavam rígidos, os dois, com as adagas embainhadas e sem um traço de sangue na roupa. Drago se aproximou e falou mais alto, quase gritando:

— E então? Caso encerrado?

Nenhuma reação. Os irmãos continuavam duros, como se fossem toras. O magistrado chegou mais perto.

— Estão surdos?

Enfim os dois o encararam. Eram os mesmos de sempre, mas o branco dos olhos estava vermelho, como se todos os seus capilares tivessem estourado. O rosto de Horgan e Revan, o centurião pôde notar, parecia uma máscara sem expressão, semelhante a bonecos, criaturas sem vida, incapazes de agir por si mesmas. Um deles — Drago não sabia mais distingui-los — sacou a adaga. O outro se ajoelhou mecanicamente.

O primipilo deu um passo atrás.

— O que estão fazendo? — rosnou. — Levante-se. — Apontou para o que se agachara. — E você, largue essa faca.

Outra vez, nenhuma reação. Horgan, que era ligeiramente mais forte, segurou os cabelos do irmão, puxou a cabeça dele para trás e cortou-lhe o pescoço. O rasgo foi tão profundo que o sangue saiu em um jato, salpicando os ladrilhos, depois se alastrando em uma mancha no chão, antes que o corpo tombasse.

Perplexo, Drago recuou pelo átrio até a porta da cozinha e apanhou uma faca. Em seguida, avançou de volta à presença de Horgan, que permanecia estático, com a lâmina em punho e o gêmeo a seus pés.

Drago era um veterano de guerra, treinado para reagir a qualquer ameaça, mas estava completamente confuso.

— O que significa isso? — exigiu saber.

Com o olhar perdido, Horgan mirou o assoalho, fitou o sangue e, em vez de se adiantar contra Drago, encostou a adaga na própria garganta e a dilacerou de ponta a ponta. O corte não foi tão preciso quanto o anterior, e ele caiu para trás, desabando sobre um pequeno canteiro, ainda vivo, tremendo em convulsões e espasmos.

Drago teve o ímpeto de ajudá-lo, mas algo — uma força maior, talvez — o deteve. Por longos minutos, ficou parado sobre a grama, mais curioso que chocado, com a faca de cozinha na mão, tentando decifrar a charada. Então, lembrou-se do que Yasmir lhe dissera cerca de um ano antes, na propriedade de Laios, sobre as técnicas de controle mental praticadas pelo mago Kartir.

Qualquer homem civilizado veria o incidente por um ângulo pragmático, procuraria a resposta em venenos ou em drogas alucinógenas. Mas Drago era um dácio.

E os dácios acreditavam em magia.

Pela fresta da porta de seu quarto, a menina Tysa presenciara tudo, calada. Diferentemente do pai, ela não teve medo.

XIV

PROMESSAS E JURAMENTOS

CARO MOBILIZARA QUATRO LEGIÕES PARA A CAMPANHA DA PÉRSIA, MAS APENAS A Fulminante se deslocara até a Palestina, para servir-lhe de escolta. As outras três — a Cirenaica, a Terceira Legião Gaulesa e a Quinta Legião Macedônica — haviam permanecido em Damasco, treinando seus homens, recrutando soldados e se preparando para o longo percurso que os aguardava.

O acampamento que Caro montou no deserto reunia cinco mil legionários. O contingente era completado por um corpo auxiliar composto de quatrocentos cavaleiros germânicos, além de pelo menos uma centena de não combatentes: médicos, escrivães, sacerdotes, artesãos e escravos particulares. Em uma planície árida, espremida entre duas colinas, espalhavam-se tendas de couro, animais de carga, cavalos de guerra e carroças, mas o que realmente impressionava era a quantidade de estandartes. Uma legião — ainda naquela época — era dividida em dez coortes, somando entre quatrocentos e seiscentos soldados, e estas se compunham de seis centúrias cada, que tinham de oitenta a cem guerreiros. O emblema da Legião Fulminante continuava sendo o raio, e cada unidade tinha o próprio brasão — e os próprios suboficiais —, o que estimulava a competição sadia e forçava todos a se superar.

Laios e Yasmir se apresentaram diante do imperador ao crepúsculo. Caro os recebeu em sua tenda na companhia do filho Numeriano, jovem cavaleiro e oficial da guarda pretoriana, e do guarda-costas, Diócles.

— Salve, general. — O césar cumprimentou Laios e reparou em Yasmir. — Então este é o famoso bárbaro?

— Prefiro que me chame de "alteza" — Yasmir respondeu por si.

O governante se impressionou.

— Seu latim é excelente.

— O grego é ainda melhor.

Numeriano comentou:

— Quanta arrogância para um estrangeiro.

— Não é arrogância, mas praticidade. Os senhores são soldados ou burocratas, afinal?

— Perdoe o meu filho. — Caro, que estava sentado atrás de uma mesa, ficou de pé para mostrar deferência. — Sua ajuda é muito bem-vinda. Li a carta enviada pelo comandante Laios Graco. Estou aqui porque desejo escutar o que tem a dizer.

— Pois bem. — Yasmir tomou fôlego. — Como sabem, meu primo, o príncipe Hormizd, é o chefe dos conspiradores. O que propomos é estabelecer uma aliança com o objetivo de dividir as forças do rei. Sem os catafractários para defender o palácio, vocês poderão se apoderar facilmente da capital. Oferecemos três dias de trégua. Nesses três dias, seus homens poderão se entregar à pilhagem, enquanto os nossos enfrentam as tropas de meu irmão no sopé das Montanhas Dnag. Depois, o príncipe Hormizd chegará a Ctesifonte e a ocupará.

— Que garantias eu tenho — quis saber o imperador — de que os conspiradores sairão vitoriosos dessa disputa?

— Nenhuma. O que posso garantir é que atrairemos a maior parte do exército do xá para longe da Pérsia central. É tudo de que vocês precisam para atacar. Se nós perdermos a luta, as divisões romanas ainda terão tempo de deixar o país em segurança. Os senhores não têm nada a perder.

— O que você quer é que limpemos a cidade para os insurgentes — concluiu Caro e, quando todos achavam que ele iria se opor ao plano, o césar exclamou: — Excelente!

O jovem Numeriano, contudo, ainda parecia contrariado.

— Sua alteza não gosta de ser chamado de bárbaro — ele disse, orgulhoso —, mas conspira contra o próprio irmão.

— O meu irmão é um fantoche.

— Ele ainda assim é o rei — constatou Numeriano. — Em Roma, o senhor poderia ser preso por traição.

— Nada de novo sob o sol — defendeu-se Yasmir. — Os romanos assassinaram Júlio César dentro do Senado, com uma centena de facadas e em tempos de paz. O príncipe Hormizd está em guerra declarada contra as forças reais. Nessas circunstâncias, todas as estratégias são válidas.

Numeriano deu de ombros. Caro falou:

— Sua proposta é bastante sensata, Yasmir, filho de Bahram. No entanto, eu preciso ter certeza de que não está nos atraindo para uma armadilha.

— Não há certezas em situações como esta. De todo modo, o preço a pagar é baixo. Sei que há três legiões estacionadas em Damasco, com armas de cerco e torres de combate. Nada disso é necessário, uma vez que o nosso plano é assaltar Ctesifonte enquanto estiver desguarnecida. O ataque seria mais bem conduzido com metade ou mesmo um terço de uma legião. Uma força dessa grandeza se moveria rápido e evitaria contratempos. Mesmo que essa força seja desmantelada em uma suposta armadilha, o risco, ainda assim, terá valido a pena.

— Não se trata apenas das legiões — protestou Numeriano, e agora havia certa paixão em sua voz. — O césar em pessoa, *meu pai*, comandará o ataque.

Houve um breve silêncio, com os oficiais se encarando, constrangidos, até que Yasmir traduziu em palavras o que todos — menos Numeriano — pensavam:

— Não posso assegurar a integridade de ninguém, nem a minha. Na realidade, é possível que muitos de nós não sobrevivamos a esta campanha — replicou o forasteiro, altivo. — O que eu disse é que Ctesifonte estará desguarnecida, mas haverá lutas ao redor do palácio. Devemos estar prontos para elas. Se o césar morrer em combate, tanto melhor. Antes dele, quantos governantes não foram traídos, encurralados, assassinados? Que ele pereça em combate, pelo menos. Será uma atitude notável, digna de um herói glorioso.

O discurso de Yasmir, ainda que curto, foi suficiente para convencer — e encantar — o imperador. Caro passara a maior parte do tempo na metrópole, frequentando os banhos públicos e assistindo aos jogos, e era visto por muitos como um soldado incompetente. Ele precisava capturar Ctesifonte, nem que isso custasse sua vida.

— Interessante. — Caro aquiesceu. — E *você*, alteza? O que procura em termos mais pessoais?

— Quero a cabeça do mago Kartir, o conselheiro do rei e supremo sacerdote de Zoroastro. Disso não abro mão.

— Prometo que terá. — O imperador fez um movimento com o braço, convocando seu segurança. — Diócles?

O guarda-costas, que estava logo atrás dele, colocou-se na frente, em posição de sentido.

— Sim, césar.

— Se eu morrer — ordenou Caro —, quero que destrua o mago Kartir.

— Sim, césar.

— Jure sobre a Pedra de Júpiter.

Diócles se ajoelhou, desembainhou a espada, encostou a testa no pomo e fez o juramento. Com um tapinha no ombro, o césar o liberou e perguntou a Yasmir:

— Está satisfeito?

— Sim — assentiu o persa, com firmeza. — Nós temos um acordo.

Räs Drago recebeu o recado de Laios assim que chegou em casa, à tardinha. Àquela hora, a notícia de que o imperador estava acampado nos arredores de Lida já tinha caído na boca do povo. Os comerciantes não queriam fechar as lojas, na esperança de que o césar fizesse uma visita à rua do comércio. No entanto, Caro tinha planos mais imediatos e quase nenhum tempo a perder.

Drago apresentou-se às sentinelas do acampamento ao anoitecer, explicou quem era, o que estava fazendo ali e foi conduzido às imediações da tenda imperial. Os pretorianos, que circulavam o abrigo, pediram que ele aguardasse. O centurião obedeceu, mas, ao ver Yasmir deixando a barraca, avançou contra ele, bloqueando a passagem.

O príncipe parou de braços cruzados. Ergueu a cabeça e encarou o gigante.

— O que você quer?

— Maldito bruxo. — Drago estava armado e usava sua antiga cota de malha. — O que fez com os meus homens?

— Que homens?

— Horgan e Revan.

— Os gêmeos trácios? Eu não os chamaria de homens.

— Chega de conversa. — Drago levou a mão ao gládio. — O que fez com eles?

— Capitão, o senhor deveria me agradecer por eu não entregá-lo às autoridades — sussurrou o fidalgo. — Se eu contar ao césar que se envolveu em um complô para me assassinar, terminará a noite pregado em uma cruz.

Embora fosse verdade — e Drago devesse, de fato, agradecer a Yasmir por sua clemência —, o centurião foi tomado por um ódio repentino e sacou a espada curta. Imediatamente, porém, dois pretorianos se interpuseram entre eles, erguendo uma parede de escudos. Drago os estudou, furioso, avaliando se deveria avançar ou recuar, quando Diócles, o segurança de Caro, apareceu para pôr fim à querela.

— O senhor é Räs Drago? — perguntou. — Um dos magistrados?

O dácio suspirou três vezes para se acalmar.

— Sim — confirmou.

— O que está fazendo com a espada na mão?

Drago recolheu a arma, mas retrucou em tom áspero:

— Quem é você?

— Escute, apenas. — O comandante da escolta de Caro não estava para conversa. — O césar ordena que o senhor permaneça em Lida e continue guardando a cidade para ele. O imperador o receberá quando voltar à Palestina.

— Por que não hoje?

— Porque não.

— Quando ele voltará à Palestina?

— Quando a guerra acabar.

Drago não estava acostumado a ser preterido e reagiu.

— Preciso discutir com ele os gastos públicos e outros detalhes importantes — afirmou. — Preciso que seja agora.

— O senhor está delirando. — Diócles deu um riso de escárnio. — Está dispensado, capitão.

Drago insistiu:

— O césar...

O oficial o ignorou, dirigindo-se aos pretorianos:

— Tirem-no daqui.

Drago sabia que aquela era uma briga que ele não poderia vencer, então acatou a ordem de Diócles. Com as mãos para cima, engoliu o orgulho e regressou à cidade.

Laios Graco deixou a tenda de Caro apenas alguns minutos depois, após receber instruções sobre a missão. Montou em Tuta e cavalgou até a Vila Fúlvia. Era a última noite que passaria com sua família, na segurança do lar. Na condição de oficial, ele estava empolgado para sair em campanha e agradecido pela oportunidade que os deuses lhe deram, mas, ao cruzar os portões da própria casa, teve um pressentimento ruim.

XV

DUAS CIDADES

RAROS FORAM OS LÍDERES ROMANOS QUE CONSEGUIRAM ENTRAR NA PÉRSIA AO longo da história. Marco Aurélio Caro foi um deles.

Como todo ser humano, Caro tinha defeitos e qualidades. Fora a alcunha de "Feio" — que ele ganhara de seus detratores graças às pálpebras caídas —, seu ponto fraco era a autoconfiança excessiva, mal, aliás, muito comum entre os pretorianos. Por outro lado, o césar tinha a mente sagaz e era um estrategista brilhante, coisa rara naqueles tempos em que os imperadores se mantinham no cargo por um ano ou dois — cinco no máximo.

O plano que Caro elaborou foi o seguinte: primeiro, enviou seu filho Numeriano e parte da Fulminante para se encontrar com as outras legiões em Damasco. De lá, eles marchariam para leste, a passos rápidos e em linha reta, na direção de Ctesifonte. Ao mesmo tempo, Yasmir enviou uma mensagem ao príncipe Hormizd, que imediatamente começou a assaltar as cidades do norte, queimando-as. Com essas duas ameaças, o xá não teve alternativa a não ser dividir suas forças, mobilizando uma grande tropa, que contava com camelos e elefantes de guerra, para interceptar os romanos na margem oeste do Eufrates e destacando os famosos cavaleiros persas — os catafractários — para aniquilar os conspiradores e persegui-los. O contingente de Bahram II, embora secionado, era grande o suficiente para completar essas duas tarefas, mas o que ele não esperava era que ambos os ataques fossem distrações.

O verdadeiro perigo vinha do sul. No comando de uma unidade composta por novecentos equestres, incluindo os auxiliares germânicos, Caro pretendia invadir de surpresa a capital inimiga, cuja guarnição, segundo as estimativas de Yasmir, não somava mais que setecentos soldados.

Foi Yasmir, a propósito, que os orientou através do deserto. Ele conhecia todas as rotas, pontos de abastecimento, oásis e aldeias, então a viagem foi mais rápida que de costume. Quando menos esperava, Laios avistou o esqueleto de uma cidade abandonada, os portões guarnecidos por duas figuras esculpidas de leões alados com rosto humano. Para além das muralhas, viam-se construções destruídas, tomadas pela vegetação circundante. Do lado de fora, observava-se o pináculo de pelo menos uma dúzia de torres e edifícios, além do topo do que parecia ser um zigurate em ruínas.

— Contemplem os escombros da Babilônia — exclamou Yasmir. — Porque é provável que nunca mais a vejam.

Caro freou o cavalo. Ele era especialista em confrontos urbanos e sabia que espaços fechados costumam ser ideais para emboscadas, então perguntou:

— É lá que vamos passar a noite?

— Não se preocupe. — O príncipe compreendeu o receio. — Nenhum sassânida cruzaria esses muros.

— Um pelotão de infantaria poderia transpô-los — Laios apontou para as fendas na muralha — sem dificuldade alguma.

— Poderia, mas não vai — garantiu Yasmir. — Os magos, sacerdotes de Zoroastro, não aceitam o culto aos deuses antigos, e a Babilônia, ou Babel, como os judeus a chamavam, é, ou *era*, um ícone dessas entidades. O lugar foi declarado zona proibida por Artaxes I, o primeiro monarca da dinastia sassânida.

— O que eu quero saber — Caro continuava focado nas questões práticas — é se é seguro pernoitar lá dentro.

— Hoje, Babel é mais segura que Roma — declarou o fidalgo. — Definitivamente, é a nossa melhor opção.

Os homens se moveram na direção das ruínas, quando, aos poucos, o solo começou a ficar macio, depois úmido. Nos tempos áureos, a Babilônia era entrecortada por uma rede de canais, pequenos lagos e diques, que serviam não só para irrigar a cidade como também para o transporte de carga. Sem manutenção, esses dutos transbordaram, criando ao redor dos muros uma área lodosa, sobre a qual se espalhavam grandes blocos de pedra e colunas tombadas.

Desviando-se desses entulhos, os cavalos pisotearam o que, pelos estalos, parecia ser cascos de caranguejos, mas que logo se revelou algo um tanto mais mórbido.

— Crânios — reconheceu o césar. — Caveiras humanas.

— Não só caveiras. — Laios perscrutou o terreno. — São esqueletos inteiros.

— Restos de uma batalha que aconteceu nestas terras muito tempo atrás — contou Yasmir. — Não se impressionem.

O que se via, ao atravessar os portões, era quase um labirinto de rocha, com zonas submersas e ruas secas, que conduziam a espaços semelhantes a praças. Circular pelas ruínas era perigoso, ainda mais a cavalo. A tropa apeou ao se deparar com um pátio redondo, similar aos fóruns das cidades romanas, rodeado de colunatas e centralizado por uma piscina de águas escuras sublinhada de plantas aquáticas. Perto dali, a crista do zigurate encobria o sol poente, lançando sombras sinistras sobre o imperador e seu bando.

Não foi preciso desenrolar as barracas, porque as galerias ofereciam proteção suficiente. Yasmir andou até o centro da praça, olhou para o céu, tirou alguns ossos de galinha de um saco e os jogou sobre o calçamento. Ficou a observá-los por alguns minutos, compenetrado. Caro o interrompeu:

— Por quanto tempo ficaremos escondidos aqui?

— Não estamos escondidos. — Yasmir tornou a analisar o firmamento e, em seguida, mirou os ossinhos que lançara no chão. — Estamos aguardando um sinal.

— De quem?

— Dos djins, os espíritos do vento. Precisamos da proteção deles.

O imperador não acreditava em djins, mas, como estava em terras estrangeiras, achou melhor não desprezá-los.

— Quando esses djins chegam?

— Difícil dizer. Eles são imprevisíveis. Iniciarei a conjuração esta noite. — Pela terceira vez, o príncipe olhou para o céu, agora pontilhado de estrelas. — Três dias, cinco ou sete. É o que os astros me dizem.

Caro o deixou a sós. Já tinha ido longe demais para recuar agora, então preferiu confiar na sorte. Seja como for, Yasmir passou a noite declamando orações, ou talvez fossem palavras mágicas, porque, quando o dia raiou, os vigias haviam pegado no sono e o príncipe não estava mais lá.

*

Por mais esdrúxula que fosse a situação, Caro manteve a calma quando acordou e viu os soldados — incluindo as sentinelas — roncando. Era óbvio que alguma força superior os dominara, então não fazia sentido castigá-los. Despertou todos, proferiu um discurso inflamado e exaltou as qualidades do povo romano. Reconheceu que se encontravam em território inimigo e que estavam lidando com "deuses cruéis e energias misteriosas". Cada homem, portanto, deveria, mais do que nunca, confiar em Marte e apoiar os colegas.

Diócles, Laios saberia mais tarde, era um indivíduo de ação. Entediado com a longa espera, pediu permissão ao césar para escalar o zigurate, de onde poderia — segundo ele — ter uma visão melhor do deserto. O imperador aprovou a ideia, mas ordenou que Laios fosse junto, e assim os dois oficiais caminharam através das ruínas até a base da construção.

O monumento, de perto, era bem maior do que aparentava. Laios calculou que tinha sessenta metros de altura, embora os últimos andares estivessem completamente arrasados. Nas paredes, havia pequenas janelas em formato de ogiva, cobertas de raízes e ervas daninhas. Se alguém pudesse enxergar através delas, veria corredores escuros e câmaras abandonadas. Os tesouros, contudo, ou haviam caído nas mãos dos sacerdotes antigos, ou foram pilhados pelos magos de Zoroastro, conselheiros espirituais dos sassânidas.

Os zigurates são bem diferentes das pirâmides tradicionais, pois são dispostos em degraus. O acesso aos três níveis é feito por meio de uma escadaria larga, que começa no chão, segue através dos andares e termina no cume. Foi por essa escada, adornada com estátuas e cabeças calcárias, que Laios e Diócles subiram.

Chegaram ao topo ofegantes, suados e com sede. O calor da manhã era intenso e o sol, escaldante, embora o clima dentro dos muros fosse mais úmido que fora deles. Sobre o suposto último nível, só havia destroços, vigas de madeira esfareladas e montes de areia. Em contrapartida, o panorama era espetacular. Dali, enxergavam-se o deserto a oeste, o Rio Eufrates logo aos pés deles e uma planície fértil a leste, delineada por fazendas com plantações de trigo, linho e cevada. Mais além serpenteava o Rio Tigre e, lá no horizonte, despontavam as curvas de outra muralha, que, somada às torres de Ctesifonte, demarcava o objetivo final da caravana.

Diócles sentou-se sobre um aglomerado de rocha, afrouxou as tiras da armadura e apanhou o cantil.

— Quer? — ofereceu a Laios, depois de beber vários goles.

— Não, obrigado. — O equestre sentou-se ao lado dele. — Trouxe o meu.

— Eu sei, não sou cego. — Ofereceu de novo. — É vinho.

— Vinho? Não. — Laios tentou relaxar, mas a armadura pesava. — Nunca bebo às vésperas de uma batalha.

Diócles deu uma risada amistosa.

— Você é cristão, por acaso? — perguntou, brincando. — Minha esposa é.

— Sério? — desviou-se. — De onde vocês são?

— Da Dalmácia. — Sorriu. — "Onde o sol sempre brilha."

— Um dálmata? Que curioso! Conheci um sujeito que serviu por lá. Primeira Legião Italiana.

— Sabe o nome?

— Skudra.

— Nunca ouvi falar.

— Imaginei que não. — Laios destampou seu odre e bebeu água. — O cristianismo já chegou à Dalmácia?

— Claro, entre os escravos — disse Diócles. — Meu pai era escravo.

— É uma piada?

— Eu tenho cara de piadista? — o comandante perguntou, e Laios não respondeu. — Sim, é verdade. Sou filho de escravos. Por isso eu ri quando você disse que não poderia ser consagrado general por conta da sua ascendência. Essas tradições pertencem ao passado.

— Se não pertencessem, não seriam chamadas de tradições — retrucou Laios de um jeito simpático. — E você? É cristão, como sua esposa?

— Nem brincando. — Outro sorriso. — Nada contra, mas tem deuses melhores por aí. Já ouviu falar de Mitra?

— Obviamente. O preferido dos soldados. É um deus persa, não?

— Na verdade, a origem de Mitra é obscura. Não sei se é persa. Talvez não, mas tem muita gente que acha que sim, em especial os cristãos — comentou Diócles. Fez uma pausa e mudou de assunto. — Não se sente frustrado?

— Frustrado? Por quê?

— O césar o nomeou legado e horas depois lhe tirou o controle da sua legião, convocando-o para esta tarefa.

— É um jeito de ver as coisas — raciocinou Laios. — Prefiro pensar que ele me afastou do comando porque queria me incluir em sua tropa de elite. Este é o ataque principal, no fim das contas.

— Estou na dúvida se você é otimista ou inocente.

— Eu sou um soldado. Faço o que me é ordenado.

— Bom ouvir isso. Porque preciso lhe dizer uma coisa. — Diócles agora parecia mais sério. — O imperador não quer permanecer vivo caso sejamos cercados. Ele ordenou que eu o mate.

— Faz sentido — anuiu Laios. — Nenhum césar deseja ter o mesmo destino de Valeriano.

— Entende, então, por que estou lhe contando isso?

— Para que eu não fique no caminho.

— É o desejo do césar — Diócles disse, com doses iguais de insegurança e firmeza. — Compreende?

— Óbvio que compreendo. Eu pediria o mesmo no lugar dele.

— Certo. — Diócles calou-se momentaneamente e em seguida desabafou: — Preferiria que não fosse assim.

— Poderia ser pior. — Laios lembrou-se de sua experiência como magistrado, das decisões difíceis que tivera que tomar. — Você poderia ter que decidir entre a vida e a morte de um companheiro. Isso sim seria uma tarefa penosa.

— Já passou por uma situação dessas?

— Não. E espero nunca precisar passar.

— E se tivesse que escolher? — indagou Diócles, genuinamente interessado. — O que faria?

Laios não respondeu, pois algo capturara sua atenção. Levantou-se e observou o horizonte, com a mão em pala sobre os olhos.

— O que é aquilo? — Apontou para as torres de Ctesifonte, que começavam a escurecer sob as nuvens.

— Só pode ser uma coisa. — Diócles também se levantou. — Uma tempestade de areia.

Os dois guardaram os cantis e no mesmíssimo instante escutaram o sopro de uma trompa. Era um sinal vindo da praça, ordenando que os oficiais se agrupassem.

Poucos minutos antes, Yasmir adentrara o fórum em ruínas. Cavalgava uma égua castanha, que lhe fora presenteada por Caro. Desceu esbaforido do cavalo. Trajava a cota de malha e trazia a espada curva à mão.

— Prepare os seus homens — ele se dirigiu ao imperador. — Precisamos partir agora.

Caro estava sentado sobre um bloco de pedra diante de uma fogueira, com outros cinco pretorianos, comendo um pedaço de carne salgada.

— Como assim, "agora"? — O césar se aprumou. Os guerreiros mais próximos, também, como que para protegê-lo.

— Os djins chegarão antes do que eu imaginava. Eles estarão em Ctesifonte ao cair da noite. Se partirmos agora, a galope, talvez cheguemos a tempo. O terreno até lá é favorável.

— Muito bem. — Caro virou-se para seus homens e gritou a ordem em latim: — Recolher acampamento. Sairemos em instantes.

O príncipe avisou:

— César, precisamos sair *agora*.

— Paciência. — Ele olhou para a pirâmide em degraus. — Diócles e Laios ainda não voltaram.

— Eles saberão como nos alcançar. São cavaleiros hábeis. Qualquer atraso pode ser fatal. Cada segundo conta.

— Não partirei sem eles. — Caro olhou para o fidalgo e percebeu que havia algo estranho em seu rosto, algo que antes não existia. — Do que tem medo, alteza?

— Medo não é a palavra. O único jeito de entrarmos na capital é com um ataque-surpresa. Se Kartir ou o rei souberem que estamos a caminho, é o nosso fim.

— Por quê? — O imperador bebeu um pouco de água para limpar o sal da garganta. — O contingente de defesa é estimado em menos de setecentos soldados, segundo você mesmo nos disse. E nós temos mais de novecentos cavaleiros.

— Não é a guarnição que me preocupa.

— Então...

Caro engoliu as palavras quando Laios e Diócles surgiram na praça. O segurança do césar percebeu a agitação e cutucou o oficial capadócio, sussurrando com ironia:

— Marcaram uma festa e não nos chamaram. — Depois se apresentou ao imperador. — César, às ordens.

— Para os cavalos, vocês dois — Caro disse, sério e objetivo. — Chegou a hora.

*

O Eufrates, um dos rios mais longos do mundo, delimita a fronteira oeste da Mesopotâmia. Seu leito é raso em alguns pontos e profundo em outros, dificultando a navegação, mas facilitando a travessia a cavalo. O colapso dos canais da Babilônia inflou o solo de tal maneira que criou uma espécie de banco de areia na região mais próxima às ruínas. Os cavaleiros, aproveitando-se desse acidente, cruzaram as águas e tomaram uma estrada de terra que seguia pelo meio das fazendas de linho.

O ambiente era verdejante, um autêntico oásis entre duas faixas desérticas. Palmeiras se enfileiravam ao longo da via, canais estreitos recortavam as plantações.

Homens e mulheres corriam para casa, tentavam abrigar os bois, as cabras, recolher as ferramentas, tudo às pressas. Sobre o lombo dos cavalos, o que se enxergava no horizonte era uma onda de areia de aspecto ciclópico, que avançava na direção dos equestres e logo alcançaria Ctesifonte por trás, prejudicando a visão dos arqueiros e favorecendo a invasão dos romanos.

Se não houvesse contratempos, eles chegariam à cidade ao pôr do sol — e não houve. Os camponeses, que em outras circunstâncias tentariam impedi-los, estavam apavorados. Laios achou exagerada a reação, porque já presenciara diversas tormentas de areia e sabia que não eram assim tão perigosas. Os agricultores, contudo, pareciam encarar o fenômeno como uma espécie de praga, um ataque dos famigerados djins, e com tais espíritos não se devia brincar.

Caro galopava à frente, com Yasmir em seu rastro, Laios à direita e Diócles à esquerda. Os legionários cavalgavam em quatro linhas ordenadas na retaguarda deles, enquanto os germânicos cobriam os flancos.

O turbilhão cresceu com a aproximação da metrópole. De repente, a poeira era tanta que já não se viam os muros de Ctesifonte. Era como se eles tivessem adentrado um nevoeiro de bronze, que os chicoteava com fragmentos calcários. Caro perdeu completamente o senso de direção.

— Por aqui — Yasmir os guiou. — Sigam-me.

— Espere. — Caro percebeu que eles haviam feito uma leve curva para o norte. — Para onde está nos levando?

— Para a ponte — disse o príncipe. — Precisamos atravessá-la antes que nos descubram, ou será tarde demais.

A ponte à qual Yasmir se referia era chamada de Dok-Maru, o Caminho Ladrilhado dos Deuses, uma larga estrutura de pedra revestida com placas de barro cozido, que se elevava três metros acima do rio. Dok-Maru fora construída no reinado de Artaxes I como um monumento a Ormuz, um dos deuses centrais do zoroastrismo. Qualquer um que quisesse alcançar Ctesifonte deveria transpô-la, pois o Tigre era caudaloso naquele trecho, muito profundo e assaz pedregoso.

Yasmir conhecia as armas secretas do xá, por isso não queria perder um minuto sequer, mas o esforço não deu em nada. Uns trinta passos antes de eles chegarem à ponte, escutou-se um tremor ritmado, que fez o solo vibrar.

Os cavalos empacaram, em um instinto de autopreservação. Em meio aos relinchos, ouviu-se um bramido estridente, que não se parecia com nada que os romanos já tivessem escutado. Para Laios, era o grasnar de uma hidra; para os germânicos, o estrugir de um dragão.

O pânico ameaçou se alastrar pelas linhas quando um estranho tentáculo surgiu em meio à poeira. Era áspero e se erguia feito uma naja.

— *Shiara* — murmurou Yasmir, tentando controlar sua égua. — Sinto muito, senhores — ele disse, frustrado. — É tarde demais.

XVI

CAVALEIRO DA MORTE

DESDE OS TEMPOS ANTIGOS, OS PERSAS USAM ELEFANTES COMO MÁQUINAS DE guerra. Entre as diversas espécies existentes no mundo, os preferidos dos xás são os indianos, que, embora menores que os africanos, são muito fortes e podem ser mais facilmente domesticados. De cada cem animais em cativeiro, um nasce com o potencial de se tornar um *shiara*, o Rei dos Elefantes, uma criatura capaz não só de lutar impetuosamente como de se impor no campo de batalha, assustando os inimigos e fazendo-os debandar.

Laios já tinha visto dezenas de elefantes, tanto em Palmira quanto na Capadócia, mas nenhum daquele tamanho. O bicho devia ter uns quatro metros de altura, a tez encrespada, cinzenta, as presas revestidas de aço. Por uma fração de segundo, teve a impressão de distinguir um brilho astuto nos olhos da fera, uma chispa de ódio, que por pouco não o fez recuar. O *shiara* — ele agora sabia — não era um animal como os outros, era um *monstro*, um ser de inteligência elevada, que, se quisesse, poderia fazê-los em pedaços.

Em vez de atacá-los, porém, o *shiara* estacou sobre a ponte, guardando o caminho que levava à cidade. Os cavalos bufavam, apavorados, sacudindo a cabeça, batendo os cascos, recusando-se a sair do lugar. Diócles, que em tese deveria proteger o imperador, abandonou seu posto e, em uma atitude inesperada, proferiu um grito de guerra, destacando-se em meio aos equestres. O corcel dele saltou feito uma lebre, os demais o imitaram e os esquadrões seguiram adiante, embrenhando-se na tempestade de areia.

Caro vinha agora em segundo na linha, e Laios, em terceiro. Enfim, percorridos mais alguns passos, a paisagem clareou e eles avistaram o homem que controlava o *shiara*: um cavaleiro todo coberto de ouro, envergando uma cota de malha. O rosto estava protegido por uma máscara de bronze esculpida com feições demoníacas. Com uma das mãos segurava as rédeas do monstro, e com a outra empunhava um tridente.

— Não se intimidem. — Diócles erigiu sua lança. — Falta pouco. Roma invicta. Avante!

Yasmir, que havia ficado para trás, bateu com os calcanhares nos flancos da égua, posicionando-se à direita do césar.

— Kartir já sabe sobre nós — lamentou o príncipe. — Estamos acabados.

No entanto, Caro — que, afinal, era quem liderava o ataque — não pensava assim. Por mais que o *shiara* fosse imenso, os cavalos eram velozes e poderiam driblá-lo. O plano do mago, contudo, não era colocar o elefante na briga, mas usá-lo como distração. O césar entendeu a estratégia quando escutou um assovio, depois vários. Experientes, oficiais e auxiliares levantaram os escudos, e no instante seguinte uma chuva de flechas se abateu sobre eles, acertando as montarias e derrubando os ginetes. Alguns animais empinaram, outros caíram, e com isso a formação se desfez. Já na primeira salva, uns setenta equestres morreram e ao menos trinta acabaram feridos.

Laios sentiu o cheiro de sangue e uma descarga de emoção percorreu seu corpo — uma mistura peculiar de assombro, exaltação e pesar, tão comum em confrontos do gênero. Era sublime estar novamente em batalha, por mais terrível que fosse.

Seria inútil disparar de volta, pois a tempestade estava no auge e não se enxergava quase nada ao redor — só os arqueiros persas, que conheciam bem o terreno, poderiam atingi-los desde os muros de Ctesifonte. Continuar parados significaria morte certa naquelas circunstâncias, portanto só havia uma alternativa ao recuo: o avanço. Mas como? O Rei dos Elefantes não se movera um milímetro, interpondo-se entre eles e os portões, ainda ocultos pelo ciclone.

Por alguns segundos houve um impasse, um momento de receio antes de ter início a peleja. Ninguém sabia o que fazer — nem como enfrentar o pavoroso quadrúpede. Foi então que Erhard, o Louro, o chefe dos auxiliares, superou o medo e arremessou sua lança. O objeto descreveu uma parábola, sumiu na poeira e desceu sobre o peito do cavaleiro dourado, trespassando-lhe a armadura como se ela fosse de seda. O elefante, confuso, sacudiu a cabeça e o sassânida despencou da sela, estatelando-se no chão ladrilhado.

O ato deu novo estímulo aos invasores. Caro virou-se para trás e berrou:

— Formação de ataque. — E repetiu a mesma ordem no dialeto germânico: — Avançar!

Movido pelo desejo de glória, o próprio imperador assumiu a vanguarda. Ele esperava contornar o elefante sem precisar enfrentá-lo, mas o *shiara* fora adestrado para atacar, mesmo sozinho. Balançou a tromba cinzenta, chicoteando o césar de baixo para cima. O impacto foi tão forte que o lançou — a ele e ao cavalo — contra a mureta de contenção. Quem presenciou a cena diz se recordar dela como se tudo tivesse acontecido lentamente, em movimentos cadenciados. Caro bateu com a testa no parapeito, rodou feito um boneco de palha e mergulhou para a morte. O equino, muito ferido, derrapou nos grãos finos de areia, tentou se estabilizar, mas acabou tombando sobre as pedras do rio.

O choque deu lugar ao furor, como frequentemente acontece em ocasiões parecidas. Cientes de que não tinham mais nada a perder — se retrocedessem, seriam alvejados —, os soldados se puseram em galope. Era a única opção, o único caminho possível.

Laios era agora o segundo da linha. Com a lança, acertou o joelho do monstro. O golpe, porém, não penetrou muito fundo, e a haste quebrou ao contato. Em resposta, o *shiara* empinou, ficando ereto sobre as patas traseiras. Diócles aproveitou para arrojar seu dardo, que perfurou as costelas do bicho. Quando o elefante tornou a ficar sobre as quatro patas, Laios sacou a Ascalon e, da sela de Tuta, enfiou-a no queixo da fera. O ferimento não foi tão grave, mas o monstro se assustou e deu um passo para trás, escorregando nas vísceras do cavaleiro dourado. O elefante deslizou para a esquerda, destruiu parte da mureta, tropeçou e caiu nas águas do Tigre.

Houve um estouro de respingos aquáticos. O animal afundou pesadamente, depois veio à tona, debatendo-se, tentando nadar. Laios e Diócles o olharam de cima, atônitos, impressionados com a energia da besta. O *shiara* sacolejou, deu um grito, como se pedisse ajuda, e foi levado pela correnteza bravia.

Yasmir os cutucou para tirá-los do transe.

— O imperador está morto. — Apontou para as torres urbanas, ainda encobertas pela tempestade. — E muitos mais vão morrer se não prosseguirmos.

Outra saraivada de flechas desceu através da poeira, mas o exército já tinha avançado. Em menos de três minutos, os legionários restantes — cerca de oitocentos, todos montados — avistaram os portões de Ctesifonte. Espremida entre duas torres quadradas, no fim de uma escadaria de padrões coloridos, enxergava-se uma passagem estreita. O estranho era que não havia sentinelas sobre o muro, e as seções estavam abertas.

— É uma armadilha, uma estratégia desesperada — Diócles comentou com Laios. — Deixe-os comigo. — Virou-se para seus homens. — Desmontem. — Deu a ordem aos oficiais subalternos, que foram espalhando-a adiante. — Continuaremos a pé. Táticas de infantaria.

Romanos e germânicos apearam, deixaram os cavalos para trás, sacaram espadas e gládios e, unidos, deslocaram-se até o portão. Cruzando a passagem, o que encontraram foi um pequeno largo que se afunilava em uma rua apertada. Os invasores marcharam organizados em três linhas, lado a lado, ombro a ombro. Quando estavam quase no meio do caminho, arqueiros apareceram sobre os muros que cercavam a travessa e tornaram a disparar.

Diócles gritou.

— *Testudo!* — exclamou em latim, evocando a ordem para a clássica formação da tartaruga, uma cobertura de escudos que os protegia também pelo alto. — *Testudo!*

Laios executou a manobra, em sincronia com os demais cavaleiros. Escutou o ruído das pontas contra os escudos, como se alguém os estivesse martelando de cima. Ouviu também gritos de dor, porque a formação não era hermética ou à prova de falhas — às vezes, uma seta atravessava a madeira e varava cotovelos e punhos. Sete homens caíram, sendo substituídos imediatamente.

Desafiando as rajadas, os soldados progrediram e chegaram a um ponto da rua onde escadas de acesso, construídas rente às paredes, conduziam às muralhas e de lá para as torres de guarda. Diócles continuou avançando com suas coortes, como se ignorasse os degraus.

— Comandante, diga a Erhard para tomar as guaritas — ele falou para Laios, que comunicou a ordem aos capitães atrás dele, e assim ela chegou aos germânicos. — Prosseguir!

Os bárbaros liderados por Erhard eram especialistas em combate cerrado e galgaram as escadas. Os primeiros foram alvejados no peito, mas a segunda e a terceira levas conseguiram alcançar o passadiço. Os persas não eram páreo para esses lutadores, e o que se deu foi um massacre, até porque, Laios saberia depois, lá não havia nem duzentos soldados.

Com os germânicos ocupados em combater a guarnição de defesa, restou um agrupamento de uns quatrocentos romanos, excluindo-se os mortos e feridos.

— O palácio. — Yasmir apontou para além da passagem, que terminava em uma galeria arqueada. — Sigam-me.

Enquanto Erhard e seus lutadores tomavam as torres de vigilância, Laios, Diócles, Yasmir e os quatrocentos oficiais romanos cruzaram o arco e penetraram na *urbs*. Diante deles, estendia-se uma avenida de lajotas ladeada por ciprestes altos. No meio da via, uma ponte de mármore decorada com estátuas de cavalos transpunha um canal de águas velozes. Dos dois lados, o que se via eram prédios quadrados, revestidos de estuque e concreto.

Só quando entrou nesse espaço aberto Laios se deu conta de que a tempestade havia passado e o sol começava a se pôr. À exceção dos invasores, não havia ninguém por perto, nem animais, o que os levou a concluir que a população ou fora evacuada, ou estava dentro das casas. Era estranho, ele refletiu, estar no coração da capital inimiga, depois de tanto tempo imaginando como seria. Ele se sentia ao mesmo tempo poderoso e vulnerável, porque a qualquer momento a sorte poderia mudar. Sabendo disso, Yasmir insistiu:

— Para o palácio, senhores. — O príncipe saiu correndo na frente. Sem os cavalos, o trajeto até a sede do governo levaria alguns minutos. — Rápido, por aqui.

Em vez de continuar pela avenida, Yasmir embrenhou-se nos becos escuros, desviando-se de lonas arrancadas pelo vento, vasos de planta quebrados e mastros partidos ao meio. Diócles ordenou que metade da força ficasse para trás, montando guarda nas proximidades da ponte, vigiando o acesso às mansões, os jardins vazios e os buracos de esgoto.

Fora do eixo central, Ctesifonte não era muito diferente das cidades romanas — ou da própria Roma. Estava cheia de ladeiras sinuosas, casas encostadas umas nas outras e ruelas sujas, cheirando a urina. Muitas portas eram de tábuas, e Laios pôde perceber movimento lá dentro. Os moradores — ele presumiu — estavam escondidos, mas o que temiam, afinal? O ataque romano ou a ação dos djins?

Yasmir dobrou em uma praça minúscula, onde havia uma fonte. Depois passou por baixo de um arco pequeno, que levava a uma vereda de paredes caiadas. Em seguida chegou a uma escada e desceu. Novamente Diócles dividiu a tropa, posicionando uma centúria na retaguarda, para evitar assaltos traseiros. Os degraus convergiam para uma espécie de túnel, iluminado por lâmpadas a óleo. No fim havia uma porta de aço. Yasmir aparentemente tinha a chave, porque a destrancou.

Do outro lado, surgiu uma luz tremulante. Os oficiais avançaram, e de repente — como que em um passe de mágica — se descobriram em um salão magnífico, circular e imenso, maior que as basílicas italianas, contornado por grandes pilastras. O teto era em forma de abóbada, revestido com escamas de ouro. O chão e as paredes estavam cobertos de marfim e cintilavam com uma brancura ofuscante.

Caíra a noite, e já não havia dúvidas de que eles se encontravam no palácio do xá. Diócles ordenou que os soldados se espalhassem e os manteve em posição de ataque. Entretanto, o príncipe da Pérsia não terminara a jornada. Um corredor altíssimo e pontilhado de lamparinas subia em rampa, culminando na sala do trono. Ele disparou pela passagem, acompanhado de Laios e Diócles, mas parou subitamente.

— Kartir conjurou o *ifrit* — disse, engolindo em seco. Da câmara escapava uma névoa esverdeada, cheirando a mofo e cerração. — Aconteça o que acontecer, *não* entrem na sala. De agora em diante é comigo.

Dito e feito, o príncipe desapareceu em meio à fumaça. Laios e Diócles permaneceram no corredor, indecisos, espadas na mão.

— E aí? — O dálmata se virou para Laios. — O que acha que devemos fazer?

— Suponho que a decisão seja sua — respondeu o equestre. — Não é você o segundo em comando?

— Absolutamente não — Diócles isentou-se. — Sou apenas um guarda-costas. Como legado, o comando é *seu*.

Era verdade.

— Eu vou entrar — anunciou o oficial capadócio. — Quer vir comigo?

— Que tipo de pergunta é essa? Não perderia por nada — ele brincou. — Vamos andando, e que se fodam os djins.

Laios tomou a dianteira. Diócles o seguiu.

*

Laios sabia que a névoa não podia ser natural. Para ele, era o resultado da queima de alguma substância narcótica, ou várias, mas para os persas era o *ifrit*, um djin de tendência maligna. O cheiro era doce, e Diócles começou a ficar enjoado.

— Bebi demais, e de estômago vazio — falou aos sussurros. — O vinho era péssimo. Eu nunca aprendo.

— Silêncio. — Laios apontou para o chão atapetado. Lá, jazia o corpo de um rapaz na casa dos vinte anos, a pele morena, os traços finos, o cavanhaque preto e os cabelos oleosos. Vestia um manto branco, um colete de ouro e segurava uma espada. O pescoço fora cortado.

O nevoeiro era tão denso que os dois só enxergavam o assoalho, o cadáver e um ao outro. Prosseguiram mesmo assim, caminhando em alerta máximo. Finalmente visualizaram mais um corpo sobre o piso, trajado em cota de malha: era o de Yasmir. Pairando a cinco centímetros dele, como se flutuasse, estava um homem de meia-idade, a barba grisalha, usando uma touca pontuda. Os olhos eram perturbadores e careciam de brilho, como os glóbulos de um defunto animado.

Diócles entendeu que aquele era o algoz de Yasmir e se moveu para o ataque. O sujeito abriu a boca e proclamou, como um rosnado:

— *Alsi bararitium qablitum u namaritum. Eli nitum ubbiraanii. Ili-ia u Ishtari-ia.*

No mesmo instante, Diócles parou. Sentiu a cabeça rodar, o coração acelerando. Os joelhos se dobraram e ele caiu para a frente, tossindo, sem ar.

Laios só tinha duas opções: fugir ou atacar, e escolheu a segunda. O homem o encarou de modo sinistro e disse mais palavras estranhas, que todavia não o afetaram. A atenção do inimigo desviou-se para a Ascalon, e ao percebê-la ele retrocedeu, como se aquela fosse a única arma capaz de matá-lo. Laios pulou para a frente e enfiou-lhe a lâmina no tronco. O aço penetrou com dificuldade, perfurando o mago com um ranger de madeira. Ele removeu a ponta cheia de sangue e se preparou para uma nova estocada. Deteve-se, porém, ao ouvir Diócles resfolegar. O amigo estava morrendo, não resistiria por muito mais tempo.

O único jeito de salvá-lo era fazer com que respirasse ar puro. Assim, no momento em que o inimigo, ferido, refugiou-se sob a fumaça, o capadócio, em vez de persegui-lo, recolheu a espada e arrastou Diócles de volta para o corredor, depois para o grande salão.

Os soldados os protegeram, erguendo uma parede de escudos em volta deles. Diócles ficou alguns minutos deitado, os olhos rubros, o rosto pálido. Em seguida regurgitou duas vezes. Estava tonto, mas vivo.

— Pela sombra de Hades. — Ele visualizou o chão de marfim. — Quantos elefantes você acha que tiveram que morrer para que esta sala fosse construída?

Laios achou que ele estivesse delirando e perguntou:

— Está melhor?

— Quem era o barbudo?

— Que barbudo?

— O velho.

— Boa pergunta. Kartir, provavelmente.

Diócles procurou uma posição sentada.

— Conseguiu matá-lo?

— Não sei. — Laios tirou o elmo. Estava suado, a túnica encharcada. — Para descobrir, precisamos voltar à sala do trono.

— Está louco. Eu não voltaria lá nem que me pagassem.

— Você prometeu a Caro que o mataria.

— Caro está acabado — Diócles constatou. — Mas você tem razão — respondeu com um suspiro. — Eu fiz um juramento.

Laios estendeu a mão e o ajudou a se reerguer. Os homens abriram a barreira de escudos. Diócles deu alguns passos tortos, como uma criança que aprende a andar, e logo se recompôs. Estava pronto para uma nova investida quando escutou o sopro de uma trompa romana.

— São os nossos? — perguntou Laios.

— Não trouxemos instrumentos de sopro. — Diócles enrugou a testa. — Já sei. — Estalou os dedos, decepcionado. — São as legiões de Numeriano. Os putos correm da luta e ficam com os louros. — Praguejou: — Que merda.

— Pelo menos, já temos um novo imperador.

— Não comemore. Numeriano é um idiota. E o irmão dele, Carino, é ainda pior.

Uma nova inspeção na sala do trono não revelou nada de particularmente extraordinário. O nevoeiro se dispersara, evidenciando um aposento circular, de opulência infinita, com tapetes macios, poltronas tigradas e almofadas de seda. O domo acima deles exibia mosaicos coloridos, e nas paredes Laios contou doze janelas em formato de gota, dispostas em todas as direções, de onde se podiam enxergar o telhado das casas à luz do crepúsculo, a rua do comércio, o portão principal, os muros e as torres de guarda.

O trono localizava-se no canto oposto à entrada. Erguia-se sobre uma plataforma de cedro trabalhada com motivos florais. Era largo, imponente, esculpido em marfim, com detalhes de prata, ouro e diamantes. Quando Diócles viu aquilo, perdeu o medo de ser emboscado ou surpreendido pelos soldados do xá que porventura ainda estivessem à espreita. Galgou o palanque, como que enfeitiçado pelas joias do trono, e esparramou-se no assento real com um sorriso de triunfo nos lábios.

Laios não estava interessado nos espólios — pelo menos, não ainda. Procurou antes Kartir, sem encontrá-lo. O mago fugira, ele concluiu, provavelmente por um túnel semelhante ao que os conduzira ao palácio. O único entre os invasores que conhecia aquelas passagens era Yasmir — que infelizmente já não podia ajudá-los.

O legado colocou o corpo do príncipe ao lado do outro, do jovem com a garganta cortada. Eram muito parecidos, o que indicava que se tratava de irmãos.

— Laios, meu amigo — murmurou Diócles, acomodado no trono. — Isto é que é vida.

De início, Laios não lhe deu atenção. Depois, quando teve certeza de que ninguém os vigiava, comentou:

— Sugiro que se mantenha em alerta. — E se aproximou das janelas. — Os nossos oficiais estão espalhados pela cidade, mas, se a população decidir se revoltar, estaremos em maus lençóis.

— Eles já ouviram as trompas romanas. — Diócles se levantou e se dirigiu ao companheiro. — Não vão fazer nada. — Deu um chute no corpo do xá. — O rei dos reis está morto. Nós vencemos.

Laios olhou através da janela. Os germânicos haviam ocupado as guaritas ao redor do portão principal. Com tochas, sinalizavam para as legiões de Numeriano, estacionadas do lado de fora dos muros.

— Já escureceu. — O equestre observou os pontos de luz. — Se Numeriano seguir o protocolo, seus homens só entrarão em Ctesifonte ao nascer do dia.

— Finalmente vamos poder descansar sem esses políticos nos perturbando.
— Diócles, que se encontrava agora em pé, indicou um aglomerado de tochas.
— Aquela é a sua tropa? A famosa Legião Fulminante?

— Ela mesma — ele respondeu com certo orgulho velado.

— Os filhos da puta a tiraram de você. Canalhas.

— Como eu lhe disse — Laios replicou, sereno —, foi uma honra participar deste grupo de elite.

O ruído distante dos legionários — gritos, relinchos, ordens e marteladas — penetrou nas trevas noturnas. Do outro lado do rio, eles começavam a organizar o acampamento, deixando claro que só entrariam na capital no dia seguinte, aos primeiros raios de sol.

Diócles falou, de súbito:

— Precisamos encontrar a câmara do tesouro. Deve estar em algum lugar aqui dentro.

Laios pensou estrategicamente.

— É melhor deixar isso para os burocratas de Numeriano. O que devemos fazer durante a noite é reunir os nossos homens e cercar o palácio.

O dálmata o puxou pelo ombro e o fitou de perto.

— Laios, esta é a sua chance. Será que não percebe?

O equestre supôs que ele estivesse se referindo ao tesouro.

— Já tenho dinheiro suficiente.

— Quem falou em dinheiro? — Os dois contemplaram o firmamento. Uma lua prateada nascia no céu. — Laios Graco, o Libertador do Leste. Capturou Zenóbia e — apontou para o jovem degolado — matou Bahram II.

— Ele já estava morto.

— Não importa. — Diócles agora falava com euforia. — Laios, meu amigo, você vai deixar que um bosta como Numeriano controle o Império? — E declarou, sacudindo-o: — O Império é *seu*.

Laios franziu o cenho.

— Como é?

— Não se faça de tolo. Você entendeu o que eu disse.

E tinha entendido mesmo. Fez uma pausa para respirar. Encarou o chão, o olhar perdido, confuso.

— Sou fiel aos princípios romanos — disse, sem energia.

— Um sujeito fiel aos princípios romanos assumiria a Púrpura neste exato momento.

— Isso seria um golpe de Estado.

— Um golpe? Contra quem? — protestou o dálmata. — Caro está morto. — E repetiu: — O Império é seu!

— Eu precisaria do apoio do exército.

— Lá está a Fulminante. — Diócles fez um gesto efusivo, mostrando o acampamento. — São os *seus* homens.

Laios sentiu um calafrio. Nunca, nem em seus devaneios mais infantis, havia lhe passado pela cabeça se tornar governante do mundo — era uma ideia absurda, algo tão distante quanto as nuvens do Olimpo.

Por outro lado, as grandes personalidades raramente arbitram sobre o próprio destino. Otaviano, por exemplo, não planejou se transformar em augusto, foi forçado a isso após a morte de César. Ninguém pavimenta a estrada da vida — isso é trabalho das moiras, que controlam o tabuleiro da história. Será que, ao recusar a proposta de Diócles, Laios estaria contrariando forças superiores e em consequência incitando a ira dos deuses?

No fim das contas, ele decidiu escutar o coração. Fizera um bom trabalho em Lida, era um administrador notável, um patrão honesto e competente, mas detestava política. Queria lutar, não governar. Nascera para a guerra, para o aço, para o campo de batalha. Era sua natureza. Sua vocação.

— Não — respondeu Laios. — Sou um soldado. Não quero tesouros, glória ou poder. Só o que me interessa é o *sangue* — ele falou. — É o sangue que me move.

— Laios, o cavaleiro da morte. — Diócles sorriu e o encarou como um amigo sincero. — Eu estava certo sobre você. Sempre soube que recusaria a Púrpura.

— Sempre soube? Por que perguntou, então?

— Era um teste — ele disse, afagando-lhe o ombro. — E você passou.

XVIII

CEMITÉRIO DE INDIGENTES

POLYCHRONIA TINHA MUITO MEDO DO QUE PODERIA ACONTECER COM O FILHO — e com ela própria. Drago era um maníaco, ela sabia melhor do que ninguém, e havia se fortalecido na ausência de Laios.

Embora os gêmeos trácios não tivessem assassinado Yasmir, a verdade era que o príncipe desaparecera do mapa uma semana depois de Claudiano encomendar sua morte, então o centurião se sentiu no direito de cobrar pelo serviço. Para evitar atritos, o bispo o pagou integralmente. Com o ouro, Drago ampliou e equipou a guarda da cidade, que fora treinada por ele e portanto era, em essência, sua milícia particular.

Sem Laios para questioná-lo, o gigante dácio se tornou uma espécie de tirano local. Passou a não frequentar mais as reuniões do conselho, recebendo os patrícios em casa ou se comunicando com eles por meio de cartas. Na primavera, começou a recolher dos lojistas um "imposto de proteção", o que irritou não só os comerciantes como os notáveis, afinal o montante ia direto para o bolso de Drago, sem um denário sequer para os cofres municipais.

Demetrios Sula não era um notável — pelo menos teoricamente —, mas vivia em Lida havia décadas e conhecia a cidade melhor do que ninguém. Ele sabia que, se Laios não voltasse da Pérsia, seu parceiro político iria saquear o Templo de Zeus e tomar a Vila Fúlvia de assalto. Combinou então uma audiência secreta com Polychronia, a maior interessada em resolver o problema.

Os dois se encontraram na calada da noite na plantação de oliveiras, dentro do antigo santuário da deusa Cibele, agora usado pelos Gracos como depósito — o mesmo lugar para onde Yasmir fora levado assim que chegara às terras do Oeste.

Polychronia apareceu no horário marcado acompanhada de Ulisses, que trazia uma tocha na mão. Demetrios veio sozinho, caminhando no escuro, apesar da idade avançada. Um capuz ocultava seu rosto.

— Senhora. — Ele fez uma vênia. — Obrigado por me receber.

Ela o fitou com seus tristes olhos castanhos. Cruzou os braços, protegendo os cotovelos.

— Não diga o meu nome — exigiu. — Esta reunião é invisível.

— Totalmente invisível — concordou Demetrios. Limpou a garganta e disse: — Estamos correndo sério risco, senhora. Drago, ele... — Fez uma pausa e olhou ao redor. Depois, falou aos sussurros: — Se o seu mari... — Engoliu a palavra. — Se o comandante Graco não regressar da Pérsia, só Zeus sabe o que pode nos acontecer.

Polychronia o escutou com atenção.

— Entendo — retrucou friamente. — O que o senhor espera que eu faça?

Súbito, Demetrios se deu conta de que não sabia o que esperar da esposa de Laios — nem o que propor a ela.

— Ouvi dizer que a senhora foi criada de Zenóbia. — Uma ideia lhe surgiu de repente. — Soube também que ela se tornou uma pessoa muito influente na Cidade das Sete Colinas. Quem sabe a rainha de Palmira não possa intervir a nosso favor?

— Intervir como? — Pela reação, Polychronia julgara a proposta absurda. — Não tenho contato com Zenóbia há anos. Pela graça dos deuses, eu diria.

— Nesse caso, peço desculpas. — Demetrios ficou constrangido. — Não sabia dessa sua contenda.

— Zenóbia é uma mulher egoísta e perversa — ela esclareceu. — Em Palmira, enviou o que restava de seus homens para o campo de batalha, mesmo sabendo que não tinham a menor chance contra as legiões romanas, tudo para criar uma distração, para que *ela* pudesse fugir. Pense nisso, senhor. Milhares de jovens sacrificados por nada.

— Sinto muito. — O religioso deu um passo atrás, os braços erguidos, as palmas abertas. — Este encontro foi um erro. Lamento tê-la perturbado.

De cabeça baixa, Demetrios se despediu e caminhou em direção à saída. Quando estava na soleira da porta, a mulher o chamou.

— Existe um meio de nos livrarmos de Drago — ela disse.

O clérigo girou sobre os calcanhares e voltou à presença dela.

— Quem falou em nos livrarmos de Drago? — retrucou, cínico.

— *Eu* estou falando — respondeu Polychronia. — Faça com que ele entre em um cemitério judaico.

Demetrios não entendeu.

— Como assim?

— Dê um jeito de ele pisar no túmulo dos fariseus — murmurou. — Faça isso e o destino cuidará do resto.

O sacerdote continuou sem entender. Raciocinou por alguns instantes e concluiu que a esposa de Laios devia estar tendo alucinações, ou era louca.

— Sinto muito por não poder ser mais específica — observou a mulher, consternada. — Isso é tudo o que sei. Gostaria de poder ajudar mais.

Demetrios agradeceu educadamente, curvou-se e desapareceu nas trevas.

Naquela noite, ele não dormiu. Ficou remoendo as palavras de Polychronia, sem conseguir decifrá-las.

Depois, acabou por esquecê-las.

Nas semanas que se seguiram, Polychronia proibiu o pequeno Georgios de deixar a Vila Fúlvia. Para o menino, foi um baque e tanto. Ele adorava cavalgar pelas colinas e agora não podia sequer deixar o pátio dos fundos. Depois que ele implorou, a mãe lhe permitiu brincar na plantação de oliveiras, sempre a pé, para que não pudesse ir muito longe. Eram medidas extremas, mas necessárias ao bem-estar do garoto.

— Meu filho — ela dizia sempre que ele protestava —, pense em si como um dos titãs, aprisionado no Tártaro. — E acrescentava: — Do mesmo modo que os antigos deuses, o seu exílio logo chegará ao fim. Quando o seu pai retornar, tudo será diferente. Basta ter paciência e saber esperar.

Mas, como toda criança, Georgios não estava disposto a esperar. Em sua concepção, ele não era um titã, era um *herói*, honrado porém desobediente, como Aquiles, que desprezara os conselhos da mãe e partira para lutar a Guerra de Troia.

No dia 9 de junho, os romanos comemoravam a Vestália, o festival em honra da deusa Vesta. Os Gracos tinham o costume de reduzir a atividade dos escravos nos feriados, suspendendo as aulas de Georgios e dando folga a Strabo e Ulisses. Com o dia livre, o menino acordou com uma ideia transgressora: iria explorar em segredo o cemitério dos judeus — o mesmo onde encontrara Tysa alguns meses antes. O mistério envolvendo aquelas terras não o abandonava por nada. O que ela e Hron estavam fazendo lá na ocasião? De quem era o túmulo que a garota velava? Que lugar era aquele, afinal?

Georgios se levantou cedo, foi até a cozinha, comeu ovos cozidos, queijo e um pedaço de pão. Disse a Rúbia que não estava se sentindo bem e voltou para o quarto. Levou consigo uma jarra de água e com ela encheu o cantil de pele que seu pai lhe dera no aniversário de oito anos. Vestiu uma túnica marrom e calçou os sapatos mais resistentes que possuía. Espalhou algumas almofadas sobre a cama e as cobriu com um lençol, para dar a impressão de que estava dormindo. Em seguida, saltou pela janela. Caiu sobre um canteiro de rosas, trepou em um carvalho e pulou o muro de casa.

Sorrateiramente, caminhou até o campo de oliveiras. Quando entendeu que estava sozinho, sem escravos por perto, apanhou uma vara no chão e apertou o passo, tentando seguir o mesmo caminho que fizera com a égua. De pouco em pouco, começou a reconhecer o trajeto. Passou por um formigueiro gigante e pela caveira de um boi infestada de vermes.

O dia estava quente; miragens tremulavam nas colinas desérticas.

Fez uma pausa. Bebeu água. Jogou um pouco sobre a cabeça. Não consumira ainda nem metade do odre. Tinha provisões suficientes, e a economia o deixou orgulhoso. Continuou por quase uma hora, até avistar o cemitério.

Saltou a mureta e começou a vasculhar o terreno, tentando achar o ponto exato onde Tysa estivera. Lembrou que era perto de uma árvore decrépita. Depois de procurar por alguns minutos, encontrou a lápide em questão. O que estava marcado nela não era em grego ou latim, mas em aramaico, o idioma da plebe, em especial dos judeus. Chegou mais perto, esforçando-se para ler os dizeres, quando ouviu passos. Olhou para trás. Lá estava Tysa — a própria —, vestida de preto, mas sem o véu. Os cabelos louros desciam em trança. Já tinha feito onze anos e era ligeiramente mais alta que ele.

Georgios ficou paralisado de vergonha. Sua maior preocupação não era ser insultado ou apedrejado, mas ser encarado como uma criança, um bobalhão, um menino travesso que bisbilhotava as garotas em vez de abordá-las, como qualquer adulto faria.

— Olá — ele gaguejou. — Estava treinando. Vou me alistar quando fizer quinze anos. Preciso estar em forma.

Era uma mentira tão óbvia que Tysa engoliu a risada, restando apenas um leve sorriso no canto da boca.

— Olá — ela o cumprimentou pacificamente. — Eu agora sei uma coisa de você, e você sabe uma coisa de mim.

Georgios precisava decidir se ia embora ou ficava, e acabou decidindo ficar. Desde pequeno ele se sentia atraído por Tysa, mas, naquele momento, não fugiu simplesmente porque queria ter alguém com quem conversar.

— Meu irmão não veio hoje — ela avisou. Tysa sempre se sentira uma estranha na própria família, embora esse fosse o menor de seus problemas. — Uma escrava me trouxe. O nome dela é Kerna. Está me esperando na trilha. É de confiança. — E, posto que o menino continuava calado, revelou: — Este é o jazigo da minha mãe. Você está em cima dele.

Georgios corou e imediatamente saltou para longe do túmulo. Guardou silêncio por um instante, como se pedisse desculpas. Um minuto depois, perguntou:

— Sua mãe era judia?

— Não. Claro que não. — Tysa fez uma expressão de estranheza. — De onde você tirou essa ideia?

— Este não é um cemitério judaico?

— Não. — Ela se aproximou do filho de Laios. Observou serenamente o capim sobre o túmulo da mãe. — É um cemitério de indigentes. Sabe o que é isso? — Georgios fez que não com a cabeça, e ela esclareceu: — Indigente é uma pessoa indesejável.

Georgios não tinha nem onze anos, mas entendeu a dor pela qual a menina passava e se identificou com ela, porque, naquela fase de sua vida, sentia-se também incrivelmente sozinho, com saudade do pai e sufocado por não poder sair de casa nem visitar a cidade.

Georgios e Tysa ficaram alguns minutos parados, os olhos fixos na grama rala, sem dizer nada.

— O que é um zelota? — ele perguntou de repente.

— Sabe o que é um patife?

— Sei — mentiu.

— Mesma coisa — ela explicou. — Não fique aborrecido. Tenho certeza de que você não é patife ou zelota. O fato é que, se o meu irmão o pegasse, iria matá-lo. Joguei pedras para que você fosse embora o mais rápido possível. Hron bateu em você?

— Não — Georgios retrucou, o orgulho ferido. — Eu estava a cavalo.

— Bom, de agora em diante, tome cuidado com ele.

Georgios fingiu não escutar o conselho. Não estava claro, ainda, o motivo de a mãe de Tysa ter sido enterrada em um cemitério de indigentes. Não teve coragem de perguntar, com medo de ofendê-la de algum modo.

— Quando você volta à arena?

— Espero que nunca mais. Detesto aquele lugar. — O tom da menina era de repúdio. — É quente e fedido.

— Isso é verdade. — O estádio realmente fedia. Cheiro de sangue, suor e urina. — Minha mãe me proibiu de sair de casa.

— Então o que está fazendo aqui? — Era uma pergunta retórica, e Georgios não respondeu. Tysa encarou pela última vez a tumba da mãe e disse: — Tenho que ir.

Nenhum dos dois queria se despedir, mas era preciso. Então a menina falou:

— O próximo feriado é em dez dias. Festival de Minerva. Se não chover, estarei por aqui.

— Não chove nesta época do ano. — O garoto tentou mostrar erudição. — Bom, se der eu venho encontrá-la. Mesma hora?

— Sim, claro — ela confirmou. — Mesma hora.

XVIII

A MAIOR DAS VIRTUDES

O OBJETIVO ORIGINAL DAS LEGIÕES DE NUMERIANO ERA DESPISTAR AS TROPAS DO xá, permitindo que o imperador e seu grupo invadissem Ctesifonte. O filho de Caro, no entanto, era por demais orgulhoso e, quando as duas forças se avistaram, nas margens opostas do Eufrates, ele decidiu que entraria em combate. Era uma aposta arriscada. O inimigo estava em maior número, mas os generais romanos contavam com o apoio tanto da Fulminante quanto da Cirenaica, que lhes garantiram a vitória. Enquanto os cavaleiros persas ainda acossavam os rebeldes nas cidades ao norte, Numeriano chegara à capital dos sassânidas poucas horas depois de o time de elite ter ocupado o palácio.

O corpo de Caro foi encontrado entre as pedras do rio. O cadáver seria embalsamado, despachado para Roma e entregue a seu filho mais velho, Carino, a voz da família no Senado. O rapaz estirado na sala do trono era o próprio rei, Bahram II, como todos já suspeitavam. Ninguém soube dizer se fora degolado ou se cometera suicídio.

Pouco do tesouro restara, o que deixou tanto Diócles quanto Numeriano profundamente frustrados. Seguiram-se três dias de saque, quando então os romanos entregaram a capital aos cuidados de Hormizd, conforme o acordo estabelecido com Yasmir.

Com a morte de Caro, aconteceu algo inédito. Dois imperadores assumiram a Púrpura: Numeriano e Carino — o primeiro, responsável pelas províncias do Leste, e o segundo, por Roma e os territórios do Oeste. Ambos eram pretorianos e destilavam uma arrogância absurda. Revogaram muitas decisões de seu pai, retirando o generalado de Laios e o enviando de volta a Lida com a mesma tarefa de antes, isto é, "proteger a cidade". O rebaixamento não tinha motivações pessoais. Os filhos de Caro sabiam que Laios era um oficial carismático, que capturara Zenóbia, e, naqueles tempos de crise, quanto menos rivais, melhor. Diócles, por sua vez, foi mantido como chefe da escolta imperial, "para ficar ao alcance dos olhos", segundo a opinião dele próprio.

Enquanto os adultos se envolviam em disputas de poder, Georgios só pensava em Tysa. Sua última peripécia funcionara a contento — ninguém suspeitara de sua ausência, e ele agora estava mais confiante para a próxima aventura. Não era só a expectativa de encontrar a menina que o excitava. Georgios era atraído pela sensação de perigo, característica que, de uma forma ou de outra, estaria sempre com ele, até o fim de sua vida.

No dia do festival de Minerva, 19 de junho, repetiu a tática já provada. Pulou a janela, saltou o muro e esgueirou-se pelo campo de oliveiras. Passava do meio-dia quando chegou ao cemitério de indigentes. O lugar parecia vazio, como era de esperar. O menino foi até o túmulo de Lídia, a mãe de Tysa, e esperou sob a árvore por quase uma hora. Nenhum sinal da garota. Só o canto dos pássaros. Sentou-se, até escutar uma movimentação. Levantou-se e olhou para trás.

Era Hron.

— E então, moleque? — O filho de Drago andou lentamente na direção dele. Os cabelos estavam mais escuros, cor de palha, e desgrenhados. Tinha acabado de fazer catorze anos, era muito maior que Georgios e três vezes mais forte. — Está procurando a minha irmã? Responde, pirralho.

Georgios engoliu em seco. Dada a distância entre os dois, ainda era possível escapar, se ele se virasse e corresse com todas as suas forças. Mas Georgios já tinha feito isso uma vez e sentira-se péssimo. O que seu pai, que participara de tantas batalhas, diria se soubesse que seu único rebento se acovardara diante de um plebeu? Sim, Hron era forte, mas os romanos não triunfaram contra adversários igualmente perniciosos, como os gauleses e os persas? Se Georgios corresse, seria, com razão, chamado de fraco e medroso por todos na cidade — e ele era um herói, afinal.

— O que foi? — Hron pegou uma pedra. — Está com medo? Fala alguma coisa. Cortaram a sua língua?

Georgios se preparou para falar quando escutou um zunido. Logo entendeu que se tratava do golpe de uma vara, e o alvo era ele. Sentiu o impacto na nuca. Ficou tonto. Quando menos esperava, estava no chão, de bruços, a boca seca, cheia de terra.

Levou a mão ao pescoço. Ergueu-se depressa e olhou ao redor. Estava cercado por três meninos. O que lhe batera com a vara era só um pouco mais velho que ele, albino, os cabelos quase brancos. Completava o trio um garoto menor, moreno, franzino, a cara de fuinha e o olhar malicioso, carregando algumas tiras de couro, semelhantes a cadarços.

O albino o golpeou de novo nas pernas, mas dessa vez Georgios resistiu. Hron fez um sinal para que o colega parasse.

— Calma, calma. Não bate nele não. Pode ir, seu moleque. Volta lá para a mamãe.

Os amigos de Hron gargalharam. Eram risos forçados, que tinham por objetivo humilhar Georgios. O albino zurrou como um asno, em uma imitação grotesca do gemido de uma mulher ao ser penetrada.

— Foda-se. — Georgios se aprumou, decidido a confrontá-los. Escolheu o palavrão mais ofensivo que conhecia, que escutara da boca de Ulisses. — Foda-se, Hron. Seu pai é um fraco.

— O *meu* pai é um fraco? — Outra gargalhada. — Está me desafiando, seu merdinha?

Hron deu um passo rápido e mirou um tapa no ouvido de Georgios, que chegou para trás e conseguiu se esquivar. Com os dois em movimento, a briga começou para valer. Georgios percebeu, pela primeira vez na vida, que, quando a ação tinha início, todo o medo se desvanecia, por piores que fossem suas chances. Ele simplesmente não tinha tempo para se apavorar. Estava sendo atacado e só pensava em vencer o combate.

Hron cerrou os punhos. Menor e mais leve, Georgios começou a saltitar, tentando cansar o adversário, como vira o dançarino das espadas fazer com o mirmidão na arena de Lida. Mas ele não era um gladiador, muito menos treinado. Em certo momento, Hron encurralou-o entre dois túmulos e desferiu-lhe uma sequência de socos. Georgios fechou a guarda para se defender, depois se encolheu, mas foi ainda pior, porque o filho de Drago começou a chutá-lo.

Nenhum desses ataques, apesar da violência, chegou a machucá-lo de verdade, até que o garoto moreno surgiu do nada e lhe acertou uma pedrada na cabeça. Georgios ficou tonto de novo e caiu. Coçou a testa e os dedos voltaram cheios de sangue. Tornou a ficar de pé, quando o albino catou a mesma pedra e o acertou na cara. Ele não sentiu dor, mas experimentou uma sensação de agonia ao escutar o nariz quebrar. Instintivamente se agachou para se proteger, com as duas mãos sobre o rosto. Um pontapé de Hron atingiu-lhe as costelas e outro o acertou na boca do estômago.

Ficou estirado de barriga no chão, em um esforço para preservar a fronte. Hron e o albino pisotearam-lhe as costas, até o menino ficar sem ar.

— Esperem. — Georgios escutou a voz do moreno. Era fina como a de uma garota. — Vamos prendê-lo.

Os três o suspenderam e o imprensaram contra uma árvore. O moreno usou as tiras de couro para amarrar-lhe os punhos em volta do tronco. Georgios sentiu a cabeça latejar, os olhos arderem, mas, por incrível que pareça, nada disso o incomodou. O pior era o sentimento de derrota, de humilhação e, principalmente, de injustiça. Nos mitos, os heróis sempre venciam, não necessariamente por serem mais fortes, mas por carregarem a causa mais justa. Por que não podia ser assim também na vida real? Onde estavam os deuses que não o ajudavam?

— O que faremos com ele? — Hron perguntou ao moreno.

— Está na hora desse puto começar a falar — disse o cara de fuinha, com uma entonação teatral. Recolheu do chão uma pedra lascada, ajoelhou-se ao lado de Georgios e esfregou a ponta na coxa do menino, como se fosse uma faca. Não cortava tão bem, mas provocou um ferimento que logo começou a sangrar. — Diga. O que você fez com a filha do magistrado?

Georgios teve dificuldade para digerir a pergunta, e só alguns segundos depois entendeu que ele se referia a Tysa.

— Quem? — balbuciou.

— Você sabe muito bem quem — exclamou o albino. — A irmã de Hron. Fala, seu cagão.

— Não fiz nada — Georgios respondeu com sinceridade, na vã esperança de que acreditassem. — Só conversei com ela.

— Sobre o que vocês conversaram — o moreno o pressionou — e por quanto tempo?

— Não lembro — gritou o filho de Laios, imaginando que assim eles entenderiam. — Me solta. Eu não fiz nada.

— Fodeu com ela? — perguntou o albino.

— Esse aí nunca fodeu ninguém. — Hron sorriu com desprezo.

— Me solta — repetiu Georgios. — Eu não fiz nada. Juro sobre a Pedra de Júpiter.

— Profanador do caralho. — Hron cuspiu nele.

Insatisfeito, o moreno fez outro corte na coxa do garoto.

— Para com isso — Hron ordenou ao torturador mirim. — Se é para castigar, tenho uma ideia. Tira a tanga dele.

Preso e ferido, Georgios nada pôde fazer quando o moreno e o albino enfiaram as mãos sob sua túnica e arrancaram-lhe a roupa de baixo. O puxão foi tão forte que o tecido acabou rasgando. Seu primeiro impulso foi juntar as pernas para proteger a genitália.

— Desamarra ele agora. — Outra ordem de Hron, que então falou ao garoto: — Gostou da minha irmã, não é? Gostei de você também.

Deu risada e despiu a própria tanga. Levantou a túnica, mostrando o pênis. Georgios reparou que a virilha dele estava envolta em pelos, diferente da sua, ainda lisa, mas o membro era desproporcionalmente pequeno, considerando o tamanho da bolsa escrotal.

Enquanto os pequenos capangas o desamarravam, Hron começou a coçar o pênis freneticamente. Georgios achou que iria urinar sobre ele, e só alguns anos depois compreendeu que, na ocasião, o garoto estava se masturbando.

Georgios foi colocado de bruços e não viu mais nada. Só escutou a voz de Hron:

— Levanta a túnica do pirralho. Levanta mais. — Alguém obedeceu. — Agora abre o cu dele.

Nem passava pela cabeça de Georgios o que seus agressores estavam planejando. O que ele pensou inicialmente era que pegariam uma tábua ou porrete e lhe bateriam nas nádegas, castigo bastante comum. Mas a intenção era outra. Hron se ajoelhou na grama e apertou-lhe a parte superior das coxas por trás, como que para se apoiar. Preparava-se para deitar sobre ele quando alguém o empurrou. Súbito, soltaram também seus braços. Os garotos se levantaram. Georgios continuou no chão.

— Escravo maldito — grunhiu Hron. — Caolho de merda.

Um adulto praguejou:

— Corre para casa, filhote de cobra. — Era a voz de Ulisses.

— Corre você, escravo. — O filho de Drago o desafiou. — Sabe quem eu sou? Sabe quem é o meu pai? Quer morrer?

Escutou-se o som de um tapa, seguido por um gemido de dor. Ulisses deu uma pisada forte no solo, levantando poeira e ameaçando avançar.

— Foda-se, gladiador falido — Hron soltou um último insulto. — Foda-se. Eu te mato, seu filho da puta.

Mas não matou. Pelo menos não daquela vez. Os três garotos saíram correndo do cemitério. Quando já estavam longe, Ulisses pegou Georgios no colo. O menino estava envergonhado. Segurou o choro.

— Pode desabafar, cordeirinho — disse o velho lutador. — Já vi soldados chorando, sabia? Não conto para ninguém.

Georgios caiu em prantos, nem tanto pelas dores físicas, mas pela sensação de impotência. Por que ele não podia ser forte também? Sentia-se a criatura mais abjeta da Terra. Não servia para nada, era um desgosto para sua família.

As lágrimas exauriram suas últimas forças. Sob a proteção do escravo musculoso, ele enfim relaxou. E adormeceu.

Georgios dormiu por dois dias inteiros, alternando períodos de inconsciência e delírio. Teve muitos pesadelos. Quando enfim despertou, estava em seu quarto, deitado na cama, todo coberto. Uma luz fraca entrava pela janela. Não soube dizer se era o início da manhã ou o fim da tarde.

Custou a acreditar no que acontecera, e só teve certeza ao tocar o nariz.

— Não se preocupe, você vai ficar bem — disse Polychronia. Estava sentada em uma cadeira de balanço do lado esquerdo do leito. Inclinou-se para a frente e o examinou.

— Mãe? — Georgios conseguiu enxergá-la quando a visão clareou. Polychronia usava um vestido azul e um xale de algodão. Não parecia nervosa. Encarava-o séria, como se ele fosse um homem crescido. Era a primeira vez que o olhava daquele jeito.

— Boa notícia. — Ela umedeceu um pano em uma bacia de cobre e o colocou sobre a testa do filho. — Seu pai sobreviveu à Campanha da Pérsia. Logo ele estará de volta à cidade.

Não era uma notícia boa para Georgios. Em outros tempos seria, mas agora ele sentiria vergonha se o pai o visse daquele jeito. Polychronia leu a expressão do menino como quem lê uma declaração por escrito.

— O que vamos dizer a ele? — indagou a mãe, sem se alterar.

— Eu não tive culpa. Eram três, maiores do que eu. Eles me emboscaram.

— É verdade?

— Sim, senhora.

— Quem são esses meninos?

Georgios ficou calado. Mesmo pequeno, ele tinha noção do que era um delator e como esses homens e mulheres eram tratados pelos romanos.

— Não há sentido em protegê-los — disse a mãe —, mas, se você não quer falar, tudo bem. Ulisses contará tudo o que sabe ao seu pai. É a obrigação dele.

— Você acha que ele vai brigar comigo?

— Quem, o seu pai? Não sei. O problema agora é seu. Eu não lhe disse para não deixar a propriedade?

— Disse.

— Então, por que não me obedeceu? — O tom agora era de censura. — Você fez uma promessa e a quebrou. — Polychronia observou a reação do filho. Georgios não a encarava, totalmente constrangido. — Diga-me, qual é a maior das virtudes?

— Coragem? — o menino arriscou.

— Não.

— Honra? — Georgios tentou se lembrar dos valores clássicos romanos, que aprendera nos livros. — Obediência?

— É a verdade — decretou a mulher. — Quando alguém mente, parte do mundo é destruída. Mentiras crescem como ervas daninhas, e depois quem fica preso no meio delas é você. Não tem volta — disse Polychronia, recordando-se de sua vida pregressa com o general Zabdas, que terminara da pior maneira possível. — Logo você atingirá a maioridade legal. Se não aprender agora, será muito tarde.

Ela parou de falar quando a porta do quarto se abriu. Rúbia trazia uma bandeja com um copo de água, dois pedaços de pão e um prato de sopa de ervilhas.

— Quando o meu pai chega? — indagou Georgios.

Polychronia se levantou e cedeu o lugar à escrava.

— Em três ou quatro semanas. — Dirigiu-se à porta. — Descanse. E pense no que vai dizer a ele.

Georgios tomou a sopa de ervilhas e dispensou o resto. Depois, seguiu o conselho materno e reviveu o ataque centenas de vezes em sua mente. Embora Ulisses o tivesse salvado, ele sofrera uma derrota. Hron fora ao cemitério para provar que era superior a ele, e conseguira. Os dois — e outros garotos da cidade — sempre saberiam quem era o maior. Hron era o forte, e Georgios era o fraco. Sem discussão.

Só lá pelo terceiro dia, quando o nariz já não latejava, começou a imaginar como o trio ficara sabendo que ele estaria no cemitério naquele horário exato e teve o pior dos choques, incomparável aos ferimentos: Tysa o denunciara.

Relembrou o primeiro encontro com ela. O jeito como fora agressiva, como o apedrejara. Teria sido tudo armado, então? Fazia sentido pensar que sim.

Sentiu uma vontade irresistível de colocá-la contra a parede. Seria melhor desse jeito. Seria melhor saber a verdade, ou ficaria com a dúvida guardada por meses ou anos a fio. Mas era impossível. Pelo menos naquele momento, era impossível. Continuava proibido de deixar a Vila Fúlvia, e, mesmo que não estivesse, como encararia o filho de Drago? Como encararia os outros meninos da cidade?

Como encararia o pai?

Talvez fosse melhor ficar recluso por algum tempo, observando, raciocinando, planejando suas próximas ações.

Georgios não podia mudar o que havia acontecido. Era o destino, a vontade das moiras. No entanto, ele podia se empenhar, trabalhar duro para garantir que algo assim jamais se repetisse.

Sob a coberta, durante a madrugada, Georgios tornou a chorar. Não era um choro de medo, todavia, como das outras vezes. Era de raiva.

De ódio.

Eram as lágrimas de um guerreiro. De um jovem que ainda conheceria muitas dores e derrotas.

E muitas vitórias também.

Como qualquer ser humano.

XIX

A VOZ DOS DEUSES

GEORGIOS DESFERIU UM GOLPE FORTE CONTRA A ESPADA DE MADEIRA DE ULISSES. O homenzarrão deu um sorriso de orgulho e chutou o escudo do menino, que recuou habilmente e tentou golpear o calcanhar do escravo. O movimento acabou expondo o garoto, e Ulisses só precisou executar um ataque vertical, de cima para baixo, para acabar com a luta na mesma hora. Deteve a espada a um centímetro do crânio do aluno, que saltou para trás, na vã tentativa de desfazer o seu erro.

— Inútil. — Ulisses balançou a cabeça e fez um muxoxo. — Tarde demais. Em uma disputa real, eu o teria partido ao meio. Você não pode cair nesse tipo de armadilha.

— Que armadilha? — Georgios relaxou o corpo para escutar os ensinamentos com atenção. Os dois estavam no pátio dos fundos da Vila Fúlvia, em uma área cercada de terra batida, destinada ao treinamento dos cavalos e potros.

— Eu o enganei — disse Ulisses. — O meu chute não tinha a intenção de acertá-lo, mas de fazer com que abrisse a guarda. E foi então que eu ataquei. Você estava ansioso para me acertar e caiu na cilada. O bom lutador é aquele que consegue entender o adversário e prever suas ações. Se não conseguir decifrá-lo, estude-o antes. Mantenha a calma e seja frio como a brisa de inverno. Nunca sucumba à afobação.

— Como eu faço para ficar calmo?

— Disciplina. É o que diferencia um soldado de um brigão de rua. Nem sempre lutar de forma impetuosa garante a vitória. Os gauleses combatem desse jeito, e os germânicos também, como se a guerra fosse uma contenda pessoal. E, no entanto, estão sempre em desvantagem ante o poderio romano, mesmo nestes tempos de crise.

Georgios entendeu que a lição terminara e entregou o escudo e a espada ao escravo caolho. Sentou-se em um banco de madeira e serviu-se de água.

Era uma manhã ensolarada de verão. Fazia três semanas do incidente no cemitério, e, à exceção do nariz, que às vezes o incomodava, ele não sentia mais dores.

Ulisses começou a guardar os equipamentos: espadas e gládios de carvalho, uma faca de aço e duas placas retangulares em forma de escudo. Georgios observou as colinas ao norte, desejando estar longe da casa dos pais, longe de Lida, afastado de tudo e de todos.

— No dia em que me encontrou no cemitério — começou o menino —, você me disse que já tinha visto soldados chorando.

— Sim — respondeu Ulisses. — Muitos.

— Por que eles choravam?

— Quase todos choram quando percebem que estão à beira da morte. É muito mais comum do que você imagina.

— E o que eles dizem?

— Chamam pela mãe. — Ulisses colocou as armas dentro de um estojo de couro e deu um nó forte no cadarço. — Parece ridículo, não? Mas é o que acontece. No momento da morte, eles tentam se lembrar da primeira pessoa que viram na vida.

— Eu acho que a minha mãe não gosta de mim — comentou Georgios.

— Por que diz isso?

— Ela brigou comigo por causa daquele dia, mas a culpa não foi minha.

— Bom, você lhe desobedeceu. Claro que ela ficaria aborrecida. Não tem nada a ver com culpa.

— Ela disse isso?

— Ninguém teve culpa. Nem você, nem a sua mãe, nem o filho de Drago. Hron foi apenas um mensageiro.

— Mensageiro? De quem?

— Dos deuses. O que aconteceu naquele feriado foi a vontade dos deuses — Ulisses afirmou. — Quando um deus precisa falar com um mortal, é assim que se comunica.

— Assim como?

— Por meio de ações, de acontecimentos, de eventos e tragédias. É a voz dos deuses.

— Mas qual deus seria? E o que ele queria dizer?

— Só o tempo dirá. Sou um gladiador aposentado, não um sacerdote, muito menos profeta. — O escravo bebeu água direto da ânfora e sentou-se ao lado de Georgios. — Você está lutando cada vez melhor. Talvez Atena precise de um guerreiro. Compreenda que qualquer experiência marcante é obra dos deuses. O ataque que você sofreu aconteceu em um cemitério. Isso não foi por acaso. O garoto tinha que morrer para que o homem pudesse nascer.

Georgios ficou pensativo. Sentiu-se melhor com as palavras do instrutor e alegre de certa forma, por Ulisses considerá-lo um homem. O raciocínio, embora carecesse de provas, era perfeitamente plausível e fornecia ao menino a explicação que ele tanto desejava. Mesmo que Tysa o houvesse traído, ela o fizera por influência dos deuses, e quem poderia se opor a eles, afinal?

— Strabo não acredita nos deuses — divagou Georgios.

— Strabo é um filósofo. Filósofos são pessoas que abriram mão da própria vida para tentar compreender os segredos do universo. Os deuses não têm poder sobre essa gente, pois elas se fecharam às experiências fundamentais. Os deuses moram nas zonas misteriosas, na dúvida e no medo, na dor, na esperança e na felicidade, não nos livros ou na matemática. Pode acreditar. — Ulisses baixou a voz e disse, debochado: — Um sujeito que nunca comeu uma boceta jamais alcançará o paraíso.

— Quem disse que eu nunca comi uma boceta? — Strabo os surpreendeu, chegando ao pátio sem que eles notassem. Tinha a expressão séria sob a barba grisalha. — Bom dia, Ulisses.

— Bom dia, Strabo. — O gladiador divertiu-se com a situação. — Estava ensinando ao garoto o significado de algumas coisas sagradas.

— Suas lições terão de esperar. — O filósofo coçou a careca e olhou para o menino. — Georgios, recolha suas coisas. O almoço será servido em uma hora.

— Para que tanta formalidade? — estranhou Ulisses.

— O nosso mestre está de volta — disse Strabo, com cara de poucos amigos. — Ele mandou reunir todos em casa: família, escravos e servos. — E declarou, como se fosse uma ameaça: — Chega de brincadeira. É melhor se apressarem.

Saindo de Ctesifonte, Laios acompanhou parte da Legião Cirenaica até a cidade de Bostra e de lá desceu sozinho para Lida, um procedimento altamente irregular. Em viagens oficiais, os tribunos deveriam ser escoltados de perto por ao menos três centuriões, mas aqueles eram tempos confusos, em que toda a estrutura do Império ameaçava desmoronar. Mesmo com a morte de Odenato e a captura de Zenóbia, uma sucessão de imperadores impopulares continuava a estimular revoltas locais. No extremo Oeste, o comandante da Frota Britânica declarou-se independente de Roma, tentando instaurar o próprio reino insular. Na Itália, enquanto isso, o Senado reagiu à nomeação de dois césares e quis destituí-los, mas Carino elegeu um novo prefeito pretoriano, que cercou a metrópole e a colocou em estado de sítio.

Laios chegou em casa na manhã de 4 de julho. Quando Tuta cruzou os portões, os cascos sujos, levantando poeira, um jovem escravo saiu correndo através do jardim, anunciando o retorno do mestre. Laios desmontou rapidamente e entrou no pavilhão dos senhores. Usava armadura, elmo e capa. Polychronia o encontrou nas colunatas, sob o alpendre. Strabo vinha logo atrás, trazendo um estilete de osso e uma tábua de anotações recoberta de cera.

Laios abraçou a esposa. Polychronia retirou-lhe o capacete e o beijou. O equestre retribuiu o gesto, e assim ficaram, de lábios unidos, por mais de um minuto. Constrangido, Strabo se afastou.

— Sonhei que você nunca mais voltaria. — Ela continuou abraçada ao marido. — Soube das notícias. O imperador está morto.

— Lá se vai mais um — retrucou Laios, sem nenhuma ironia. Não podia dizer que lamentava. Conhecia Caro muito pouco, e desde Aureliano os imperadores se mantinham no cargo por um ano ou dois. — Mas já temos outro. — Ele se referia aos irmãos. — Isto é, outros.

— Você está imundo. — Polychronia o olhou de cima a baixo. Cheirou-lhe a barba. — Precisa de um banho.

— Definitivamente.

— Venha. — Ela o segurou pela mão e o guiou até o jardim externo. — Já preparei tudo.

Laios e Polychronia entraram sozinhos na casa de banho. Fora lá que haviam feito amor pela primeira vez, quando chegaram à Vila Fúlvia, anos antes. Nus, tornaram a se amar, depois de sete meses afastados. Sempre atarefado, no dia a dia Laios dormia tarde e acordava cedíssimo, restando pouco tempo para o sexo. O casal se amava eventualmente, mas sempre que o faziam era com paixão e ferocidade devastadoras. O ato os renovava por várias semanas, aproximava-os e os fortalecia.

Polychronia deu um mergulho e alisou os cabelos. Esfregou os pés contra o mosaico do fundo, reparando na figura do cisne. Depois, o olhar se perdeu entre as vigas do teto. Laios conhecia aquela expressão e logo ficou preocupado.

— Más notícias? — perguntou, esperando pelo pior.

— Nada com que eu não possa lidar. — Ela tentou acalmá-lo. — Mas acho que devemos ficar em alerta.

Polychronia relatou, então, o que acontecera na cidade durante a ausência do marido, falou sobre o isolamento de Räs Drago e a ampliação da milícia. Finalmente, contou ao tribuno sobre a emboscada a Georgios no cemitério. Imediatamente o equestre fechou a cara.

— Quando foi isso?

— Três semanas atrás.

— Quantos anos tem o filho de Drago?

— Não tenho certeza — admitiu Polychronia. — Strabo me disse que tem catorze. É fácil conferir nos registros municipais. O garoto precisa estar cadastrado para ser aceito como cidadão ao alcançar a idade adulta.

— Se ele tem catorze anos, não pode ser levado a julgamento. — Naqueles tempos, Lida ainda estava submetida às leis romanas, que admitiam a maioridade legal com quinze anos apenas. — O crime, ainda assim, é muito grave.

— Eu já lhe disse várias vezes que aquele homem é um monstro.

— Nesse caso, quem armou a cilada foi o filho — lembrou Laios —, não o pai.

— Por que você insiste em defendê-lo?

— É uma questão de justiça. Ninguém pode ser julgado pelo erro de um terceiro. É verdade que Drago e eu já tivemos nossas desavenças, mas ele nunca me desrespeitou como magistrado.

— Laios... — Polychronia o encarou com tristeza. — Você está cego, meu amor. Mas confio que fará a coisa certa. O seu coração sempre o guiou sabiamente, então talvez seja melhor continuar assim. De qualquer maneira, Drago não tem o direito de controlar a cidade como se fosse um tirano. Alguma coisa precisa ser feita.

— E será feita — prometeu Laios, saindo da piscina e pegando uma toalha para se secar. — Eu me encarrego dele, e você se encarregará de Georgios. Tenho planos de alistá-lo em breve. Portanto, é preciso treiná-lo.

— Ele já está sendo treinado. Por Ulisses.

— Não é o bastante. — Laios enrolou a toalha em volta da cintura. — Onde estão os dois, por falar nisso?

Laios comeu como não fazia há meses. Devorou um leitão assado praticamente sozinho, bebeu vinho e saboreou dois figos de sobremesa. Prometeu a si mesmo que esqueceria os problemas por um dia inteiro, para que pudesse pensar neles com calma depois, mas não conseguiu. Passou a noite vagando pelos corredores, buscando soluções e imaginando quais seriam as consequências de cada uma de suas atitudes. Adormeceu na cadeira do gabinete. Quando acordou, ainda estava escuro. À luz de velas, redigiu uma carta a Drago sugerindo que fosse convocada uma reunião do conselho municipal "o quanto antes". Claro que havia outras questões a ser discutidas — como o ataque a Georgios —, mas poderiam ser debatidas a seguir, entre os dois. O mais urgente, agora, era convencer o colega a participar de um encontro com os notáveis, que, segundo Strabo, ele vinha evitando.

A carta levou três dias para ser respondida. Um mensageiro trouxe o recado por escrito, assinado por um tal Bufo Tauro, suposto assessor de Räs Drago. No texto, o homem dizia que seu senhor tinha viajado para a cidade de Antioquia e retornaria dentro de dois meses. Tauro pedia desculpas em nome do mestre e se colocava à disposição, acrescentando que era ele, a propósito, quem ficara responsável pela milícia de Lida.

Os contatos de Strabo confirmaram que Drago tinha, realmente, partido em viagem com o filho, embora ninguém soubesse o destino.

Laios julgou por bem não se reunir com os notáveis sem a presença de Drago, para evitar rumores indesejados. Contudo, fez questão de visitar o centro de Lida na semana seguinte, usando sua melhor toga e acompanhado de Ulisses e Strabo. Caminhou pelas ruas e conversou com lojistas, que pareciam acuados, como se temessem algo.

Logo notou que era seguido de perto por três guardas, que usavam corseletes de couro, escudos ovais, capacetes de cobre, portavam gládios e lanças. Não era preciso ser adivinho para entender que os milicianos não estavam lá para garantir sua segurança, mas para vigiá-lo, e decidiu abordá-los.

Os homens disseram a ele que a "escolta" era cortesia de Bufo Tauro. Laios resolveu cortar o problema pela raiz e dirigiu-se à mansão de Drago, a apenas alguns passos do fórum. Bateu à porta e foi recebido por uma mulher velha, de vestido e capuz pretos, o rosto bastante enrugado.

— Senhor magistrado. — Ela o reconheceu e disse em grego, com um sorriso agradável: — Sou Kerna, escrava do senhor Drago — apresentou-se. — O meu mestre está viajando.

— Eu soube — retrucou Laios. Ulisses estava logo atrás dele e tinha uma faca na cinta. Strabo encontrava-se à sua direita. — Procuro Bufo Tauro.

— Ah, sim. O senhor Tauro o atenderá — disse a mulher, encostou a porta e não foi mais vista.

Uns três minutos depois, as seções reabriram, revelando um sujeito gordo, forte, moreno, alto e barbudo. O rosto era um mapa de cicatrizes; a maior delas começava nos lábios e terminava na orelha direita, cortada pela metade. Os cabelos eram negros, cheios e fediam, como se não fossem lavados havia meses. Usando uma túnica de algodão cru escura e pesada, Tauro estava suado e ofegante, com um martelo de pedreiro na mão. Não era apropriado receber visitas com armas em punho, então Laios supôs que ele fora pego no meio de alguma atividade doméstica.

— Comandante. — O homem curvou o corpo de um jeito teatral, beirando a ironia. — Que honra tê-lo na cidade. Peço desculpas se não o convido a entrar, mas sou apenas um servo, e o senhor Drago não me autorizou a receber ninguém enquanto estivesse fora.

— Prefiro ficar onde estou — disse Laios, seco. — Só queria conhecer o autor da carta.

— Sou eu mesmo. — Tauro sorriu e a boca cintilou à luz do sol. Ele tinha ao menos três dentes de ouro.

— Quais seriam os negócios do seu patrão em Antioquia? — perguntou o equestre, sem rodeios. — Se estiver autorizado a falar.

— Normalmente não, mas nesse caso não vejo problema. — Baixou a voz. — O capitão decidiu conduzir pessoalmente o filho mais velho, Hron, ao posto de alistamento na capital da província. O menino só alcança a maioridade daqui a alguns meses, mas ele achou que seria bom para o garoto ser entregue às legiões antes do tempo. Não tenho certeza do que o motivou a isso. — E, ao dizer essas palavras, todos, até Laios, perceberam o sarcasmo. Tauro sabia do ataque a Georgios e estava zombando deles, por estar absolutamente seguro de que, agora, Hron se encontrava fora de alcance.

O sangue de Ulisses ferveu. O velho gladiador deu um passo à frente, mas Laios o deteve com o braço estendido.

— Muito bem. — O tribuno olhou para Bufo Tauro e o encarou feito um tigre, como se deixasse claro que a hora dele chegaria, cedo ou tarde. — Diga ao seu mestre que estarei à espera dele. — E completou: — Tenha um bom dia.

No começo de setembro, durante o almoço, uma carta de Räs Drago chegou à Vila Fúlvia. Laios e Polychronia levantaram-se de seus divãs quando Strabo mostrou a eles o papiro enrolado.

Os três pararam o que estavam fazendo e entraram no gabinete. Laios fechou a cortina e caminhou até a mesa de trabalho, mas não conseguiu se sentar. Pediu que o escravo rompesse o selo e lesse o recado.

— "Caro colega" — começou Strabo, reproduzindo palavra por palavra. — "Sinto muitíssimo pela minha ausência, mas a viagem se fez urgente. Hron, meu primogênito, tornou-se incontrolável, e decidi tratá-lo como homem, alistando-o na Legião Cirenaica. Soube que ele teve desavenças com o seu filho e estou pronto a pagar-lhe uma indenização, como manda a lei. Todavia, julguei melhor aguardar o seu retorno a Lida, para que pudéssemos negociar pessoalmente. Estou disposto, também, a marcar a reunião do conselho municipal. Entretanto, seria razoável conversarmos antes, para alinharmos nossas posições perante os notáveis. O senhor é bem-vindo para ter comigo em minha casa a qualquer momento. Eu iria à Vila Fúlvia, mas é público e notório que a sua esposa não tolera a minha presença, de modo que o encontro terá de acontecer em minha *domus*. Espero-o com entusiasmo."

A mensagem era assinada pelo próprio Räs Drago, embora a letra fosse outra, possivelmente de Bufo Tauro.

— É uma armadilha — reagiu Polychronia. — O que a cobra deseja é atraí-lo para a sua toca.

— Concordo, minha senhora — opinou Strabo. — Contudo, a "cobra" envolveu o meu mestre em sua cauda, de modo que ele não pode mais escapar. Embora eu reconheça o perigo, Drago expôs razões contundentes. Não é incomum certos pais alistarem os filhos antes do tempo. Na verdade, esse comportamento é frequente na plebe. E não há nada que ligue Drago diretamente ao ataque contra Georgios.

— Que a reunião aconteça, então, em território neutro — sugeriu a mulher. — No fórum, por exemplo.

— O único território neutro nas imediações é a Vila Fúlvia — ponderou Strabo, e ele estava certo. — Toda Lida se encontra ocupada pela milícia de Drago. Seus capangas poderiam facilmente encurralar o meu mestre no fórum, se o objetivo for matá-lo de fato.

— Será que eu posso dar a minha opinião? — Laios se meteu na conversa. — Afinal a vida é minha.

Polychronia e Strabo se calaram.

— Obrigado. — O equestre se sentou. Apesar dos riscos, sentia-se aliviado, porque a espera chegara ao fim. — O que Strabo disse é verdade. Drago apresentou razões lógicas para o seu comportamento e não me deixou opção a não ser aceitar o convite.

— Ele vai matá-lo — grasnou Polychronia.

— Improvável. Se quisesse, já o teria feito. Com a milícia sob seu controle, ele poderia invadir a Vila Fúlvia e exterminar todos nós.

— Bom — Strabo pensou em voz alta. — Uma coisa precisamos admitir: se Drago estivesse tão seguro de sua soberania, não teria tirado o filho da cidade às pressas. Essa atitude demonstra que, de um jeito ou de outro, ele se preocupa com o que o senhor pensa e com o que pode fazer.

— O mais provável — Laios retomou a palavra — é que ele queira alguma coisa de mim.

— É um erro tentar entender os dácios segundo a lógica romana — disse Polychronia. — Eles são bárbaros.

— Mas não são burros. Repito que, se Drago quisesse me matar, teria muitas formas de fazer isso. Me convidar para sua casa e me assassinar seria estupidez.

— Ele é estúpido.

— Será que você não entende? É um teste. Räs Drago está me desafiando. Se eu não aceitar o convite, me tornarei um fraco perante a cidade, e aí sim ele terá motivos para nos agredir.

Polychronia ficou séria por um momento e o encarou, sem dizer nada. Ele tinha razão.

— Leve Ulisses com você.

— Não. — Laios apertou os lábios. — Ulisses bateu em Hron. Seria uma provocação.

— Vá armado, então.

— Não posso. Usar a túnica vermelha do exército ou portar armas em reuniões públicas é contra o protocolo.

— Protocolo? — Polychronia não acreditava no que estava escutando. — Não estamos em Roma. Você não é obrigado a seguir essas leis.

— São elas que separam a civilização da barbárie. — Laios lembrou-se dos dias em que vagava pelas ruas de Cesareia, na Capadócia, em meio ao caos que se seguiu à destruição da cidade. Recordou-se do exército romano chegando, trazendo luz às trevas do tempo. Não importava onde estivesse, Roma estaria com ele. Sempre. Roma era a luz. E por ela valia a pena lutar. — Deixe tudo comigo. — O tribuno observou a esposa e a seguir se virou para Strabo: — Marque o encontro.

XX

FIM DA LINHA

Dois dias depois, Laios preparou ele mesmo a sela de Tuta e cavalgou até a cidade. Como se tratava de uma visita oficial, destacou um pequeno cortejo para acompanhá-lo, formado por três escravos: um cavalariço e seu ajudante, além de Strabo. No passado, os magistrados eram escoltados por funcionários públicos chamados lictores, que abriam caminho e anunciavam os títulos da autoridade. Dependendo do grau de importância, o político podia ter até doze lictores — os imperadores costumavam ter vinte e quatro. Com a decadência do Império, porém, nem os césares ostentavam mais esse séquito, a não ser quando estavam nas capitais provincianas, na própria Roma ou em lugares reconhecidamente pacíficos — se é que existe tal coisa.

Em setembro começava a temporada de chuvas em Lida. O cheiro de terra molhada podia ser sentido entre as ruelas que partiam do fórum, mascarando odores mais fétidos. Laios subiu a ladeira que terminava na mansão e reparou que a entrada estava guarnecida por dois milicianos. Desmontou, entregando as rédeas ao cavalariço.

O próprio Drago os recebeu. Em vez de toga, usava uma túnica branca com detalhes púrpura, limpa e bem alinhada, sandálias e um cinto de couro. Claramente não estava armado.

— Salve, comandante. — O gigante dácio estendeu a mão para cumprimentá-lo. Laios a aceitou.

— Salve.

— Talvez seja melhor que os seus escravos, todos eles — Drago fitou Strabo de relance —, entrem pelo portão dos fundos. O que precisamos discutir requer sigilo absoluto.

— Strabo é de minha inteira confiança.

— Melhor não. — O centurião olhou para Laios com cumplicidade. — Por favor.

Era óbvio que, se Drago quisesse matá-lo, não seria Strabo que o impediria, então Laios pediu que o secretário aguardasse com os demais escravos nos estábulos. Ingressou na *domus*, que dessa vez parecia mais agitada. Na cozinha, três guardas debruçavam-se sobre uma mesa redonda, comendo carne de porco com as mãos. Estavam conversando e rindo. Quando notaram a presença de Laios, cumprimentaram-no e reduziram o volume da voz.

— Não é cedo demais para o almoço? — ele perguntou a Drago.

— Esses são homens da guarda noturna — explicou. — Acabaram de encerrar o turno no bairro judeu.

Os dois foram até a sala de jantar. Na mesa de centro havia uma ânfora de vinho, taças de chumbo e um prato de azeitonas. Drago indicou ao convidado um dos divãs, fechou a porta dupla e sentou-se de frente para ele.

— Imagino que você deva estar confuso depois de meses longe de casa, comandante. Receio também que os boatos possam ter lhe dado falsas impressões sobre mim.

— Estou aqui para esclarecê-los.

— Não poderia ter feito melhor. Mas eu, sinceramente, gostaria de começar por questões mais pessoais — disse Drago. — Soube da emboscada que Hron armou para o seu filho e gostaria de pedir desculpas. Ele é apenas uma criança e tem andado com más companhias, garotos de rua que o incentivaram ao ataque. Como punição, eu o alistei antes do tempo. Se ele se considera um homem, então aprenderá a sê-lo da pior maneira possível.

— Alguns poderiam especular que você o estava protegendo, ao afastá-lo da cidade.

— Quem diz isso não conhece a lei. Hron não completou a maioridade e não poderia ser levado a julgamento. Toda a culpa recairia sobre mim. E eu estou disposto a pagar a indenização devida, em ouro, que, ainda de acordo com a lei, deve ser negociada pelos pais de família. — Inclinou-se para a frente. — O que me diz?

Legalmente, Laios podia aceitar, mas ele sabia — bem como Drago — que Polychronia não concordaria em receber um denário sequer do primipilo. Sendo assim, afirmou:

— Não é necessário.

— Tem certeza? — o dácio indagou, dissimulado. — Bom, nesse caso, você aceita as minhas desculpas?

— Por enquanto, elas serão suficientes — declarou o visitante, sem saída.

— Que bom que nos entendemos. — Räs Drago deu um leve sorriso e serviu duas taças de vinho. — Bebe comigo?

— Claro. — O equestre agiu de modo protocolar, apanhou a taça e deu um gole. Só então percebeu que era vinho branco, mais fraco e mais adequado para se consumir pela manhã.

— Não come nada?

— Não estou com fome.

— Certo. — Drago enfiou algumas azeitonas na boca e mastigou. — O que mais deseja discutir?

— Estou aqui para falar das nossas obrigações para com a cidade. — Laios se esforçou para não soar grosseiro. — Precisamos reunir o conselho municipal. Não se esqueça de que é essa a nossa função.

— Estou ciente. — Cuspiu os caroços em uma tigela pequena. — Mas eu não poderia fazê-lo sem o seu consentimento.

— Deveria, na verdade.

— Não em face do que aconteceu. — Drago fez uma pausa curta, tomou fôlego e prosseguiu: — O que eu vou contar não pode sair daqui, eis o motivo pelo qual preferi manter o seu escravo afastado. Se a coisa se espalhar, podemos ter uma revolta em nossas mãos.

— Continue.

— Pouco antes de o imperador chegar a Lida, Claudiano veio ao meu encontro. O bispo se sentou neste mesmo divã em que você está e pediu que eu usasse os meus homens para assassinar o príncipe persa.

Primeiro, Laios reagiu com espanto. Drago era um mentiroso, mas nesse caso, sabia o equestre, estava dizendo a verdade. Claudiano costumava difamar Yasmir em praça pública e, durante o tempo que o príncipe esteve em Lida, o sacerdote cristão fez de tudo para minar sua influência. Portanto, a história fazia sentido.

— É uma acusação muito grave — pontuou Laios. — Você tem como prová-la?

— Se tivesse, eu já o teria pregado em uma cruz. É a palavra dele contra a minha.

— Você é um magistrado. De acordo com a lei, poderia prendê-lo.

— Não é bem assim. — Drago bebeu todo o vinho da taça e serviu-se de mais. — Lida tem uma comunidade cristã muito grande. Se escravos e plebeus se revoltarem, nem os meus guardas poderiam detê-los. Escutei relatos de insurreições do tipo que não terminaram de forma amigável.

— Onde? — Laios não se lembrava de ter ouvido falar de revoltas semelhantes.

— Não importa.

— Tem razão. — De fato, não importava. — O que você disse ao bispo quando ele lhe fez o pedido?

— Se eu recusasse, ganharia um inimigo poderoso. Preferi dizer que aceitava, para ter tempo de pensar no assunto. Os deuses parecem ter entrado em ação, porque logo Caro chegou com suas tropas e Yasmir desapareceu para sempre. O impasse se resolveu sem que ninguém precisasse ser morto, mas eu não sabia como lidar com Claudiano e achei melhor evitá-lo. Cancelei as reuniões do conselho até que você e eu pudéssemos sentar e debater a respeito.

Laios deu um suspiro, levantou-se e começou a circular a sala, pensativo, com as mãos cruzadas nas costas. Estava praticamente convencido de que Claudiano encomendara a morte de Yasmir. A dúvida era o que fazer com ele. Deveria formalizar uma acusação ou fazer vista grossa ao caso?

— Por que você precisava tanto falar sobre isso comigo — perguntou Laios ao anfitrião —, se costuma resolver os problemas sozinho?

— Eu sou, realmente, esse tipo de homem — concordou Drago —, mas não me arriscaria a prender Claudiano sem o seu apoio.

— Por quê?

— Não seja modesto, comandante. Sabe que os cristãos e os escravos o respeitam. Ninguém além de você poderia convencê-los de que o bispo é um assassino corrupto.

— Os escravos e os plebeus não seriam o único problema. — Laios pensou estrategicamente. — Tenho certeza de que Claudiano tem aliados no conselho municipal. Não tenho nenhum poder sobre eles.

— Eu sei. — Räs Drago apoiou a taça na mesa, entrelaçou os dedos e olhou para o colega. — É por isso que precisamos dissolvê-lo.

— Dissolver o conselho?

— Sente-se — pediu Drago, com as palmas abertas. Laios acatou o pedido e se sentou em uma cadeira. — Esse era o ponto delicado a que eu queria chegar — disse. — Soube faz seis dias. O imperador morreu.

— Sei disso. — O equestre encolheu os ombros, num gesto de indiferença. — Estava com ele quando aconteceu.

— Não me refiro a Caro. Numeriano sucumbiu pelas mãos do próprio sogro. E o exército se recusa a reconhecer Carino como soberano do mundo. Se não acredita em mim, envie um mensageiro a Jerusalém ou a Cesareia.

— Eu acredito. — Laios não tinha motivo para duvidar. O que Drago não lhe dissera era que um novo césar já tinha sido escolhido: Diócles, que assumira a Púrpura sob o nome Diocleciano. Drago o odiava pela maneira que ele o tratara no acampamento, quando pedira uma audiência com o imperador. Na ocasião, o então chefe da escolta imperial o enxotara como se ele fosse um cachorro. — Mas o que nós — continuou Laios — temos a ver com isso?

— Será que não entende? — Drago simulou uma falsa exaltação. — O Império ruiu. Se não tomarmos o que é nosso, outros, talvez os persas, tomarão.

Laios se lembrou do que Polychronia dissera sobre a aspiração de Drago de se tornar um tirano regional. Levantou-se da cadeira e exclamou, agora sem polidez alguma:

— Entendo o que está sugerindo. E afirmo que o Império precisa de união, agora mais do que nunca.

— Que Império? — Drago também se levantou. — Roma não existe mais. O Senado mal consegue controlar a Itália. Os imperadores governam durante meses apenas e são derrubados. O cristianismo é mais forte que a religião estatal. Roma caiu.

— Suas palavras são pútridas. Nós dois, juntos, lutamos contra rebeldes que defendiam ideais subversivos. — Ele se referia à épica batalha nos desertos de Palmira. — E agora você quer se tornar um deles?

— Isso foi há muito tempo. Não é mais uma questão de lealdade, mas de sobrevivência. Eu e você poderíamos prender Claudiano, conter a populaça e confiscar os bens dos notáveis. Com o dinheiro, formaríamos um exército.

Ou poderíamos não fazer nada e assistir à ascensão dos cristãos, que dentro de dez ou quinze anos nos varreriam do mapa.

Convencido de que não adiantava mais discutir, Laios se dirigiu à porta.

— Pelos velhos tempos — disse o equestre —, vou fingir que esta reunião não existiu. Repense os absurdos que você falou. Então nos encontraremos de novo e discutiremos sobre Claudiano.

— Não, comandante — retrucou Räs Drago, inflexível como uma barra de ferro. — Repense *você*. Eu lhe dou duas semanas, até o Festival de Apolo. Quem não é meu amigo, é meu inimigo. Tenha isso em mente.

Laios não se despediu. Sozinho, caminhou até o estábulo, reencontrou os escravos, montou em Tuta e, carrancudo, deixou a mansão. Arriscou uma olhada para trás, e a última coisa que viu foi o corpanzil de Bufo Tauro no portão dos fundos, sorrindo com seus dentes de ouro.

XXI

A ÚLTIMA CEIA

Cipião Africano escreve, em suas memórias, que o maior atributo de um oficial é — ou deveria ser — a capacidade de tomar decisões impopulares, que contrariam o senso comum. Na guerra, frequentemente um comandante é obrigado a sacrificar a vida de alguns para salvar a integridade de muitos — o que não é desejável, mas necessário quando se persegue a vitória. O bom oficial, ainda de acordo com Cipião, lamenta as perdas mas não se ressente do fato, certo de que fez o melhor para proteger suas tropas — e para defender o povo.

Depois de muito ponderar, Laios decidiu que não se curvaria a Räs Drago. Não por orgulho, receio ou motivações pessoais, mas porque jamais trairia a Púrpura romana. O Império estava enfraquecido, é verdade, mas era nessas horas, mais do que nunca, que um verdadeiro romano — ainda que ele se considerasse mais grego que romano — deveria lutar para protegê-lo, para manter a unidade das províncias e a força do governo central.

Drago exigira que Laios lhe desse uma resposta dentro de duas semanas. O equestre, portanto, precisava agir imediatamente. Sozinho ele não seria capaz de desafiar a milícia, então o único jeito era apelar para reforços. Depois de Zenóbia, o Senado tornou-se muito mais rígido no combate às rebeliões locais, e a orientação era para que os governadores das províncias liquidassem todas elas no nascedouro. O governo da Síria Palestina ficava na cidade de

Antioquia, a sete dias de viagem de Lida. Laios não podia perder tanto tempo. O centro urbano mais próximo era Jerusalém — Élia Capitolina, oficialmente —, guarnecida pela *Legio X Fretensis*, a Décima Legião do Estreito, mas ele não conhecia nenhum oficial que pudesse ajudá-lo. Lembrou-se de que, durante a Campanha da Pérsia, fora apresentado ao legado da Legião Cirenaica, um homem chamado Cláudio Régio, que, embora imodesto, era leal aos senadores. Laios e Régio não eram amigos, mas talvez ele lhe emprestasse duas ou três centúrias, o suficiente para entrar em Lida, prender Drago e julgá-lo por conspiração.

Fazia quase um século que a base da Cirenaica era a cidade de Bostra, a quatro dias de cavalgada de Lida. Laios conhecia bem o caminho e calculou que poderia completá-lo em três dias, mas teria que partir o mais rápido possível — e, de preferência, em segredo absoluto.

Reuniu a família para um jantar privado no átrio do pavilhão dos senhores. Dispensou os escravos depois que eles puseram a mesa. Quando estavam só ele, Polychronia e Georgios, contou tudo o que se passara na *domus* de Drago e sua intenção de procurar ajuda. Polychronia temeu pelo marido, mas não o impediu. Com efeito, sentiu-se aliviada com a possibilidade de ver Drago atrás das grades — pelo resto da vida, ela esperava.

Os três repartiram carne de ganso temperada com alho, azeite e pimenta, beberam cerveja de cevada — receita egípcia — e comeram uvas verdes. Depois, Laios recolheu-se ao quarto, fechou as janelas e dormiu. Despertou no meio da madrugada e começou a se preparar para a viagem. Polychronia o ajudou. O equestre vestiu a túnica de batalha, a capa vermelha, a armadura de escamas, pôs o elmo, apertou os *calcei* — as botas de cavalgar —, ajustou as braçadeiras, afivelou o cinto e nele prendeu a espada e a adaga. Separou algumas moedas, pegou provisões e encheu o cantil. Em um estojo, acondicionou cópias de seus títulos e documentos, algo cada vez mais importante naqueles tempos em que a palavra de um homem não valia mais nada.

Evitou contato com Strabo. Se tudo desse certo, ele voltaria em uma semana. Quanto menos gente soubesse de seus planos, melhor — ainda que o escravo fosse confiável, praticamente um amigo.

Na calada da noite, quando a Vila Fúlvia ainda dormia, ele foi ao estábulo, selou Tuta e montou. Polychronia e Georgios estavam com ele.

— Que Zeus nos proteja. Que todos os deuses estejam conosco — desejou Laios. — Logo tudo vai ficar bem.

Polychronia se limitou a assentir, abraçando o filho pelas costas. Esboçou um sorriso, que se perdeu nas trevas noturnas.

Georgios reparou que, antes de partir, o cavalo de seu pai empinou, bateu os cascos e deu um relincho. Por muitos anos, ele guardaria essa imagem na mente: um cavaleiro de prata invencível contra os raios da lua.

E decidiu que — um dia, quem sabe — seria como ele. Seria como seu pai. Um soldado. Um guerreiro.

Um herói.

Três dias depois, à tardinha, Laios chegava a Bostra pela estrada principal. Ele já conhecia a cidade.

O clima de Bostra era muito parecido com o de Lida: quente, árido e poeirento, mas havia colinas verdes, palmeiras e fazendas ao redor das muralhas, construídas com um tipo singular de rocha vulcânica que, a distância, lembrava pedras sujas ou chamuscadas. Projetados em forma de arco, os portões — de acordo com os camponeses — teriam sido construídos pelos nabateus, antigo povo semítico. Estavam abertos, com as grades suspensas, despejando para fora todo tipo de gente. Bostra era um entreposto comercial importante. Ficava no meio do caminho entre a Síria e o Egito, recebendo, portanto, mercadores de várias as partes do mundo.

Laios desviou-se de um burrico e ganhou a área urbana.

Desmontou.

O tesouro mais valioso de Bostra era seu teatro, um dos maiores do Leste, usado principalmente para a encenação de peças gregas e a apresentação de discursos políticos. Como toda localidade romana, Bostra tinha um fórum, cercado de estalagens, templos, estátuas e colunas votivas. Os banhos ficavam a duas quadras da praça e eram frequentados por pobres e ricos. Uma rua estreita levava à cidadela, protegida por uma segunda muralha e vigiada por dezenas de legionários. Laios mostrou seus documentos e foi admitido em um pátio interno. Entregou o cavalo a um decurião magricela, responsável pelos estábulos, e recebeu dele uma plaqueta de madeira com o número XXII, indicando a baia onde o animal seria guardado.

O arco à frente acessava um corredor, sombrio ao cair da tarde, e no meio dele havia um funcionário barrigudo, com talvez cinquenta anos, sentado a uma escrivaninha. Envergava uma túnica vermelha, estava desarmado e a única coisa que o identificava como centurião era o elmo de crina branca apoiado sobre a mesa. Três legionários faziam a segurança.

Laios se identificou como tribuno e disse que precisava ter com Cláudio Régio. O centurião o cumprimentou com uma saudação preguiçosa e perguntou:

— O legado o aguarda?

— Não.

— O general Régio é bastante ocupado — disse, com voz morosa e má vontade visível. — Talvez demore para atendê-lo.

Laios se irritou. Era um patrício, afinal. Um tribuno.

— Que palhaçada é essa? — deu um grito encorpado, que fez os guardas tremerem. — Vá chamá-lo agora!

O centurião se encolheu como um ouriço, erguendo as mãos em um gesto pacífico. Levantou-se da cadeira e desapareceu por uma passagem menor. Laios se virou para os vigias que o observavam.

— O que estão olhando? — Apontou para o corredor. — Sentido!

Os homens regressaram a seus postos, rígidos como bonecos. Menos de cinco minutos depois, o barrigudo voltou, submisso.

— O legado o receberá.

— Ótimo. Onde ele está?

— Eu o levarei até ele — disse, convidando-o a segui-lo.

Guiado pelo centurião, Laios ingressou na cidadela e de lá para o pretório, o edifício central da fortaleza. Transpôs átrios, jardins e corredores, escutou o som de harpas — sem saber de onde vinha — e o ruído dos fontanários. Terminou o percurso em outro pátio, imenso, lotado de soldados em formação. Pelo menos três centúrias se organizavam em blocos, os guerreiros armados, prontos para o combate. Os centuriões os passavam em revista, procurando defeitos, bradando instruções, gritando com seus legionários. Em meio à balbúrdia, ele reconheceu Cláudio Régio. No começo da casa dos quarenta anos, tinha os cabelos pretos, curtos, e o rosto quadrado, sem barba. Ostentava um peitoral com detalhes de ouro que lembravam uma serpente. Régio também o notou e caminhou em sua direção. Laios estacou em posição de sentido e o saudou com a palma erguida.

— Ave, césar.

— Ave. — O legado retribuiu a saudação e completou, com a voz mansa: — Descansar. — Tocou-lhe os ombros e o beijou nas duas faces. — Laios Anício Graco. Pelos raios de Júpiter! Foram os deuses que o conjuraram — exclamou, e Laios reparou que ele trazia consigo um pergaminho enrolado. — Como ficou sabendo?

— Senhor? — Laios olhou para o general com uma expressão interrogativa. — Sabendo de quê?

Cláudio Régio, então, entregou-lhe o pergaminho. Laios rompeu o selo e leu a mensagem, que dizia:

Caro amigo,

Desejo que esta carta chegue em momento oportuno. Torço para que sua família esteja bem, gozando de plena saúde. Certamente você sabe da minha vitória sobre Carino e da minha nomeação pelo Senado. Não pense que esqueci dos velhos comparsas. Espero que não tenha se esquecido de mim.

Hoje, preciso do melhor lutador que conheço para sufocar as invasões na Germânia. Seu posto de legado será restaurado, mas necessito que parta imediatamente para Tréveros, na Bélgica. Constâncio Cloro, meu prefeito pretoriano, o receberá.

Lembranças da Campanha da Pérsia.

Diócles

O texto exibia outra assinatura, mais extensa, com o nome Caio Aurélio Valério Diocleciano e a data em que o recado fora escrito: 8 de setembro de 1040 *ab urbe condita*, que em grego significa "desde a fundação da cidade" (de Roma).

Laios enrolou o papiro, sem entender.

— Desculpe. — Ele estava atônito e precisava de tempo para raciocinar. — Fui pego de surpresa.

— Você? — Régio sorriu. — Nunca.

— Não sabia de nada disso.

— Não? — O legado fingiu estranhar, mas no fundo já suspeitava. — Então por que veio a Bostra, afinal?

Laios não respondeu. Seguia concentrado no pergaminho.

— Isto é o que estou pensando?

— É ainda melhor. Seu posto de general será restaurado — disse. — Não acha que eu beijaria um tribuno, acha?

— Senhor, não posso partir para a Germânia agora.

— Por que não? — Régio afastou-se um passo e o olhou de cima a baixo, como se o avaliasse positivamente. — Trouxe sua espada, armadura e cavalo. Conseguiremos uma lança e um escudo. Não se preocupe.

— Minha família está em Lida. Sou um dos magistrados da cidade. Há assuntos que requerem a minha atenção.

— Lida? — Régio deu uma gargalhada alta, como se desprezasse questões tão pequenas. — Onde fica isso?

— Perto de Jerusalém.

— Eu sei. — Conteve-se. — Quem divide o cargo com você?

— Um indivíduo chamado Räs Drago. Ele foi...

— Sim, lembro de Drago. É um homem duro. Tenho certeza de que dará conta do serviço. Já deve ter provado o seu valor quando você esteve na Pérsia.

Um silêncio pairou no ar.

— Escreva para a sua família — sugeriu Cláudio Régio. — Diga que seu soldo triplicará. E que você conseguirá espólios. Escravos, ouro, prata. Sua esposa ficará feliz. Se quiser, pode usar meu mensageiro pessoal.

— Quando eu teria que partir?

— Vai escurecer em uma hora. — Cláudio Régio contemplou o céu, em tons carmesins. — Você *terá* que partir amanhã, logo ao nascer do sol. — E, antes que o equestre protestasse, o legado falou ao centurião barrigudo: — Ênio, consiga um quarto para este homem. O melhor que tiver no pretório. — Deu as costas para Laios, não sem antes completar: — Parabéns pela promoção, general. O senhor mereceu.

Diócles, imperador? Inacreditável, pensou Laios. Não tinha nada contra o sujeito, pelo contrário, mas duvidava de que o Senado tivesse realmente aprovado sua nomeação, afinal ele era filho de escravos, e os patrícios jamais admitiriam que alguém assim os governasse.

Sentado na cama de um quarto confortável, no terceiro andar do pretório de Bostra, Laios refletiu sobre o destino, como ele era imprevisível — e, de certa forma, indomável.

Seu plano original — de pedir as centúrias emprestadas — caíra por terra, e agora ele precisava consertá-lo. Régio lhe oferecera uma escolta pessoal de quatro homens, que, era fácil perceber, tinha a função de vigiá-lo e não permitir que ele escapasse. De fato, Cláudio Régio tinha o direito legal de obrigá-lo a ir até a Germânia — à força, se necessário.

O tempo continuava correndo, e enquanto isso, em Lida, Drago esperava sua resposta. O que poderia acontecer se ele o ignorasse?

De repente, entendeu os receios de Polychronia. Seu senso de justiça, a melhor de suas qualidades, era também o pior de seus defeitos, tornando-o "cego", como lhe dissera a mulher. Embriagado pelo dever de servir ao imperador, ignorara os atos perversos de Drago e não enxergara sua estratégia, enfim revelada quatro dias antes, quando eles se reuniram na *domus*. Drago era egoísta, ambicioso e cruel, capaz de tudo para conseguir seu intento.

Laios lembrou-se do modo como ele assassinara Vabalato, a sangue-frio, e temeu por sua família. Räs Drago só precisava de uma desculpa para invadir a Vila Fúlvia e tomar suas terras. Na realidade — Laios pôde enxergar nos olhos dele —, o primipilo *ansiava* por isso.

Recordou-se do dia seguinte à batalha em Palmira. Em audiência com o então imperador, Aureliano, Drago havia pedido para "comprar" Polychronia, o que significava que, em algum momento, ele a desejara. Talvez ainda a desejasse.

Vislumbrou a lua através da janela. Se pudesse, regressaria a Lida imediatamente, mas era prisioneiro de Régio. Naquelas circunstâncias, só havia uma coisa a fazer. Precisava tomar uma decisão. Precisava fazer uma escolha.

Sentou-se à escrivaninha. Separou rolos de papiro. Enfiou a ponta da caneta no tinteiro. Começou a escrever.

No dia seguinte, conforme prometido, o mensageiro pessoal de Cláudio Régio tomou o caminho de Lida com duas cartas, endereçadas a pessoas diferentes.

A primeira foi entregue a Polychronia. Na mensagem, Laios explicava os motivos de sua ausência e revelava que ficaria afastado por meses, "talvez por anos", mas que já cuidara de tudo. Daquele dia em diante, de acordo com o texto, ela e Georgios estavam protegidos, não só de Drago como de quaisquer outros perigos.

O segundo documento tinha como destino a mansão dos Dragos. Na carta, selada, assinada e escrita em pergaminho, Laios se comprometia a apoiá-lo em sua rebelião, com tropas que seriam recrutadas na Germânia, para onde ele estava se dirigindo naquele "exato momento". O processo seria moroso, segundo ele, mas eficaz. O equestre terminava a mensagem pedindo que o colega tivesse calma e confiasse nele, "agora mais do que nunca".

Drago, apesar de seus delírios de tirania, sabia que, se quisesse articular uma insurreição, precisaria de Laios a seu lado. Naqueles tempos, salvo raríssimas exceções, vitórias duradouras não eram obtidas exclusivamente pela força das armas. Era necessário, também, um nome forte, e Laios pertencia à família dos Anícios, uma das linhagens mais antigas de Roma.

Com esse atestado de traição, Laios garantira a segurança daqueles que amava. Polychronia e Georgios não seriam importunados, pelo menos enquanto ele estivesse vivo.

O problema era o que fazer *depois*.

Laios traçou um novo plano em segredo. O que escrevera era em parte verdade. Sim, ele se aproveitaria da temporada na Germânia para recrutar seus próprios homens, agora que era um legado. Em seguida, regressaria a Lida.

Não para ajudar Räs Drago — mas para destroná-lo.

XXII

LUA DE SANGUE

NOS ANOS QUE SE SEGUIRAM, A TENSÃO CRESCEU ENTRE OS NOTÁVEIS DE LIDA. Skudra, debilitado após dois ataques de nervos, acabou falecendo, e Räs Drago assumiu a arena, colocando Bufo Tauro como administrador. O acontecimento é relevante porque, além da milícia, o magistrado contava agora com uma gangue armada, recrutada entre os gladiadores, que não estava oficialmente ligada a ele, mas na prática obedecia às suas ordens.

Com Laios na Germânia, Claudiano despontou como o principal oponente de Drago. Diferentemente do que se espera de um cristão, ele não tinha orientações pacifistas. Possuía seu próprio bando, formado por plebeus e escravos, que o defendiam com facas e foices. Embora desprovidos de treinamento militar, esses homens conheciam as ruas, os becos, eram rápidos, espertos e numerosos.

Os seguidores de Claudiano, porém, não o protegiam em troca de bênçãos. O bispo — Drago já sabia disso havia anos — era um dos homens mais ricos da Palestina, e para fazer frente a ele o centurião precisava de mais soldados, isto é, de mais dinheiro. Sem consultar os notáveis, Drago aumentou os impostos, enfurecendo sobretudo os lojistas, que se negaram a pagar o que lhes era exigido. Bufo Tauro precisou entrar em ação, passando a recolher o montante e a prender — e às vezes executar — os mercadores que lhes desobedeciam.

O lado bom dessa história — se é que existe um — é que Lida se tornou um lugar excepcionalmente seguro para Georgios e Polychronia. Na expectativa pelo retorno de Laios e confiando em sua promessa, Drago ordenou a seus capangas que os Gracos não fossem molestados.

Caminhar livremente pela cidade trazia uma alegria especial a Georgios. Certa vez, ele andava pela rua do comércio com Ulisses quando avistou a filha de Drago, acompanhada da velha escrava, Kerna. Tysa, uns sete ou oito meses mais velha que ele, crescera e agora era quase uma mulher. Usava um vestido branco desprovido de véu, com um decote discreto que realçava os seios firmes, ainda pequenos. Os cabelos estavam soltos, lisos e radiantes. Contudo, o que mais o encantou foram seus braços nus, adornados por braceletes de prata.

Georgios a contemplava de longe quando ela o notou. Seus olhares se encontraram por um segundo. O garoto virou o rosto, envergonhado. De repente, sentiu-se um idiota por gostar de alguém que lhe armara uma emboscada, ainda que fosse tudo "obra dos deuses". Escondeu-se atrás de um balaio, tentando despistá-la. Enquanto isso, Ulisses negociava uma ânfora de vinho com um comerciante egípcio, falando alto, sem lhe dar atenção.

Entediado, Georgios andou até a lavanderia, do outro lado da rua. Na porta, havia uma bacia de cobre. Ele precisava urinar e o fez ali mesmo. Os romanos ainda hoje usam urina humana para limpar togas e túnicas, por sua capacidade de dissolver a sujeira.

Quando terminou, sentiu alguém tocá-lo por trás. Supôs que fosse a dona do estabelecimento que vinha recolher o urinol, mas se virou e reconheceu Kerna, vestida de preto.

— Desculpe se o assustei — disse a velha, suavemente. — Lembro-me de você. Como cresceu.

— Quem é você? — Georgios sabia muito bem quem era ela, mas preferiu se fazer de importante.

— Escute. — Kerna ignorou a pergunta. — Tysa gostaria de encontrá-lo no cemitério. Ela pede desculpas pelo que aconteceu naquele verão. Diz que sente muito. O irmão dela, Hron, está em Bostra. Não há perigo.

— Quem disse que eu tenho medo dele?

Kerna sorriu de modo complacente.

— Pode ser depois de amanhã, na segunda hora?

— O que ela quer?

— Quer se desculpar — repetiu a escrava. — E lhe revelar um segredo. Mas você não pode contar a ninguém.

Georgios não sabia o que responder. Mesmo um adulto ficaria confuso, o que dizer de uma criança? Kerna entendeu que ele precisava de tempo para pensar e se despediu com um tapinha nas costas.

— Tysa o estará esperando no cemitério de indigentes. Se não quiser ir, tudo bem — ela afirmou com um sorriso diferente, mais sério. — Seu pai é um grande homem. E você também será.

O que seduziu Georgios, aos treze anos, não foram apenas os braços de Tysa, mas a palavra "segredo". Obcecado pelas lendas gregas, ele faria de tudo para embarcar em uma aventura, ainda que fosse perigosa. Na verdade, o perigo o fascinava.

Embora não lhe faltasse nada, urgia em seu peito o desejo de partir, de ganhar o mundo, de cavalgar, lutar, viajar de navio, conhecer o mar, as províncias do Oeste, a Itália e a Grécia. Essa vontade crescia a cada semana, e às vezes, no meio da noite, ele acordava agitado, como se a vida estivesse passando diante de seus olhos e ele continuasse parado.

Considerando o histórico, era possível que Tysa o estivesse atraindo para outra armadilha. Ciente do risco, Georgios decidiu que compareceria ao encontro armado de faca e pronto para a briga. Ulisses lhe ensinara muitas coisas ao longo dos anos, técnicas de combate, e ele tinha confiança de que, dessa vez, poderia lidar com seus oponentes, não importava quem fossem.

Com o auxílio de jovens escravos, tornara-se um bom cavaleiro. Conseguia montar com desenvoltura razoável, o que lhe dava uma incrível mobilidade. Chegaria rápido ao cemitério e retornaria mais rápido ainda. Naquela manhã, ele se sentia invencível.

Georgios contemplou a necrópole ao brilho da aurora. Era a mesma de sempre: pedregosa, lúgubre, abandonada. Desmontou e prendeu as rédeas ao cotoco de uma árvore morta.

Pulou a mureta e avistou o túmulo da mãe de Tysa. A menina estava lá, mas — para a decepção dele — com um vestido preto longo e véu, toda coberta. Ele não enxergou a escrava.

Em vez de se aproximar com cautela, caminhou de peito estufado. Crescera muito desde que Laios saíra em campanha. No último ano, ele adotara por conta própria uma rotina de flexões de braço, realizando muitas ao longo do dia. Os músculos do peito aumentaram, mas ele era ainda uma criança, sem chance de desafiar um adulto.

Tysa reparou em sua chegada e o observou com a fisionomia indecifrável. Georgios a abordou primeiro.

— Salve — ele a cumprimentou formalmente, como escutava os adultos fazerem. — Soube que você queria me ver.

— Olá. — Ela chegou mais perto. — Sim, eu queria. — Mexeu a cabeça e estreitou as pálpebras para tentar enxergar a mureta. — Veio a cavalo?

Georgios baixou o queixo e deu dois gemidos de concordância.

— Deve ser fácil para você sair de casa, não é? — perguntou Tysa. — Queria morar no campo. O centro é muito movimentado. Barulhento. Cheio de ratos. Detesto barulho.

— E eu queria morar na cidade — ele respondeu honestamente —, pelos mesmos motivos que você a detesta.

— Bom, não posso ficar muito. Não achei que você viesse. Que bom que conseguiu. Eu tive que me esgueirar. Meu pai foi viajar, e aquele gordo fica me vigiando.

— Que gordo?

— O gordo. Sorriso de Ouro. — Tysa se moveu para baixo de uma árvore, onde havia mais sombra. — Deixa para lá.

Georgios a acompanhou e, enquanto andavam, percebeu que os dois eram quase da mesma altura. Desejou ser mais alto. Escutara Strabo dizer que as crianças "espicham" aos treze anos, então, com a graça de Marte, ele ainda iria crescer nos próximos meses. Assim esperava.

— Está quente hoje. — Tysa tirou o véu e ajeitou os cabelos louros, jogando-os para trás. Georgios sentiu um calor inesperado, que o fez suar.

— Quer água? — Ele ofereceu à menina o cantil.

— Não, obrigada.

— O que você queria falar comigo?

— Eu vou embora de Lida.

— Por quê?

— Vou me casar.

— Não sabia. — De súbito, o calor se transformou em um sopro gélido. Era como se alguém o tivesse acertado na boca do estômago. Recuperou o fôlego e perguntou: — Com quem?

— Com um comerciante do Chipre. É tudo o que sei. Mas não importa — ela disse. — É raro o meu pai viajar, então aproveitei que ele está fora para escapar. Precisava ver você.

— Por quê?

— O que aconteceu naquele verão não foi culpa minha. — O menino se fez de desentendido, porque não queria que ninguém soubesse o que acontecera com ele, mas a filha de Drago sabia. Sentiu-se humilhado, até que ela completou: — Olha, não precisa ficar assim. O que o meu irmão quis fazer com você, o meu pai faz comigo desde que eu era pequena.

Georgios ergueu o olhar, pasmo, e a encarou com uma expressão de cumplicidade. Entendeu por que Tysa o delatara. Não fora pela vontade dos deuses, mas porque seu pai a obrigara.

— Está tudo bem — disse a menina ao vê-lo pálido. — Ele parou. Já não me chama faz algum tempo. Acho que quer me preservar para o casamento.

— Quando você vai se casar?

— Pode ser a qualquer momento. — Tysa segurou os braços de Georgios. — Você entendeu o que eu disse? Não foi minha culpa, está bem? Queria que você soubesse disso.

— Está bem — ele respondeu, meio apático.

— Eu gosto de você, Georgios. Se pudesse escolher, preferiria me casar com você — ela revelou, e a coisa toda foi tão surpreendente que ele nem teve chance de digerir as palavras. Tysa tocou-lhe o rosto com ambas as mãos e o beijou na boca. Confuso, o garoto manteve os lábios fechados. Era como ser jogado em uma fornalha e arrastado para o fundo de um rio, tudo ao mesmo tempo.

Ouviu-se um assovio. Não de bicho, mas de gente. Georgios se afastou de Tysa, achando que caíra em mais uma emboscada, que veria garotos se aproximando, mas era apenas a escrava sinalizando ao longe.

— Gostou? — ela perguntou.

— Normal. — Georgios tentou fingir que era experiente com garotas. — Por que fez isso?

— Me deu vontade. — E emendou, antes que a magia se desfizesse: — Chega por hoje. Tenho que ir agora.

— Quando nos vemos de novo?

— Se der, eu procuro você. — E acrescentou, quase triste: — Mas acho que não vai dar.

Tysa recolocou o véu e se afastou. Georgios esperou que ela desaparecesse entre os túmulos. Pulou a mureta. Subiu no cavalo.

Levou o dedo ao rosto e o aproximou do nariz, para ver se ficara algum cheiro.

Sentiu um perfume de flores. Jasmim, possivelmente.

Desejou se casar com Tysa. Por um segundo, a paixão o dominou. Ele ficou rígido, o olhar fixo em um ponto distante. Então se recordou do ataque que sofrera naquele mesmo solo e se deu conta de que qualquer relacionamento com ela seria impossível.

Era um sonho, um delírio. Georgios tinha consciência disso, mesmo aos treze anos.

Uma semana havia se passado e, por mais que Georgios tentasse, não conseguia parar de pensar em Tysa, no cheiro de jasmim, nos lábios dela contra os seus, no calor que sentira ao beijá-la.

Para sua angústia, porém, a menina não entrou mais em contato. Talvez já estivesse longe, a caminho do Chipre.

Melhor assim, concluiu. Não daria certo. *Jamais* daria certo.

Diante dos fatos, decidiu esquecê-la. Contudo, ele aprenderia da pior forma possível que os sentimentos são, por vezes, incontroláveis, apesar de Strabo dizer que os seres humanos são criaturas racionais, capazes de guiar o próprio destino. Nesse aspecto, Ulisses é quem tinha razão, pois durante todo aquele ano a imagem da filha de Drago permaneceu vívida nos pensamentos de Georgios.

O inverno deu lugar à primavera, que abriu espaço para outro verão.

Em agosto, Georgios completou catorze anos. Espichou. Beijou outras garotas, jovens escravas, que lhe ensinaram a abrir a boca e a usar a língua, como os adultos faziam. Quando descobriu essa técnica, sentiu-se ridículo por não tê-la usado com Tysa. Fizera papel de tolo, mas quem se importava àquela altura? Enquanto ele perseguia escravas, ela devia estar dormindo com o marido — um patrício ou senador —, a muitas léguas dali.

O outono foi seco, frio e cinzento, com tempestades de areia, torvelinhos e nuvens de gafanhotos.

Georgios não aguentava mais a rotina da Vila Fúlvia e não via a hora de se alistar no exército. Polychronia, entretanto, condicionara sua partida ao retorno de Laios. O problema era que ninguém sabia quando ele ia voltar. Em sua última carta, o esposo lhe dissera que os bárbaros eram aguerridos, as fronteiras romanas estavam ameaçadas e ainda havia muito trabalho a fazer.

Na tarde de 2 de janeiro, Georgios cavalgava no campo de oliveiras quando um escravo correu em sua direção gritando alto, espalhafatoso, acenando com a enxada. O menino não entendeu o que ele dizia, porque aramaico não era seu forte, mas identificou o nome do pai e tomou o caminho de casa.

Em vez de entrar pelos estábulos, cruzou o portão principal. No pátio da frente, entre o círculo de árvores que compunha o jardim, avistou oito homens. Seis eram militares, traziam espadas e vestiam cota de malha, túnica branca e a capa vermelha do exército. Destes, só um continuava montado. Os demais estavam de pé, e um em particular, louro, encostara em uma árvore o estandarte da Trigésima Legião de Trajano, representada pelo símbolo de um bode dourado. Rúbia oferecia-lhes água. Os outros dois homens trajavam roupas civis e ajudavam os escravos a retirar de uma carroça uma caixa grande, retangular, de madeira maciça, com pregos robustos de ferro. O objeto devia ser muito pesado, porque foram necessários cinco homens para erguê-lo e depositá-lo na grama.

Georgios não encontrou o pai, mas escutou o grito da mãe. Polychronia saiu correndo do pavilhão dos senhores e ajoelhou-se diante da caixa. Os soldados removeram a tampa. Houve outro guincho, misto de lamentação e terror, algo tão sinistro que ele não esqueceria jamais. Desmontou e se aproximou. Ninguém o notara até então. Enfiou-se no meio dos legionários. Consternados, em silêncio, eles não o detiveram.

Georgios espiou dentro da caixa. O que lá havia era um rosto descorado, sem vida, como o de um boneco, que só vagamente se parecia com o do pai. Os pertences eram dele, sem dúvida: a mesma armadura, as mesmas roupas, o mesmo elmo, a mesma capa — e a mesma espada, a Ascalon, delicadamente apoiada sobre o peito metálico.

Não era uma caixa. Era um caixão.

Georgios olhou de novo. Não podia acreditar que aquele era — ou *fora* — seu pai. Não havia nada lá. Era como observar um pedaço de carne, uma fatia de presunto exposta no açougue.

Polychronia tocou a face do morto. Já não ouvia nenhum som ao redor. Chorava. Deu mais um berro. De dor, agonia e desespero, como se alguém a rasgasse por dentro.

Georgios teve medo e recuou, assustado.

Strabo surgiu ao lado de sua senhora e se apressou a ampará-la, mas a mulher fez um gesto com o braço, exigindo aos berros que ele se afastasse.

O transe de Polychronia durou alguns minutos. Agora em silêncio, com os olhos fechados e as palmas unidas, ela rezou pela alma de Laios, rogando a Deus que o recebesse no paraíso. Enfim, engoliu os soluços.

Levantou-se. Perdeu o equilíbrio. Um homem fardado a segurou. Ela ergueu os braços, como se agradecesse.

Ficou ereta. Tossiu. Olhou para trás.

— Strabo?

— Sim, minha senhora. — O velho se aproximou em atitude excessivamente servil, cabeça baixa, dedos entrelaçados.

— Como era o nome daquele egípcio? Que construiu a muralha.

— Zaket, senhora.

— Que fim levou ele?

— Ouvi dizer que trabalha em Jerusalém.

— Mande trazê-lo. Quero que ele faça um túmulo. O maior que Lida já viu.

— Claro, senhora — acedeu Strabo, cheio de cautela. — Como quiser.

Polychronia virou-se para os soldados, em especial para o que estava a cavalo.

— Como é o seu nome, legionário?

— Otho Pólio, senhora.

— O que aconteceu com ele? — Apontou para o caixão do marido.

— O diabo o matou — disse o homem. Na mesma hora, porém, outro visitante, em trajes civis, completou:

— Os francos, senhora — afirmou com segurança e frieza. — Germânicos. Eles são como demônios — exclamou. — O comandante Graco é um herói. Pereceu em combate.

— Muito bem. — Ela pigarreou. — E os senhores ficam até quando?

— O caminho é longo — informou um terceiro soldado. — Temos ordens de partir amanhã cedo.

— Quero que passem a noite nesta casa. — Fez uma pausa para tomar ar. — Laios gostaria que fossem bem tratados.

Os homens assentiram.

Conformada, Polychronia enxugou as lágrimas, deu as costas para o caixão e andou até o pavilhão dos senhores.

O corpo de Laios ficou lá, dentro do ataúde. Georgios tomou coragem e chegou mais perto, agora que a mãe tinha saído. O cheiro era salgado. Não sentiu tristeza ou desânimo, mas frustração — e um pouco de raiva.

— Por que ele tinha que morrer logo agora? — resmungou o garoto.

— Porque todos os homens têm que morrer. — Foi Strabo quem respondeu. — Esse é o tipo de coisa que não se escolhe.

Contrariado, Georgios retirou-se do pátio. Escutou alguém chamar, mas não deu atenção. Tornou a montar e, sozinho, cavalgou até o cemitério de indigentes. Deu duas voltas completas na necrópole, até se cansar, galopou pelo deserto e só voltou para casa ao cair da noite.

Diante da lua — a mesma que levara seu pai —, ele jurou que, se um dia tivesse que morrer, escolheria como — e *quando*.

Mas Georgios não esperava ter que morrer. Na opinião dele, nem todos os homens morriam.

E, de certa forma, ele estava certo.

XXIII

O SACRIFÍCIO DE UM TOURO

HOUVE UM PERÍODO NA VIDA DE GEORGIOS EM QUE ELE SE CULPOU POR TER ODIADO o pai. Era uma atitude infantil, mas que, ele compreenderia depois, acabou por salvá-lo da paralisia e do choque. Já Polychronia não teve a mesma sorte. Ela agiu como um adulto agiria, mergulhando em um ciclo de lamentações infinitas.

O que Georgios não sabia, naquela época, é que a reação da mãe não era fruto apenas da tristeza por ter perdido o marido, mas da preocupação com o que viria a seguir. Sem Laios, ela ficaria à mercê dos caprichos de Drago, que se tornara o único magistrado de Lida, acumulando o poder não só de fato — que ele já tinha, graças à milícia —, mas de direito. Em outras palavras, o centurião poderia tornar qualquer coisa legal, fosse um assassinato, o roubo de um cavalo ou o confisco de terras.

O corpo de Laios foi posto em um sarcófago e transferido para o átrio do pavilhão dos senhores. Os escravos apoiaram o ataúde sobre um banco de pedra em frente à estátua de Afrodite. Strabo explicou a Georgios que o cadáver fora embalsamado, possivelmente na própria Germânia. Era a primeira vez que o menino ouvia aquela palavra. Teve dificuldade de entender o processo enquanto o filósofo lhe explicava, até que Ulisses passou por eles, apressado para compromissos na cidade, e disse que era assim que os egípcios faziam suas múmias centenas de anos antes. Então tudo se esclareceu, como num raio.

— Isso quer dizer que o meu pai terá vida eterna?

Strabo franziu a testa.

— De onde você tirou essa ideia?

— Está nos livros de história. Os egípcios mumificavam os faraós para que eles vivessem para sempre.

— Bobagem — desprezou o filósofo. — Ninguém vive para sempre.

Georgios entendeu que Strabo não estava para conversa e se absteve de mais perguntas. Os dois passaram a manhã velando o corpo de Laios, junto de Polychronia e dos demais escravos domésticos. Rúbia e Gustel, que haviam feito o parto de Georgios catorze anos antes, recitavam orações cristãs, ajoelhadas no chão frio. Quando terminou, Rúbia se aproximou do garoto, segurou-o delicadamente pelos ombros e, de joelhos, falou:

— Senhor Jesus Cristo, rogo que proteja este menino. Não só dos perigos materiais como das forças espirituais. Ele é a última esperança do mundo, o último refúgio dos necessitados.

Gustel e outros escravos fizeram coro, respondendo:

— Que assim seja.

Strabo se enfureceu com a atitude. Como Polychronia não se manifestou, ele se viu no direito de protestar.

— Chega deste absurdo. — Resmungando, pegou Georgios pelo braço e o tirou do átrio. No corredor, justificou-se: — Bando de chorões. Essa gente me dá nos nervos.

O garoto o acompanhou até o jardim.

— O que você tem contra os cristãos?

— Eles se acham os donos da verdade — afirmou o velho. — E insistem que a sua crença é única e universal. Que todas as demais estão erradas.

— Os judeus também pensam assim.

— Sim, mas os judeus não ficam tentando doutrinar as pessoas. — Strabo limpou o suor da testa. Estava vermelho de raiva. Respirou fundo para se acalmar. — Estou com fome.

— Eu também.

— Vamos almoçar, então. Será uma tarde agitada.

*

Os legionários cumpriram o prometido e deixaram a Vila Fúlvia ao nascer do sol. Polychronia não permitiu que o filho interagisse com eles. Ela tinha medo de que o menino se interessasse pela carreira militar e quisesse partir, coisa que acabara de ser riscada dos planos. Com a morte de Laios, Georgios precisava ser emancipado para herdar os bens da família, ou então Drago teria mais uma razão — o preceito legal — para tomar tudo o que tinham.

Durante a tarde, muitos vieram à residência dos Gracos para prestar homenagem ao morto. Não só escravos, agricultores e pequenos lojistas, mas diversos notáveis também estiveram presentes. O clima era lúgubre e tenso. Polychronia abriu a casa para todos e ouviu suas condolências. Eles a cumprimentavam, seguiam até o átrio, curvavam-se diante do sarcófago e iam embora, desejando boa sorte à família.

O último a chegar foi Räs Drago, acompanhado de seu capanga, Bufo Tauro. Quando Strabo anunciou o nome deles, Polychronia correu para interceptá-los no pátio externo. Georgios a acompanhou, andando feito um autômato.

Os quatro se encontraram no jardim à primeira hora noturna. Drago e Tauro pararam ao notá-los. O gordo deu um sorriso, exibindo a fileira de dentes dourados. Trazia na mão um saco grande, contendo um objeto pesado.

— Fora. — Polychronia encarou os visitantes. — Nenhum de vocês é bem-vindo.

— Quem é o rapazinho? — Drago a ignorou. — O filho de Laios? Que orgulho. Como está crescido. Georgios, não é?

O garoto não respondeu. Polychronia continuou:

— Quero vocês longe da minha casa. Respeitem ao menos a memória de um legado romano.

— Sua casa? — Drago divertiu-se. Usava uma túnica cinzenta, sandálias militares e um cinto preto. Não trazia armas, pelo menos aparentemente. — Com a morte do pai da família, não havendo herdeiros, os bens são recolhidos pelo Estado. E, em Lida, o Estado sou *eu*.

Polychronia imaginara muitas coisas, menos o que aconteceria a seguir. Bufo Tauro deu um passo adiante e segurou Georgios pelos braços. Depois o girou, como quem roda um pião, prendendo-o em um golpe do tipo gravata. O menino tentou se libertar, mas o homem era imenso.

Com a mão esquerda, o gordo despejou no chão o conteúdo do saco.

Um objeto esférico rolou pela grama. Sob a luz das piras de fogo, feições humanas se destacaram no escuro.

Era a cabeça de Ulisses.

Tauro, agora com uma das mãos livre, sacou um punhal que trazia às costas. Georgios não reagiu simplesmente porque não se deu conta do risco que corria. Ulisses o instruíra na arte do combate, mas o senso do perigo só é despertado em batalha. Não é algo que se ensine ou se aprenda.

O instinto materno, no entanto, costuma funcionar bem nessas horas. Disposta a tudo para proteger o filho, Polychronia procurou no chão um pedaço de pau, ou um galho que fosse. Não encontrou. Desarmada, partiu para cima de Bufo Tauro, mas Drago se meteu no meio e acertou-lhe um soco no rosto. O impacto foi tão forte que a jogou contra uma árvore. Com o nariz quebrado, a mulher tentou se levantar. O centurião a chutou na barriga.

Enfim Georgios entendeu o que se passava. Escorregou para baixo e, graças ao suor, escapou da pegada de Tauro. Polychronia se ergueu na mesma hora, apertou-lhe a mão e os dois correram para dentro de casa.

Bufo Tauro se preparou para persegui-los. Drago, contudo, o deteve.

— Espere. Eles não têm para onde fugir. Capture-os, apenas. Vou avisar aos outros lá fora.

O capataz estranhou.

— Não era para eu matar a criança?

— Mudei de ideia. Estou pensando em algo melhor — ele disse. — Muito melhor.

Polychronia andava com dificuldade. Sempre fora frágil fisicamente, e o soco de Drago poderia tê-la matado. O sangue pingava pelo nariz, traçando um rastro escarlate no piso. Georgios queria ajudá-la, mas não sabia como. Ela o guiou através dos aposentos, interligados por saguões e pequenos canteiros. Os escravos apenas os observavam, letárgicos. Eles sabiam que, se os amparassem, seriam trucidados pela milícia. Só Ulisses poderia defendê-los — não à toa fora capturado na cidade, mais cedo, e executado primeiro.

Os dois apertaram o passo quando o pesado corpo de Bufo Tauro ingressou na área coberta. Georgios escutou os rangidos no assoalho e imaginou como Teseu devia ter se sentido no labirinto de Creta. Mas a realidade era pior, não tinha nada a ver com as lendas.

Finalmente, a peregrinação os levou ao átrio, que era de fato o centro da casa. O ambiente tinha duas portas, uma através da qual eles entraram e outra que dava para um corredor e de lá aos estábulos. Polychronia abriu essa última e se deparou com dez milicianos armados, usando escudos e cotas de malha.

Drago os liderava.

Pegos de surpresa, mãe e filho recuaram de volta à porta de entrada, andando de costas. Só um homem a bloqueava: Bufo Tauro, mas também era impossível driblá-lo.

O capanga se adiantou. Georgios entendeu, em um surto de lucidez, que teria melhores chances contra ele do que contra onze. Olhou ao redor. O ataúde de seu pai estava aberto, e o garoto enfiou a mão lá dentro.

Quando o gordo se moveu para apanhá-lo, um risco de prata cortou o ar, refulgindo ao brilho dos candeeiros. O tinir inconfundível do aço terminou com um som abafado, no momento em que a Ascalon se encravou obliquamente no crânio peludo do malfeitor. O menino sentiu a lâmina rasgar o osso e depois a removeu sem esforço. O objeto era surpreendentemente leve.

O homem caiu para trás, espumando e tremendo. Georgios se virou para Drago, energizado pela fúria assassina. Estava disposto a enfrentá-lo, assim como aos invasores, mas Polychronia o puxou, implorando que fugissem.

O golpe que atingira Bufo Tauro não o matara na hora, e pelo menos três guardas permaneceram no átrio, prestando-lhe os primeiros socorros. Polychronia e Georgios se aproveitaram da brecha e regressaram aos cômodos. Com uma curva acentuada, entraram na cozinha e alcançaram um pátio lateral, onde havia uma horta. Pisotearam a terra fofa, amassaram legumes e transpuseram um portão secundário, chegando à plantação de oliveiras.

O desespero lhes emprestara força extra e lhes dera uma nova esperança. Se conseguissem se afastar o suficiente da Vila Fúlvia, talvez não fossem encontrados.

Drago, no entanto, era um sujeito obstinado. À frente de sete homens, saiu pelo mesmo portão secundário. Os fugitivos tinham a vantagem e estavam prestes a desaparecer, mas era noite de lua cheia e eles podiam ser vistos na plantação, mesmo de longe.

O menino ia na dianteira, apertando a Ascalon como se fosse um talismã.

Drago os enxergou na penumbra. Parou subitamente e calculou que não conseguiria alcançá-los. Fez um gesto e os guardas também estacaram. Virou-se para trás e chamou alguém pelo nome. Era um rapaz forte, de cabelos louros e cheios, os olhos azuis, usando o uniforme dos legionários. Trazia consigo um dardo romano, o famoso pilo, com a haste de madeira e a ponta metálica, próprio para ser arremessado a longa distância.

O jovem era ninguém menos que Hron, em visita a Lida após três anos de treinamento na cidade de Bostra. Obedecendo ao comando do pai, deu uma breve corrida e atirou a arma para cima com desenvoltura impressionante. O pilo descreveu um arco perfeito, subindo primeiro e descendo depois. Hron repetira o lançamento milhares de vezes até aperfeiçoá-lo ao extremo.

A quarenta metros dali, Georgios percebeu o assovio da lança. De repente, não ouvia mais os passos da mãe.

Deu meia-volta.

Polychronia estava ajoelhada, com o aguilhão emergindo do tórax. O dardo a acertara nas costas, trespassando seus órgãos vitais.

Georgios só conseguiu encará-la.

— Meu filho querido — ela regurgitava sangue, os braços abertos, tentando se equilibrar —, você não tem culpa.

Os músculos do garoto travaram, e ele começou a suar frio. Os olhos de Polychronia empalideceram, as pupilas rodaram para trás. No próximo instante, Georgios teve a clara impressão de que alguma coisa, uma substância talvez, a deixara para sempre. Polychronia estava morta. Do mesmo modo que o cadáver do pai, ela agora não passava de um pedaço de carne. Sem vida.

Sem *alma*.

Georgios estava em choque, a mente e o corpo estagnados. Não tinha condições de raciocinar. Não conseguia se mover.

Drago, Hron e os milicianos começaram a avançar. Sozinho, confuso e desamparado, o menino era alvo fácil.

Então, no meio da noite, alguém o sacudiu.

Era Strabo.

— Georgios, acorde. — O velho o puxou pela mão, despertando-o com um tranco. — Vamos embora. — Ele começou a correr, e o garoto simplesmente o seguiu. — Rápido.

Incapaz, ainda, de refletir com clareza, Georgios correu como nunca atrás do filósofo, que, apesar da idade, mostrou ter vigor invejável.

Os dois se meteram nas trevas, ao ruído dos homens que os procuravam. Desceram um barranco, onde havia uma espécie de charco, e caminharam na água por quase uma hora. Strabo conhecia bem a plantação e soube guiá-los através do terreno.

Logo o choque foi passando, e o burburinho dos perseguidores, sumindo. Strabo ajoelhou-se atrás de um arbusto para tomar fôlego.

— Não podemos parar — disse, ofegante. — Está muito cansado?

— Não — respondeu o menino.

— Ótimo. Temos de chegar ao aqueduto.

— O que tem no aqueduto?

— Você vai ver.

— E para onde vamos depois?

— Cesareia.

— Por que não Jerusalém? — Georgios sabia que Jerusalém era a base da Décima Legião do Estreito. — É mais perto.

— Porque o nosso destino é a Nicomédia, e a rota mais rápida é pelo mar. — Deu um suspiro e se levantou. — Vamos.

Pouco antes de o dia raiar, menino e escravo avistaram o aqueduto. Strabo foi até um dos arcos de pedra. Sob a estrutura, ouvia-se a água correr. Georgios reparou que o som era idêntico ao das calhas da Vila Fúlvia. De repente, sentiu saudades de casa.

Strabo examinou as pilastras rochosas, como se procurasse algo. Não se satisfez e caminhou mais um pouco. Parou e olhou para baixo. O solo estava forrado de capim seco. Ele se ajoelhou e começou a cavar com as mãos.

— Não fique parado — sussurrou o velho. — Me ajude aqui.

Georgios o auxiliou, removendo grandes quantidades de terra.

— O que estamos procurando? — indagou o menino.

— Isso. — Strabo pinçou do buraco um objeto redondo, esfregou-o com os dedos e o assoprou.

— Uma moeda de ouro?

— Ouro maciço. Continue cavando. Deve ter umas cem aí.

Depois de meia hora, porém, os dois só haviam resgatado vinte peças douradas. Era o suficiente. Seria arriscado perder mais tempo. O sol nascera, e talvez Drago tivesse mandado capangas atrás deles. O melhor era se contentar com o que tinham e seguir viagem. Strabo rasgou um pedaço da manga da túnica, fez uma trouxinha e acondicionou o dinheiro lá dentro.

— Que tesouro é esse? — Georgios fantasiou que, se cavassem mais, chegariam à tumba de um de seus ancestrais. — De quem era?

— É seu.

— Meu?

— Depois conto melhor. — Strabo estava com a boca seca. — Se nos apressarmos, chegaremos à Cesareia ao anoitecer. Não quer deixar a espada aí? — Ele apontou para o buraco. — Vai chamar atenção. E deve pesar um bocado.

— Não pesa quase nada.

Georgios ofereceu a arma ao velho a fim de provar sua tese. Strabo a segurou pelo cabo, mas não conseguiu sustentá-la. Curvou-se para a frente e, com um gemido, largou a peça no chão. Era terrivelmente pesada, parecia feita de chumbo.

— Deixe aí — insistiu. — Vai nos atrasar.

— Não vai. — Georgios catou a Ascalon do solo e a ergueu sem dificuldade. — Estou com sede.

— Eu também. — Strabo prosseguiu em marcha acelerada. — Há um tanque adiante. Não se preocupe, conheço o caminho.

— Pensei que você nunca tivesse saído de Lida.

O comentário era tão inocente que Strabo achou graça. Abriu a boca para contar sua história, mas desistiu.

— É verdade. — Conteve a risada. — Nunca saí.

Para os padrões de Lida, Demetrios Sula era um homem rico.

Morava em uma *domus* espaçosa, com muitos quartos e dezenas de escravos domésticos. Sua esposa, Ofélia, era uma bela jovem de apenas vinte anos, filha de um proeminente mercador de Bizâncio. Nascido e criado na Palestina, Demetrios era um sujeito respeitado. Seu trabalho como sacerdote consistia em administrar as finanças do templo, mediar as reuniões do conselho municipal — extintas havia anos — e conduzir as cerimônias públicas em honra a Zeus. Como a população de Lida era majoritariamente cristã, ou devota de outras seitas, Demetrios tinha muito tempo livre e bastante dinheiro no bolso.

Ele dependia, contudo, do Senado e da Púrpura para se sustentar. Desde os tempos de Caracala, Roma enviava somas regulares de ouro aos santuários nas províncias, para que o culto aos deuses estatais não perecesse diante das "religiões populares". Os senadores — e também os imperadores — entendiam que o cristianismo era uma ameaça às instituições, daí a necessidade de manter viva a adoração aos ídolos greco-romanos, promovendo festivais, banquetes públicos e solenidades abertas a todos.

Foi com assombro, portanto, que Demetrios Sula recebeu a pior notícia de sua vida naquela manhã de janeiro. Um escravo o acordou em hora pouco propícia — tinha acabado de clarear —, sacudindo-o até que ele despertasse.

— Mestre, mestre, acorde — pediu o escravo. — Por favor, acorde.

Demetrios abriu os olhos, contrariado. Ofélia estava deitada a seu lado. O sacerdote não enxergou nada de estranho.

— Por Hades, o que foi? — exclamou, a voz rouca.

— O templo, mestre. Está em chamas.

Ao ouvir aquilo, colocou-se de pé com um sobressalto.

— Como é?

— Um incêndio. Começou essa madrugada.

Demetrios sentiu as pernas tremerem. Seu primeiro instinto foi o de negação, de imaginar que era tudo um sonho — ou uma piada. Depois, começou a ficar preocupado.

Não trocou de roupa. Calçou as sandálias e vestiu um manto de lã por cima da túnica noturna. Saiu do quarto e andou até o átrio, no centro da casa. Um cheiro forte de fumaça penetrava pela abertura no teto. Lá fora, na rua, escutavam-se burburinhos agitados.

Dirigiu-se à porta. Um dos escravos a abriu. Ele saiu para a calçada e se deparou com um batalhão de soldados cercando a propriedade.

Räs Drago surgiu entre eles.

— Olá — o magistrado o cumprimentou com certa ironia. — Como vai, sacerdote?

Demetrios retrocedeu, assustado.

— Senhor Drago?

— Infelizmente não trago boas notícias — disse o centurião, dissimulado. — O Templo de Zeus pegou fogo. Uma pena.

— Senhor magistrado, por favor, diga aos seus homens para me deixar passar — pediu o religioso, as palmas unidas. — Preciso ir até o fórum. O povo talvez me ajude a combater o incêndio. Ou então será tarde demais.

Drago balançou negativamente a cabeça, emendando um sorriso.

— É tarde demais, meu velho. — Tocou-lhe o ombro, em um gesto de puro sarcasmo. — Mas não se preocupe. Já sabemos quem é o responsável por essa atrocidade.

— Já sabem? — Demetrios percebeu algo estranho. — Quem?

— Ora, quem? Os cristãos, é lógico. Claudiano, aquele fanático. Ele sempre quis acabar com as nossas crenças, as crenças romanas. Este é um atentado religioso e não vai ficar impune. Isso eu garanto.

Demetrios Sula, naquele momento, entendeu tudo o que se passava. Ele não era tolo, só fora pego de surpresa.

Drago tocara fogo no Templo de Zeus com o objetivo de acusar os cristãos. Era o pretexto de que ele precisava para perseguir, prender e matar Claudiano, seu maior oponente político. Para organizar a caçada, no entanto, ele precisaria de ouro e sabia muito bem onde arranjar.

— Suponho — disse Drago — que estejamos juntos nesta batalha.

— Sim... — gaguejou o sacerdote. — Claro, senhor magistrado.

— Ótimo. De agora em diante, o Estado confisca os tesouros do templo. Não se aflija. É para o seu próprio bem. Com ele, vamos reconstruir o prédio e fazer justiça em nome dos deuses.

Demetrios já tinha compreendido a jogada. Não adiantava remar contra a maré. O melhor a fazer era aceitar a derrota.

— O senhor tem a bênção de Zeus para fazer o que deve ser feito — mentiu. — O meu secretário vai fornecer as chaves e a localização do tesouro.

— Obrigado. — Drago se afastou. — Esteja com tudo pronto até o fim da tarde. Enviarei os meus homens logo mais.

O centurião deu a ordem e os milicianos liberaram a rua. Em cinco minutos, tinham sumido das redondezas.

Com uma expressão de fracasso, Demetrios Sula voltou para a cama e desabou no colchão. Ofélia já tinha se levantado. Estava se maquiando diante da penteadeira.

— Está tudo bem, meu amor? — ela perguntou. Era uma moça esguia, de cabelos ruivos e encaracolados. — Quer uma bebida?

— Já tive dias melhores — admitiu o clérigo. — Não, obrigado, querida. Não estou com sede.

Ofélia se levantou. Sentou-se na cama.

— Os escravos me contaram que houve um ataque à Vila Fúlvia. Polychronia... era esse o nome dela?... morreu.

— Então é pior do que eu imaginava. Esse homem é um monstro.

— O menino escapou — disse Ofélia. — Uma boa notícia, pelo menos.

Demetrios deu de ombros.

— Pobre rapaz. Sozinho no mundo.

— Sacrificarei uma lebre em nome dele — prometeu a moça. — Se é que ajuda.

O religioso não respondeu. Rolou para o lado e se enfiou sob a coberta. Queria dormir e nunca mais acordar.

Esticado, com o travesseiro na cara, ele se lembrou do que Polychronia dissera naquela noite no santuário de Cibele.

Dê um jeito de ele pisar no túmulo dos fariseus, sugerira a esposa de Laios na ocasião, referindo-se a Drago. *Faça isso e o destino cuidará do resto.*

XXIV

CESAREIA MARÍTIMA

HÁ QUEM ACREDITE QUE A RIVALIDADE ENTRE PERSAS E ROMANOS COMEÇOU QUANDO esses últimos se deram conta de que eram inferiores aos discípulos de Zoroastro. No campo da medicina, os orientais são, definitivamente, imbatíveis. Certa vez, um sábio persa chamado Afraates, famoso pelas experiências psíquicas, escreveu que um cérebro em formação — de uma criança, por exemplo — possui maior capacidade de se moldar a circunstâncias extremas. Um adulto, submetido a um grande choque, entrega-se facilmente à loucura, enquanto um adolescente tem melhores chances de superar catástrofes pessoais e, às vezes, pode até tirar proveito delas.

Parece que foi esse o caso de Georgios. Não que ele tenha menosprezado a morte dos pais, mas a tragédia não o devastou totalmente. Por mais estranho que possa parecer, o menino encarou a perda da família como uma carta de alforria, afinal agora ele estava livre para viajar pelo mundo.

No dia seguinte ao assassinato da mãe, porém, ele não tinha consciência de nada disso. Simplesmente seguiu os passos de Strabo, parou para almoçar em uma estalagem na beira da estrada e alcançou Cesareia Marítima no começo da noite.

Cesareia Marítima era apenas mais uma das muitas Cesareias espalhadas pelo mundo. Fora construída por Herodes, rei da Judeia, em homenagem a César Augusto, o primeiro imperador romano, a quem devia favores. Herodes erigiu um suntuoso palácio à beira-mar, um anfiteatro, um fórum, banhos públicos, as docas e, é claro, o porto, comparado por muitos ao legendário porto de Alexandria. Cesareia era, ainda, servida por um aqueduto e, diferentemente de Lida, tinha água de sobra e gratuita, além de um razoável sistema de esgotos.

Georgios ouvira falar de todas aquelas maravilhas e estava ansioso para conhecê-las. Contudo, a primeira impressão que teve da cidade foi um tanto frustrante. Strabo insistiu para se hospedarem em uma estalagem suburbana, longe das belezas descritas nos livros. Naquela época, Cesareia contava com duas muralhas: uma antiga, que defendia o centro e a enseada, e uma recente, erguida pelos romanos, que englobava os reservatórios de água e os bairros mais pobres.

Seguiram por uma ruela, galgaram uma ladeira e pararam em frente a um prédio estreito de três andares, fechado por uma porta robusta. Pela inclinação da lua no leste, o menino calculou que já era a segunda hora noturna. Strabo bateu duas vezes, e um homem de olhos grandes e barba negra apareceu, mais rápido do que se podia esperar àquela hora. O sujeito não tinha sinais de cansaço ou de sono — era como se estivesse esperando por eles.

— Estão lotados? — perguntou o filósofo.

— Quase — ele respondeu em grego, a expressão séria, a porta entreaberta. — Quantos são?

— Só dois.

— Estão armados?

— Sim. — Georgios mostrou a espada, ingenuamente. O barbudo fechou a cara, mas Strabo reverteu:

— Está à venda. Quer?

— Não. — O homem pigarreou, convencido de que não eram ladrões. — Podem entrar. — E abriu mais a porta. O salão era baixo, com paredes caiadas e teto de madeira. Em um canto havia uma mesa, e sobre ela repousavam uma jarra de cerâmica, dois copos e três lâmpadas a óleo. No outro, observava-se uma escada sem um dos degraus. O fundo da sala terminava em uma passagem arqueada, obstruída por uma cortina de junco. Uma luz ardia além. — Quantas noites?

— Uma ou duas, não sei ainda — disse Strabo. — Um quarto, duas camas. Tem algo para comer?

— Só pão. Isto não é uma taverna.

— Serve. Como é o seu nome?

— Calisto. — O estalajadeiro os encarou, meio desconfiado. — Vocês têm dinheiro?

Strabo entregou-lhe uma peça de ouro, mas acrescentou, quando o sujeito arregalou os olhos, surpreso:

— Deixo como garantia. Pode trocar amanhã e me devolver a diferença em denários. Ou em sestércios.

— Negócio fechado. — O anfitrião pediu que eles esperassem, cruzou a porta de junco e voltou com dois pães e uma chave. — O quarto é no terceiro andar. O segundo à esquerda. Vista para o templo.

— Que templo? — precipitou-se Georgios.

— De Ísis — respondeu o homem, indiferente. Entregou-lhes os pães, a chave e uma das lâmpadas. — Boa noite.

Georgios e Strabo subiram. O quarto tinha realmente duas camas, e a janela dava para a rua de trás, mas na escuridão era impossível enxergar qualquer coisa.

— Parece que somos os únicos hóspedes — Strabo comemorou baixinho, após trancarem a porta. — Dá para barganhar.

— Já esteve aqui antes? — Georgios depositou a Ascalon sobre o colchão, sentou-se e tirou as sandálias.

— Sim. O senador Fúlvio me mandava para cá todo mês.

— Fúlvio era o antigo magistrado de Lida, certo?

— Certo — respondeu Strabo, lacônico.

— Que tipo de negócios ele tinha?

— Ele alugava barcos e armazéns. Era um comerciante.

— E pensar que perdeu tudo.

— Ele só perdeu a Vila Fúlvia — disse Strabo. — Caio Fúlvio é um patrício. Esse tipo de gente nunca perde tudo.

Georgios esticou-se na cama.

— Se você conhece a cidade — continuou —, por que escolheu esta hospedaria? É modesta demais. Nós temos dinheiro.

— Escolhi justamente porque é modesta demais. — O filósofo sacudiu o cobertor para espanar a poeira. — Convém não chamarmos atenção. Só estaremos seguros quando chegarmos à Nicomédia. Você acha que Drago...

Strabo parou de falar abruptamente. Olhou para trás. Georgios estava dormindo.

O escravo apagou a luz.

A hospedaria não tinha nome, e Georgios a apelidou de "Caverna", porque nas culturas primitivas, conforme Strabo lhe ensinara, os ritos de passagem aconteciam em grutas ou galerias subterrâneas. O menino, nessas sociedades, precisava descer às profundezas da terra e permanecer lá por algum tempo, meditando ou realizando tarefas específicas, para que pudesse retornar à luz na pele de um adulto completo. Do mesmo modo, a estalagem suburbana foi, para Georgios, um lugar de confinamento, onde ele se manteve enfurnado por dois dias, evitando assim os capangas de Drago.

Georgios acordou com uma cantoria suave, proveniente do Templo de Ísis. Sua janela ficava na altura do frontão, sobre o qual, no nível de seus olhos, destacava-se uma estátua da deusa escondendo o colo com a lateral do vestido. O nariz estava parcialmente quebrado, detalhe impossível de enxergar da calçada. Pelo ângulo, não se avistava o pátio, tampouco as devotas. O santuário parecia hermético, e era, de fato. O culto, exclusivamente feminino, tivera início no delta do Nilo séculos antes. Na mitologia dos faraós, Ísis ressuscitava o marido, Osíris, traído e morto pelo irmão, Seth. Quando os Ptolemeus, herdeiros de Alexandre, assumiram o controle do Egito, Ísis foi incorporada à cultura grega e, mais tarde, à romana. Seu culto se espalhou pelo Mediterrâneo, chegando enfim à cidade de Roma.

Strabo saíra cedo, deixando-lhe pão e água. O canto das sacerdotisas, os raios de sol e a brisa de inverno criaram um ambiente onírico, propício à reflexão. Georgios se tornaria adulto precocemente, não porque queria, mas porque precisava. Estava sozinho no mundo, não tinha família, posses ou títulos. O único jeito de sobreviver era encontrar um motivo, uma *razão* para continuar existindo, e ele se apegou ao mais eficiente dos propósitos: a vingança. Jurou que se tornaria um cavaleiro, regressaria a Lida e a tomaria à força, submetendo os homens que assassinaram sua mãe.

No momento em que Georgios se deu conta disso, algo mudou em seus olhos. De uma hora para outra, ele decidiu aceitar seu fardo, convencido de que não tinha mais nada a perder. Era como se, antes, ele estivesse na caverna de Platão, contemplando o universo através dos reflexos. Experimentou uma incomparável sensação de alívio. Estava livre finalmente, não só para viver, mas para morrer.

Em pé diante da janela, ele assistiu ao progresso do dia. Memorizou cada minuto, cada detalhe: a temperatura, os sons, as vozes, os aromas, a luz. Fez uma promessa e escolheu o deus certo.

— Oh, Marte, ofereço-lhe o corpo dos carrascos de minha mãe — disse, cortando a ponta do dedo com o fio da Ascalon. — Em troca, exijo ser invencível em batalha. Se o senhor, entretanto, não for capaz de conceder o que peço, eu o abandonarei e procurarei outro deus.

Deixou que o sangue pingasse no chão. Strabo não notou as gotas vermelhas, pois chegou tarde e cansado. Ele trocara as peças de ouro por moedas de prata, os denários, e de bronze, os sestércios. Com elas, comprou roupas e calçados, bolsas de viagem, artigos de higiene e outros itens indispensáveis à jornada. Trouxe ainda um pedaço de lona, que seria usado para enrolar — e esconder — a Ascalon. O porte de armas não era proibido em Cesareia, mas o filósofo queria evitar perguntas e temia que a espada atraísse ladrões.

Na manhã do terceiro dia, acertaram as contas com o estalajadeiro e tomaram o caminho das docas. Duas avenidas ladeavam o antigo hipódromo, terminando em uma grande enseada, repleta de recifes e pedras cobertas de algas. O porto era delimitado por um quebra-mar, sobre o qual Herodes construíra muralhas, agora vigiadas por soldados romanos. A edificação, raciocinou Georgios, lembrava uma fortaleza marinha, cautelosamente projetada para defender os barcos contra inimigos ou intempéries. O farol, distante deles, devia ter uns doze metros de altura, era feito de blocos calcários e fumaça escapava do topo.

A paisagem também impressionava, pois Georgios, até então, só conhecia deserto e colinas. Reparou no horizonte curvo e lembrou que Strabo, citando o matemático Eratóstenes, lhe contara que a Terra era redonda e não plana, como afirmavam os judeus. O argumento que o convenceu, no fim das contas, foi mais lógico que matemático. "Olhe para o céu", dissera Strabo na ocasião. "Por que a Terra haveria de ser plana se os outros astros — a Lua, o Sol e as estrelas — são redondos?"

O movimento era intenso no cais. Estivadores carregavam tonéis, marinheiros descarregavam caixotes. Um pescador quase os derrubou, tropeçando na própria rede, entulhada de caranguejos. Georgios nunca vira pessoas tão diferentes, sotaques tão estranhos e idiomas tão curiosos.

Seguiram até o braço norte do quebra-mar. O caminho os levou a um atracadouro de pedra, com quatro barcos ancorados. O maior deles era um transporte de dois mastros, as velas recolhidas, pintadas de azul. Georgios pensou ter visto remos na popa e então compreendeu que se tratava dos lemes. Na proa, destacava-se a cabeça de um cavalo, uma obra de arte esculpida em madeira, com olhos de prata e narinas de ouro.

Strabo cruzou a rampa e subiu a bordo, seguido pelo menino. Três alçapões se abriam no convés, sob o qual homens seminus, provavelmente escravos, depositavam sacolas e recipientes de argila.

— Strabo, não é? — Um sujeito de pele escura, com os dentes podres, usando uma túnica branca, dirigiu-se a eles em latim. — Trouxe o dinheiro?

— Certamente. — O velho entregou-lhe algumas moedas de prata. — Já sabe quando zarpamos?

— Quando a maré subir. O compartimento de vocês fica no porão. — Virou-se para Georgios e acrescentou, em tom mais respeitoso: — Só trouxeram isso de bagagem?

— Quem é você? — o menino o interpelou.

— Sou Yesha, o capitão — respondeu, surpreso com a firmeza do jovem.

— É um nome fenício?

— Sim, nasci em Tiro.

— Salve, Yesha. Sou Georgios Graco e este é Strabo, meu escravo. Obrigado pela hospitalidade.

Georgios fez um cumprimento curto com a cabeça e andou até um dos alçapões, que descia ao porão. Já afastados, Strabo comentou:

— Não devíamos nos anunciar desse jeito. Lembre-se de que os capangas...

— De novo? — Georgios estava cansado da ladainha. — Deixe Drago comigo. Quanto tempo de viagem até a Nicomédia?

— Para falar a verdade, não sei ao certo.

— O que há na Nicomédia, afinal? — Os últimos dias haviam sido tão atribulados que o menino se esquecera de perguntar.

— O palácio do imperador.

— O palácio do imperador não fica em Roma?

— Ficava. Desde que ascendeu à Púrpura, Diocleciano transferiu a corte para o Leste.

— Com que objetivo?

— Com o objetivo de ficar longe do Senado. E, sobretudo, da guarda pretoriana.

O garoto não entendeu.

— Por que um imperador iria querer ficar longe do Senado?

— Os senadores foram responsáveis pela morte de muitos líderes romanos, desde Júlio César. Nos últimos anos, a coisa só piorou. O único jeito de Diocleciano governar com segurança era se afastando do Oeste e montando o próprio corpo de guarda. Complexo, não acha?

— Nem tanto. — Georgios entrou na cabine. Era apertada e sem janelas. O chão bambeava. Duas redes estavam pregadas na parede, dos lados direito e esquerdo. Não havia utensílios ou móveis. O cheiro misturava sal marinho, suor, óleo e mofo. Era forte, mas suportável. — O que não ficou claro é o que faremos na Nicomédia. Isto é, no palácio do imperador.

— Pediremos uma audiência com ele.

— Com o imperador?

— Diocleciano era amigo pessoal do seu pai. Se tivermos sorte, ele nos receberá. Estou contando com isso.

Strabo fechou a porta e sentou-se na rede. Desafivelou a bolsa e conferiu algo dentro dela.

— Dezessete denários, vinte sestércios e trinta dracmas. Foi o que nos restou. — A dracma era uma moeda grega de prata, largamente usada nas províncias do Oriente. — Guardei duas peças de ouro para uma emergência.

— Não é pouco, mas também não é muito — constatou o garoto. — Melhor ficarmos de olho no dinheiro.

O navio começou a se mover. Georgios deixou os pertences sem muito valor sobre a rede e os dois subiram ao convés. O barco era um cargueiro, ele percebeu, e os passageiros, comerciantes que guardavam suas mercadorias. Não viu mulheres, só homens adultos, que se vestiam à moda romana.

O tempo fechou, mas não havia previsão de chuva. Quando o navio transpôs os portões marinhos, Georgios viu três galeras romanas e se lembrou de algo.

— O tesouro que desenterramos no aqueduto — ele murmurou para Strabo. — Você disse que era meu.

— Eu disse?

— Sim.

— Não lembro — declarou o escravo, os olhos fixos no horizonte. — Foi uma noite difícil.

— Era meu ou não, afinal?

— Pelo que sei, pertencia ao seu pai, então é seu por herança. Ele pediu que eu o enterrasse anos atrás.

— Por que meu pai pediria uma coisa dessas?

— Jurei guardar segredo.

— Estão todos mortos agora. Faz diferença?

— Faz, agora mais do que nunca — afirmou Strabo, mas acrescentou, ao ver a decepção do garoto: — Façamos assim: um dia eu lhe conto.

— Quando?

— Quando? — O filósofo segurou-se na amurada. O barco ganhou mar aberto. — Quando não fizer mais diferença.

Cesareia Marítima, Diocese do Leste, 1080 *ab urbe condita*

Estimada Helena,

Preciso fazer uma confissão. Ontem, após encerrar a leitura do segundo tomo, decidi bancar o aventureiro e saí pelas ruas à procura da estalagem citada no capítulo XXIV.

O prédio não existe mais. Suponho que tenha pegado fogo, porque no lugar há um terreno baldio repleto de escombros. O Templo de Ísis continua operando (foi por meio dele que encontrei o local, a propósito), mas a portas fechadas. O curioso é que a estátua sobre o frontão tem as características exatas que a senhora mencionou, inclusive o nariz parcialmente quebrado. Fiquei pensando que, se Georgios se recordou desse detalhe a ponto de descrevê-lo, era sem dúvida um indivíduo dotado de boa memória.

Comentarei alguns pontos. Desde já, peço desculpas pelas palavras duras.

Primeiro, sobre Yasmir. Nunca tinha ouvido falar dele. Sua participação na Campanha da Pérsia, aliás, não é confirmada pelos historiadores romanos. Segundo os documentos oficiais, a invasão de Ctesifonte se deu após uma grande batalha às margens do Tigre entre as forças de Numeriano e o exército persa. Não encontrei nenhuma menção a um grupo avançado ou à luta contra um elefante gigantesco. Com todo o respeito, sua versão me soa mais fantástica que histórica — o que, em todo caso, serve aos objetivos propostos.

Outra informação incorreta se refere à nomeação de Diocleciano pelo Senado. Estou seguro em afirmar que os senadores *não* foram coniventes com sua ascensão. Diocleciano, ao contrário do que o texto sugere, foi proclamado imperador pelo exército. Seu governo marcou o início da cisão entre o Senado e a Púrpura, isto é, entre o imperador e a cidade de Roma, condição que se agravaria nos anos seguintes e levaria, como sabemos, à divisão do Império entre Leste e Oeste. Para os senadores, Diocleciano era um déspota. Para a corte na Nicomédia, o Senado era um ninho de cobras, que conspiravam dia e noite para minar seu poder.

Salvo esses deslizes, a obra diverte. O caráter literário começa a aparecer de fato nos últimos capítulos. A morte de Laios, o ataque à Vila Fúlvia e o assassinato de Polychronia são os elementos que faltavam para movimentar a trama e torná-la realmente empolgante. Esses episódios, ainda que tristes, acabaram por lançar o protagonista à sua primeira grande aventura. Estou animado para saber o que acontece a seguir.

Uma nota pessoal: como a senhora sabe, moro em Cesareia Marítima há muitos anos e amo a cidade. Particularmente, gostaria que ela tivesse sido mais bem descrita e explorada. No entanto, reconheço a coerência do enredo. Georgios permaneceu escondido na estalagem por três dias, e quando saiu foi direto para o porto. Uma pena que ele não tenha visitado os pontos turísticos. Só posso lamentar, como a senhora certamente lamentaria se o mesmo acontecesse em Bizâncio.

No aguardo pelo próximo volume.

Eusébio

Prezado Eusébio,

Como é gratificante receber suas críticas. Conforme já disse, elas me ajudarão sobremaneira. Torno a pedir que não se furte a fazê-las. Suas cartas alegram o meu dia e aquecem o meu coração.

Também preciso fazer uma confissão. Uma parte de mim se enche de orgulho ao perceber que tenho na ponta da língua as respostas a todos os seus comentários. Luto contra a vaidade, mas ela às vezes me alcança.

Que Deus me perdoe.

Suas questões:

Em relação a Yasmir, naturalmente que a participação dele foi apagada dos registros oficiais. Numeriano contou aos escritores romanos a versão que mais lhe convinha: de que tinha sido o único responsável pela conquista de Ctesifonte. Essa versão, a propósito, contém, ela sim, elementos fantásticos, ao afirmar que Caro foi morto por um "golpe de raio". Nada mais alheio à realidade. O imperador caiu da ponte e teve o rosto desfigurado, daí a necessidade de Carino e Numeriano, seus filhos, inventarem essa história sem pé nem cabeça.

Quando subiu ao poder, Diocleciano, claro, poderia ter reescrito tais documentos, mas não o fez por uma razão muito simples. Por todo o período em que governou, ele foi bastante criticado por supostamente cultivar ambições monárquicas, e o povo sempre teve aversão a tiranos. Já naquela época, corria o boato de que Diocleciano tinha se encantado com o palácio do xá, sentado no trono e jurado ser rei de todo o planeta. Esses rumores, em certo momento, abalaram sua relação com os generais mais próximos, e ele decidiu que não tocaria mais no assunto. Quando lhe perguntavam sobre a Campanha da Pérsia, ele dizia que havia atuado como guarda-costas de Caro, contava sobre as maravilhas do Extremo Oriente, a beleza das mulheres da região e em seguida desconversava.

No tocante à nomeação dele pelo Senado, o senhor está coberto de razão. É de conhecimento comum que os políticos de Roma jamais o aceitaram, mas eu precisava descrever a carta conforme foi enviada a Laios. E nessa carta, que obtive anos depois, o imperador realmente declara que os senadores o haviam apoiado.

Mentira? Não tenho certeza. Na ocasião, Diocleciano tinha acabado de ascender à Púrpura e talvez acreditasse que o Senado, cedo ou tarde, iria aceitá-lo, ou até que já o tivesse aceitado. Não cheguei a interpelá-lo sobre essa questão, nas várias vezes em que estive com ele. Com exceção do que fez com Tirídates — uma traição das mais sujas, admito —, Diocleciano nunca me pareceu um sujeito mentiroso. Ele era tão respeitado — e tão autoconfiante — que simplesmente não precisava mentir.

Uma boa notícia. O próximo tomo, que envio por intermédio de Magno, é quase que totalmente focado em Georgios. Sei que o senhor estava esperando por esse momento. Espero que aproveite e faça suas críticas, sejam suaves ou duras — não me importo.

Flávia Júlia Helena, augusta de Bizâncio,
no vigésimo ano do reinado de Constantino, o Grande

TERCEIRO TOMO

ANTIOQUIA

XXV

CAVALO DO MAR

O NAVIO EM QUE GEORGIOS E STRABO EMBARCARAM CHAMAVA-SE *SHALMUT*, QUE significa, na antiga língua fenícia, "Cavalo do Mar" — e não "cavalo-marinho", como explicavam os marujos. Construído no porto de Rodes, na Grécia, o *Shalmut* e sua tripulação faziam três vezes por ano o percurso entre Alexandria, no Egito, e a Nicomédia, na província da Bitínia, transportando utensílios de vidro, pacotes de linho, temperos diversos e principalmente sacos de trigo, todos itens essenciais à sobrevivência do Império.

Outra carga — essa importada da Pérsia — era o ópio, substância usada como anestésico por médicos e como narcótico por certas religiões estrangeiras. O comércio de ópio não era proibido, mas também não era regulado, o que obrigava os comerciantes a pagar propina aos oficiais de fronteira e elevava enormemente seu preço.

No segundo dia de viagem, Georgios avistou os faróis gêmeos de Tiro ardendo nas sombras da noite. O menino pensou no que lera sobre o cerco à cidade, quando os moradores, incluindo o rei e sua corte, desafiaram o exército de Alexandre e buscaram refúgio em uma ilha fortificada, distante alguns metros da costa. Sem navios para atacá-los, o general macedônio destruiu as casas do continente e construiu uma ponte com os destroços, enfim tomando a fortaleza, ao custo de dez mil vidas humanas.

No terceiro dia, ao amanhecer, eles enxergaram as torres de Trípoli — a região das "três cidades", como os romanos a chamavam — e no quarto a famosa cidade de Laodiceia, um dos centros da cultura helenística.

Os passageiros do *Shalmut*, nas horas de monotonia, entregavam-se aos jogos. O passatempo mais comum eram os lances de dados, mas o latrúnculo, um conjunto de peças brancas e pretas organizado sobre um tabuleiro de cedro, gerava disputas acirradas. Desde que o senador Caio Fúlvio se afundara em dívidas, Strabo prometera não apostar, mas assistia às partidas com interesse, analisando os movimentos e a reação das pessoas.

Dois homens, ajoelhados frente a frente sobre um tapete felpudo, tentavam a sorte no latrúnculo. Um deles, com as peças pretas na mão, tinha os olhos baixos e a expressão tediosa. Careca, de pele morena e barbicha, usava sandálias de couro, pulseiras de prata e roupas azuis. O outro, que controlava as peças brancas, tinha a tez mais clara, bigodes pretos e cabelos curtos. O primeiro, Strabo saberia depois, era um egípcio chamado Naggar, um dos responsáveis pelo carregamento de trigo. O segundo traficava papoulas.

— Você aí. — O traficante olhou para Strabo, que acompanhava o certame de perto. — Tem um palpite sobre o que devo fazer?

— Ei, alto lá — protestou o egípcio. — O jogo é aqui, entre nós. Concentre-se.

— Não se preocupe. É só um escravo.

— Não creio. Parece judeu.

— O que não falta por aí são escravos judeus.

— Me diga um.

— Espártaco.

— Espártaco era trácio! — grasnou o careca.

— Não sou judeu — manifestou-se Strabo. Associá-lo a um grupo religioso sempre o tirava do sério. — Sou grego.

O egípcio o cortou:

— Ninguém lhe perguntou nada.

Strabo aceitou a bronca em silêncio. Deu as costas e se afastou, procurando evitar confusão. O traficante, contudo, o chamou:

— Volte aqui.

Strabo voltou, obediente.

O homem prosseguiu:

— Tire a roupa.

— Senhor?

— Os judeus têm essa esquisitice de cortar o capuz peniano. — Apontou para a virilha de Strabo. — Tire a roupa e saberemos se está falando a verdade.

O filósofo hesitou. Fazia tantos anos que não era humilhado que esquecera o significado de uma ordem direta.

— Tire a roupa. — O egípcio demonstrou apoio ao bigodudo. — Faça o que ele diz. Preciso terminar este jogo.

Lentamente, Strabo começou a se despir. Trajava uma peça longa de algodão cru, própria de um escravo ou de alguém muito pobre. Desafivelou o cinto e puxou a túnica pela cabeça. Ficou nu, só de sandálias. Era uma manhã fria, e ele cruzou os braços para se esquentar.

— Eu disse que ele não era judeu. — O traficante observou o membro peludo. Segundos depois, Strabo pegou a túnica no chão. O homem esbravejou:
— Quem lhe deu permissão para se vestir?

— Não estou me vestindo.

— Como você é atrevido. — Levantou-se e andou até ele. — De joelhos. É uma ordem, escravo.

— Mas o senhor não é o meu dono.

O egípcio tentou acalmar o parceiro:

— Chega. Você já teve o que queria. Voltemos ao jogo.

— Só um momento. — Tornou a se dirigir ao secretário. — De joelhos. Está esperando o quê?

No convés do *Shalmut*, a discussão entre os jogadores começava a chamar atenção. Era comum os escravos — inclusive dos outros — serem tratados com frieza, mas raramente chegava ao ponto do ultraje. Uma atitude dessas era um desrespeito com o dono, antes de tudo. Muitos olhavam para Strabo, alguns indignados, simpáticos a ele, mas nada fizeram. O velho filósofo se ajoelhou, curvando-se ao traficante.

O martírio teria continuado se Georgios não o tivesse detido.

— Levante-se — o menino ordenou, subindo a escada e alcançando o convés. Strabo ergueu-se. — Vista-se — pediu. O ancião pegou a túnica e saiu de cabeça baixa. — O que está acontecendo? — Georgios afrontou os dois jogadores. — Este homem é minha propriedade.

— Ora. — O egípcio deu de ombros. — Não sabíamos que era seu.

— Bom, agora já sabem. Deixem-no em paz.

O traficante, ao que parecia, não gostou da maneira como Georgios falara com ele. Era um homem das ruas e não engoliria o desaforo de um mero fidalgo.

— E se não o deixarmos em paz? O que você vai fazer, seu moleque?

— O que qualquer cidadão romano faria para defender suas posses — respondeu o garoto. — Imagino que não entenda essas coisas.

O traficante se aprumou.

— Está me chamando de bárbaro?

— De onde você é?

— Da Líbia.

— Então, definitivamente é um bárbaro — ele afirmou, sem a intenção de ofender. Era uma constatação geográfica apenas. Para os romanos, todos os povos além das fronteiras eram considerados bárbaros.

O homem, contudo, sentiu-se insultado e andou na direção de Georgios, que farejou o perigo, catou um balde no chão e o arremessou com toda a força. O objeto estava vazio, mas era feito de chumbo e acertou o traficante na testa, abrindo-lhe um talho no supercílio. O sujeito ficou atordoado, trocou as pernas e escorregou.

A essa altura, o tumulto era a atração do navio. O bigodudo se ergueu, o rosto sangrando. Não se considerava vencido. Na mente dele, o garoto apenas o pegara de surpresa e agora precisava de um corretivo.

Dirigiu-se a um marinheiro:

— Ei, rapaz. Me arranja uma vara? Para eu dar uma lição nesse frangote.

O marujo não respondeu. Não tinha o menor interesse em entrar na briga. Em vez disso, Georgios interveio:

— Quem precisa de uma lição é *você*.

— Coma a minha merda, fedelho.

— Pelo jeito, nada que eu diga o satisfará — retrucou o garoto. — Como prefere resolver, na espada?

Já vestido, Strabo retornou ao centro da balbúrdia e apertou o braço de seu pequeno mestre.

— Esqueça. Esses homens são bandidos. Eles matam a troco de nada.

Georgios desvencilhou-se do velho, sem lhe dar ouvidos, e encarou o negociante de ópio.

— Duela comigo?

— Coma a minha merda antes.

— Strabo — Georgios pediu calmamente —, traga a minha espada.

Houve um burburinho ao redor. Um duelo seria uma diversão e tanto, mas o capitão, Yesha, não queria um cadáver a bordo, muito menos o de uma criança. Apareceu no convés e interveio a favor do menino:

— Reconsidere, Pirleu. — Yesha chamou o traficante pelo nome. Já o conhecia de viagens pregressas. — É só um garoto. E garotos dizem besteiras.

— Na verdade, senhor capitão — corrigiu Georgios —, foi ele quem me ofendeu.

Yesha fingiu não ter escutado. Concentrou-se no líbio.

— Não há glória em matar crianças. — E acrescentou aos sussurros: — E se ele for um patrício? Nós podemos ser presos, eu e você!

— Pode deixar, meu caro. — O tal Pirleu gargalhou de nervoso. — Não vou matar ninguém. Só vou dar um susto para ele aprender. Me consegue uma faca?

Quando o círculo se abriu, porém, o traficante entendeu que precisaria de mais do que uma faca. Georgios desenrolara a Ascalon, trazida a ele por Strabo, a qual, como toda espada de cavalaria, era longa, afiada e intimidava pelo tamanho. Um adulto treinado poderia empunhá-la com uma só mão. O garoto precisava das duas, mas o fazia com sofisticação e presteza, após anos assistindo aos exercícios do pai — e treinando com as próprias armas de madeira. O que ficou claro para tripulantes e passageiros foi que, com uma lâmina daquelas e graças a seu olhar destemido, Georgios poderia ganhar a disputa. Yesha, que tinha experiência em ler as pessoas, percebeu o receio na face do líbio e aproveitou para sufocar o combate. Colocou-se de novo entre os dois, as palmas abertas, e discursou em voz alta:

— Chega de confusão. Sem duelos por hoje. No mar somos irmãos, e uma tempestade se aproxima. Quero que voltem para os seus aposentos.

O único capaz de quebrar a harmonia, àquela altura, era o traficante de ópio, mas ele acabou aceitando a ordem com uma cusparada no assoalho. Strabo tinha fé em Georgios, só não acreditava que ele pudesse vencer um homem adulto, e se apressou a puxá-lo para um canto, afastando-o dos dois jogadores.

— Por todos os deuses — murmurou —, não faça mais isso.

— Pensei que não acreditasse nos deuses.

— Eu não. Mas *você* acredita.

O jovem mostrou-se seguro.

— O que eu fiz de errado?

— Quer morrer antes de chegar à Nicomédia? Pense nos seus pais. Se você cair, a linhagem dos Gracos desaparecerá. É justamente o que Drago deseja.

Georgios preferiu não discutir. Talvez Strabo estivesse certo. Estendeu o tecido no chão e tornou a enrolar a Ascalon. Contemplou o céu nublado. O confronto esquentara seu sangue, mas era janeiro ainda, e a brisa sublinhava o Mar do Levante. Depois de alguns minutos, perguntou:

— Os legionários chegaram a lhe contar como o meu pai morreu?

— Contaram que ele morreu em combate contra os francos. Na Germânia.

— Onde exatamente na Germânia?

— Suponho que perto de Castra Vetera, a Fortaleza Velha. É a última fortificação do mundo civilizado. Fica na fronteira, colada na linha de defesa do Reno. Um lugar sinistro, repleto de tribos selvagens.

As palavras de Strabo, em vez de assustar o menino, acabaram por empolgá-lo. A Germânia parecia oferecer exatamente o tipo de aventura que ele procurava.

— E o que mais? — insistiu. — Conte-me mais.

— Não sei os detalhes. Juro sobre a Pedra de Júpiter.

— Quem pode saber?

— O imperador. — Era apenas uma meia verdade. O mais provável era que Diocleciano não soubesse de nada, mas, já que Georgios queria tanto desvendar a morte de Laios, aquele era um jeito de convencê-lo a se manter vivo, pelo menos até que aportassem na corte.

— Tem certeza?

— Não há certezas neste mundo — o filósofo desconversou. Dessa vez, porém, ele tinha um motivo concreto para isso. Nuvens negras se aproximavam ao leste, e do meio delas sobreveio um clarão. — É melhor descermos agora.

— Está bem. — Pela primeira vez naquele dia, Georgios concordou com Strabo. — Melhor mesmo.

*

Yesha era um homem de negócios, fazia diversas viagens ao ano e não podia se dar ao luxo de ter sua embarcação destruída. Experiente, preferia navegar próximo à costa, para estar perto de um atracadouro quando uma tormenta se anunciasse. Contudo, mesmo em trajetos curtos, nem sempre isso é possível.

O fenômeno que se apresentava à sua frente era raríssimo, dada a natureza geralmente seca daquela parte do mundo. Desde a proa, ele agora gritava para quatro homens que manobravam os lemes, todos amarrados com cordas ao redor da cintura para serem içados caso despencassem nas águas. Mais oito se ocupavam dos mastros. Os passageiros se refugiaram nos porões, que, ao contrário do que muitos pensam, podem ser menos seguros que o próprio convés. Quando o casco racha, os compartimentos inferiores são os primeiros a inundar, e a fuga nesse caso faz-se praticamente impossível.

O *Shalmut* bambeou com uma rajada violenta, à medida que deslizava rumo ao horizonte enegrecido. Houve um fulgor azulado e depois o estalar de um trovão. Yesha agradeceu a Dagon, o Deus-Peixe, por conseguir enxergar o sol entre as nuvens — se o temporal os pegasse à noite, eles estariam perdidos.

Lá embaixo, na cabine, Strabo recordava o motivo de detestar viagens marítimas. Da última vez quase naufragara, e ao pisar em terra firme jurou a si mesmo que nunca mais subiria em um barco. O medo de ser alcançado pelos capangas de Drago, no entanto, fez com que ele olvidasse a promessa. Agora era tarde demais. Se fosse supersticioso, diria que forças cósmicas o estavam punindo, mas como não acreditava em destino preferiu culpar o acaso. O que não resolvia nada, no fim das contas.

Georgios estava agarrado a uma das extremidades da rede, usando-a como apoio. O interior da cabine estaria completamente escuro não fosse a luz que entrava pelas frestas. Ouviam-se o sopro do vento, as gotas de chuva contra a madeira e o chicote insistente das ondas. Piorou muito nos minutos seguintes, à medida que eles penetravam no interior da borrasca.

O *Shalmut* começou a balançar, até que foi impelido para cima e caiu com um estrondo. Recipientes de argila quebraram, mesas foram arrastadas, um pedaço da quilha se partiu.

Strabo bateu com as costas no teto. Não se feriu. O prego que segurava a rede de Georgios saltou, ele escorregou e se agarrou à outra extremidade trançada. O compartimento onde estavam, ele percebia só agora, não fora construído para receber passageiros — era um depósito de cabos e cordas improvisado para abrigá-los. Strabo fizera a exigência ao capitão, Georgios saberia depois, "uma cabine dupla, particular", e pagara a mais pelo privilégio.

— Essas tempestades são normais? — o garoto perguntou. Como nunca estivera a bordo, não tinha noção do que pensar a respeito.

— Não sei se são normais — o escravo respondeu, a voz trêmula. — Só sei que comigo essas coisas sempre acontecem. Sou meio azarado.

— Mas você está vivo.

— De fato.

— Então eu diria que é sortudo.

— É um jeito de enxergar a situação. — Strabo esboçou um sorriso. — Se continuar assim, será melhor filósofo que cavaleiro.

— Qual é o deus destes mares?

— Pergunta difícil. O Mediterrâneo tem vários deuses, principalmente cananeus e egípcios. Se for rezar, em todo caso, melhor escolher um deus grego, como Poseidon. Ou Netuno, se preferir.

— Fiz um pacto com Marte. Netuno não ficaria enciumado?

— Claro que não — disse Strabo, escondendo o sarcasmo. — Marte não entende nada de viagens marítimas. Não é a área dele.

Georgios levou o conselho a sério e fez uma prece prometendo um "sacrifício generoso" ao Senhor dos Mares caso eles escapassem incólumes do turbilhão. Ficou na dúvida sobre o que oferecer e chegou à conclusão de que Netuno gostava de ouro, então jurou pagar a graça com algumas moedas. A oferta, contudo, parece ter enfurecido mais ainda o deus, que começou a sacudir o *Shalmut* também para os lados.

O navio subiu em outra onda e desceu em queda livre, chocando-se contra as águas como quem se estatela nas pedras. Mais um relâmpago. Um novo trovão. Os costados rangeram, homens gritaram, um tanto de água invadiu a cabine. Georgios teve a impressão de que o sal trazia marcas de sangue, mas era impossível distingui-las no breu.

No convés, após dois sustos terríveis, o capitão entendeu como o inimigo operava e decidiu não encará-lo. Deu o comando para os marujos rodarem o leme a estibordo, e eles o fizeram com esforço dobrado. Continuar adiante seria suicídio, pois as ondas eram como montanhas que terminavam em precipícios de anil. O *Shalmut*, assim, foi arrastado à direita, na direção do continente rochoso.

Nisso, começou a chover muito forte, e de repente não se enxergava mais nada. O barco envergou à esquerda, e o mar clamou para si dois tripulantes. No porão, as paredes tremeram. Mais água entrou pela soleira. Strabo se perguntava qual seria o melhor momento para subir ao convés. Não que eles tivessem melhores chances lá em cima, mas ele odiava a ideia de morrer dentro de uma caixa, sufocado como um rato de esgoto.

Yesha sabia que, agora, o destino deles estava entregue a Dagon. Ocorreu então que, após duas ou três horas de castigo intenso, a tempestade deu trégua. O vento, mesmo assim, continuava a arrastá-los para o litoral, ameaçando atirá-los contra um paredão de granito. Os lemes não respondiam, e a vela central havia sido arrancada.

Foi quando o capitão e seu contramestre avistaram uma enseada — ou talvez fosse uma lagoa, ou quem sabe um estuário —, e o *Shalmut* veio a ser jogado dentro dela.

O recôncavo se prolongava em um rio, com margens arenosas e pequenas jangadas. Construções romanas abraçavam a baía, terminando em um imenso farol, cercado de gaivotas e corais verdejantes. Logo a navegação se tornou novamente possível. Georgios, Strabo e os passageiros saíram do poço, como baratas através de um bueiro.

O sol estava se pondo, e o estrago se mostrou pior do que eles haviam imaginado. Parte do casco se rompera, revelando um dos níveis do compartimento de carga, cheio de farpas e estacas pontudas. O temporal cobrara seu preço, roubando-lhes dezenas de sacos de trigo. O restante vazava em cascata, poluindo a água com cereais granulados.

Havia sangue no tombadilho. Uma garça pousou na retranca, bicou o cordame e tornou a voar. O capitão guiava o transporte, ele próprio no comando do leme.

— Que lugar é este? — Georgios duvidava de que tivessem chegado à Nicomédia.

— Selêucia — apostou Strabo —, o porto marítimo de Antioquia. Se não estivesse chuviscando, você poderia enxergar o capitólio e as demais construções na ágora.

— Agora? — O garoto recordou-se de que era assim que os gregos antigos chamavam seus fóruns. — Antioquia é uma cidade grega?

— Helênica. Foi fundada por um dos generais de Alexandre. Ela é chamada de Rainha do Oriente, porque lá se encontra de tudo.

— De tudo o quê?

— Seda e especiarias, por exemplo.

— E o que mais?

— Um bando de fanáticos religiosos — resmungou Strabo obliquamente.

— Pena que não teremos tempo de conhecê-la — lamentou Georgios, mas estava errado. Quando o navio chegou a uma profundidade aceitável, os marinheiros lançaram âncoras. Yesha comunicou aos viajantes que o *Shalmut* precisaria de reparos e a tripulação teria de ficar em Selêucia por "diversas semanas". Um ou outro ameaçou protestar, mas o capitão destacou, com firmeza impressionante, que se não fosse por ele todos os presentes estariam mortos.

Era a mais pura verdade, e ninguém ousou questioná-lo. Para Georgios e Strabo, havia a opção de continuarem hospedados no navio, na mesma cabine, ou seguirem até Antioquia, onde poderiam se apresentar ao governador da província.

— O nome dele é Cláudio Régio — disse Strabo, entusiasmado. — Serviu com o seu pai na Campanha da Pérsia. Apesar dos pesares, talvez essa tempestade nos tenha sido útil.

— Então nós vamos visitar Antioquia? — Georgios estava confuso.

— Não temos nada a perder. O percurso leva umas três horas, e a estrada é excelente. Aguentamos mais uma noite neste chiqueiro e partimos amanhã, logo cedo. Se Cláudio Régio estiver na cidade, os nossos problemas estarão resolvidos. E, se não estiver, voltaremos no dia seguinte.

Os dois ainda estavam debruçados sobre a mureta. O tempo abrira, mas a noite chegara, obscurecendo os prédios e os santuários na orla. Georgios recordou-se de sua promessa.

— Nós temos duas moedas de ouro, certo?

— Se minha memória não falha, sim.

— Eu as prometi a Netuno. É uma boa hora para ofertá-las.

— Prometeu? Quando? Em troca de quê?

— Durante a tormenta. Em troca da nossa vida.

— Ah, sim. — Strabo se arrependeu de ter tocado no assunto dos deuses. Seja como for, eles não podiam se dar ao luxo de ficar sem dinheiro. Inventou uma história. — Bom, você não precisa pagar agora. Ele entenderá se a oferenda for feita na próxima viagem. É normal até.

Georgios acreditou. Sabia que Strabo era cético, mas também que o conhecimento dele era vasto em muitos aspectos.

Os passageiros se dividiram. Metade tomou um escaler para o porto e a outra metade permaneceu embarcada. Menino e escravo desceram à cabine. O lugar estava uma confusão, com o piso alagado até os calcanhares.

Eles não conseguiram dormir.

Quando o sol nasceu, escutaram uma batida na porta. Strabo abriu. Era Pirleu, o traficante líbio.

— Salve. — O olhar era amistoso. Não aparentava ter se ferido. Trazia consigo um recipiente cilíndrico de bronze, do tamanho de uma mão aberta. — Posso entrar?

— De jeito nenhum — reagiu o filósofo.

— Não cabe mais ninguém aqui dentro — justificou Georgios, oportunamente.

— Tem razão. — O traficante alisou o bigode, depois removeu a tampa do cilindro. Dentro dele havia uma substância pegajosa, que parecia uma mistura de fezes e palha. O cheiro era forte, lembrava vagamente tabaco. — Querem comprar? — Mostrou o conteúdo. — Só cinco denários. Ou dracmas. Está de graça.

— O que o faz pensar que logo nós compraríamos o seu produto? — perguntou Strabo.

— Estou oferecendo para todos, mas está difícil de vender. — O tom era perigosamente servil. — Perdi minha carga. Estou sem dinheiro. Não tenho mais nada.

— Não estamos interessados.

O homem deu as costas, derrotado. Georgios o chamou.

— Espere. — O jovem vasculhou a bolsa, que havia sido deixada sobre uma das redes. Pinçou três sestércios. Conferiu duas vezes contra a luz, para ter certeza de que eram moedas de bronze. Entregou-as ao bigodudo. — Tome.

— Obrigado. — O sujeito levou as moedas à testa e as ergueu, curvando-se em um gesto de gratidão. Em seguida desapareceu para sempre.

XXVI

A RAINHA DO ORIENTE

O HOMEM A QUE STRABO SE REFERIRA, CREDITADO COMO FUNDADOR DE ANTIOQUIA, era Seleuco, o Vitorioso, um dos sucessores de Alexandre. Após a queda do rei macedônio, Seleuco organizou o próprio império, que ia da Índia à Capadócia, e o governou até a morte. Escolhida para ser a capital do então Império Selêucida, Antioquia tornou-se o maior centro de comércio do Leste. O lugar recebia mercadores da Rota da Seda, que traziam o filamento desde a China; era o ponto final da Trilha Escarlate, que conectava as províncias romanas à Pérsia; e se abria, através do Rio Orontes, ao Mar Mediterrâneo — e de lá para a Grécia. Naqueles dias, quando Georgios e Strabo a visitaram, Antioquia era uma metrópole, comparada a Roma, Alexandria e Bizâncio, com nada menos do que meio milhão de habitantes. Era também a capital da província da Síria Palestina e abrigava o palácio do governador, Cláudio Régio, ex-legado da Legião Cirenaica.

O que os gregos não gostavam de comentar era que a cidade tinha raízes bem mais antigas. Na ilha sobre o Orontes, onde hoje se localiza o palácio, existiu em um passado longínquo um santuário a Astarte, a Deusa da Lua, padroeira do sexo, do amor e da fertilidade. No mesmo período, às margens do rio, espalhavam-se templos dedicados a Dagon, o Deus-Peixe, adorado pelos marinheiros fenícios. O curioso é que nem Seleuco nem os romanos proibiram esses cultos, então eles sobreviviam, coexistindo com as divindades greco-romanas.

O jeito mais rápido de chegar a Antioquia, a partir do porto de Selêucia, era subir o rio de barco ou de canoa. Georgios e Strabo, entretanto, precisavam economizar e seguiram a pé. Depois de três horas de caminhada, enxergaram primeiro o horizonte escarpado, o topo coberto de relva seca. A cidade propriamente dita ficava espremida entre os morros, a leste, e o rio, a oeste. O centro urbano contava com três muralhas robustas, construídas em épocas distintas, mas o que se conseguia ver desde a estrada eram as defesas externas somente, chamadas de Muro de Tibério, o aqueduto à esquerda e a ágora sobre uma colina discreta, com a estátua de Alexandre e o Templo de Zeus. O portão que se abria ao descampado era conhecido como Porta de Ouro, embora — Georgios jamais se esqueceria desse detalhe — as seções fossem feitas de bronze. O caminho até lá lembrava um pouco a estrada de Lida. Monumentos funerários o cingiam, bem como pequenas estalagens: estábulos adaptados, que ofereciam pernoite a preços módicos. Strabo sabia que esses locais, embora baratos, eram sujos, perigosos e serviam de abrigo a delinquentes.

O céu abrira, mas o tempo esfriara. Era meio-dia, contudo, e graças à atividade física eles só sentiam calor. Logo outros personagens, comuns nas capitais provincianas, se fizeram notar: soldados, carregando estandartes da Legião Cirenaica. O emblema deles era o tridente — Georgios o conhecia porque Räs Drago, que fora centurião da tropa, marcara o símbolo na porta dos cristãos, em Lida, como forma de provocação.

Os legionários checavam os transportes de carga e faziam perguntas, mas não incomodavam os pedestres. Mesmo assim, Strabo ficou nervoso.

— Me esqueci completamente da espada. — Suspirou depois de cruzarem o bloqueio. — Devíamos tê-la escondido melhor.

— Por quê?

— *Lex julia de vi publici* — cochichou em latim. — Nunca ouviu falar dessa lei?

— Não.

— Civis não podem andar armados nas metrópoles romanas.

— Não sou um civil. Sou um equestre.

— Uma coisa não tem a ver com a outra. Um cidadão, patrício ou plebeu, pode optar pela vida militar ou pela civil. Você continuará sendo civil enquanto não for aceito nas legiões, como o seu pai, que servia à Fulminante.

— Mas esses soldados são plebeus. Que autoridade eles têm para nos prender?

— A autoridade outorgada pelo governador. — Strabo o alertou. — Soldados recebem ordens e são ensinados a cumpri-las. Não abuse da sorte.

O movimento encrespou-se no largo que conduzia à Porta de Ouro. Georgios percebeu que havia duas filas: uma lenta, formada por carroças e homens montados, e outra mais rápida, ocupada essencialmente por transeuntes. Georgios e Strabo entraram na segunda fila e não levaram nem cinco minutos para alcançar a passagem. Ouviram muitos dialetos, mas, para a felicidade deles, o grego era predominante, depois o latim e a seguir o aramaico, isto é, nada diferente de Lida.

Pisando enfim nas ruas de Antioquia, ambos sentiram um odor, característico das cidades grandes, que misturava suor, urina, fezes de cavalo, especiarias, peixe, carne de porco, flores e mais uma centena de coisas. Georgios não conseguia decidir se era bom ou ruim.

— Que cheiro é esse? — indagou o garoto.

— Cheiro da civilização. — Strabo respirou fundo, como se apreciasse o aroma.

— Você gosta?

— É melhor que o cheiro da barbárie, decerto.

— Já esteve aqui?

— Não.

Georgios estava impressionado.

— Então como sabe tanto sobre todas estas regiões e cidades?

— Eu já lhe contei o meu segredo, mas você não escuta. Os livros, meu rapaz. Está tudo nos livros.

Strabo parou e olhou para os lados. Estavam em uma praça grande, com dezenas de carros de boi estacionados em círculo. Os produtos — cerâmicas, carnes, tecidos e blocos de mármore — eram descarregados e entregues a escravos, que os transportavam através das ruas até as lojas e os armazéns. Georgios recordou-se de que em Roma, segundo os textos de Tácito, veículos sobre rodas eram proibidos de circular durante o dia, e o mesmo devia acontecer ali, calculou. Sentiu-se ligeiramente sufocado, porque nunca estivera em um ambiente tão populoso. Pessoas esbarravam nele, entrando e saindo da *urbs*. Strabo tomou uma rua secundária, menos cheia.

— Para onde estamos indo? — quis saber o menino.

— Para o palácio. Fica na ilha. Temos que perguntar sobre o caminho, mas não deve ser longe.

— Deve haver alguma casa de banho no trajeto. — Georgios sentia-se imundo, apesar das roupas novas.

— Deve, sim, mas deixemos isso para depois. Se Cláudio Régio o receber, nos banhamos na corte. Melhor.

Seria melhor, realmente. Os banhos públicos, apesar do nome, nem sempre constituíam uma prática de higiene, mas de diversão. Na visão de Strabo, as termas eram "antros" onde a plebe se reunia "com o único objetivo de se exibir", e ele estava correto, apesar do cinismo.

À medida que caminhavam, Georgios reparou que a arquitetura que os cercava não era somente romana. Embora a maioria dos prédios seguisse, de fato, o estilo grego clássico, com escadarias, frontões triangulares e grandes colunas, havia também torres estranhas e edifícios escuros, que talvez tivessem sido erguidos pelos fenícios, ou por povos anteriores a eles.

Seguindo na direção do rio, cruzaram a segunda muralha, chegaram a uma avenida saturada de lojas e avistaram, no fim, um pórtico que conduzia à ponte sobre o Orontes. O setor mais nobre de Antioquia era aberto aos populares durante o dia, porque na ilha, precisamente, ficavam não só o hipódromo como o anfiteatro, um dos maiores do Leste. Georgios e Strabo passaram ao lado desse suntuoso edifício, mas não se detiveram, porque estavam cansados e famintos e queriam ter com o governador o mais rápido possível. Logo visualizaram o palácio, em meio às ruas bem vigiadas. Ocupava uma área quadrada à margem do rio, com muralhas robustas e ao menos doze guaritas.

Enfim chegaram ao portão sul. Quatro legionários montavam guarda, armados de escudo e lança. Um deles se apressou a falar, antes que os forasteiros chegassem mais perto.

— A entrada dos civis é pelo outro lado — disse em latim, fazendo um gesto para que circulassem o complexo.

Georgios e Strabo seguiram a orientação e caminharam por mais alguns minutos. Finalmente encontraram o portão norte, idêntico ao outro, só que, em vez de apenas guardas, lá havia também um centurião em uma salinha, sentado a uma mesa pequena com um monte de papéis e carimbos. O filósofo se anunciou aos vigias:

— Salve. Temos uma audiência com o governador Cláudio Régio.

Os homens os escoltaram até o burocrata, um sujeito de cabelos curtos castanhos, olhos escuros, constituição de soldado, trajando túnica branca e capa vermelha. Ele os fitou de modo cortês.

— Boa tarde. — O centurião parou o que estava fazendo para atendê-los, mas não se levantou. — Vieram encontrar quem?

— Cláudio Régio — insistiu Strabo, com toda a civilidade. — Sou Strabo e este é o meu mestre, Georgios Anício Graco, filho de Laios Anício Graco, magistrado de Lida.

— Magistrado de onde? — perguntou o burocrata, porque realmente não tinha entendido. Lida não era uma localidade importante.

— Lida. É uma cidade ao sul. Fica entre Cesareia Marítima e Jerusalém.

— Não conheço, peço desculpas. Mas sem problemas. — Procurou algo em meio aos rolos de papiro. — Para que horas está marcada a audiência?

— Não marcamos — interveio Georgios. — Nossa cidade foi atacada. Viemos pedir refúgio.

— Entendo. — O centurião não processou a informação sobre o ataque. Digeriu apenas a parte em que o menino dissera que não haviam marcado a audiência. — Nesse caso — ele franziu o cenho —, vocês precisam marcar uma audiência.

— É uma emergência — protestou o garoto.

— Então terão que conseguir um passe — o sujeito rebateu, agora mais sério.

— Onde conseguimos um passe? — indagou Strabo.

— No fórum.

— Na ágora? — manifestou-se Georgios. — Sobre a colina?

— Não, meu jovem. No Fórum de César, ao norte do teatro — o centurião informou. — Na convergência entre as três avenidas. É fácil de encontrar.

— Obrigado — disse Strabo, num tom que misturava decepção e alívio. Decepção porque a burocracia do Império era de fato odiosa; alívio porque não adiantava correr: eles não conseguiriam mais resolver a questão naquele dia.

Georgios acompanhou o filósofo de volta à ponte sobre o Orontes.

— O que é um passe?

— Um suborno oficial. Um modo de pagar pelo privilégio de se encontrar com o governador antes dos outros.

— Uma audiência paga? Meu pai nunca cobrou para receber as pessoas.

— Seu pai não é parâmetro para nada. Lida não é parâmetro para nada — desabafou. — Bom, vamos andando. Esta cidade é imensa, não podemos perder nem um segundo.

— Estou faminto. Dá tempo de comer alguma coisa?

— Estou faminto também, mas acho melhor aguentarmos um pouco mais. Vamos comprar o passe e depois procurar uma estalagem. Descansaremos e veremos Cláudio Régio amanhã.

O Fórum de César fora construído pelos romanos para substituir a ágora como centro administrativo da cidade. O edifício central era a basílica, uma estrutura alta e retangular cercada de colunatas, entre as quais se desenrolava a maioria dos trâmites jurídicos. Strabo pediu informação sobre onde conseguir um passe de acesso ao palácio, e um transeunte apontou para um homem no início da meia-idade diante de uma mesa larga e pesada, trajando roupas civis, escoltado por dois guardas. O sujeito parecia estar de saída, então Strabo subiu as escadarias correndo, a fim de alcançá-lo a tempo.

— Salve, salve — o escravo o chamou, sacudindo os braços. — O senhor é responsável pelos passes ao palácio? Meu nome é Strabo, eu...

— Sou eu mesmo, mas já encerrei — disse o funcionário, em pé, enfiando papéis em uma pasta de couro. — Retomo amanhã na segunda hora.

— Senhor, nós viemos de muito longe. — Apontou para Georgios. — Este é o meu pequeno mestre. Nosso assunto com o governador é de extrema importância.

— Então venham amanhã, na segunda hora.

— O senhor é grego? — Strabo percebeu pelo sotaque.

— Sou sim — confirmou o homem.

— De Atenas?

— Perfeitamente.

— Somos dois, então — continuou o filósofo, mudando do latim para o grego. — Conterrâneos.

— Ah, entendo. — O sujeito esboçou um sorriso muito discreto. — Estão vindo de lá?

— De Lida, perto de Jerusalém. Sofremos um ataque. O pai do garoto era o magistrado. Trata-se de uma questão militar.

— Compreendo. — O burocrata apoiou a pasta sobre a mesa. — Bom, então está certo. — Deu a volta no móvel e tornou a se sentar. Abriu uma gaveta e sacou um rolo de papiro. Havia algo escrito no documento, dando a impressão de que era um modelo já formatado. O sujeito pegou também o tinteiro e a caneta. — São cinco denários.

— Tudo isso? — Georgios se assustou.

— Estou lhes fazendo um favor — o homem se justificou. — Vai escurecer em uma hora. Já era para eu estar em casa.

— Nós temos o dinheiro — garantiu Strabo, procurando na bolsa. Não achou. Procurou de novo. Nada. Nenhuma moeda. Começou a suar frio. Enfiou a mão lá dentro. O fundo estava rasgado. Fora cortado por uma lâmina muito fina, uma navalha, talvez. Todo o conteúdo tinha desaparecido.

Strabo ficou pálido.

— O que foi? — Georgios o cutucou.

— Fomos roubados. — O filósofo estava vermelho de ódio. — Traficante filho da puta. Foi ele, aquele merda.

— Calma. — Georgios nunca o vira daquele jeito. — Que traficante?

— O líbio. Do navio. Ele nos roubou.

— Impossível. — Para o menino, não fazia sentido. — Ele nem sequer entrou na cabine.

— Eles são profissionais. Mágicos. Charlatões. Conhecem todos os truques. Como esses sacerdotes de bosta. Mesma raça.

— Olha. — Até o burocrata se comoveu com a situação. — Vamos fazer assim: vocês vêm amanhã. Eu cobro só a metade.

— Obrigado, senhor — disse Georgios, puxando Strabo para a escadaria.

Os dois sentaram nos degraus. O clima era de total apatia. Por longos minutos, nenhum dos dois disse absolutamente nada, não apenas pela decepção do momento, mas porque estavam cansados e precisavam respirar. A certa hora, Georgios resmungou:

— Isso é praga de Netuno. Devíamos tê-lo pagado, conforme eu prometi.

— Entenda uma coisa, rapaz. — Strabo precisava se controlar para não explodir. — Os deuses não existem. Religião é um mecanismo de controle criado pelos homens. Uma arma ideológica para manipular os fracos de mente.

— E Jesus Cristo? — A pergunta do garoto era honesta, não um desafio, como poderia parecer a princípio. — Dizem que ele viveu realmente, e que morreu em Jerusalém.

— Pode ser. O cristianismo faz isso. Pega gente comum e transforma em mártir. É só mais uma estratégia. Cada culto tem o seu modo de operar.

Como já era hábito, Georgios não retrucou, apenas ficou pensando a respeito. Minutos depois, comentou:

— Estou morrendo de fome. E de sede.

— Deve ter uma fonte perto do aqueduto. Vamos segui-lo até o reservatório.

Menino e escravo se levantaram. O corpo de ambos doía. Desceram até o fórum e fizeram mais algumas perguntas. Uma mulher lhes disse que havia uma fonte ali perto, orgulhosa do fato de que em Antioquia o que não faltava era água potável. Sendo assim, caminharam algumas quadras e dobraram em uma praça pequena, onde havia um tanque alto, de pedra. O jato escapava através de um cano. O aqueduto passava logo acima, feito uma centopeia gigante, obscurecendo o sol vespertino. Georgios reparou que meninos mais novos que ele, talvez com dez ou doze anos, brincavam no topo, urinando no curso de água.

— Não se preocupe — Strabo o tranquilizou. — O fluxo é tão forte que a urina se dilui.

Os forasteiros beberam com avidez. Estavam famintos ainda, mas a sede se fora. Nenhum dos dois sentiu gosto de urina.

— Será que conseguimos pescar? — Georgios sonhava com peixe cozido.

— Na fonte? — estranhou Strabo.

— Não. No rio.

— Com quê? Com as mãos?

— Talvez alguém nos venda uma vara.

— Nós fomos roubados — o escravo o lembrou. Georgios nunca tinha passado por uma situação dessas, então era difícil assimilar. Não sabia o que era ficar sem dinheiro, muito menos o que significava passar fome.

— Podemos pedir um pouco de comida em alguma taverna — sugeriu.

— Não seja ingênuo. Ninguém nos dará nada de graça. — Strabo teve uma ideia. — Se conseguirmos aguentar até amanhã, quem sabe possamos vender a sua espada. Os judeus compram qualquer coisa.

— Vender a Ascalon? — Para Georgios, a proposta estava fora de questão. Ele preferiria morrer definhando. — É a única coisa que me restou.

Strabo respeitou a decisão, embora soubesse que, se as circunstâncias piorassem, o mestre mudaria de ideia. Sem saber para onde ir, retornaram ao fórum, que começava a esvaziar.

Sentaram nas escadarias da basílica novamente. Era janeiro, e o sol se punha cedo. No princípio da noite, só permaneceram na praça os mendigos e os soldados na guarda dos prédios públicos. Georgios estava cansado, mas não sentia sono. Strabo tinha medo de dormir, porque a qualquer momento eles poderiam ser atacados — os vigias não estavam ali para protegê-los e tinham ordens para não se envolver em brigas, especialmente à noite. Se alguém tentasse abordá-los, teriam de correr ou se defender sozinhos.

Ninguém os interpelou nas próximas duas horas. Contudo, outro inimigo chegou de mansinho: o frio. Antioquia ficava mais ao norte que Lida, era seca e agradável durante o dia, mas as noites de inverno costumavam ser gélidas. O vento que corria pelas ruas os atingiu frontalmente. Georgios se cobriu com a capa de viagem e Strabo vestiu meias de lã sob as sandálias, o que lhes garantiu mais alguns minutos de aconchego, até que começou a chuviscar.

— Se continuarmos parados, vamos congelar — murmurou o velho, esfregando as mãos. — Temos que nos pôr em movimento.

— E procurar abrigo nas ruas estreitas — complementou Georgios. O espaço aberto do fórum não oferecia proteção contra a chuva.

Deslocaram-se rumo às vielas. O risco maior eram os ladrões, que aparentemente continuavam em suas tocas. Antioquia encontrava-se às moscas na madrugada; nem os pedintes eram mais vistos. Vagaram por duas ou três horas, então o garoto sentiu o aroma de peixe cozido. O mais provável era que fosse um delírio, uma ilusão de sua mente infantil, portanto não comentou nada. Strabo o surpreendeu ao dizer:

— Está sentindo esse cheiro?

— Estou.

— Pode ser uma taverna despejando as sobras do jantar.

— Não temos dinheiro — o garoto repetiu o que ele dissera horas antes.

— Mesmo assim, vamos dar uma olhada. Nesta escuridão, quem sabe consigamos pegar alguma coisa do lixo.

A ideia soaria absurda em outros tempos, mas àquela altura eles fariam de tudo por um prato de comida. A travessa virava à direita, terminando em um beco sem saída. No fim dela havia um templo muito antigo, que no passado talvez ocupasse o centro de uma praça, mas agora se encontrava espremido entre dois prédios mais novos. Tinha uma escadaria larga e o frontispício triangular, semelhante aos templos gregos. No entanto, as pilastras eram ogivais, não cilíndricas, decoradas com figuras marinhas. O umbral não tinha porta. Luz e vozes ecoavam do interior do recinto.

Georgios e Strabo teriam se afastado, se o calor não os tivesse atraído. Valia a pena investigar. Mesmo que fosse uma seita de fanáticos canibais, eles não tinham muito a perder.

Subiram os degraus com cautela. No patamar, encontraram um mendigo sentado no chão com uma vasilha encostada nos lábios. O homem nem sequer os notou.

Mais curiosos que assustados, adentraram o santuário em ruínas. Descortinou-se diante deles um salão retangular com paredes cinzentas repletas de imagens esculpidas, ocultas nas sombras noturnas. O telhado estava quebrado, restando apenas as vigas, mas a chuva cessara, e três piras a óleo aqueciam o ambiente. No espaço antes dedicado à estátua, homens e mulheres serviam comida aos moradores de rua, que se enfileiravam com tigelas nas mãos. No meio deles, um sujeito de manto preto recitava o que tanto Georgios quanto Strabo reconheceram como o Evangelho de Lucas — Lida era cheia de pregadores, que repetiam as frases por toda a cidade.

— Cristãos... — Pela primeira vez, Strabo pronunciou a palavra com neutralidade, não com desprezo.

— Isto é uma igreja? — Georgios nunca estivera em uma.

— Estamos em um templo de Dagon. Os antigos fiéis devem ter abandonado o lugar, e os cristãos o ocuparam.

Instintivamente, Georgios pegou uma tigela — havia várias empilhadas — e entrou na fila. O escravo fez o mesmo. Foram servidos e depois se sentaram no chão. Strabo encolheu-se de vergonha. Teria ido embora, mas ainda estava frio lá fora. Perto deles, uma jovem dormia abraçada a duas crianças remelentas. O odor era ruim pelo acúmulo de gente, mas eles também não estavam tão limpos, então não tinham do que reclamar.

Os pregadores se alternavam. Eram sempre homens, mas havia algumas cristãs conversando com os miseráveis, ensinando-os a rezar.

— Espero que não nos descubram — disse Strabo, mas logo se conformou. — Bom, é o preço que se paga, não é? Comemos a comida deles, agora temos que rezar. Reconheço que é uma troca justa. Olhe — avisou de través. — Tem uma delas se aproximando. Vamos evitar confusão. Se pedirem para rezarmos, rezamos. Se pedirem para nos ajoelharmos, nos ajoelhamos. Os cristãos podem ser violentos. Convém ter cuidado.

Quem se aproximava era uma mulher na casa dos sessenta anos, vestida com uma túnica e um xale de algodão. Tinha os olhos cinzentos, e Georgios imaginou que quando moça devia ter sido muito bela, porque o corpo era ainda elegante.

— Paz de Cristo. — A senhora os abordou em grego.

— Salve. — Strabo se esforçou para esconder o descaso.

— Vocês não são indigentes. — Era fácil deduzir pelas roupas de Georgios. — E, pelo sotaque, são estrangeiros. Estou curiosa. O que fazem aqui?

— Minha cara, quem tem sotaque não sou eu — disse o filósofo. — Nasci em Atenas. Meu grego é puríssimo.

— Percebe-se. — Ela ficou de cócoras para escutá-los e insistiu: — O que estão fazendo tão longe de casa?

— Somos de Lida, na verdade — contou Georgios. — Perto de Jerusalém.

— Sei onde fica Lida — anuiu a mulher. — Não foi onde ocorreu a famosa Revolta de Bar Kokhba?

— Exato — comentou Strabo, com bom humor. — Nem eu me lembrava mais disso.

— Nós viemos ter com o governador — explicou Georgios —, mas fomos furtados. Todo o nosso dinheiro se foi.

— Suponho que você seja um patrício — prosseguiu a missionária. — Por que não solicitou abrigo no Templo de Júpiter? Eu os levo até lá amanhã, se não souberem o caminho.

— Estou sem os meus documentos — revelou o menino.

— É complicado — Strabo acrescentou, sem energia para contar a história outra vez. — De qualquer maneira, obrigado.

— Descansem conosco até o dia nascer — ela disse afavelmente. — Não se preocupem com nada. Ninguém os incomodará.

— Como é o seu nome? — Georgios perguntou.

— Jocasta.

— Sou Georgios e este é Strabo, meu pedagogo.

— Bom descanso — ela desejou e regressou aos caldeirões.

Georgios adormeceu no chão, plenamente saciado. A sopa era uma mistura rala de peixe, óleo e sal. O gosto devia ser detestável — e era —, mas não importava. Mesmo depois de adulto, Georgios Graco se lembraria daquela como a refeição mais saborosa de toda a sua vida.

XXVIII

ESCOMBROS MARINHOS

QUANDO GEORGIOS ACORDOU, A IGREJA ESTAVA PRATICAMENTE VAZIA. Os mendigos não tinham um segundo a perder: acordavam cedo e saíam às ruas na esperança de conseguir boas esmolas. O cardo — a avenida do comércio — era um dos locais preferidos, embora o fórum, as praças e a saída dos anfiteatros fossem também disputados.

O sol penetrava através do telhado em ruínas, revelando os detalhes que a noite apagara. Nas paredes, as imagens em alto-relevo — de estrelas-do-mar, polvos e caranguejos — somavam-se à figura de um homem com rabo de peixe, que, Georgios saberia depois, representava o famigerado Dagon. Nos dias antigos, havia três templos dedicados a ele dentro dos muros, mas o culto perdeu força, os edifícios foram abandonados e os seguidores do Nazareno passaram a ocupá-los, usando-os como locais de reunião. O símbolo de Dagon, portanto, acabou casualmente associado aos primeiros cristãos de Antioquia. Por toda a metrópole, grafites com desenhos de peixes serviam para apontar o caminho até as igrejas ou para indicar a proximidade delas.

Georgios olhou ao redor e encontrou Strabo varrendo o piso. Era sua forma de pagar pela comida — o velho não queria nada de graça, muito menos de "um bando de fanáticos religiosos", como se referia aos teístas. Outros três homens o ajudavam na limpeza. O garoto não viu os pregadores.

— Bom dia. — Apoiado na vassoura, Strabo parou na frente de Georgios. — Descobri que Cláudio Régio estará nos jogos de domingo.

O garoto esfregou os olhos.

— Quando é isso?

— Depois de amanhã.

— Os jogos são pagos?

— Sim, mas a minha ideia é esperá-lo na saída. Ele sempre passa por lá com seus guardas, distribuindo esmolas e acenando para a populaça. Pelo menos foi o que me contaram. É a ocasião perfeita para nos aproximarmos dele.

— Pode ser. — O menino não se empolgou com o plano. — Por que não voltamos para Selêucia? O capitão garantiu que poderíamos ficar hospedados no navio.

— Ele também disse que os reparos vão levar semanas.

Georgios teve a impressão de que Strabo queria evitar o *Shalmut* a todo custo. Talvez estivesse com medo do traficante líbio, talvez desejasse se esquivar de viagens marítimas. De qualquer maneira, se decidissem permanecer em Antioquia, haveria outras questões a resolver.

— Onde passaremos as noites nesse ínterim?

— Ora, aqui. — Strabo estranhou a pergunta. — Conversei com o diácono.

— Diácono?

— O sacerdote responsável pela igreja. Era o sujeito de manto preto com voz eloquente. O bispo está acima dele e é responsável por todas as igrejas da cidade.

— Ele aceitou nos receber?

— O diácono? Sim. Em troca do meu trabalho. Isto não é exatamente uma hospedaria, mas servirá por enquanto.

Georgios sentiu-se pesadamente inútil e rebateu, automático:

— Deixe-me ajudá-lo.

— Não fica bem. Um equestre não deve fazer serviços de escravo. É contra a tradição.

— Ninguém sabe que eu sou um equestre.

Georgios olhou em torno. Encontrou um balde e alguns panos úmidos. Ergueu-se, foi até lá e começou a limpar as manchas de sopa do chão. Era uma atividade maçante, mas ficar parado seria ainda mais deprimente. Por volta da sexta hora, duas moças lhes trouxeram um cesto de pão e uma jarra de cerveja. O trabalho seguiu pela tarde. Na oitava hora, um rapaz, que se anunciou como carpinteiro, veio fazer a medição do assoalho — a ideia, ele disse, era cobrir tudo com madeira, mas acrescentou que antes precisava consertar o teto. O expediente terminou na nona hora, quando a igreja começou a encher — não de mendigos, mas de fiéis, que chegavam para o encontro diário. Georgios e Strabo não tinham a menor noção de como seria o ritual e quanto tempo duraria. Resolveram sair para conhecer a cidade antes que o sol se pusesse.

O Templo de Dagon localizava-se em uma área residencial, a leste do fórum e a oeste do aqueduto. Eles seguiram pelo cardo na esperança de visitar a ágora, mas chegando lá souberam que a ladeira de acesso à colina era bloqueada por portões gradeados, que se fechavam à noite. No lusco-fusco, retornaram à igreja.

Detiveram-se na entrada do beco. Já havia alguns mendigos por perto, aguardando a cerimônia terminar para receber comida e abrigo.

O ritual findou e os devotos saíram, cumprimentando-se e despedindo-se cordialmente. No meio deles, os forasteiros reconheceram o diácono. À sua esquerda estava Jocasta, a missionária com quem haviam conversado, e do lado direito vinha um homem de pele branca, barba crespa e olhos azuis. Os dentes da frente eram separados, formando uma fenda, mas o que realmente chamava atenção era o manto longo e alvejado.

O garoto e seu pedagogo recuaram para os três passarem. Jocasta estacou e se virou para eles.

— Strabo e Georgios, certo? — perguntou, e o menino confirmou balançando a cabeça. — Este é Cirilo, o bispo de Antioquia. — Jocasta voltou-se para o sacerdote de vestes brancas. — Senhor bispo, esses dois são fugitivos de Lida. O garoto é um patrício que veio ter com o governador, mas perdeu os documentos.

— Que oportunidade maravilhosa — declarou o religioso. O tom era a um só tempo rígido e otimista, dando a impressão de que o problema deles era seu também. — Pode ser o início de uma nova vida. — Tocou o ombro de Georgios. — Peça a Deus o que precisa e ele lhe concederá.

— No momento — Strabo se esforçou para não soar irônico —, o que precisamos é de dinheiro.

— Deus é uma entidade espiritual — disse Cirilo. — Só o que se pode pedir a ele são coisas do espírito, como coragem, sabedoria e paciência.

— Coragem — exclamou Georgios, num átimo.

— Ora, isso você tem de sobra — sorriu o bispo. O jovem sentiu-se profundamente lisonjeado, pois não estava acostumado a receber elogios. — Se quiser, venha à eucaristia amanhã.

Mesmo não sabendo o que era eucaristia, Georgios curvou a cabeça em agradecimento. No entanto, preferiu não responder, em parte porque sabia que Strabo detestava os cristãos, em parte porque ele próprio não desejava ser cristão. O pouco que conhecia sobre o cristianismo não lhe agradava. Ele queria ser um cavaleiro, como o pai, e precisava de divindades mais belicosas, como Marte, com quem aliás já tinha pactuado.

O bispo se despediu de Jocasta e foi embora, acompanhado por três seguranças. O serviço comunitário começaria em breve. Strabo estava a ponto de explodir.

— Georgios, pensando melhor — ele mordeu o lábio, tentando se controlar —, se o encontro com o governador não der certo amanhã, devemos partir de uma vez. Já pagamos a passagem, e no navio teremos comida.

— O navio só ficará pronto em semanas. — O menino ouviu a voz da razão. — Como você mesmo disse, não precisamos ter pressa.

Os jogos de domingo começavam cedo e acabavam ao meio-dia, porque a atração principal encontrava-se do outro lado da ilha, no hipódromo. As lutas entre gladiadores estavam em declínio, sobretudo em Antioquia, uma metrópole essencialmente cristã. Não que os cristãos não gostassem de esportes violentos — eles adoravam —, mas a prática passara a ser malvista depois que o primeiro bispo da cidade fora atirado à arena, em Roma, quase duzentos anos antes. Desde então esse homem, conhecido como Inácio, suposto discípulo do apóstolo João, tornara-se um ícone entre os locais, sendo lembrado em todas as missas como o "santo" que morrera para salvá-los do mal.

O anfiteatro ficava ao sul do palácio. Contava com quatro arcos de saída, um deles exclusivo para as famílias nobres. Esse arco afluía para uma escadaria longa, de degraus baixos, que circulava o edifício em toda a extensão. No espaço entre as paredes do estádio e as muralhas da cidadela, enxergavam-se dezenas de liteiras estacionadas, vigiadas por escravos fortes, prontos para transportar seus mestres. No mesmo local aglomerava-se um enxame de pedintes. Georgios e Strabo estavam entre eles, esperando a aparição de Cláudio Régio.

O que se escutava desde a praça era o som das tubas romanas e eventualmente o rufar de um tambor, anunciando o fim de uma luta e o princípio de outra. O clamor da plateia era fraco, e os ruídos do combate quase não eram notados. Um tilintar de espadas e o gemido de um atleta foram só o que se conseguiu perceber.

O espetáculo terminou na quinta hora, antes de o sol atingir o zênite. Então os ricos começaram a sair. Georgios ficou impressionado com as roupas, de coloração muito viva. Em Lida, predominavam o bege, o cinza e o marrom; ali, o turquesa, o amarelo e o roxo, com a adição de joias e acessórios brilhantes.

— Como vamos reconhecer Cláudio Régio? — ele perguntou a Strabo, tentando espiar através da multidão.

— Ele virá escoltado por lictores.

— O que são lictores?

— Guarda-costas encarregados de abrir passagem para oficiais importantes. No passado todos os magistrados tinham lictores. Agora, só os governadores, cônsules e o próprio imperador têm esse privilégio. Se bem que — o filósofo não estava tão certo — acho que varia de cidade para cidade.

Houve um rebuliço maior que o normal à medida que uma onda de patrícios descia a escada. No centro deles, seis rapazes carregavam uma espécie de bastão grosso, formado por múltiplas varas de madeira unidas por fitas de cobre. Com esse instrumento, afastavam os mendigos, permitindo, todavia, que se aproximassem a uma distância segura. Georgios recordou-se de um desenho que vira nos livros do pai e teve certeza de que aqueles eram os lictores.

A dupla se adiantou até discernir Cláudio Régio. Ex-general romano, ele mudara pouco desde que estivera com Laios na cidade de Bostra. Exibia o mesmo rosto quadrado, a mesma face barbeada e continuava ostentando o peitoral de bronze com detalhes de ouro. O único traço diferente era o cabelo, agora grisalho. No auge dos quarenta e sete anos, era um homem forte, dotado de um sorriso atraente.

Depois de se embrenhar na turba, menino e escravo conseguiram chegar a uns dois passos do governador. O lictor mais próximo ergueu a vara para afastar Georgios, mas olhou as roupas dele, entendeu que não era um pedinte e se deteve. O titubeio deu tempo para Strabo impostar a voz na direção de Cláudio Régio.

— Excelência — ele falou o mais alto que pôde. — Sou Strabo, escravo de Laios Graco, magistrado de Lida.

Régio poderia tê-lo ignorado. Era comum os moradores de rua contarem histórias fantasiosas para comover os passantes. Contudo, a menção ao nome de Laios chamou-lhe a atenção. Um dos lictores estava a ponto de empurrar Strabo quando o governador deu meia-volta e perguntou:

— Quem disse isso?

— Eu. — O filósofo esticou o braço direito. — Lida agoniza e pede ajuda. — Apontou para o garoto a seu lado. — Este é Georgios Graco, filho e herdeiro do comandante Graco, inimigo dos persas e captor de Zenóbia.

— Sei quem é Laios Graco. — Régio estava agora de frente para Strabo, encarando-o de modo severo. — E sei também que ele foi morto na Germânia. O que vocês fazem aqui?

Strabo esforçou-se para resumir o caso. Havia muita gente por perto.

— Räs Drago, que dividia a magistratura com o meu mestre — disse —, assassinou a esposa de Laios Graco e tomou suas terras.

— Mas você é um escravo — Régio exclamou, como se o acusasse. — O que tem a ver com isso?

— O menino ficou desamparado. Preciso levá-lo ao imperador e apresentar a denúncia. Contamos com a sua generosidade.

— Denúncia? Está louco? Eu não me meto nesses assuntos. Agora, dê o fora.

— Mas, excelência — Strabo estava desesperado —, é uma questão de segurança. Lida fica quase na fronteira do Império. O meu mestre...

— Chega! — gritou um dos lictores, forçando o escravo para trás.

Cláudio Régio já tinha dado as costas e seguia rumo ao hipódromo. Georgios tentou avançar, mas também foi repelido. Em poucos minutos o governador se perdeu no mar de pessoas, protegido pelos seguranças.

O menino perguntou a Strabo:

— Esse é o homem que mandou o meu pai para a Germânia?

— Não exatamente. Quem deu a ordem foi o imperador — disse. — Mas agora suspeito de que Cláudio Régio o prendeu em Bostra, impedindo-o de regressar a Lida.

— Por que ele faria isso?

— Seu pai era oficial da Legião Fulminante. Régio era legado da Cirenaica — retrucou Strabo, e acrescentou, desolado: — A mesma tropa em que Diago serviu.

Sem títulos, amigos, influência ou dinheiro, o que restava aos forasteiros era retornar a Selêucia. Se partissem naquele momento, considerando que ainda teriam de cruzar a cidade, alcançariam a foz do Orontes ao pôr do sol. Qualquer viajante sensato teria escolhido sair no dia seguinte, pela manhã. Strabo, entretanto, insistiu que partissem imediatamente — ele não queria passar outra noite na igreja, ouvindo o discurso dos pregadores.

Carregavam toda a bagagem consigo, incluindo a Ascalon, embrulhada em tecido grosso. Na bolsa, traziam alguns pedaços de pão que haviam recolhido na última ceia. Era o suficiente para que chegassem ao destino vivos e saudáveis.

O trajeto de volta levou o mesmo tempo que o de ida, mas Georgios teve a impressão de que fora mais rápido: é de fato a sensação que se tem quando já se conhece o caminho. O terreno era irregular, subia morros, descia outeiros, cruzava pontes e pequenos riachos. O chão estava coberto de relva, com arbustos ocasionais e pomares delineados por sebes. Camponeses vendiam castanhas às margens da estrada, assando-as em panelas de ferro. Carroceiros seguiam em todas as direções, transportando peixes e frutos do mar. Georgios se impressionou ao ver um corcunda arrastando uma rede entulhada de caranguejos, os bichos se movimentando, tentando escapar. Olhando para o bolo de carapaças, ele sentiu fome e desejou estar de volta à igreja, mas nada disse na presença de Strabo. Em vez disso, perguntou:

— O nosso destino final é a Nicomédia, certo?

— Perfeito — ele respondeu, ofegante. Faltavam poucos minutos para o fim da jornada: as muralhas de Selêucia já eram avistadas ao longe.

— Como ter certeza de que o imperador estará lá?

— Na Nicomédia?

— Sim.

— Não há como ter certeza. Mas, se ele estiver ausente, talvez possamos ser atendidos por um dos paladinos.

— Quem são os paladinos?

— Guardas palacianos, a tropa pessoal do imperador — respondeu Strabo, sem muita paciência. — O nome é uma alusão ao Monte Palatino, a mais célebre das colinas romanas.

— Que coisa engraçada — comentou o menino.

— Não tem nada de engraçado.

— Eu acho engraçado o fato de Roma ser o lugar menos seguro para um imperador viver, como você disse em Cesareia.

Strabo sentiu uma pontada de orgulho ao perceber que o menino não só se recordava do que ele ensinara como era capaz de refletir e divagar a respeito.

— Sim. Nesse aspecto, é trágico e cômico ao mesmo tempo.

Mais uns cem passos e eles atingiram os portões de Selêucia. Os muros, construídos com blocos de pedra clara, estavam desguarnecidos. Não havia soldados ou barreiras, possivelmente para facilitar o trânsito de mercadorias que chegavam pelo mar em quantidades astronômicas.

O arco principal desembocava em uma ladeira de paralelepípedos, às margens de uma praia de seixos. Seguindo rua acima, observavam-se o porto, à esquerda, e as tavernas e armazéns à direita, enfim terminando em uma fortaleza até então oculta pela neblina. O estandarte sobre ela exibia formas onduladas e tonalidades cinzentas, características da *Classis Syriaca*, a Esquadra Síria, criada pelo imperador Vespasiano com o objetivo de defender a costa da Ásia. O recôncavo, distinguido com clareza à luz vespertina, abrigava galés, com seus remos duplos e triplos, barcos de pesca e navios cargueiros. Georgios e Strabo não viram o *Shalmut*.

— Deve estar mais para o norte. — O escravo continuou andando, meio apressado. Parou diante de um atracadouro de madeira e caminhou até o fim dele. Protegeu a vista com a mão sobre a testa. — Não estou encontrando. — Virou-se para Georgios. — Está vendo algo daí?

— Não. — O garoto subira em um barril para melhor enxergar. — Nem sinal.

— O capitão disse que trocaria as velas. Não devemos estar reconhecendo o barco por causa disso. Vamos descer a ladeira e procurar outra vez, até o fim da praia.

De volta à rua, Georgios avistou dois legionários de túnica azul e peitoral de couro, carregando o elmo sob o braço. Estavam armados, mas pareciam de folga.

— Salve, soldados — começou o garoto. — Por favor, uma informação.

O primeiro deles olhou para as roupas de Georgios, analisou seu linguajar e assumiu que fosse patrício.

— Senhor.

— Estamos à procura de um navio fenício. Estava danificado, faz três dias.

— O Cavalo-Marinho?

— Cavalo do Mar — Georgios o corrigiu.

— Esse mesmo! — Strabo deu um grito, quase histérico. — Onde ele está?

— Partiu ontem à tarde — informou-lhes o soldado. — O capitão consertou os mastros e decidiu arriscar a cabotagem.

— Como você sabe? — indagou Strabo, agressivo.

O sujeito não se abalou.

— É uma cidade pequena. Todo mundo conhece todo mundo.

O legionário deu de ombros e se afastou. Georgios estava prestes a agradecer, mas ficou preocupado com seu velho tutor, que se arrastou até a beira do cais encurvado feito um leproso. No fundo do rio, através das águas cristalinas, descansavam blocos de mármore e colunas partidas, resquícios de construções que haviam desabado durante o terremoto que assolara a cidade cem anos antes.

— Está acabado. — Strabo fitava os escombros, como se desejasse ele próprio ser engolido. — É o fim. O *nosso* fim.

— Eu posso me alistar — sugeriu Georgios, indicando a fortaleza.

— Só no próximo ano.

— Ninguém sabe que eu tenho catorze anos. Digo que tenho quinze.

— Se você se alistar como plebeu, perderá a posição de equestre. E, se um dia tentar reivindicar o nome dos Gracos, todos dirão que é um impostor — lamentou, cobrindo o rosto com as mãos espalmadas. — Termina assim a linhagem de Laios, inimigo dos persas e captor de Zenóbia. — Strabo recordou-se do senador Caio Fúlvio, a quem servira anteriormente. — E eu perco o meu segundo mestre.

— Isso faz de você um homem livre? — perguntou Georgios de modo sincero.

Strabo respondeu ainda mais sinceramente:

— Não. Faz de nós dois escravos.

XXVIII

COLINA DOS OSSOS

NA GUERRA, UM DOS ELEMENTOS ESSENCIAIS À VITÓRIA É O CHAMADO EFEITO SURpresa. Räs Drago aprendera essa lição quando jovem e a aplicara inúmeras vezes durante o tempo em que estivera no exército, quase sempre com resultados notáveis.

Em Lida, usou a mesma estratégia. Imediatamente depois de atacar a Vila Fúlvia, retornou ao centro urbano e dividiu seus homens. Um pequeno grupo ficou responsável por incendiar o Templo de Zeus, e o restante tomou de assalto o bairro cristão. Quando o dia raiou, Claudiano estava preso, e muitos de seus seguidores, mortos.

O imediatismo garantiu o sucesso da operação, mas, em contrapartida, permitiu que Georgios e Strabo escapassem sem grandes dificuldades. Para que o massacre contra os cristãos tivesse êxito, Drago precisaria de todos os seus guerreiros a postos, então decidiu não perseguir o filho de Laios. Foi uma ação calculada — ele estava tão certo de que o menino não sobreviveria sem os pais que achou melhor ignorá-lo.

Naquele ano, a milícia contava com cerca de setecentos soldados. O que poucos sabem é que parte do dinheiro usado para contratá-los veio do acordo que Drago firmou com o senador Caio Valério Fúlvio, ex-magistrado de Lida, curiosamente o mesmo que fora banido da cidade vinte anos antes.

O primeiro a mencionar o paradeiro desse homem foi Claudiano, na ocasião em que ele e Drago se encontraram para negociar o assassinato de Yasmir. O centurião se interessou pelo caso, procurou nos arquivos públicos e descobriu que seu antecessor agora vivia no Chipre e continuava riquíssimo. Fúlvio perdera suas funções políticas após acumular dívidas de jogo, mas fora banido da Palestina por razões mais intrigantes, que serão reveladas no momento oportuno. O fato é que Caio Valério Fúlvio, com cinquenta e oito anos, não era casado ainda e precisava desesperadamente de uma consorte. A pressão vinda de Roma era tanta que ele seria capaz de pagar para obter uma moça adequada, que satisfizesse suas necessidades: uma jovem bonita, saudável, minimamente educada, mas não relacionada às tradicionais famílias romanas. E essa pretendente era Tysa.

Já naquela época, o procedimento de comprar uma noiva era ilegal, afinal só os escravos, pela lei romana, podiam ser comercializados. No entanto, as circunstâncias, nesse caso, eram diferentes e incrivelmente peculiares.

Caio Valério Fúlvio era primo distante de Maximiano, o Inclemente, talvez o maior general do Império, responsável por manter as linhas de defesa do Reno. O clã possuía diversos empreendimentos, e um deles era o aluguel dos atracadouros de Pafos, capital da província do Chipre.

Pafos era uma cidade importante por vários motivos. Primeiro, por ser o ponto de parada óbvio para os navios que cruzavam o Mediterrâneo. Segundo, por seu mercado de frutos do mar e, terceiro, por questões religiosas. Os gregos acreditavam que Afrodite havia nascido na ilha e organizavam excursões para conhecer suas praias. O santuário da deusa em Pafos era um dos centros de peregrinação mais visitados do mundo helênico, perdendo apenas para o famoso Oráculo de Delfos.

Para quem chega a Pafos pelo leste, o que se vê logo de cara é o terreno montanhoso, as encostas íngremes, coalhadas de pequenos arbustos. Os rochedos são muito altos, e o capim tremula com a oscilação do mormaço. O mar é de um azul tão profundo que rivaliza com as cores do firmamento, e as praias são longas, repletas de conchas e fragmentos calcários.

Tysa sentiu a areia sob seus pés quando desembarcou do escaler. O navio que a transportara lançara âncora além dos recifes. Não havia portos ou cidades à vista. Só uma fortaleza construída sobre um penhasco.

Dois escravos conduziam o barquinho. Ela se virou para trás e perguntou:

— Que lugar é este?

— Colina dos Ossos — respondeu um deles, em um grego truncado.

Tysa estranhou a calmaria. Não havia ninguém para recebê-la.

— Colina do quê?

— Colina dos Ossos. — O sujeito apontou para a fortaleza, indicando uma vereda que serpenteava até lá. — Siga a trilha.

Desconfiada, mas sem opções, a menina distanciou-se do transporte, andou até a praia, sentou-se sobre uma rocha e calçou as sandálias. Não carregava nada, só a roupa do corpo.

Reuniu forças e saiu à procura da trilha. Encontrou uma estradinha de terra delineada por capoeiras. O local era quieto demais, e o silêncio a perturbava. Devia haver uma cidade nas redondezas, mas por enquanto ela só percebia o chilrear das gaivotas. Pisou sobre o osso seco de uma estrela-do-mar. O ambiente era pesadamente onírico.

Por anos Tysa desejara fugir de casa, pois não suportava as investidas do pai. O que ela temia, agora, era ter trocado um problema por outro, um monstro por outro.

O aclive era suave, mas estava muito quente, e a subida foi cansativa. Depois de alguns metros, o caminho terminava em uma porta de carvalho coberta de trepadeiras, com duas maçanetas douradas. Como não havia aldravas, ela bateu com as mãos. Ninguém respondeu. Bateu novamente — e de novo, até machucar os nós dos dedos. Nada. Pegou uma pedra no chão, mas antes de usá-la uma das sessões se abriu. Um homem saiu com uma rede de pesca nas costas. Passou por Tysa sem lhe dar importância.

Ela se aproveitou da brecha e se esgueirou para dentro. Deparou-se com um núbio alto, de olhos redondos, usando uma túnica multicolor.

— Bom dia — Tysa o abordou. — Esta é a casa do senador Fúlvio?

— É — o homem respondeu, desconfiado. — Quem é você?

— Tysa Drago. Filha do magistrado.

O sujeito não alterou a expressão.

— É a noiva?

— Sou.

— Que dia é hoje?

— Não sei.

O núbio deu-lhe passagem e murmurou, com cara de poucos amigos:

— Entre.

Tysa aceitou o convite, chegando a um jardim sombreado por uma armação de parreiras. No centro havia um lago retangular decorado com estátuas de bronze. Além dele jazia uma mansão, uma *domus* tipicamente romana. Os muros externos davam a impressão de que a Colina dos Ossos era uma cidadela impenetrável, mas a residência dos Fúlvios no Chipre, vista de dentro, não passava de um palacete tradicional, com seus átrios e corredores.

O homem fez um gesto, pedindo que Tysa se sentasse em um banco.

— Espere aqui.

Ela esticou o braço.

— Queria um pouco de água.

— Eu também queria muitas coisas. — Ele a encarou de modo severo e repetiu entredentes: — Espere aqui.

Ela esperou por três horas. Escravos — jovens, na maioria, e núbios, quase todos — apareceram no jardim em diversos momentos, entrando e saindo da *domus*, carregando toalhas, sacos e bandejas. Mantinham o corpo curvado, evitando olhar para os lados.

Pouco depois da hora do almoço, o núbio reapareceu.

— Sou Rasha, secretário do senador — ele se apresentou finalmente. — Gerencio as finanças da casa.

— Secretário? — Ela se levantou. — É um escravo, então?

O homem respondeu apenas:

— Siga-me.

Desta feita guiou-a através do jardim até a porta da *domus*. O interior se parecia com o dos casarões de Lida, que ela conhecia tão bem. Uma galeria pavimentada de mosaicos se abria em um pátio interno, ao redor do qual ficavam dezenas de gabinetes. Outra passagem acessava o peristilo, o pátio dos fundos, e foi de lá que surgiu o senador Caio Valério Fúlvio, enrolado em toalhas de banho. Era um indivíduo grande, obeso, de pele clara e bochechas rosadas. Em um primeiro momento, Tysa o comparou a um hipopótamo, não só por causa dos lábios protuberantes, mas porque ele andava de um jeito estranho, desengonçado, e estava pingando água.

— Caio — o núbio o chamou pelo primeiro nome, apresentando-o a Tysa Drago. — Esta é a filha do magistrado. Sua noiva.

O político a fitou com um misto de curiosidade e espanto. Amarrou uma toalha em volta da cintura. Segurou-lhe a mão direita e a examinou cautelosamente.

— O que aconteceu? — coaxou.

— Nada — respondeu Tysa, então se deu conta de que as batidas na porta haviam lhe rendido alguns arranhões.

— Cuide disso — ordenou Fúlvio, lançando um olhar na direção do escravo. — Para quando ficou marcada a cerimônia?

— Para março — informou Rasha.

— Por que só em março?

— Porque os auspícios são melhores em março.

— É verdade — o senador concordou, balançando a cabeça e sorrindo. — Ficamos para março, então. Perfeito. Março é perfeito.

Quando o pesado homem lhe deu as costas, Tysa se sentiu alguns quilos mais leve. Era começo de fevereiro, então ela ainda teria um mês, pelo menos, para se preparar para o maior desafio de sua vida: o teste de sangue, a prova que toda moça, cedo ou tarde, tinha de enfrentar.

O centro de Pafos localizava-se no sopé da Colina dos Ossos, mas a entrada para o palacete ficava na face oposta do penhasco. Tysa fora deixada do outro lado, na praia, daí a calmaria aparente, que era de fato enganosa. Se ela tivesse contornado o rochedo, teria encontrado o porto com todas as suas construções, entulhado de barcos pesqueiros, navios de carga, atracadouros e armazéns, pertencentes a Caio Valério Fúlvio, seu futuro marido.

Pafos era uma cidade descentralizada. O cais ocupava várias quadras à beira-mar e contava com tavernas, prostíbulos, oficinas náuticas, hospedarias e até igrejas. Camponeses e comerciantes, entretanto, viviam em aldeias próximas ou em vilas espalhadas pelo interior. A *domus* de Fúlvio era a exceção. Contava-se, inclusive, que os muros externos haviam sido projetados pelos gregos para servir de baluarte durante a Guerra de Troia. Os romanos — sobretudo os cristãos da ilha — rejeitavam tais lendas, embora ninguém fosse capaz de dizer por que o solo da colina era tão cheio de ossos marinhos e por que eles continuavam a aparecer, por mais que os operários limpassem a área.

Por todo o mês de fevereiro, Tysa não teve contato com o noivo. Quem cuidava de suas necessidades era Rasha, o escravo núbio, um sujeito nada amistoso, que se comportava como se fosse o dono da casa.

O casamento aconteceu no dia 17 de março. Os notáveis de Pafos foram todos convidados e trouxeram suas famílias, escravos e assessores. Logo os jardins da *domus* ficaram lotados de gente à espera do ritual.

Tysa trajava um vestido branco de lã e um véu cor de rosa. Três escravas a maquiaram. Era difícil entender o que diziam, porque nenhuma delas falava grego, latim ou aramaico. Uma das garotas a untou de perfume. Tysa não sabia o que era perfume, porque nunca tinha experimentado nada do tipo. Olhando seu reflexo no espelho, imaginou como um soldado devia se sentir ao partir para a guerra, sabendo que talvez não voltasse para casa. Era o que ela estava fazendo, literalmente: preparando-se para a grande batalha, pronta para ser ferida, perfurada, prestes a entregar o próprio corpo em sacrifício.

Um sino tocou. Tysa foi ornada com uma coroa de flores e conduzida aos jardins. O senador Fúlvio, exalando uma fragrância doce, a esperava sobre um tablado. Do lado esquerdo, um menino cego segurava um castiçal com uma única vela acesa. Do lado direito, uma garota erguia uma tigela de água, e mais além, sobre o estrado, enxergava-se uma senhora de vestes azuis, pele morena e cabelos grisalhos. Tysa sabia que era uma sacerdotisa de Afrodite, uma *wanassa*, mas nunca a vira e teve medo dela, porque a mulher tinha a expressão rigorosa.

Os convidados ofereciam-lhe sorrisos, alguns ardilosos, outros sinceros. Pétalas de rosas foram lançadas ao chão à medida que a noiva passava. Tysa fez conforme ensaiara. Subiu na plataforma, curvou-se diante do senador e virou-se para a sacerdotisa, que lhe uniu os pulsos com uma fita de seda.

— Ordeno que as forças malignas se afastem agora. Espíritos domésticos, abençoem esta casa e os noivos que nela residem. Júpiter, Minerva, Marte e Mercúrio — declamou a mulher, usando um grego mais erudito. — Jano, que tem poder sobre o início das coisas, o senhor dos portais, das passagens e encruzilhadas, olhe por nós e purifique este dia. — Depois de um suspiro, a sacerdotisa perguntou ao senador: — Caio Valério Fúlvio, confirma diante de Júpiter ser um homem livre, cidadão romano, descendente das famílias antigas?

— Confirmo — ele respondeu, moroso.

— Caio Valério Fúlvio — prosseguiu a *wanassa* —, está ciente de suas obrigações e compromissos como marido e pai de família?

— Estou.

— Tysa Drago, confirma diante de Júpiter ser uma mulher livre?

Ela disse:

— Confirmo.

— Tysa Drago, jura diante de Ceres ser fértil e imaculada?

— Juro.

— Tysa Drago — continuou a *wanassa* —, está ciente de suas obrigações e compromissos como mulher e progenitora?

— Estou.

— Faça os votos — ordenou a sacerdotisa, em tom imperativo.

— *Ubi tu Gaius* — murmurou Tysa em latim, esperando ter decorado o texto corretamente —, *ibi ego Gaia.*

O senador se virou para os convidados, tocou a água da vasilha, depois passou os dedos sobre a chama da vela. Tysa o imitou à risca. Em seguida, tornaram a dar as costas para a plateia, quando a mulher de azul removeu a fita de seda. Fúlvio ergueu o véu da noiva e a beijou na testa. Os presentes comemoraram com uma salva de palmas, mas entre os convivas havia faces jocosas e olhares sutis de reprovação.

O ritual estava encerrado. Tysa era agora uma mulher casada.

O diálogo de consentimento, considerado pelos romanos o ponto alto da cerimônia, não levou mais que alguns minutos. Encerrada essa etapa, Tysa e Fúlvio, lado a lado, receberam os patrícios, escutando seus cumprimentos e aceitando os presentes. Então os dois se separaram. O senador encheu uma bandeja com carne de porco e se juntou a alguns colegas no átrio da mansão. Tysa estava sempre na companhia das três camareiras, acenando para os visitantes. Comeu frugalmente, provando algumas uvas e bebendo cerveja de trigo.

Não tinha fome. Sentia náuseas só de pensar em ser penetrada por aquele hipopótamo. Estava perdida, sozinha na multidão. Flagrou-se subitamente pensando em Georgios, seu porto seguro, a única criatura em quem confiava. O que teria acontecido com ele? Onde estaria agora?

Uma voz a despertou para o mundo:

— Sua inútil. Junte-se ao seu marido. — Era a sacerdotisa de azul, a *wanassa*, matriarca de Afrodite. — Vamos, menina! — gritou, como quem expulsa um cachorro. — Mal fez os votos e já está esquecendo suas obrigações?

Tysa obedeceu, mais para se afastar da mulher, e caminhou até o átrio. Fúlvio estava deitado em um divã, com uma taça de vinho na mão, conversando com dois convidados. Um deles era gordo, tinha os cabelos crespos e falava de modo arrastado. O outro era magro, jovem e aparentemente de origem semítica, com um bigode curto e olhos castanhos. O primeiro, Tysa viria a saber depois, era o mercador de escravos mais rico do Chipre, chamava-se Ezana e nascera nos desertos da África. O segundo comandava a guilda dos pescadores e era capitão do *Cisne Branco*, o maior navio de Pafos. Entre os romanos, era conhecido como Husna, que significa, em alguma língua árabe, "comandante" ou "chefe".

Os três debatiam questões políticas. Tysa chegou mais perto. Eles a saudaram com um balançar de cabeça.

— O grande absurdo, na minha opinião, é ele ser filho de escravos — ia dizendo Ezana. Tysa se esforçou para entender de quem eles estavam falando. — Não me importo que seja dálmata. Não tenho nada contra a Dalmácia.

— Nem eu — assentiu Husna, o capitão árabe. — Se estiver fazendo um bom governo, está tudo ótimo.

O africano o desafiou:

— Por que acha que ele está fazendo um bom governo?

— Bom, Diocleciano segue vivo após cinco anos. Já é um grande avanço. Quantos imperadores conseguiram essa façanha?

— Não foi isso que eu perguntei.

— Para nós, nada mudou — respondeu Husna, saboreando um copo de aguardente. — Só tende a melhorar. Sou otimista.

Ezana coçou a cabeça e olhou para o anfitrião, sorrindo.

— E você, senador? Qual a sua avaliação sobre os primeiros anos do governo de Diocleciano?

— Logicamente a origem dele causa estranheza, mas estes são tempos estranhos. — Fúlvio agora tinha uma travessa de ostras apoiada na barriga. — Dito isso, devo admitir que não tenho do que reclamar. O imperador entregou ao meu primo o controle do Oeste. O clã nunca esteve tão forte.

O senador propôs um brinde. Os três ergueram o copo. Ezana falou:

— Salve Maximiano, o Inclemente. Seu primo é de fato um homem de coragem. Só ele para apavorar os germânicos.

— De ação, não de coragem — discordou Fúlvio, e logo se corrigiu: — De coragem também, claro. Meu primo é um prodígio, mas não fale mal dos germânicos. — Riu fogosamente. — Nem todos são iguais.

— Verdade — acrescentou Husna, meio sério, meio brincando. — O chefe da guarda do imperador é germânico, sabiam?

— O tal paladino? — Ezana disse em tom de desprezo. — Não me surpreende.

— Serviu com Diocleciano na Pérsia, sob as ordens de Caro. E incorporou à milícia símbolos e hábitos germânicos.

— É uma tradição romana — ponderou Fúlvio — incorporar símbolos e hábitos estrangeiros. Não vejo problema.

— Há limite para tudo — declarou Ezana, que parecia ser o mais antiquado dos três, e o mais íntimo do senador. — Imagine, por exemplo, se os cristãos tomam o controle do Império. Pense no caos que se seguiria.

— Concordo — anuiu o senador. — Mas isso nunca vai acontecer.

Husna torceu o nariz.

— Eu não estaria tão certo. Os cristãos estão se multiplicando — alertou. — Eles procriam feito coelhos e se espalham como baratas.

— Senhores, nunca haverá um imperador cristão, por uma razão muito simples — declarou Fúlvio. — Se houver um imperador cristão, o Império não será mais romano, será cristão. Azeite e vinagre não se misturam.

— Suponho que esteja certo. — Ezana tornou a erguer a taça, propondo um novo brinde. — Vida longa ao Império.

Os convidados começaram a deixar a Colina dos Ossos no início da noite. Os últimos só foram embora quando a lua estava alta no céu. Tysa foi conduzida a seu quarto, o mesmo onde dormira nas noites anteriores, sozinha.

Depois de remover a maquiagem e os acessórios de festa, colocou as roupas noturnas e se deitou. Uma das escravas deixou uma vela acesa. Saiu e fechou a porta.

Tysa sabia que chegara o momento do sacrifício e ficou paralisada sob a coberta, apenas a cabeça para fora, os olhos fixos na maçaneta, que poderia girar a qualquer instante.

Observando o ambiente na penumbra, ela teve a impressão de que a porta se movia, mas era só impressão. O silêncio reinava absoluto na madrugada — estavam todos embriagados; até os escravos tinham bebido.

Foi a noite mais tensa de sua vida. Uma noite longa, medonha. Então, a porta do quarto se abriu.

Era uma escrava, uma das moças que a assistiam. Entrou no aposento trazendo uma jarra de água e uma bacia, como fazia todas as manhãs. Tysa se deu conta de que o sol já havia nascido. Escutou o canto de um passarinho.

— Que horas são? — perguntou quase que por reflexo, e a garota abriu a janela.

Já devia ter passado da segunda hora diurna. Tysa afastou as cobertas quando Rasha, o secretário de Fúlvio, adentrou o cômodo e andou até ela. Inclinou-se para a frente e a cheirou, como um médico que examina a ferida. Deu um sorriso falso e ficou ereto de novo. Os movimentos pareciam ensaiados. Em seguida, enfiou a mão sob o colchão e de lá tirou um pano manchado de sangue.

Saiu do quarto falando em voz alta:

— Noite gloriosa. — O homem batia os pés no assoalho para chamar atenção. — Olhem! A senhora Tysa foi satisfatoriamente deflorada. Salvem o nome do senhor Caio Valério Fúlvio, que em breve terá um herdeiro.

XXIX

JOCASTA

O CASAMENTO ARRANJADO NÃO É EXCLUSIVIDADE DOS DIAS DE HOJE. SEMPRE existiu e provavelmente continuará existindo. Por outro lado, é exagero pensar que todos os matrimônios acontecem por razões econômicas ou políticas. Nesse ponto, os plebeus são os mais afortunados, pois têm maior liberdade de escolha.

Em Antioquia havia ao menos uma mulher que decidira seguir o coração, desafiando a tudo e a todos por isso.

Como muitos cristãos de sua época, Jocasta nascera no seio de uma família judaica. Seu pai trabalhava para o prefeito de Alexandria, ajudando a organizar as finanças do Estado, contabilizando as remessas de grãos. Naquela época, o cristianismo era uma seita nova no Egito, bastante atraente aos jovens, pois reunia todo tipo de gente, de culturas e nacionalidades distintas. Jocasta foi convidada a participar das reuniões clandestinas e conheceu um rapaz chamado Isidoro, por quem se apaixonou. Os pais da moça não aceitaram o relacionamento, e os dois foram morar em Antioquia, o destino preferido dos cristãos do Leste. Jocasta tinha um irmão na cidade, Davi, que os ajudou no começo, oferecendo um emprego ao cunhado. O casal vivia sua melhor fase quando Isidoro contraiu a praga de Cipriano e morreu em casa, na véspera do Rosh Hashaná, o Ano-Novo judaico. Jocasta tinha, então, vinte e cinco anos.

Ela estava agora com sessenta e três. Não se casara de novo, pois se sentia acolhida na igreja. Com o passar do tempo, entendeu que era isto que importava, no fim da contas: a sensação de pertencer a uma comunidade, de ser parte de algo maior. O aspecto místico, os milagres, rituais e cerimônias eram importantes, mas secundários.

Em Antioquia, o bairro cristão ficava ao lado do distrito judaico, e certa tarde, quando voltava para casa, Jocasta reparou em dois homens — um velho barbudo de roupas desgrenhadas e um menino bem-vestido, mas sujo — negociando em frente a um balcão. Parou para ouvir o que diziam. Não conseguiu escutá-los, até que eles saíram da loja. O ancião resmungava:

— É difícil negociar com os judeus. — Coçou o nariz, bufando. — Logo eles, que foram tantas vezes escravizados.

— O que isso tem a ver? — perguntou o garoto.

— Deviam ser mais solidários.

— Solidariedade é uma virtude cristã.

— Com quem aprendeu isso?

— Com você.

— Comigo? — O velho se deu por vencido. — Pode ser. Estou ficando caduco. Só não me fale mais dos cristãos, por favor. Estou farto deles.

Jocasta os reconheceu. Decidiu abordá-los na calçada.

— Strabo? — Ela cutucou o barbudo, que se virou, constrangido.

— Sou eu mesmo — reagiu o filósofo. — Nos conhecemos?

— Sim, da igreja. E você — olhou para o mais jovem — é Georgios. Conseguiram falar com o governador?

— Longa história — rebateu Strabo, tentando fugir da pergunta.

— Não conseguimos. Cláudio Régio era inimigo do meu pai — desembuchou Georgios, e o escravo logo o cortou:

— Essa é uma das hipóteses, apenas.

— O sujeito nos ignorou — protestou o garoto, retomando a conversa com Jocasta. — Voltamos a Selêucia, mas o nosso navio já tinha partido.

A missionária coçou o queixo.

— Continuam sem dinheiro e sem documentos?

— Olhe, nós agradecemos a atenção — Strabo procurava a melhor forma de dispensá-la —, mas temos muito trabalho a fazer.

— Talvez eu possa ajudar.

— Obrigado, mas não queremos caridade. O menino é um patrício. Estamos procurando emprego com o único objetivo de comprar uma passagem no próximo barco para a Nicomédia. É temporário.

— Sim, eu entendi — Jocasta respondeu, surpreendentemente calma. — Não adianta procurar nas lojas, é perda de tempo. Os empregos que mais pagam são os intelectuais. — Olhou para Strabo. — Você entende de gramática?

— Isso é uma pergunta ou um insulto? — exclamou o pedagogo. — Eu leciono gramática desde os vinte e um anos. Meu grego...

— É puríssimo — ela completou. — Claro, você já me disse.

Georgios perguntou à mulher:

— Pode nos conseguir um emprego?

— Conheço muita gente na cidade. — Jocasta meneou a cabeça positivamente. — Venham jantar comigo hoje, na segunda hora noturna.

— Não somos cristãos — Strabo se apressou em dizer. — Não faz sentido frequentarmos a igreja. Desculpe a sinceridade.

— Quem falou em igreja? — Ela sorriu em um gesto de paz. — Eu moro no segundo andar de uma ínsula, duas quadras a leste do reservatório. Perguntem por mim e encontrarão o lugar. — Jocasta se afastou. — Espero vocês.

Georgios e Strabo não se renderam tão rápido. Por toda a tarde, perambularam pela avenida do comércio perguntando aos lojistas se precisavam de empregados. Strabo se ofereceu como contador, mas ninguém estava disposto a contratar um homem sem referências, então o dia terminou como havia começado: com os dois vagando pelas ruas, cabisbaixos, sem nem um sestércio no bolso. Jantar na casa de Jocasta não era mais uma alternativa — era a única opção que lhes restara, se não quisessem morrer de fome.

Cruzaram a cidade em direção ao bairro cristão. O condomínio em que Jocasta morava se parecia com o prédio de Yasmir em Lida. Um corredor desembocava no pátio interno, em torno do qual ficavam os apartamentos. O edifício tinha quatro andares, dispostos ao redor de uma plataforma de madeira, que rangia ao primeiro toque. O céu estava obstruído por um emaranhado de varais, com roupas, gorros usados e sapatos velhos pendurados. Três homens bebiam cerveja, conversando sem fazer barulho, encostados em um conjunto de telhas. Do pátio, escutava-se o burburinho dos moradores em seus lares, reunidos para o jantar. Um bebê chorou, uma mulher gritou com o marido.

Subiram até o segundo piso. Jocasta estava com a porta aberta e os chamou para dentro. O ambiente contava com dois cômodos: uma sala e um quarto, ambos do mesmo tamanho. O espaço era amplo se comparado às habitações populares, estava limpo, cheirava bem e as janelas davam para a rua. Sobre a mesa fora posta a ceia, e o prato principal era carneiro assado com azeitonas e molho de ervas. Jocasta pediu que os convidados se acomodassem, alimentou as lamparinas com óleo, serviu comida nos pratos e vinho branco nas taças. Depois, sentou-se à cabeceira.

— Farei uma prece — ela disse —, caso vocês não se incomodem.

— Por favor. — Strabo ficou sem graça e retrucou, enfático: — A casa é sua.

Ela murmurou algumas palavras e em seguida fez um sinal, permitindo que eles começassem a refeição. Georgios estava tão faminto que atacou o carneiro com as mãos, aproveitando cada pedaço, e com Strabo não foi diferente. Fazia dias que não comiam direito, e, após saciados, o humor deles melhorou. Olhando para o prato vazio, o filósofo sentiu-se envergonhado por sua avidez.

— Peço desculpas, senhora. Normalmente não somos tão vorazes.

— Não me chamem de senhora — solicitou a mulher. — É uma das regras da casa. Faz com que eu me sinta mais velha.

— Idade traz sabedoria. Eu sou velho há anos. Nem me lembro de quando era jovem. — Strabo recostou-se na cadeira. Limpou a barba com as costas da mão. — Obrigado pelo jantar. Não sei como retribuir.

— Talvez você tenha a chance de retribuir antes do que pensa.

— Seria um prazer. — Strabo estava confuso. — Mas como?

— O emprego. Não foi para isso que vieram?

— Sim, é verdade — ele disfarçou. O que os havia atraído fora a comida, não o emprego. — Estou disposto a trabalhar.

— Como eu disse mais cedo, conheço algumas famílias ricas que estão contratando pedagogos. O que acha?

— Eu não decido nada. — Strabo continuava ciente de que era um escravo e apontou para Georgios. — É ele quem sabe.

Pego de surpresa, Georgios disse automaticamente:

— Não estamos em posição de recusar nada. Precisamos de dinheiro. É importante nós dois trabalharmos.

— Patrício não faz serviço de plebeu — decretou o ancião. — Já conversamos sobre isso. Não há mais o que discutir.

— Mas você não disse que era *eu* quem decidia?

— Certos assuntos estão além das nossas decisões pessoais. Patrícios são patrícios, plebeus são plebeus e escravos são escravos. Tem sido assim desde a República.

— Bons pedagogos são valorizados nesta cidade. — Jocasta começou a recolher os pratos. — Não há necessidade de os dois trabalharem. Seis meses de salário seriam o bastante para custear a viagem.

— Seis meses é muito. — Strabo fez uma careta de susto. — Inviável.

— Inviável é viajar no inverno — ela disse. — As estradas estão encharcadas.

— De barco seria rápido.

— E muito mais caro.

— Seis meses não é tanto tempo — Georgios se manifestou. — Só poderei me alistar aos quinze anos. Faço quinze em agosto.

— Perfeito, então — comemorou a mulher.

— Só tem uma coisa. — Aprumou-se o menino. — Não me agrada a ideia de ficar parado. Quero trabalhar também.

— Patrícios não trabalham — repetiu Strabo.

— Sou um equestre — proclamou Georgios. — Os equestres são os nobres defensores do Império. Homens de ação.

— Equestres carregam espadas, não sacos de farinha. É esse o tipo de serviço que você vai conseguir por aqui. Não se venda por tão pouco.

— Não se preocupe. — Jocasta tornou a se sentar à mesa. — Vou encontrar algo *digno* para você, rapaz. Prometo.

— Veremos. — Strabo se levantou, meio tonto. — Bom, a comida estava ótima, mas acho que está na hora de irmos andando.

— Para onde? — indagou Georgios, inocentemente.

— Fiquem ao menos esta noite — Jocasta propôs. — É um convite.

— Não precisamos de caridade — reiterou Strabo. — Não somos mendigos.

— Não estou fazendo caridade. Se o problema é dinheiro, depois você me paga com parte do seu salário.

— Não sei se é uma boa ideia. — Strabo estava desconfiado, pois nunca vira um cristão oferecer nada de graça. Se recusasse, porém, eles congelariam nas ruas.

— Eu insisto.

Os forasteiros se entreolharam em silêncio, e ela entendeu que tinham aceitado. O jarro estava no fim. Jocasta despejou o restante do vinho nas taças, pousou o recipiente sobre uma cômoda, abriu um baú e tirou de lá duas esteiras de junco. Estendeu-as no chão e as cobriu com um par de cobertores de pele.

— Por que está fazendo isso? — desinibido pelo álcool, Strabo perguntou, sem rodeios. — Por que está nos ajudando? Não consigo entender.

— Um dia você vai entender — ela retrucou. — Não se preocupe com isso agora.

Strabo estava tão cansado que adormeceu rapidamente. Georgios precisou descer as escadas para defecar, e quando voltou Jocasta estava separando a louça em uma bacia, removendo o excesso de gordura. O menino pediu a ela um copo de água. Sentou-se à mesa e bebeu devagar. Não estava com sono. Jocasta também não, e puxou assunto:

— Conseguiu encontrar as latrinas?

— Sim. Logo na esquina. São mais limpas que as da minha casa.

— É a vantagem de morar perto do reservatório. O que não falta é água. — Ela deu um sorriso. — Fiquei curiosa. O que tem dentro daquele embrulho?

— Que embrulho?

— Aquele. — Apontou para a Ascalon, envolta em um tecido grosso, posicionada sobre os cobertores.

— É a espada do meu pai. Trata-se de um artefato mágico, forjado por Hefesto nas profundezas do Monte Etna. Qualquer um que a empunhe se torna invencível. É uma joia de família, então eu preciso guardá-la.

— É prudente fazer isso mesmo, considerando que você perdeu seus documentos.

— Não perdi. Mataram a minha mãe e me expulsaram de casa — ele desabafou. — Não deu tempo de pegá-los. Não deu tempo de nada.

— Imagino que não — murmurou a mulher, cautelosa. — Sinto muito.

— Já passou. Só o que me importa agora é chegar à capital. O imperador era amigo do meu pai. Quero me apresentar a ele, me tornar cavaleiro e regressar a Lida para reclamar minhas terras — exclamou Georgios. Jocasta não se manifestou em apoio, então ele supôs que a tivesse ofendido e tentou consertar.

— É verdade que os cristãos detestam armas? Que repudiam a violência?

— Na teoria, sim. — Ela se sentou com ele. — Contudo, reconheço que nem todas as armas são usadas para praticar a violência. Algumas são instrumentos de proteção.

— Contra o quê?

— Contra o mal.

— Que tipo de mal?

— O mal que se esconde dentro de nós. Na Igreja, chamamos essa entidade de Diabo.

— Diabo? — Georgios se lembrou do que aprendera com Yasmir. — Lúcifer, você quer dizer?

Jocasta inclinou-se para trás, surpresa.

— Para um jovem pagão, você sabe bastante sobre as nossas crenças.

— Quem é ele? — insistiu o garoto.

— Ele?

— Lúcifer.

— Não conheço nenhum Lúcifer. Imagino que esteja se referindo a Satã — explicou a missionária, a contragosto. — Satã, ou Satanás, foi um anjo criado por Deus. Considerava-se o mais belo e poderoso dos celestiais. Quando Deus ordenou que ele adorasse os seres humanos, Satã se recusou e liderou uma rebelião no céu, trazendo um terço das hostes para a sua causa. O arcanjo Miguel liderou os exércitos divinos em uma batalha épica contra os revoltosos, esmagando as forças rebeldes e as expulsando do paraíso. Desde então, esses anjos caídos se tornaram demônios, e seu líder se transformou no próprio Diabo.

— Isso é verdade? — Georgios encantara-se com a história. — Digo, aconteceu realmente?

— Não só aconteceu como acontece todos os dias. Demônios e anjos lutam eternamente para conquistar nossa alma.

O menino olhou para o teto, pensativo.

— Por que o arcanjo Miguel não salvou Jesus Cristo — perguntou, recordando-se do que escutara dos escravos na Vila Fúlvia — quando ele foi pendurado na cruz?

— Porque Cristo escolheu ser crucificado.

— Por que alguém escolheria ser crucificado?

— Para dar o exemplo. É o tipo de coisa que se espera de um mártir. É o que faz dele o Messias. Cristo morreu por uma causa. Morreu por nós. Para mostrar que os nossos sofrimentos são ínfimos perto do que ele passou. Saber que o nosso Deus foi flagelado, torturado, humilhado e crucificado ajuda a continuarmos adiante. Observando o martírio de Cristo, percebemos que não temos do que reclamar e notamos que a nossa vida é um martírio. Todos temos uma cruz para carregar. O assassinato da sua mãe, o roubo das suas terras, a perda da sua família são cruzes suas, que você deve carregar, e não largar pelo caminho.

— Silêncio, por favor — Strabo balbuciou, sonolento. — Preciso dormir.

— Eu também — Jocasta sussurrou para Georgios. — Já está tarde. Conversaremos mais amanhã.

O garoto queria escutar mais histórias sobre criaturas aladas, mas o óleo das lamparinas estava acabando. Jocasta desejou-lhe boa noite, entrou no quarto e fechou a cortina. Georgios apanhou uma almofada, apagou a chama e deitou-se na esteira. Mirando a lua através da janela, refletiu sobre Lúcifer — ou Satã, como os cristãos o chamavam —, sobre o arcanjo Miguel e a batalha no paraíso, tentando imaginar como e *onde* teria acontecido e se de fato continuava a ocorrer. Pensou em sua mãe, como não pensava desde o pernoite na estalagem em Cesareia, e tornou a escutar suas últimas palavras, procurando entender o que significavam.

Meu filho querido, afirmara Polychronia, com a lança atravessada no peito. *Você não tem culpa.*

XXX

TEMPLO DE HÓRUS

PARECE ESTRANHO PENSAR EM UM ESCRAVO COMO UMA CRIATURA ORGULHOSA, mas as famílias romanas, na metrópole e nas províncias, estavam cheias de gente assim. Os escravos intelectuais, normalmente trazidos da Grécia, podiam se dar ao luxo de ser esnobes porque eram raríssimos, verdadeiras relíquias, e custavam muito dinheiro. Um homem como Strabo seria comercializado a preço de ouro; se fosse mais jovem, então, poderia alcançar quantias descomunais. Dada a dificuldade de encontrar pessoas tão qualificadas, os patrícios às vezes alugavam escravos de terceiros, e essa era uma realidade especialmente comum nas cidades do Leste.

Dono de um currículo impecável, Strabo conseguiu alugar seus serviços para um comerciante local. Jocasta intermediou o acordo. O sujeito, como todo romano, adorava os deuses estatais, mas a esposa e as filhas eram cristãs, embora não frequentassem a igreja. Strabo começou a trabalhar no mesmo dia, ensinando gramática às meninas e poesia à mulher. Já no fim da primeira semana, conseguiu comprar roupas novas e pagar um banho decente para ele e Georgios. Jocasta insistiu que ficassem hospedados na casa dela, e como era temporário o filósofo aceitou, mas fez questão de contribuir com as despesas domésticas. O emprego foi comemorado com uma ceia no sábado, quando o trio saboreou pão com ervas, figos e porco assado, o prato preferido da anfitriã.

No jantar, Jocasta apresentou uma proposta a Georgios:

— Encontrei o serviço perfeito para você.

Strabo se intrometeu:

— Estou com medo do que vou escutar.

— Não seja preconceituoso. — Jocasta deu uma palmadinha nas costas dele e se focou no menino. — Nós mantemos um hospital colado ao Muro de Seleuco, perto do rio. Fica nas ruínas do antigo Templo de Hórus. Não é uma igreja, é um hospital — ela reforçou, para que o velho não implicasse. — Quem administra o lugar é um jovem médico chamado Pantaleão. Um rapaz brilhante, profissional competente.

— E o que eu faria lá? — Georgios não queria parecer ingrato, mas tinha de falar a verdade. — Não entendo nada de medicina.

— Vai aprender.

— Um minuto. — Strabo enfiou um pedaço de carne na boca, mastigou, engoliu e retomou o raciocínio. — Combinamos que você iria encontrar algo digno para o garoto.

— Os oficiais e legionários romanos aprendem o básico de enfermagem — explicou a missionária, voltando-se para Georgios. — Se você souber estancar uma hemorragia ou diagnosticar uma febre, estará um passo à frente quando se alistar.

— Como sabe disso? — Strabo a desafiou, de boca cheia.

— Eu sei de muitas coisas — ela respondeu, enigmática.

— Outro dia você estava falando sobre o aspecto mitológico de Deus. — O escravo mudou de assunto. — Pensa que eu não escutei? É filosofia pura. Já estudou sobre o tema?

— Sou uma nova cristã. Nasci judia — ela contou. — Há muito conhecimento oculto nas sinagogas. O Talmude, a cabala e uma dezena de textos apócrifos são mantidos até hoje longe dos pesquisadores gentios, mas eu diria que as discussões são as mesmas, no fim das contas.

— Que fascinante — comentou Strabo, com interesse genuíno.

— Por falar em judaísmo — Jocasta cortou um figo ao meio —, conversei com meu irmão, Davi. Ele está organizando uma pequena caravana até a Nicomédia, que sairá na segunda semana de junho. Interessados?

— Quanto custa? — perguntou Georgios.

— Não sei ainda.

O garoto bebeu um gole de posca.

— Ele faz desconto, já que somos seus conhecidos?

Strabo disparou, rabugento:

— Judeus só fazem desconto para judeus. Às vezes nem isso.

— Não os culpe — pediu a mulher. — Eles já foram muito perseguidos. Precisam se fechar para manter intacta sua identidade, bem como suas tradições.

— E o que há de tão importante nessas tradições? — perguntou o filósofo.

— Os mesmos conhecimentos que você há pouco achou fascinantes.

Silêncio. Jocasta desbancara Strabo usando o raciocínio lógico, que ele tanto se orgulhava de dominar.

— Fui humilhado — ele se lamentou, mas em tom de brincadeira.

Juntos, os três gargalharam.

Dois dias depois, Georgios começou a trabalhar no hospital. O salário não era tão alto quanto o de Strabo, mas lhe pareceu uma alternativa melhor que ficar parado, e ele ainda aprenderia a tratar ferimentos, o que poderia ser útil no campo de batalha.

Jocasta lhe explicou como chegar ao Templo de Hórus, indicando o caminho e os pontos de referência. Encontrar o lugar, contudo, não foi uma tarefa tão simples.

O hospital ficava, de acordo com ela, colado ao Muro de Seleuco, que acompanhava a margem leste do Orontes. Georgios percorreu toda a extensão das muralhas e não encontrou o edifício. Decidiu perguntar e descobriu que o santuário era, sim, colado ao muro, mas na parte externa, na pequena faixa de terra entre o paredão e as águas. Teve, portanto, que sair da cidade pelo portão norte e seguir uma calçada estreita, carcomida pela erosão. Para o garoto, a jornada transcorreu sem problemas, mas ele imaginou que um idoso ou um enfermo teriam dificuldade para completar o percurso — depois ele viria a saber que havia uma trilha muito mais segura pelo sul, que desembocava perto da estrada, fora das muralhas.

Enfim a calçada se abriu em uma praia de areias escuras, com canoas atracadas, o solo pontilhado de espinhas de peixe. O Templo de Hórus era um prédio quadrado, que outrora devia ter sido retangular — o muro parecia tê-lo cortado ao meio, dando a entender que se tratava de uma construção muito antiga, anterior à fundação da cidade. Diferentemente dos templos gregos, não era sustentado por colunas — tinha a fachada reta e a porta alta, com uma longa rampa de acesso e dois obeliscos vigiando a entrada.

Georgios olhou para o céu. O sol estava quase no topo, indicando que ele estava cerca de duas horas atrasado. Subiu a rampa e chegou à nave do templo, repleta de esteiras, metade delas ocupada. No centro do salão havia um poço raso por onde corria água doce. O líquido entrava por uma cavidade, saía por outra e estava sempre se renovando. Georgios imaginou que o engenho devia ser útil para lavar panos sujos, ataduras e ferimentos. Os romanos daquele tempo, mesmo as crianças, tinham noção de como a higiene é importante para a saúde, por isso se banhavam com certa frequência.

Ele viu três homens trabalhando no santuário: dois socorristas de meia-idade e um rapaz que devia ser o aprendiz, todos vestidos com túnicas brancas. Dirigiu-se ao mais velho, que examinava um paciente, apertando-o em pontos específicos do corpo.

— Bom dia — começou o garoto. — Meu nome é Georgios. Fui enviado por Jocasta.

— Um minuto só — pediu o homem. Terminou de atender o doente e se virou para ele. — Quem você disse que o enviou?

— Jocasta.

— Jocasta de onde?

— Ela trabalha na igreja.

O homem fez uma careta de confusão.

— Que igreja? Há três na cidade.

Georgios se deu conta de que ainda não estava familiarizado com o nome dos bairros.

— Aquela que fica no Templo de Dagon.

— Todas as igrejas de Antioquia ficam em antigos templos pagãos. Até este hospital. — O homem apontou para uma das paredes. Lá, observava-se em baixo-relevo a imagem de uma criatura bípede, com corpo de gente e cabeça de falcão. — Esse é o famoso Hórus, caso nunca tenha ouvido falar.

— Já ouvi falar — respondeu o menino, azedo.

— Georgios — uma outra voz, mais doce, ecoou pela nave. O garoto se deparou com o suposto aprendiz, um rapaz em torno dos vinte anos esguio, de cabelos louros e olhos azuis. — É você?

— Sim, sou eu. — O filho de Laios estendeu a mão para cumprimentar o rapaz, que, por sua vez, ergueu os braços e mostrou as palmas cheias de sangue.

— Desculpe, preciso me lavar. Jocasta o mandou, certo?

— Certo.

— Sou Pantaleão, o médico responsável — apresentou-se e indicou seus assistentes. — Esses são Cato e Plínio, meus enfermeiros. Desculpe não estar na porta para recebê-lo, mas você atrasou um bocado.

— Sou novo na cidade e tive dificuldade de encontrar o caminho.

— Compreensível. É uma região meio sinistra mesmo — disse Pantaleão. — Como é seu primeiro dia, pensei em pedir para você ficar ao meu lado e me observar apenas. O que acha?

— Por mim tudo bem.

Georgios passou as horas seguintes colado ao jovem, sem fazer perguntas, só estudando suas atitudes e movimentos. Reparou que Pantaleão conversava com os pacientes por muito tempo, perguntava o que comiam, o que faziam, onde moravam e até o que sonhavam. Grande parte das mazelas era tratada com ingestão de água e repouso. Mais tarde Pantaleão lhe explicaria que a chave para a boa saúde estava no equilíbrio dos "quatro humores", substâncias inerentes ao corpo que precisavam estar balanceadas por meio da dieta certa e de uma rotina de exercícios. A carência de um ou mais humores provocava, de acordo com ele, fraquezas e enfermidades.

No fim do dia, Pantaleão agradeceu a ajuda do garoto e o conduziu à saída, esperando vê-lo na manhã seguinte.

— Não se atrase — pediu o médico. — Vou arrumar uma túnica branca para você.

— Por que branca? Suja muito.

— Justamente por isso. Dá para ver melhor quando e onde está sujo — respondeu o jovem, e perguntou, curioso: — Quantos anos você tem? Dezesseis?

— Vou fazer quinze. Dizem que sou grande para a idade. Não sei se é verdade.

— É verdade, mas não é isso. Você não age como um menino de catorze anos. É um prodígio.

— Olha quem fala.

Pantaleão riu.

— Nos vemos amanhã. — Deu uma espiada lá fora. Já estava escuro. — Cuidado na volta.

Apesar da diferença de idade, Georgios e Pantaleão se tornaram amigos. O rapaz era dotado de personalidade vibrante, mente sagaz e senso de humor afiado. Seus conhecimentos médicos, Georgios reparou, eram muito mais intuitivos que acadêmicos. Não raro, Pantaleão curava um paciente com a força da própria palavra. Ele argumentava que muitos males tinham origem emocional e podiam ser revertidos se o doente tivesse fé na melhora. Outros necessitavam de cuidados prolongados e assistência constante.

O hospital recebia quase que diariamente operários que trabalhavam na construção de prédios e monumentos, feridos ao cortar pedras ou ao escorregar de um andaime. Na terceira semana como aprendiz, Georgios ajudou a arrastar para dentro um indivíduo de barba cheia, sobrancelhas grossas, pele clara e uma pintura negra circulando os olhos. Fora trazido por dois colegas, que alegaram que ele havia caído de uma escada "sobre um emaranhado de pregos", mas estava claro, tanto para Pantaleão quanto para Georgios, que se tratava de um golpe de faca.

Semi-inconsciente pela perda de sangue, o homem foi colocado sobre uma mesa retangular de madeira. Pantaleão pediu que os outros operários se retirassem. Observou o sujeito e perguntou a Georgios:

— O que você faria?

— Eu? — O menino fez uma expressão de surpresa, então entendeu que estava sendo testado. — Primeira coisa, jogar água sobre o ferimento.

— Não. A primeira coisa é apalpar a pele para saber se ficou alguma farpa ou resíduo dentro do corpo. Se sentir algo do tipo, você precisa removê-lo com uma pinça, igual àquelas que eu uso. Mas esse aí vai morrer se perdermos tempo massageando a lesão. Sendo assim, pegue água, por favor.

Georgios correu até o poço, recolheu água em uma bacia e despejou o líquido à esquerda do umbigo, onde a suposta lâmina cortara. O paciente não reagiu: estava atordoado, pálido, apenas balbuciava.

— Por que precisamos molhar a ferida? — sabatinou-o Pantaleão.

— Para limpá-la?

— Limpar é importante, e além disso água fria ajuda a contrair os vasos sanguíneos. Como estamos no inverno, é a melhor opção, mas água quente funciona também, porque cauteriza o machucado. Qual é a segunda etapa?

— Vinagre. — Georgios espalhou um pouco de vinagre sobre a chaga, sabendo que a substância tinha, por algum motivo, a propriedade de prevenir infecções. Pantaleão acrescentou que, na falta de vinagre, podia-se aplicar vinho, aguardente ou hidromel, embora posca e cerveja não fossem recomendadas.

O homem continuava sangrando. Sem esperar a ordem do médico, o garoto sacou ataduras e as pressionou na área afetada, pois sabia ser aquela a etapa seguinte. Uns segundos depois, o fluxo diminuiu, e o operário desfaleceu.

— Ele está morto? — perguntou Georgios.

— Vamos ver.

Pantaleão tocou o pescoço do paciente com o indicador e o dedo médio unidos. Ficou assim por cerca de meio minuto e disse:

— Não.

— Ele parece morto.

— O coração está fraco, mas continua batendo. Sabe como se medem os batimentos cardíacos?

— Só sei medir os meus — disse Georgios. — Sinto meu coração latejar quando pratico atividades exaustivas.

— Não é o caso. — Pantaleão riu de mansinho. — Venha, toque o pescoço dele. Eu seguro as ataduras — ordenou, e os dois trocaram de lugar. — Está sentindo?

— Não.

— Aperte mais. Não tanto.

— Sim, agora sim — confirmou Georgios. — Como saber se o coração está forte ou fraco?

— Experiência. Nos próximos dias, quero que você examine sua própria pulsação diversas vezes ao dia, em situações de repouso e atividade. Essa prática vai ajudá-lo a ter uma noção do que é um batimento forte ou fraco.

— Pode deixar.

— Próxima etapa? — perguntou Pantaleão.

— Repouso.

— Calma. O procedimento usual seria esperar o paciente se aquietar, entupi-lo de vinho e cauterizar a chaga com ferro em brasa. Mas, já que ele está apagado, vamos fazer isso agora. Melhor para ele e para nós.

— Está bem.

Georgios andou até a parte de fora do templo, onde os enfermeiros mantinham dois braseiros contendo diversas facas cegas. Usou uma luva de couro para apanhar uma delas e transportá-la de volta ao salão. O objeto crepitava e refulgia. Ciente de que a hemorragia cessara, removeu as ataduras e apertou o metal contra a pele. Nem tudo, porém, aconteceu como esperado. Ao sentir o toque da brasa, o homem despertou com um pulo, gritando tão alto que acordou os demais enfermos. Georgios se assustou e deu um passo atrás. Pantaleão, precavido, segurou o paciente e o fez cheirar uma espécie de goma. O operário desmaiou imediatamente.

— Pronto — disse o médico. — Acabou. Agora ele só tem que dormir e se alimentar. E se hidratar, claro, o mais importante. Não foi tão difícil, foi?

— Com o tempo eu pego o jeito. — Georgios olhou para o recipiente na mão do amigo. — Isso é ópio?

— É. Como sabe?

— Tinha um estrangeiro traficando ópio no barco que me trouxe para cá. Um bárbaro. Achei que fazia mal.

— A diferença entre o remédio e o veneno é a dose. — Pantaleão deu uma risadinha. — Certas ervas, por exemplo, produzem alucinações. O excesso pode afetar o cérebro para sempre. Conheci um sujeito que passou o resto da vida conversando com Baco no fundo do copo. Parece piada, mas não é.

Os dois enfiaram uma lona embaixo do homem, improvisaram uma maca e o moveram da mesa de tratamento para uma das esteiras. A tarde ainda estava no princípio, e o esperado era que chegassem mais doentes ao longo do dia. O tempo, contudo, fechou, e começou a chover forte. Uma chuva fria, impulsionada por ventos cortantes. Georgios e Pantaleão aproveitaram para fazer uma pausa. O médico ofereceu pão e vinho ao menino. Sentou-se a seu lado sob o alpendre do templo. Pingos grossos chicoteavam o telhado.

— Semana que vem você recebe o seu primeiro salário — disse o homem. No hospital, era prática pagarem os funcionários uma vez por mês, não por semana. — O que pensa em fazer com o dinheiro?

— Uma parte vou dar a Jocasta, para ajudar nas despesas da casa. Outra vou guardar para pagar a caravana até a Nicomédia. O resto vou usar para mandar fazer uma bainha para a espada do meu pai.

— Já disse que nasci na Nicomédia?

— Não. Como é a cidade?

— Eu não saberia dizer. Vim para cá com três anos. Mas quero voltar. Ou ir para Roma. Ou Atenas. Ou Bizâncio. Meu sonho é ser o maior médico do mundo. Sei que é um sonho bobo, mas não me importo.

— O meu sonho é ser o maior guerreiro do mundo — respondeu Georgios, sério.

— Um brinde a isso. — Pantaleão ergueu a garrafa, bebeu, fez uma pausa e mudou de assunto. — Olha, quero lhe pedir um favor.

— O que precisar.

— Dentro de dez dias, os cristãos das três igrejas vão fazer uma procissão pelas ruas. O bispo pediu que eu fosse, mas para mim é difícil deixar o hospital. Você poderia ir no meu lugar?

— Não sou cristão.

— Como enfermeiro.

— Por que o bispo precisa de um enfermeiro em uma procissão?

— É uma caminhada longa, as calçadas são escorregadias e tem muita gente velha. E às vezes acontecem alguns contratempos.

— Que contratempos?

— Brigas — contou o médico. — Prisões.

— Prisões? — O garoto achou bem estranho. — Os soldados romanos costumam implicar com os cristãos por aqui? Jocasta me disse que esta era a metrópole mais tranquila do Império para os adoradores do Nazareno.

— Não quero obrigá-lo a nada. Se não puder, tudo bem.

— Eu posso — esclareceu Georgios. — Claro que posso. Conte comigo.

— Ótimo. Vou preparar uma bolsa com ataduras e varas para torniquetes. — Pantaleão terminou o lanche e se levantou. — Muito obrigado. Mesmo.

O temporal demorou a passar. Quando acabou, já era tarde. Georgios teve de voltar para casa no escuro. Ele memorizara o trajeto, e caminhar à noite, pelos bairros já conhecidos, não chegava a ser um transtorno. Sempre havia o risco de cruzar com um ladrão, mas ele não trazia dinheiro e andava rápido. Ademais, não passaria perto de nenhuma estalagem ou prostíbulo, onde tradicionalmente ocorria esse tipo de crime.

Chegou à ínsula com a lua alta no céu. Salvo pelos grilos, o silêncio era total. Subiu as escadas, tentando ser o mais furtivo possível. Entrou no apartamento. Havia uma única lamparina acesa, com o pavio quase terminando. A mesa estava posta, como se duas pessoas tivessem jantado, mas os restos de comida continuavam ali, o que era estranho, porque Jocasta sempre limpava a louça imediatamente após as refeições. Olhou para a esteira. Não viu Strabo.

Como em um pesadelo, lampejos traumáticos o assaltaram. Georgios recordou-se de que Räs Drago não só queria como precisava matá-lo. E se os homens de Lida o tivessem encontrado? Teria Drago descoberto seu paradeiro?

A cortina que separava a sala do quarto estava fechada. O menino ouviu uma respiração lá dentro, como se capangas estivessem à espreita, esperando que ele ingressasse no cômodo para esfaqueá-lo por trás.

Permaneceu imóvel por uns três segundos, analisando o ambiente na penumbra. Ficou de cócoras e olhou sob os móveis. A Ascalon continuava onde ele deixara na noite anterior. Se pudesse alcançá-la, teria melhores chances contra os bandidos.

Mas para isso ele teria de cruzar a sala, e o assoalho rangia. Estendeu a mão até a mesa e apanhou uma faca de cozinha.

Deslizou para a frente. O piso estalou. Sentiu uma descarga de emoções conflitantes. Era algo que o empolgava, mais que tudo na vida: o risco, o desafio, a sensação de perigo, de estar à beira da morte.

A cortina se abriu e Georgios se encostou na parede, procurando o ângulo certo para apunhalar o intruso.

O sujeito o enxergou de imediato.

— Chegou tarde hoje, hein? — Era Strabo. — Estava tirando um cochilo — ele disse, sem graça, ajustando a túnica. — Esta sala está muito fria. Se bem que agora nem tanto. Estava fria mais cedo. O tempo virou.

Georgios escondeu a faca. Strabo não notou o objeto, ou fingiu não notar. Continuou falando:

— Por que demorou tanto?

— O temporal — respondeu o menino, desconfiado. — Está tudo bem?

— Tudo ótimo. Pensei que você fosse dormir no templo. Eles têm camas lá, não? Enfim. Quer comer alguma coisa?

— Já comi no hospital.

— Vamos dormir, então. Dia cheio. — Strabo deitou-se na esteira. — Tem certeza de que não quer comer nada?

— Não estou com fome.

— Bom, está bem. — O escravo cobriu-se e virou para o lado. — Boa noite.

Georgios ficou alguns segundos sem entender o que estava acontecendo. Espiou o quarto através de uma fenda na cortina. Jocasta estava deitada na cama, dormindo. Não havia capangas ou invasores.

Tudo calmo.

Ele se despiu das roupas de rua, lavou as mãos, os dentes e bebeu um pouco de água. Em seguida, deitou-se. Ficou alguns minutos encarando o teto, confuso.

Depois adormeceu.

XXXI

SANTO INÁCIO

NAS SEMANAS SEGUINTES, GEORGIOS CONTINUOU TRABALHANDO NO HOSPITAL, aprendendo um pouco a cada dia. Jocasta indicou a ele um artesão que, segundo ela, saberia fazer uma bainha adequada à Ascalon, ao estilo das legiões, mas o serviço não sairia barato. O homem pediu três semanas para finalizar a peça e cobrou trinta dracmas, quantia exorbitante para um jovem aprendiz. Georgios só conseguiu pagar com a ajuda de Strabo, que faturava o quíntuplo dele com as aulas de gramática. O investimento, contudo, mostrar-se-ia profícuo.

No dia 19 de fevereiro, domingo, aconteceria o cortejo sobre o qual Pantaleão lhe falara, uma procissão em honra a Santo Inácio, o antigo bispo de Antioquia, martirizado em Roma exatos cento e oitenta anos antes. Pantaleão escrevera a Cirilo — o atual bispo — comunicando que enviaria Georgios em seu lugar. Entregou ao menino uma bolsa contendo pinça, tesoura, navalha, ataduras e estacas para torniquete. O garoto precisou carregar também dois cantis medicinais, com água destilada e vinagre.

Os fiéis começaram a se reunir ao nascer do sol na igreja frequentada por Jocasta. Uma multidão lotava o antigo Templo de Dagon quando o bispo ingressou no recinto. Por duas horas, os cristãos permaneceram lá dentro celebrando a eucaristia. Jocasta contara a Georgios que o ritual encenava a morte e a ressurreição de Jesus, ocasião em que o pão se transformava no corpo de

Cristo, e o vinho, no sangue do próprio. O menino estava louco de curiosidade para presenciar o "milagre", como os teístas o chamavam, mas sabia que Strabo ficaria desapontado se ele o fizesse, então se manteve lá fora, esperando o início da procissão.

Enfim a turba deixou a igreja. Cirilo e o diácono — o pregador de trajes pretos, que Georgios agora sabia chamar-se Romão — caminhavam na frente. Logo atrás, quatro fiéis — dois homens e duas mulheres, uma delas Jocasta — carregavam uma pequena liteira dentro da qual se apoiava um conjunto de ossos humanos, incluindo uma mão e um crânio, ambos chamuscados e com marcas de sangue.

O cortejo dobrou a esquina e seguiu adiante. Georgios calculou que havia ali umas trezentas pessoas aglomeradas: jovens, velhos, crianças e adultos, praticamente todos plebeus e escravos. O garoto se posicionou atrás do povaréu, porque os idosos eram os mais lentos e os que mais tinham chance de se machucar.

Uma hora depois, o tempo abriu e o clima esquentou. Georgios não esperava que a passeata fosse tão demorada e se arrependeu de não ter levado uma fruta ou um pedaço de queijo. Ele andava comendo bastante ultimamente e, em vez de engordar, começava a ganhar músculos.

O bispo e seus asseclas continuaram até o Fórum de César, recebendo e convocando mais gente pelo caminho. Logo o número de devotos dobrou. Eles sacudiam ramos de oliveiras e cantavam, recitando orações que terminavam com a palavra "amém", expressão hebraica que, Jocasta lhe ensinaria depois, significava algo como "que assim seja".

Lentamente, a procissão desviou-se para noroeste, onde se localizavam as outras duas igrejas da cidade. Os fiéis pararam em frente a uma delas. O contingente crescera mais ainda, e agora mascates ofereciam água e comida aos passantes. Georgios aproveitou para comprar três espetinhos de peixe com os sestércios que trazia no bolso, notando, enquanto mastigava, a presença de outros personagens que também acompanhavam o evento: soldados urbanos — os vigias, ou *vigiles* em latim, homens do governador, armados de lança e escudo.

O cortejo recomeçou com perto de mil cristãos adentrando o setor leste de Antioquia. O bairro era malconservado, e as ruas estavam sujas, cobertas de lama.

No princípio da tarde, o povo estacou. Georgios achou que tivessem chegado à última das três igrejas, mas não. Escutou um falatório e adiantou-se para ver o que estava acontecendo. Avistou Cirilo e Romão parados, discutindo com uma mulher de manto vermelho que guiava uma comitiva de outras quinze mulheres, algumas bem jovens. Na retaguarda delas acumulava-se outra procissão, composta por rostos masculinos e femininos, que vinham trazendo a estátua de uma mulher nua feita de mármore, os olhos e o umbigo decorados com rubis, dando a impressão de que dessas cavidades brotava sangue.

O diácono e a mulher de vermelho debatiam para decidir qual dos grupos recuaria — era impossível os dois seguirem pela mesma rua, considerando que vinham de direções opostas. O bispo se colocou entre eles, tentando mediar a conversa, até que alguém jogou um punhado de lama nas vestes brancas do religioso. Romão agiu em defesa de seu chefe, deu um passo à frente e empurrou o suposto agressor. Outro reagiu empurrando o diácono de volta, que tropeçou e caiu. Em resposta, um cristão apanhou um sapato e o atirou na multidão contrária, então um anônimo apareceu com um cabo de vassoura e tentou acertar o bispo, que se protegeu com os braços, mas acabou golpeado nos ombros.

Os insultos se transformaram em gritos de guerra. Os cristãos pegaram paus e pedras e avançaram como uma onda. Georgios sentiu o impulso de se juntar a eles, mas havia prometido a si mesmo que não interferiria nos assuntos da Igreja e ficou só espiando, de um canto afastado.

Embora violenta, a luta começou desordenada. O quadro se manteve assim por alguns minutos, quando Romão estapeou uma das garotas de vermelho. A mulher mais velha, que vinha à frente, sacou uma adaga escondida no manto e o esfaqueou na barriga. O diácono recuou, com o abdome sangrando. Georgios tentou alcançá-lo, mas a confusão a essa altura era tremenda. Cirilo estava no chão, sendo esmurrado por dois brutamontes. O menino olhou em volta, tentando localizar os soldados do governador. Havia quatro deles na calçada observando o alvoroço, sem fazer absolutamente nada.

Curvado, Georgios conseguiu chegar ao centro da briga. A liteira com os ossos de Santo Inácio estava no chão. Jocasta e dois outros devotos rodeavam a almofada, ajoelhados, tentando desesperadamente puxá-la para trás.

— Protejam a relíquia — gritou a mulher. — Protejam a relíquia, em nome de Deus! Salvem Santo Inácio de Antioquia.

Nesse momento, um homem apareceu com um porrete mirando a cabeça da missionária. Georgios não podia deixar que a machucassem por nada neste planeta. Cerrou os punhos e acertou o atacante no queixo. O sujeito caiu feito um boneco, desmaiado por conta do impacto.

Georgios recebera o melhor treinamento de combate que uma criança poderia obter, ao passo que seus oponentes eram padeiros, tintureiros, agricultores, sapateiros, isto é, pessoas comuns. No entanto, ele ainda era um menino e não foi capaz de derrubar um adversário maior, um indivíduo barrigudo, com os lábios pintados, que o agrediu com uma sequência de chutes. Os murros de Georgios estouravam no tórax do homem, sem afetá-lo. O garoto deu-lhe um pontapé na virilha com toda a força, certo de que aquele seria o fim da disputa, mas o sujeito não se abalou. Pegou-o pelo braço e o sacudiu no ar, jogando-o longe. Georgios bateu a cabeça no meio-fio, apagou por instantes e quando acordou o escarcéu tinha terminado. Os soldados romanos pareciam ter agido, finalmente, posicionando-se em linha de um ponto a outro da calçada, seus escudos delineando uma parede e separando as turbas rivais. Grande parte dos fiéis se dispersara.

Jocasta despejou água fria no rosto de Georgios.

— Me ajude aqui — ela pediu.

O menino ficou de pé com um salto. Romão e mais umas trinta pessoas estavam sentados ou deitados, sangrando. Ele não encontrou o bispo. Procurou sua bolsa médica. Ainda estava com ela. Sacou as ataduras e começou a trabalhar como pôde. Notou, porém, que alguns dos feridos, inclusive o diácono, necessitavam de cuidados intensos.

— Temos de levá-los para o hospital — disse Georgios. — Só Pantaleão pode salvá-los.

— O hospital fica do outro lado da cidade — argumentou Jocasta.

— Mesmo que demore é preciso, ou eles vão morrer. Estão sangrando por dentro.

Felizmente, havia uma quantidade razoável de cristãos ilesos ou apenas escoriados, adultos que poderiam ajudá-los. Georgios fez como aprendera com Pantaleão: recolheu algumas capas para usar como maca, e assim eles transportaram os feridos. Depois de uma hora, chegavam ao Templo de Horus. Das doze pessoas em estado crítico, três morreram no percurso. Os que conseguiram dar entrada no hospital sobreviveriam com poucas sequelas.

Pantaleão previra o embate e preparara o santuário para recebê-los. Passou o restante da tarde e a noite cuidando dos pacientes, com o auxílio de Cato, Plínio, Georgios e de voluntários. No fim da madrugada, quando estavam todos medicados e repousando, ele olhou para o garoto e perguntou:

— Já se viu no espelho?

— Já — Georgios respondeu, sem entender a pergunta.

— Já se viu no espelho *hoje*?

— Não.

— O seu nariz está quebrado.

— Nem percebi. O que devo fazer? Nunca tratei um nariz quebrado.

— Nada. — Pantaleão tinha sentado na mureta do poço, no centro da nave do templo, para descansar. Estava exausto. — Só precisa lavar para não infeccionar. E rezar para que não fique torto. Já que você não é cristão, recomendo uma prece a Apolo. Não sugiro nenhum tipo de sacrifício. É uma prática suja e um tanto primitiva.

— Vou agradecer a Marte pela fratura.

— Péssima escolha. — O médico deu uma risada curta. — Mas, se isso o ajuda, ótimo.

— Você sabia o que ia acontecer, não sabia? — Georgios sentou-se ao lado do amigo. O salão estava repleto de velas e lamparinas, mas a iluminação era difusa, tornando o ambiente sombrio. O silêncio era frequentemente quebrado por uma tosse seca ou um murmúrio de dor.

— Sabia. Os cristãos e o clero de Astarte se enfrentam há séculos.

— Astarte?

— A deusa do sexo, do desejo e da fertilidade. Alguns dizem que é uma divindade fenícia, outros defendem que é filisteia, alguns afirmam que é egípcia, mas ela provavelmente deriva de uma cultura bem mais antiga. Babilônica, talvez. O fato é que o culto a Astarte existe em Antioquia há milênios. E as suas práticas são ofensivas aos cristãos.

— Por que ofensivas?

Pantaleão se levantou.

— Quero lhe mostrar uma coisa.

O médico o levou, então, a um setor do hospital que Georgios não conhecia, subindo uma escada em espiral. O caminho, após dezenas de degraus, os conduziu ao telhado do Templo de Hórus, onde era possível caminhar através de um passadiço. O corredor se projetava uns três metros além da linha das muralhas, proporcionando uma vista espetacular de toda a cidade. O dia estava nascendo. Os dois contemplaram os prédios mais importantes sob os raios de sol, o curso do aqueduto, os teatros e anfiteatros, a ágora, com a estátua de Alexandre e o Templo de Zeus, e o palácio do governador ao norte, sobre a ilha, além do rio.

Pantaleão estendeu o dedo para a face oriental da metrópole, indicando uma torre de mármore rosa, encimada por uma cúpula vermelha. O garoto não soube dizer se o domo fora pintado ou revestido de gemas, porque coruscava à luz do nascente.

— Está vendo aquela torre? É chamada de Torre Escarlate. Todo equinócio de primavera, virgens são sacrificadas em seu interior. Milhares delas, é o que dizem.

Georgios ficou calado, sem saber o que dizer. Pantaleão continuou:

— Nós, cristãos, somos contra os sacrifícios, animais e humanos. Cristo fez o maior dos sacrifícios, e para nós é o bastante.

— Eu vi diversas garotas no cortejo de Astarte ontem — murmurou Georgios. — Estavam vivas.

— Suponho que não sacrifiquem todas elas. Em todo caso, sou apenas um médico. Só estou repetindo o que ouvi.

— Ouviu de quem?

— De Romão. Ele é o maior crítico das sacerdotisas de Astarte. Se quiser pode perguntar a ele amanhã, quando ele acordar.

— Não quero me envolver. Quando é o equinócio este ano?

— Vinte de março. Por quê?

— Por curiosidade. — O menino deu um suspiro. — Estou esgotado. Se não for precisar de mim...

— Claro. Vá para casa. Descanse. Tire o dia de folga.

— Sem necessidade. Vou dormir, comer e volto hoje mesmo, à tarde.

— Como quiser — disse o médico, e acrescentou, antes que o garoto descesse as escadas: — Georgios, mais uma vez, muito obrigado.

XXXII

A TORRE ESCARLATE

Três dias depois, Georgios acordou com a ideia fixa de ver a Torre Escarlate de perto. O lugar não lhe saía da cabeça, bem como as meninas que ele avistara na procissão. Estava encantado por elas, em especial por uma jovem de cabelos ruivos com quem trocara olhares. A última vez que sentira esse tipo de atração fora por Tysa, em Lida, mas a filha de Räs Drago estava fora de seu alcance agora.

A Torre Escarlate ficava, conforme Pantaleão lhe mostrara, na parte oriental de Antioquia, uma zona antiga e perigosa. Durante o dia, funcionava por lá o *souq*, um bazar frequentado na maioria por estrangeiros pobres e escravos braçais. Durante a noite, os bordéis abriam as portas, oferecendo não apenas mulheres, mas bebidas e drogas aos visitantes assíduos.

Depois de estudar o circuito desde o telhado do Templo de Hórus, Georgios pediu para sair mais cedo e cruzou a metrópole usando uma capa escura, que pegara emprestada de Plínio, um dos enfermeiros. Com o capuz escondendo o rosto — era comum usar esse tipo de roupa naquela época do ano —, ninguém suspeitaria de sua identidade, tampouco de sua idade. O disfarce lhe parecia perfeito.

Chegou à face oriental da cidade antes de o sol se pôr. Para alcançar a torre, teria que cruzar o *souq*. O bazar tinha várias entradas e inúmeras saídas. Compunha-se de diversos pátios, conectados por galerias. Os estabelecimentos

— incluindo os prostíbulos — ficavam nas laterais desses corredores de pedra. Para todos os efeitos, o *souq* era um labirinto, quase indecifrável a quem não o conhecesse. Sua construção, contava-se, era milenar, tendo sido erguida pelos mesmos povos que haviam projetado os três templos de Dagon — alguns até diziam que o próprio Deus-Peixe ainda vivia, algures sob as ruínas ancestrais.

Caminhar pelo *souq* à noite significava encrenca, mas, naquele momento da vida de Georgios, não havia nada que o atraísse mais que uma boa confusão — e, agora, mulheres.

Um dos acessos ao *souq* ficava a leste de uma praça ocupada por um mercado de peixes. O cheiro era forte. Mendigos cingiam o arco de entrada com as mãos estendidas, cobertos de trapos. O menino ingressou no *souq* sem olhar para os lados. Muitas lojas — que vendiam especiarias, utensílios de cerâmica, joias e roupas — ainda estavam abertas. Ele tentou se lembrar do caminho que enxergara do telhado e, surpreendentemente, alcançou a saída meia hora depois.

De repente, estava nas ruas da cidade velha, são e salvo. Já era noite fechada, e não havia ninguém circulando.

Sob a luz do luar, ele seguiu por uma ruela. O itinerário o levou a uma praça redonda, espaçosa e toda gramada. No centro dela nascia a Torre Escarlate, rematada pela cúpula vermelha. Ela dominava o panorama dos bairros orientais e era maior do que Georgios imaginara.

O garoto avançou. Estava preparado para enfrentar os guardas da torre ou para fugir deles, mas não topou com nenhum. O prédio não precisava ser defendido, ele percebeu, simplesmente porque não tinha portas. Georgios quase não acreditou. Por duas vezes contornou a estrutura, tateou a superfície do mármore e não achou nenhuma passagem. Por onde as sacerdotisas entravam?

Olhou para cima e viu janelas com luzes acesas e sombras tremulantes. Não havia como subir. Escalando, talvez, com uma corda. Mesmo assim parecia impossível: as paredes eram lisas como os dentes de um tigre, sem imperfeições ou ranhuras.

Frustrado, regressou às galerias do *souq*, cuja frequência mudara. Em vez de lojistas, agora quem se espalhava pelos corredores eram mulheres de todas as idades, algumas cobertas dos pés à cabeça, encostadas nas paredes, outras seminuas, dançando. O espetáculo atraía homens das estirpes mais variadas, desde escravos até gente rica.

Georgios refez os passos que o haviam conduzido até lá, mas não encontrou a saída. Procurou pontos de referência, porém o comércio diurno fechara, e o ambiente parecia outro, completamente diverso. Decidiu retornar à torre e deu de cara com uma bifurcação. Andou mais um pouco, sempre de cabeça baixa. Terminou em um pátio imundo, entulhado de garrafas quebradas. Não se lembrava de ter estado lá antes.

Uma voz o abordou por trás:

— O menino está sozinho?

Ele se virou, ofegante. Era uma velha. Não sabia se era mendiga, prostituta ou uma bruxa que aparecera para lhe roubar o fígado.

Saiu correndo, pisando nos cacos de vidro. Enfiou-se em outra galeria. Rufiões conversavam, ébrios. Sentiu cheiro de hidromel misturado ao odor de cânabis. Baixou bem o capuz, para que ninguém o notasse, mas com isso limitou enormemente seu campo de visão. Esbarrou em um homem. Não pediu desculpas. Continuou caminhando. O sujeito o chamou, desaforado:

— Você aí. Alto lá. Você aí.

Georgios fingiu que não era com ele. Outra voz masculina insistiu:

— Ei, volte aqui.

Nada. Seguiu caminhando. O primeiro homem, então, gritou:

— O filho da puta me roubou!

Sobreveio um alarido, acompanhado por risos de escárnio. Georgios não roubara ninguém. Não era ladrão e não admitiria ser comparado a um criminoso. Parou e olhou para trás. Encontrava-se a uns trinta metros dos arruaceiros. Eram cinco, desarmados, usando túnicas simples. Três deles eram fortes, e os outros dois, indivíduos comuns. Reuniam-se na frente de uma taverna. O homem que o acusara berrou outra vez, ao ver seu rosto:

— Moleque filho da puta. Me roubou, o canalha. Zelota de merda!

Georgios manteve-se estático, os olhos estalando de raiva. Ao notar sua disposição para a luta, os rufiões não avançaram. Em vez disso, um deles assobiou e uma mulher trouxe de dentro da taverna um mastim de pelagem negra, a cara enrugada, adornado com uma coleira de espinhos. Alguém ordenou:

— Pega, Zeno. Pega!

O cão respondeu ao comando, identificou o menino e disparou atrás dele.

Georgios se desfez da capa, para ter mais mobilidade, e chispou como uma lebre. O cachorro ignorava as mulheres e o perseguia, obstinado, como se quisesse arrancar seus testículos. O garoto tinha certa vantagem e conseguiu dobrar três esquinas. Desastrado, derrubou pratos e cuias pelo caminho. Chutou um urinol, enfim alcançando uma galeria menor, que, entretanto, se prolongava em um beco sem saída. Estimulado pelo perigo, com as pernas ardendo, deu um pulo alto, agarrou-se em uma rachadura, chegou ao topo do muro e tombou para o outro lado.

Caiu de mau jeito. Ficou uns instantes paralisado de dor, sem conseguir se mover.

Por sorte, despencara no mercado de peixes, sobre uma pilha de lixo.

Estava salvo por ora.

Sob latidos cada vez mais intensos, conseguiu se levantar. O calcanhar latejava.

Tomou o caminho do oeste.

Já era tarde. Ele não queria que Strabo soubesse de sua incursão noturna, então preferiu dormir no hospital.

O percurso era longo. Prosseguiu em silêncio, com a impressão de que, no fim das contas, a aventura lhe rendera frutos. Porque, em algum momento enquanto fugia, pensou ter visto uma garota, a menina ruiva da procissão, e agora sabia — ou pelo menos achava saber — onde encontrá-la no *souq*.

Pantaleão fez vista grossa às peripécias de Georgios, mas Romão tinha um faro especial para esse tipo de coisa. O diácono continuava no templo, recuperando-se da facada, e despertou quando o jovem entrou pela porta dos fundos. Ficou quieto, deitado na esteira, só observando o garoto enfaixar o pé com panos quentes. No dia seguinte, quando Georgios lhe entregou o desjejum — uma tigela de mingau de cevada e castanhas —, o religioso perguntou em tom inquisitório:

— Por onde você andou ontem à noite?

— Como? — Ele tentou disfarçar.

— Não se faça de bobo. Eu vi a hora que você chegou. Está cheirando a perfume barato. — Era mentira, mas mentiras, quando ditas de modo eloquente, costumavam servir para arrancar a verdade. — Onde esteve?

— Só dei uma saída. Nenhum lugar em especial.

— Mentira — o sacerdote ralhou. — Esteve com prostitutas. Sabe o que os evangelhos dizem sobre essa prática?

— Nunca li os evangelhos — respondeu o garoto inocentemente. Romão ficou irritado.

— Rapaz, o que Deus vê, eu vejo. Você sabe o que é o inferno?

— O mundo inferior. — Georgios escutara o termo algumas vezes na Vila Fúlvia. Os escravos o usavam ao praguejar, associando-o às profundezas do Hades. — O reino dos mortos.

— É bem pior do que isso. — O pregador pôs a tigela de lado e se levantou com dificuldade. — O inferno é um campo de fogo para onde são enviados os pecadores depois da morte. Dentes rangendo e lágrimas são ouvidos no Vale das Trevas, à medida que demônios mastigam os órgãos genitais dos desafortunados e os flagelam com estacas, agulhas e açoites. Quem chega ao inferno nunca mais sai de lá, condenado a uma eternidade de dor e sofrimento, sob os olhares nefastos do próprio Diabo. Só há um jeito de evitar essa sina.

— Qual? — indagou Georgios, curioso.

— É preciso aceitar Cristo e seguir os ensinamentos dele — o diácono afirmou. — Você é jovem e ainda tem salvação.

Georgios não tinha entendido, até então, que o sacerdote estava falando dele. Pensara estar ouvindo uma das apaixonantes histórias eclesiásticas, como as que Jocasta contava.

— Não sou cristão — ele disse apenas.

— Converta-se enquanto há tempo. Submeta-se a Cristo antes que seja tarde — Romão exclamou, enfático. — Caso contrário, sua alma estará condenada. Seus pais eram pagãos, certo?

— O que é um pagão?

— Um herege. Um infiel. Um adorador de ídolos falsos.

— Não sei. — Georgios realmente não sabia. Para ele, todos os deuses eram verdadeiros, apesar da insistência de Strabo em dizer o contrário.

— Mais um motivo. Se os seus pais eram pagãos, a sua alma está mergulhada no pecado. Converta-se.

— Strabo não vai gostar. — Georgios não tinha interesse em tornar-se cristão, mas também não tinha coragem de dizer isso ao diácono, então culpou o filósofo.

— Strabo? — O clérigo torceu o nariz. — Ele não é seu escravo?

— É.

— O espírito dele está condenado. Não há salvação para um materialista convicto, mas para você ainda há tempo. Quer ir para o inferno com ele?

— Não sei.

— Não sabe? Eu lhe direi, então. Aceite Jesus. Vou ouvir a sua confissão — ofereceu-se. — Pode começar. Onde esteve ontem à noite?

— Tenho que servir o mingau. — Georgios tentou sair pela tangente. Romão, todavia, segurou-o pelo braço e exigiu:

— Confesse, em nome de Cristo!

— Me largue. — O menino se desvencilhou. Tinha confiança de que poderia derrubar o homem com um soco se quisesse, mas Romão era o pregador e líder da igreja que Jocasta frequentava. Georgios não podia simplesmente acertá-lo.

— Se você não se confessar, Strabo saberá de suas aventuras.

— Não me importo. Como você disse, ele é apenas meu escravo — proferiu Georgios com certa dor no coração. Não considerava Strabo "apenas" um escravo. — Faça o que quiser. Não lhe devo nada.

— Deve sim. — Romão o perseguiu. — Este emprego você conseguiu por minha causa. O hospital pertence à Igreja. Quer ficar desempregado?

O golpe foi desleal. O sacerdote era perspicaz e soube atacá-lo no ponto fraco. Georgios não dava a menor importância para o emprego em si, mas não queria ser afastado. Tinha feito amigos no Templo de Hórus, e foi um deles, precisamente, que se manifestou em sua defesa:

— Senhor diácono. — Pantaleão se colocou entre os dois e os encarou com seus penetrantes olhos azuis. — O senhor parece ter se esquecido de que foi esse menino que salvou a sua vida. Portanto, sugiro que o deixe em paz, em nome de Deus.

Era verdade. Não fosse por Georgios, Romão teria sangrado até a morte nas ruas da cidade velha.

— Não há paz longe de Cristo.

— O senhor não é Cristo — declarou o médico.

Houve um silêncio constrangedor. O filho de Laios sentiu-se profundamente emocionado com a intenção do amigo de defendê-lo e teve vontade de chorar, mas não chorou.

— Georgios, hoje é o seu dia de folga. — Pantaleão tocou-lhe o ombro. — Cato servirá o mingau. Vá para casa.

— Não precisa. Eu posso...

— Vá para casa — ele pediu, complacente. — Por favor.

Georgios obedeceu. Pegou suas coisas e saiu mancando. Por alguns minutos, seu corpo ardeu em fúria, mas à medida que caminhava os desaforos foram ficando para trás, substituídos por pensamentos mais agradáveis. Então, apesar dos protestos de Romão e da possibilidade de ir para o inferno, ele se flagrou novamente pensando na Torre Escarlate — e na jovem ruiva.

XXXIII

SOUQ

Por alguma razão, Georgios estava convencido de que a menina que ele vira no cortejo era a chave para os mistérios da Torre Escarlate. Ele agora sabia como e onde encontrá-la, mas precisava de um plano que lhe permitisse entrar no *souq* discretamente, sem ser insultado por baderneiros ou perseguido por cães raivosos.

Depois de pensar por dois ou três dias, chegou à — óbvia — conclusão de que os adultos circulavam no bazar mais calmamente porque estavam lá à procura de diversão. Se ele se fizesse passar por cliente das prostitutas, talvez conseguisse ingressar nas galerias sem ser abordado ou acusado de ladroagem. O problema era que ele tinha catorze anos. Podia se fazer passar por dezesseis, mas meninos pobres não tinham condições de pagar meretrizes. Garotos ricos tinham, mas seria necessário levar consigo um escravo. Os filhos dos patrícios não visitavam bordéis desacompanhados, e entrar lá sozinho seria altamente suspeito.

Pedir que Strabo o ajudasse estava fora de cogitação. Por mais que ele fosse sua propriedade, o menino se preocupava muito em não ferir os sentimentos do velho filósofo, bem como em não colocá-lo em apuros. Teria de ser outra pessoa, mas quem aceitaria tomar parte naquele plano bizarro? Pantaleão e os enfermeiros eram cristãos, avessos ao clero de Astarte. Ocorreu-lhe de repente que, em Antioquia, à exceção de Strabo, ele só tinha amigos e colegas cristãos. Não conhecia nenhum judeu ou romano legítimo.

Após mais uma noite em claro, lembrou-se de seu primeiro paciente, o operário que havia chegado ao hospital com um ferimento a faca. Georgios não apenas administrara os primeiros socorros como o assistira por cinco dias ininterruptos, como parte de seu treinamento. O nome dele era Eqsa, um dos muitos refugiados de Palmira.

O hospital onde Georgios trabalhava pertencia à Igreja e tratava os enfermos de graça. Ninguém era obrigado a fazer doações, e a maioria não fazia, pois lhe faltava dinheiro. Essas pessoas, no entanto, muito agradecidas, costumavam deixar nome e endereço com os enfermeiros e oferecer serviços como pagamento, e não raro Pantaleão entrava em contato com elas, pedindo para um marceneiro consertar uma porta ou para um pedreiro restaurar uma escada. Georgios achou que Eqsa talvez lhe fizesse o favor, acompanhando-o bazar adentro por uma noite apenas. Não custava tentar. O pior que poderia acontecer era ele dizer "não".

Na manhã seguinte, o garoto acordou ao primeiro canto do galo e dirigiu-se ao bairro judeu. Os árabes, naquele período, habitavam um pequeno setor no distrito israelita, alugando apartamentos pertencentes aos rabinos. O lugar era semelhante à própria zona onde Georgios vivia, só que mais cheio, comportando, talvez, o triplo de gente. Perguntou aos moradores por Eqsa, descrevendo-o, e foi informado de que ele se encontrava no fórum, trabalhando na construção do Templo de Hécate.

Georgios teve de voltar algumas quadras e caminhar até o Fórum de César. Era um dia comum de trabalho, e a praça estava cheia de transeuntes. Cruzando o Arco de César — um arco triplo monumental, feito de mármore branco —, chegava-se ao coração de Antioquia. À esquerda ficava a basílica, um prédio imenso, retangular, orlado de colunas; à direita erguia-se a cúria, uma espécie de Senado municipal, onde o governador e os notáveis se reuniam; e à frente avistava-se, sobre a cabeça de cavalos e homens, o tabulário, prédio dentro do qual se armazenavam documentos públicos, registros de imóveis, transações comerciais, cartas genealógicas e outros tesouros de igual importância. O fórum abrigava, também, os santuários estatais. O Templo de Apolo ficava a oeste da praça, diante do Templo de Dafne, que fora sua amante, segundo a mitologia. Havia ainda o antigo Templo de Marte, cujo ídolo fora removido pelo imperador Aureliano e substituído pela estátua do Sol Invicto, representado por um rapaz de toga e gládio, com ombros fortes e uma coroa de raios.

Embrenhando-se por entre os populares, Georgios subiu as escadarias da basílica e lá do alto enxergou um canteiro de obras. O trabalho estava no começo, ao que parecia, porque tudo o que se observava era um buraco quadrado, com cinquenta metros de lado e pelo menos dez palmos de profundidade. Cerca de trinta homens se revezavam, cavando e cortando pedras. Daquela distância, era impossível distinguir semblantes, então o menino decidiu visitar o local. O entorno era vigiado por cinco guardas, que não o abordaram.

Ele desceu uma escadinha e chegou à área da construção. Era mais funda do que ele pensara. Olhou ao redor, com a mão em pala sobre a testa. Um homem grisalho e musculoso apareceu gritando, o dedo em riste:

— Ô, moleque! Sai daí. Está pisando no meu concreto.

Georgios deu um passo para o lado. Checou as sandálias. Estavam úmidas, com uma pasta grudada nas solas. Esfregou-as na terra.

— Desculpe-me — ele disse. — Meu nome é Georgios Graco e trabalho no hospital. Procuro por Eqsa, de Palmira.

— Quem?

— Eqsa, refugiado de Palmira. — Era difícil escutar em meio às marteladas.

— O que aconteceu? Você disse que trabalha no hospital.

— Quem é o senhor? — perguntou o menino.

— Sou o engenheiro responsável — falou o homem, com ar de autoridade. — O que houve? Problemas com a família dele?

— É particular.

— Está bem — o engenheiro cedeu, afastando-se de Georgios e dirigindo-se a um dos operários. Mesmo de perto, era difícil identificá-los, porque todos vestiam túnicas brancas e longas, que sujavam menos com a poeira do mármore.

Um dos trabalhadores caminhou até ele. Usava um véu de linho sobre o rosto e segurava uma talhadeira. Parou e removeu o tecido. Coçou o nariz. O garoto o reconheceu: barba negra e cheia, cabelos crespos, sobrancelhas grossas, pintura preta em volta dos olhos.

Eqsa deu um sorriso amarelo, como quem recebe um cobrador de impostos. Não disse nada.

Georgios começou:

— Olá. Como anda o ferimento?

— Muito bom. — O palmirense anuiu com um movimento de cabeça. — Bom. Obrigado. Bom.

— Eqsa. É o seu nome, certo?

— Sim, senhor. — Não era comum um adulto chamar uma criança de "senhor", mas os refugiados de Palmira eram discriminados, tinham pouco dinheiro e quase nenhuma educação.

— Sou Georgios. Quero lhe pedir um favor.

— Sábado. Ajudo no sábado. Dia de folga. Posso ajudar.

O homem se ajoelhou para agradecer. Georgios ficou constrangido, porque a natureza do favor não era exatamente altruísta. Pediu que ele se levantasse.

— É um favor pessoal — esclareceu. — Pode ser no sábado, sim. À noite.

— Está bem — disse Eqsa, mas o garoto não tinha certeza se ele o entendia. O sujeito tinha um sotaque fortíssimo. Georgios passou do grego para o aramaico.

— Fala aramaico?

— Sim, senhor — ele respondeu, ligeiramente animado.

— Como eu ia dizendo, quero lhe pedir um favor. Não tem nada a ver com o hospital. Poderia me ajudar?

— Sim, senhor.

No íntimo, Georgios irritou-se com a falta de interesse do palmirense em saber qual era o favor, então despejou de uma vez:

— Gostaria que me acompanhasse ao *souq* à noite, para eu ir ter com prostitutas. Seria melhor que um adulto fosse comigo.

O operário ficou alguns segundos pensando, como se estivesse processando a informação. Enfim se manifestou.

— Não vou lá há anos — disse, malicioso. — Não gosto de lá.

Georgios entendeu o que ele queria e enfiou a mão na algibeira, dedilhando os sestércios.

— Posso pagar. Não muito, mas posso.

— Não. — O homem fez uma expressão solidária. — Não precisa. Eu lhe devo isso. Mas uma vez só, está bem?

— Está bem. Só preciso ir lá uma vez mesmo. Como faremos?

— Sábado.

Georgios estava prestes a pedir que Eqsa sugerisse um horário e um ponto de encontro, mas entendeu que aquele era um sujeito pouco acostumado a tomar decisões. Sendo assim, assumiu as rédeas.

— Nos encontramos no mercado de peixes na primeira hora noturna.

— Está bem.

— Obrigado. — O garoto o cumprimentou com um movimento de cabeça e lhe deu as costas. Subiu a escadinha e pegou o caminho do templo, refletindo sobre o que exatamente o motivava a ir atrás da garota e que sorte de deuses o estava guiando.

Georgios tradicionalmente folgava aos domingos. Sábado, portanto, era um excelente dia para se aventurar pela cidade. Saiu do hospital um pouco mais cedo, escondeu-se em um beco, tirou a roupa de trabalho e vestiu sua melhor túnica. O plano consistia em se fazer passar por um menino rico visitando os prostíbulos na companhia de seu escravo, papel que seria representado involuntariamente por Eqsa.

Chegou ao mercado de peixes ao pôr do sol. Ficou parado na entrada de uma latrina pública, agindo casualmente, como se conhecesse o local.

Escureceu.

O comércio foi se esvaziando e nem sinal do palmirense. Minutos depois, só havia na praça mendigos e gatos. Georgios deu voltas na quadra para fingir que estava de passagem, mas o lugar começava a ficar perigoso. Esperou por mais alguns instantes e, furioso, resolveu abortar a missão, quando um homem acenou para ele. Era o operário. Chegou sorrindo, mais de uma hora atrasado, como se nada tivesse acontecido. Não se desculpou. Não disse nada.

— Vamos? — perguntou Georgios, disfarçando a irritação.

— Sim.

Passava da segunda hora noturna quando os dois adentraram as galerias claustrofóbicas do *souq*. Georgios sentiu-se melhor por não ter de se esconder sob capas e capuzes, como fizera anteriormente. As mulheres o encaravam como um cliente potencial, não como um gatuno, sinal de que seu plano estava surtindo efeito. Os rufiões zombavam dele aos sussurros, debochando de suas roupas, mas sem abordá-lo.

Eqsa o guiou por alguns passos, até dobrarem em uma bifurcação que Georgios não conhecia.

— Não — exclamou o garoto. — É por lá.

— Por lá é ruim, senhor. O lugar bom é por aqui. Boas mulheres — ele disse. — O preço é bom. Bom.

— Circulei por estas bandas outro dia e vi uma garota ruiva. Quero conhecê-la. — Apontou para a outra passagem. — É por ali. Tenho certeza.

— O senhor tem dinheiro? É muito caro por ali.

— Tenho — ele respondeu, e tinha mesmo. Só não sabia se era suficiente.

— Sim, senhor.

Georgios assumiu a dianteira. Plebeu e patrício ingressaram em uma galeria longa, com portas à direita e à esquerda, fechadas com cortinas. O corredor estava ocupado por homens de toga, escravos e mulheres de manto vermelho. Oriundas de muitas culturas — havia louras, morenas, ruivas e negras —, todas tinham em comum o fato de serem jovens e muito bonitas. Eram vigiadas por indivíduos imberbes, maquiados, que, não fosse o torso masculino, poderiam ser confundidos com as próprias meretrizes que protegiam.

Georgios se esforçou para simular naturalidade, mas não conseguiu. O modo como as garotas eram escolhidas e negociadas, feito legumes na feira, pareceu-lhe de tremendo mau gosto. Era um pensamento estranho, considerando que seu pai havia sido o maior escravocrata de Lida, mas a verdade era que o filho de Laios nunca enxergara seres humanos como mercadorias.

Suando frio, com o estômago embrulhado, ele tomou uma decisão surpreendente.

— Chega — disse para Eqsa, cutucando-o no braço. — Vamos embora daqui.

— Sim. O outro lugar é melhor. Limpo. Mais barato.

— Não. Vamos embora do *souq* — esclareceu. — Não quero mais.

Eqsa fez uma expressão de dúvida, mas acabou concordando.

— Está bem.

Os dois se viraram para sair da galeria, quando foram interceptados por uma moça. Georgios estava decidido a recusar qualquer oferta, mas ao erguer o rosto percebeu que se encontrava diante da ruiva que avistara na procissão. Ela tinha os cabelos longos, a pele branca como leite e o rosto pontuado de sardas. Georgios imaginou que fosse gaulesa, pois parecia saída de um conto de fadas, e essas histórias, até onde ele sabia, haviam nascido nas florestas da Gália.

— Sou Irene. — Ela segurou a mão dele. Seu aperto era magnético, quase mágico. Os músculos de Georgios tremeram, o corpo se inflamou por inteiro. — Você veio por minha causa, não veio?

O menino limitou-se a assentir. Estava sem voz.

— Quero que conheça um certo lugar. — Ela olhou rapidamente para Eqsa, supondo que fosse um escravo, e disse: — E você... poderá esperar aqui fora.

O palmirense aquiesceu com um gesto. Puxou um banco e se sentou.

Georgios foi levado por uma das entradas laterais, chegando a outro corredor, obscurecido pela fumaça dos incensários. O prostíbulo contava com uma série de cômodos, fechados por biombos de junco. Escutou gemidos, suspiros ritmados e gritos de prazer, sons — ele sabia — característicos da fornicação. Ignorou os ruídos e prosseguiu. A menina dobrou à esquerda, afastou o biombo e os dois entraram em um quarto de teto baixo, com uma cama larga forrada de lençóis coloridos. Sobre a cabeceira, apoiava-se uma bacia com água. Lamparinas ardiam em nichos na pedra.

Georgios pegou a algibeira e despejou as moedas — dois denários, duas dracmas e quatro sestércios — sobre o criado-mudo, indicando que era tudo o que tinha. A garota olhou para ele e murmurou:

— Não se preocupe. — Empurrou-o para a cama e fez com que se sentasse. — Já volto.

Ele ficou imóvel sobre o colchão, observando a menina sair. Flagrou-se pensando em Tysa e lamentando o fato de que nunca mais a veria. Sentiu ciúme ao imaginar que ela agora, em algum lugar, dormia com outro homem — embora ele mesmo nunca tivesse dormido com uma mulher. Talvez a experiência com a jovem ruiva lhe desse subsídios para opinar a respeito. Talvez fosse útil, no fim das contas. Ele esperava sinceramente que sim.

O que aconteceu naquela noite, porém, foi bem diferente do que Georgios idealizara. O biombo se abriu e quem apareceu não foi a garota, mas a sacerdotisa de Astarte, a mesma que esfaqueara o diácono na procissão. Usava trajes vermelhos, tinha a pele escura, quase preta, como a dos núbios, os lábios finos e o nariz igualmente delgado. Os olhos eram brilhantes, feito duas pedras de âmbar, e os cabelos negros, compridos e ondulados.

O menino se levantou com um pulo ao notar que dois seguranças a escoltavam. Um deles era o homem que o derrubara no meio-fio na confusão do cortejo, um indivíduo barrigudo com os beiços pintados. Georgios amaldiçoou-se por não ter trazido uma faca. Caíra na armadilha, e o fato de ter sido enganado — de ter se permitido enganar — foi o que mais o revoltou, não as possíveis consequências.

Estava pronto para lutar, mesmo sabendo que perderia, porque o gordo já o vencera e poderia derrotá-lo de novo. Georgios fitou a sacerdotisa com ar de desacato. Ela o encarou de volta, e sua expressão era tão forte que o menino desviou o olhar.

— O que você está fazendo aqui? — ela o interpelou.

O segurança o acusou:

— É o cristão.

— Não sou cristão — rebateu Georgios, com certo orgulho enrustido.

— É sim. Eu o derrubei na passeata. Nunca esqueço um rosto.

— Sou devoto de Marte — defendeu-se. — Trabalho no hospital. No Templo de Hórus. Eu estava lá como enfermeiro.

— Um enfermeiro que briga?

— Basta — a sacerdotisa pôs fim à discussão. — O que faz aqui? — insistiu. — O que quer conosco?

Georgios ficou sem saber o que responder. O que estava fazendo no *souq*, afinal? Ele mesmo já tinha esquecido.

— Quero conhecer a Torre Escarlate — recordou-se de repente. — Soube que jovens são sacrificadas em seu interior. Estou aqui para acabar com tal absurdo.

Quando Georgios disse isso, os dois guarda-costas sacaram as adagas e se prepararam para avançar ao primeiro comando da mulher de vermelho. Ela, porém, olhou para o filho de Laios, e o semblante duro, severo e ofensivo desapareceu quando Duh-Shara, a Senhora dos Grandes Mistérios, se deu conta de que estava diante de uma criança, um menino, que pouco conhecia sobre o mundo que o cercava. Em vez de repudiá-lo, a líder suprema do clero de Astarte se aproximou do garoto e falou em tom seco:

— Se é o que deseja, venha comigo.

XXXIV

SACRIFÍCIO DE SANGUE

Duh-Shara ofereceu a Georgios uma longa tira de algodão.

— Ponha esta venda sobre os olhos.

— E se eu me recusar?

— Nesse caso, não poderei levá-lo à torre.

Georgios raciocinou com serenidade e decidiu aceitar a proposta. Se os seguranças quisessem, obviamente já o teriam matado.

Um dos guarda-costas — ele não sabia qual — o guiou por trás com as mãos sobre seus ombros, empurrando-o para a frente, mudando às vezes de direção. Desceram uma escada e, quando chegaram ao final, duas pessoas o rodaram feito um pião, a fim de desnorteá-lo. Em seguida, caminharam sobre uma superfície plana. O ambiente tornara-se úmido. O som de gotas quebrava o silêncio.

— Onde estamos? — ele ousou perguntar.

— Nos túneis sob a cidade antiga — respondeu Duh-Shara.

— Foram os engenheiros de Seleuco que os construíram?

— Não. Esta região foi, no passado, palco de uma batalha entre as deusas Anat, a Senhora da Guerra, e Io, a Cria da Lua, que disputavam o amor de Ba'al, o primogênito de Dagon. O Deus-Peixe projetou estes túneis para proteger o filho e depois os entregou aos pescadores do Orontes, que, em retribuição, passaram a louvá-lo pelos quatro cantos da Terra.

Georgios ficou quieto, imaginando como devia ter sido essa guerra. Strabo lhe dissera inúmeras vezes que os deuses eram fantasias humanas, alucinações das mentes mais fracas, mas ele se recusava a acreditar, porque as histórias sobre heróis, monstros e ninfas eram por demais fascinantes. Seria terrível viver em um mundo sem deuses, sem grandes feitos e epopeias.

Cerca de meia hora depois, os caminhantes começaram a subir uma escada. Georgios supôs que tivessem galgado uns cinquenta metros, porque os degraus não acabavam nunca. Finalmente alguém removeu sua venda, e com os olhos doendo ele observou o salão que o rodeava. Era redondo e amplo, com janelas em toda a extensão. Entrava-se nele por uma passagem arqueada e sem portas ao norte do aposento. Na parede sul havia um tablado, e, sobre ele, um trono de cornalina. O teto era de cristal, fechado por uma espécie de rosácea que abrigava em seu interior um conjunto de espelhos e lentes, os quais filtravam a luz da lua e a ampliavam, projetando raios vermelhos que coloriam o recinto. Nada disso, porém, era tão impressionante quanto a estátua da deusa Astarte posicionada sobre um pedestal no centro da câmara, representando a figura de uma mulher nua, com olhos e umbigo de rubi, gargantilha, coroa e brincos de ouro. O ídolo, lapidado em mármore branco, era terrivelmente perturbador. Georgios já o vira antes, na procissão, mas aqui a imagem ganhava outra força, como se estivesse viva e consciente. O conceito de um deus que habitava fisicamente uma estátua era bastante comum entre os greco-romanos. Contudo, o menino jamais estivera diante de uma peça tão rara, tão impactante, que praticamente conversava com ele. O ídolo de Astarte tinha esse poder.

Parecia a Georgios que o tempo era curto para captar todas as informações que o cercavam. Ele girava, olhava para baixo e para cima, maravilhado.

— Como você deve ter deduzido, essa é Astarte. — Duh-Shara acomodou-se no trono. — Ela lutou ao lado de Anat e sobreviveu à batalha dos deuses. Como punição, Dagon a aprisionou nessa pequena imagem, de onde ela não pode sair. Uma deusa... forçada a viver a eternidade na terra, a nunca se expressar, a apenas observar e jamais agir.

— Mas ela age através de vocês — argumentou Georgios.

— Sim. De certa forma, ela se manifesta em todas as mulheres, através de certos impulsos.

— Então esta é a câmara alta da Torre Escarlate?

— Não era bem o que você esperava — percebeu a mulher.

— Não — ele admitiu. — Não me sinto no interior de uma torre. Este lugar é diferente de tudo. Por quê?

— Porque esta não é apenas uma torre, é um templo, e a função dos templos é lançá-lo para longe da realidade. O êxtase é o único caminho para a divindade. Muitos o alcançam através de orações, outros contemplando o sol, o céu, o mar, e há quem prefira o delírio da batalha, o cheiro de sangue e a iminência da morte. É nesses momentos, e só nesses momentos, que você ouve o sopro dos deuses e compreende o que eles dizem. Se, é claro, souber e quiser escutar.

Georgios recordou-se do êxtase que sentia toda vez que entrava em combate, da euforia que provara ao golpear Bufo Tauro, mas ele estava ali por outro motivo.

— Por que vocês assassinam mulheres? — perguntou abruptamente, assumindo um tom agressivo. — O que isso tem a ver com o tal "sopro dos deuses"?

Duh-Shara o mirou com complacência.

— Não assassinamos ninguém.

— Um amigo me contou que vocês sacrificam virgens no equinócio.

— Seu amigo é cristão, imagino.

— Sim — admitiu, sem revelar nomes.

— Nós as sacrificamos, é verdade. Contudo, não matamos ninguém. Nem todos os sacrifícios são vitais; alguns são sexuais. Na primavera, as noviças são defloradas neste lugar. É então que têm o primeiro contato com Astarte.

— Defloradas? Quer dizer, estupradas?

— Nossas práticas são voluntárias — ela explicou. — Eu disse que há muitas formas de alcançar o divino, e nenhuma delas é tão intensa quanto o sexo. Eis o motivo pelo qual os cristãos nos odeiam. O cristianismo deriva do judaísmo, que não admite o coito lascivo. Para nós, é um rito sagrado.

Georgios precisava ter certeza.

— Então as moças não são mortas?

— O que seria de nós se matássemos as nossas fiéis? Desapareceríamos da face da Terra — ela replicou. — Não. O sangue que derramamos é o sangue da vida, não o da morte.

O menino tornou a olhar para a estátua. O ídolo o encarava, como se quisesse falar diretamente com ele.

— Qual é o objetivo? — perguntou. — O propósito de tudo isso?

— É o que todos os seres humanos se questionam, desde o princípio. Para nós, é a perda. O nosso tempo na Terra se resume em perder, sofrer, amar, morrer. É isso e apenas isso. Nada mais do que isso. Os deuses, todavia, nos ensinam a percorrer essa jornada e a cumprir o nosso destino.

— E qual é o meu destino?

— Não faça essa pergunta — Duh-Shara o alertou, séria —, a não ser que esteja pronto para escutar a resposta.

— Estou pronto. Quero saber — reforçou Georgios. — Já perdi tudo. Não tenho medo — garantiu. — Não tenho medo de nada.

Duh-Shara concordou com a cabeça, contemplando a rosácea do teto. Instantes depois, esparramou-se no trono de cornalina, fechou os olhos e começou a respirar de modo pausado, ritualístico. Permaneceu assim por algum tempo, até que passou a tremer, os dentes rangendo, e em seguida a convulsionar. Georgios ficou pensando se deveria ajudá-la. Em tese, era sua obrigação como enfermeiro, mas, além de estar intimidado — a cena era tétrica —, ele não saberia diagnosticar o problema, tampouco saná-lo.

Seu primeiro impulso foi o de buscar ajuda. Procurou os seguranças. Não os enxergou na penumbra. Seus olhos, então, se voltaram espontaneamente para a estatueta de mármore. O ídolo o observou sobre o pedestal.

Um som brotou da imagem.

— Georgios Graco — sussurrou uma voz feminina, abafada. — Sua mãe envia lembranças. Ela diz que o ama.

O menino espiou o trono. Duh-Shara havia parado de tremer — adormecera, ao que parecia. Ele deu um passo atrás. Estava completamente apavorado.

— Quem fala? — Ele olhou ao redor, incrédulo. — Quem está aí?

— Um homem deve arcar com as consequências de seus atos — continuou a voz. — Você queria falar comigo, não?

— Queria — ele balbuciou.

— Então, eis a sua resposta. O seu destino consiste em destruir o Império Romano — avisou a deusa. — Georgios Graco, você é o indivíduo que nos conduzirá à catástrofe suprema.

O garoto tornou a observar o trono, para ver se era Duh-Shara quem estava falando, mas ela seguia prostrada.

— Não! — ele gritou. — Seja quem for, quero que saiba que sou fiel à Púrpura. O meu pai lutou ao lado do imperador e eu pretendo ser como ele. Nada me fará mudar de ideia.

— Não lhe cabe decidir essas coisas — declarou a estátua. — Somos nós que decidimos.

— Não. — Em um ímpeto, Georgios encheu-se de coragem. — Quem decide sou eu.

— O livre-arbítrio é uma virtude cristã. Se você decidir ser cristão, se resolver dar as costas para os antigos deuses, nós também lhe daremos as costas. Nós o abandonaremos para sempre — ameaçou a voz. — Sem a nossa proteção, você estará vulnerável. Pois saiba, Georgios Graco, que o inimigo está em seu encalço. Ele descobriu o seu potencial e está trabalhando para conquistar a sua alma neste exato momento.

— O inimigo? — Franziu o cenho. — Que inimigo? Chega de enigmas.

O ídolo, porém, se calou à medida que a sacerdotisa acordava.

Georgios achou a experiência frustrante, agora que havia terminado. Estava convencido de que presenciara uma encenação, um número canhestro de mágica, como tantos que tinha visto em praças públicas e anfiteatros. Era uma fantasia, uma ilusão. Só não conseguiu descobrir qual era o truque, como eles faziam a estátua falar.

Ofegante, Duh-Shara se levantou.

— Peço que se retire agora — ela se dirigiu ao garoto. — Sua presença neste lugar não é apropriada.

— Mas foi você que me convidou.

— Eu não sabia que você estava acompanhado. Se soubesse, jamais o teria chamado para dentro da Torre Escarlate — ela disse, sisuda. — Contra ele não podemos lutar.

— Ele quem?

— Saia. — Duh-Shara fez um sinal com a mão. O eunuco de lábios pintados se aproximou por trás. — Jabru o guiará.

Não havia mais o que Georgios pudesse fazer. Recolocou a venda e, cabisbaixo, foi conduzido através das escadas e túneis até o prostíbulo no *souq*. Quando abriu os olhos, estava nas galerias do bazar, que se encontravam agora praticamente vazias. Eqsa, o operário palmirense, havia desaparecido. Georgios nunca mais o veria.

— Conhece o caminho? — o eunuco perguntou a ele. — Para fora do *souq*?

— Conheço.

— Pode ir, então.

— Obrigado.

O jovem enfermeiro foi saindo. O homem, no entanto, o chamou:

— Espere. Quando perguntou sobre o seu destino, você na realidade queria saber sobre o seu pai. Estou certo?

Georgios ficou perplexo.

— Como sabe?

— Uma coisa está sempre ligada a outra — disse o guarda-costas. — Nossa deusa ficará feliz em responder, contanto que você faça um sacrifício de sangue. O seu sangue. Então obterá a resposta.

— Do que está falando? Não compreendo.

— Está quase amanhecendo. — O sujeito apontou para cima, evasivo. — Sinto muito pelas más notícias. Mas foi você quem perguntou.

Quando Georgios chegou ao mercado de peixes, o céu estava clareando. Era seu dia de folga, então ele optou por voltar para casa em vez de ir ao hospital. Chegou à ínsula ao nascer do sol e entrou no apartamento sem fazer barulho. Não havia ninguém nos cômodos. Sobre a mesa, encontrou um bilhete:

Jocasta e eu fomos até o Parque de Dafne, fora dos muros da cidade. É uma bela caminhada. Voltamos no domingo à tarde.

Strabo

O menino deu graças aos deuses. Não precisaria inventar desculpas ou dar satisfações a ninguém. Melhor assim.

Passou o dia sozinho, meditando sobre o que acontecera no *souq*. Como homem livre, como cidadão romano, ele não precisava — nem deveria — acreditar nas coisas que a sacerdotisa dissera. Os cristãos chamavam os seguidores de Astarte de promíscuos, de loucos, e estes eram fatalistas, uma ideologia que contrastava, e muito, com as doutrinas do Nazareno, segundo as quais qualquer um, homem ou mulher, poderia mudar sua sina em algum momento antes da morte.

Mas Georgios não era cristão. Romano, só legalmente. Ele era grego. Fora criado sob os princípios clássicos, e se tem uma coisa que se pode dizer sobre os helênicos é que — graças a suas famosas tragédias — eles acreditavam em sorte e destino.

XXXV

ROCHA DE AFRODITE

UM MÊS HAVIA SE PASSADO DESDE QUE TYSA SUBIRA AO ALTAR. NESSE ENTREMEIO, apesar de seus temores, nada aconteceu entre ela e o senador. O quarto de Fúlvio ficava em outra área da *domus*, distante dos aposentos dela, e os dois quase não se cruzavam. Ele estava sempre ocupado, trabalhando em seu gabinete, despachando papéis e assinando documentos. Saía com frequência para visitar os armazéns, as aldeias e as vilas próximas e voltava tarde. Por outro lado, não faltava nada à menina. Tysa era assistida por pelo menos duas escravas, que, embora não falassem grego, a entendiam perfeitamente.

O único com quem ela talvez pudesse conversar era Rasha, mas o secretário a tratava com profundo desprezo. Comportava-se como um tutor insensível, que só aparecia para dizer o que ela deveria fazer, quando e como fazer. Se Tysa demonstrasse tédio, ele elevava a voz, embora nunca a tivesse agredido fisicamente — até agora.

O ponto positivo de morar na Colina dos Ossos era a beleza que a envolvia. Tysa nascera em Lida, cidade cercada de desertos e planícies rochosas. O inverno era sinônimo de lama, e o verão, de poeira. O Chipre parecia o inverso. O mar se prolongava em uma imensidão de perfeita harmonia, adornado por múltiplas gradações de azul. Em Pafos, o sol brilhava o ano inteiro. Chovia pouco, e à noite o céu se transformava em um manto escuro, saturado de pontinhos reluzentes. O vento trazia o cheiro das praias distantes, das galés naufragadas, das selvas ultramarinas.

A *domus* do senador era cercada de muralhas robustas, que alguns consideravam lendárias. Certa manhã, Tysa se aventurou a subir no passadiço. Lá de cima enxergava-se o porto, com centenas de barcos, pequenos e grandes, dentro e fora do quebra-mar. O farol era rematado por uma estátua de bronze que representava uma mulher seminua. Com a mão direita ela tocava o mamilo e, com a esquerda, escondia as partes íntimas. No interior da grande piscina, abraçados pelos muros aquáticos, destacavam-se dois navios de guerra, cada qual com três fileiras de remos — as famosas trirremes, embarcações possantes capazes de desbravar oceanos.

Sozinha, Tysa caminhou mais um pouco e chegou a uma antiga torre de guarda convertida em caramanchão. Fúlvio, ela repararia com o passar do tempo, nunca se preocupara em contratar uma tropa particular, muito menos uma guarnição de defesa. A garota deduziu, primeiro, que o senador simplesmente não tinha inimigos e, portanto, podia se dar ao luxo de ser descuidado. Depois elaborou a tese de que ninguém ousava atacá-lo por conta de seu parentesco com Maximiano, o Inclemente, general tão poderoso que recebera do imperador o controverso título de augusto. Nenhuma dessas hipóteses, entretanto, correspondia exatamente à verdade.

Ela encostou o abdome na mureta. Sentiu o calor agradável da pedra. Olhou para as nuvens, que formavam estranhos padrões. Brincou de delinear imagens e formas, quando Rasha apareceu na guarita.

— O que você está fazendo? — exclamou ele, indignado.

Tysa não replicou. Qualquer resposta que ela desse seria errada.

— Desça, vamos. — O núbio ficou de lado e acenou para que a jovem o seguisse. — Hoje é um dia importante. Haverá uma celebração na Rocha de Afrodite.

— Eu preciso ir? — ela indagou inocentemente.

— Você tem de ir. Não se recusa o pedido de uma *wanassa*.

A *wanassa* — Tysa se lembrava dela — era a sacerdotisa que celebrara seu casamento. Recordava-se também de que aquele não era um nome, mas um título, usado pelo alto clero de Afrodite.

— Então não é um convite, é uma convocação.

— Por que não se cala? — Rasha rebateu, truculento. — Meu conselho? Não diga nada. Procure evitar confusão.

Depois do almoço, as escravas a prepararam. Tysa tomou banho em uma tina de água quente, foi penteada, maquiada e perfumada. Colocou um vestido amarelo, uma estola, própria das mulheres casadas. O conjunto incluía um tecido sobre a cabeça, formando uma espécie de véu, e um arco de bronze semelhante a uma tiara, mas sem os adornos característicos da realeza. Os brincos eram de pérola, e as pulseiras, de ouro.

Perto da nona hora, ela, duas escravas e o secretário deixaram a Colina dos Ossos. Tomaram uma estradinha que serpenteava entre morros de relva, atravessaram uma área de capim grosso, desceram até a praia e seguiram por mais uma légua até avistar o sítio sagrado.

Localizada na costa de Pafos, a Rocha de Afrodite era reconhecida por romanos e gregos como o local de nascimento da deusa. De acordo com a tradição, o titã Cronos teria arrancado a genitália do pai, Urano, e a jogado nas águas do mar. Da espuma nascera Afrodite. O episódio, conforme descrito nos textos helênicos, teria ocorrido lá mesmo, no Chipre, e a rocha indicaria o ponto exato onde a entidade teria emergido.

À tardinha, Tysa enxergou a pedra em questão. Ficava na ponta de uma pequena enseada, era ligeiramente redonda, tinha o cume chato e estava ocupada por dez mulheres vestidas de azul. Chegava-se ao topo por meio de uma trilha estreita. Na praia, preparando-se para subir, alinhavam-se cerca de trinta ou quarenta meninas, todas mais ou menos da sua idade. Rasha catou na areia uma concha de mexilhão e a entregou à filha de Drago. Tysa aceitou sem entender.

Continuaram caminhando. Enfim o homem a posicionou no extremo da fila.

— Siga as outras moças e faça exatamente o que as sacerdotisas mandarem. Exatamente, entendeu? Não largue a concha. — Deu-lhe um empurrão leve, como que a estimulando a prosseguir. — Pode ir. Esperaremos aqui.

Tysa obedeceu, acompanhando o ritmo das jovens colegas. Outras garotas iam chegando e assumindo um lugar atrás dela. Quando pisou sobre a rocha, sentiu que a superfície estava coberta de finos grãos de areia e decidiu andar com cuidado. O lugar não era tão alto nem a trilha tão perigosa, mas escorregar de lá de cima poderia ser fatal.

À medida que se aproximava do topo, ela tentou observar o que se passava. Não encontrou o ângulo certo. Cutucou uma das meninas, ensaiando um cumprimento. O retruque foi implacável.

— Shhhhh! — A garota fez um chiado com a boca. — Silêncio!

Intimidada com a reação, Tysa se calou. Na crista da Rocha de Afrodite, as noviças haviam organizado um corredor humano que conduzia à presença da *wanassa*, uma mulher idosa de pele morena, cabelos grisalhos e olhar penetrante. À direita da sacerdotisa suprema erguia-se uma clériga musculosa, de rosto quadrado e ombros largos, segurando uma tocha em uma das mãos e um chicote na outra.

— Aproxime-se, criança. — A *wanassa* fez sinal para Tysa. — Você é a esposa do senador Caio Valério Fúlvio.

— Sim, senhora — ela respondeu.

— *Wanassa*! — interveio a mulher musculosa, agitando o chicote. — Chame-a de *wanassa* — gritou.

— *Wanassa*. — A menina curvou-se.

— Muito bem. — A matriarca tocou-lhe a testa com o polegar, como se a abençoasse. — Vejamos o que o futuro lhe reserva. — Com o olhar, ela indicou a mão direita de Tysa, que trazia o mexilhão. — Quebre a concha.

A garota procurou no chão uma pedra, qualquer coisa dura que servisse como martelo, mas a mulher de chicote avisou:

— Não. Feche o punho. Quebre-a com as próprias mãos.

Tysa fez força e a concha se partiu com um estalo. A *wanassa* abriu os dedos da menina e a examinou com o auxílio da tocha. Removeu os cacos com as unhas compridas. A palma estava sangrando.

— Pelo que vejo, você ainda não está grávida.

— Não sei, *wanassa*. — Tysa ensaiou uma mentira, mas não teve coragem de levá-la adiante. Corrigiu-se: — Não, *wanassa*. Não estou.

— Por que não?

— Me casei faz um mês.

— É tempo mais que suficiente. Quando começa o seu período fértil?

— Estou em meu período fértil

— Então terá de agir sem demora. — Fez um gesto, e uma das religiosas entregou-lhe um frasco de vidro. — Este é um tônico afrodisíaco. Despeje três gotas no vinho do senador durante o jantar. Tenho certeza de que ele a procurará.

— Sim, *wanassa*.

— Perfeito, criança. Mas lembre-se: não diga a ninguém que eu a instruí. — A *wanassa* deu o frasco para Tysa, que o escondeu sob as vestes. — Será nosso segredo. As mulheres sempre têm seus segredos.

— Obrigada, *wanassa*.

— Quero acompanhar essa gestação de perto. Seus filhos serão fortes e muito ricos — declarou a mulher, oferecendo à menina um pano para que ela limpasse o sangue da mão. — Siga com a bênção de Afrodite.

— Sim, *wanassa*.

Tysa deu meia-volta, tomando a trilha para descer da rocha. O sol acabara de se pôr, e outras garotas ainda seriam atendidas. Reencontrou Rasha e as duas escravas na praia.

— E então? — perguntou o secretário. Tysa notou que ele parecia estranhamente apreensivo. — O que a sacerdotisa lhe disse?

— Nada de mais — ela respondeu, fazendo mistério.

— Seria melhor que me contasse. — O tom se encrespou. — Sou eu que cuido das suas necessidades, e das do senador.

— Só o que ela me disse foi que devo jantar com o meu marido com mais frequência. Sendo assim, prepare algo especial para hoje.

— Hoje à noite?

— Sim.

— Que conselho inusitado.

— Talvez, mas não se recusa o pedido de uma *wanassa* — rebateu a moça. — Esta noite. — E reforçou: — Sem falta.

O casamento, Tysa começava a perceber, era uma tarefa mais complexa do que imaginara. Um dos deveres exigidos das mulheres casadas era gerar filhos saudáveis. Não se podia passar pelo matrimônio sem isso, então cedo ou tarde ela teria de se deitar com o senador. O problema era que, aparentemente, nenhum dos dois tinha o apetite necessário.

Na dúvida, confusa sobre seu futuro na ilha, Tysa seguiu as orientações da *wanassa*. Banhou-se ao chegar à *domus* e se preparou para o encontro noturno.

O jantar era servido em uma sala própria para refeições chamada triclínio — em latim, *triclinium*. O triclínio da Colina dos Ossos tinha uma grande janela, que se abria para o horizonte marinho. O ambiente estava ocupado por três divãs e uma mesa de centro, onde os escravos apoiavam as travessas. Os azulejos do chão exibiam padrões geométricos. Um braseiro ardia no canto direito.

Fúlvio já estava comendo — ostras, como sempre — quando Tysa entrou no recinto. Ele sorriu e apontou para um dos sofás acolchoados.

— Olá, boa noite. Sente-se. Está com fome? Sede?

— Sim, senhor.

Dois escravos a serviram. Tysa olhou para eles e falou:

— Podem ir agora.

Os homens hesitaram, mas, como o senador nada dissera, curvaram-se e saíram da sala. Tysa e Fúlvio ficaram sozinhos, olhando para a lua que crescia no leste.

— Foi Jania que mandou você fazer isso? — perguntou o senador.

— Jania?

— A *wanassa*. Ela é louca. — Riu, jocoso. — Conheço aquela doida faz anos. Totalmente fanática. Mas inofensiva.

Seguiram-se alguns minutos de silêncio. Escutavam-se apenas o crepitar do braseiro e os ruídos de mastigação. Tysa não sabia como iniciar um diálogo. Não conhecia praticamente nada sobre o marido, não tinha ideia de quais eram seus gostos e interesses. E ele também não fazia questão de conversar. Enfim, após algumas goladas, Fúlvio murmurou:

— Mandei trazer um carregamento de seda da Pérsia. — Outro sorriso, agora amoroso. — Logo você terá mais vestidos.

— Obrigada.

— Sabe como se tinge uma roupa de púrpura? — ele indagou, tateando a listra roxa na própria toga alvejada.

— Não.

— Caramujos do mar. Pegam o bicho e o espremem até ele expelir uma secreção branca. Depois aplicam essa secreção sobre o tecido. O curioso é que a cor púrpura só aparece depois de o tecido ser exposto ao sol.

— Esplêndido — comentou Tysa, entediada.

— É uma coisa linda de se ver. O processo todo é belíssimo. — O senador soltou um pigarro e comeu mais um pouco. — E você? Está sendo bem tratada?

— Sim, senhor.

— Me chame de Caio. Somos casados — ele lembrou, sem malícia.

— Sim, Caio.

— Sente falta de alguma coisa?

— Não, Caio. Me sinto ótima.

— Nem de seus pais?

— Não. — A resposta saiu excessivamente incisiva, quase como um rosnado.

Fúlvio percebeu e retrucou:

— Família é uma coisa complicada. — Mais uma risada, agora como se estivesse se divertindo com a própria desgraça. — Por isso me afastei da Itália — admitiu, um tanto amargo, e a frase terminou em uma crise de tosse. Quando cessou, estava vermelho. Fúlvio era um homem obeso, que tinha problemas para se locomover e respirar. — Vou ao banheiro — ele anunciou. — Já volto.

O senador saiu do triclínio, e Tysa achou que era uma boa hora para pingar o tônico no copo dele. Sorrateiramente, apanhou o frasco que trazia sob a estola. Espiou ao redor. Nenhum escravo. Removeu a tampa do vidrinho, mas algo a fez parar. Se nem ela nem ele, seu marido, desejavam a união carnal, por que deveria incitá-lo? Por que forçá-lo a uma relação compulsória, desagradável para ambas as partes?

Porque era sua obrigação, refletiu. Tysa teria de fornicar com aquele hipopótamo, querendo ou não. Portanto, talvez fosse melhor que ela própria, e não ele, se embriagasse com a tal substância. Já ouvira falar de pessoas que ingeriram tônicos parecidos em orgias e bacanais, e elas geralmente não se lembravam de nada. Se o frasco lhe desse a chance de copular inconsciente com o esposo, então serviria como um remédio eficaz.

Pensando ter encontrado a solução perfeita, despejou as gotas na própria bebida e as sorveu. Não queria ser descoberta e jogou o frasco pela janela. Instantes depois, Fúlvio reapareceu no triclínio.

— Desculpe. — Ele se acomodou no divã. — Onde estávamos? Ah, o carregamento de seda. E no próximo mês chega o navio com pulseiras de prata. São lindas. Tenho certeza de que você vai gostar...

De repente, as palavras doces de Caio Valério Fúlvio se reduziram a um burburinho abafado. Tysa perdeu o fôlego, começou a tossir e a ofegar. O estômago embrulhou, como se uma esfera de aço ocupasse seu ventre. O coração parecia um tambor, batendo acelerado, prestes a explodir. Em um primeiro instante, o senador apenas olhou para ela, perdido, um tanto chocado, até que a menina se inclinou para a frente e regurgitou.

Em meio ao vinho, ao pão e às ostras, Fúlvio reconheceu uma nódoa de sangue.

— Rasha — ele se levantou, desengonçado, e gritou, chamando o secretário. — Rasha — tornou a bradar, repetida e histericamente. — Rasha!

Em questão de segundos estavam todos lá, rodeando a jovem senhora, borrifando água em seu rosto branco, sacudindo-a para que ela retomasse a compostura, mas todo o esforço foi em vão. Tysa sentia como se estivesse sendo soterrada, encoberta por uma pilha de rochas. Os sons apagaram, a garganta travou.

Em seguida, as trevas.

Só as trevas.

Momentos antes de perder a razão, ela raciocinou sobre as causas do surto e chegou à evidente conclusão de que o frasco que a *wanassa* lhe ofertara não continha tônico ou substâncias afrodisíacas, mas veneno.

E o alvo era o senador.

O veneno do qual Tysa fora vítima, ela saberia meses depois, era chamado pelos romanos de acônito. Derivado de uma planta de flores azuis, que costumava ser encontrada na Gália, nas florestas da Britânia e nas ilhotas ao redor da Sicília. O simples contato com o vegetal era suficiente para intoxicar um ser humano, homem ou mulher, adulto ou criança. Por ser muito concentrado, o acônito matava com poucas gotas, o que tornava a substância praticamente indistinguível no organismo. Não à toa, era — ainda é, por sinal — a droga mais utilizada em crimes em que o assassino desejava simular morte natural por intoxicação alimentar, parada cardíaca ou ataque dos nervos.

Tysa sobreviveu graças a três fatores. Primeiro porque era uma jovem sadia, na plenitude de suas forças. Segundo, por um misto de sorte e distração: em vez de pingar três gotas no copo, conforme a *wanassa* lhe orientara, ela pingara duas.

O terceiro fator ela atribuiria aos deuses, ou às deusas, ela não sabia quais nem se importava. Estava convencida de que forças superiores a haviam salvado, como sempre acontece em episódios extremos.

Fúlvio chamou dois médicos, um de Pafos e outro de Salamina, uma cidade próxima. Nenhum deles forneceu um diagnóstico exato. Concentraram-se no tratamento, aplicado de modo intensivo, que em pouco tempo apresentou resultado.

Tysa, entretanto, só recobraria a consciência três dias depois. Passou a maior parte do tempo desmaiada ou delirando. Os pesadelos mais recorrentes estavam associados a seu pai, que a agredira desde a infância, e à *wanassa*, que, no sonho, entrava no quarto e tentava asfixiá-la. A garota gemia, balbuciava, procurando avisar aos médicos sobre a conspiração, sem sucesso. Na terceira noite, sentiu como se vermes a estivessem devorando por todo o corpo.

Quando abriu os olhos, uma surpresa aterradora: era verdade! Tysa estava literalmente coberta de vermes negros. Soltou outro berro e se retorceu. Um homem que ela nunca tinha visto — o médico, ela saberia depois — se aproximou e disse com toda a calma do mundo:

— Está tudo bem. São sanguessugas. — Desviou o olhar para o torso da menina. — Estão bebendo o sangue ruim. Fique tranquila.

E, ao falar essas coisas, pressionou uma compressa em seu nariz. Tysa sentiu um cheiro acre, ficou tonta, voltou a adormecer e despertou na manhã seguinte enrolada em lençóis, suando, com uma sensação muito boa, como se estivesse plenamente recuperada.

— Senador, secretário — alguém no quarto os chamou —, a senhora Fúlvia acordou e parece bem.

Caio Valério Fúlvio, Rasha e alguns escravos convergiram para o aposento da jovem senhora. Tysa podia ouvir e enxergar agora, com relativa perfeição. Era um dia de sol. Os raios batiam nas cortinas, agitadas pela brisa da primavera. O médico era um sujeito magro, dentuço, usava sandálias gastas e uma toga marrom. O cômodo fedia a vinagre, estava cheio de bacias e panos molhados.

— O que aconteceu? — O senador andou até a borda da cama, segurou a mão da garota e perguntou para o médico: — O que provocou essa crise? É algum tipo de doença?

— Nenhuma que eu conheça. — O médico começou a recolher suas coisas. — Só a própria senhora Fúlvia pode esclarecer o ocorrido. — E a fitou de longe. — Senhora, alguma hipótese? Comeu ou bebeu alguma substância perigosa, estragada ou minimamente suspeita?

— Sim — ela articulou as primeiras palavras em dias. Não podia acreditar que havia sobrevivido e teria a chance de se vingar da *wanassa*, porque nunca gostara dela, desde a primeira vez que a vira na *domus*, antes do casamento. Jania era uma mulher estúpida, arrogante e, agora ela sabia, também uma assassina. Não ficaria sem punição. — Sim, senhores.

— O que houve? — Fúlvio se aprumou, oferecendo à menina um olhar pueril. Tysa teve a vaga impressão de que ele estava mais preocupado com o bem-estar dela do que em desvendar um suposto conluio, talvez porque nem cogitasse essa hipótese. Sendo assim, a filha de Drago acrescentou:

— Senhores, não tenho dúvidas de que foi uma ostra que comi — mentiu. — Encontrei na praia. O gosto era amargo. Cuspi na mesma hora, mas pelo jeito...

— Ostras podem ser tóxicas? — O senador se virou para o médico.

— Presumo que dependa do tipo de ostra — respondeu o homem. — Nunca ouvi falar, mas é possível.

— Não era bem uma ostra. Parecia um caramujo — Tysa insistiu na história. — Soltava uma secreção leitosa.

— Bem, de qualquer maneira — interferiu o médico —, recomendo evitar álcool e frutos do mar por enquanto. Só pão, leite e derivados, carne, frutas, ovos e grãos.

— Mas o que a deixou assim? — inquiriu o senador.

— Não sei. Algumas pessoas são alérgicas a certos alimentos — explicou, sereno. — No caso dela, ficam proibidos os mariscos. É só o que posso dizer, excelência.

Fúlvio abaixou a cabeça, frustrado mas conformado, e permaneceu ao lado de Tysa por mais alguns minutos, enquanto Rasha acompanhava o médico até a saída.

Ela percebeu que, apesar da disposição repentina, estava ainda muito cansada. Guardou suas forças e fechou os olhos para repousar mais um pouco.

O que qualquer um se perguntaria, em semelhante circunstância, seria o porquê de Tysa ter protegido a *wanassa*. O motivo era simples, embora arriscado. Se ela denunciasse o plano para assassinar o marido, forçosamente iniciaria uma guerra, transformar-se-ia em alvo e, pior, perderia o controle da situação, afinal guerras são em geral travadas por homens. Se guardasse o segredo, em contrapartida, teria uma arma poderosa a seu alcance e acumularia poder de barganha, elemento que talvez, no futuro, pudesse ser usado contra as perigosas sacerdotisas de Afrodite, que aparentemente eram quem detinha o poder de fato na ilha.

A questão era quando usar essa arma.

E, principalmente, como.

XXXVI

DAVI

Os meses que se seguiram foram os mais sombrios da vida de Georgios. O encontro com a sacerdotisa de vermelho, a visita à Torre Escarlate e, principalmente, a sugestão de que ele poderia trazer a destruição ao mundo romano o conduziram a uma fase obscura. Ele se lembrava de já ter se sentido assim, quando tinha três ou quatro anos, ao descobrir que iria morrer. Na época, passara um verão inteiro taciturno, pensando na finitude da vida, até se dar conta de que não podia fazer nada a respeito. Salvo os deuses, tudo o que é vivo morre: plantas, animais e também as pessoas. Não há como lutar contra isso.

Uma tarde, no hospital, ele não se conteve e contou a Pantaleão que estivera no *souq*. Revelou ao amigo o que a estátua lhe dissera e a angústia que sentia. O médico o tranquilizou, como só ele sabia fazer:

— Não perca o sono por causa disso. É uma farsa.

Georgios já esperava que ele dissesse algo do gênero. Como eram íntimos, replicou:

— Você é cristão. Para os cristãos, até os deuses olímpicos são uma farsa. Mas eu sou devoto de Marte.

— Eu sei. — Pantaleão riu de través. Os dois estavam na nave do templo, diante de um leito ocupado por um homem com a face arroxeada, que ofegava como um porco ferido. Enquanto o examinava, o médico completou: — Realmente não acreditamos nos deuses antigos, mas a questão não é essa.

— Qual é a questão?

— Pelo que você descreveu, a sacerdotisa o submeteu aos poderes divinatórios de um oráculo.

Georgios raciocinou.

— Parece que sim.

— É uma prática comum às seitas pagãs. Mas, como grego, digo, como alguém educado sob os princípios helênicos, você deveria saber melhor do que eu que os oráculos nunca dão respostas diretas. Eles falam por meio de enigmas.

— É verdade. — O garoto se lembrou do que lera sobre o famoso Oráculo de Delfos.

— Então não venha me dizer que uma deusa em forma de estátua revelou que você vai "destruir o Império Romano". — O médico mostrou-se ligeiramente indignado. — Desculpe-me, mas é puro charlatanismo. Estou certo de que fizeram isso para assustá-lo. E conseguiram, pelo jeito.

Georgios refletiu consigo mesmo. Sentiu-se como se tivesse tirado um peso das costas. Pantaleão era bom não apenas em curar o corpo, mas em eliminar as feridas da mente.

— Entendo.

— Sinto muito, Georgios. Não estou querendo menosprezar suas crenças. Só estou dizendo que essa previsão é por demais conveniente.

— Faz sentido — ele concordou.

Pantaleão terminou de examinar o doente. O sujeito ardia em febre.

— O problema dele é o pulmão — disse o médico, satisfeito por ter desvendado o mistério. — Leve-o para o terraço e espalhe raspas de salávia sobre o colchão. Está em uma caixa na estante, perto dos frascos de ópio. Plínio pode ajudá-lo a encontrar. É uma erva expectorante, muito forte, que desintoxica quase que instantaneamente.

Georgios atendeu ao pedido de Pantaleão e buscou a erva com o enfermeiro, reparando que se tratava de um ramo de espinhos semelhante à coroa do Nazareno, como os cristãos a descreviam. Julgou o detalhe curioso, mas não comentou com ninguém.

Observando a habilidade com que os demais socorristas trabalhavam, uma nova chama acendeu em seu peito. Georgios deu-se conta, naquela tarde, de que faltava pouco para a caravana judaica partir para a Nicomédia. Ele poderia, então, encontrar o imperador e realizar o sonho de se tornar cavaleiro.

Na terceira semana de maio, Georgios, Strabo e Jocasta estavam reunidos para o jantar quando o menino retomou o assunto. Ninguém conversara mais a respeito, desde janeiro. Strabo parecia realizado dando aulas de filosofia, e Jocasta não escondia a satisfação em tê-los por perto. Eram como uma família. Pouco tradicional, mas ainda assim uma família.

Com o avanço da primavera o clima esquentou, e mesmo à noite fazia calor. O prato servido era atum grelhado com pão e azeite de oliva. Para beber, cerveja de trigo. Georgios detestava comer peixe àquela hora, pela dificuldade em separar os ossinhos. Trouxe uma das lamparinas para perto, enquanto ouvia Strabo contar suas peripécias diárias — naqueles tempos, ele já lecionava para oito famílias, chegando a dar cinco aulas por dia. Quando o escravo encerrou uma de suas histórias, o garoto comentou:

— Já estamos em maio.

— O tempo passa rápido. — Strabo sorriu e bebeu cerveja. — Parece que chegamos aqui ontem.

— Não faz tanto tempo assim — observou Jocasta, mas para Georgios fazia um século. Ele tinha mudado muito desde o dia em que pisara na cidade. Estava mais alto, mais corpulento e acumulara algumas espinhas na cara.

— Queria saber quanto dinheiro temos — ele perguntou a Strabo. — Se é o suficiente para a caravana.

— Que caravana? — reagiu o filósofo em um reflexo genuíno, depois se recordou do que se tratava e encarou Jocasta através da fumaça. Houve um instante de silêncio, que terminou com um pigarro. — Sim. — Tornou a olhar para Georgios. — O que não nos falta é dinheiro.

— Ótimo. — O menino virou-se para Jocasta. — Quando o seu irmão parte para a Nicomédia?

— Na segunda semana de junho.

— Ou seja, daqui a três semanas. — Georgios não escondeu a empolgação. — Precisamos encontrá-lo para negociar o preço. Eu não cometeria a indelicadeza de pedir um desconto. Só o que desejo é que ele faça um preço justo.

— Sem dúvida — ela aquiesceu. — Falarei com ele.

Outro instante de silêncio. O clima era pesado e constrangedor. Strabo preferiu ser sincero:

— Georgios, você está diante de uma decisão importante. Tem consciência disso?

— Tenho — respondeu o garoto.

— Sendo assim, quero que pense nela durante os próximos dias e coloque na balança os prós e os contras. Se ficarmos em Antioquia, você poderá ter uma vida calma, embora modesta, e Räs Drago nunca vai encontrá-lo. Poderá se casar, ter filhos e criá-los sem se preocupar em ser morto ou perseguido. Jamais precisará fugir e não passará fome, mas ao fazer isso estará deixando para trás o seu nome e as terras da sua família. Por outro lado, se embarcarmos nessa viagem, você terá a chance de recuperar o seu título e de se tornar um oficial, mas viverá em perigo. Drago tentará exterminá-lo por todos os meios. Não só ele como outros inimigos do seu pai. E ele tinha muitos.

— Muitos? — Georgios franziu a testa. — Sempre achei que ele fosse adorado pelos cidadãos de Lida.

— Não só pelos cidadãos como pelos escravos, mas eu não me refiro a Lida. Seu pai capturou Zenóbia, tomou Ctesifonte, destronou o xá da Pérsia e chegou ao posto de legado. Esses feitos incitam a inveja e a cobiça de homens poderosos, que fariam de tudo para obliterar os Anícios.

— Quem seriam esses homens?

— Não sei. Cláudio Régio talvez seja um deles. Você viu a maneira como nos tratou. Certamente há outros.

— Está sugerindo que o meu pai foi assassinado?

— Eu não iria tão longe — ponderou Strabo. — Mas estou certo de que o enviaram para a Germânia com o objetivo de afastá-lo do Leste, onde ele era conhecido e respeitado.

— Um momento. — Georgios estava confuso. — O imperador não era amigo pessoal dele?

— Sim, ao que parece. Talvez Diocleciano o tenha despachado para o Oeste para preservá-lo, justamente. Ou talvez não. Pode ser que o césar o tenha traído. Nunca saberemos. Tudo o que eu sei é que o Império não é esse farol de esperança que você idealiza. Roma é um poço de intrigas, e as legiões... estão cheias de gente perversa.

Georgios não respondeu. Olhou para o prato, soturno, e comeu mais um pouco. Houve um novo instante de silêncio, o terceiro, que se prolongou por uns dois ou três minutos. Quando Strabo terminou a refeição, pousou a mão no ombro do garoto e acrescentou, candidamente:

— Só quero que pense nisso, está bem? Seja o que for que decidir, eu estarei com você.

*

Mas Georgios não precisava pensar — ele já pensara um bocado. Em junho, partiria para a Nicomédia e se apresentaria ao imperador a qualquer custo. Talvez Diocleciano não o aceitasse. Talvez até decidisse matá-lo, mas era um risco que ele estava disposto a correr. Não podia simplesmente olvidar seu nome. Não era justo nem lógico.

Jocasta, sempre perspicaz, sabia que o menino estava decidido e agilizou o processo. No sábado, 28 de maio, conversou com o irmão e combinou apresentá-los dois dias depois, mas Davi estava muito ocupado, de modo que Georgios e Jocasta precisariam ir encontrá-lo no trabalho.

Para os mercadores judeus, aquele era o período mais conturbado do ano. Georgios já tinha percebido a presença maciça de estrangeiros na cidade, e agora sabia o motivo. Antioquia era o ponto final da Rota da Seda, a famosa linha de comércio que começava na China, passava pela Índia, Pérsia, Mesopotâmia e terminava às margens do Orontes. Lá, o produto era negociado e seguia para o Egito, a Itália e a Hispânia, sob a administração de terceiros. O trajeto por mar era rápido, mas caro, e geralmente conduzido pelos próprios romanos. Os judeus transportavam o produto por terra até a Nicomédia, Bizâncio, Salonica, na Macedônia, Atenas e Roma, chegando atrasados, mas praticando um preço mais acessível.

Nos meses de maio e junho, Antioquia enchia-se de mercadores do Extremo Leste: chineses, indianos, árabes e persas. Os artigos eram transacionados em barracas ao longo da via principal, a Avenida Colunata, que começava na Porta de Ouro e terminava no Fórum de César. Ela tinha esse nome porque era margeada por colunas muito altas, que serviam como marcos de orientação — era comum um cidadão dizer, por exemplo, que a entrada para sua rua ficava após a oitava coluna, na direção oeste.

Georgios e Jocasta chegaram ao ponto de encontro na terceira hora. Os mercadores falavam idiomas que o menino jamais escutara, com sonoridades estranhíssimas. Suas barracas, em regra, eram formadas por mesas improvisadas cobertas com lonas coloridas, sob as quais a seda era exposta.

O odor de suor só era superado pelo cheiro de mirra, planta muito cobiçada em todo o Oriente pelas propriedades medicinais. Os árabes preferiam vendê-la em grãos, mas era possível, também, encontrar o caule fresco, com flores e frutos. Se fosse um novato na cidade grande, Georgios teria se assustado com a gritaria, com as discussões acaloradas, mas tinha vivido tempo suficiente nas ruas para saber que o bate-boca era parte integrante do negócio, e a pior ofensa que um cliente poderia fazer era comprar um artigo sem pechinchar.

Davi estava perto de uma fonte acompanhado de dois garotos morenos, que Georgios viria a saber tratar-se de seus filhos: Judá, de doze anos, baixo e rechonchudo, e Simão, de dezesseis, alto e magro. Davi era mais velho do que Georgios esperava, somando sessenta e cinco anos. Parecia um homem frágil, pequeno, com a cabeça oval coberta por tufos de cabelo grisalho. O rosto lembrava o de um esquilo, com olhos miúdos e dois dentes saltados. Os três manipulavam rolos de seda, revestindo-os com capas de algodão e os amarrando com tiras para protegê-los da sujeira. Jocasta andou até eles. O menino menor sorriu e apontou para ela. O outro ficou no mesmo lugar. Davi a cumprimentou com um gesto.

— Davi, este é o jovem sobre o qual lhe falei — Jocasta apresentou Georgios ao comerciante judeu, que não se aproximou nem ofereceu a mão. Continuou trabalhando e disse para a irmã, em aramaico:

— E o dinheiro? Ele vai conseguir pagar?

— Naturalmente.

— Que bom. — Davi mudou para o grego e se dirigiu a Georgios: — O que você sabe fazer, menino?

— O que eu sei fazer? — Ele foi pego de surpresa. — Bom, sei fazer muitas coisas. Sou enfermeiro.

— É bom enfermeiro?

— Honestamente? Não.

— Não importa. Sabe que essa não é uma viagem fácil, não sabe? Acha que pode se proteger?

— Sim. — Georgios parecia ter entendido a mensagem. — Sei me defender.

— Bom, quero deixar claro que você está pagando pelo privilégio de nos acompanhar na caravana. Não garantimos a sua segurança. Se você desaparecer em uma cidade e não voltar a tempo, partimos e o deixamos para trás.

— Não pretendo desaparecer.

— Outra coisa — prosseguiu o judeu. — Nós temos um cozinheiro. Ele servirá as refeições em horários previamente informados. Você comerá a comida que fizermos. É kashér. Mas isso não lhe dá o direito de comer conosco. Temos os nossos rituais.

— Sem problema.

— Se você arrumar confusão, seja com um soldado ou um bandido, nós diremos que não o conhecemos. Certo?

Georgios julgou a cláusula um tanto covarde, mas assentiu:

— Concordo.

— Os camelos, mulas e carroças servem para o transporte das mercadorias. Você viaja a pé. Vai precisar de um cajado. De um bom cajado. Não adianta pegar um galho no chão. Vai nos atrasar.

— Obrigado pelo conselho.

— Em relação ao pagamento, Judite já combinou tudo comigo.

— Quem?

— Judite. — Davi apontou para Jocasta. — Não a conhece? — ele perguntou, com notório sarcasmo.

— Judite era o meu nome judaico — explicou a mulher para Georgios —, antes do batismo cristão.

— Estamos combinados? — interrompeu-os o judeu, com ar superior.

— Sim, mas e quanto às condições de pagamento? — quis saber Georgios.

— Tudo adiantado.

— Queria sugerir uma alternativa — atreveu-se o menino, com o indicador levantado. — Proponho pagar o dobro.

— Como assim? — Davi deu risada e olhou para Jocasta. — O garoto é retardado?

— Trinta por cento agora — propôs Georgios. — E setenta por cento na volta.

— Rapaz, não invente história. — O mercador o encarou como se ele fosse um asno. — Você não tem escolha.

— Não. — Georgios precisou ser incisivo. — A escolha é sua. Pagamento integral agora, cem por cento, ou o dobro, duzentos por cento, nas condições que acabei de sugerir. É só dizer o que prefere.

Davi ficou pensativo, tentando entender o que estaria por trás daquela estranha proposta. Um ardil, talvez? Não... Seu contratante era um menino, não tinha malícia ou inteligência suficientes. Para Georgios, entretanto, a razão era óbvia: ele queria ter a garantia de que os judeus não o deixariam para trás de propósito. No fundo, não achava que fariam isso, sobretudo por serem parentes de Jocasta, mas não custava se prevenir.

— Como pretende me pagar os setenta por cento — continuou o mercador — se não estará mais em Antioquia quando eu voltar?

— Deixarei o montante com alguém de confiança — retrucou Georgios, afiado. — Darei todas as instruções três dias antes de partirmos. O que me diz?

Depois de uns instantes ponderando, Davi anuiu.

— Pode ser desse jeito. — Até porque trinta por cento sobre duzentos significava sessenta por cento. Mesmo que o garoto desaparecesse, ainda assim era um adiantamento generoso. — Você tem roupas, calçados e artigos para a viagem, tais como mantas, cantis e pederneiras?

— Tenho — respondeu o garoto, mas era mentira. Ele ainda precisava comprar tudo aquilo.

— Fechado, então. — O judeu pegou dois rolos de seda e os apoiou sobre os ombros. Os filhos apanharam o restante. — Domingo, 10 de junho, na segunda hora, em frente à Porta de Ouro. É de lá que vamos sair.

— Está bem.

Georgios estendeu a mão para Davi, que a apertou rapidamente. Em seguida, ele e os meninos se despediram de Jocasta e partiram na direção do aqueduto.

— Davi é um bom homem — disse a mulher, em defesa do irmão. — Só um pouco desconfiado.

— Pouco cortês, isso sim — Georgios rebateu, enquanto caminhavam pela Avenida Colunata tentando driblar os pedestres.

— Desconfiado — insistiu Jocasta. — Você é romano. Eu já fui judia e entendo. Os romanos massacraram e perseguiram os judeus em mais de uma ocasião.

— E o que eu tenho a ver com isso? — replicou Georgios, mais para provar seu ponto. O encontro com Davi não o tinha afetado. Compreendia que o conflito fazia parte de uma negociação.

— Enfim, não se preocupe. Vai dar tudo certo. — Ela sorriu quando tomaram uma travessa secundária. — Só não entendi uma coisa: com quem você está pensando em deixar o dinheiro? Comigo?

— Eu não exigiria de você essa responsabilidade. Já fez muito por nós.

— Então com quem?

— Não se preocupe. — Foi a vez de Georgios sorrir. — Vai dar tudo certo.

XXXVII

TOUCA DE FELTRO

O JANTAR DAQUELA NOITE FOI TENSO. JOCASTA NÃO TIVERA TEMPO DE PREPARAR a comida e eles se satisfizeram com pão, queijo e posca. Georgios tentou puxar conversa, mas Strabo estava carrancudo. Quando a refeição terminou, a mulher desceu para ir à latrina. Menino e escravo ficaram sozinhos no apartamento. Strabo não se segurou.

— Soube que ofereceu o dobro ao judeu. — Ele tentava sussurrar, mas estava claramente irritado. — Por quê?

— Em troca de garantia — respondeu Georgios. — Não lhe parece óbvio?

— Compreendo a intenção, mas é burrice. Primeiro, porque não se confia em judeus. Segundo, porque não podemos pagar o dobro.

— Contei as moedas. Pelos meus cálculos, podemos.

— Definitivamente, é impossível. Quer que eu pegue os sacos? Contamos as peças agora, em cima da mesa, para não restarem dúvidas.

— Como eu disse, já contei — repetiu Georgios. — Temos sessenta dracmas e duzentos e doze sestércios. O irmão de Jocasta nos cobrou vinte dracmas pela viagem. O dobro, portanto, é quarenta. Nos restarão vinte peças de prata, além dos sestércios.

— Não quarenta, mas oitenta. O judeu cobrou vinte por pessoa. Então não é o dobro, é o quádruplo. Não temos dinheiro.

— O dobro — o garoto o corrigiu. — Sinto muito se dei a entender o contrário, mas não espero que siga comigo nessa empreitada.

— O quê? — Strabo ficou de pé, como se tivesse visto um fantasma. — Que insanidade é essa?

— Não faz sentido arrastá-lo para a Nicomédia. Essa é uma jornada minha, não sua. Além disso, preciso de um amigo em Antioquia, não só para pagar Davi no retorno, mas para ter um lugar para onde voltar se tudo o mais der errado.

— Me recuso a aceitar essa loucura — grasnou o velho, afetado. — Será que preciso lembrá-lo de que era o desejo do seu pai que eu o protegesse?

— O meu pai está morto. Eu sou o seu mestre, e você não tem escolha — explicou Georgios. — Estou lhe dando uma ordem, e será a última. Claro que também pretendo libertá-lo.

— O quê? — Strabo gaguejou.

— Calma. Sente-se.

— Está passando dos limites, garoto. — Ele continuava de pé, acuado, em pânico.

— Você é que está.

— Não... — Ele se negava a acreditar. — Não pode fazer isso. — Strabo tornou a sentar-se. O discurso mudara, e agora ele falava como uma criança perdida. — Não pode. — Sacudiu a cabeça. — Simplesmente não pode.

— É um pedido ou uma constatação jurídica? Porque, legalmente, eu posso.

Depois de alguns minutos calado, fitando o nada, Strabo recobrou a consciência e disse:

— O que eu vou fazer? O que vou fazer da vida?

— Já pensou em se casar? Não ache que eu sou bobo. Você e Jocasta...

— Sou apenas um velho, um velho ridículo — Strabo balbuciava. — Não mereço isso.

— Você serviu bravamente ao meu pai e salvou a minha vida. Claro que merece. Escravos são libertos por menos.

— Fiz coisas erradas também.

— Pare de se culpar. Já tomei a minha decisão.

— Nesse caso, se a decisão está tomada, a lei não me permite contra-argumentar. Obrigado — ele disse com um sussurro, a mão espalmada sobre o peito. — Obrigado, mestre Georgios. Obrigado...

O murmúrio de Strabo terminou em uma crise de choro. Por décadas, ele se contivera porque era um escravo, e escravos serviam, obedeciam, sujeitavam-se, escravos eram autômatos, que não deveriam ter emoções. Como homem livre, ele podia chorar, e chorou. Naquelas lágrimas havia uma profusão de sentimentos, que iam da euforia à tristeza. Euforia porque aprendera a amar Jocasta e agora poderia se casar com ela. Tristeza porque Georgios era como um filho, alguém que ele não queria perder.

O menino o abraçou, mas não conseguiu chorar junto. O coração, com efeito, pulsava de alegria, porque ele estava prestes a embarcar na grande aventura de sua vida. Como Aquiles navegando rumo à Guerra de Troia ou Perseu explorando a caverna da Medusa. Só o que Georgios conseguia pensar era se tornar cavaleiro, servir ao imperador, recuperar suas terras e vingar sua família.

Naquele momento, pelo menos, nada era mais importante.

No domingo — seis dias depois —, Georgios ajudou a patrocinar um pequeno banquete, e todos os moradores do condomínio foram convidados. Sobre uma mesa retangular montada no pátio interno do edifício, apoiavam-se travessas de porco, rodelas de queijo, pães, azeitonas e ânforas de vinho.

Como Georgios não tinha documentos, não podia dar uma carta de emancipação a Strabo, o que não era um problema. Muitos senhores, especialmente os mais pobres, passavam pela mesma situação e, quando queriam libertar um escravo, organizavam um festim com o máximo possível de testemunhas. O direito romano clássico — em vigor naqueles tempos — dava às vezes mais importância a um depoente que a um documento. Portanto, tudo o que Georgios precisava fazer era atrair gente para assistir à cerimônia, para compartilhar o momento, sacramentando assim a alforria.

No começo da manhã, enquanto Jocasta preparava a comida, Strabo desceu até o pátio para ter a cabeça raspada. Ele já era calvo, mas o ritual exigia que todos os pelos da cabeça fossem removidos, e como Georgios era péssimo barbeiro contratou uma vizinha — Gegi, do quarto andar — para realizar o serviço.

Gegi cortava o pouco cabelo de Strabo enquanto os condôminos organizavam uma fila para cumprimentá-lo. A certa hora, quem apareceu foi Romão, o diácono, com seu clássico hábito preto.

— Parabéns, Strabo. — O pregador apertou-lhe a mão. — Creio que agora posso chamá-lo de "senhor".

— Não, meu caro. — Sorriu o filósofo. Estava com um bom humor nunca visto. — Só depois da cerimônia.

— Soube que se tornou um professor de mão cheia. Cristo seja louvado! Parabéns.

— Obrigado.

— Não vou tomar mais do seu tempo. Sei que hoje tem o dia cheio. Só vim dizer que a nossa igreja está de portas abertas, como sempre esteve.

— Oh, agradeço. — Outro sorriso. Diferentemente de Georgios, Strabo não tinha problemas com Romão, à exceção do fato de ele ser teísta. O diácono, na verdade, tratara-o bem quando ele entrara no templo, em janeiro, e dera-lhe de bom grado a informação sobre Cláudio Régio.

— Bom, já vou indo. — Ele se afastou e o abençoou antes de partir. — Paz de Cristo.

Strabo continuava desprezando os cristãos, mas agradeceu, afinal o homem viera de longe para felicitá-lo, e o filósofo não queria parecer antipático.

Georgios havia saído para fazer compras e chegou ao meio-dia. Os presentes estavam inquietos, famintos. O menino comprara alguns objetos essenciais à cerimônia, que seriam usados no momento oportuno. Sendo assim, pouco depois de o sol atingir o zênite, os convidados, já salivando, se reuniram entre as pilastras do pátio. Strabo estava no centro, ajoelhado. Era um dia quente de junho. Georgios se aproximou dele com um cajado na mão. Jocasta estava logo atrás e trazia um pequeno cesto de palha. O garoto parou diante do velho e ergueu o bastão.

— Você clama, perante a Pedra de Júpiter, ser Strabo, nascido em Atenas, escravo de Caio Valério Fúlvio, depois escravo de Laios Anício Graco, em seguida escravo de seu filho, Georgios Anício Graco?

— Sim — respondeu o filósofo.

— Strabo. — Georgios se esforçava para não pular etapas. Felizmente não eram muitas, nem tão complexas. — Você me reconhece como Georgios Anício Graco, filho de Laios, seu atual proprietário?

— Reconheço.

— E eu clamo, perante a Pedra de Júpiter, ser Georgios Anício Graco, seu mestre. — O garoto pegou o cajado em uma ponta e com a outra tocou a testa do escravo. — Hoje eu o liberto, Strabo de Atenas, como recompensa por ter salvado a minha vida.

Strabo curvou a cabeça. Georgios, então, sacou do cesto trazido por Jocasta uma touca de feltro marrom, símbolo da alforria, e a enfiou na careca do velho. Em seguida disse:

— Pode se levantar, Strabo. — O menino deu um passo atrás. — Você agora é um homem livre.

Os convivas comemoraram com uma salva de palmas. Strabo abraçou Georgios, e a próxima etapa era sentarem à mesa juntos. Em um gesto simbólico, o menino partiu um pão, entregou um pedaço ao filósofo e encheu duas taças de vinho. Os dois comeram, beberam, e desse jeito se encerrava o ritual. Os comensais convergiram para o banquete, esfomeados. Muitos se acomodaram ao lado dos anfitriões, outros preferiram continuar em pé, bebendo e conversando. Um homem do terceiro andar trouxe um cachorro. Uma mulher do segundo dedilhava uma harpa, terrivelmente desafinada.

Duas horas depois, o sol amainou. Um convidado tocou uma flauta — som de qualidade, música boa — e os demais começaram a dançar. Sobre as cabeças, Georgios reconheceu alguém que entrava na ínsula. Era Pantaleão. O menino correu para receber o amigo.

— Salve, salve — disse em tom descontraído. — O que está fazendo aqui?

— Ora, você me convidou, esqueceu? — Sorriu o médico, e os dois se beijaram na face.

— É verdade, mas não achei que viesse. Você nunca sai do hospital.

— Dia calmo. — Coçou o nariz. — Na verdade, nem tanto. Deixa pra lá. Enfim, contratei um anão. Corre feito uma lebre. Se houver alguma emergência, ele vai me chamar. Eu disse onde estaria.

Georgios apresentou Strabo a Pantaleão, que o congratulou pela festa. O médico almoçou na companhia do aprendiz. Eles se viam diariamente, conversavam sobre tudo e, não obstante, os assuntos nunca acabavam. Georgios pensou que talvez essa fosse a essência da verdadeira amizade. Não havia constrangimento, mesmo quando estavam calados.

Depois de cinco ou seis taças, com a tarde já caindo, Pantaleão confessou:

— Estou um pouco cansado.

— Eu entendo se tiver que ir embora — disse Georgios. — Já está tarde.

— Não é isso. — Eles haviam subido para o segundo andar e estavam debruçados sobre a mureta, olhando as pessoas espalhadas no pátio. — Uma menininha morreu hoje cedo.

— Que merda. — O garoto não havia trabalhado no Templo de Hórus naquele domingo nem no sábado. — De quê?

— Febre. O que causou a febre? Não tenho a menor ideia. Isso é o que me frustra. Não sabemos de nada. — Bebeu mais vinho. — No fundo, não sabemos de porra nenhuma.

— Não é bem assim. Você me ensinou muito.

Pantaleão o ignorou.

— Queria poder ajudar mais, salvar os enfermos, como Jesus. — Olhou para o alto. — Desculpe a blasfêmia. Por outro lado, filosoficamente falando, o mundo ficaria superlotado se erradicássemos todos os males — ele resmungou e completou, taciturno: — Sabe, Georgios, a vida é uma piada.

— Como assim?

— Pense comigo. Nós passamos por um monte de coisas, experimentamos o amor, o ódio, o deleite, o sofrimento e a alegria; aprendemos, ganhamos e perdemos, e em seguida simplesmente morremos. Pronto, acabou. Não lhe parece ridículo?

— Sempre achei que vocês, cristãos, acreditassem no paraíso. Na vida além-túmulo. O reino dos céus não é um dos pilares do cristianismo?

— Sim, mas eu me refiro ao nosso mundo. Em um piscar de olhos, desaparecemos. Tudo o que eu fiz, o que você fez, o que aquela menininha viveu... tudo reduzido a nada.

— Pode ser. — Georgios nunca tinha refletido sobre aquele aspecto da existência.

— Meu amigo. — O médico se virou para o garoto. Estava bêbado, mas falava com lucidez. — Depois que eu e você partirmos deste plano, os nossos nomes serão apagados. Os nossos feitos e conquistas, esquecidos. Já pensou nisso? Não importa o que fizermos, ninguém no futuro vai se lembrar de que um dia existiu, neste planeta, um Georgios ou um Pantaleão. É uma piada de mau gosto.

Pantaleão cambaleou para trás. Georgios o segurou. Desceram as escadas passo a passo. O médico bebeu água, comeu uma fatia de pão salgado, aliviou-se no urinol e, sentindo-se melhor, despediu-se de Jocasta e Strabo. Faltavam poucos instantes para o crepúsculo. Georgios o guiou até a rua.

— Consegue voltar sozinho?

— Claro, estou bem. — Ele de fato parecia recuperado. — Estou liberando você das suas obrigações. Falta uma semana para a sua viagem, certo?

— Certo.

— Quero que se prepare. Mentalmente. Se quiser aparecer no hospital, venha como convidado, não como enfermeiro.

Georgios tinha realmente muitas tarefas, como organizar a bagagem e fazer uma série de compras, então aceitou.

— Obrigado.

— Você nunca foi bom enfermeiro mesmo.

— Obrigado — repetiu Georgios, agora com uma gargalhada.

— Não estou brincando. — Pantaleão o fitou, sério. — Pensei muito nisso nos últimos dias. Todos nós temos uma vocação. O melhor que podemos fazer é segui-la. Um homem que não segue a sua vocação se transforma em uma criatura medíocre. Por mais rico que possa ser, continua um tolo, uma figura patética. Georgios, você não é do tipo missionário. Sua alma é de guerreiro. Quer fazer um favor ao mundo? Lute melhor, cavalgue melhor. Seja o melhor soldado que puder.

— Serei.

Pantaleão deu-lhe três palmadinhas no ombro.

— Nos vemos outra hora — despediu-se. — Boa viagem.

Georgios o acompanhou com o olhar, tentando imaginar quando se veriam de novo. Talvez nunca mais. Então compreendeu o que o colega dissera sobre o caráter tragicômico da morte. Eles eram amigos, conviveram por meses, e subitamente a coisa toda acabava, se extinguia, como a vida da menininha que sucumbira à febre.

Retornou ao pátio. Estava vazio e escuro. Strabo e Jocasta não se encontravam mais lá. Georgios não se atreveu a subir até o apartamento. Chutou uma taça quebrada. Sentou-se no chão, em meio à sujeira. Dormiu ali mesmo, contemplando o céu através dos varais.

Cesareia Marítima, Diocese do Leste, 1081 *ab urbe condita*

Estimada Helena,

Começo esta carta pedindo desculpas por não ter escrito antes. Quis fazê-lo, mas a situação era adversa. Como a senhora já deve saber, ofereci exílio a Ário, ex-diácono de Alexandria. Essa decisão está me custando caro e me gerando diversos problemas, sobretudo com o patriarca da cidade egípcia. Os próximos meses serão decisivos. Não queria tratar desse assunto aqui, mas talvez tenha de aceitar a sua ajuda e pedir que intervenha junto ao imperador. Felizmente, ainda não chegamos a esse ponto. Caso a situação se agrave, porém, vou avisá-la. Detesto me valer desses recursos, mas talvez não tenha outra opção.

Nestes tempos conturbados, os seus textos têm me servido de alento. Desta feita, meus comentários, excepcionalmente, são de caráter mais emocional que técnico. Receio ter sido influenciado pela atmosfera que me cerca. Tentei evitar, mas sou humano afinal e, portanto, falível.

Certa vez escutei alguém (não lembro quem) dizer que Georgios vivera em Antioquia, mas eu não tinha ideia das circunstâncias exatas. É interessante notar que ele aportou em Selêucia por acaso — ou pela graça de Deus, como preferir — e que foi nesse período que teve o primeiro contato com a comunidade cristã. Como pesquisador, é um deleite observar de que maneira os seguidores do Nazareno, naquela época, interagiam com as seitas pagãs. Quando eu era criança, o meu pai me falou sobre essa tal Torre Escarlate. Acho que foi incendiada ou destruída, ou as duas coisas, faz trinta anos. Com o Édito de Mediolano, parece que o culto a Astarte abandonou a província e passou à clandestinidade. Não sei se ainda existe, sinceramente. Imagino que não.

Um ponto que certamente vai gerar polêmica nos círculos eclesiásticos é a discussão acerca do símbolo do peixe adotado pelos cristãos primitivos. No livro, a senhora afirma que ele pertencia a Dagon e foi associado aos cristãos porque as igrejas de Antioquia foram construídas sobre as ruínas de templos antigos. Oficialmente, no entanto, o peixe faz referência ao milagre da multiplicação operado por Jesus na Galileia. Na Grécia, por exemplo, até hoje os bispos repartem o peixe na eucaristia — e não o pão, como nós. Devo admitir que a versão oficial é, portanto, bastante robusta. Será difícil convencer o leitor do contrário.

Um detalhe de que pessoas como nós, privilegiadas, não nos damos conta é como a vida é difícil para os excluídos, para aqueles que não têm dinheiro, título ou posses. Gostei de ler sobre as dificuldades que Georgios e Strabo passaram ao chegar à cidade grande e como fizeram para superá-las. Orgulha-me muito, a propósito, ver a Igreja sendo retratada como um refúgio para os miseráveis, conforme idealizada por Pedro. O clero tem seus problemas, sempre teve, mas creio que, no fim das contas, a nossa contribuição para o mundo será positiva.

No tocante a Pantaleão, há muita informação sobre ele nos registros de Galério, em Sirmio. Li esses documentos e me alegro em dizer que batem com os seus relatos. Quem teve o privilégio de conhecer Pantaleão diz que era um homem fantástico. Eu só não sabia que ele e Georgios chegaram a se cruzar. Mas faz sentido. Naquela época, Antioquia era o centro de tudo — pelo menos para os cristãos. Impossível seria se eles não tivessem se encontrado.

Tysa não teve sua vida oficialmente documentada, mas deveria, porque a história dela tem assumido contornos arquetípicos. Estou certo de que muitas mulheres romanas se sentiam dessa maneira: sozinhas, distantes do marido, incapazes, inúteis. Não tenho dúvida de que esse foi o motivo de elas terem aderido precocemente ao cristianismo, em busca de um propósito que as guiasse. Desde que Paulo de Tarso abriu a seita, as ideias de Cristo se espalharam entre a plebe uniformemente, mas penetraram nas famílias ricas por meio das mulheres, que aos poucos as transmitiram aos filhos. Digo isso não como bispo, mas como historiador. Os exemplos de Prisca, esposa de Diocleciano, e Valéria, filha deles, ilustram bem essa questão.

Que Deus as tenha.

No aguardo do próximo tomo.

Eusébio

Prezado Eusébio,

Naturalmente, fiquei sabendo da sua situação. Em Bizâncio, as notícias chegam rápido, sejam boas ou más.

O imperador está, também, ciente do caso.

Não há com que se preocupar. Uma das obrigações de Constantino é defender o clero, contra ele próprio, se necessário. Nada acontecerá ao senhor, isso eu posso garantir.

Mesmo assim, só por precaução, envio três de meus guardas para atuar como seus seguranças particulares. Por favor, aceite essa gentileza. São homens bons, de grande caráter e tementes a Deus. Magno poderá instruí-lo quanto aos detalhes, pois conhece bem todos eles.

Que bom que os meus textos lhe têm servido de alento. Não esperava essa reação, nem era o objetivo. Contudo, não deixa de ser uma coisa boa.

Fiz algumas pesquisas *in loco* antes de escrever este livro e confirmo que a Torre Escarlate não existe há décadas. O clero de Astarte abandonou Antioquia muito antes do Édito de Mediolano. O templo ficou entregue às moscas e acabou invadido por toda sorte de gente: rufiões, gatunos e moradores de rua. Um incêndio realmente destruiu a torre, mas acredito que tenha sido acidental, provocado por algum mendigo que aquecia o jantar. Quando Georgios voltou à cidade, anos depois, o edifício jazia em ruínas. Contarei essa história nos próximos tomos, quando chegar o momento.

O símbolo do peixe tem, de fato, origem controversa. Não estou tentando convencer o leitor de coisa alguma nem desafiando o cânone, apenas transmitindo o que me foi relatado. Estive pessoalmente na Galileia, onde Jesus operou o referido milagre. Investiguei o local, examinei o terreno e reconheço que a versão oficial é robusta. De todo modo, não podia me furtar a transcrever a história como me foi contada, afinal fiz essa promessa ao santo.

Concordo com tudo o que o senhor disse em relação à Igreja e reitero sua conclusão no tocante às mulheres. Eu mesma, que enxerguei um objetivo no cristianismo, sou uma delas. No entanto, penso que esse é um padrão universal, não feminino. Os homens são igualmente afetados pela desolação, tristeza e desesperança. E não ache que esses sentimentos são exclusivos da plebe — os patrícios são, também, suscetíveis a eles. Digo isso com conhecimento de causa, pois vivo na corte há mais tempo que qualquer indivíduo na Terra.

Espero que aproveite o próximo tomo e rogo que a minha pequena guarnição lhe traga paz neste momento confuso. Não sou partidária de Ário, mas, se me permite opinar, acredito que novas ideias devam ser debatidas pelo clero com menos furor e mais parcimônia. Não foi isso que Cristo nos ensinou, a propósito?

Flávia Júlia Helena, augusta de Bizâncio,
no vigésimo primeiro ano do reinado de Constantino, o Grande

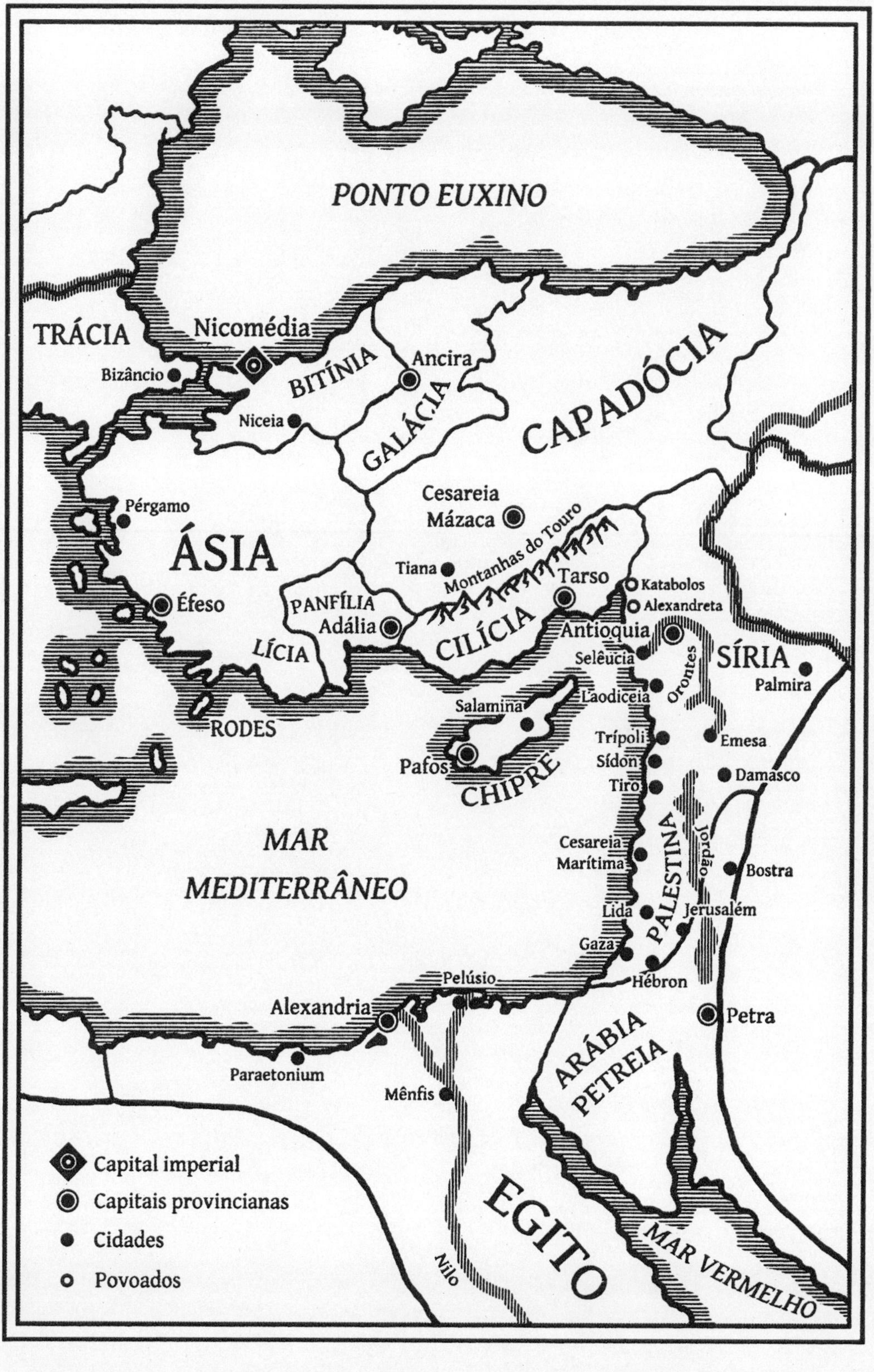
PONTO EUXINO
TRÁCIA
Nicomédia
Bizâncio
BITÍNIA
Ancira
Niceia
GALÁCIA
CAPADÓCIA
Pérgamo
ÁSIA
Cesareia
Mázaca
Tiana
Montanhas do Touro
Tarso
Katabolos
Alexandreta
Éfeso
PANFÍLIA
Adália
LÍCIA
CILÍCIA
Antioquia
Selêucia
Orontes
SÍRIA
Palmira
RODES
Salamina
Laodiceia
Trípoli
Emesa
Pafos
Sídon
Damasco
CHIPRE
Tiro
MAR
MEDITERRÂNEO
Cesareia
Marítima
PALESTINA
Jordão
Bostra
Lida
Jerusalém
Gaza
Hébron
Pelúsio
Alexandria
Petra
ARÁBIA
PETREIA
Paraetonium
Mênfis
EGITO
Nilo
MAR VERMELHO
Capital imperial
Capitais provincianas
Cidades
Povoados

QUARTO TOMO

A JORNADA

XXXVIII

ÁBACO

O dia acabara de nascer e a bagagem de Georgios estava disposta sobre a mesa de jantar, pronta para ser conferida. Strabo, sempre aplicado e cuidadoso, fizera uma lista para que eles não se esquecessem de nada. Os dois organizavam os itens enquanto Jocasta preparava o desjejum.

Além da roupa do corpo, o menino levaria duas mudas, incluindo uma túnica sofisticada, própria dos jovens patrícios — a mesma que usara no *souq*. Carregaria também um par de sapatos, duas meias, um manto e uma calça, ambos de lã, dois cobertores, panela, odre, pederneira, faca, colher e alimentos que deveriam ser consumidos apenas em caso de urgência: três sacos de lentilha, carne de porco defumada, um frasco de azeite e algumas fatias de pão salgado. Nas algibeiras, enfiara oito dracmas e cinquenta e dois sestércios. Como já era de costume, a Ascalon fora enrolada em um tecido grosso e seria transportada às costas, entre as alças da mochila.

— E se alguém perguntar o que tem no embrulho? — Georgios olhou para Strabo, referindo-se à espada. — O que eu digo?

— Não diga nada. Os mercadores raramente falam o que levam ou deixam de levar.

— Eu não sou um mercador.

— Ninguém precisa saber. — Strabo pensou por alguns segundos. — Precisamos de um disfarce para você. Um nome de estrada. — Matutou mais um pouco, mas não conseguiu bolar nenhuma história convincente. — Bom, se for questionado, diga apenas que os seus pais morreram e que pretende se alistar nas legiões, no posto de recrutamento da Nicomédia. Não mencione nada sobre Lida, Zenóbia ou Räs Drago. Nunca revele o seu sobrenome. Faça-o apenas ao imperador.

— Para que tanto cuidado?

— Quantas vezes tenho que repetir? — O filósofo começou a colocar os objetos na bolsa. Os cobertores e o manto ficariam do lado de fora, amarrados com cordéis. — O seu pai tinha inimigos.

Com a bagagem pronta, os três limparam a mesa, sentaram-se e comeram aquela que seria a última refeição juntos. Quando terminou, Georgios colocou-se de pé, estalou os dedos e pôs a mochila nas costas. Strabo e Jocasta fizeram menção de acompanhá-lo, mas o garoto afirmou:

— Melhor não. Agradeço a disposição, mas prefiro ir sozinho. Vamos fingir que é um dia normal de trabalho.

O casal se entreolhou, concordando. O velho disse:

— Há males que vêm para o bem.

Georgios conhecia o ditado, só não entendeu o que tinha a ver com a situação. De qualquer maneira, não podia perder mais tempo. Estendeu a mão para seu ex-escravo e o cumprimentou.

— Seja feliz, meu amigo.

— Será que nos veremos de novo? — O pedagogo tinha a voz embargada.

— Quando eu terminar o treinamento, tento voltar para cá, nem que seja para visitá-los — disse Georgios, mas sabia que era um desejo infundado. O treinamento durava três anos, e os jovens oficiais eram logo destacados para missões no estrangeiro. — Lembra-se das instruções acerca do pagamento?

— Sim. Deixe tudo comigo.

— Então, boa sorte para vocês. — Georgios pegou o cajado. Jocasta foi até ele com lágrimas nos olhos. Deu-lhe um abraço e um beijo no rosto.

— Que Deus o proteja, menino. — Tocou-lhe a testa. — Em nome do Pai, do Filho e do Espírito Santo. — E completou, com a mão no peito: — Amém.

Georgios chegou sozinho à Porta de Ouro, o mesmo portão através do qual tinha entrado meses antes. Era cedo ainda, e o lugar já estava agitado, sendo aquela a principal via de acesso à metrópole. Céu claro, azul, sem nuvens. Seria um dia quente, ele pensou, de alto verão. Era desconfortável viajar nessa época, mas ficava pior na primavera, por conta das chuvas; no outono, graças à lama; e no inverno, por causa do frio.

Davi estava lá, com os dois filhos e quatro mulas, carregadas com grandes rolos de seda protegidos por lonas. Os animais transportavam, ainda, um sem-número de penduricalhos: bolsas, odres, cantis, redes, pás, hastes de barraca, tanta coisa que Georgios chegou a sentir pena dos bichos. Dirigiu-se ao mercador.

— Salve, Davi. — Acenou com a mão. — Jocasta entregou-lhe o dinheiro?

— Você sabe que sim. Por que está perguntando? — ele retrucou, grosseiro. — De agora em diante pode me chamar de *yōd*, que significa "mão" em nosso idioma, mas também tem a conotação de "guia". Ou *yōd* Davi, se preferir.

— Combinado — concordou Georgios, perguntando-se intimamente onde estava a caravana sobre a qual Jocasta falara. Eles eram apenas quatro.

— Esse é Judá — ele apresentou o garoto mais novo — e esse é Simão — indicou o mais velho —, meus filhos. Você vai respeitá-los, entendeu?

— Entendi.

— Ótimo. — Pegou as rédeas de duas mulas. — Bom, vamos andando.

Georgios os acompanhou. O trajeto — pelo menos o início — ele já conhecia. Cruzando os muros, chegava-se a uma estrada bem conservada, margeada de pinheiros, túmulos de gente famosa e estalagens de quinta categoria. Olhando para trás, o garoto vislumbrou a ágora, com a estátua dourada de Alexandre em destaque sobre uma colina discreta, e se deu conta de que não a visitara, afinal, durante todo o tempo que vivera em Antioquia. Os edifícios gregos haviam sido os primeiros que ele enxergara da estrada com Strabo, em janeiro. Fez uma promessa silenciosa de que, se um dia regressasse à cidade, conheceria a ágora, não importava o que acontecesse.

Depois de uma hora, os viajantes dobraram à direita, seguindo por uma estrada secundária. Georgios reconheceu de longe um templo romano, uma coluna votiva e uma área pavimentada muito extensa, decorada com chafarizes, no centro de um imenso campo gramado. Logo compreendeu que estava entrando em uma espécie de parque patrulhado por homens da Legião Cirenaica e mantido, talvez, com fundos imperiais. Observou dois pequenos lagos e outros três templos circulares, sem saber a que deus eram dedicados. À margem de um dos lagos e mais à frente, sobre a área pavimentada, aglomeravam-se mulas, cavalos, carroças e alguns poucos camelos. Umas duzentas pessoas, ele calculou, preparavam-se para a jornada, os animais carregados, pastando e bebendo.

Outro detalhe lhe chamou a atenção e o revoltou: não eram apenas judeus. No grupo havia gregos, árabes e até romanos, embora Davi tivesse dado a entender que a caravana era dele. Com um pouco mais de esperteza, Georgios talvez pudesse ter negociado diretamente com o chefe dos mercadores e pagado bem menos. Sentiu-se enganado.

— Partimos hoje mesmo? — perguntou Judá ao pai.

— Sim — respondeu Davi, já ofegante pela caminhada. — Ao pôr do sol.

— Viajaremos à noite desta vez? — indagou Simão.

— Só hoje, e só até Alexandreta.

— Por quê?

— Porque é verão, seu asno — Davi rebateu, limpando o suor. — E porque hoje é dia de lua cheia.

Simão ficou calado. Judá riu discretamente do irmão.

Davi, embora rude com os filhos, era — ou parecia ser — amável com os colegas. Georgios notou isso quando eles se encontraram com os outros judeus, uns sessenta pelo menos, todos homens. O comerciante abraçou muitos deles, como se não os visse havia meses. Parou para conversar com um indivíduo alto de nariz grande, pele clara, olhos verdes e barba farta castanha. Chamava-se Saul, pelo que o garoto entendeu, e estava vindo de Mênfis, no Egito.

— Mesma carga? — o homem perguntou a Davi.

— Mesmíssima. Só bugigangas. — O irmão de Jocasta gargalhou, como se aquela fosse uma piada que apenas os dois entendessem.

— Sério, o que trouxe de interessante?

— Leite de hipopótamo. — Só depois de anos Georgios descobriria que "leite de hipopótamo" era uma gíria para designar o marfim, em especial o indiano. — Deixei na carroça de Isac ben Zelah.

— Isac é um merda.

— E daí? Ele me cobrou barato.

— Quem é o *goy*? — Saul fez um curto movimento com as sobrancelhas na direção de Georgios. Era óbvio que os judeus não sabiam que ele falava aramaico, o que poderia ser uma vantagem, afinal.

— Só um protegido de Judite — disse Davi, amargo.

— Cristão?

— Não sei. Provavelmente.

— Romano?

— Grego, eu acho. — O mercador apontou para a carroça do amigo, completamente fechada, feito uma caixa de madeira. — E você, o que traz?

— Um escravinho para vender em Bizâncio.

— O rabino deixou?

— Permitiu, como exceção. Antes senhor que escravo. É o que dizem, não? De qualquer maneira, esse é um escravo diferente. — Coçou a barba. — Nós o chamamos de Ábaco.

— Ábaco? Por quê?

— Olha só.

Saul deu um grito, convocando o menino, que saiu pela porta da carroça. Devia ter uns doze anos, talvez menos, e era totalmente careca. Nem sobrancelhas ele tinha, tendo-as desenhado com tinta, como às vezes fazem as mulheres. Era magro, franzino, e em vez de túnica usava um pano de linho branco, semelhante a uma toalha, amarrado na altura do tórax. Desceu cauteloso do veículo, evitando pisar nas partes sujas do gramado. Era uma criança delicada.

— Mestre. — O pequeno curvou a cabeça e cumprimentou Saul.

— Faça uma demonstração para o meu amigo — ordenou o judeu de olhos claros. — Trezentos e setenta e dois menos cento e vinte e nove?

— Duzentos e quarenta e três — replicou a criança imediatamente.

— Três mil e doze vezes trezentos e oitenta.

— Um milhão, cento e quarenta e quatro mil, quinhentos e sessenta.

— Impressionante. — Davi estava boquiaberto.

— Quer ver mais?

— Depois. Já vi o bastante. Você sempre foi exibido.

— Entende por que o chamamos de Ábaco?

— Onde conseguiu essa abominação?

— Já falei, no Egito. — Saul deu um empurrão carinhoso em Davi. — Está surdo, meu primo?

Um sujeito grisalho de barba trançada chamou-os para a oração vespertina. Quem estava com a cabeça nua tratou de cobri-la com um xale de linho. Os adultos sacaram de suas bolsas um objeto estranho, um par de caixinhas com uma longa fita de couro presa às extremidades. Envolveram uma fita no braço esquerdo e depois amarraram uma das pequenas caixas à testa. Juntos, começaram a rezar, realizando movimentos com o corpo para trás e para a frente, os olhos fechados.

Como Davi, Georgios se impressionara com as habilidades do escravo, o tal Ábaco, e andou até a carroça para se apresentar a ele, quando uma voz masculina o deteve.

— Alto. Parado aí.

Georgios deu meia-volta. Quem se aproximava era um homem robusto, bronzeado, de cabelos curtos e olhos castanhos. Usava uma túnica comum, própria de um viajante, mas a capa era vermelha, característica do exército romano. Não trazia escudo ou armadura, apenas um gládio na bainha e uma machadinha presa ao cinto. O sotaque era latino, e o garoto supôs que fosse italiano.

— Parado — o sujeito repetiu. — Não pode entrar aí. Quem é você, a propósito?

— Sou Georgios. Estou no grupo de Davi.

— Que Davi?

O menino percebeu, subitamente, que nem sequer perguntara o sobrenome do irmão de Jocasta. Indicou um dos homens que rezavam no gramado.

— Aquele lá.

— Ah, certo. — O guarda relaxou o semblante. — Por que não está com eles, então?

— Não sou judeu. E você, quem é?

— Meu nome é Pórcio. Silas Pórcio. — Ele fez uma expressão contrariada. — Trabalho como guarda-costas da caravana.

O sujeito não alimentou o diálogo. Ficou parado, bloqueando o acesso à carroça. A tensão, porém, logo se desfez, com os israelitas encerrando suas preces. Georgios se juntou a eles, porque era a hora do almoço. O que lhe entregaram, contudo, foi um pão sem fermento com um gosto horrível. O menino sentou-se à margem do lago e pingou sobre o pão algumas gotas de azeite. Continuou ruim, mas passável.

O comboio partiu antes do pôr do sol por uma estrada que permeava o aqueduto. O grupo prosseguiu em ritmo acelerado, impulsionado pelo brilho da lua. Era um caminho fácil, com postos de parada e fontes de água. Georgios sentiu-se novamente tapeado, porque estava certo, agora, de que poderia ter percorrido aquela jornada sozinho, sem o auxílio de guias. Mas era tarde para reclamar.

No dia seguinte, à tardinha, a caravana chegou a Alexandreta, cidade fundada por Alexandre, o Grande quinhentos anos antes para defender os Portões Sírios, desfiladeiro que cruzava as Montanhas Amanus, sendo a principal via de ligação entre o mar, a oeste, e o interior da província, a leste.

O lugar era uma aldeia, desprovida de cercas ou muros de proteção. Uma avenida principal a cortava de ponta a ponta, com poucas construções de mármore e várias de madeira, incluindo as docas, os armazéns e duas ou três estalagens. O porto, paralelo à avenida central, era raso, e os atracadouros só recebiam barcos leves — os navios ficavam ancorados ao longe, na baía, para não correr o risco de encalhar. O horizonte era dominado por picos altos, e à direita da estrada observava-se um antigo acampamento romano transformado em fortaleza.

Havia outros edifícios ao longo das ruas transversais. Um deles era uma sinagoga, erguida ao norte de uma praça de ladrilhos porosos. Os judeus se desviaram para lá, montando acampamento ao ar livre, em frente às escadarias do templo.

Davi falou para Georgios:

— É a hora da minha reza. Você fica aqui e toma conta das mulas.

— Não fui pago para tomar conta das mulas — reagiu o garoto, desaforado. — Peça para Simão fazer isso. Ele é mais velho que eu.

— Simão é judeu. Nós temos os nossos rituais. Eu lhe falei sobre eles, não lembra? Olhe... — O mercador abrandou a voz, na tentativa de convencê-lo. — Fique de olho, está bem? Não é para ficar de guarda. É para ficar de olho. Se vir algo estranho, avise ao nosso soldado. Dou-lhe o dobro de pão no jantar.

— Se for o mesmo pão de ontem, dispenso.

— O "pão de ontem" chama-se *matzá*. É um alimento sagrado, que sobrou da Páscoa. Tenha mais respeito.

— É você quem falta com o respeito.

— Hoje teremos *chametz*, pão com fermento misturado com frutas. É mais saboroso.

— Espero que sim — resmungou Georgios, à medida que Davi se afastava. Sentou-se na calçada, exausto. Suspirou profundamente e bebeu um gole do odre. Preferiria que fosse vinho, mas era água. O que o estafava era menos a caminhada e mais a companhia. Nunca estivera cercado de pessoas tão desagradáveis.

— O rabino comeu *chametz* ontem, com figos e carne de ganso — alguém disse. Georgios percebeu que era o menino, Ábaco, que descia da carroça fechada. — O *matzá* eles oferecem aos *goy*.

— O que é um *goy*? — Era a segunda vez que Georgios escutava a palavra.

— Um gentio. É a palavra hebraica para "nação" ou "povo". Na prática, os judeus a usam para se referir aos não israelitas.

O pequeno escravo andou até as mulas de Saul e examinou seus cascos, um por um. Olhou para o céu e estreitou as pálpebras, como se lesse alguma coisa no firmamento.

— Como você consegue fazer aquelas contas tão rápido? — perguntou Georgios.

— Venho estudando faz algum tempo — ele disse. Falava de um jeito erudito, incompatível com uma criança daquela idade.

— Quanto tempo?

— Não é importante.

O jovem não esperava aquela resposta. Julgou que fosse uma troça.

— Quantos anos você tem?

— Faço setecentos e quarenta e nove no próximo inverno.

Georgios deu uma risada espontânea. O garoto era divertido, afinal. Mas ele continuava curioso.

— Sério. Quantos anos você tem? Doze? Treze?

— Estou falando sério. Contudo, se estiver se referindo à atual encarnação, considere que regressei ao plano físico faz onze anos.

— Plano físico? — Georgios estava confuso.

— É complicado. Não espero que você entenda. Eu mesmo levei séculos para entender.

Mas Georgios entendia. Ele tivera contato com religiões suficientes para ter alguma ideia do que era reencarnação.

— Quantas encarnações você acredita que já viveu?

– Humanas? Sete. Um número razoável.

— E você se lembra de todas elas?

— Não. Não é assim que funciona. Ninguém se lembra da encarnação anterior. Só os talentos persistem, não as lembranças.

— Como, então, você sabe que são sete?

— O sacerdote em Mênfis leu o meu mapa estelar. O sangue dos meus antepassados foi misturado à substância de Hórus, e assim a nossa linhagem se tornou imortal.

— Hórus, o filho de Osíris?

— Isso mesmo. — O escravo se surpreendeu. — Como você sabe?

— Veja, eu trabalhei no Templo de Hórus — ele declarou com orgulho.

— Onde?

— Em Antioquia.

— Não pode ser — ponderou o pequeno escravo. — O clero de Hórus abandonou Antioquia faz duzentos anos.

— O prédio ainda existe, eu garanto. Está em ruínas. Os cristãos o transformaram em um hospital.

— Não sabia. — Agora era o menino que estava interessado no que Georgios tinha a dizer. Eles passaram a próxima hora conversando sobre diversos assuntos. O filho de Laios descreveu em detalhes o santuário do deus egípcio, e o garoto careca lhe contou sobre a religião dos antigos faraós, até que a prece judaica terminou e cada um foi para o seu canto.

Os viajantes fizeram uma fogueira no centro da praça e dormiram ali mesmo, enrolados em cobertores. Como Alexandreta era uma aldeia, uma localidade de passagem, a atmosfera tinha ar de fazenda. Só o que se ouvia, à noite, era o coaxar dos sapos, o fogo crepitando, fungadas, suspiros e roncos.

Pouco antes de Georgios pegar no sono, um homem o cutucou. Era Saul, o amigo de Davi.

— Olá — ele falou aos sussurros. — Você está com Davi, certo?

— Certo. — O menino colocou-se sentado. — O que houve?

— Venha comigo? É rápido.

Intrigado, Georgios o acompanhou, afastando-se uns trinta passos do círculo de carroças.

— O que houve? — ele repetiu. Davi, Judá e Simão estavam dormindo perto da fogueira; ele podia vê-los de lá. Então qual seria o problema?

— Sou Saul ben Zomá — ele se apresentou. Georgios teve o impulso de dizer que já sabia, mas acabou ficando calado, porque, se o fizesse, os judeus descobririam que ele falava aramaico.

— Sou Georgios.

— Um prazer. — Saul apertou-lhe a mão. — Escute. Soube que você gostou do menino.

— Que menino?

— Ábaco, o escravinho egípcio. — Sorriu, malicioso. — Ele é delicado, não é? Parece uma garota.

— Nem reparei — mentiu Georgios. Ele tinha reparado, evidentemente, apesar de não julgar o fato relevante. Que importância teria?

— Quer que eu arranje um encontro?

— Como assim?

— Ora, não se faça de bobo. Já tive a sua idade. — O judeu deu uma palmadinha no ombro dele. — Ninguém precisa saber. Cinco sestércios, está bem?

— O quê? — Georgios distanciou-se, indignado.

— Quatro sestércios.

— O que o seu rabino pensa disso?

Saul, então, compreendeu que o garoto se sentira insultado, mas não desistiu. Os gregos costumavam ser duros nas negociações.

— O rabino não sabe. Fica só entre nós dois. — Outro riso, jocoso. — Entre nós três. Três sestércios e fechamos. Não dá para fazer por menos.

Com catorze anos, Georgios tinha plena consciência do que Saul ben Zomá estava sugerindo. Na Vila Fúlvia havia alguns escravos afeminados, embora a sodomia fosse incomum entre os cristãos. Seus pais tratavam o assunto com naturalidade, então ele nunca se sentira inibido ante um homossexual. Seu problema, a exemplo do que acontecera no *souq*, era a exploração da sexualidade. Recordou-se não só da experiência no prostíbulo de Antioquia como do ataque que sofrera no cemitério judaico em Lida. Não fosse Ulisses, ele teria sido violentado por Hron, o filho de Drago. O sexo não consentido, portanto, sempre lhe parecera algo sujo, abominável, e era isso que aquele homem estava propondo que ele fizesse com o garotinho egípcio. Georgios ficou furioso.

— Se continuar insistindo nisso, todos no acampamento vão saber desta nossa conversa, a começar pelo rabino — ameaçou, fechando a cara. — Agora me deixe dormir.

O menino deu-lhe as costas. Saul entendeu que ele falava a sério.

— Quem você pensa que é, moleque? Se eu quiser, expulso-o da caravana.

— Fale com Davi sobre isso. Tenho certeza de que ele não se importará em abrir mão dos setenta por cento que prometi pagar no retorno. Se eu voltar a Antioquia antes de vocês, lá se vai o dinheiro.

— Foda-se, gentio — cuspiu Saul, tencionando acabar com a discussão, mas Georgios não engoliu o desaforo:

— Foda-se *você*!

O rosto do mercador inchou-se de cólera, e ele avançou para estapear o garoto. Era um indivíduo grande, diferentemente de Davi, e poderia machucá-lo se quisesse. Mas Georgios sabia se defender e, mesmo em risco de apanhar, permaneceu onde estava, assumindo posição de combate.

— O que está acontecendo? — Pórcio, o segurança italiano, apareceu no meio da escuridão e colocou-se entre eles.

— Não se meta nisso, soldado — ordenou Saul.

— O senhor Elisha ben Hana me pagou para que eu me metesse — afirmou o guarda. — Chega de discussões. — Olhou para Saul. — O senhor pode voltar à sua carroça. — Virou-se para Georgios, segurando-o pela túnica. — E você, venha comigo, rapaz.

Saul aproveitou a intervenção para ir embora e esquecer o ocorrido. Georgios estava pronto para lutar, mas não era páreo para um soldado treinado. Pórcio o arrastou mais alguns passos e o soltou.

— De novo arrumando confusão?

— Eu não fiz nada — defendeu-se o garoto. — Estava dormindo quando aquele filho da puta me acordou.

— O que ele queria?

— Perguntou se eu tinha interesse em sodomizar o menino, o escravo que ele trouxe do Egito.

— Isso é motivo para brigar? Você é cristão, por acaso?

— Não, mas a questão não é essa.

— Um conselho: procure evitar os judeus. São muito fechados. Não tente conquistá-los. Não os perturbe. O melhor é fazer o seu trabalho, pagá-los ou ser pago, e assunto encerrado.

— Está certo. — Georgios não tinha mais energia para discutir.

— Não arrume problemas. Sinta-se agradecido por ser livre e ter o que comer. Na sua idade, eu estava atravessando o Mediterrâneo em um navio de escravos.

— Você não é italiano?

— Sou da Sicília — o segurança respondeu enfaticamente. — Siciliano com muito orgulho.

— Como veio parar aqui? Por que usa a capa de Marte?

— Já fui um legionário.

— Vou ser um cavaleiro um dia — sorriu o garoto.

O homem fugiu do assunto:

— Não é hora para conversa. — E apontou para o acampamento. — Vá dormir, está bem?

Georgios assentiu e voltou a seu leito. Olhando para o fogo, ficou pensando no que teria acontecido para que um legionário se tornasse segurança particular.

O exército sempre lhe parecera uma carreira estável. Seu pai, Laios, tinha a guerra no sangue e não sabia fazer outra coisa. Como alguém, então, oficial ou soldado, simplesmente resolvia abandonar a tropa e optar pela vida civil, abrindo mão do soldo, dos espólios, da glória, do renome?

Não fazia sentido.

Ou será que Pórcio fora expulso? Era um desertor? Um covarde?

Enquanto refletia sobre essas questões, recordou-se do que Strabo lhe dissera alguns meses antes.

O Império não é o que você idealiza, avisara o velho. *Roma é um poço de intrigas, e as legiões... estão cheias de gente perversa.*

XXXIX

TARSO

GEORGIOS PROCUROU SEGUIR TODOS OS CONSELHOS POSSÍVEIS: NÃO IMPORTUNAR os judeus, falar pouco e evitar confusão.

Havia diversos mercadores na caravana, alguns gregos, outros romanos, pessoas que poderiam ser simpáticas a ele, mas se Georgios os abordasse teria de mentir sobre suas origens e, como era péssimo mentiroso, achou melhor continuar na companhia de Davi e seus filhos. Tudo o que ele queria, no fim das contas, era chegar à Nicomédia em segurança. Não precisava interagir com os comerciantes. Seria até contraprodutivo.

Partindo de Alexandreta, eles tomaram a estrada romana, espremida entre o mar, à esquerda, e as montanhas, à direita. O trecho era bem patrulhado, com pequenas chácaras e postos do correio, onde os oficiais do Império podiam descansar, e os mensageiros, trocar de cavalo. O caminho distanciava-se do aqueduto, mas não lhes faltava água ou comida, porque havia muitas colônias de pescadores onde era possível comprar provisões. No povoado de Katabolos, Georgios lembra-se de ter pagado dois sestércios por um prato de palmitos cozidos, certamente retirados de uma das centenas de palmeiras que ladeavam o trajeto. Lembra-se, também, de ver mulheres paupérrimas ofertando bebês por quantias pequenas. Ninguém se interessou pelas crianças. Georgios não sabia se isso era bom ou ruim.

No sexto dia, o grupo cruzou a grande ponte sobre o Rio Saro, pagando tributos aos oficiais de fronteira. Georgios não fez perguntas, mas escutou alguém dizer que estavam deixando a Síria e ingressando na Cilícia, onde Cleópatra e Marco Antônio haviam se reunido pela primeira vez. Um dia a mais na estrada e eles se depararam com outro rio, o Cidno, só que dessa vez, em lugar de cruzá-lo, as carroças se desviaram para o interior e margearam suas águas por mais oito léguas. À sombra de outro aqueduto erguia-se a cidade de Tarso, metrópole regional e capital da província.

Tarso era, àquela época, quase tão grande quanto Antioquia, mas não se expandira tanto depois que fora conquistada pelos romanos, conservando os mesmíssimos muros desde sua fundação. Como resultado, os prédios seguiam o modelo helênico, projetados em rocha clara, com ângulos retos, muito mais velhos que os edifícios romanos de Antioquia, com suas cúpulas redondas e arcos de mármore.

Quem defendia Tarso era uma legião desconhecida, que tinha como estandarte a figura de um bode. O largo de entrada, porém, estava guarnecido pela estátua de um homem nu de espada na mão, montado em um carneiro com patas de tigre. O monumento de bronze brilhava ao sol, apoiado em um pedestal de concreto.

Georgios quis perguntar aos transeuntes sobre as origens da magnífica escultura, mas a caravana só ficou ali por alguns minutos. O comboio se dividiu. Os israelitas rapidamente avançaram cidade adentro, percorrendo mais uma milha até o bairro judeu. Lá, ao fim de uma rua de paralelepípedos rachados, havia uma sinagoga duas vezes maior que a de Alexandreta. O arco que se enxergava da calçada conduzia a um pátio, e ao redor dele dispunham-se não só o templo propriamente dito — o recinto sagrado — como também o acesso a outras estruturas essenciais à comunidade judaica. Os hebreus, suas carroças, camelos e asnos estacionaram finalmente nesse ponto. Georgios reparou que havia um fontanário no centro do complexo, um bebedouro e a seguir as latrinas.

Davi, Simão e Judá beberam água, lavaram os pés e se dirigiram a uma das passagens laterais. Georgios os seguiu, até que o mercador o deteve.

— Não — disse entre os dentes de esquilo. — Só judeus podem seguir além deste ponto.

— Por quê? — Georgios perguntou sem pensar.

— Porque está escrito.

— Escrito onde?

— Na Torá — argumentou Davi. — Esta é a casa de Deus.

— Sem problemas — ele se conformou. — Espero no pátio, então.

— Vamos passar a noite lá dentro. Mas não se preocupe. Trago-lhe comida mais tarde.

Georgios olhou para o céu. Nuvens cinzentas apareciam a leste.

— Eu vou dormir ao relento?

— Nós temos uma barraca — exclamou Simão. Era a primeira vez que falava diretamente com o forasteiro. — Pode dormir nela se quiser. Não vamos usar.

Davi o fulminou com o olhar. Mas não o repreendeu, não imediatamente. Acrescentou:

— Sim, boa ideia. — Virou-se para Georgios. — Pode usar a barraca.

O mercador e os filhos entraram no salão. Outros continuavam do lado de fora, conferindo a carga, organizando os pertences e fazendo anotações. Faltavam cerca de três horas para o pôr do sol.

Georgios queria andar pela cidade — teria dado tempo —, mas teve receio de se atrapalhar no labirinto de ruas e perder a caravana no dia seguinte. Preferiu ficar onde estava.

Encontrou a barraca, só não tinha ideia de como armá-la. O piso era de ladrilhos; não havia onde fincar as estacas. Olhou novamente para o céu. O vento afastara as nuvens de tempestade, sugerindo que a noite seria clara, sem chuvas. Sucumbiu à preguiça e decidiu se abrigar sob o alpendre. Descobriu que teria companhia à noite — ele não era o único *goy* na caravana judaica. Havia pelo menos outros doze homens, provavelmente escravos ou empregados, incluindo Pórcio, o segurança siciliano. Todos tinham resolvido passar a noite sob o telheiro.

Na última hora diurna, houve uma espécie de culto dentro do templo. Escutava-se um cântico abafado. No fim, ao lusco-fusco, saíram de lá uns duzentos judeus, que haviam chegado aos poucos. Georgios observou indivíduos com roupas pesadas e chapéus ogivais, mulheres de véu, crianças trajando túnicas pretas, meninas vestidas como se fossem adultas.

Logo ao escurecer, Simão apareceu com a comida. Georgios não estava muito empolgado, porque o alimento que lhe deram nas noites anteriores era o *chametz*, um pão saboroso, mas sem condimentos. Surpreendeu-se, então, quando o filho mais velho de Davi lhe entregou um prato com fatias de carne. O jovem não acreditou.

— Muito obrigado. — Ele se levantou, e a alegria era tanta que a frase soou pitoresca, como se Georgios tivesse feito uma brincadeira.

O garoto sorriu.

— É cordeiro.

— Eu sei. — Ele conhecia o cheiro. Cordeiro era um de seus pratos favoritos. Ofereceu uma fatia a Simão. — Quer?

— Já comi. Está excelente — disse ele e, em vez de ir embora, indagou: — Não conseguiu montar a barraca?

— Desisti. Será uma noite quente. Estou ótimo aqui — respondeu, saboreando a iguaria. — Realmente, está bom demais.

— É *kashér* — contou Simão, com orgulho.

— *Kashér* é a palavra hebraica para "cordeiro"?

— Não. *Kashér* é o jeito como nós, judeus, preparamos a comida — ele afirmou, propositalmente sonegando os detalhes. — O animal é morto sem sofrimento.

— Fica muito bom — repetiu Georgios, sem ter muito o que conversar com Simão.

— Pode comer com calma. Busco o prato amanhã de manhã. Boa noite. *Shalom*.

Georgios comeu avidamente. Depois, sentiu sede e andou até o fontanário. Bebeu água e voltou. O pórtico era fracamente iluminado por lamparinas presas ao teto. Escolheu um canto reservado e se deitou.

Dormiu feito uma pedra. Despertou de madrugada com a bexiga cheia. Teve de cruzar o pátio inteiro até as latrinas. Era uma noite quieta, com muitas estrelas. O silêncio era tanto que ele escutou soluços, talvez um choro. Curioso como sempre, decidiu investigar e descobriu que o barulho vinha da carroça de Saul. Bateu à porta, na traseira do veículo.

Quem abriu foi Ábaco. Estava com o rosto inchado, os olhos vermelhos. Quando percebeu que era Georgios, fez menção de fechar a porta. O jovem equestre o impediu, segurando a maçaneta.

— Espere. — Ele estava verdadeiramente preocupado. — O que aconteceu?

— Nada. — O garoto enxugou as lágrimas, tentando disfarçar. — Nada. Por favor, me deixe sozinho.

— Sou enfermeiro. Lembra que eu lhe disse, quando conversamos sobre o Templo de Hórus? O que houve?

— Não houve nada! Agora é melhor você me deixar em paz, senão pode se prejudicar também.

Georgios começou a suspeitar do que se passava. Se fosse o que ele estava pensando, não poderia negligenciar o garoto. Puxou-o para fora, ao mesmo tempo firme e delicado, como aprendera com Pantaleão. Ábaco não se opôs. O local onde estavam se encontrava vazio. Os outros gentios estavam afastados, imersos em sono profundo.

— Saul o violentou? — Georgios perguntou, sem rodeios.

— Não. — O menino ainda soluçava. — Ele me levou a um lugar. Dois homens pagaram a ele.

— Está tudo bem. Não preciso de mais detalhes. — Georgios olhou para o traseiro do garoto. Não havia sangue na roupa. — Você já se lavou?

— Já.

— Foi às latrinas? Se pudesse, seria melhor.

— Sim, já defequei. — Ábaco foi se acalmando. — Estou bem.

Georgios lembrou-se de como o acolhimento de Ulisses havia sido importante para ele, depois do ataque não consumado de Hron no cemitério de Lida. Sabia como era se sentir assim: humilhado, *fraco*, impotente. Então o abraçou. O escravo apertou-o com força. Na calada da noite, o filho de Laios ficou pensando como era curiosa a religião dos faraós. De que adiantava ser imortal, descendente de Hórus, e continuar vulnerável às fraquezas humanas?

— É uma provação. Estou certo disso. Fui bem preparado para ocasiões como esta — murmurou Ábaco, mas era mentira. — Cada encarnação tem a sua sina. Se eu tivesse nascido como rato, teria de me esconder dos gatos. É pela dor que evoluímos. Pelas dificuldades. Não há o que lamentar.

Georgios imaginou o sacerdote de Mênfis dizendo essas coisas para uma criança, para que ela apenas aceitasse as vicissitudes da vida pacificamente, sem reagir. Lembrou-se de Strabo, que detestava os teístas. Às vezes a religião podia ser muito cruel, ele pensou, e os religiosos, piores ainda.

— Calma, meu amigo. — Georgios o guiou até o alpendre. Ofereceu-lhe um de seus cobertores. — Calma.

Os dois sentaram-se de costas para a parede, lado a lado. Sem se dar conta, dormiram, de tão cansados. O resto da madrugada foi calmo e reconfortante. Os problemas pareciam ter se desvanecido em sonhos.

Até que amanheceu.

Georgios acordou com um falatório. Saul discutia com Davi. Outros judeus, uns quatro, assistiam ao debate.

O garoto não achou que fosse nada de mais, até que escutou o que diziam e entendeu que era *ele* o foco do problema.

— Se você não expulsá-lo, estará me desapontando, primo — disse Saul. — Profundamente.

— Não é para tanto. Esse jovem me deve dinheiro. — Davi apontou para Georgios. — Preciso do montante. Não vou dispensar.

— E o prejuízo que ele me deu? — O judeu de olhos claros levantou a voz, e mais gente se aglomerou para escutá-los. — Sabe quanto me custou esse escravo?

No meio da briga, apareceu um velho de pele clara, olhos castanhos, gordo e baixo, com um manto preto e touca carmim. Era Elisha ben Hana, o chefe dos judeus da caravana.

— Por Deus, que confusão. Para que essa gritaria?

Foi Saul quem respondeu primeiro:

— O *goy* que Davi trouxe sodomizou o meu escravo. Minha propriedade! — gritou. — É certo isso, senhor Elisha? Desde quando?

Georgios levantou-se com um pulo, pronto para retrucar. Estava tão nervoso que falou em aramaico, para que todos o entendessem:

— Mentira! — Apontou o dedo para Saul. A essa altura, Ábaco já tinha acordado. Permaneceu quieto, acuado, feito um gato diante de cães. — Mentiroso. Foi você quem vendeu o corpo do menino. Rufião de merda.

Os judeus ficaram horrorizados, em especial Elisha ben Hana. Não se falavam palavras de baixo calão dentro de uma sinagoga, e o argumento pesou *contra* Georgios. Saul aproveitou-se do fato e disse:

— Então você fala a nossa língua, seu merdinha? E eu é que sou mentiroso?

— Nunca disse que não falava.

— Você foi pego dormindo com o meu escravo. E ainda vem me acusar? Muito conveniente.

— Eu não fiz nada — Georgios defendeu-se. — Só o consolei depois do que aconteceu ontem. Podem perguntar para ele, se quiserem.

Davi intercedeu:

— O importante é saber se o seu escravo sofreu algum ferimento permanente, meu primo. Se não sofreu, se ainda pode trabalhar, não é tão grave.

— Não é tão grave? — Saul estava tremendo, soltando perdigotos. — Sodomia é contra as leis sagradas.

— O senhor Saul ben Zomá tem razão — opinou Elisha ben Hana. — Sodomia é crime diante dos olhos de Deus.

— Sim — assentiu Davi. — Mas ele não é judeu.

— Contudo, esta é uma casa de Deus — declarou o chefe do grupo.

— Vocês estão surdos? — Georgios trovejou. — Eu *não* sodomizei ninguém. Foi esse sujeito — apontou para Saul — que o fez ontem à noite, vendendo o corpo do menino a dois homens.

— Rapaz, não tente inventar histórias — disse o velho de pele clara. — É pior.

Georgios foi tomado pela fúria e avançou. Estava tão irado que não reparou em Pórcio, que chegou pelo lado e lhe deu um soco no estômago. O jovem dobrou-se de dor.

— De novo? — disse o siciliano, com mais decepção que ódio. — Você só se mete em encrenca.

Georgios pensou em revidar, mas sabia que Pórcio estava fazendo seu trabalho e não reagiu. O guarda o submeteu, segurando-lhe os braços às costas.

— Esse assunto já foi longe demais — decretou Elisha ben Hana. — Senhores, gostaria de lembrá-los de que estamos em uma das maiores sinagogas do Império. Deixemos que o *Beit Din* decida o destino dele. — E ordenou: — Soldado, traga-o.

XL

CASA DE JULGAMENTO

O *Beit Din* — em hebraico, "Casa do Julgamento" — é o tribunal rabínico, que tem por objetivo decidir contendas entre israelitas. Nos tempos de Diocleciano, os judeus, bem como muitos outros povos ditos "estrangeiros", eram considerados cidadãos de segunda classe — *humiliores*, em latim — aos olhos do Império e mantidos à margem da sociedade. Portanto, as disputas entre eles eram resolvidas dentro das próprias comunidades, pelo líder ou líderes do grupo. O número de integrantes do *Beit Din* sempre variou segundo o tamanho da cidade e o período histórico. O tribunal de Tarso — naquele verão específico — era composto por três rabinos, considerados os homens mais sábios de toda a Cilícia.

O tribunal funcionava em um dos prédios ao redor do pátio, mas só era convocado em ocasiões pontuais. Davi mais uma vez tentou negociar com Saul, a fim de evitar o transtorno — não só para ele, mas para o grupo inteiro, que teria de aguardá-los. O judeu de olhos claros, porém, estava decidido. O caso seria levado ao *Beit Din*, cujos juízes se apresentariam depois do almoço. Georgios ficou sentado na beira do fontanário, esperando, sob a vigilância de Pórcio, que o observava com a mão na espada.

Depois de uma breve refeição, Georgios, Pórcio, Davi, Saul e Elisha ben Hana entraram em uma câmara com paredes caiadas e janelas altas. No canto oposto à entrada havia uma mesa de cimento coberta por uma toalha, sobre a qual se apoiava um candelabro de sete braços, chamado pelos judeus de menorá. Rolos de pergaminho estavam abertos sobre a mesa, e três homens os manipulavam. O primeiro, muito velho, com a barba grisalha e farta, os olhos pálidos, quase cegos, estava sentado em uma cadeira de ébano no centro. Os outros dois — um careca e narigudo e o terceiro com a pele escura e os cabelos negros — permaneciam de pé. Trajavam vestes longas e coletes, a cabeça coberta por um chapéu alongado.

Elisha ben Hana os cumprimentou, fez as apresentações e começou a relatar o que presenciara naquela manhã, sem tomar partido. Saul logo após deu sua versão, e surpreendentemente Georgios ficou calado, esperando que ele concluísse. Davi falou depois, contando que não testemunhara o suposto estupro. Expôs suas necessidades, dizendo que precisava do dinheiro que Georgios lhe havia prometido e só seria pago se o rapaz chegasse são e salvo à Nicomédia. Davi insistiu que o valor — as vinte e oito dracmas restantes — era essencial para que ele repusesse a seda em Antioquia no ano seguinte, caso contrário perderia o negócio.

Os rabinos escutaram todos com atenção durante quase uma hora. Um deles, o careca, perguntou a Georgios, em grego:

— Como é o seu nome, rapaz?

Georgios respondeu em aramaico. Estava cansado de fingimentos.

— Quero que saibam que sou um cidadão romano. Que autoridade este tribunal tem para me julgar?

— Não o estamos julgando — informou-lhe o rabino. — Se quiser, pode ir embora a qualquer momento. Estamos meramente arbitrando uma disputa entre os senhores Davi ben Hessen e Saul ben Zomá, conforme solicitado. De fato, não temos autoridade para julgá-lo.

— E ainda assim vão decidir o meu destino?

— Rabino. — Davi ergueu a mão e pediu para falar. — O jovem romano, meu contratante, afirma que não atacou o escravo em questão.

— E você acredita nele? — indagou um dos juízes, o de pele escura.

— Estou só relatando os fatos — o irmão de Jocasta recuou em seu argumento. Era uma armadilha. Se ele dissesse que acreditava em Georgios, estaria dando mais crédito a um *goy* que a um membro de seu próprio povo. Seria um ato de traição. Ele não podia se arriscar.

— Pois eu tenho certeza do que digo — manobrou Saul, com dureza. — O *goy* atacou meu escravo. Eu afirmo que o crime aconteceu. — E citou um trecho do Deuteronômio: — "Não trarás o salário da prostituta nem o preço de um sodomita à casa do Senhor teu Deus por qualquer voto; porque ambos são igualmente abominações ao Senhor teu Deus."

— Eu não ataquei ninguém — disse Georgios, e repetiu: — Foi *você* quem o prostituiu. Perguntem ao menino.

Pórcio o sacudiu e fez um chiado com a boca, ordenando que se calasse. O rabino negro esclareceu:

— Escravos não são admitidos em tribunais. — E dirigiu-se a Saul: — Qual seria a melhor solução no seu entendimento, senhor Saul ben Zomá?

— Expulsão imediata da caravana. Um pagão lascivo não pode andar com o Povo de Israel.

— Isso me prejudicaria muito — acrescentou Davi com todo o respeito. — Minha família depende do dinheiro.

— Senhor Davi ben Hessen — manifestou-se o careca —, qual seria a melhor solução no seu entendimento?

— Se o escravo está intacto, não vejo motivo para expulsão. São dois *goy*. Se começarmos a nos preocupar com assuntos de fora da comunidade, onde vamos parar?

— Ultraje! — esbravejou Saul. — Sodomia dentro de uma sinagoga não pode ser tolerada. É o fim dos tempos.

O rabino cego, que se mantivera calado até então, fez um gesto para os outros juízes, cochichou alguma coisa e disse com a voz rouca:

— Saiam agora. Esperem do lado de fora, até serem chamados.

Os cinco esperaram no pátio por alguns minutos. Georgios teve vontade de sair correndo, sacar a Ascalon e enfiá-la na barriga de Saul. Mas para isso teria de encarar Pórcio. Supondo que o vencesse — o que parecia quase impossível —, teria matado um homem inocente. Conforme ele aprenderia anos depois, muitas vezes os soldados são mais vítimas da situação que assassinos. Seguem ordens, sem saber se são erradas ou certas. No fundo, Georgios tinha simpatia por Pórcio, mesmo sendo ele seu captor.

O rabino careca apareceu na porta e pediu que eles entrassem. Sussurrou no ouvido de Elisha ben Hana, o chefe da caravana, que ficou no pátio e só retornou à sala uns cinco minutos depois, trazendo duas algibeiras. Georgios percebeu que eram suas.

O rabino cego deu início ao veredito.

— *Shalom* — cumprimentou os presentes e começou a discursar: — Meus filhos, os *goy* são pecadores, bárbaros em todos os aspectos. Os romanos têm a corrupção no sangue. São obscenos, perversos e tolos. Não se treina um gato para conviver com os ratos, assim como não se domesticam bestas selvagens — disse em aramaico, sem o menor constrangimento diante de Georgios. — Não podemos exigir dos *goy* que se comportem segundo os mandamentos sagrados. Em verdade, é melhor que não o façam. A observância a essas leis é o que nos separa deles, o que nos une e nos alimenta. — Fez uma pausa para tomar fôlego. — O jovem romano não é propriedade do senhor Davi ben Hessen. É um cidadão livre. Portanto, seus crimes cabem a ele e só a ele, não a terceiros. Sendo assim, determino que o rapaz permaneça na caravana e que Davi ben Hessen o guie até a Nicomédia, conforme o acordado, sem prejuízos. — Georgios soltou um suspiro de alívio, mas o rabino ainda não tinha terminado. — Por outro lado, se ele usou o escravo do senhor Saul ben Zomá como prostituta, decerto que deve pagar pelo serviço.

Nisso, o rabino negro fez um sinal para Elisha ben Hana, que foi até a mesa e despejou sobre o tampo o conteúdo das algibeiras de Georgios: oito dracmas e cinquenta sestércios. O juiz cego perguntou a Saul:

— Essa quantia é o bastante para o senhor?

O judeu de olhos claros curvou-se brevemente e aproximou-se dos três sábios. Olhou para o dinheiro e o contou.

— Não é o ideal, mas eu aceito a oferta diante de Deus. E, para mostrar que não sou avarento, tomarei apenas as moedas de prata. O gentio pode ficar com os sestércios, se quiser.

— Oito dracmas? — Georgios chegou a achar engraçado. Os sestércios eram tostões. As dracmas, sim, valiam um bocado. — Que vigarista. Mesmo que eu tivesse sodomizado o menino, não sairia tão caro.

— O rapaz tem razão — Davi ergueu a voz. — Nenhuma prostituta vale tanto.

— O que o senhor sabe sobre prostitutas? — Novamente, o rabino de pele escura saiu em defesa de Saul. — Faz uso frequente delas, senhor Davi ben Hessen?

— Não. É contra a lei.

O careca decretou:

— Já que não há mais nada a discutir, declaro este tribunal encerrado.

Os dois sábios recolheram os pergaminhos e ajudaram o mais velho a se levantar.

Georgios estava decidido a ignorar a presença de Pórcio e saltar sobre Saul assim que os dois se cruzassem, mas Davi tocou-lhe o ombro, e foi um toque amigo, de alguém pedindo ajuda. O jovem equestre entendeu o recado, respirou fundo, acalmou-se, e todos saíram para o pátio civilizadamente. Os judeus estavam de partida, com animais e carroças a postos. Saul se juntou a Elisha ben Hana na ponta do comboio. Davi, Simão, Judá, Georgios e as mulas se posicionaram no outro extremo da multidão. Os quatro foram andando, taciturnos, até se encontrarem com os outros grupos, de gregos, romanos e árabes, no largo de entrada da cidade de Tarso. De lá, seguiram pela estrada romana até o cair da noite, quando pararam para acampar no sopé das Montanhas do Touro. Nesse ponto, a estrada se bifurcava: um dos braços seguia rente à encosta, na direção da Mesopotâmia, e o outro dobrava a noroeste, percorrendo vales e desfiladeiros até o coração da Capadócia.

Perto do entroncamento havia um campo de relva seca com círculos de pedra para fogueira, usado como ponto de descanso pelos viajantes. O terreno era alto, proporcionando noites frescas.

O prato do dia era sopa de legumes e pão. Davi trouxe o alimento em uma vasilha e o ofereceu a Georgios. Estranhamente, ele e os filhos se sentaram junto ao equestre. Comeram em silêncio, à luz das estrelas. A certa hora, o irmão de Jocasta disse baixinho:

— Quero que acalme o seu coração. Eu acredito em você.

— Se acredita, por que não me defendeu?

— Eu defendi.

— Não foi convincente — respondeu o menino, sem rancor.

— Saul é muito próximo de Elisha. São pessoas difíceis, os dois. Não comente com ninguém. Será o nosso segredo.

Simão desabafou:

— O tio é um bosta.

— Cale-se — bronqueou Davi. — Mesmo que ele fosse, isso não é coisa que se fale. — Voltou-se para Georgios. — De qualquer maneira, o melhor que temos a fazer é manter distância deles. Vamos esquecer o assunto.

— É fácil para você esquecer — resmungou Georgios.

— Sei que está preocupado com o seu dinheiro — disse Davi. — Eu também ficaria. Era uma boa quantia. Mas dos males o menor.

— Não estou preocupado com o dinheiro. Estou preocupado com o menino.

— Ele é um escravo. Você quer mudar o mundo?

— Só quero justiça.

— Não existe justiça nesta vida. Apenas na outra. Somente Deus é justo. Somente Deus é perfeito. Não espere *nada* dos homens. Nós, judeus, aprendemos isso desde crianças. — E repetiu: — Não espere nada dos homens. — Davi tomou uma colherada de sopa e mudou de assunto: — O seu aramaico é básico. Simão lhe ensinará algumas palavras e lhe mostrará como escrevê-las. Isso vai ocupar o seu tempo e mantê-lo longe de confusão.

— Obrigado. — Georgios poderia gastar mais algumas gotas de saliva reafirmando que era inocente, mas Davi já sabia. Então apenas agradeceu. — Muito obrigado, *yōd*.

XLI

CESAREIA MÁZACA

No dia seguinte à partida de Tarso, a caravana adentrou o vale através das Montanhas do Touro, percorrendo uma estrada tosca, de calçamento precário, coberta de mato e erva daninha. O lugar era dotado de uma beleza sombria, com encostas íngremes e bosques escuros. No ponto mais profundo do vale havia uma aldeia chamada Pendhòsis, à margem de uma cachoeira de mesmo nome. O povoado, embora ermo, sobrevivia graças às lavadeiras, que ofereciam seus serviços aos viajantes, lavando roupas, lonas, mantas e cobertores. Os homens — menos solicitados — dedicavam-se a limpar carroças e escovar bestas de carga. O tecido secava rápido, porque o vento soprava forte em Pendhòsis. No inverno era gélido, mas no verão chegava na forma de um calor abafado, desconfortável aos forasteiros.

No outro extremo do vale erguiam-se duas fortalezas romanas, uma de cada lado do passo, conectadas por uma antiga muralha. Mediante o pagamento de um novo tributo, eles cruzaram a fronteira, deixando para trás a Cilícia e ingressando na Capadócia.

O que se apresentava diante deles era uma planície vasta, coalhada de fazendas e pequenas cidades. Nos campos, cultivavam-se trigo, linho e cevada. As plantações eram cortadas por canais de irrigação, separadas umas das outras por áreas de pasto, brejos e pequenas sebes. O terreno retomava a aridez à medida que o comboio se desviava para o norte, com diversos morros rochosos repletos de grutas — algumas esculpidas —, onde viviam famílias inteiras. Mais cidadezinhas se espalhavam pelo interior, com boa comida e fontes de água.

Georgios aprendera que, para chegar a uma cidade grande, bastava procurar o aqueduto. E ele estava lá, como uma imensa centopeia, sublinhando o horizonte, descendo das montanhas até as muralhas de Cesareia Mázaca, a capital da província da Capadócia.

Cesareia Mázaca fora construída na base do Monte Argeu, um vulcão adormecido com o topo em forma de cone. Grande parte da cidade ficava sobre uma área plana, enquanto a outra se prolongava através da encosta, com muitas ruínas de casas e templos destruídos durante a invasão persa, a mesma que separara Laios, o pai de Georgios, de sua família cerca de trinta e cinco anos antes. Os muros não eram tão altos quanto os de Antioquia ou Tarso e encontravam-se danificados em diversos pontos.

Cesareia não possuía sinagogas. As que existiram haviam sido arrasadas pelos sassânidas e jamais foram reconstruídas. Contudo, a metrópole, muito dependente do comércio, estava bem preparada para receber visitantes. Um dos portões, na face norte, desembocava diretamente no caravançará, uma praça enorme equipada com fontanários, estábulos, armazéns e depósitos gratuitos, especialmente projetada para acolher os mercadores. O caravançará de Cesareia Mázaca era cercado por muros e vigiado por legionários romanos, na tentativa de garantir a segurança dos que chegavam, evitar roubos e brigas. Todo esse aparato tinha ao menos uma contraparte enfadonha: tudo o que entrava e saía precisava ser catalogado, inclusive as pessoas. Quem não tinha documentos era obrigado a declarar um "nome de viagem", dizer de quem estava acompanhado e qual era o destino. Não havia como confirmar as informações, mas de qualquer maneira servia como controle. Os estrangeiros recebiam um passe, especificando quantos dias ficariam na capital e as áreas de livre circulação — os persas, por exemplo, eram proibidos de visitar o fórum.

Simão começou a ensinar aramaico para Georgios, mas o filho de Davi era preguiçoso e as aulas se resumiam a breves diálogos entre os dois. Por outro lado, Simão esbanjava simpatia e tentou fazer amizade com o jovem aspirante a cavaleiro. Este, por sua vez, não conseguiu se afeiçoar ao garoto, porque o considerava imaturo. Ou talvez Georgios é que fosse precoce.

Reservadamente, ele estivera observando os judeus, preocupado com a possibilidade de que Ábaco fosse novamente agredido, mas o escândalo que

Saul armara em Tarso tinha o lado positivo: depois do alarde, ele não se arriscaria a ser pego em flagrante. Portanto, o escravo egípcio estava seguro, pelo menos até o comboio judaico se desfazer, em Bizâncio.

Não havia cidade ao longo do caminho que Georgios desejasse conhecer mais que Cesareia Mázaca, mas o processo de registro demorou tanto que já era noite quando eles acessaram o caravançará. Os judeus fizeram suas orações e se acomodaram em um dos muitos salões ao redor do grande pátio. O recinto continha dezenas de leitos comunitários, que já estavam ocupados por outros mercadores, gregos na maioria. Davi, Simão, Judá e Georgios estenderam almofadas e cobertores no chão.

Depois do jantar, Georgios e Simão saíram para a rua na intenção de respirar ar fresco. Desceram uma escadaria e chegaram a outra praça, cercada de edifícios romanos iluminados por piras de bronze que ardiam sem parar. Nas travessas laterais, homens negociavam com prostitutas, sendo geralmente atendidos em becos. O panorama, à direita, era ocupado pelo Monte Argeu. Os dois meninos se sentaram nos degraus, relaxados. Georgios perguntou a Simão:

— O que é aquele objeto que vocês usam para rezar?

— Nós o chamamos de tefilim — explicou o garoto. — Filactério, para os gregos. Dentro de cada uma das duas caixinhas há um pequeno pergaminho com trechos da Torá, o nosso livro sagrado. Como você já deve ter observado, uma das caixas, *shel yad*, é presa ao antebraço esquerdo, na altura do coração, e a outra, *shel rosh*, é atada à testa, entre os olhos.

— Serve para quê?

— Proteção. É um tipo de amuleto.

— Entendi — murmurou Georgios, sem empolgação. Era menos interessante do que ele tinha pensado.

— Você é cristão?

— Sempre me perguntam isso. — O jovem esboçou um sorriso cansado. — Eu tenho cara de cristão?

— Bom, você morava com a tia Judite. Ela é cristã.

— Jocasta — Georgios o corrigiu. — Faz sentido. Mas, não. Não sou.

— Qual é a sua religião?

Ele refletiu por alguns instantes.

— Nunca fui iniciado em nenhuma religião. O meu tutor detestava os teístas, a minha mãe adorava a deusa Ísis e o meu pai passava a maior parte do tempo em campanha.

— Em campanha? — Simão arregalou os olhos, e Georgios percebeu que tinha falado demais. — Você é romano?

— Sou cidadão romano, mas me considero grego. Nasci na Palestina — ele disse, evasivo. — Perto de Jerusalém. — E retomou o assunto anterior, tentando escapar pela tangente: — Sou devoto de Marte. Recebi educação helênica.

— Sim, mas você estava falando do seu pai. Sabe de que legião ele era? Em que campanhas lutou?

— Sei que ele morreu na Germânia. — Georgios encolheu os ombros, tentando encerrar a conversa.

Nesse momento, vinha caminhando pela praça um destacamento de dez soldados, ostentando armaduras de aço, elmos, escudos coloridos, gládios e lanças. O primeiro deles, andando rente à escadaria, tropeçou em Simão.

— Seu merda — o homem rosnou em latim. — Judeuzinho de bosta.

— Mil perdões, senhor — Simão desculpou-se. — Não foi minha intenção.

— Saia da minha frente. — O soldado deu-lhe um chute fraco, mas foi o suficiente para intimidá-lo. — Judeus são uma praga.

O sangue de Georgios subiu. Ergueu-se de imediato e encarou o homem com seus olhos de tigre.

— Por Júpiter! O que é isso? Qual é o seu nome, decano?

— Flávio Félix — o soldado respondeu na hora, como se confrontado com um oficial superior. Georgios não se vestia como judeu e desde Pendhòsis trajava sua túnica menos surrada.

— Sou Georgios Anício Graco. Reconhece o nome?

— Sim — mentiu o decano. Ele não se lembrava de ter ouvido aquele nome, mas soava como alguém importante.

— Este judeu está trabalhando para mim. É o meu guia. Mais respeito. Os senhores estão sob o estandarte da legião... — Georgios olhou rapidamente para o estandarte que o soldado de trás carregava, e seu coração quase saiu pela boca quando reconheceu o emblema dos cinco raios. Aquela era a Legião Fulminante, tropa da qual seu pai fora legado. Não perdeu a pose. Com efeito, o choque só o estimulou. — Os senhores sabem que a Legião Fulminante foi responsável pela captura da rainha Zenóbia e pela queda de Ctesifonte?

— Sim — respondeu o decano. Isso realmente ele sabia.

— Por favor, mantenham a compostura sob o estandarte — reforçou o menino. Fez uma pausa e completou: — Dispensados, senhores.

Os homens fizeram uma saudação militar e saíram marchando.

O episódio não era de todo absurdo. Centuriões, decanos e legionários costumavam ser recrutados entre a plebe. Qualquer patrício, fosse nobre ou equestre, estava acima deles segundo as leis do Estado, que eram tratadas como princípios religiosos, sobretudo pelas classes mais baixas. Georgios se vestia como um patrício e *falava* como um patrício, graças às aulas de retórica de Strabo. E, o mais importante, era firme em suas palavras, porque tudo o que dizia era a mais pura verdade.

— Como fez aquilo? — Simão ainda estava atônito quando eles regressaram ao caravançará.

— Não sei — respondeu Georgios, percebendo agora o risco imenso que correra.

— Por favor, controle-se. Um judeu morto e nada são a mesma coisa para eles.

— Está bem.

— Olhe, me prometa o seguinte. — Ele hesitou antes de continuar. — Não conte nada para o meu pai.

— Eu ia lhe pedir a mesma coisa.

Os dois garotos riram de alívio, não só por terem escapado de uma enrascada, mas porque enfim tinham algo em comum, um segredo que os unia.

Naquela noite, Georgios elaborou um plano. Pela manhã, ele se apresentaria ao governador da província, cujo palácio se encontrava a apenas algumas quadras dali, revelaria quem era e, como prova, exibiria a Ascalon. Uma cidade guarnecida pela Legião Fulminante não lhe viraria as costas, decerto. Seria fácil. Definitivamente, era uma ideia brilhante.

Quando o dia nasceu, porém, ele se deu conta de quão idiota era a estratégia. O governador da província não necessariamente pertencia à Fulminante, e, mesmo se pertencesse, não havia garantias de que iria acolhê-lo. O mais provável era que a Ascalon fosse confiscada, e o jovem equestre, preso, quem sabe até agredido. Strabo estava certo, sempre estivera, o tempo todo. Diocleciano era ainda sua melhor opção.

Georgios deixou Cesareia sem conhecê-la. Nas semanas seguintes ele cruzaria a Capadócia, parando na mitológica Tiana, na fortificada Ancira e na efervescente Niceia.

Cinco dias mais tarde, ele entraria na Nicomédia.

XLII

LÚCIFER E OUTROS DEMÔNIOS

O INCIDENTE EM NICEIA FOI PROVAVELMENTE O MAIS GRAVE DE TODA A VIAGEM.

Niceia era uma cidade helênica, como muitas da região. Diferentemente de Cesareia, entretanto, estava bastante preservada. Os edifícios recebiam manutenção constante, e a impressão que se tinha ao vagar por suas ruas era a de estar caminhando na velha Atenas, no auge do esplendor.

A cidade era conhecida pela profusão de espetáculos, tendo pelo menos vinte teatros e anfiteatros distribuídos pelos cinco bairros que a compunham. Era famosa, também, por abrigar uma próspera comunidade cristã, o que demonstra como a Igreja era descentralizada naquela época. Enquanto os diáconos e pregadores de Antioquia eram maltrapilhos, ou pelo menos assim pareciam, o bispo e os presbíteros de Niceia se vestiam com mantos alinhados e coloridos, sempre limpos, chapéus cônicos e faixas púrpuras sobre o peito. O lugar contava com quatro igrejas, todas construídas do zero e não edificadas a partir de antigos templos pagãos.

O bispo local, um homem chamado Leônidas IV, era amigo do imperador e uma figura influente até entre os não cristãos. Os judeus gostavam dele, porque Leônidas apoiava o comércio. Não à toa, de todas as cidades do Império, Niceia tivera o maior número de judeus convertidos ao cristianismo.

Naquele ponto a caravana se desmembraria. Os árabes partiriam imediatamente com destino a Bizâncio. Os judeus e os gregos permaneceriam ali por dois dias, pois a região já era considerada um dos pontos de venda da seda. Os artigos seriam oferecidos aos lojistas, artesãos e alfaiates. Outro comprador importante era a Igreja local, que adquiria dezenas de rolos para a confecção dos uniformes eclesiásticos.

Os israelitas se hospedaram em uma estalagem de baixo custo ao norte do bairro judeu. Tratava-se de um salão comunitário subterrâneo, úmido, com o teto em arco e as paredes de tijolos cozidos. Quando Judá, o filho mais novo de Davi, reclamou do cheiro de mofo, o pai deu-lhe uma bronca na frente de todos, esclarecendo que aquela era uma viagem de negócios. Toda economia era válida, na opinião dele; cada moeda fazia diferença.

Davi e seus filhos teriam trabalho de sobra nos próximos dois dias, e Georgios estava livre para explorar a cidade, o que certamente era melhor que ficar enfurnado naquele porão.

Na saída, cruzou com Ábaco, que era empurrado escada abaixo por Saul.

— Não se preocupe. Logo você vai se livrar de mim e eu de você — Georgios escutou o judeu falar. Não o desafiou, nem sequer o encarou. Só olhou para o garoto, que retribuiu o olhar discretamente.

Apesar da injustiça que sofrera em Tarso, Georgios resolvera aceitar o conselho de Davi e estava disposto a esquecer o assunto. Em quatro dias estaria na Nicomédia e não podia salvar o mundo sozinho. Com o passar dos anos, porém, ele aprenderia que certas coisas não podem ser negligenciadas e que a justiça, a verdadeira justiça, está acima de interesses mesquinhos. O destino é como um aríete, que bate mais forte se você resistir.

O dia 23 de julho marcava a Neptunália, o festival em honra ao deus Netuno. Os rituais em homenagem ao Senhor das Águas haviam caído em desuso, mas o feriado persistia, levando milhares de cidadãos às ruas, às corridas de biga e às apresentações artísticas. Os cristãos se reuniam em grandes teatros ao ar livre, aglomerando-se nas arquibancadas em semicírculo. Georgios sempre tivera curiosidade de assistir a uma missa, mas nunca o fizera em respeito a Strabo. Com o filósofo longe, decidiu se aventurar. Ficou sabendo que haveria uma cerimônia aberta em um teatro no topo de uma colina e subiu até lá, galgando ladeiras, seguindo o fluxo de gente.

O espaço estava lotado, e Georgios teve de ficar na última arquibancada, a mais alta. Era um dia quente, de sol escaldante. Do topo do morro, enxergavam-se as muralhas, o fórum, a praça do mercado e o Lago Askania, que margeava a cidade pela face oeste. Esperando o sermão, havia todo tipo de gente, não só plebeus, o que foi uma surpresa para o jovem equestre. Os cristãos que ele conhecera na Antioquia eram escravos ou pessoas pobres, mas aqui havia homens ricos, mulheres bem-vestidas, comerciantes, burocratas romanos e até militares.

O que o garoto queria, em poucas palavras, era presenciar o "milagre da transubstanciação", o momento em que o sacerdote, segundo Jocasta, transformava "o pão no corpo de Cristo e o vinho no sangue do próprio". No entanto, Georgios logo saberia, aquela não era uma missa. Não nos moldes tradicionais, pelo menos.

Quem apareceu no centro do palco foi o próprio bispo Leônidas, trajando um manto vermelho pesado, decorado com pedras preciosas, e segurando um cetro de ouro. Tirou o chapéu ao subir no estrado. Era um homem de meia-idade magro, com a barba cor de avelã ondulada e a testa grande. Um séquito de dez diáconos o auxiliava, pronto para satisfazer suas necessidades imediatas.

Leônidas foi ovacionado quando apareceu, e Georgios teve a impressão de que estava assistindo a uma peça, não a uma missa. De fato, o homem se comportava como um ator, fazendo gestos frenéticos e expressões caricaturais.

— Paz de Cristo — ele começou dizendo. O teatro tinha acústica excelente, e também sua voz era poderosa. — Paz de Cristo, irmãos.

Os fiéis responderam em uníssono, parecendo um coro ensaiado.

— O dia de hoje é muito importante — ele continuou. — Olhando para vocês, eu enxergo a vitória do Cristo, de quem todos nós somos filhos. Jesus de Nazaré, o Cristo, o Messias, que na forma de carpinteiro trouxe ao mundo a mensagem de Deus, o Deus verdadeiro, o Deus do amor, que a todos aceita e a todos perdoa. Ser cristão é, antes de tudo, perdoar a si mesmo, esquecer o passado e abraçar uma nova vida segundo os princípios sagrados. Nós, bispos, presbíteros e diáconos, somos os herdeiros dos apóstolos e falamos em nome dele, do Cristo, que por sua vez é o Cordeiro de Deus.

Leônidas fez uma pausa para respirar. Os fiéis o observavam, como que hipnotizados.

— O que muitos de vocês devem estar pensando agora é: se Deus é onipotente, onisciente e onipresente, como podemos adorar o Cristo, que é seu filho, ou louvar o Espírito Santo? Pois eu lhes digo, irmãos, que os três elementos da Santíssima Trindade são parte da mesma substância. Imaginem um homem que é pescador pela manhã, vendedor de peixes à tarde e marido durante a noite. Três aspectos distintos da mesma pessoa. É assim a Trindade. O Pai, o Filho e o Espírito Santo são unos.

Mais murmúrios de "amém".

Durante uma hora, Leônidas defendeu a natureza messiânica de Cristo, que não era aceita pelos pagãos e pelos judeus. O bispo citou dezenas de passagens do Antigo Testamento em que profetas como Isaías, Oseias e Zacarias faziam previsões para a chegada do Salvador, associando-as a características do próprio Jesus, segundo descritas nos evangelhos.

Georgios estava achando tudo aquilo bastante monótono. Suportara o início porque Leônidas era um orador brilhante e usava técnicas que ele mesmo desejava aprender. Mas chegou um ponto em que o discurso se tornou insuportável. Ele se preparou para sair, quando o bispo fez uma pausa para beber água e um diácono anunciou que em breve o sacerdote receberia os enfermos. Havia uma fila de pessoas esperando para subir no palco, e o equestre permaneceu onde estava, curioso para ver o que iria acontecer.

Instantes depois, Leônidas retornou de manto trocado. O primeiro a ser atendido era um homem com um par de muletas. O bispo conversou brevemente com ele — era impossível ouvir, por causa da distância — e começou a benzê-lo com a mão aberta sobre a cabeça. O sujeito caiu no chão, tremendo. Georgios achou que ele estivesse prestes a morrer, mas logo o aleijado se levantou e caminhou com as próprias pernas! O auditório foi ao delírio, com gritos de "salve o Senhor", "amém" e "aleluia".

Depois de anos convivendo com Strabo, a primeira coisa que lhe veio à cabeça foi que se tratava de uma encenação. Nos minutos seguintes, porém, quase uma centena de pessoas, vindas de todas as partes do Leste, foi supostamente curada. Uma criança surda passou a ouvir, um cego voltou a enxergar, um corcunda se endireitou. Os cristãos gritavam em júbilo. O espetáculo era impressionante, mas começou a ficar assustador quando Leônidas tocou a testa de uma garota de uns dezesseis anos e ela se retorceu. Não caiu no chão, como os outros. Rodou o quadril para um lado e a cabeça para o outro. Suas pernas ficaram duras, os olhos se reviraram e ela andou na ponta dos pés na direção do religioso. O rosto era uma máscara de ódio, e a língua se agitava na boca, feito a de uma cobra.

O teatro inteiro ficou em silêncio. Um homem que estava na frente de Georgios sussurrou para a esposa:

— Não faça barulho. O que está acontecendo é uma batalha espiritual.

Lá embaixo, no palco, o bispo brandiu o cetro de ouro e deu um berro que se projetou como uma onda:

— Quem está aí? Quem está aí dentro?

A garota respondeu com um chiado, algo sinistro, acompanhado pelo som de um chocalho, idêntico ao balançar do rabo de uma cascavel. Georgios se arrepiou. No próximo momento, ela rosnou:

— Eu quero a menina. Quero a alma *dela*.

— Quem está aí? — Leônidas se aproximou.

— O demônio.

— Que demônio? Qual é o seu nome?

— Somos muitos. Satã. Satanás. Samael. Belzebu. Abaddon. Belial. Somos todos e nenhum deles.

O bispo segurou a jovem pelos cabelos. Ela se curvou.

— Mentiroso. Você é um espírito imundo, um fantasma podre, das covas, não o Anjo Caído — ele praguejou contra a garota. — Há quanto tempo está aí?

— Quinze anos. — Outro rosnado, parecido com o de uma pantera. — Ela é minha. A alma dela é *minha*.

— Esta alma pertence a Cristo. — O sacerdote a confrontou, gritando, suando. — Saia deste corpo. Eu ordeno em nome de Cristo, nosso Senhor!

— Caaaaalaaaa. — A garota soltou um gemido estranhíssimo, que ecoou através das passarelas. — Não fale o nome dele. Esse que morreu na cruz. Eu não tenho nada com o Filho de Deus.

Leônidas a segurou pela nuca e a jogou sobre o estrado.

— Fora, demônio. Eu o esconjuro! Em nome de Cristo. Eu ordeno, em nome do Senhor Jesus Cristo e dos apóstolos. Em nome de Deus. Saia deste corpo. Saia. *Fora!*

O homem repetiu a mesma ordem — "Fora, demônio, em nome de Cristo" — cerca de dez vezes, até que, enfim, a garota parou de tremer. Ficou de joelhos, tentou colocar-se de pé.

Não conseguiu.

Um diácono e duas mulheres correram para ajudá-la. Parcialmente recomposta, a adolescente foi acomodada em uma cadeira. Estava tonta, com a cara amassada, como se tivesse acabado de acordar. Conversou alguma coisa com o bispo. Os religiosos a viraram para a plateia a fim de mostrar que ela estava bem, com a expressão normal, apesar de exausta. O público aplaudiu, com mais gritos de "amém", "paz de Cristo" e "aleluia".

Aparentando cansaço, Leônidas IV agradeceu a todos, fez uma oração e deixou o teatro. Um presbítero o substituiu e encerrou a cerimônia declamando trechos dos evangelhos. No momento em que o encontro terminou efetivamente, Georgios já estava andando pelas ruas da cidade baixa em direção ao bairro judeu.

Por algum motivo, ele teve a impressão de estar sendo seguido. Sombras pareciam observá-lo ao longe. Atribuiu seu estado de paranoia ao que acontecera na cerimônia dos cristãos. Qualquer um que tivesse acabado de presenciar um suposto exorcismo se sentiria assim, impressionado.

Não deu importância.

Durante o jantar, Georgios relatou o que vira a Simão. O filho mais velho de Davi, porém, trabalhara o dia inteiro carregando rolos de seda pela cidade e estava tão cansado que só pensava em dormir. Um outro judeu, adulto, que escutara a conversa, comentou, debochado:

— Que charlatão esse bispo. Já vi um mágico tirar dez pombas de um único chapéu.

— Onde? — questionou-lhe Georgios.

— Na Pérsia.

— Como ele fez isso?

— São truques. Truques baratos — riu-se. — Nada contra. O que um homem faz para ganhar a vida não é problema meu. Só não leve tão a sério.

O judeu não disse mais nada, e Georgios não alimentou a conversa. Sonhou com demônios alados, que tentavam, desde as sombras, apoderar-se de seu corpo. Despertou algumas vezes. Lembrou-se do afresco no apartamento de Yasmir, o príncipe persa, que ele visitara quando criança, e das histórias contadas por Jocasta sobre Lúcifer, o Traidor, o Antagonista, o general dos anjos caídos, lançado ao inferno depois de se rebelar contra Deus. Seriam verdadeiros esses mitos?

Por via das dúvidas, achou melhor não frequentar igrejas por algum tempo.

Na manhã seguinte, saiu para caminhar. Não era mais um garoto do campo, sabia se orientar na cidade. Reparou, nessas andanças, que Niceia era à prova de cerco. Os muros ocidentais avançavam lago adentro, impedindo que eventuais invasores cortassem o suprimento de água. O passadiço era alto, repleto de torres de vigília guarnecidas por uma milícia local, não pelos tradicionais legionários romanos.

Quando a fome bateu, Georgios comeu castanhas compradas na rua. Bebeu água de uma fonte e, ao entardecer, ia voltando para o bairro judaico quando dois garotos, mais velhos que ele, bloquearam a saída de uma travessa praticamente vazia.

— Não pode passar por aqui — avisou um deles, moreno de cabelos castanhos. Ambos usavam túnicas simples, marrons. — Este caminho está interditado.

Georgios não se opôs. Voltou por onde viera. Um outro menino, encostado na parede de uma casa, o observava, malicioso. O equestre farejou perigo e apertou o passo. Logo à frente, porém, um quarto indivíduo, com talvez dezoito anos, aproximou-se dele armado de porrete e, do nada, tentou acertá-lo. Georgios se desviou. Tinha a rota aberta adiante. Poderia fugir se corresse com todas as suas forças. Mas alguma coisa dentro dele o incentivou a ficar.

O rapaz de porrete, mais alto e muito mais forte, avançou gingando. Georgios lembrou-se de Ulisses, que lhe ensinara diversas técnicas de combate corpo a corpo. Saltou em direção às pernas do adversário e as agarrou. A manobra deu certo. O rapaz tombou como uma pedra, batendo as costas no meio-fio. Contudo, não estava vencido. Sem ângulo para atacar, desferiu socos fracos nas costelas de Georgios. O garoto não sentiu dor e achou que poderia derrotá-lo se respondesse com energia. E talvez pudesse, realmente. Mas não naquelas circunstâncias.

O deslize de Georgios, ele perceberia depois, foi usar um movimento errado, incompatível com a situação. O filho de Laios agiu por instinto, não analisou o terreno, não raciocinou, só reagiu — o tipo de comportamento inadmissível para alguém que desejava se tornar cavaleiro. O combate corpo a corpo — chamado também de "luta grega" — fora desenvolvido com o objetivo de ser aplicado no campo de batalha, quando o soldado, por alguma razão, perdesse a arma e o escudo. Baseava-se na submissão do inimigo, em agarrá-lo e subjugá-lo, de modo que ele não pudesse manobrar a espada. Era uma estratégia válida, que salvara a vida de muitos guerreiros desesperados, mas tinha um defeito: não servia contra múltiplos rivais.

Quando Georgios despencou sobre o oponente, logo os outros três o cercaram, chutando-o nos flancos. Um pontapé alcançou-lhe a cabeça. Ele ficou zonzo e entendeu que, no solo, estava completamente desprotegido. Conseguiu se levantar, desvencilhando-se do grupo. Os três garotos vieram atrás. Georgios mirou um soco no primeiro deles, mas errou. O trio o encurralou contra uma casa. O moreno se adiantou com um chute baixo. Georgios ficou de lado, dobrou o joelho para se defender e contra-atacou com um murro possante, que acertou o alvo em cheio. O golpe foi tão perfeito que o adversário gemeu, trocou as pernas, caiu para trás e apagou.

Na hora, Georgios achou que o tinha matado. Como enfermeiro, sentiu o ímpeto de ajudá-lo. De todo modo seria impossível, porque os outros dois continuaram a agredi-lo. Embora encurralado, o equestre bloqueava os assaltos e se esquivava com desenvoltura, até que o rapaz mais velho reapareceu. O primeiro lance do porrete atingiu-o no crânio. Georgios não sentiu nada. Partiu para cima. Escolheu um dos meninos mais novos e o castigou com uma saraivada de socos, até o supercílio dele estourar. Então, outra paulada encontrou sua nuca, e enfim Georgios bambeou. Sofreu mais pancadas nas costas, novos murros e chutes, que agora vinham em conjunto, de todas as direções.

O campo de visão enegreceu. Mas ele não podia se entregar.

Nunca. Era um equestre, afinal.

Recordou-se do episódio no cemitério. De Hron. Dos meninos que o atacaram em Lida quando ele era criança. Súbito, uma espécie de fúria cega o dominou, como se uma entidade — um demônio — estivesse tentando possuí-lo.

Lúcifer?

Não.

Georgios resistiu. Pensou nos deuses — nos deuses romanos. Fez uma prece silenciosa a Marte. De repente, notou que havia um paralelepípedo solto sob seus pés. Catou a pedra, rodou a cintura e a lançou para a frente. Ouviu-se um som abafado, de ossos estalando, à medida que o bloco se chocava contra o tronco do rapaz de porrete. Este — o mais velho e provavelmente líder do bando — recuou, arquejando, a boca aberta para recuperar o fôlego.

Os dois outros garotos, ao perceber que o chefe estava desistindo, retrocederam, mas agora era Georgios quem queria brigar. Decidiu concentrar a atenção em um dos meninos, o mais próximo. Este já estava acuado, intimidado, e o filho de Laios usou essa vantagem para atacá-lo brutalmente, sem piedade. Trouxe-o para perto, segurando-o pela nuca, e começou a desferir-lhe joelhadas nas costelas.

O adversário se curvou de dor. Georgios deu-lhe um soco no queixo, de baixo para cima.

Era como surrar um espantalho. O garoto não reagia. Escorou-se em uma parede, os olhos inchados, o nariz torto. Ergueu os braços em sinal de rendição.

Georgios teria continuado, mas entendeu que também precisava de uma trégua, ainda que breve. Cerrou as pálpebras por um curto instante, e quando tornou a abri-las os quatro haviam desaparecido, como ratos através do esgoto.

Demorou para que a euforia se desvanecesse. Por alguns minutos, ele só pensava em lutar, em combater, em *matar*.

Felizmente, porém, ele não matara ninguém. Não que tivesse pena dos crápulas que o haviam emboscado, mas assassinato era crime na maior parte das cidades do Império. E o que Georgios menos precisava, naquele momento, era arrumar problemas com a justiça romana.

Um senhor que passava pela rua, acompanhado de uma mulher também idosa, parou para ajudá-lo. Perguntou em grego:

— Onde você mora, menino?

— Sou estrangeiro — ele articulou algumas palavras. — Estou com a caravana no bairro judeu.

— Judeu? — O velho soltou um gemido de desprezo. — Que má sorte.

— Não sou judeu.

— Izmit. — A senhora cutucou o velho e disse com a voz fraca: — Fale com Jacó.

O homem assentiu.

— Espere aqui, garoto.

Georgios esperou. Se tentasse, talvez conseguisse andar, mas não queria cruzar a cidade naquele estado lastimável. Sentia-se péssimo, mas pelo menos tinha revidado, tinha *lutado*. Disso ele não se arrependia.

Sentou-se na calçada e aguardou por quase uma hora. Já estava escurecendo quando Davi e Simão apareceram trazendo panos úmidos e uma muda de roupa, que haviam pegado na mochila do próprio Georgios.

Depois de ele se limpar e se trocar, os três tomaram o rumo da estalagem. Nas galerias subterrâneas, à noite, o jovem relatou o ocorrido, insistindo que só apanhara porque a contenda era desigual. Outros judeus ouviram, interessados.

— Pensaram que você fosse um de nós — opinou alguém. — É difícil ser judeu. Especialmente em uma cidade cristã.

— Não — afirmou outro. — Trata-se de uma tentativa de roubo. O menino se veste como um patrício. Provavelmente estavam querendo assaltá-lo.

— Chega — Davi encerrou o debate. — Vamos deixar o garoto descansar. Precisamos repousar também.

— Definitivamente, apoiado — exclamou Elisha ben Hana, o líder do grupo. — Está tarde e partiremos amanhã cedo.

Os forasteiros se dispersaram. Georgios ouviu pessoas sussurrarem que ele era "o mesmo gentio" que se envolvera na disputa com Saul ben Zomá em Tarso. O *goy* que "sempre arruma confusão".

Sentiu-se profundamente injustiçado. Então, fez o oposto do que fizera na briga e pôs a cabeça para funcionar. Se era mesmo um assalto, por que os meninos não pediram seu dinheiro antes de espancá-lo?

Só havia uma resposta.

Não fora ladroagem pura e simples. Alguém queria — muito — que Georgios levasse uma surra antes de deixar a caravana. E não precisava ser muito esperto para descobrir o culpado.

XLIII

O INCLEMENTE

TYSA SOBREVIVERA AO VENENO, MAS NÃO SEM ALGUMAS SEQUELAS, QUE A acompanhariam por diversas semanas. Os primeiros dias foram de muito tormento. Sempre que ela comia, defecava imediatamente, e às vezes evacuava sangue. Uma dieta à base de sopas, legumes cozidos e mingau ajudou a limpar seu organismo, até que, no princípio de julho, um copo de água trazida do Rio Jordão fez com que ela se recuperasse, literalmente, da noite para o dia.

O senador Fúlvio vinha ao seu quarto uma vez por semana, trazia-lhe flores e perguntava sobre seu estado de saúde. Tysa sempre fingia estar pior do que realmente estava, para que ele não a assediasse. Isso, contudo, nunca chegou a acontecer. Fúlvio não parecia ter nenhum interesse sexual na filha de Drago. Ela tampouco o atraía no aspecto intelectual, então os encontros eram meramente burocráticos, às vezes até constrangedores.

Tysa sentia-se muito só, apesar de todo o aparato de escravos colocado à sua disposição. Rasha, o secretário núbio, que antes a desprezava, agora a tratava com indiferença — o que já era um progresso, de certa forma.

Um dia, ela estava caminhando pelos jardins quando o escravo a abordou.

— Tenho uma notícia — ele disse, sem cumprimentá-la. — Esta semana receberemos um hóspede importante. O senador gostaria que você o acompanhasse e se vestisse de maneira apropriada. E que agisse como a esposa de um senador.

— Eu *sou* a esposa de um senador. — Desde o episódio na Rocha de Afrodite, desde seu envenenamento, Tysa não baixava mais a cabeça para Rasha. Ao mesmo tempo, não seria inteligente desafiá-lo, porque era ele quem cuidava de suas necessidades, de suas roupas, escravos e comida.

— Sim — ele retrucou —, mas são recém-casados. Portanto...

— Seja direto — ela exigiu. — Diga-me exatamente o que ele quer que eu faça.

— O senador quer que você apenas o acompanhe e não se meta nas discussões políticas. Uma boa esposa *só* acompanha.

— Minhas atribuições como esposa vão um pouco além disso. — Ironicamente, Tysa recordou-se da *wanassa*, a sacerdotisa de Afrodite, de quem não tivera mais notícias. — Mas não se preocupe. Farei conforme o desejo de meu marido. A propósito, quem receberemos?

— O primo do senador — ele disse, e Tysa captou em sua voz uma dose quase imperceptível de ojeriza. — Marco Aurélio Valério Maximiano Hercúleo, conhecido como Maximiano, o Inclemente, o césar do Oeste.

Tysa lembrou-se da conversa entre Fúlvio, Ezana, o mercador de escravos, e o capitão Husna na noite de seu casamento. Na ocasião, os três haviam feito um brinde a Maximiano, o único capaz de "apavorar os germânicos".

— Quando?

— Dentro de quatro ou cinco dias. Depende do vento.

— Ótimo. Já cuidou da recepção?

— Claro. Que pergunta! É o meu trabalho — Rasha reagiu, ofendido. — Bom, o recado está dado. Tenho mais o que fazer. Boa tarde.

O escravo saiu, e Tysa achou que sob aquela capa de agressividade havia muito medo, nervosismo e insegurança. Aos dezesseis anos, ela conhecia pouco sobre a arte da política, mas com o tempo foi percebendo que, para manipular as pessoas, era preciso conhecê-las e saber interpretar suas ações, mais que suas palavras.

Na manhã do dia 19 de julho, quatro navios de guerra chegaram ao porto de Pafos. Três deles ancoraram em alto-mar, porque era difícil manobrá-los perto da costa. Em pé sobre o cais, ao lado de Rasha e um passo atrás do senador Caio Valério Fúlvio, Tysa observava o barco imenso se aproximar. Com as velas recolhidas, era agora movido pela força dos remos. Tysa reparou que a parte inferior da proa se alongava em uma ponta metálica, formando uma espécie de aríete, perfeito para esmagar os cascos inimigos. Com três fileiras de remos, a galé possuía uma ponte retrátil, projetada para a abordagem, mas que servia também como plataforma de desembarque.

Quando a ponte desceu, ligando o navio ao atracadouro, ficou evidente que aquela era uma viagem oficial, pois dentro do barco aglomeravam-se centenas de legionários. O primeiro a sair foi o próprio Maximiano. Era um homem de cara redonda, olhos pequenos, pálpebras baixas e pele rosada, barba curta castanha e cabelos não muito fartos. Tysa achou que ele parecia uma versão adulta e malévola do deus Cupido, com um sorriso constante, inclinado à perversão. Usava uma couraça de bronze, capa açafrão, sandálias e trazia um gládio na cinta, o cabo de marfim incrustado de pérolas. Dirigiu-se ao senador Fúlvio e deu-lhe três beijos, dois no rosto e um na boca. Cinco indivíduos o escoltavam — eram os herculianos, os guerreiros de Hércules, membros de sua guarda pessoal. Tysa curvou-se, obediente. Rasha ficou de quatro, os braços estendidos, a testa colada no solo.

— Primo, primo. — Maximiano abraçou o senador. — Meu primo, mas que saudade.

— Salve, primo. — Fúlvio sorria, cheio de contentamento. — Pela graça de Netuno, que bom recebê-lo. Que verão mais alegre. Que satisfação.

Os guardas de Maximiano mostravam-se impassíveis, frios diante da recepção calorosa. Eram sisudos e mantinham a mão na espada, atentos à multidão de plebeus que os observava das docas.

— A satisfação é toda minha. Obrigado por me receber — disse Maximiano. — Desculpe avisar em cima da hora.

— Bobagem. Você está em casa. O Chipre o saúda.

— Quero saber de tudo. De todas as novidades. — O general apontou para Tysa. — Ora, quem é essa?

— Minha esposa — Fúlvio respondeu, orgulhoso. — Nos casamos em março.

— Veja só. Não sabia. — O homem dirigiu-se à filha de Drago. — Como se chama, senhora?

— Tysa — ela murmurou.

— Tysa? Que espécie de nome é esse? Não vá dizer que é germânico.

— E dácio — o senador respondeu por ela. — Que tal subirmos?

— E esse aqui? — Maximiano fez um gesto na direção de Rasha. — É o mesmo da outra vez? O núbio?

Respeitosamente, o secretário ficou de pé, mas ainda curvado, e respondeu com a entonação submissa:

— Sou eu mesmo, césar. A seu inteiro dispor.

Quando o escravo proferiu essas palavras, o maior general de Diocleciano foi tomado por uma fúria instantânea, cerrou o punho e desferiu-lhe um soco no nariz, tão possante que Rasha caiu para trás, estatelando-se nas tábuas do atracadouro. Maximiano foi além e sacou o gládio.

— Você me chamou de quê?

— Meu primo. — Desesperado, Fúlvio segurou-o pelo braço, tentando impedir a catástrofe. — Ele não quis ofender.

Maximiano não lhe deu ouvidos. Continuava com a atenção fixa em Rasha, prestes a perfurá-lo com a lâmina brilhante.

— Do que você me chamou?

— Primo. — O senador implorou. — Esse homem é muito importante para mim. É meu secretário.

— Eu compro outro, se for o caso.

— De *augusto* — Rasha respondeu de repente, cuspindo sangue. — Augusto. — Tossiu. — Perdoe-me, augusto.

— Está melhor assim. — Maximiano embainhou o gládio.

— O calor está de rachar. — Fúlvio tentou simular naturalidade, mas Tysa sabia que seu coração palpitava. — Suba comigo, meu primo. Vamos descansar, beber e comer. Por favor.

Maximiano aceitou o convite. Deu um chute em Rasha, passou por cima dele e depois tornou a sorrir, como se nada tivesse acontecido.

Fúlvio, Maximiano e os cinco guarda-costas subiram a Colina dos Ossos. Tysa ficou para trás e ajudou o secretário a se levantar.

— Calma. Não é grave. Vou chamar um médico.

— Não. — Rasha tentou emitir uma ordem, mas perdera dois dentes e não conseguia falar direito. — É... melho... acompa...

— Cale-se. Faça o que eu mando. — Ela o amparou. — Não se preocupe com nada. Deixe tudo comigo.

*

Apesar da reação desproporcional, Maximiano tinha suas razões para ficar irritado.

Logo que subira ao poder, Diocleciano implementara uma série de reformas com o objetivo de pôr fim à crise que assolava o Império. Uma delas fora enfraquecer a guarda pretoriana e transferir a capital de Roma para a Nicomédia, onde ele estaria protegido por sua tropa particular. A outra fora delegar o controle do Oeste a um de seus generais mais capacitados, Maximiano, que por sua importância recebera o título de césar, enquanto Diocleciano assumira o posto de augusto. Um ano depois, graças à heroica defesa do Reno, o imperador acabou por nomear Maximiano como augusto também, o que não significava, ainda, uma divisão do Império. Maximiano continuava a receber ordens de Diocleciano — chamado agora de divino augusto —, que permaneceria no comando até sua abdicação, muitos anos à frente.

Rasha escutara notícias vagas, alguns meses antes, da promoção de Maximiano ao cargo de augusto, mas suas responsabilidades na Colina dos Ossos eram tantas que, ao cumprimentar o recém-chegado, ele cometeu um deslize. O problema era que, para homens como Maximiano, alguns deslizes deveriam ser punidos com a morte.

Considerado um dos mais arrojados estrategistas de sua época, Maximiano estabelecera sua capital em Mediolano, cem léguas ao norte de Roma, mas passava a maior parte do tempo em campanha. Nascido na Panônia, era primo distante do senador Caio Valério Fúlvio. A união se dera três gerações antes, quando o clã romano de Fúlvio, então conhecido como "os Valérios", se unira ao clã nórdico de Maximiano por meio de um casamento arranjado, associando contatos políticos e força militar. E era assim que os dois ramos da família se relacionavam ainda hoje. Fúlvio era o aristocrata; Maximiano, o soldado. E dessa vez era o soldado quem precisava de ajuda.

Depois de ser recebido no porto, Maximiano subiu a seus aposentos na *domus*. Fez um lanche rápido, banhou-se em uma tina de água fria e cochilou, acordando no princípio da noite. O senador insistiu em fazer uma grande festa, mas o augusto disse que seus assuntos eram urgentes e particulares.

Acompanhados de Tysa, os dois jantaram sentados nos divãs do triclínio. Era noite de lua nova, e as estrelas estavam perfeitamente visíveis. Pouca coisa foi dita de relevante, até que a refeição acabou e Fúlvio dispensou a esposa, aproveitando para despachar também os escravos.

Quando finalmente os dois homens ficaram a sós, Maximiano comentou, à luz das lamparinas:

— Muito bonita a sua mulher.

— Obrigado. — Fúlvio bebia a quarta taça de vinho.

— Quanto foi o dote?

— Irrisório — desviou-se. Fúlvio não recebera um dote por Tysa. Na realidade, havia pagado por ela. — Contudo eu diria que, no fim das contas, saí ganhando.

— Uma beldade, realmente. Bom negócio. Fiquei pensando se não me emprestaria a moça por esta noite.

O senador fez uma expressão de descrença. Maximiano logo acrescentou:

— É uma piada. — E gargalhou, cínico. — Para que essa cara? Até parece que não me conhece. Sou um palhaço. Ademais, não me arriscaria a manchar sua reputação. Imagine se alguém descobre.

— Seria péssimo. — Fúlvio sorriu, meio nervoso, meio aliviado.

— Quanto ao escravo, sinto muito pelo que aconteceu. Se quiser, compro-o de você e lhe arrumo outro, novo em folha. Pago a diferença.

— Sem necessidade. Tysa me disse mais cedo que ele está bem.

— Tysa? — Maximiano enrugou a testa. — Por que sua esposa está cuidando de um escravo?

— Não está cuidando. Ela apenas chamou o médico.

— Bom, nesse caso me deixe ao menos pagar esse médico.

— Se faz questão...

— Faço. Você dá muita atenção àquele negro. — Riu, debochado. Fúlvio não disse nada. O general mudou de assunto: — Olhe, primo, não serei um estorvo. Pretendo ir embora amanhã.

— Por que tão cedo?

— Tenho um encontro com o imperador em Bizâncio. — Serviu-se de vinho. Era tinto, forte e saboroso, mas ele preferia cerveja e hidromel, ambas bebidas desprezadas pelos romanos comuns. — Poderia enviar uma carta, mas certas coisas precisam ser debatidas ao vivo.

— Sobre a situação na Germânia?

— Não. Essa ameaça já está anulada. Por ora, pelo menos.

— Que boa notícia. Sempre quis saber qual é o seu segredo.

— Como assim?

— Como fez para espantar aqueles bárbaros. — Fúlvio começava a ficar sonolento. Comera demais. Ostras, ostras e mais ostras. — Francos, não?

— Segredo nenhum. Tudo o que eu fiz foi raciocinar como eles. É uma tática tão velha quanto a própria Minerva. Eu a chamo de "política da terra arrasada".

— Continue — pediu o senador, coçando o nariz.

— Ninguém mais deseja conquistar a Germânia. Desde Marco Aurélio, o objetivo passou a ser anular o perigo que os bárbaros representam. O que eu fiz, então, foi avançar e destruir tudo o que se visse pela frente: portos, aldeias, armazéns e fazendas. Os selvagens ficaram sem linhas de suprimento e comunicação para um contra-ataque. Na prática, eu empurrei a fronteira para o norte e garanti alguns anos de paz.

— Brilhante. Como ninguém pensou nisso antes?

— Muitos pensaram — disse Maximiano, em rara demonstração de modéstia. — Mas os generais antes de mim não tinham autonomia suficiente para improvisar. Eram títeres, covardes ou incompetentes. No Oeste, eu agora tenho autonomia quase total.

— Sim, mas... como eu posso ajudá-lo, primo? — O senador sabia que Maximiano não fora até o Chipre para atualizá-lo sobre suas conquistas militares. — O que posso fazer por você?

Maximiano pousou a taça sobre a mesinha de centro. O jantar não lhe caíra bem. Sentia-se tonto, o corpo inchado. Deu um arroto. Em seguida falou:

— Um homem como eu tem muitos opositores.

— O que é natural — assentiu Fúlvio.

O Inclemente, então, sentou-se no divã mais perto do senador, olhou para os lados e começou a sussurrar:

— Seria importante eliminar certos obstáculos, quando o momento chegar. Sem deixar pistas.

— Compreendo agora por que veio até mim.

— Você é o único que eu conheço que tem contato com *eles*.

— Sim, mas lembre-se de que, dependendo do alvo, o preço...

— Dinheiro não é problema. — Maximiano ficou sério, oferecendo ao político sua face mais diabólica. — O que eu quero é eficiência. E discrição.

— Os sicários escolhem seus alvos. Não é tão fácil convencê-los.

— Eu sei — o general aquiesceu. — Por isso vim até você.

— Está falando com a pessoa certa, então.

— Era justamente o que eu precisava ouvir.

Fúlvio se levantou. Estava cansado, e Maximiano também não se sentia disposto. Era hora de encerrar a reunião.

— Conte comigo.

O augusto se espreguiçou.

— Quando for a hora — prometeu —, eu lhe enviarei uma lista de nomes.

— Não se preocupe com nada. Considere feito.

Os dois homens apertaram as mãos e se recolheram a seus aposentos. Maximiano reparou que Fúlvio dormia em uma ala separada, afastado da esposa. Se fosse qualquer outro, teria achado aquilo muito estranho. Mas ele conhecia seu primo e o apoiaria no que fosse necessário — enquanto, claro, Fúlvio o apoiasse também.

Maximiano acordou tarde no dia seguinte. Servido nos jardins, o desjejum era praticamente um banquete, mas o general não estava com fome. O jantar, ao que parecia, lhe causara indigestão, e ainda pela manhã ele suava frio.

Fúlvio e Tysa o cortejaram. Outro convidado era Caleb, o médico dentuço que atendera a filha de Drago meses antes e passara a noite na mansão para tratar os ferimentos de Rasha.

Era quase meio-dia quando todos terminaram de comer. Maximiano dirigiu-se à saída e cruzou o portão externo. Seus cinco guerreiros o aguardavam lá fora, em posição de sentido.

— Caio, espere minhas ordens — ele disse a Fúlvio.

— Entendido.

— Foi bom ver você. Como nos velhos tempos. Outra vez, desculpe pelos transtornos. Contarei ao imperador que você se casou. Quem sabe ele restaure o seu cargo como magistrado de Lida.

— Nem pensar. — O senador riu em agradecimento. — Estou muito melhor aqui. O pai de Tysa é o atual magistrado. Seria uma situação complicada.

— Complicação é o que não queremos, não é?

Fúlvio concordou, e Maximiano o abraçou. O calor era intenso, e ele sentiu uma fisgada percorrer o braço, do ombro até o pulso.

— Sabe, em setembro faço quarenta e um — declarou o general. — Meus músculos estão cada dia mais fracos. Não devia ter batido no seu escravo. Preciso me conter.

— É só um escravo — retrucou o político, com falsidade notória. — Ademais, você ainda tem muito chão pela frente. E eu, que vou fazer cinquenta e nove...

Nesse momento, a dor no braço irradiou para o coração, e Maximiano começou a ofegar. Ficou de joelhos, sem fôlego, a palma aberta sobre o busto. Pareceu a Fúlvio que ele queria falar, mas não conseguia. Três de seus homens o ampararam, sem saber o que fazer. Pediram água, tentaram chamá-lo pelo nome, mas o Inclemente estava pálido, entrando em colapso.

Caiu deitado. O senador gritou para que os escravos o ajudassem. Para a sorte de Maximiano — e o azar de seus inimigos —, Caleb, o médico, estava nos jardins, muito próximo. Chegou correndo e pediu que os demais se afastassem. Removeu-lhe a couraça e, sobre as areias da Colina dos Ossos, já na parte externa das muralhas, procurou reanimá-lo com pancadas no tórax.

O procedimento durou alguns segundos apenas. Deu certo. Em minutos, Maximiano estava corado, respirando de novo. Foi carregado por seus soldados de volta à *domus*.

Cerca de duas horas depois, estirado na cama do quarto em que Fúlvio o hospedara, o general confidenciou ao primo:

— Sou um tolo. Devia ter reparado nos sinais e não me empanturrado de vinho. É o meu segundo.

— Segundo o quê?

Político e soldado estavam agora sozinhos no aposento, as cortinas abertas.

— Ataque do coração. O primeiro aconteceu na Itália, há dois anos. Os sintomas foram idênticos.

— Tem certeza de que é o coração?

— Tenho. O meu médico disse que poderia acontecer de novo. O sacerdote me aconselhou a sacrificar um touro a Apolo, e eu esqueci. — Levou a mão à testa. — Esqueci completamente. Deu nisso.

— Que sorte Caleb estar por perto.

— Sorte uma ova — disse Maximiano. — Tem algum deus tentando falar comigo. Talvez ele queira me impedir de completar a viagem. Talvez Diocleciano esteja montando uma armadilha para mim em Bizâncio.

— Por que ele faria isso?

— Boa pergunta.

Sentindo-se melhor, Maximiano sentou-se na cama. Bebeu um pouco de água, quando ambos escutaram uma batida na porta. Fúlvio a abriu. Era o comandante dos herculianos, um de seus guerreiros de elite. Fez uma saudação e entregou-lhe uma carta, dizendo que a mensagem chegara naquele exato instante, trazida por uma quinta galé, atracada agora no porto. Maximiano leu rapidamente o bilhete. Sua expressão confirmava o que tinha dito momentos antes e corroborava suas teorias.

— O que foi? — indagou o senador, curioso.

— Minha frota foi destruída. — Ele, porém, não parecia frustrado, mas satisfeito por ter provado seu ponto.

— Por quem?

— Por uma tempestade. Se isso não é trabalho dos deuses, não sei mais o que é. O que estou fazendo aqui? — Levantou-se. — Preciso voltar à Germânia, *agora*.

Maximiano vestiu-se, calçou-se, recolheu seus pertences e suas armas, despediu-se do primo com três beijos, desceu a colina e embarcou em seu navio de guerra. Os barcos mudaram de direção e tomaram o caminho do Oeste, com as velas hasteadas e os remos balançando, frenéticos, singrando os mares em velocidade estupenda.

Contemplando os navios desde as muralhas da Colina dos Ossos, Tysa perguntou a Rasha, que, parcialmente recuperado, olhava para o porto ao lado dela:

— Quem são *eles*?

— Eles? — O secretário fingiu não entender.

— Os sicários. Não se faça de tolo. Eu escutei a conversa que Caio e o primo tiveram no jantar.

— Eu lhe diria, se pudesse explicar — respondeu Rasha. — Se soubesse explicar. Se eles de fato existissem. — E completou, confuso e sombrio a um só tempo: — Mas eles *não* existem.

XLIV

A CIDADE BRANCA

SE HOUVE UMA COISA QUE GEORGIOS APRENDEU NAQUELA VIAGEM FOI QUE NÃO existem duas cidades iguais nem um lugar idêntico a outro. Antioquia era um caldeirão borbulhante, apinhado de templos e religiões estrangeiras; Tarso retratava o mundo helênico; Cesareia Mázaca estava em ruínas; e Niceia era uma cidade moderna, riquíssima e assaz tolerante. A Nicomédia, atual residência do imperador, conseguia ser diferente de todas as outras.

Fundada pelos gregos, destruída pelos macedônios e reconstruída por Nicomedes I, soberano do então Reino da Bitínia — posteriormente, uma província romana —, a Nicomédia ficava às margens de um golfo que a ligava ao Mar Egeu. Cercada de montanhas, riachos e bosques, a cidade era como um imenso canteiro de obras. Desde que se transferira para lá, Diocleciano pusera abaixo as estruturas originais e começara a refazê-las, obedecendo a um projeto totalmente novo. Ruas, templos e sinagogas haviam sido demolidos para a construção de avenidas, canais e galerias subterrâneas.

Georgios caminhava atrás de Simão, na retaguarda da caravana judaica. Depois da surra que levara em Niceia, Davi lhe oferecera uma de suas mulas, mas o rapaz se recusara a montá-la — ele era orgulhoso demais para aceitar. De qualquer maneira, faltava pouco para o fim da jornada. Dois aquedutos convergiam para a Nicomédia, e as muralhas eram tão claras que pareciam feitas de mármore. Já na estrada, os indícios de uma cidade sob reforma eram numerosos. O caminho era orlado de galpões, dentro dos quais funcionavam depósitos, armazéns e oficinas. Do lado de fora, homens seminus, cobertos de poeira, talhavam blocos de pedra, cortavam toras, ensacavam argamassa e consertavam guindastes. O material chegava e saía em carros de boi, veículos largos puxados por animais desengonçados, que só faziam congestionar o trajeto.

Naquele período da história, a Nicomédia era defendida pelo Décimo Corpo Imperial de Cavalaria, um grupo de oficiais que, após três anos de formação, podiam permanecer na capital, como vigilantes, ou ser alocados nas muitas legiões ao redor do mundo. O palácio de Diocleciano, em especial, era guarnecido por sua tropa particular, os jovianos — guerreiros de Júpiter —, sob supervisão dos chamados paladinos, um círculo de cavaleiros recrutados entre os melhores lutadores do Império, conhecidos sobretudo pela lealdade.

Os portões eram vigiados, mas não havia checagem de mercadorias ou pagamento de impostos. Os soldados não precisavam registrar os forasteiros, porque a Nicomédia fora idealizada com ruas largas, a fim de permitir que a cavalaria atuasse dentro dos muros no caso de invasão ou confrontos urbanos. O novo projeto tornara a metrópole segura, arborizada, repleta de parques, praças e fóruns. Muitos bairros, entretanto, eram vazios e tristes. De fato, diversos grupos étnicos haviam sido deslocados para regiões periféricas. Os judeus não escaparam e tiveram seu antigo quarteirão arruinado. Dois anos depois, todavia, a Púrpura entregaria a eles um conjunto habitacional formado por três ínsulas, com apartamentos relativamente grandes e um pátio murado, exclusivo para os moradores. Os rabinos nunca se conformaram, mas para a maioria dos israelitas a mudança fora benéfica, porque eles agora viviam ao lado do porto e quase em frente ao empório, o mercado central, ao norte das docas.

Para chegar às três ínsulas judaicas, cruzava-se um portão que dava acesso ao pátio externo do condomínio. De início os viajantes se acomodaram lá dentro, sob as árvores ou embaixo das colunatas. Alguns acampariam na grama, outros alugariam apartamentos. Davi e os filhos decidiram usar a barraca.

A essa altura, a caravana se reduzira a umas sessenta pessoas. Georgios deitou-se na relva para descansar. Esticou as pernas. Ficou ali por vinte minutos com os olhos fechados. Uma sombra o despertou. Era Davi.

— Chegamos ao seu destino — ele disse simplesmente.

Georgios coçou os olhos.

— Eu sei.

— Quer que eu o leve até o palácio do imperador? Conheço a cidade como a palma da minha mão. Se bem que, depois das reformas, nunca se sabe.

— Não precisa. Sei me orientar pelas ruas. Sou bom nessas coisas.

— Pensei que estaria mais animado. — Davi colocou-se de cócoras e sussurrou, constrangido: — Não vou mentir. Há grande pressão para que você vá embora.

— Pressão de quem?

— Dos rabinos. Especialmente de Elisha ben Hana, o homem que...

— Sei quem ele é.

— Então você compreende? Seria melhor que não demorasse tanto.

O jovem sentou-se.

— Entendo.

— Eu cumpri o prometido, não cumpri? Fiz conforme o nosso acordo.

— Fez. Não se preocupe. Quando voltar a Antioquia, procure Strabo e ele lhe entregará o dinheiro.

— Obrigado. Foi um privilégio poder guiá-lo, ser seu *yōd*. — O irmão de Jocasta tornou a se levantar. — Bom, quando puder, pegue suas coisas, está bem? Desejo-lhe toda a sorte em sua demanda, seja qual for.

Só para não dar o braço a torcer, Georgios esperou mais uns dez minutos. Ergueu-se, verificou se a túnica estava limpa, colocou a mochila nas costas, a Ascalon entre as alças, ainda enrolada no pedaço de lona, e foi embora.

Simão o abordou na saída.

— Já está indo?

— Já. Parece que não me querem por perto.

— Se o meu pai lhe pediu isso, é para o seu próprio bem. Tenho certeza. Ele é um bom homem. Nós somos homens bons. — O rapaz pousou a mão no ombro dele. — Quer ficar aqui fora e eu lhe trago o jantar?

— Jantar? — Georgios achou engraçado. — Nem almoçamos ainda.

— Quer levar um pão?

— Não. Tenho um pouco de comida guardada. É o bastante. — O jovem retribuiu o gesto e pôs a mão no ombro dele também. — Obrigado por tudo, Simão, filho de Davi. Não me esquecerei de você.

*

Quando Georgios ganhou as ruas, sentiu uma dor no coração. Ele sabia o motivo, mas escolheu ignorá-lo.

Era melhor assim.

O dia estava nublado, o que era raro naquela época do ano.

Seguiu pela avenida principal, passando ao lado de um hipódromo gigantesco, o maior que já vira. Tomou uma rua secundária, cruzou o aqueduto e chegou às muralhas da cidadela. O portão estava aberto, então ele foi entrando, sem dar satisfação aos vigias. O que se enxergava adiante era uma alameda delimitada por ciprestes que terminava nas escadarias do palácio. Não havia dado nem cinco passos quando alguém o chamou:

— Ei, cidadão. — Um soldado se aproximava, equipado de elmo, chicote e espada. Trajava uma cota de malha mais longa que as tradicionais, com um saiote e mangas até a altura dos cotovelos. — Parado.

Georgios obedeceu e se virou para o guarda. O sujeito era moreno, tinha o rosto barbeado, uma cicatriz oblíqua na testa e estava acompanhado de outros dois.

— Salve. — O equestre reparou, pelas insígnias, que ele era um decano, um "chefe de dez", responsável por controlar uma dezena de legionários. — Bom dia.

— Para onde está indo?

— Para o palácio. Tenho um encontro com o imperador.

O decano suspirou. Estava a ponto de enxotá-lo, mas, já que Georgios falava e se vestia como um patrício, achou melhor perguntar:

— Quem é você?

— Meu nome é Georgios Anício Graco, filho de Laios, o Libertador do Leste e ex-legado da Legião Fulminante.

O guarda enrugou a testa, desconfiado.

— Venha cá.

Georgios o seguiu. O homem o levou de volta ao portão.

— Onde estão seus escravos? Sua comitiva?

— Não tenho uma.

— Nem mesmo um cavalo?

— Não.

— Documentos.

— Não estão comigo — disse o garoto. — Longa história.

— Espere aqui — pediu o decano. — Já volto.

O jovem aguardou cinco minutos, até que apareceu outro homem, um centurião já idoso, com barba e cabelos grisalhos, também usando cota de malha.

— Salve — Georgios o saudou.

— Salve — o centurião retribuiu com polidez. — Sou Paulo Púlio, chefe do turno. Quem é você?

Georgios tornou a se apresentar, declamando seu nome e ascendência. Sabendo que era hora de apostar tudo o que tinha, acrescentou:

— Estou viajando desde Lida, na Palestina, para ter com o imperador Diocleciano, que lutou ao lado do meu pai na Campanha da Pérsia. Minhas terras foram tomadas, meus bens, confiscados. Estou aqui para exigir que se faça justiça. Não tenho documentos, porque precisei...

— Calma. — O velho o olhou com um misto de pena e simpatia. — Já entendi. — Começou a fazer anotações em uma plaqueta de cera. — Como você disse que se chama?

— Georgios Graco — ele frisou pela terceira vez.

— Certo. — O homem terminou a anotação. — Gostaria de ajudá-lo, senhor, mas o imperador não se encontra no palácio.

— Posso aguardar.

— O divino augusto não está na cidade.

— Onde ele está?

— Em Bizâncio.

— Bizâncio? — Por essa Georgios não esperava. Se tivesse dinheiro, talvez conseguisse se hospedar em alguma estalagem, mas lhe sobravam poucas moedas. — Quando ele volta?

— Difícil dizer. O imperador tem um encontro com Maximiano, o augusto do Oeste. Talvez depois disso ele o acompanhe até a Germânia. Talvez retorne para cá. Ninguém sabe, na realidade. Pode levar dias, semanas ou meses. Sinto muito.

Georgios não respondeu, não agradeceu nem se despediu. Desviou-se para a avenida mais próxima, roçando as solas no chão, vagando feito uma alma penada. Sentou-se no meio-fio, cabisbaixo. Tirou a mochila das costas. Olhou lá dentro. Restavam-lhe dezenove sestércios, dois sacos de lentilha, três fatias de carne de porco e um pão inteiro.

Estava de volta à estaca zero. De novo. Como em Lida. Como em Selêucia. Como em Antioquia. Só que agora sozinho, sem Strabo para ajudá-lo.

Por cerca de uma hora, ficou parado, duro como uma estátua, refletindo sobre o que fazer.

Súbito, a imagem de seu pai lhe veio à mente. O cavaleiro de prata, invencível contra os raios da lua.

O que Laios faria?

Georgios recuperou as energias. Pôs a mochila nas costas, endireitou o corpo e saiu caminhando, determinado.

Pouco depois de ele desaparecer na esquina, um homem a cavalo, de barba loura, capa púrpura e elmo dourado, perguntou aos guardas:

— Quem era o menino?

— Salve, excelência — o centurião o cumprimentou. — Dizia ser filho de — olhou na plaqueta — um tal de Laios.

— Laios Graco?

— Parece que sim. Devemos interceptá-lo?

— Não — o barbudo respondeu, com forte sotaque germânico. — Não. Deixe comigo.

No pátio externo do condomínio, os judeus organizavam seus produtos. A Nicomédia era a penúltima cidade antes do destino final, Bizâncio, e nesse ponto da jornada os viajantes se tornavam menos cautelosos. Lentamente, sobre o gramado, começavam a surgir artigos antes ocultos no interior das carroças, escondidos para evitar taxação. Um mercador contava pepitas de ouro, outro separava peles de urso e grandes presas de marfim indiano.

O sol estava prestes a descer e logo teria início o *Shabat*, o descanso sagrado, de modo que nada seria feito naquele dia. O plano era repousar no sábado e acordar cedo no domingo, expor as mercadorias no empório e só partir para Bizâncio quando ao menos metade da carga fosse vendida. Na Nicomédia, os principais clientes eram comerciantes locais e funcionários do governo, mas havia também gente de fora, soldados, cristãos do Oeste e marinheiros a caminho do Egito.

Davi negociava com outro judeu o aluguel de uma lona nova para a barraca, contando moedas, tentando barganhar. Enquanto isso, seus filhos rezavam de joelhos com os filactérios enrolados. Simão reparou de soslaio quando Elisha ben Hana, o chefe do grupo, retirou de seu transporte um baú revestido de placas metálicas e fechado com cadeados. Dois homens o ajudavam, pois o objeto parecia pesar uma tonelada. Judá segredou ao irmão:

— É o *livro*.

— Livro? — Simão interrompeu a oração. — Que livro?

— Não ouviu o rabino falar? Durante a viagem? No jantar?

— Não. Que livro?

— O nome eu não lembro. É um compêndio de demônios — Judá reduziu a voz. — O rabino pagou uma fortuna por ele. Comprou de um árabe maluco.

Simão olhou ao redor para ter certeza de que ninguém os ouvia.

— Como sabe disso?

— Já disse: ouvi os adultos falarem.

— Com essas coisas não se brinca, Judá.

— Não estou brincando. Juro por Deus.

O mais velho o repreendeu:

— Ora, cale-se. Feche a boca e termine suas preces.

Enquanto os judeus rezavam, conversavam e descarregavam seus pertences, um intruso adentrou o condomínio sem que ninguém o notasse.

Era Georgios Graco, que atravessou os jardins e foi direto até a carroça de Saul. Parecia um filhote de leão, o rosto sério, os pelos ouriçados. Escancarou a porta traseira. Lá dentro estava Ábaco, sujo, como se não se lavasse havia dias. Georgios o segurou pelo braço e o puxou para fora.

— Vamos embora.

— O... q-quê? — o menino gaguejou, surpreendido. — Para onde? O que está fazendo?

— O certo — ele grunhiu. — Estou fazendo o que é certo — reafirmou. — Não se aflija, pequenino. Os deuses estão do nosso lado.

Ábaco desceu os degraus da carroça. Era uma criança franzina e, mesmo que quisesse, não poderia se opor a Georgios. Deixou-se levar. Mas, no instante seguinte, os judeus soaram o alarme, primeiro murmurando, depois gritando.

Um sino tocou. Georgios seguiu adiante. Dirigiu-se ao portão do condomínio. Contudo, a passagem estava obstruída. Quem a guardava era Pórcio.

— Você de novo? — O segurança fez um muxoxo, desapontado. — Eu lhe disse para evitar confusão.

— Não quero briga — rosnou Georgios. — Saia da frente.

— Saio. Mas antes solte o escravo. — Pórcio sacou o gládio com a mão direita e a machadinha com a esquerda. — Esse menino pertence ao senhor Saul ben Zomá.

— Ele é meu amigo.

— Não seja tolo, rapaz. Roubar um escravo é crime. Solte o menino.

Georgios soltou o pulso de Ábaco, mas sem intenções diplomáticas. Largou a mochila, levou a mão ao embrulho de tecido, tocou o punho da Ascalon e a retirou da bainha. A arma brilhou à luz do poente. Houve um burburinho geral. Os judeus se levantaram, alguns nervosos, outros assustados. O que era para ser resolvido com alguns safanões perigava se transformar em uma disputa de vida ou morte.

O equestre tornou a pedir:

— Saia da frente. — Ele brandia a espada do pai, segurando-a com as duas mãos. — Não quero lutar.

— Estamos sendo assaltados, senhores! — alguém gritou no meio da turba. Era ninguém menos que Saul ben Zomá. — Roubados por uma criança à luz do dia. Um bandido. Não o deixem escapar.

Georgios reconheceu o primo de Davi pela voz e avançou em sua direção. Nesse momento, Pórcio também se moveu, colocando-se entre o garoto armado e o mercador israelita, protegendo o último.

— Não vou avisar de novo — disse o guarda. — Dê o fora, moleque.

Um pouco mais afastado, Simão presenciou a cena e temeu por Georgios. Sabia que ele não tinha a menor chance de superar um combatente adulto. O filho de Laios, por sua vez, não estava preocupado com o fato de ser mais forte ou mais fraco que Pórcio. Ele aprendera ao longo dos anos que o calor que precede a batalha é o perfeito antídoto para o medo. Quando o sangue ferve, os indivíduos com alma de guerreiro nem sequer têm tempo de temer coisa alguma. Sendo assim, não se deixou intimidar.

— Legionário — ele falou para Pórcio. — Tem certeza de que quer se arriscar para proteger esses homens? Pense bem.

— *Ex*-legionário — o siciliano o corrigiu. — Sou um guarda-costas agora. E quem está se arriscando é *você*.

Pela primeira vez, Davi assumiu uma posição aberta em defesa de Georgios. Ele já tinha seu dinheiro garantido, mas não queria que o rapaz fosse morto, pois Jocasta, sua irmã, havia se afeiçoado ao menino, e Strabo era agora seu cunhado. Detestaria voltar a Antioquia com essa notícia terrível, que a deixaria muito abalada.

— Rabino — ele apelou para Elisha ben Hana, que estava no pátio externo, ao lado de Saul —, por favor, libere o garoto. Seria péssimo para nós se houvesse uma morte aqui dentro.

Saul intercedeu:

— Péssimo para *ele*.

— O garoto pode ir, claro — sublinhou o chefe do grupo. — Contanto que deixe o escravo para trás. Ele é propriedade de Saul ben Zomá. Não há discussão quanto a isso.

Davi olhou para o céu, como que em busca de uma solução. Os judeus haviam parado de trabalhar para assistir ao impasse. Ninguém dizia nada. Ouvia-se o som intermitente de martelos em uma obra ali perto. Uma cotovia pousou sobre o muro da ínsula, piou e tornou a voar.

Foi então que aconteceu. Começou como, em geral, começam todos os grandes duelos. Sem aviso, sem anúncio, sem alarde: com uma simples faísca no olhar dos combatentes, uma chispa que dá início ao incêndio.

Georgios estava seguro de si, porque da última vez a Ascalon o salvara de Bufo Tauro. Ele, portanto, tinha plena confiança na arma e a enxergava como uma ferramenta dos deuses, uma espécie de amuleto que o tornava invencível, mas não era o caso. Nunca é, aliás. Uma espada não luta sozinha, é o esgrimista que a controla.

Os dois guerreiros avançaram um contra o outro. Georgios agiu primeiro, movendo a espada de cima para baixo, descrevendo um semicírculo, buscando o crânio do oponente. Descobriu, no entanto, a razão pela qual Pórcio lutava com a machadinha à esquerda: não era apenas para atacar, mas principalmente para se defender, uma vez que ele não possuía mais o escudo, instrumento sagrado para os legionários romanos.

Pórcio utilizou o gume da machadinha — a face côncava — como gancho, não só bloqueando a lâmina de Georgios como a travando por um breve segundo. Deu um passo para o lado e um puxão para cima. O equestre, relutante em soltar a arma, foi projetado para a frente, perdeu o equilíbrio e deu com a testa na roda de uma carroça. Quando menos esperava, encontrava-se no chão, com o rosto sangrando. Ele ainda estava se recuperando das escoriações que sofrera na briga em Niceia e teve dificuldade para se levantar. O corpo inteiro doía.

O siciliano poderia tê-lo matado, acabado com tudo ali mesmo. No entanto, avisou:

— Sua coragem é notável, mas não dá para ganhar todas. Desista.

Georgios se pôs em pé apoiando-se na lateral da carroça. Assumiu novamente posição de combate, desafiando Pórcio para mais uma rodada.

— Livre-se dele, soldado — ordenou Elisha ben Hana. Depois, virou-se para Davi e justificou-se em voz baixa: — Lamento, meu caro, mas esse menino é um caso perdido.

Não havia mais nada que o irmão de Jocasta pudesse fazer. Os judeus haviam dado todas as oportunidades para que Georgios fosse embora em paz, mas ele estava determinado a não sair de lá sem Ábaco. E, para isso, precisaria derrotar Silas Pórcio, um veterano de guerra, que participara de inúmeras batalhas.

Sem muitas opções, o rapaz decidiu se valer do que tinha de melhor: sua fúria. Com uma inspiração lenta e profunda, recordou-se de algumas figuras que desejava esmagar: Cláudio Régio, que o enxotara; o traficante de ópio no *Shalmut*; Räs Drago, Hron e os três garotos que o haviam agredido em Lida. Quando a imagem de sua mãe sendo morta se acendeu em sua mente, ele deu um salto na direção de Pórcio e aplicou um golpe desajeitado, mas forte, pela direita.

O siciliano aparou o ataque com a parte cega do gládio, girou o quadril e investiu com a machadinha. Georgios manobrou a espada para se defender. Entretanto, a lâmina inimiga, em meia-lua, era pequena e muito difícil de ser bloqueada. O fio raspou na Ascalon e deslizou até a cabeça dele, passando a um centímetro do couro cabeludo, arrancando-lhe um tufo acobreado.

O perigo — como de costume — estimulou o filho de Laios, que tentou perfurar o estômago de Pórcio. O adversário, porém, esquivou-se lateralmente e contra-atacou. Georgios chegou a sentir o cheiro do ferro quando a espada curta o acertou de raspão no ombro. Furioso, o menino progrediu com uma sequência de golpes, obrigando Pórcio, pela primeira vez, a recuar.

Os judeus se mostraram impressionados com a determinação do gentio. Davi e os filhos sentiram orgulho dele. O rabino ficou apreensivo. Saul estendeu a mão, apanhou uma faca em seu transporte e a escondeu sob a túnica. Ábaco só observava, impassível.

Uns dois minutos haviam se passado e Pórcio não conseguira dar cabo do *goy*. Os espectadores — eram perto de cem agora — abriram um círculo ao redor dos oponentes no pátio externo da ínsula. O rosto de Georgios sangrava. Ele era inexperiente, mas tinha a juventude a seu favor. Não estava cansado, ainda, ao passo que o ex-legionário não só suava como já começava a ofegar.

Os dois se afastaram, preparando-se para o terceiro desafio. Silas Pórcio entendeu que, se não desse tudo de si, poderia ser derrotado. Compreendeu que Georgios era um menino irascível e teve a ideia de provocá-lo.

— Desse jeito, nunca será um cavaleiro. — Cuspiu na cara dele. — Você luta como uma menininha. É um fraco!

O cuspe acertou o olho esquerdo de Georgios. Instintivamente, ele soltou uma das mãos do cabo da espada para se limpar com o antebraço. Nisso, Pórcio se precipitou com um golpe duplo, manejando as duas armas ao mesmo tempo. Quando percebeu que o homem se aproximava, o equestre se ajoelhou e agarrou-lhe as pernas. O guarda-costas caiu no gramado, perdeu a machadinha, mas ainda segurava o gládio. Preparou-se para estocar as costelas do rapaz, que soltou a Ascalon e travou o braço do oponente. Com o outro punho, todavia, Pórcio o esmurrou no ouvido. Georgios rolou para o lado.

O siciliano se levantou. Recuperou o pequeno machado. Georgios ergueu-se também, a espada em riste.

Estavam, agora, ambos exaustos. O sol havia descido, projetando sombras tortas que pareciam abraçá-los.

Simão pôs-se a rezar. Ainda estava com o tefilim enrolado no corpo. Evocou o nome de Deus, pedindo ao Senhor Yahweh que ajudasse o jovem romano que aprendera a chamar de amigo.

Nesse instante, Georgios sentiu a ira se desvanecer, como se um pássaro a levasse. O sangue na testa coagulou e então ele se lembrou de Ulisses, que lhe ensinara o valor da disciplina, não só na vida como na guerra. Optou por uma nova estratégia: lutar com inteligência, estudar o inimigo e tentar enganá-lo.

Os antagonistas se encaravam, movendo-se em círculos pelo jardim. Pórcio respirava com dificuldade. Estava exaurido e precisava encerrar logo a disputa. De algum modo, Georgios entendeu o que ele pensava e agiu taticamente. Deu um chute feroz no ventre do homem. O siciliano recuou em um primeiro momento, desviando-se do pontapé. Depois realizou um ataque circular, certo de que atingiria o alvo.

Mas era um truque. Um ardil. Bem ao estilo do velho Ulisses.

Georgios se agachou, evitando ser decepado. Em seguida executou um movimento veloz que rasgou a barriga de Pórcio de costela a costela. Foi tão rápido que, na hora, os espectadores não entenderam o que estava acontecendo. Por que o siciliano parara de atacar? Por que desistira de combater?

O próprio Pórcio não compreendeu. Olhou para seu corpo sem acreditar. Não era um arranhão, era um talho. Um ferimento mortal.

Largou as armas e se apalpou. Ficou de joelhos. Os judeus se entreolharam, perplexos.

Como era possível?

O veterano de guerra tocou o abdome na tentativa de segurar o intestino. O sangue escorria e espirrava, feito uma cachoeira enegrecida.

— Marte... — ele balbuciou, como se fosse chorar. — Marte, oh, Marte, receba-me em sua casa.

Ao escutar isso, o garoto sentiu-se o pior dos seres humanos. Pelos deuses, o que havia feito? Nunca se arrependera de golpear Bufo Tauro, mas Pórcio era um bom homem, um ex-legionário, um sujeito honrado. E ele o matara.

Georgios era um assassino. Um criminoso. Se não aos olhos dos homens, com certeza aos olhos dos deuses.

Um sopro frio o paralisou, a garganta deu nó e ele teve vontade de chorar também. Quis voltar atrás, desfazer o que tinha feito. Mas era impossível.

Em meio ao turbilhão de emoções, não percebeu que um indivíduo se aproximava por trás. De repente, experimentou uma ardência nas costas. Reparou, então, que sua túnica estava molhada, encharcada de sangue.

Virou-se e se deparou com Saul. O judeu de olhos claros o esfaqueara.

— Morte aos gentios — disse o homem. Sorriu e fez um movimento teatral, chamando os outros a apoiá-lo. — Morte aos romanos!

O punhal silencioso penetrara o pulmão de Georgios — e subitamente suas forças começaram a minguar. Era uma situação inusitada, para não dizer revoltante. Sobrevivera ao duelo contra um guerreiro treinado e seria morto por um golpe furtivo?

Pálido, com os olhos turvos, o menino sustentou-se por dois ou três passos. Então deslizou na grama.

Saul preparou uma segunda estocada. Davi, Simão e Judá notaram, pelos olhares, que a maioria de seus colegas não aprovava a conduta. De qualquer maneira, conforme Elisha ben Hana e Saul sabiam muito bem, a execução de um gatuno seria perfeitamente tolerada. Os romanos só se metiam em negócios que os afetassem. O sistema jurídico funcionava para os ricos, para os patrícios, raramente para os plebeus e nunca para os indigentes.

Saul brandiu a faca e pegou impulso, quando uma cabeça rolou pelo chão. Uma cabeça humana.

Sua cabeça.

Os judeus se contraíram em uma expressão de terror. Nascido das trevas, um vulto apareceu diante deles. Por um instante, foi como se o mundo tivesse parado.

Depois, uma voz ressoou:

— Que selvageria é esta?

Georgios divisou a criatura. Era um homem alto, louro, ostentando uma capa púrpura sobre a cota de malha. Fora ele quem decapitara Saul e agora sacudia uma espada germânica. Estava acompanhado de cinco jovianos, os guardas especiais do palácio.

O recém-chegado insistiu:

— Quem é o responsável por este caos?

De novo, silêncio. O guerreiro apontou para a pequena multidão.

— Quem é o chefe entre vocês?

Tremendo, Elisha ben Hana apresentou-se:

— Sou eu, capitão.

— Chegue mais perto. — O combatente germânico o afrontou. — Talvez você possa me explicar o que está acontecendo.

— O garoto é um larápio — declarou o chefe da caravana. — São assuntos nossos, com todo o respeito.

— Larápio? — O louro se enfureceu. — Esse rapaz é um Anício, descendente dos fundadores de Roma.

Elisha ben Hana demorou alguns instantes para digerir a informação e, quando entendeu, colocou-se de joelhos. Os israelitas do pátio o imitaram.

— Perdão. — O rabino encostava a cabeça no solo e depois a erguia, em atitude submissa. — Capitão, nós não sabíamos.

Davi e seus filhos estavam também ajoelhados. Simão não conseguia tirar os olhos da cabeça decepada de Saul. De longe, parecia o fruto seco de um coqueiro. Era tudo tão irreal, pensou. Como em um sonho.

— Em primeiro lugar, não sou capitão, sou *conde*. — O germânico encostou a ponta da espada na testa de Elisha ben Hana. — Em segundo lugar, o que lhe dá o direito de julgar e executar um não judeu dentro dos muros da Cidade Branca?

— Um milhão de perdões, senhor — Elisha ben Hana implorava. — Peço-lhe que nos perdoe, em nome de todos os deuses.

Nesse entremeio, Georgios era assistido pelos jovianos, que, pertencentes a uma guarda de elite, eram também treinados para estancar ferimentos. Paulatinamente, o jovem recuperou os sentidos. Dois guerreiros de Diocleciano o ajudaram a se levantar.

O conde ordenou:

— Nenhum judeu deixará a cidade até que esse rapaz se recupere. Rezem para que ele não morra. Porque, se ele morrer, *todos* vocês serão crucificados. — Dito isso, o homem catou a Ascalon do chão, colocou-a na bainha e se dirigiu a Georgios. — Consegue falar?

— O escravo — pigarreou o garoto, lívido. — Ele... — Apontou para Ábaco. — É meu.

— Não se preocupe, nós o levaremos conosco. Sou Erhard, conde imperial e comandante da guarda. Lutei ao lado do seu pai na Pérsia. — Ele guardou a própria espada e acrescentou: — Procure descansar. Você está entre amigos.

XLV

JUSTIÇA DIVINA

GEORGIOS NÃO PERDEU A CONSCIÊNCIA, MAS ESTAVA TRÔPEGO E NÃO GUARDOU os detalhes. Os jovianos o transportaram à cidadela e o internaram em uma pequena casa no bosque imperial. O lugar tinha um só cômodo, duas camas, uma lareira, janelas altas e diversos arcos pendurados nas paredes. O conde Erhard preferiu que ele fosse levado para lá, porque o palácio ficava distante e o garoto precisava ser atendido imediatamente.

Os guardas prestaram os primeiros socorros, mas quem cuidou de Georgios foram os médicos de Diocleciano, supostamente os melhores do mundo.

O corte foi lavado, desinfetado e suturado. Em três dias, ele estava fora de perigo. Perdera muito sangue e não podia fazer movimentos bruscos. Era importante que se hidratasse, se alimentasse e dormisse bem. Nesse particular, contou com a ajuda de Ábaco, que em tese era seu escravo agora. Georgios pretendia entregá-lo ao imperador, esperando que o menino fosse útil e se tornasse um contador habilidoso. Mas onde estava Diocleciano?

— O imperador chegará em breve. — O sotaque inconfundível de Erhard despertou Georgios na manhã do quarto dia. — Ele já sabe que você está aqui.

Georgios se arrastou para trás e apoiou as costas na parede. O conde estava sentado em um banquinho. Ábaco encontrava-se do lado de fora da cabana comendo mingau, longe demais para ouvi-los. Todos os pertences do jovem romano — incluindo a mochila, a faca de cozinha e a Ascalon — estavam ao alcance, perto da cama.

— Obrigado por me acolher — foi a primeira coisa que lhe veio à cabeça. — Obrigado por confiar em mim.

— Não precisei confiar. Sua espada é a prova de que é filho de Laios.

— Verdade. Se bem que eu poderia tê-la roubado.

— Só um homem digno é capaz de empunhar a Ascalon — afirmou o conde. — Não conhece a lenda?

— Conheço. Mas é uma lenda.

— De onde eu venho, as lendas são levadas a sério. — Ele sorriu, fez uma pausa e continuou: — O médico me disse que você tinha outros ferimentos. Cortes, lesões e hematomas prévios. Com quem andou se metendo?

— Tive alguns problemas na estrada.

— Um general me falou uma vez que a maior virtude dos guerreiros não é lutar, mas sobreviver.

— O senhor acredita nisso?

— Um guerreiro morto tem pouca utilidade, de fato. — Erhard tirou a espada do cinto, ainda embainhada, e a exibiu à luz da manhã. O cabo era um pouco mais longo que o das espadas de cavalaria romanas, permitindo que fosse usada com as duas mãos quando necessário. — Esta é a Tyrfing. Do mesmo modo que a Ascalon, trata-se de uma relíquia sagrada.

— É uma bela arma — reparou o garoto. — É de aço?

— Sim, mas contém uma maldição. Os *twerg*, uma raça que mora no interior das montanhas, a forjaram de maneira que ela clame por sangue toda vez que deixa a bainha. Como todas as armas deveriam ser, a propósito — disse e mudou de assunto: — Assisti a parte do seu duelo contra aquele mercenário. Você combateu muito bem. Deve ter tido um professor excelente.

— Eu tive — assentiu o garoto. — Ele, entretanto, me ensinou a lutar, não a matar. Especialmente não a matar bons homens.

— O seu oponente era um amigo?

— Um colega, eu diria.

— Não há o que lamentar. Pelo que o seu escravo me contou, não lhe restou opção a não ser confrontá-lo. — Erhard afagou o bigode. — Você percorreu todo o caminho da Palestina até aqui com o intuito de se tornar um soldado, certo?

— Certo.

— Grandes transformações são sempre precedidas por ritos de passagem. Se a sociedade não os organiza, os deuses tratam de realizá-los. — O conde sentou a seu lado na cama para falar algo mais íntimo. — Qualquer um tem a capacidade de matar um inimigo; o difícil é enfrentar um amigo. Os soldados aprendem a obedecer a ordens antes de tudo, a fazer o que precisa ser feito, não o que lhes é agradável. Portanto, seja grato a Mitra por ter lhe ensinado essa lição.

— Sou grato — disse Georgios, mas na realidade estava apenas confuso. Não sabia exatamente quem era Mitra. Pensou em Pórcio, o que o levou a se recordar de Davi, Simão e Judá. — E os judeus? — perguntou. — O que o senhor vai fazer com eles?

— O que você quer que eu faça com eles?

— Nada.

— Nada?

— É melhor assim. O meu problema era com um deles apenas. Os demais nunca me prejudicaram. Com exceção, talvez, do chefe da caravana.

— Devo detê-lo?

— Não — determinou o garoto. — Deixe-o ir. Os deuses se encarregarão de puni-lo.

— Justiça divina. É mesmo o filho de Laios. — O conde deu uma risadinha. — Soube que seu pai morreu na Germânia.

— Sim, e depois as minhas terras foram confiscadas por um homem chamado Räs Drago, que dividia a magistratura com ele. Ex-centurião da Legião Cirenaica. Eu fugi para Cesareia Marítima, Selêucia, Antioquia e, para encurtar a história, agora estou aqui.

— Hummm... — Erhard alisou a barba loura. — Esse é um assunto para o imperador. Você deu sorte. Ele planejava viajar para o Ocidente acompanhado de Maximiano, mas o encontro que aconteceria em Bizâncio foi cancelado, não sei ainda por quê. O importante é que o augusto está voltando para a Nicomédia e você o conhecerá dentro de três dias.

— Eu me lembro dele, vagamente. — Georgios recordou-se do dia em que a comitiva de Caro adentrou a Vila Fúlvia. — Duvido de que ele se lembre de mim.

— Tenho certeza de que ele se lembra do seu pai. É o suficiente.

O jovem sentou-se na cama.

— É verdade que vocês três lutaram contra os sassânidas?

— Sim. Laios nunca lhe contou?

— Não. Ele era muito ocupado. Quando não estava em campanha, estava trabalhando no gabinete. Ou com a minha mãe. Ou com Strabo, o secretário dele. Conversávamos pouco.

— Seu pai, Diocleciano e eu tomamos Ctesifonte com metade de uma legião — disse Erhard.

— Como conseguiram?

— O exército havia sido deslocado para outras paragens, e os persas contavam com um mago que conjurou uma entidade para defender os portões.

— Uma entidade? — Georgios endireitou-se. — Que entidade?

— Um elefante gigantesco, com vários pés de altura. Os sassânidas o chamavam de *shiara*, uma criatura com presas de aço. Foi essa criatura que matou Caro. Laios e eu passamos por ela com muito custo e cruzamos os portões em meio a uma tempestade mágica, que cuspia raios e setas. O seu pai ainda teve de enfrentar os djins na câmara real. Djins são demônios de fumaça com poderes tóxicos, que quase o dragaram para uma dimensão de torturas.

— É uma história e tanto. — O rapaz estava fascinado. — Meu pai nunca me contou essas coisas.

— Certamente ele não queria assustá-lo. Mas você é um homem agora, não é? Quantos anos tem?

— Catorze — disse Georgios, e logo depois perguntou: — Que dia é hoje?

— Dois de agosto.

— Então quinze. — Ele riu da ironia. — É meu aniversário.

— Sacrificarei uma pomba em sua homenagem. — O conde se levantou. — Descanse mais um pouco. Eu aviso quando o imperador chegar.

Erhard se despediu. Georgios se ergueu e, ainda fraco, caminhou até a soleira da porta. Olhando para o bosque, para os raios de sol que desciam através dos pinheiros, agradeceu a Marte por tê-lo guiado até lá são e salvo. Estava feliz por completar a viagem, mas depois lhe ocorreu que a jornada não tinha sequer começado.

Georgios acabara de fazer quinze anos e, se quisesse ser um cavaleiro, honrar o pai, vingar a mãe e recuperar suas terras, teria de percorrer um longo caminho. Ele sabia disso e achou que estivesse preparado.

Mas ninguém está realmente.

Cesareia Marítima, Diocese do Leste, 1081 *ab urbe condita*

Estimada Helena,

Preciso reconhecer que, até agora, esse foi o tomo que mais me agradou. Sou um entusiasta da chamada "literatura de viagem", afinal sou eu próprio um viajante. Um dos meus autores favoritos é Heródoto, que li quando criança. As descrições dele acerca do Egito, das Grandes Pirâmides e das cataratas do Nilo foram essenciais para que eu me tornasse escritor.

Parabéns e obrigado por isso.

Estive em praticamente todos os lugares citados. Gostei em especial do trecho em Niceia e do comentário — muito pertinente, aliás — que a senhora fez sobre a descentralização da Igreja antes do Primeiro Concílio. Leônidas, o bispo da cidade, era de fato um homem riquíssimo e muito bem relacionado. Correm boatos, inclusive, de que foi ele quem converteu e batizou Prisca, a esposa de Diocleciano. O assunto é espinhoso e prefiro não entrar em detalhes, mas achei importante ao menos mencionar a questão.

Muito interessante conhecer os costumes judaicos e entender, ainda que parcamente, certos comportamentos que nos parecem estranhos. O curioso dessa história toda é que o cristianismo nasceu como uma seita judaica — e nós, hoje, não sabemos quase nada sobre os filhos de Abraão. Nesse sentido, a jornada de Georgios nos é instrutiva ao mostrar que as sociedades humanas, sem exceção, têm um lado virtuoso e outro sombrio. Em todas as culturas, sejam primitivas ou sofisticadas, há pessoas bondosas e indivíduos perversos. De minha parte, prefiro acreditar que o bem prevalece em todos os casos.

Gostei também de ver Erhard em ação novamente. Poucos sabem, mas ele foi uma peça fundamental no governo de Diocleciano, figurando como um dos responsáveis pela inclusão do "julgamento germânico" no código universal de leis. O artigo, como sabemos, dá a chance de o réu provar sua inocência em combate por meio de um duelo singular contra um campeão escolhido pela corte. Olhando em retrospecto, portanto, o destino do conde não deixa de ser irônico — ou trágico, melhor dizendo.

O fato relevante a se mencionar sobre Erhard — que, a meu ver, não ficou bem explicado — é que ele era o chefe dos paladinos, não dos jovianos. Para deixar claro: os jovianos foram uma tropa criada por Diocleciano, composta exclusivamente por dálmatas, para servir como sua guarda pessoal. No período em que a história se passa, calculo que houvesse uma legião inteira de jovianos — cerca de três mil homens, parte estacionada na Nicomédia e parte em Salona.

Os paladinos, por sua vez, eram o círculo de guerreiros mais próximos do imperador, ou seja, seus seguranças particulares. Na realidade, eram muito mais que isso, pois tinham o poder legal de tomar decisões em nome dele. Um paladino podia, por exemplo, destituir um governador ou mesmo executá-lo, se julgasse procedente.

Houve apenas seis paladinos ao longo da história. Esses homens acompanharam o augusto por toda a sua carreira política. Além de Erhard, havia Geta, o Cavaleiro Vermelho, Libânio, concunhado de Diocleciano, e mais três de cujo nome não me recordo. Georgios, ao que parece, viria a substituir um deles, morto precocemente na Britânia.

Gostaria de encerrar esta carta atualizando a senhora sobre a minha situação — e agradecendo tudo o que fez por mim. Depois que os inimigos de Ário souberam que eu tinha uma escolta, a tensão diminuiu um bocado. Isso me lembra a frase "Se queres a paz, prepara-te para a guerra", atribuída a Platão e absolutamente correta. E sou prova viva disso. Que Deus me perdoe, a propósito, por pensar desse jeito.

Com votos de que nos vejamos em breve.

Seu amigo,

Eusébio

Prezado Eusébio,

Fico feliz em saber que os meus soldados estão sendo úteis. E contente que tenha gostado do quarto tomo.

Infelizmente, não pude enviar Magno dessa vez. Quero que saiba, antes de tudo, que estou gravemente doente.

Desde a Páscoa vinha sentindo dores no estômago, fraqueza nas pernas e um cansaço tremendo. Chamei três médicos e eles concordaram no diagnóstico, sendo enfáticos ao afirmar que carrego um tumor incurável. Pelo que me explicaram, há duas espécies de lesão nesse caso: as comuns e as do tipo "caranguejo". Essas últimas se espalham depressa, criando vasos sanguíneos que se parecem com as patas de um caranguejo (daí o nome) e matando em questão de semanas.

Bom, já se passaram dois meses e continuo viva, embora bastante debilitada. Mesmo assim, não desisti dos meus afazeres. O quinto tomo, que chegará ao senhor por intermédio de Lídio Dario, um oficial da marinha, descreve o treinamento de Georgios na Escola de Oficiais do Leste e sua iniciação no culto de Mitra — ou do Sol Invicto, como preferir.

Esse trecho foi, para mim, o mais difícil de escrever, não só por conta das minhas dores estomacais como por tocar em um assunto — em um personagem, na verdade — que me é muito caro. É nesse ponto que a vida de Georgios Graco começa a se cruzar com a história política de Roma, por meio de figuras importantes como Diocleciano, Constâncio Cloro — o césar do Oeste —, Flávio Constantino — meu filho e futuro imperador —, além de mim.

Espero poder contar novamente com seus comentários e críticas sinceras.

Flávia Júlia Helena, augusta de Bizâncio,
no vigésimo primeiro ano do reinado de Constantino, o Grande

Post scriptum: Soube que Ário se mudou para Antioquia. Compreendo que eram amigos, mas imagino o peso que foi tirado das suas costas. Que bom que, de uma forma ou de outra, o problema foi solucionado.

Cesareia Marítima, Diocese do Leste, 1081 *ab urbe condita*

Estimada Helena,

Embora não nos vejamos faz quase dez anos, confesso que desenvolvi apreço — e grande admiração — pela senhora, sobretudo após a nossa recente troca de cartas. Sua última mensagem, portanto, me deixou arrasado.

Decidi, assim, escrever imediatamente.

Quero me colocar à disposição para visitar a corte. Se lhe agradar, poderíamos ter as nossas discussões pessoalmente. Seria — acredite — um prazer e uma honra para mim.

Começarei a ler o quinto tomo hoje mesmo, enquanto espero sua resposta.

Com meus sinceros votos de melhoras,

Eusébio

QUINTO TOMO

NICOMÉDIA

XLVI

PÉGASO

O PALÁCIO DE DIOCLECIANO NA NICOMÉDIA ERA O QUE HAVIA DE MAIS MODERNO em termos de sofisticação, conforto e segurança. Do mesmo modo que Herodes, o Grande, rei dos judeus, que construíra sua fortaleza no topo de uma montanha no deserto, Diocleciano também era paranoico e sabia que o único jeito de manter a cabeça no lugar era se afastando de Roma, não importava a que preço.

O palácio ficava sobre um outeiro e estava cercado de jardins tão amplos que serviam, nos feriados, como bosque particular. O imperador Equício Probo, que começara a delinear o projeto dez anos antes, mandara introduzir no local raposas, faisões e veados, de modo que pudesse caçá-los nos dias de folga. O complexo, que contava com outros prédios, depósitos, um templo em honra ao Sol Invicto, torres e cisternas, fora apelidado de "cidadela", e a Nicomédia, por sua vez, de "Cidade Branca", porque quase tudo era revestido de mármore.

Georgios e Ábaco foram transferidos para o palácio tão logo os ferimentos do jovem equestre sararam. O edifício central tinha a forma de quadrilátero, com quatro grandes pátios em torno dos quais ficavam acomodações diversas, desde dormitórios até arsenais. Um desses pátios continha três tanques, idealizados para armazenar água fria, quente e morna, mas o calor naquela época do ano era tanto que o sistema de aquecimento subterrâneo estava desativado — para a sorte dos escravos que se arriscavam nos túneis, acendendo carvões e alimentando os fornos.

Os garotos passaram dois dias sem fazer nada, só descansando, nadando nas piscinas, comendo além da conta e tomando banho de sol. O conde Erhard disse que avisaria quando o imperador chegasse, então eles aproveitaram para relaxar, sem se preocupar com formalidades.

Na tarde do terceiro dia, Georgios estava em um dos tanques, admirando os mosaicos do fundo, quando três homens maduros adentraram o recinto. O primeiro envergava uma túnica púrpura com detalhes de ouro, tinha pele bronzeada, cabelos negros e olhos azuis. O segundo era um gigante, muito alto e musculoso, de melenas compridas e barba grisalha. Já o terceiro era franzino, quase idoso, exibia uma toga preta e as sobrancelhas unidas sob a testa enrugada.

O homem de púrpura olhou para Georgios e deu um sorriso amistoso. Caminhou na direção dele com os braços esticados, como se esperasse um abraço. O rapaz saiu do tanque e ficou de pé, nu, sem saber como se comportar. Mesmo depois de tanto tempo, ele reconheceu Diócles, agora Diocleciano. O augusto o abraçou. Deu-lhe dois beijos no rosto e afagou-lhe a cabeça, como um adulto faz com uma criança pequena.

— Georgios — disse em tom de sussurro. — Garoto, a sua presença aquece o meu coração e me energiza com lembranças saudáveis.

— Salve, augusto. — O jovem ameaçou se inclinar. — Salve...

— Não precisa. À vontade. Esta casa é sua. — Deu um passo atrás. — Eu me recordo de você. Do dia em que estive em Lida com a comitiva de Caro. Bons tempos. Que saudade do seu pai.

— Obrigado, augusto. Eu também me lembro daquele dia.

— Você tinha quantos anos? Nove? Oito?

— Nove.

— E está com que idade agora?

— Quinze.

— Só? Não acredito. Por Mitra, já é um homem. Está quase do meu tamanho.

— Obrigado. — Georgios, pego de surpresa em situação informal, sentia-se encabulado para abordar assuntos mais sérios. — Muito obrigado por me receber.

— É o mínimo que eu posso fazer. E certamente farei muito mais. — Ele se virou para os indivíduos que o acompanhavam. — Deixe-me apresentá-lo a Tirídates, o rei da Armênia.

O menino não sabia qual era a forma mais adequada de cumprimentar um monarca, então curvou levemente a cabeça. Em seguida, Diocleciano apontou para o sujeito de toga preta.

— E esse é Sevílio Druso, meu advogado. O maior perito em leis de todo o Império.

Georgios sentiu um frio na espinha quando Druso o encarou. Desviou o olhar, ao mesmo tempo assustado e constrangido. O imperador quebrou o gelo e perguntou ao garoto:

— Jantamos hoje?

— Sim, augusto — assentiu Georgios. — Será um prazer.

— Combinado, então. No jantar conversamos melhor.

— Queria oferecer-lhe um presente — atreveu-se o rapaz. — Um escravo egípcio, um verdadeiro prodígio da matemática.

— Obrigado, mas... não prefere ficar com ele? Tenho milhares de escravos.

— Esse é especial. — Georgios procurou Ábaco, mas ele não estava por perto.

— Bom, presente não se recusa. Peça para ele se dirigir ao prefeito da casa, que o levará ao setor competente.

— Obrigado.

— Pare de agradecer. — Diocleciano divertiu-se. — Eu é que agradeço. — Deu-lhe dois tapinhas no ombro. — Nos vemos mais tarde.

Depois que o imperador comentou, Georgios percebeu que realmente havia uma quantidade exorbitante de escravos habitando o palácio — muito mais que o necessário. Desde a fundação de Roma, possuir escravos era uma manifestação clássica de opulência, e Diocleciano, que secretamente cultivava ambições monárquicas, orgulhava-se de seu patrimônio e gostava de exibi-lo. Eram tantos que muitos passavam os dias ociosos, perambulando pelos jardins, declamando poesia, retocando a pintura dos tetos, podando árvores e experimentando novas receitas na cozinha.

Georgios perguntou ao jardineiro onde trabalhava o prefeito da casa, designação romana para o homem que chefiava e organizava os escravos domésticos. Ele e Ábaco tomaram o caminho indicado, saíram do prédio central, desceram uma ladeira suave, dobraram à direita e entraram em uma das ruas da cidadela. Lá, depararam-se com uma construção proeminente, que lembrava um galpão. O espaço interno era amplo, com janelas altas. Em um canto, encontravam-se três homens sentados cada um a uma mesa, fazendo anotações em papiros. Uma fila se alinhava diante de cada mesa, somando umas dez ou vinte pessoas de ambos os sexos que pareciam receber instruções. Georgios perguntou quem era o prefeito da casa e foi levado até ele.

O prefeito, um indivíduo magro, careca e moreno, estava sentado à mesa do centro. Vestia uma túnica de algodão simples, sem adornos, tinha um cavanhaque pontudo, os cabelos untados a óleo e o rosto maquiado.

— Este escravo é meu — disse-lhe Georgios. — Desejo dá-lo de presente ao imperador.

— Sim, senhor. — O homem obviamente notara que ele era um patrício. — O senhor tem documentos que provem que o menino pertence ao senhor ou à sua família?

— Não.

— Sem problemas. Espere só um momento.

O prefeito saiu do galpão e voltou cinco minutos depois com uma pilha de documentos. Escolheu duas folhas e começou a escrever nelas. A certa hora, perguntou:

— Qual é o nome do senhor?

— Georgios Anício Graco.

— Como?

— Georgios Anício Graco — repetiu, disfarçando a irritação. — Quer que eu escreva?

— Não, não, perdões. — O prefeito da casa deu um sorriso nervoso. — É o filho de Laios Graco, por acaso? Desculpe, é que eu trabalhei em Lida faz alguns anos.

— Sério? — Georgios não acreditou de primeira. Na Nicomédia, parecia que todo mundo, de uma forma ou de outra, conhecia ou estava ligado a seu pai, o que era perturbador. — Fazendo o quê?

— Fui contratado pelo conselho municipal para construir a muralha. Meu nome é Zaket, de Mênfis. Eu era engenheiro.

— O que... — Georgios estava a ponto de perguntar como ele havia se tornado escravo, mas se calou. Era uma pergunta indiscreta e, dependendo do caso, poderia soar muito ofensiva.

Zaket, contudo, respondeu sem melindres:

— Eu me atrapalhei com um serviço em Jerusalém. Calculei mal, peguei dinheiro emprestado, não consegui pagar e tive que aceitar alguns anos de escravidão.

— Como assim, "alguns anos"?

— Esta condição é temporária. Estou economizando cada sestércio e calculo que dentro de uns dois ou três anos já possa comprar minha liberdade. Tudo na vida é passageiro. — Ele sorriu e girou a folha de papiro para Georgios. — Por favor, assine aqui.

O garoto assinou. Agora Ábaco era oficialmente propriedade da Púrpura e fazia parte do corpo de funcionários do palácio.

Zaket se virou para o pequeno egípcio.

— Qual é a sua especialidade, menino?

— Contas — ele informou. — Contabilidade. Matemática.

Desconfiado, Zaket fez algumas perguntas a ele na antiga língua dos faraós. Georgios não entendeu uma palavra do que eles disseram, mas pela entonação da conversa teve certeza de que o amigo fora aprovado. O prefeito da casa garantiu que encontraria utilidade para ele no serviço burocrático. Georgios percebeu, enfim, que era hora de os dois se separarem.

— Coragem, meu amigo. Tudo vai dar certo. Torça por mim. Vou torcer por você.

O menininho o abraçou com força. Surpreso, Georgios retribuiu o gesto, meio sem graça, e acrescentou:

— Logo nos veremos de novo. Eu não vou muito longe.

— Não? — Ábaco olhou para ele. — Desistiu de retomar a sua cidade?

— Não desisti, só não sei quando isso vai acontecer. Nem conversei com o imperador ainda. Vou continuar hospedado no palácio por mais alguns dias, suponho. Se tiver que deixar a Nicomédia, procuro por você antes. Fique tranquilo. E você pode procurar por mim. É só subir a colina.

Esforçando-se para que aquela parecesse uma despedida corriqueira, Georgios conseguiu fazer o menino se acalmar. Zaket segurou cordialmente a mão de seu conterrâneo e o levou para fora, em direção a outro prédio da cidadela. Georgios não se sentiu particularmente abalado, porque estava convicto de que o encontraria no dia seguinte ou depois. Quem sabe no próximo feriado.

O destino, porém, sempre reserva surpresas.

Georgios e Ábaco não se veriam por longos anos.

Pouco depois de o sol se pôr, Georgios foi conduzido ao setor oeste do palácio. O complexo era tão grande que se prolongava até as margens do golfo, terminando em uma sacada de mármore construída sobre um rochedo. Do terraço enxergavam-se o porto, os navios de guerra, os barcos pesqueiros e as gaivotas circulando o farol. O espaço era amplo, grande demais para um só ocupante, mas era lá que o imperador costumava jantar nas noites mais quentes.

Quando Georgios chegou, a refeição já estava servida. Sobre uma longa mesa de madeira rodeada de divãs havia comida suficiente para umas quinze pessoas. Diocleciano estava em pé, sozinho, admirando o mar à luz do crepúsculo. Quatro escravos produziam vento com abanadores. Dois outros se encontravam parados com ânforas na mão, o corpo duro, tensos, os olhos vítreos.

O augusto convidou o jovem para se sentar e perguntou:

— Branco ou tinto?

Georgios reparou que, exceto o pão, as pastas e os condimentos, os demais pratos eram à base de frutos do mar, então respondeu:

— Branco.

Imediatamente, um dos escravos se adiantou, encheu uma taça de prata e a entregou ao rapaz. Diocleciano sentou-se em um dos divãs e Georgios o imitou, acomodando-se de frente para ele.

— Como estão cuidando de você?

— Muito bem. — Georgios estava sendo tratado como um deus, não tinha do que reclamar. — Tudo ótimo, muito obrigado.

O governante começou a se servir e fez um gesto para que ele o acompanhasse. O convidado, no entanto, sentiu-se impelido a perguntar por educação:

— Seremos só nós?

— Ah, sim. Tiridates partiu esta tarde. E a minha esposa está na Dalmácia. — Diocleciano deu um gole de vinho. — Estou curioso. O que você acha da escravidão?

Sem entender a razão da pergunta, o garoto afirmou:

— Não acho nada, augusto.

— Perguntei porque o seu pai era avesso à prática, não era?

— Não que eu saiba. — Georgios nunca tinha atentado àquele detalhe. À época, ele era jovem demais para se interessar por política. — Nós tínhamos muitos escravos. O que ele não aprovava era a crueldade e os castigos desnecessários. Se bem que essa era mais a opinião da minha mãe.

— Você sente falta deles?

Georgios ficou sem saber o que dizer. Inclinou a cabeça, encarou o fundo do copo e instantes depois declarou:

— Não sei. Às vezes sim, às vezes não. Nunca chorei por eles. Um filho deveria chorar a morte dos pais, não deveria?

— Depende de muitos fatores — Diocleciano untou o pão com pasta de gergelim, mordeu, mastigou, engoliu e disse: — Eu amava o meu pai, mas quando ele morreu fiquei aliviado. Ele era como uma âncora que me impedia de sair navegando.

— Nunca se sentiu culpado, augusto, ao pensar em seus pais? — indagou Georgios, e o imperador entendeu que o garoto estava, na realidade, falando de si.

— Culpa é um conceito inventado pelos cristãos. Somos romanos. Devemos nos ater à mentalidade romana.

— Em que sentido?

— No sentido de que tudo o que acontece é vontade dos deuses. Não há arrogância maior que achar que regemos o nosso destino. Somos meros instrumentos, marionetes no teatro celeste. Entendendo essa premissa, não há lógica alguma em se culpar.

— Acho que está certo.

Georgios bebeu o último gole da taça. Na mesma hora, um dos escravos se adiantou e tornou a enchê-la.

— Não sou eu que estou certo. São os sábios, poetas e sacerdotes desde o princípio dos tempos. Você nunca leu os clássicos?

— Claro que sim. — O jovem não só lera todas as epopeias como as adorava. — Gosto particularmente da *Ilíada*.

— Então você sabe o poder que as moiras têm na nossa vida. Os cristãos são chorões que estão contaminando o mundo com seus ideais de fraqueza. O cristão perfeito é humilde, pobre, desamparado e covarde. Se a tendência pega, seremos engolidos pelos germânicos e pelos persas. É um ultraje, uma catástrofe.

Georgios se lembrou do que presenciara ao longo da viagem.

— Mas nem todos os cristãos cultivam a pobreza.

— Há exceções, é verdade. Não à toa mantenho boas relações com o bispo de Niceia. É um homem razoável.

Georgios e Diocleciano comeram e beberam. Quando o imperador percebeu que o garoto estava suficientemente relaxado, pediu que ele relatasse seu drama, desde a chegada do corpo de Laios à Vila Fúlvia até o momento em que ele entrara na Nicomédia. Georgios contou quase tudo, falou sobre o ataque de Räs Drago, o roubo de suas terras, a fuga para Cesareia Marítima, o período em Antioquia e os problemas que enfrentara na caravana. Diocleciano esperou que ele terminasse e foi direto ao ponto que o menino omitira.

— Por que você não procurou ajuda em Antioquia? Uma cidade daquele tamanho, com tantos funcionários romanos...

— Procurei, mas tive alguns contratempos.

— Que contratempos?

— Contratempos que cabem a mim resolver, em oportunidade futura.

— Entendo. — E de fato entendia. Georgios estava evitando denunciar Cláudio Régio, que o enxotara na ocasião. Diocleciano julgou a atitude muito digna, afinal, para um verdadeiro romano, o Império era mais importante que as contendas pessoais. No entanto, como imperador, ele precisava tomar uma providência. E tomaria, investigando o ocorrido e castigando os responsáveis. — Você é um garoto especial, Georgios. Pelas coisas que diz e o modo como fala, eu nunca imaginaria que tem apenas quinze anos.

— Meu pedagogo era muito bom, o melhor do Leste. Ele me ensinou filosofia e retórica.

— Não é só a retórica. É algo além disso. Talvez você seja como eu. Perdi os meus pais muito cedo, e isso afeta a cabeça das pessoas. Não é fácil. — Diocleciano se levantou. Os dois estavam cheios de comida no estômago e um pouco embriagados por causa do vinho. — Me acompanhe — ele pediu. — Caminhe comigo.

Georgios e Diocleciano desceram uma escada lateral e chegaram a um pátio retangular iluminado por piras, em cujo centro havia um lago artificial com estátuas e chafarizes. O caminho era orlado por arbustos e ciprestes italianos. Já era noite fechada, e a lua exibia sua face crescente.

— Agora que nos conhecemos melhor — atalhou o imperador —, me diga honestamente por que veio até mim.

— Como amigo do meu pai, achei que pudesse me acolher — revelou o garoto. — E que pudesse fazer justiça, me ajudando a recuperar minhas terras e a punir Räs Drago.

Diocleciano ficou alguns instantes calado. Respirou fundo, pensando em uma resposta adequada. Sentou-se em um banco do jardim. Georgios colocou-se a seu lado.

— Georgios, em respeito ao seu pai, falarei agora com toda a franqueza. Existe um mito de que o imperador pode obter tudo o que desejar com um simples estalar de dedos. Os meus antecessores, Numeriano, Caro, Probo, Aureliano e tantos outros, morreram porque acreditaram nessa ilusão. Nada é mais fantasioso. O imperador é a criatura mais vulnerável do mundo, sempre rodeado de potenciais assassinos. Para continuar vivo, um governante deve ganhar a lealdade dos súditos. E lealdade é algo etéreo, que pode desaparecer em um piscar de olhos. É preciso agradar, conceder benefícios, mas é preciso também ser duro e impiedoso, quando esse tipo de atitude se faz necessário. Manter esse equilíbrio é essencial para que o Império não desmorone. Pequenas fagulhas geram grandes incêndios. Se eu enviar uma guarnição para destronar Räs Drago e capturá-lo sem uma justificativa plausível, os outros magistrados podem se sentir ameaçados.

— Sem justificativa? — protestou Georgios. — Ele roubou as terras de um legado romano.

— Seu pai morreu na Germânia. Drago nada teve a ver com isso. Legalmente, era obrigação dele, como segundo magistrado, assumir o comando da Vila Fúlvia até que você completasse a maioridade.

— Mas ele não fez isso. Pelo contrário. Tentou me matar.

— Você tem testemunhas?

— Sim, os escravos.

— Escravos não são aceitos como depoentes — disse o augusto. — Presumo que Drago, por outro lado, tenha atacado vocês com alguns soldados, homens livres que poderiam, no tribunal, sustentar a tese de que as intenções dele eram pacíficas.

— Sim — concordou Georgios, desanimado. — O canalha pensou em tudo.

— Não fique triste. Não é tão ruim. — O imperador se levantou e retomou a caminhada. — Como eu disse, não posso atacar Räs Drago porque não tenho um motivo legal, mas *você* tem.

— Eu?

— Sim, você.

— Mas como *eu* vou atacá-lo?

— Estou certo de que pensará em um jeito. Não será hoje nem amanhã, mas algum dia. Sou imperador, mas sou homem também. E como homem, como amigo, quero lhe oferecer o que for necessário para que você se torne um cavaleiro. O ano letivo começa este mês na Escola de Oficiais do Leste. Eu mesmo farei o discurso de abertura. Gostaria de matriculá-lo e de ser o seu patrocinador.

— Seria uma honra. Se me ajudasse, eu ficaria eternamente agradecido.

— Faço isso não só em memória do seu pai, mas porque acredito que você tem um grande potencial. Portanto, a honra é minha. Será um privilégio patrociná-lo.

Georgios e Diocleciano tomaram outra escada e desceram para as ruas da cidadela. Estavam sozinhos, sem assistentes ou guarda-costas. Dobraram em uma travessa e chegaram ao estábulo. Um funcionário, que guardava o portão, curvou-se em respeito, apanhou uma tocha e os acompanhou, erguendo a haste para iluminar o caminho. Já dentro da cocheira, pararam diante de uma baia coberta de feno, onde dormiam uma égua e três potros recém-nascidos.

Um deles era completamente branco, sem manchas ou pintas. Diocleciano indagou:

— Qual é o mais bonito, na sua opinião?

— O branco.

— Quero que o aceite como presente. Em um ano, ele estará crescido e você poderá usá-lo. No primeiro ano da escola os alunos não montam, então ele será treinado pelos meus cavalariços enquanto você aprende técnicas de infantaria e se desenvolve fisicamente.

— Bom, presente não se recusa — Georgios lembrou a frase do próprio Diocleciano. — Obrigado, augusto.

— Como vai chamá-lo?

— Pégaso. — O nome era óbvio e lhe veio automaticamente.

— Perfeito. — O imperador comemorou com uma risada. — Pégaso, então.

Os convivas ficaram alguns minutos encostados à portinhola, admirando a égua e suas crias, que eram de fato animais magníficos. Enfim, Georgios tomou coragem e perguntou:

— Como morreu o meu pai?

— O que eu sei é o mesmo que você. — Diocleciano encolheu os ombros. — Seu pai morreu lutando contra bárbaros perto de Castra Vetera, na Germânia Inferior.

— Foi o que eu ouvi.

— Foi o que todos ouviram.

— Compreendo. — Georgios tentava desde o princípio da noite evitar o assunto, mas não conseguiu: — O que eu nunca entendi é por que o senhor o enviou para tão longe de casa.

Diocleciano poderia ter tomado aquelas palavras como uma afronta, mas, como Georgios, ele ficara órfão cedo e compreendia o que se passava no coração do menino. Então respondeu com toda a docilidade:

— Eu estaria mentindo se dissesse que não tinha generais competentes. Tinha e ainda tenho, mas, naquele momento, precisava de um herói. — Fez uma pausa e retomou o raciocínio do início. — O maior problema do Oeste não são os bárbaros, é Caráusio, um dos nossos almirantes, que se autoproclamou imperador da Britânia. Rebeliões são perigosas, Georgios. Se uma província cai, todas as outras se sentem encorajadas a se rebelar. Um governador subversivo é pior do que um milhão de bárbaros furiosos. Esse tipo de ameaça não se combate só com a espada, mas com ícones, pessoas que inspirem os soldados e façam com que eles se lembrem de que são guerreiros e cidadãos romanos. O seu pai era um desses heróis. E o herói perfeito, porque sufocou a rebelião em Palmira. Laios era a minha melhor arma, e eu acredito que, se ele não tivesse morrido, a revolta na Britânia já teria sido esmagada.

— Mas — Georgios agora estava um pouco confuso — ele foi morto por bárbaros ou por rebeldes?

— Caráusio angariou o apoio de muitas tribos locais. Infelizmente, é só o que posso dizer. Não sei os pormenores.

— Quem sabe?

— Os homens que serviram com ele talvez saibam. Eu li os relatórios e não há nada de específico. Posso escrever para o atual pretor de Castra Vetera pedindo informações, mas os detalhes só lhe trarão mais amargura. Se eu fosse você, focaria o treinamento. Não são todos que conseguem se formar na Escola de Oficiais do Leste. É uma tarefa árdua.

— Já passei pelo inferno — comentou Georgios.

— O inferno não é nada perto do que você vai encontrar — disse Diocleciano ao saírem do estábulo. — E quer saber o que é mais engraçado? Nós temos orgulho disso.

XLVIII

CAMINHO DE SANGUE

GEORGIOS SEMPRE IMAGINOU QUE A ESCOLA DE OFICIAIS FICASSE NA PRÓPRIA Nicomédia, a uma curta distância do palácio, mas estava errado. O "inferno" ocupava a área de um antigo acampamento romano a cerca de duas léguas da cidade, no sopé de um morro conhecido com Monte Morab.

O lugar nascera séculos antes como uma base de legionários. Nos anos seguintes, transformara-se em fortaleza permanente e agora era uma cidadela autossustentável, com fonte de água, depósito de grãos, horta, cisterna, oficinas, salões de banho, templos e enfermarias. Contava com quatro portões, muros altos, guaritas, estábulos e alojamentos para os alunos e professores.

O curso oferecido no Leste era único no Império. Em geral os jovens patrícios eram instruídos por particulares e, em seguida, alistados no exército. Com o avanço dos persas, houve a necessidade de reforçar as tropas do Oriente, e assim surgiu a ideia de fundar uma escola de oficiais. O programa exigia internato e durava no mínimo três anos. Embora a ideia fosse formar guerreiros montados, no primeiro ano o recruta dedicava-se ao conhecimento das táticas de infantaria, marchando e sendo tratado como plebeu. No segundo ano, os alunos eram iniciados no culto de Mitra, o deus dos soldados, e aprendiam a lutar sobre o cavalo. Enfim, a terceira e última etapa era dedicada a estratégias militares e ao estudo rigoroso das guerras de que Roma participara. Ao término do curso, o candidato sagrava-se cavaleiro, mas nem todos voltavam para casa. Quem tinha o mínimo de discernimento sabia que a Escola de Oficiais do Leste era na realidade uma prisão, concebida para manter os filhos dos generais, condes, duques e senadores próximos à corte, como reféns do imperador.

Diocleciano, Erhard e Georgios, escoltados por dez jovianos, cavalgaram através de terrenos acidentados até chegar a um campo de árvores decrépitas, com esqueletos pendurados nos galhos. Georgios pensou que aquela fosse uma área comum de enforcamentos, mas, quando olhou de perto, reparou que os cadáveres eram de adolescentes.

— Jovens calouros que não resistiram ao programa de treinos — comentou o augusto. — Os corpos ficam expostos aqui até que a família venha recolhê-los. É estranho, mas a maioria não aparece. Acho que pela dificuldade de identificá-los. Nesse calor, a carne apodrece mais rápido.

Georgios julgou a situação absurda. Um senador ou um equestre jamais permitiria que um filho seu fosse assassinado de modo tão frívolo. Perguntou então:

— Os alunos que falham nos testes são executados, augusto?

— Claro que não. O que acha que somos, bárbaros? Não. Contudo, acidentes acontecem. Muitos novatos perecem durante as provas ou no curso de alguma operação.

A comitiva cavalgou por mais alguns minutos, até que os pendões da fortaleza se tornaram visíveis. O lugar era maior que muitas cidades pelas quais Georgios passara, guarnecido por muralhas de pedra, com ameias e torres de guarda. O portão dianteiro — *porta praetoria*, em latim — era de bronze, reforçado com chapas de ferro. Uma ponte de madeira transpunha o fosso, que circundava o perímetro. Diversos patrícios, homens adultos de túnica ou toga, retornavam a cavalo pela estrada em sentido contrário, acompanhados de escravos. Não eram oficiais, claramente, embora alguns ostentassem os próprios soldados. Nenhum deles parou, mas todos cumprimentaram Diocleciano respeitosamente, com a clássica saudação militar.

— Hoje é dia de recrutamento — observou Erhard. — A boa notícia, Georgios, é que você não estará sozinho — ele disse, como se fosse um conselho. — Lembre-se disso.

O grupo chegou à ponte e atravessou. Georgios sentiu cheiro de esgoto. O fosso continha uma série de estacas e a água era escura, repleta de excrementos. O arco de entrada se abria em um grande pátio, com alguns homens sentados a mesas recebendo a inscrição dos novatos. No mesmo espaço, no canto oeste, fora montado um palanque sobre o qual Diocleciano discursaria em breve. Mais ao norte, havia um pedestal com três colunas de mármore. A do meio era encimada pela estátua de um corvo de prata, símbolo do acampamento e padroeiro da escola.

O pátio estava rodeado de galpões, edifícios e casas de paredes caiadas, o que tornava o ambiente ainda mais parecido com uma pequena cidade. Os prédios se multiplicavam à frente, além das três grandes pilastras. O mais alto, avistou Georgios, tinha forma de templo e estava coroado com a imagem de um sol.

Os três desmontaram. O imperador andou até uma das mesas. O escrivão usava um peitoral de aço brilhante e ficou de pé para saudar o augusto. Diocleciano e Georgios assinaram alguns papéis. O soberano colocou sobre a mesa um saco recheado de moedas, e, quando o burocrata o abriu, o menino reparou que eram peças de ouro. O homem olhou para o garoto.

— Qual é a sua classe social?

— Equestre.

— Os equestres se fodem bastante por aqui. — Virou um dos papéis para Georgios e entregou a ele uma pena. — Escreva aí a sua filiação.

O rapaz só conseguiu traçar a própria linhagem até o avô, Gerontios. O sujeito olhou para o documento com desprezo.

— E o resto?

— Não sei de cabeça.

— Não anotou?

— Não, eu...

— Esquece, então — resmungou o escrivão. — Só assine.

Encerrado o processo, Georgios saiu da fila. Diocleciano, que ainda estava por perto conversando com o conde, virou-se para ele.

— Terá de deixar os seus pertences comigo. Pela tradição, eu devo entregá-lo apenas com a roupa do corpo.

O garoto achou estranho, porque quase não tinha pertences.

— Quer dizer a Ascalon, augusto?

— Sim, e o que lhe restou de dinheiro.

Desde Cesareia Mázaca, Georgios temia que alguma autoridade lhe confiscasse a espada. A Ascalon não era apenas uma relíquia, era a única coisa que ele herdara do pai. Diocleciano percebeu sua hesitação e reforçou:

— Não se preocupe. Cuidarei bem dela.

O jovem então apanhou a arma, mas experimentou uma sensação estranha ao estendê-la para o governante supremo. Novamente ele hesitou, criando um impasse, até que Erhard se colocou entre os dois, e, sem pestanejar, Georgios entregou-lhe o objeto.

— Está feito. — Diocleciano o parabenizou. — Você agora é um recruta em formação. Por três anos, esta será a sua casa, ou melhor, o seu *mundo*. O universo fora destes muros não existe mais. Os seus velhos amigos pertencem a uma vida pregressa, meramente ilusória. Entendeu?

— Entendi.

— Ótimo. Espere no pátio. Vou conversar com o pretor, depois subo ao palanque. Precisa de alguma coisa antes de nos despedirmos? É provável que não nos falemos mais depois disso.

— Só quero agradecer mais uma vez — acrescentou Georgios.

— Boa sorte. — O imperador sorriu, afagando-lhe a cabeça.

— Lembre-se — o conde Erhard repetiu. — O treinamento é duro, mas você não está só.

— Obrigado, senhores. — Georgios curvou a cabeça. — Muito obrigado.

Enquanto esperava, Georgios começou a vagar pelo pátio e a observar tudo o que podia. Concluiu que ali se encontravam, ainda dispersos, uns duzentos garotos, todos vestidos como ele, com túnica curta, cinto e sandálias, sem adornos, anéis ou braceletes. Os mais extrovertidos conversavam em duplas ou trios. Outros apenas erravam, como filhotes perdidos no meio da selva. Uns poucos permaneciam estáticos, sérios, encostados nas paredes calcárias.

O chão era escorregadio, e a relva escapava entre os blocos de pedra. Guardas os vigiavam do alto das muralhas, hostis como falcões à espreita.

Guerreiros adultos, oficiais e soldados, perambulavam por entre os recrutas, sorrindo, caçoando deles às escondidas.

O burburinho desapareceu quando o imperador subiu ao palanque. Nos bastidores, Diocleciano vestira sobre a toga uma couraça de bronze, mais cerimonial que prática, e agora trazia na mão um cetro de prata e na cabeça uma coroa de louros. Montados, Erhard e os jovianos cercaram o estrado, com os escudos prontos e as espadas desembainhadas. Era um exagero, claro, mas fazia parte do espetáculo.

Todos se calaram, e até os cavalos cessaram os relinchos. O augusto fez um sinal com o braço e começou a falar.

— Obrigado — ele agradeceu a atenção, depois se virou para alguns cavaleiros que assistiam ao discurso no pátio. — Obrigado ao pretor Marco Felipe e ao comandante Falco por me receberem novamente este ano. Parabéns à sua equipe e a todos os instrutores. — Diocleciano pigarreou e empostou a voz, porque o espaço era amplo. — Dirijo-me agora aos novatos, aos alunos que hoje começarão esta longa jornada. O que vocês estão prestes a passar, muitos começaram e poucos terminaram. Nós nos orgulhamos de dizer que apenas três em cada dez aspirantes completam o curso, então é correto afirmar que muitos perecerão no caminho. Preparem-se para ser dilacerados, pisoteados, ultrajados, porque é o que vai acontecer. E, quando pensarem em desistir, lembrem-se do motivo pelo qual esta escola existe. — Nesse ponto, ele fez uma pausa e olhou para o pretor, voltando-se em seguida à plateia. — O treinamento é duro porque os nossos inimigos são implacáveis, oponentes difíceis, dotados de potencial sobre-humano.

Outra pausa. No completo silêncio desse hiato, um corvo grasnou. Uma nuvem de chuva obscureceu todo o forte. Georgios sentiu cheiro de mirra. Um clima pesado de terror se abateu sobre o campo.

— Só quem já cruzou a fronteira sabe do que estou falando — o imperador prosseguiu. — O Oriente deserto não é o lar de cavaleiros poderosos, apenas, mas de feiticeiros, monstros antigos e bruxos capazes de influenciar os nossos atos. Só a prática da disciplina e a absoluta adoração aos deuses romanos são capazes de nos afastar desse mal. Somente nós, filhos de César, netos de Rômulo e descendentes de Alexandre, estamos qualificados para enfrentar a barbárie. Não temam, não recuem, não caiam, não morram. — Ele tirou espada e clamou: — Roma invicta. Roma eterna!

Inseguros sobre o que fazer — e como agir —, os calouros se mantiveram calados, rígidos. Com um movimento de cabeça, Diocleciano sinalizou para o pretor Marco Felipe, que subiu ao tablado. Era um homem de cabelos crespos, rosto barbeado e pele escura. O peitoral era de couro, e a túnica, vermelha, característica dos oficiais combatentes.

— Equestres! — o pretor deu um grito, e sua voz ecoou pelas ruas. — *Equites* — falou em latim. — *Contendite vestra sponte.* — E ordenou, ainda mais alto: — *Fustuarium!*

Nisso, escutou-se por todo o acampamento o soar de um corno associado ao tropel de cavalos. Logo surgiram duas linhas de cavaleiros vindas das ruelas ao norte, avançando em direção aos alunos. Georgios contou pelo menos sessenta ginetes cobertos com escamas de aço, armados, usando elmos e máscaras metálicas. Eles se posicionaram de lado a fim de delinear um corredor vivente, com metade dos animais à direita e metade à esquerda.

Do topo das selas, os equestres apanharam seus chicotes e começaram a urrar todos juntos.

— *Praemisit!* — eles exigiam através das máscaras, ordenando que os alunos avançassem. — *Fustuarium. Fustuarium!*

O aviso era claro: para ingressar na escola, o candidato teria, obrigatoriamente, de transpor aquela galeria de bestas e homens, resistindo às chibatadas. Cruzar o Caminho de Sangue — como os veteranos se referiam à prova — parecia inevitável, mas ninguém queria ser o primeiro. Então, um dos instrutores segurou um menino pela gola e o lançou para dentro do corredor. O garoto, que aparentava ser mais jovem que os demais, com talvez catorze anos, observou o ambiente que o cercava, atônito. Ficou parado por alguns instantes. Finalmente, deslocou-se através da passagem.

Como em uma peça de teatro, os tambores começaram a rufar.

O menino levou a primeira chibatada. Retraiu-se. Continuou avançando. Susteve a segunda, a terceira e a quarta. Cada golpe era acompanhado de uma torrente de insultos. Nada surpreendente para um rito de iniciação militar, até que a quinta pancada o acertou com mais força.

O sangue espirrou.

Os guardas, oficiais e soldados vibravam. Os alunos engoliram em seco.

O menino se ergueu e olhou ao redor, procurando uma rota de fuga, mas não havia nenhuma. Com as costas lanhadas, entrou em desespero, deu meia-volta e saiu correndo, sem saber que as regras do jogo proibiam o recuo. Então, logo que ele disparou, um dos ginetes o atingiu com um açoite.

O instrumento, uma espécie de chicote com lascas de ferro, rasgou-lhe a túnica com um silvo de vara. Depois, outro equestre o atacou pela frente. Os dentes metálicos do açoite se agarraram ao pescoço do menino, trazendo consigo fatias de carne. Ele caiu de joelhos, a garganta sangrando. Gemia, bufava, tentando respirar. Sem piedade, três cavaleiros desceram das selas, cercaram o pequeno e o espancaram, agora com bastões e porretes.

Os novatos estavam em choque. Era uma cena dantesca, que certamente teria consequências. E se o garoto fosse filho de um senador? De um conde? De um general? Não se podia assassinar um patrício, não desse jeito. Era crime, na capital e nas províncias romanas.

Mas eles não estavam em Roma. A escola era o inferno. Com suas próprias leis, diferentes das do mundo lá fora.

Georgios procurou por Diocleciano. Ele tinha sumido.

Sua atenção se voltou à carnificina quando um dos cavaleiros mascarados amarrou o garotinho, já morto, pelos pés, montou no cavalo e galopou pelo pátio, exibindo com orgulho o cadáver. Os portões se abriram e esse mesmo equestre saiu empinando, carregando consigo o defunto.

Os centuriões observaram os alunos, prestes a escolher a próxima vítima. Um soldado perguntou em voz alta:

— Quem quer ser o próximo?

Georgios estava tão apavorado que achou que, cedo ou tarde, teria uma crise de nervos. Se era para completar a prova, que fosse logo, antes que o pânico o congelasse.

Deu um passo à frente.

— Eu.

O soldado gargalhou, segurou-o pela roupa e o empurrou para a frente. Os cavaleiros o aguardavam, balançando os chicotes.

Georgios teve a impressão de que iria desmaiar. Suas pernas não se moviam.

Os ginetes começaram a gritar, fazendo pressão:

— *Fustuarium. Praemisit. Fustuarium!*

Um decano berrou na retaguarda:

— Anda. Vamos, covarde!

Georgios olhou o sangue espalhado no chão e, mais uma vez, recordou--se do assassinato da mãe. Ele fora um imprestável na ocasião. Um inútil. Nada fizera. Não fosse Strabo tirá-lo do transe, teria sido morto também.

Não podia permitir que acontecesse de novo. No ódio, na mágoa e no desespero ele encontrou forças. Começou a caminhar.

Susteve a primeira chibatada. Resistiu à segunda, à terceira e à quarta.

O sangue descia em filetes. Os equestres esbravejavam a cada golpe. Georgios não correu, não parou, não caiu. Talvez tenha sido naquele momento, enquanto atravessava o turbilhão de flagelos, que ele aprendeu a *gostar* da dor física. O motivo exato seria para sempre um mistério, mas é provável que, nos recônditos do cérebro, o garoto tenha associado a angústia das chibatadas à libertação de seus traumas, como a perda da mãe. O Caminho de Sangue, verdadeiramente, não era *nada* perto daquilo; as chicotadas eram cócegas se comparadas aos olhos de Polychronia se desvanecendo na noite infinita. Dessa perspectiva, colocando a morte da mãe como a mais suprema das atrocidades, nada nem ninguém poderia detê--lo. E a ironia era que, sem sombra de dúvida, seriam esses sentimentos, tão cruéis, tão destrutivos, amplamente condenados pela moralidade cristã, que fariam de Georgios Graco um guerreiro excepcional e o destacariam sobre todos os outros.

O ápice da insanidade aconteceu quando, após dezenas de chicotadas, um dos cavaleiros exibiu um açoite, talvez o mesmo que dilacerara o menino antes dele. Embriagado pela dor, adicto ao prazer que ela lhe proporcionava, o jovem encarou o agressor como se pedisse, como se *implorasse* para ele atacá-lo.

Por algum motivo, o cavaleiro não atacou.

E assim, sem que Georgios sequer percebesse, tinha chegado ao fim do caminho. Estava no outro extremo do pátio.

Um militar lhe ordenou, com a voz poderosa:

— De joelhos.

Georgios fez como ele mandou.

— Engatinhe até a coluna. — O filho de Laios obedeceu, percorrendo ajoelhado a curta distância até a base da pilastra de mármore. — Beije o chão. Jure lealdade ao Corvo de Prata.

— Eu juro.

— Levante-se. — Georgios se levantou. O homem apontou para além dos pilares, onde havia um grande salão. Georgios se levantou. — Continue até lá. Marche!

Sem entender muito bem as instruções, ele andou até o salão retangular de janelas altas, construído em seções arqueadas. Outros soldados lhe entregaram uma estaca de madeira, que talvez pesasse uns três quilos. Um deles disse:

— Entre no salão. E mantenha a estaca acima da cabeça.

Georgios entrou. Cruzando a porta, chegava-se a um átrio, cujo centro era ocupado por uma grande piscina. Da superfície saía fumaça, e ele notou que a água era turva.

— Mergulhe — alguém lhe deu outra ordem. — Hora do banho.

O garoto obedeceu. O líquido estava quente, quase fervendo, e, como se não bastasse, os instrutores haviam despejado sal no fundo do tanque. Georgios submergiu até os ombros, as costas ardendo como ao toque de brasa.

Tentou não gemer. Encontrou um lugar no canto da piscina. Progressivamente, os outros alunos foram chegando e tomando posição lado a lado, as estacas erguidas. Se um ameaçava capitular, um dos soldados o flagelava. Em minutos, o tanque assumiu uma coloração avermelhada, e todos lá dentro compartilhavam esse sangue.

Um centurião de expressão sádica, usando uma couraça de couro, entrou no recinto.

— É Bores Libertino — um menino sussurrou atrás de Georgios. — Ele dorme com cabras — sibilou, a voz tremida, repleta de horror. — Com cabras, crianças e bodes.

O homem percorreu a margem da piscina observando os jovens, satisfeito em fazê-los sofrer.

— Confortáveis? — perguntou. — Estão com fome? Com sede?

Era visível a atmosfera de medo. Georgios podia farejar o suor dos colegas. Um deles urinou nas calças. Outro tremia.

Bores Libertino anunciou:

— Faltam cinco horas para o anoitecer. E vocês vão ficar aí pelo resto da tarde e a noite inteira. — Deu um assovio, e entraram no salão oito homens armados de arco. — O primeiro que desistir leva flechada. Quem mijar ou cagar toma pedrada na cabeça. Os fracotes que deixarem a estaca cair serão castrados. Sim, nós vamos cortar o saco de vocês — ele prometeu, sorridente. — Estamos entendidos?

Como de praxe, não houve resposta.

Bores Libertino, que parecia ser um dos chefes da escola, saiu. O garoto atrás de Georgios murmurou uma oração a Apolo. Um rapaz à sua frente tossiu.

Os guardas estavam atentos. Definitivamente, a noite iria ser longa, e não tinha sequer começado.

Durante a madrugada, o maior suplício não foi a estaca, mas a *sede*. Georgios compreendeu, naquele dia de treinamento, que aplacar a sede era a primeira das necessidades humanas, ao lado do sono e da excreção. Os rapazes estavam sedentos. Um deles se inclinou para beber a água em que estavam submersos. O filho de Laios murmurou:

— Não faça isso. — O garoto não o ouviu, então ele o cutucou com a ponta do pé. — Não beba esta água.

— Não estou aguentando — queixou-se o menino.

— Cuspa isso.

— Por quê?

— Está suja. Vai lhe dar febre — disse Georgios. — Pode até matá-lo. Já fui enfermeiro. Sei do que estou falando.

Um decano ouviu e atirou-lhe uma pedra. O objeto quicou na borda do tanque, sem acertá-los. Georgios calou-se.

Foi uma noite infernal, mas todos aguentaram, uns mais facilmente que outros.

O sopro de uma tuba marcou a alvorada. Georgios não se lembrava de ter escutado aquelas notas antes e as achou profundamente melancólicas.

O sol ainda não tinha nascido. Bores Libertino, o centurião responsável, chegou ao salão caminhando a passos fortes. Olhou para os alunos e disse:

— Bom dia, senhores. Vim salvá-los. Podem começar a sair. — Ele apontou para o arco principal, que reconduzia ao grande pátio. — Saindo e deixando as estacas no chão. Vamos lá.

O alívio era visível no rosto de cada recruta. Eles foram aos poucos emergindo do tanque e depositando as estacas no canto. Um dos estudantes, de tão cansado, largou o objeto. Levou uma bofetada na nuca.

— É para *deixar* a estaca no chão — gritou Libertino —, não para *soltar* a estaca no chão. Está surdo?

— Não, senhor. — O menino parou e se encolheu. — Sim, senhor.

— Quem mandou você parar? Anda, seu verme.

O garoto prosseguiu.

Georgios fez como todo mundo: continuou andando. Saiu do salão, passou pelas três colunas e chegou ao terraço onde houvera a cerimônia no dia anterior. Ele apostava que, depois daquele suplício, o grupo marcharia para o refeitório, mas os instrutores estavam lá com porretes e deram uma ordem a plenos pulmões:

— Posição. Duas centúrias. Vinte homens de largura. Cinco homens de profundidade. Posição. Organizem-se.

Georgios, até então, tinha apenas uma vaga ideia do que era uma centúria. Sabia que era uma unidade de aproximadamente cem homens, mas não tinha certeza de como ela se organizava. Do mesmo modo que ele, os alunos tiveram que aprender na base do improviso. Os adultos apenas deram a ordem, e eles foram obrigados a se estruturar sozinhos. Felizmente, logo surgiram alguns líderes entre os próprios calouros, que comandaram a formação.

Levou uns dez minutos, mas os novatos conseguiram se agrupar. Era uma formação tosca, nada comparável a um time de soldados treinados. Estavam sujos, sangrando, com as roupas rasgadas. Bores Libertino passou os garotos em revista, insistindo que permanecessem em posição de sentido, isto é, corpo ereto, mãos coladas às coxas, queixo erguido, calcanhares juntos, rosto sério.

O sol nasceu.

Era um dia seco, e a sede começava a se tornar insuportável. Georgios compreendeu que se tratava de uma nova prova de resistência, mas até onde eles iriam?

Por duas horas, os alunos permaneceram em pé. Quem se mexia levava uma bronca, seguida de uma cusparada na cara. Enfim, lá pela terceira hora, um garoto desmaiou. Os coordenadores o pegaram e o depositaram sobre o palanque. Libertino tirou o pênis para fora e urinou no rosto dele. O rapaz acordou aturdido e não esboçou reação.

— Ele cai, vocês pagam — o centurião disse e ordenou: — De quatro, todo mundo. Quero cem flexões de peito. — Os jovens obedeceram e colocaram-se de bruços no chão. — Eu conto. — E começou, bem lentamente: — Um, dois, três, quatro...

Quando chegou ao cinquenta, outros dois meninos tinham desmaiado. O martírio se prolongou em trezentas flexões. Ao final, os demais retornaram à posição de sentido.

Só durante a manhã, mais dez alunos capitularam. A cada um que tombava, os restantes eram forçados a realizar uma sequência de exercícios físicos. Os que caíam ficavam lá mesmo, no chão, derrotados, enquanto os instrutores os cobriam com uma pá de esterco.

Georgios resistiu quanto pôde e teria aguentado mais se as costas não estivessem latejando. Olhou furtivamente para trás e descobriu que sangrava. Era o ferimento provocado pela faca de Saul. Os pontos haviam estourado, e a área inteira começou a coçar. Ele se mexeu sorrateiramente. O oficial que os vigiava o repreendeu:

— Sentido! — Golpeou o ar com a chibata. — Mantenha posição.

Ao meio-dia, só haviam sobrado trinta garotos em pé. O sangue gotejava desde os flancos de Georgios até os pés, formando uma nódoa no solo rochoso. Sedento, faminto, imaginou que estava dentro de um lago se refrescando. O cheiro de mirra penetrou-lhe as narinas. Ele divisou — ou pensou divisar — um sacerdote com a cabeça coberta por um xale abençoando o grupo, agitando um incensário. O odor forte lhe embrulhou o estômago.

Fechou os olhos e respirou pausadamente. Quando tornou a abri-los, o sacerdote estava diante dele.

— Seu pai está vivo — disse o homem. Sob o xale, o rosto era de um velho, mas ele tinha voz de mulher.

— Eu vi o... — Georgios cabeceou uma negativa, piscou, e, quando olhou de novo, a face do clérigo tinha mudado. O semblante tornara-se feminino, o nariz delgado, a pele escura.

— Sabe quem eu sou?

— Sei. — Ele se recordou de Duh-Shara, a Senhora dos Grandes Mistérios, que o recebera na Torre Escarlate. — Como entrou aqui?

— Silêncio. Escute. Eu vim responder à sua pergunta. — A sacerdotisa se aproximou. Os olhos dela eram de rubi, iguais aos da estátua de Astarte. - Era o que você queria saber, não era? O que aconteceu com o seu pai.

— Eu quero a verdade.

— Eis a verdade. — Ela ergueu o incensário dramática. — O seu pai não morreu. O seu pai está vivo.

Esgotado, Georgios despencou. Os lábios estavam rachados, a garganta, seca. Não chegou a desfalecer por completo. Continuou escutando os comandos, o grito dos instrutores. Depois, alguém o arrastou. Ele só esperava que não estivesse sendo levado para o campo das árvores mortas.

Não estava. Felizmente.

Ou infelizmente.

XLVIII

SEXTO E JUNO

GEORGIOS SONHOU QUE ESTAVA PENDURADO DE CABEÇA PARA BAIXO NO CAMPO das árvores mortas. Cavaleiros mascarados o açoitavam, chamando-o de fraco, covarde e zelota.

Um desses personagens removeu a máscara: era Hron, o filho perverso de Drago, que se aproximou e usou uma tocha para queimar seu torso. Duh--Shara, a suma sacerdotisa de Astarte, surgiu entre as chamas, insistindo: "O seu pai não morreu. O seu pai está vivo".

Era uma alucinação, e Georgios sabia. Estava com febre, delirando. Pantaleão lhe ensinara que o único jeito de superar essas crises era com repouso e hidratação. Uma prece ao deus certo também ajudava. Se o ferimento fosse limpo e o paciente estivesse bem alimentado, tinha boas chances de sobreviver.

Os indivíduos que o assistiam, porém, eram leigos no assunto e fizeram o contrário. Georgios acordou com uma fincada nas costas e, ao abrir os olhos, deu de cara com um garoto magricela, de rosto sardento e cabelos ruivos. Segurava uma agulha curva, tentando suturar o corte a faca, cujos pontos haviam estourado durante a vigília no tanque de sal. Georgios moveu-se para o canto e percebeu que estava deitado em uma cama dentro de um quarto pequeno, escuro e comprido, que mais parecia uma cela.

O ruivo também se assustou. Estava sentado em um banquinho e chegou para trás, como se o paciente fosse mordê-lo.

— Juno, olhe só — o garoto falou com outra pessoa, ainda oculta no fundo do cômodo. — Ele acordou.

Georgios experimentou um cheiro desagradável. Procurou se orientar.

— Quem são vocês? — Ele reparou em um segundo rapaz, um jovem gorducho de olhos assustados e cabelos castanhos. — Que lugar é este? Quem são... Onde estou?

— Escola de Oficiais do Leste. — O ruivo se expressou de um jeito burlesco. — Meu nome é Sexto, e ele — apontou para trás — é Juno. Somos seus irmãos de armas, e eu estou tentando salvar a sua vida.

— Irmãos de armas? O que é isso?

— Não me pergunte. Tudo o que eu sei é que, se você morrer, quem se fode somos nós.

Georgios esfregou o rosto. Outros meninos o observavam de um ponto afastado. Olhou para o próprio corpo. Estava coberto com uma pasta esverdeada.

— O que é isso?

— Bosta de cavalo. — Sexto fez cara de nojo. — Despejaram essa porcaria em todo mundo. Nós já nos lavamos. Fique quieto. Vou tentar costurar esse seu machucado.

— Está louco? — Georgios o afastou. — Você tem de limpar o corte antes — disse, excessivamente agressivo. — Quer me rechear de merda?

Sexto olhou para Juno, pensativo, e falou:

— O moleque está delirando, mas acho que tem razão. Pega um balde de água lá na fonte?

O gorducho acatou o pedido e saiu. Georgios respirou fundo e começou a se acalmar. Testou os batimentos cardíacos. Estavam fracos. Sentia os músculos pinicarem. A testa parecia uma chapa fervente.

— Já fui enfermeiro — ele disse a Sexto. — Pode deixar que eu assumo daqui em diante.

— O corpo é seu, amigo — concordou o sardento. — Diga-me, então, como a gente faz para suturar essa ferida?

— Primeiro tem que limpar. Depois é preciso costurá-la.

— Bom, isso eu já estava fazendo.

Não, não estava, pensou Georgios. O sujeito estava a ponto de transformá-lo em um bolo de estrume. Em vez de protestar, no entanto, resolveu perguntar:

— O que aconteceu depois da vigília no pátio?

— Rapaz, estamos no mesmo barco. Pelo que eu soube, muitos sucumbiram à insolação. Só você não se levantou. Disseram que deveríamos tratá-lo e que, se você morresse, seríamos castrados.

— Sinto muito por isso.

— Quem sente sou eu.

Georgios achou graça. Sexto tinha bom humor, ele não podia negar.

— Não pretendo morrer.

— Ninguém pretende.

— Que cela é esta?

— Nosso quarto. O que há de errado com ele?

— Nada. — Georgios reparou que o dormitório tinha quatro beliches, teto de argila e paredes de tijolos, sem janelas. — Pensei que ficaríamos em alojamentos maiores.

Um terceiro menino, forte, de cabelos pretos encaracolados, comentou:

— Pelo que notei, são oito alunos por quarto. Os filhos da puta querem nos tratar como plebeus. O meu pai me contou que, nos acampamentos, os legionários se reúnem em tendas com oito soldados. Parece que é para evitar motins.

— Quem é o seu pai? — perguntou Georgios espontaneamente.

— Flávio Décimo, o atual cônsul de Roma — disse o rapaz, com orgulho quase ufanista. — Sou Lúcio Vero Décimo.

Juno os interrompeu, trazendo o balde. Georgios pediu que os colegas o ajudassem a esterilizar a lesão, e eles o fizeram com todo o cuidado. Depois, bebeu muita água, fechou os olhos por uns cinco minutos e logo se sentia melhor.

— Por quanto tempo eu dormi? — ele quis saber.

— Sete horas — respondeu Sexto. — Deve escurecer em breve. — Olhou através da porta. — Já devia ter anoitecido, mas é verão.

— Quem era a mulher com o incensário? De capuz, caminhando no meio da tropa?

— Não vi mulher nenhuma. — O ruivo maneou a cabeça. — Nada de boceta em um raio de duas léguas. Regras do acampamento.

Outro aluno, alto, de pele morena, afirmou:

— Não era mulher, era um homem. Sacerdote de Mitra.

— O greguinho está confundindo homem com mulher — caçoou Sexto. — Cacete, era só o que faltava.

Os rapazes gargalharam, e Georgios acabou rindo também, porque sentiu que a atmosfera era de brincadeira, não de deboche. Contudo, teve de se conter, afinal continuava ferido. Pediu a Sexto:

— Me dá a agulha?

O rapaz lhe entregou a pequena haste.

— O que vai fazer?

— Suturar.

— Em si mesmo?

— Já fui enfermeiro. Não escutou o que eu disse?

Sem dar muita importância à dor — ele, de fato, gostava dela —, Georgios se contorceu e começou, ainda que toscamente, a costurar o ferimento. O roliço Juno virou a cara, pois a cena o enojava. Sexto ficou assistindo, interessado, tentando aprender. Em dez minutos estava tudo terminado. Georgios sentou na cama e analisou o ambiente. Continuava vestido com os mesmos trapos. Os demais usavam túnicas brancas novas.

Sexto perguntou a Georgios:

— De onde você é?

— Da Palestina. Mas o meu pedagogo era de Atenas. Talvez por isso você tenha achado que eu fosse grego.

— Eu achei que fosse grego porque você confunde homem com mulher — ele brincou e prosseguiu: — Não nos disse o seu nome.

— Georgios.

— De quê?

— Georgios Graco.

— Filho de quem?

Georgios se lembrou de Strabo, em Antioquia, dizendo que Drago e seus capangas tentariam matá-lo se o encontrassem, então inventou uma história:

— Sou afilhado do conde Erhard. O capitão da guarda imperial.

Erhard era um pouco mais que isso: ele liderava os paladinos, os defensores pessoais do augusto. Considerando, porém, que todos na escola eram patrocinados por políticos, generais e aristocratas, ser afilhado de um conde não faria dele uma pessoa necessariamente especial.

— Eu nasci no Egito — disse Sexto —, mas a minha família é da Gália.

— Que merda, hein? — provocou-o Décimo, o jovem forte de cabelos negros encaracolados. — Eu sou italiano. Romano legítimo.

Sexto pigarreou e respondeu, com a maior calma do universo:

— Foda-se.

Os outros deram risada. Décimo encrespou a face e se lançou contra o gaulês.

— Calma. — Juno os separou de braços abertos. — O centurião avisou que, se o grego morrer, vai cortar as nossas bolas. Sugiro trabalharmos em equipe.

O moreno alto, lá no fundo do cômodo, murmurou, incrédulo:

— Isso é loucura. Ninguém vai cortar as nossas bolas.

— Bores Libertino é louco — alertou Juno. — Ouviram as histórias sobre ele?

— Sim — admitiu Décimo, que já se acalmara. — Escutei algo sim.

— Juno está certo — Sexto retomou a palavra. — Já limpamos e costuramos o greguinho. Só falta fazer uma prece. — Virou-se para Georgios. — Qual é o deus dos palestinos?

— O mesmo dos romanos — retrucou o equestre.

— Eu sei — atalhou o ruivo. — Era uma piada.

— Dizem que Ceres ajuda com essas coisas — sugeriu Juno.

— Por mim tudo bem — Georgios concordou.

— Ceres uma ova — Décimo os censurou. — Esta fortaleza foi consagrada a Mitra. Se rezarmos para qualquer outro deus aqui dentro, pode acontecer uma tragédia.

Os presentes se entreolharam, indecisos. Georgios exclamou:

— Que seja Mitra, então.

— Posso comandar o ritual. — Sexto ergueu o dedo com ar de professor. — Sei as palavras. — E murmurou em latim: — *Inventori lucis soli invicto augusto.* Oremos — completou, disfarçando o sorriso.

XLIX

CORTEJO FÚNEBRE

O EDIFÍCIO RESERVADO AOS CALOUROS TINHA TRÊS ANDARES E CONTAVA COM O próprio pátio, ao redor do qual se distribuíam os quartos. Cada novato recebera uma caixa para armazenar os objetos pessoais, que por enquanto se resumiam a duas túnicas brancas, um cinto, dois pares de sandálias e um penico. Esses itens eram de inteira responsabilidade do aluno e estavam sujeitos a inspeções. Se acontecesse algum dano a eles, o jovem teria de pagar, e a punição — era sempre assim — dependia do estado de espírito do instrutor.

Georgios acordou com o toque da alvorada. A febre tinha sumido, mas ele continuava fedendo. Um decurião, que passava pelos quartos gritando, por algum motivo se sensibilizou e o guiou até uma fonte de água, onde ele se lavou e ganhou roupas novas. Chegou atrasado à formação. Os colegas encontravam-se agrupados em dois blocos e saíram marchando desde o pátio interno do alojamento até o grande pátio de entrada. Lá, eles ficaram em pé por quase uma hora, estáticos, esperando o sol raiar.

Um homem bonito, de olhos verdes e cabelos ondulados, apareceu depois de mais alguns minutos. Sobre as vestes rubras, ostentava uma armadura de escamas, o que o identificava como um cavaleiro, em oposição aos plebeus da infantaria, que trajavam cotas de malha. Seu nome era Marco Júnio Falco, ou simplesmente Falco, o oficial responsável por todos os novatos, que era por isso chamado de "comandante", ou *ductor*, em latim. Diretamente abaixo dele na hierarquia, estava o centurião Bores Libertino, que atuava como seu assistente.

Falco ordenou que os recrutas iniciassem uma marcha estática, para ensaiar as posições e a própria formação das centúrias. Com o auxílio de Libertino e de outros cinco soldados, os novatos foram aos poucos se acostumando com os movimentos, que não eram tão difíceis quando se pegava o ritmo. O único problema era que eles ainda estavam de barriga vazia. Os instrutores sabiam disso e mesmo assim os mantiveram em atividade por mais duas horas.

Enfim foi ordenado que parassem. Georgios tinha certeza de que seriam direcionados ao refeitório, quando escutou o comandante dizer:

— Senhores, reservamos algo diferente para hoje. Uma surpresa. Chama-se Rito do Segundo Dia, que nós apelidamos de "Cortejo Fúnebre".

Nisso, os calouros ouviram o ruído de cascos pesados, seguido por um progressivo estalar de madeira. Georgios enxergou, de través, Bores Libertino regressando ao grande pátio nas rédeas de um carro de boi, uma carroça larga com a caçamba aberta e uma bandeira negra tremulando presa ao banco do cocheiro.

— Quando os portões se abrirem — Falco avisou aos rapazes —, os senhores me acompanharão em marcha acelerada, isto é, correndo. Seguiremos até os portões da Nicomédia e então retornaremos. O centurião — ele apontou para Libertino — e outros três soldados estarão na retaguarda. Quem tombar está morto. Os guardas recolhem o "corpo" e o jogam na carroça. Esses pobres coitados terão um enterro simbólico e passarão três dias na solitária, comendo merda e bebendo a própria urina. — Fez uma pausa e perguntou: — Entendido?

Os meninos, ainda sem saber como responder, repetiram o "*sic, ductor*" puxado pelos soldados em volta, um mantra que seria usado muitas vezes ao longo dos próximos anos, que queria dizer algo como "sim, comandante", ou, mais precisamente, "como desejar, comandante". O grego era o idioma falado no Leste, mas muitos termos militares, por tradição, eram pronunciados em latim.

— Duas léguas é moleza — cochichou Sexto para Georgios.

— Quatro. Duas para ir e duas para voltar.

— Moleza — repetiu o gaulês. — A gente vai e volta num pulo.

Os portões se abriram e o grupo saiu pela estrada. No começo, realmente não parecia uma tarefa árdua, mas logo o sol começou a subir e Georgios se deu conta de que não comia nada havia quase dois dias. Reparou em um abutre pousado sobre uma árvore e teve certeza de que, se pudesse, saltaria sobre ele e devoraria sua carne, mesmo crua.

Mas ele não estava autorizado a deixar a formação. E assim os alunos progrediram, até avistar as torres da Cidade Branca. Naquelas circunstâncias, a Nicomédia era um oásis, um sonho distante, que os fazia lembrar o tempo em que eram livres, em que podiam comer e beber à vontade.

Sem diminuir o ritmo, cada um deles tocou as muralhas, para em seguida regressar à estrada. O trajeto levou pouco menos de uma hora, e antes do meio-dia eles estavam de volta à escola. Ninguém tinha caído — nem Georgios, que ainda se recuperava da febre, nem os mais fracos, como Juno.

Os alunos se organizaram em fila indiana e foram entrando no forte, um de cada vez. Os soldados os conduziram até um oficial atrás de uma mesa montada ao ar livre. Perto dela havia carrinhos de mão com objetos pesados. Georgios percebeu que eram cotas de malha, iguais às usadas pelos legionários comuns. Os jovens receberam alguns equipamentos, além da própria armadura: elmo de bronze, mochila, cobertor, cantil, panela, picareta, saco de pedras e escudo retangular. Quem pegava os artigos era ordenado a se aprontar rapidamente. Muitos não tinham ideia de como vestir todo aquele aparato, outros não sabiam onde enfiar a picareta ou o saco de pedras. Georgios depositou o último na mochila, colocou o elmo, trajou a cota de malha e atou os demais itens à bolsa, como havia aprendido com Strabo. Sexto e Juno o imitaram, sob a constante pressão dos instrutores.

Um menino baixo, de cabelos amarelos, pele rosada, olhos grandes e pálpebras caídas, mirou o oficial que os atendia.

— E as armas? — perguntou. — Onde está a minha espada?

Imediatamente, o guerreiro o esbofeteou tão forte que lhe arrancou sangue dos lábios. O estalo foi ouvido por todos na fila e no pátio.

— Suas armas chegarão quando nós acharmos que devem chegar — disse o sujeito, carrancudo. — Entendido, recruta?

O garoto não respondeu, apenas o fitou com ódio latente. O homem sentiu-se desafiado, enrugou a cara, deu um sorriso e chamou outro alguém.

— Centurião — acenou para Bores Libertino, que desceu da carroça e andou até eles. — Olhe o franguinho aí.

Libertino coçou a careca e encarou o menino.

— Como é o seu nome, rapaz?

— Marco Aurélio Magêncio — ele respondeu. — Sabe quem é o meu pai?

— Claro que sei — afirmou Libertino, fazendo suspense. — Sou *eu*.

— Você? — O garoto não compreendeu.

— Pode acreditar. Conheci a sua mãe alguns anos atrás em um prostíbulo perto de Sirmio. Ela me ofereceu o cu, mas eu acabei metendo em outro buraco. Deixei uma sementinha, nasceu essa merda. — Ele fez uma reverência sarcástica.

Magêncio ficou alguns instantes calado, sem saber se era verdade ou não, até que escutou os outros garotos rirem dele e teve certeza de que fora feito de bobo. Pensou em retrucar, mas as gargalhadas eram tão altas que ele não seria ouvido nem se gritasse. Estava completamente desmoralizado.

— Pegue o seu equipamento — ordenou Libertino — e volte para a fila.

O menino não teve escolha a não ser obedecer. Georgios concluiu, ao presenciar a cena, que aqueles homens eram mestres na arte da manipulação. Seria muito óbvio se Bores Libertino agredisse Magêncio fisicamente. Em vez disso, atacou-o no ponto fraco, pois teve a sagacidade de perceber que, para o garoto, o mais importante era seu orgulho, sua herança familiar.

— Estou com sede — queixou-se Sexto baixinho.

Juno sacudiu o cantil que acabara de ganhar e constatou que havia algo lá dentro.

— Finalmente — disse aos colegas. Removeu a tampa e, sem pensar, deu um grande gole, para em seguida cuspir todo o conteúdo. — É mijo!

— Como assim? — Sexto achou que tinha ouvido errado.

— Mijo. — Outra cusparada, agora para limpar a garganta.

Georgios abriu o próprio cantil e o cheirou.

— Urina de cavalo.

— Você é estranho, greguinho. — Sexto limpou o suor da testa sardenta. — Não sabe diferenciar homem de mulher, mas sabe a diferença entre mijo de cavalo e de gente. Que sujeito.

Em vez de se irritar, Georgios, mais uma vez, achou engraçado.

Uma trombeta tocou nas torres de guarda. Era o alerta vespertino. Hora do almoço, os alunos pensaram, mas não. Depois de paramentados e equipados, o comandante ordenou que refizessem a formação. Libertino e os soldados passaram os garotos em revista e gritaram instruções, mostrando como eles deveriam sustentar o escudo em posição de sentido.

Quando terminaram, Falco perguntou em voz alta a seu imediato:

— Os recrutas estão prontos, centurião?

— Prontíssimos — sorriu Libertino. — Uma beleza, meu comandante.

— Então o senhor pode voltar para o seu carro funerário. — E se dirigiu aos calouros esfregando as mãos: — Estão preparados, senhores? Para refazer o percurso?

Lá atrás, no meio da turba, Sexto resmungou:

— Que merda é essa? Estou exausto. Com esse peso...

— Cale-se — Georgios pediu. — Pare de reclamar e apenas obedeça.

— Prontos? — insistiu o comandante, e eles retrucaram:

— *Sic, ductor!*

— Todos atrás de mim. Se eu consigo, vocês também conseguem — argumentou, sem mencionar que, diferentemente dos alunos, ele tirara alguns minutos para comer e beber. — Marcha acelerada. Quem tombar é peso morto.

O grupo tornou a sair da fortaleza. Dessa vez os rapazes, além de exaustos e sedentos, carregavam vários quilos de equipamento nas costas. O pior nem era a armadura, mas o escudo, uma chapa desajeitada cheia de farpas, que roçava nas canelas, ferindo-as. Já nos primeiros minutos, um garoto desmaiou. Os soldados que vinham atrás o jogaram no carro de boi. Libertino, que dirigia o veículo, deu um urro de satisfação.

— Caiu o primeiro! Que venham o segundo, o terceiro e o quarto.

Estimulado pela notícia, Falco, na dianteira, pegou um atalho, desviando-se por um aclive. Pelo menos outros quatro tombaram, tropeçando nas pedras, nos galhos, arbustos e formigueiros. O ambiente era árido, e a passagem das centúrias levantou uma nuvem de poeira, tornando a respiração dolorosa. Um dos novatos pisou em falso, escorregou e quase foi atropelado pela carroça. Os instrutores o ergueram e o atiraram na caçamba.

Georgios estava zonzo. Não era o único. Desesperado, um garoto bebeu do cantil, mesmo sabendo que era urina. O menino à sua esquerda se ajoelhou, desistindo. A certa hora, Georgios olhou para trás e enxergou uma trilha de rapazes estirados sendo recolhidos pelo centurião e seus ajudantes. De fato, parecia um cortejo funerário, pensou. O carro transportava corpos amontoados, cobertos de terra, uns sobre os outros.

Depois de tocarem os muros da Nicomédia pela segunda vez naquele dia, os alunos retornaram à fortaleza. O comandante, mais sádico que contente, deu os parabéns a quem havia resistido e mostrou a eles o caminho do refeitório.

O prédio ficava atrás do alojamento. Era um galpão com pé-direito alto, mesas rústicas e bancos longos. Na entrada, havia tonéis de água agrupados em linha. Os jovens foram orientados a deixar os escudos do lado de fora e encher os cantis. Seguindo em fila, Georgios, Sexto e Juno chegaram a um balcão. O assistente de cozinha usou uma concha para depositar a comida nas panelas que eles haviam recebido. Georgios apanhou o almoço e se sentou, quando a cabeça começou a girar. Sexto o segurou para que ele não caísse de costas.

— Engula, vamos. — O colega despejou-lhe água na garganta. — Beba tudo. Você está pálido.

Georgios bebeu até engasgar. Depois de uma crise de tosse, espiou a comida. Carne e vísceras de porco. Comeu avidamente, embora o prato estivesse salgado, cheio de especiarias e com muita pimenta.

Juno o alertou:

— Está sangrando, Georgios.

— Tudo bem. — O filho de Laios só pensava em comer. — É normal. O corte ainda não cicatrizou. Pode ser que sangre um pouco mesmo.

Salvo um ou outro gemido, o burburinho era quase nulo, porque os recrutas estavam famintos, e ninguém queria perder tempo conversando. Em quinze minutos, todos tinham se fartado. O comandante entrou no refeitório e fez uma nova convocação:

— Em pé, senhores. Me sigam. Peguem os escudos.

De novo, eles foram levados para o grande pátio e submetidos a mais exercícios: flexões de peito, abdominais, saltos, marcha estática e polichinelos. Georgios entendeu o motivo pelo qual a comida era excessivamente condimentada: era uma armadilha para fazê-los enjoar.

Os jovens estavam suando frio. Um vomitou, o que levou outros três a regurgitarem também. Juno foi um deles. Pôs todo o almoço para fora e teve de se exercitar sobre uma poça deslizante, com traços de óleo e gordura.

— Fique firme — Georgios o incentivou. — Eles estão querendo nos levar ao extremo. Segure-se.

Mesmo com as vestes úmidas, Juno resistiu por mais algumas horas. No fim da tarde, somente cem alunos restavam em pé, em uma turma de quase duzentos. E esse era apenas o segundo dia de curso.

— Senhores, estou pensando em liberá-los — exclamou Falco, esfregando as solas no piso ensebado —, mas antes gostaria de saber quem se dispõe a limpar esta imundice.

Sem pensar nas consequências, Georgios ergueu o braço. Já que fora o primeiro a se apresentar para o açoitamento, fazia sentido ser o primeiro a trabalhar na faxina.

O *ductor* reparou na mancha de sangue, perfeitamente visível na túnica branca.

— O que aconteceu? Foi durante a marcha?

— Não foi nada, meu comandante — disse Georgios. — Um arranhão apenas.

— Se você está dizendo, então eu acredito. Quem mais?

Depois de alguns segundos, Juno deu um passo à frente.

— Ótimo. — Falco bateu palmas. — Já temos dois. Preciso de mais um.

Silêncio. Ninguém se apresentou. O que os calouros temiam não era tanto a faxina, e sim a humilhação. Difícil saber o que se passava na cabeça dos instrutores, o que eles estavam tramando. Por via das dúvidas, era melhor permanecer quieto e não chamar atenção.

Bores Libertino, que andava através das fileiras, segurou o pulso de Magêncio, o menino louro de quem ele escarnecera mais cedo, e suspendeu-lhe o braço.

— Temos mais um voluntário, meu comandante.

— Excelente. — Falco olhou para Magêncio. — Cabeça de Ovo. — O apelido aludia à cor do cabelo do garoto, de um amarelo fechado. — Greguinho, Balofo e Cabeça de Ovo, permaneçam comigo. O restante está liberado.

Com suspiros de alívio, os demais recrutas seguiram direto para o banho. Bores Libertino entregou panos, baldes e esfregões a Georgios e os outros dois meninos.

— Mãos à obra — ordenou. — Escudos de lado. Se escurecer e vocês não tiverem terminado, passarão a noite na solitária.

— Bores é um sujeito educado — gargalhou Falco, destilando cinismo. — O que ele quis dizer é que vocês passarão três noites acorrentados. — Apontou para uma das torres de guarda, onde supostamente ficava a carceragem. — Entendido?

— *Sic, ductor!* — articularam Juno e Georgios.

Magêncio não disse nada. Para a sorte dele, o comandante não implicou. Falco e Libertino foram embora, deixando-os aos cuidados de dois legionários.

— Aquele filho da puta me paga — Magêncio resmungou depois de algum tempo de joelhos esfregando a superfície das pedras.

— Não é nada pessoal. — Juno ficou de pé, estalou as costas e apanhou uma vassoura. — É o trabalho dele. Lembre-se do que o imperador disse. Quanto mais cruéis eles forem, melhor.

— Conversa. O idiota quer me ultrajar. Quem ele pensa que é? O meu pai é o augusto do Oeste. Maximiano, o Inclemente, o maior general do Império.

— Dentro da escola, não importa a ascendência, a família ou o clã — argumentou Georgios, torcendo um pano sobre o balde. — Somos todos iguais. Regras são regras.

Magêncio tomou o comentário como uma afronta e retrucou:

— E você? Se acha melhor do que os outros, não é? Sempre tem de ser o primeiro.

— Nem sempre — respondeu o equestre.

— Quem é o seu pai?

— Ninguém especial. De qualquer maneira, ele já morreu.

— Então é melhor ter cuidado comigo. Quando eu me formar, vou receber o comando de uma legião. Volto a esta fortaleza e queimo tudo, se necessário.

— Vou ter cuidado — reagiu Georgios, despreocupado. — Mas, enquanto você não se forma, é melhor continuar trabalhando. — Ele observou o céu. O sol começava a se pôr. — Ou então adeus, legião.

Georgios estava certo. Se o piso não estivesse brilhando em uma hora, eles seriam punidos. Os três se esforçaram ao máximo e conseguiram terminar o serviço antes do anoitecer. Foram se banhar em uma fonte que despejava água corrente, lavaram as túnicas, os equipamentos e voltaram para o quarto.

Os colegas já estavam dormindo, à exceção de Sexto, que os aguardava sentado. O gaulês ficou sem graça quando Juno e Georgios entraram pela porta.

— Desculpem. — Ele se prontificou a guardar os escudos. — Eu devia ter me apresentado como voluntário também, não é? Mas eu estava nas últimas.

— Esqueça. — Georgios abriu o caixote. Depositou o elmo e a cota de malha lá dentro. — Já passou. Sobrevivemos.

— Sim, mas por quanto tempo? — Juno tirou a roupa e ficou só de tanga. Depois, sentou-se na cama inferior do beliche, ao lado de Sexto.

— Meus amigos — o jovem ruivo insistiu no assunto —, preciso confessar que eu estava me borrando nas calças. Completamente cagado.

— Não pense que é o único — filosofou o gorducho. — Estamos todos com medo.

— Eu não — admitiu Georgios. — E querem saber? É isso que me deixa assustado.

Os três ficaram calados. Não havia muito o que comentar, afinal Juno e Sexto não eram conselheiros, tampouco sacerdotes.

— Não me orgulho disso — frisou Georgios.

— Não sei se entendi — murmurou Sexto. — O que o assusta, exatamente?

— O que me assusta é que eu gosto desta merda. — Ele fez uma pausa e sentiu um frio na espinha, algo terrível. — Matei um homem recentemente. Talvez tenha matado dois. Gostei. E quis matar outras vezes. — Lembrou-se de Saul, o judeu que o ludibriara na caravana. — Não sei o que acontece comigo. Sou perverso? Um assassino?

— Depende. — Sexto agora falava sério. — Esses homens que você matou lhe fizeram algum mal?

— Um deles não. — Georgios enrugou a cara. — O outro... Bom, o outro com certeza.

Uma voz ecoou na penumbra:

— Silêncio, porra! — Era Décimo, o italiano. — Quero dormir.

O trio se calou. Sexto enfiou a mão sob o cobertor, tirou um pedaço de pão e o exibiu contra a luz do candeeiro.

— Querem jantar? — perguntou aos sussurros.

Juno ficou com água na boca.

— Onde conseguiu isso?

— Não importa. — Sexto repartiu a iguaria e a ofereceu aos colegas. — Comam logo essa bosta. Foi um dia difícil. Nós merecemos.

L

LICENÇA PARA MATAR

No mês de agosto, o calor no Chipre era tanto que ninguém conseguia ficar muito tempo nas ruas. Quando o sol estava alto no céu, plebeus e patrícios fechavam as portas e se recolhiam para um breve cochilo. Na Colina dos Ossos, essa era a programação vespertina — dos escravos inclusive.

O senador Caio Valério Fúlvio costumava se embriagar durante o almoço e dormir por várias horas, mas a esposa dele, Tysa, criada em terras ainda mais quentes, tinha hábitos menos insalubres. Ela aproveitava esse período, sempre tão calmo, para contemplar os mosaicos e as flores sem ser perturbada.

Um dia, Tysa alimentava os peixes no lago do jardim quando sentiu uma presença gélida. Com o frio a percorrer-lhe a espinha, ela se virou e discerniu um homem de vestes longas e pretas, cavanhaque escuro, os olhos pintados, nem velho nem novo, terrivelmente charmoso. Trazia no cinto uma adaga curva, que os romanos chamavam de sica.

— Quem é você? — ela perguntou, a voz tremida.

— Não se apavore. — O recém-chegado percebeu que a tinha assustado e replicou: — Sou convidado do senador Fúlvio.

— Sou a esposa dele e não estou sabendo de nada. — Tysa recuou alguns passos. Um estrangeiro, dentro dos muros, sem ser anunciado? Era no mínimo esquisito. — Como entrou aqui?

— Eu é que pergunto. Como *você* me enxergou?

— Do que está falando? — A tensão cresceu. O que preocupava Tysa era saber que a *domus* não tinha seguranças particulares. Se aquele homem resolvesse saltar sobre ela, seria seu fim. — Eu apenas me virei e você estava aí.

— Que estranho. Sou invisível aos gentios.

Definitivamente, Tysa não entendia aonde o intruso estava querendo chegar. Devia ser louco, ou quem sabe um bufão.

— Quem é você?

— Meu nome é Tepheret. Tenho negócios com o seu marido.

— Tepheret? Já escutei essa palavra. É aramaica?

— Hebraica. — O sujeito ergueu os braços, sinalizando que não tinha intenções ofensivas. Tysa concluiu que, se ele quisesse atacá-la, já o teria feito e ficou um pouco mais calma. — Entendo agora como me enxergou. É uma de nós.

— Seja mais claro — ela pediu. — Nem sequer sei quem você é.

— O nosso povo é muito antigo — respondeu Tepheret. — Por séculos, lutamos pela libertação da Judeia, até que o Segundo Templo foi destruído. Fugimos de Jerusalém carregando conosco o segredo, a arte mais antiga do mundo.

— Sicários — ela murmurou. — Você é um dos sicários.

O homem sorriu, atraente. Removeu a adaga do cinto e a estendeu contra o sol.

— Pegue. Entregue ao seu marido. Ele saberá que recebemos a mensagem e aceitamos o serviço.

— Que serviço? Que mensagem?

— Se um dia precisar de nós — disse Tepheret, evasivo —, acenda uma tocha de enxofre no topo da Colina dos Ossos. Por enquanto, apenas segure esta faca.

Ela esticou a mão e apanhou a arma. Os ornamentos eram de bronze e formavam padrões muito estranhos. Uma linguagem, talvez. Diferente de tudo o que ela conhecia.

Quando tornou a erguer o olhar, o estrangeiro tinha desaparecido — se é que estivera lá realmente.

Tysa fez conforme instruída. Como todos ainda estavam dormindo, não teve problema em entrar no quarto do senador sem ser notada. O homem roncava, entorpecido.

Sem querer despertá-lo, pousou a sica sobre a mesa de cabeceira e saiu.

*

Naquele mesmo dia, na efervescente cidade de Antioquia, o governador da Síria Palestina retornava ao palácio após uma rotina intensa de compromissos. Já era tarde, mas o sol de verão persistia, lançando raios oblíquos sobre o telhado das casas.

Cláudio Régio entrou em seu quarto. O ambiente era espaçoso, com as paredes ricamente pintadas, repleto de móveis bonitos, agora ocultos na penumbra. A sacada de mármore perto da cama dava vista para o Rio Orontes de um lado, com seus barcos de pesca, e as muralhas da capital do outro.

Régio se despiu e admirou o próprio reflexo no espelho. Era um indivíduo maduro que conservara muito da juventude. O corpo continuava musculoso, graças à prática de exercícios diários, e o rosto tinha poucas rugas, quase imperceptíveis na face quadrada. Não fossem os cabelos grisalhos, ele poderia se passar por um homem com talvez quinze anos a menos.

O governador, que comandara no passado uma das principais legiões do Império, esperava naquela noite por três prostitutas com quem costumava se deitar. Assim, quando bateram à porta, ele a abriu como estava, nu, mas teve uma surpresa desagradável.

— Cláudio Régio? — perguntou um homem de barba loura com forte sotaque germânico, usando cota de malha e armado de espada.

— Sim — ele respondeu. — Quem é você? Não o reconheço como um dos meus guardas.

— Não sou um dos seus guardas.

O germânico forçou a passagem e entrou no quarto, truculento. O governador ficou olhando para ele, sem reação.

— Por Marte, o que significa isso? — Correu até a cama e vestiu uma tanga. Observou o entorno, tentando localizar seu gládio, ou uma faca, pelo menos.

— Sou o conde Erhard, emissário do imperador. — O louro tirou um pergaminho do cinto e o entregou ao político.

O governador leu a carta. Começou a suar frio. Engoliu em seco. Pediu para se vestir. Erhard permitiu que ele pusesse uma toga.

— É um dos paladinos? — perguntou Régio.

— Sim — o conde assentiu, monossilábico. — O senhor precisa vir comigo imediatamente.

— Espere. — Cláudio Régio abriu um sorriso amarelo. — Sou o governador da província. Não posso ser transferido desse jeito. Castra Vetera é longe demais. Tenho muitos assuntos aqui, negócios rentáveis.

— Ordens são ordens. Recolha suas coisas e vamos andando.

Nisso, chegaram ao quarto três seguranças particulares de Cláudio Régio, homens fortes e altos protegidos por cotas de malha e munidos de gládios e escudos ovais. Cruzaram a porta, tocaram o cabo das armas e cercaram o combatente germânico.

O governador, entendendo que agora tinha a vantagem, assumiu uma postura mais arrogante — sua verdadeira postura.

— Respeito as ordens do augusto, meu caro conde — ele disse —, mas não tenho intenção de visitar a Germânia.

Erhard o advertiu:

— Sou um paladino, um delegado da Púrpura. Está em meus poderes legais insistir que o senhor me acompanhe.

Os guarda-costas de Cláudio Régio sacaram as lâminas.

— Não, obrigado. — O governador o desafiou. — Eu agradeço, mas recuso a sua proposta.

— Excelência — prosseguiu o conde calmamente. — Devo avisar-lhe de que estou autorizado a usar força física.

Régio deu um passo atrás. Os soldados se aproximaram, agressivos. Erhard, que estava de frente para o governador e de costas para eles, parou abruptamente.

Régio e Erhard se encararam, como dois cães de briga. O governador não tinha medo dele. Se o paladino tentasse alguma coisa, seria destroçado pelos seguranças.

No entanto, não se podia negar que o conde era dotado de forte presença. Cláudio Régio desistiu do certame e desviou o olhar, mirando o assoalho por um momento. Foi então que escutou um silvo metálico, seguido pelo som de três objetos caindo.

Ergueu novamente a vista.

Os seguranças haviam sido decapitados.

Erhard retornou a espada, pingando sangue, à bainha. Só então os corpos sem cabeça desabaram no piso.

— Este é o último aviso — disse o paladino com a maior naturalidade. — Logo vai escurecer. É melhor se apressar.

Tremendo, Cláudio Régio se vestiu e reuniu suas coisas. Enquanto procurava seus documentos oficiais, sentiu a mão pesada do conde nas costas, puxando-o.

— Sem necessidade. Germânia. — Erhard deu de ombros. — Terra sem lei.

No instante em que a lua nasceu atrás dos morros, os dois homens estavam na estrada, cavalgando rumo ao norte.

Rumo a Castra Vetera.

Onde Laios, o pai de Georgios, havia lutado.

E morrido.

LI

À PRÓPRIA SORTE

Os primeiros três meses de curso foram os mais difíceis. O objetivo era testar o corpo e a mente dos jovens, transformá-los em guerreiros saudáveis e ensinar-lhes o valor da hierarquia. Nos exércitos do mundo todo, nada é mais importante que isso. Democracia não funciona quando as flechas começam a cantar, e um segundo pode significar a diferença entre a vida e a morte. Portanto, é necessário, para um soldado, confiar em seu comandante e estar disposto a obedecer-lhe mesmo em condições adversas.

Não à toa, a etapa de condicionamento físico ocupava todo o verão. Os recrutas acordavam antes do alvorecer, subiam o Monte Morab, retornavam à escola, equipavam-se e executavam uma marcha de seis léguas, parando durante dez minutos para almoçar. O dia terminava no ginásio, onde os jovens treinavam com barras e halteres de chumbo. Ao cair da noite, eles se banhavam em uma fonte e iam dormir com os músculos doendo.

No quarto mês, o programa mudou. Os calouros receberam lanças com a ponta cega e gládios de madeira, duas vezes mais pesados que seus equivalentes metálicos. Munidos desses objetos, começaram a ensaiar movimentos de ataque e defesa. Foram, então, divididos em duas centúrias. Os apolianos, que tinham Apolo como patrono, e os mercurianos, inspirados pelo deus Mercúrio, alimentavam uma rivalidade sadia. Georgios, Juno e Sexto integravam a primeira turma, que a cada semana contava com um "centurião" diferente, isto é, um aluno encarregado do comando da unidade. Naquela mesma época eles tiveram aulas de primeiros socorros, engenharia básica e sobrevivência. Georgios aprendera, por exemplo, a fazer fogo utilizando gravetos, a encontrar água e a improvisar abrigos.

No fim de janeiro, outra mudança. Os novatos passaram a realizar operações externas, nos bosques e descampados contíguos. No princípio, tudo se resumia a uma rotina de treinos, mas, de pouco em pouco, os oficiais foram apresentando missões mais perigosas, com batalhas simuladas que deixavam muita gente ferida.

No sexto mês, os instrutores se esforçaram para transformar a rivalidade entre apolianos e mercurianos em ódio visceral. Muitos aderiram à causa, mas Georgios, graças à convivência com Strabo, sempre desconfiava de propósitos rasos e rejeitava secretamente esse ódio.

No início da primavera, as duas centúrias foram conduzidas a uma região nunca explorada a oito léguas da escola. O ambiente era montanhoso, coberto de relva, com pinheiros esparsos e trilhas estreitas. Em certo momento, os mercurianos foram afastados dos apolianos, e cada turma foi guiada ao topo de um morro. As duas elevações eram separadas por um vale, então era possível enxergar o acampamento adversário, a uma distância de talvez duas milhas. Foi-lhes ordenado que pernoitassem lá e se enfrentassem na tarde seguinte. O time vencedor teria sete dias de folga e seria gratificado com vinte denários para gastar no feriado da Cereália, entre 12 e 19 de abril.

Dadas essas instruções, os oficiais desapareceram, lançando os garotos à própria sorte. De certa forma era até um alívio, pois desde agosto eles eram vigiados constantemente e punidos por qualquer infração.

O frio do inverno deu lugar a uma brisa suave, misturada ao odor dos mares distantes. Dentes-de-leão cresciam ao redor da clareira, pontilhando o vale com gotinhas douradas.

No acampamento dos apolianos, Sexto fora eleito centurião da semana. Sobre ele recairia a tarefa de comandar os colegas naquela prova tão importante. Os rapazes gostavam de Sexto. Ele era carismático e bem-humorado, mas tinha o coração mole e não era um líder militar competente. Despachou dois batedores — Pyrrho, um menino grego, e Rúbio, seu comparsa — com a tarefa de encontrar um campo satisfatório para a batalha do dia seguinte. Era impossível combater no vale porque ele era forrado de arbustos, além de ser íngreme demais. O que eles precisavam era de um gramado extenso, de preferência sem variações no terreno. Encontrado o lugar, Sexto, ao amanhecer, enviaria diplomatas ao acampamento dos mercurianos para negociar o horário da peleja. Lutas simuladas não se mediam pelo número de mortos. O objetivo era empurrar os oponentes com a parede de escudos, penetrar nas linhas e capturar o estandarte da equipe rival. Quem assim o fizesse seria o ganhador.

O que os dois grupos queriam — o que eles *precisavam*, na verdade — era uma boa noite de sono. Não havia uma trégua formal, mas era óbvio que ninguém atacaria antes de o sol nascer, até porque seria fácil notar a movimentação inimiga marchando de um acampamento para o outro.

Mesmo assim, Sexto selecionou cinco alunos para fazer a guarda, cercou o perímetro com tochas e entrou em uma das tendas, onde estavam Georgios, Juno, Décimo — o "romano legítimo" — e mais quatro rapazes. Tinha anoitecido, e nem sinal dos batedores.

O gaulês comentou com os amigos:

— Já se vão duas horas desde que os despachei. O que pode ter acontecido?

— Não sou vidente — disse Juno. O rapaz perdera gordura e apresentava agora um físico invejável. — O que você tem que decidir é o que vai fazer a partir desse fato. Mandar gente para procurá-los pode ser perigoso.

— E se eles tiverem se perdido? — Sexto roía as unhas. — Não podemos abandoná-los.

— Difícil terem se perdido — opinou Décimo, deitado de lado sobre o cobertor. — Eles são bem espertos. Está me cheirando a armadilha.

— Armadilha de quem? — O gaulês se negava a acreditar. — Os mercurianos não têm inteligência para montar arapucas. Conheço aqueles imbecis.

— Se quiser, posso procurá-los — ofereceu-se Georgios.

— Você precisa dormir — disse Sexto, imperativo. — Todos nós precisamos.

— Não estou com sono. — E não estava, realmente. Georgios estava, isso sim, animado com a possibilidade de caminhar pelo mato, após seis meses enfurnado na escola. — Por favor. Garanto que posso encontrá-los.

— Preciso de você amanhã na parede de escudos.

— Eu aguento. Na verdade, fomos treinados para isso.

— Talvez ele esteja certo. — Juno coçou o nariz, refletiu por alguns instantes e mudou de opinião. — É possível que os instrutores os tenham capturado para nos confundir, para saber se somos o tipo de centúria que deixa soldados para trás. Pode ser um teste.

— É, faz sentido. — O gaulês assentiu com a cabeça. — Isso só pode ser coisa de Bores Libertino, aquele filho da puta. Ele deve estar enrabando os moleques neste exato momento. — Depois de alguns segundos, Sexto determinou: — Georgios, você vai, mas tenha cuidado. Sem armadura ou escudo. Nem mochila. O equipamento vai atrasá-lo. Não banque o herói.

— Sei agir como um batedor — disse Georgios, e reforçou: — Não sou o melhor, mas dou conta.

O filho de Laios se levantou, realizado e confiante. Usava apenas uma tanga, túnica, sandálias, cinto e um par de braceletes de couro. O grupo não tinha armas verdadeiras, mas recebera três facas para cortar cordas, afiar estacas e estripar animais. Uma delas ficava com o centurião. Sexto a entregou a ele.

— Cuide dessa merda. Se perder, estamos fodidos.

— Quer dizer, *você* está fodido — o equestre o corrigiu, saindo da tenda. — Já disse para não se preocupar. Vou encontrá-los para você.

— Georgios — Juno o chamou. — Cuidado.

Georgios sabia que o único lugar onde Pyrrho e Rúbio poderiam ter se perdido era no bosque, a oeste do acampamento. Se eles tivessem sido capturados, os instrutores certamente os teriam levado para lá, porque o local era escuro, com troncos caídos e pequenas cavernas.

Ele adquirira um senso de direção excepcional nas ruas de Antioquia, e agora, graças ao treinamento, sabia também se guiar pelos astros. Depois de dez minutos, estava sozinho na mata, andando devagar, cuidando para não tropeçar nos buracos. Por cerca de uma hora procurou entre as árvores, tateou o solo, até que encontrou os vestígios de uma estrada engolida pela floresta. Perseguiu essa trilha, desceu uma escarpa e descobriu-se no centro de uma construção em ruínas, uma espécie de templo do qual só restavam o piso e algumas colunas quebradas. Trepadeiras abraçavam as pilastras, e, preso por cordas a uma delas, encontrava-se um menino.

Georgios sacou a faca e se aproximou. Era Pyrrho, um garoto pequeno com cara de sátiro e orelhas de abano. Estava desnorteado e se contorcia, gemendo através da mordaça.

O jovem romano fez sinal para que ele não se movesse. Perscrutou o entorno, para ter certeza de que não havia inimigos por perto. Depois, adentrou o santuário e o libertou. Pyrrho estava descalço e tinha as solas em carne viva, como se alguém as tivesse queimado.

— O que aconteceu? — Georgios o sacudiu. — Quem fez isso com você?

O garoto arregalou os olhos.

— Cavaleiros da morte — chiou, pressionando o indicador contra os lábios. — Cavaleiros negros, brilhantes. Eram seis.

— Seis cavaleiros? Eram os mercurianos?

— Não... — Pyrrho tremia de medo. — Dá para a gente ir embora?

— Calma. Me diga antes quem eram esses homens. Onde está Rúbio?

— Depois eu conto. — Os dentes do menino batiam, e não era de frio. — Me tire daqui. Os cavaleiros... Eles vão matar a gente. Vão matar o Rúbio.

— Ninguém vai morrer. Estamos em treinamento — murmurou Georgios, mas ele mesmo não tinha certeza. Não era o estilo de Libertino chegar a cavalo. E Falco dificilmente faria algo assim. — Você precisa se acalmar.

O jovem batedor não desgrudava a atenção das folhagens.

— Podemos ir? — ele tornou a pedir, quase chorando. — Por favor.

Georgios o ajudou a dar os primeiros passos. Quando pisaram no solo irregular da floresta, ele gritou:

— Ai! Meus pés. — Saltitou. — Estão doendo. Cadê as minhas sandálias?

— Esqueça as sandálias. Segure-se em mim. — O equestre o abraçou de lado. — Quer sentar um pouco?

Pyrrho não respondeu. Georgios continuou caminhando e insistiu:

— Quem eram os cavaleiros? Eram os instrutores? Os mercurianos? Faça um esforço. É importante.

— Não sei. Cavaleiros da morte. Caminho de Sangue. Eram eles. Deviam ser.

Gradualmente, as estranhas palavras começaram a fazer sentido. Seis meses antes, uma turma de cavalaria os havia açoitado e, segundo disseram, executado diversos recrutas. Georgios vira ao menos um garoto ser flagelado até a morte antes de entrar ele próprio no Caminho de Sangue. Quem eram aqueles cavaleiros mascarados ele não sabia, mas estava certo de que, diferentemente dos instrutores, estavam dispostos a matar, como já tinham feito, aliás. O acampamento, então, corria perigo. Sexto e Juno estavam em apuros.

Tentou acelerar o ritmo, mas o colega se movia com dificuldade. Georgios ficou de cócoras e pediu que ele subisse em suas costas. Passou a levá-lo como quem carrega uma mochila.

O rapazinho só gemia, pronunciando frases incoerentes. Olhava para as sombras, enxergava criaturas imaginárias e jurava que estava sendo acossado. Georgios tentou ignorá-lo, até que, uns trinta minutos depois, escutou um vozerio. Sentiu cheiro de queimado e avistou clarões tremulantes. Continuou subindo o morro. Ouviu o crepitar de madeira, ordens confusas e gritos desesperados.

Não havia mais dúvidas: o acampamento estava sendo atacado.

Colocou Pyrrho sentado sobre um tronco seco, limpou o suor com as costas da mão, sacou a faca e disse:

— Espere aqui. Não se mova. Eu venho buscá-lo, está bem? Diga que entendeu.

— Entendi.

Georgios se virou e correu o mais rápido que pôde, saltando sobre as pedras, vencendo a curta distância que o separava da clareira.

Lá, o caos imperava. Tendas pegando fogo, gente correndo, garotos pedindo ajuda, tentando salvar os amigos. Estava tudo tão claro que Georgios pôde ver, no solo, marcas de cascos. Cavalos de guerra, decerto. Alguma coisa entre trinta e cinquenta cavaleiros os haviam assaltado, incendiado tudo e fugido para o norte, rápidos como o vento.

Ele guardou a faca e se concentrou no resgate. O pouco que sabia de medicina era mais que a maioria, e procurou instruir quem passava por perto. Cortou tiras de lona, molhou-as e as amarrou na frente do rosto para reduzir a inalação de fumaça, que, ele aprendera no Templo de Hórus, era tão perigosa quanto o próprio fogo. Ofereceu várias dessas máscaras aos colegas, depois os ajudou a arrastar os feridos para longe das chamas. Quando terminou, localizou sua tenda, reduzida a cinzas. Dirigiu-se ao hospital improvisado, onde havia uns quinze garotos no chão. Dois estavam mortos, quatro tinham queimaduras graves e os demais tossiam, bebiam água, cuspiam e vomitavam. Sexto estava entre eles, sentado, tonto, com parte da túnica chamuscada.

O gaulês acenou debilmente para Georgios. Não havia muito o que fazer. Grande parte das provisões — alimentares e médicas — tinha sido destruída. O equestre sentou-se a seu lado e deu-lhe pancadas nas costas para que ele escarrasse. Ofereceu-lhe o cantil.

— Obrigado. — Sexto bebeu três goles vorazmente. Parecia desolado, mas ao mesmo tempo conformado.

Georgios conhecia aquela expressão e indagou:

— Como você está?

— Completamente na merda. — Ele observava o acampamento dos mercurianos sobre a outra colina, através do vale. — Enfim, encontrou os moleques?

— Só um. Pyrrho. Estava preso, amordaçado. Diz que "cavaleiros da morte" o pegaram. Provável que sejam os mesmos que provocaram o incêndio. Você viu o que aconteceu?

— Preferiria não ter visto.

Sexto apontou para um dos corpos estendidos. Georgios não queria acreditar, mas era verdade. Foi até lá, ajoelhou-se e tomou-lhe o pulso. Nada.

Sacudiu o cadáver.

Juno estava morto.

Georgios ergueu-se e deu um passo atrás.

— Eu o cutuquei, mas ele demorou para acordar — Sexto revelou, aparecendo de repente. — Saí correndo, esperando que ele me acompanhasse, mas a tenda desabou e o engoliu. Não tinha por onde escapar. Eu não sabia o que fazer.

Georgios se virou para o companheiro e percebeu que ele estava chorando. Sentiu-se culpado, porque não conseguia chorar também. O sentimento que lhe chegava era o de euforia, porque um ataque daquelas proporções teria consequências, e ele só pensava em lutar, não importava contra quem.

Sexto murmurejou:

— Ele tinha sono pesado. Você sabe.

— Eu sei. — Georgios mentalizou uma oração a Marte. Estavam longe da escola, então achou que podia conversar com o deus romano sem que Mitra ficasse aborrecido. Encerrada a prece, falou: — Sei que não é o melhor momento para dizer isso, mas precisamos fazer a contagem dos corpos e separar os feridos. E fazer o inventário do que sobrou. Escudos, armas, água e comida. E tem que ser rápido, porque amanhã os mercurianos vão nos atacar.

— Esqueça. Está acabado. Ninguém tem condições de lutar.

— É seu trabalho estimulá-los.

— Para mim chega. Não quero ser o centurião da semana. Foda-se o Corvo de Prata. Estou fora, meu amigo.

— Não perca a cabeça. É um teste. O que os instrutores querem é que percamos o controle. Só o que precisamos fazer é nos organizar. Não é tão ruim quanto parece.

— Não é tão ruim? — Sexto riu de indignação. — Faça o seguinte, Greguinho: me consiga uma arma secreta e eu penso em combater. Porque, nas condições atuais, lutar só vai piorar as coisas.

— Se não lutarmos, um décimo dos alunos vai repetir de ano. E eu quero me formar.

— Quer ser o centurião da semana, então? Eu passo o cargo para você. Quer?

Georgios sentiu um frio na barriga.

— Não. Sou péssimo líder.

— Pior do que eu? Duvido.

Novamente, Georgios observou o corpo de Juno. Uma cena terrível, que deixaria qualquer um abalado. Mas ele testemunhara o assassinato da mãe e, de alguma forma, aprendera a lidar com a morte. Sem saber, Drago e seus capangas o haviam transformado em uma pedra de gelo, o que lhe dava certas vantagens.

— Centurião — uma voz soou em meio à fumaça. Era Magêncio, o menino de cabelos amarelos que fora humilhado por Bores Libertino alguns meses antes. Ele também integrava o time dos apolianos. — Centurião — ele repetiu, dirigindo-se a Sexto —, nós capturamos um deles.

— Um deles? — Sexto não entendeu. — Um cavaleiro?

— Exato. — O filho de Maximiano estava acompanhado de outros dois garotos, meninos altos que vinham atuando fazia algum tempo como seus bajuladores. — Com cavalo e tudo.

Georgios não gostava de Magêncio, mas admitia que ele estava se saindo bem na escola. Era um jovem perverso, e no exército a perversidade costuma ser útil. Especialmente em casos como aquele.

— E então? — acentuou Magêncio. — Quais são as ordens?

Confuso, Sexto olhou para Georgios, que assumiu as rédeas:

— Ótimo. Vamos interrogá-lo. — E se virou para o amigo: — Eis a sua arma secreta.

LII

O PRISIONEIRO

DEPOIS DE TRAZER PYRRHO DE VOLTA AO ACAMPAMENTO E DEVOLVER A FACA A Sexto, Georgios foi ter com o prisioneiro. Era um homem jovem de nariz adunco, grandes olhos azuis, cabelos curtos e queixo encovado. Trajava armadura de escamas de aço e estava preso a uma árvore, atado por cabos de barraca e cercado de quatro garotos com gládios de madeira e tochas na mão. Ninguém sabia dizer como ele havia sido capturado, mas seu cavalo, um garanhão cinzento, continuava por perto, amarrado ao pé de um arbusto. Os capangas de Magêncio o haviam agredido com socos e pontapés. O cavaleiro tinha o rosto inchado. Um filete de sangue escorria dos lábios.

De alguma forma, Magêncio conseguira uma das três facas que circulavam pelo acampamento. Com Georgios ao lado, pressionou a ponta contra a goela do homem.

— Pode começar a falar. Quem é você? Quem o mandou?

O cavaleiro o fitou com um olhar de desprezo.

— Pense um pouco e vai descobrir — disse. — Vamos, pense, Cabeça de Ovo.

Irado, Magêncio deu-lhe um soco no rosto, o mais forte que podia. Não era, entretanto, um garoto particularmente robusto. E o prisioneiro era dotado de compleição excepcional, então quase nem sentiu a pancada.

— Se não falar, enfio esta faca na sua garganta.

— Não é assim que funciona — explicou o cativo. — No segundo ano vocês terão aulas de tortura. Existem profissionais especializados em extrair informações. Não basta enfiar "esta faca" na minha garganta. Cresça. — Cuspiu sangue. — Ademais, nós estamos com um dos seus, um menino. Se eu morrer, ele morre também. Crucificado.

— Um dos nossos?

— Rúbio — Georgios cochichou para Magêncio. — Um dos batedores. Os cavaleiros o capturaram no bosque.

— Por Leto, foda-se esse Rúbio — praguejou, invocando o nome do antigo deus romano da morte. — Deixemos que morra. Que diferença faz?

— Faz toda a diferença — Georgios exclamou. — Os rapazes já estão desorientados. Se esses cavaleiros esfolarem mais um dos nossos, é o fim. Debandada. E os mercurianos ficam com os louros.

— O que está sugerindo, então? Soltarmos o sujeito?

— Um acordo pode ser útil.

— Está louco, Greguinho? — Magêncio enrugou a cara. — Os cavaleiros crucificam o tal Rúbio e nos matam depois. Não dá para lutar. Não temos armas reais.

— Não estou falando para negociar com os cavaleiros, estou falando para negociar com *ele*. — Georgios indicou o prisioneiro com um movimento dos olhos.

— O filho da puta já deixou claro que não quer falar. O melhor é cortar logo a cabeça dele e exibir sobre uma estaca. Tenho certeza de que vai elevar o moral.

— Isso não basta — argumentou o equestre. — Precisamos de algo mais.

— O que, por exemplo?

— Não sei. Deixe-me conversar a sós com ele.

— Escute — Magêncio sacudiu a faca na direção de Georgios —, só porque Sexto o enviou, não significa que você tenha alguma autoridade. Aliás, convenhamos que Sexto é um centurião de merda. Sei que é seu amigo, mas fatos são fatos.

Georgios sabia que, em meio àquela hierarquia tão flutuante, era Magêncio quem detinha o poder, porque aliciara os alunos mais corpulentos com promessas de contratação futura, afinal ele era filho do augusto do Oeste e, segundo clamava, receberia do pai uma legião. Mas Georgios também era esperto e conhecia os pontos fracos do garoto.

— Dez minutos — ele pediu. — Se nesse tempo eu não conseguir convencê-lo a falar, você poderá degolá-lo.

Magêncio não gostou da ideia, mas não tinha muito a perder.

— Se você deixá-lo fugir, eu te mato.

— E por que eu o deixaria fugir?

— Não sei. Talvez você seja um espião.

— Ora, vá se foder.

— O que você disse?

— Eu disse para você se foder, Cabeça de Ovo.

O insulto funcionou melhor que um soco. Às vezes, falar grosso é a melhor solução.

— Dez minutos. — Magêncio foi se afastando de costas. Os capangas o seguiram. — Nem mais um segundo.

Georgios se aproximou do cavaleiro. Olhando com mais atenção, ele parecia mais novo que à primeira vista. Dezoito anos, talvez. Dezenove, no máximo. Conferiu se estava bem amarrado. Tudo certo. Cruzou os braços e começou:

— Sou Georgios...

— Eu sei quem você é — o cavaleiro o cortou, prepotente.

— Também sei quem você é. — Fez mistério por alguns instantes. — É um veterano. Do terceiro ano.

O homem relaxou a face. Deu um meio sorriso.

— Parabéns. Muito bem pensado. — Encolheu os ombros de um jeito irônico. — Eu bateria palmas, mas, veja, estou preso.

— Importa-se de dizer o seu nome?

— Por enquanto, sim. — Mais uma cusparada de sangue.

— É um belo cavalo. — Georgios fitou o garanhão. — É árabe?

— Por Mitra, você é apenas uma criança. — Ele ignorou a pergunta. — Quantos anos tem? Treze? Catorze?

— Quinze.

— Que fedelho. Já esteve com uma mulher? Desculpe perguntar, mas é que tudo isto é um pouco ridículo.

O filho de Laios não retrucou. Fez uma cara neutra. Esforçou-se para esconder as emoções. Era crucial que o prisioneiro não soubesse o que ele estava sentindo ou pensando. Só então respondeu:

— Esse tipo de conversa não vai funcionar comigo. O meu melhor amigo acaba de morrer estorricado. Se fosse para perder o controle, eu já teria perdido. Nesse teste eu passei. Qual é o próximo?

O cavaleiro o encarou com uma expressão completamente diferente, mais natural, menos dramática.

— O próximo é você descobrir quem somos nós. Quem sou eu. E por que atacamos o acampamento.

Georgios estava certo o tempo todo: era um teste. Uma prova de inteligência, sim, mas de controle emocional sobretudo, um desafio que nem Sexto, emotivo demais, nem Magêncio, muito impulsivo, teriam condições de superar. Nos anos seguintes, ele aprenderia que os melhores soldados não são os que detêm a técnica perfeita, mas os que conseguem manter a calma diante da tragédia e do caos. Esse deve ser, aliás, o principal atributo de um oficial. O caos é a barbárie. O controle, a civilização. Quando um comandante perde a cabeça, os legionários debandam, desertam, sucumbem.

Georgios contemplou a lua, como se a resposta estivesse escrita em uma de suas crateras. Segundos depois, arriscou:

— Não é uma prova nossa apenas, é uma prova *sua*. O terceiro ano introduz o aluno ao generalato. A sua tarefa é comandar uma centúria desarticulada, desmoralizada, exausta, com um centurião incompetente, e fazê-la ganhar.

Debochado, o prisioneiro abanou a cabeça, emendando um muxoxo

— De onde você tirou essa conclusão fabulosa?

— É a única explicação. Magêncio e os bajuladores dele não teriam a menor chance de capturá-lo à força. Você resolveu deliberadamente se entregar. É um teste *seu*.

Escutava-se apenas o fogo, que ainda fazia as rumas escaldantes crepitarem.

— Como disse que se chamava?

— Não vou repetir. Você sabe quem somos. Sabia o apelido de Magêncio. Deve ter estudado, se preparado. Por que não falamos francamente, então? Quer negociar?

— Quero — ele suspirou. — Prazer. Sou Flávio Constantino. Estou impressionado.

— Obrigado.

— Era uma troça. — O sujeito ficou sério de repente. — Georgios, você está certo sobre mim, mas qualquer imbecil chegaria a essa conclusão.

— Está bem, sou um imbecil. Não importa. Combinei com o Cabeça de Ovo que fecharia um acordo em dez minutos. Falta pouco. Sejamos práticos.

— Nada mais justo — acedeu o cavaleiro. — Você fala em nome do centurião? Digo, do centurião da semana?

— Para todos os efeitos, sim. Sexto é meu amigo. Somos companheiros de quarto.

— Bom, nesse caso podemos negociar. — Constantino estalou o pescoço. — Primeiro, você vai convencer esse seu amigo a passar o cargo a Magêncio.

— Por quê?

— Porque é o único jeito de controlá-lo. Se você prometer ao Cabeça de Ovo apoiá-lo como centurião, ele aceitará tudo. Inclusive me colocar na liderança.

— Compreendo que esta seja a sua missão, mas é tarde demais. Estou certo de que poderíamos convencer Magêncio a poupá-lo, pagando o devido preço, mas os rapazes não aceitariam que você os liderasse. — Apontou para as tendas, ainda fulgurantes. — Não depois do que fez. Dois mortos. Feridos. Os suprimentos acabaram. Sem chance.

— É justamente por isso que eles vão me aceitar. Não há mais nada a perder. — Constantino deu um longo sorriso. — Coloque-me diante deles ao nascer do dia. E então a mágica acontecerá.

— Se eu colocá-lo diante dos recrutas, eles farão você em pedaços. Nem eu, nem Sexto, nem Magêncio com os capangas dele poderemos segurá-los.

— Quer apostar?

— Você é louco.

— O destino favorece quem ousa — ele declamou, evocando o lema da Décima Legião Gêmea, a preferida de César. — *Audentes fortuna iuvat.*

— Por que devo confiar em você? — Georgios queria garantias.

— Porque nós dois desejamos a mesma coisa: a vitória. E, meu camarada, isso é algo que, no momento — ele deslizou o olhar pelo acampamento destroçado pelo fogo —, só *eu* posso lhe dar.

*

Rapidamente, a notícia de que um dos cavaleiros havia sido capturado se espalhou pelo acampamento, gerando indignação e revolta. O comentário geral era de que ele deveria ser esfolado, mutilado e enforcado, mas Pyrrho, o batedor resgatado, repetia de modo frenético que aqueles sujeitos eram como fantasmas, invencíveis, e que mantinham Rúbio, o outro batedor, refém. Com isso, o sentimento mudou da raiva para o medo, e logo os alunos, já devastados moralmente, só pensavam em correr de volta para a escola, ainda que o prisioneiro fosse um homem comum.

Convencido por Georgios, Sexto entregou o comando da centúria a Magêncio, que vivia agora seu momento de glória. O filho de Maximiano acatou a proposta de Constantino, aceitando que ele os liderasse no confronto do dia seguinte, mas exigiu "uma vitória completa". Se os apolianos ganhassem, o nome de Marco Aurélio Magêncio constaria nos anais da escola e ele poderia se gabar do feito, incrementando o prestígio do clã.

O incêndio provocara doze baixas, entre mortos e feridos, e muitos já consideravam a rendição. As provisões tinham acabado e os rapazes estavam exaustos, porque ninguém tivera condições de dormir. Em suma, era uma batalha perdida.

Conforme previamente acordado, nas primeiras horas do dia os mercurianos enviaram um diplomata para discutir os detalhes da competição. Quem representava o time inimigo era Rômulo Severo, um jovem esguio de beiços largos, cabelos longos e negros, nascido na Hispânia. Rômulo apareceu sozinho com uma túnica nova, branca, sem armadura, e uma capa escarlate, a qual ele ainda não tinha permissão de vestir, já que o vermelho era a cor do exército, e eles eram apenas recrutas.

Rômulo e seus comparsas haviam testemunhado, do outeiro adjacente, o ataque da noite anterior, mas ele não esperava tamanha devastação. Salvo um ou outro, os sobreviventes pareciam mendigos, com os escudos quebrados, as túnicas imundas e o rosto preto de fuligem. Só o estandarte dos apolianos continuava intocado, ostentando a figura de um raio, o eterno símbolo do filho de Zeus.

Parecia óbvio a Rômulo que seus adversários estavam acabados. Ele estendeu a mão para Magêncio e o cumprimentou. Os dois meninos estavam sobre a colina, diante de uma das tendas remanescentes. Do lado esquerdo de Magêncio, encontrava-se Georgios. Rômulo disse:

— Salve, meus amigos. Salve, Magêncio e Georgios. É esse o nome de vocês, certo? — O tom era respeitoso. — Onde está Sexto? Minhas instruções são para negociar com o centurião apenas. Poderiam me levar até ele?

Magêncio abriu um sorriso. Era por isso que ele esperava havia meses.

— Eu sou o novo centurião da semana. Pode negociar comigo.

Rômulo esboçou uma cara de surpresa, mas logo se acostumou com a ideia e acrescentou:

— Oh, não sabia. Está bem. — Esticou a boca na direção da tenda. — Não vai me convidar para entrar?

— Não. — Magêncio cruzou os braços, bloqueando o caminho.

O diplomata conhecia a fama do rapaz e não estava disposto a enfrentá-lo.

— Sem problemas. Não creio que vá demorar, de qualquer maneira. Primeiramente, quero deixar claro que nada tivemos a ver com o ataque. Deve ser coisa dos instrutores.

— Eu sei — afirmou Magêncio, agressivo. — Vocês não teriam competência para algo do gênero.

Rômulo não cedeu ao desaforo. Girou em seu eixo. Observou novamente o acampamento, a grama negra, as barracas que agora pareciam marcações de fogueiras e os cadáveres ainda estendidos no chão.

— Quantos mortos? — perguntou.

— Não é da sua conta. Quem você pensa que é? O comandante?

— Não, não, é que... — O espanhol se esforçava para ser educado. — Você sabe, pelas regras da prova, a centúria perdedora será dizimada. Significa que um décimo dela, isto é, dez rapazes deverão ser escolhidos para repetir de ano, voltando ao princípio do curso. Então tive uma ideia. Quero fazer uma proposta.

— Faça.

— Dependendo de quantos apolianos morreram ontem à noite, o problema já estaria resolvido. E, caso tenham caído só cinco, digamos, basta vocês escolherem mais cinco e os entregarem aos instrutores para que sejam reprovados. Nem precisaríamos lutar.

Georgios não se conteve. Interveio com a respiração pesada:

— Nós parecemos o tipo de centúria que deixa seus homens para trás?

Rômulo espiou Magêncio brevemente e deu uma risadinha.

— Com todo o respeito, sim. Pode ser uma virtude, às vezes.

O filho de Maximiano armou um soco, porque sabia que o diplomata estava se referindo a ele especificamente. Magêncio era conhecido pelo egoísmo, além da já citada crueldade. Georgios segurou o colega. Falou diretamente com Rômulo:

— Nada feito. Só nos diga onde quer combater.

— Se vocês realmente querem lutar, tudo bem. — Rômulo já estava se afastando. — Descendo a trilha a leste, encostado na floresta, há um campo satisfatório. Nos encontramos lá ao meio-dia. Pode ser?

— Pode.

Georgios se virou para trás e abraçou Magêncio para melhor controlá-lo, mas o curioso foi que, quando Rômulo Severo desapareceu, ele recuperou a compostura sozinho. Para quem acompanhava a cena, parecia tudo muito artificial, e era. Flávio Constantino saiu da tenda onde estava escondido.

— Vocês foram ótimos — elogiou os dois meninos.

Georgios resmungou:

— Não gosto de fingimentos. Não levo jeito para ator.

— Se você quiser se tornar um oficial romano, terá que ser muitas coisas — ensinou Constantino, e se virou para Magêncio. — Os seus homens estão prontos, centurião?

— Sim, estão prontos, sen... — Ele estava prestes a chamá-lo de "senhor" por reflexo, mas engoliu a palavra. — Os rapazes vão escutá-lo.

— Perfeito. — Constantino voltou a atenção para o equestre. — Georgios, traga o meu cavalo.

O garoto deu de ombros.

— Não sou seu escravo.

— Se você quiser se tornar um oficial romano, terá que ser muitas coisas — ele repetiu e determinou: — Hoje você será o meu escudeiro.

LIII

JOGOS DE GUERRA

Constantino montou em seu garanhão. O animal trotava com altivez, dobrando completamente as patas da frente, produzindo um som característico, pisando forte no chão, arrancando tufos de grama, e essa era — por incrível que pareça — uma imagem inspiradora, que transmitia esperança, não medo.

Em outras circunstâncias, os jovens teriam avançado contra o veterano, mas depois da morte de Juno e Maro, outro calouro, estavam apáticos e tristes. Não bastasse isso, Pyrrho convencera metade do pelotão de que os cavaleiros que os atacaram eram imbatíveis, e realmente Constantino, com sua armadura de escamas, parecia um herói. Enfrentar um adversário montado não é tarefa para qualquer um. Homens assim, quando bem preparados, às vezes nem precisam sacar a espada, porque sabem usar o cavalo para atropelar, matar e fugir. Nos anos seguintes, Georgios aprenderia essas técnicas e descobriria como são eficazes.

Flávio Constantino circulou o acampamento, depois empinou e parou diante dos recrutas, aos raios oblíquos do sol nascente. Sua figura tinha algo de escultural, com ângulos retos, como os bustos dos antigos imperadores romanos. Passou cerca de um minuto calado, tentando ler a fisionomia da tropa, procurando farejar o que os rapazes sentiam, o que desejavam. O grupo, à exceção de Magêncio e Georgios, estava sentado na encosta do morro, as nádegas esmagando as flores douradas. Transcorrido esse minuto, o cavaleiro falou:

— Eu os saúdo, apolianos. Meu nome é Flávio Constantino. Sou aluno do terceiro ano. *Eu* organizei o Caminho de Sangue. E matei seus amigos.

Houve um silêncio desolador, carregado de perplexidade e tensão.

— Isto é só o começo — ele prosseguiu. — Quem permanecer na escola no próximo ano terá de lidar com coisas piores, muito piores, e nas legiões esses são episódios constantes. Marchas forçadas, motins, mortes, derrotas... Portanto, eu convido aqueles que querem desistir a o fazerem agora.

Um menino tossiu. O vento soprou, sublinhando as folhagens. Fora isso, nenhum som.

Constantino desmontou, entregou as rédeas a Georgios e deu uma ordem enérgica:

— Sentido!

Se a centúria tivesse ensaiado, não teria dado tão certo. Os jovens se levantaram em perfeita sincronia. Pareciam bonequinhos de madeira, obedientes e rígidos.

Então aconteceu algo que Georgios jamais esqueceria. Constantino se dirigiu a cada um dos soldados. Perguntou seus nomes, afagou-lhes os ombros e os encarou com o semblante fraterno, como se comunicasse que todos, a seu modo, eram especiais. Era um gesto muito forte, porque ele tinha os olhos azuis, grandes e expressivos. Fragilizados, os garotos foram automaticamente seduzidos. Nesse dia, Georgios entendeu que Flávio Constantino não era um guerreiro ordinário e teve certeza de que os deuses haviam traçado um destino singular para ele.

— O objetivo desta prova, a primeira de muitas que os levarão ao segundo ano — continuou o cavaleiro em sua armadura de escamas —, é selecionar aqueles que estão aptos a se tornar oficiais. E ensinar-lhes que, aconteça o que acontecer, a melhor estratégia vence, mesmo quando os números jogam contra. Um oficial romano não é apenas um lutador, é uma ideia, um indivíduo que leva a claridade aos recantos mais sórdidos. É um representante de Zeus, de Mitra e de Marte, um combatente sagrado, que não pode se deixar abater. — Ele elevou a voz para que ela se propagasse. — Eu vou liderá-los. Sob o meu comando, os senhores serão campeões, em nome de Juno, de Maro e do Corvo de Prata. Em nome de Apolo — gritou. — Salve os apolianos! Salve a Escola de Oficiais do Leste. — Deu um urro, e os novatos fizeram coro. — Eu tirei suas vidas para lhes entregar a vitória. Boa sorte, legionários. Descansar.

De pé, Constantino tomou as rédeas da mão de Georgios e se dirigiu à tenda que lhe fora oferecida. O discurso não havia sido impressionante apenas por sua eloquência, mas porque Constantino era, até a noite anterior, um inimigo muito mais perigoso que qualquer mercuriano. Controlar corações e mentes daquele jeito exigia carisma, talento e sangue-frio. Flávio Constantino, apesar de suas falhas, tinha as três coisas — e muito mais.

Georgios e Magêncio estavam confiantes. Os dois acompanhavam o cavaleiro, quando o filho de Maximiano lhe perguntou:

— Então, qual é a estratégia?

— Estratégia? — Constantino se deteve antes de entrar na barraca.

— A batalha está marcada para o meio-dia. Que estratégia vamos usar? Que formação? *Agmen formate*? — Ele se referia à formação em blocos. — *Frontem allargate*? — Esta sugeria uma formação dispersa. — O que tem em mente?

O veterano admitiu:

— Por enquanto, não tenho nada em mente.

Georgios se assustou.

— Nada? Pensei que tivesse o plano perfeito.

— Calma. Tudo a seu tempo. Alguma coisa vai aparecer. Sempre aparece. — Constantino olhou para o estandarte de Apolo, para o símbolo do raio, e concluiu: — Dispensados.

No exato momento em que os apolianos iniciaram a marcha, o tempo fechou e começou a chover. O grupo desceu o morro através de uma trilha no bosque, chegando ao campo sugerido para o combate. O lugar era de fato excelente, um gramado liso, sem arbustos ou pedras. O único contratempo era a própria relva, que crescera além do esperado, com formigueiros e poças enlameadas, mas nada que atrasasse o avanço das tropas ou prejudicasse o desenrolar da batalha.

Constantino disse a Magêncio que ficaria entre as árvores, escondido, até "o momento oportuno". Ele não revelou, porém, que momento seria esse. Dividiu a centúria em equipes de dez, chamando-as de decúrias, com um líder para cada unidade, batizado de decano. Com isso em mente, considerando o terreno, a disposição e o clima, Constantino elaborou uma estratégia ousada, que desafiava os limites da lógica e, justamente por isso, poderia dar resultado.

O que diferenciava Flávio Constantino de seus colegas — traço que, aliás, o perseguiria pelo resto da vida — era a capacidade de improvisar. Nos anos à frente, esse tipo de atitude deixaria os oficiais sob seu comando indignados, mas ninguém se atrevia a desafiá-lo, porque, apesar disso, ele sempre saía vitorioso. Sua grande virtude era a imprevisibilidade, talento que só pode ser exercido por alguém que tem a absoluta confiança das tropas.

Georgios, escolhido como um dos decanos, comparecera à audiência e escutara as ordens de Constantino. Em um primeiro momento teve dificuldade de aceitá-las, porque contrariavam tudo o que ele tinha aprendido ao longo dos seis meses de curso. Contudo, quando a centúria se alinhou, ao norte do campo, ele entendeu a realidade dos fatos e começou a se sentir confiante.

Perto do meio-dia, a chuva parou e o sol apareceu entre as nuvens. O panorama era tão claro que se enxergavam as fazendas a leste, os longos vinhedos e algumas dezenas de ovelhas pastando a oeste. O bosque ficava ao sul, e o norte era território inimigo. Os dois pelotões — os apolianos, encabeçados por Magêncio, e os mercurianos, liderados por Rômulo Severo — encontravam-se agora um de frente para o outro, separados por uma distância de cinquenta metros. Na retaguarda dos mercurianos, um porta-bandeira carregava o estandarte do time, representado pelo emblema do caduceu — um cajado adornado por asas, com duas cobras entrelaçadas —, enquanto o pendão de Apolo se encontrava igualmente na traseira das linhas, com a haste enfiada no solo.

Coube aos mercurianos inaugurar o torneio. Quando a primeira trompa soou, as duas centúrias se moveram em blocos, pisando forte, marchando ao ruído metálico das armaduras. Na pequena unidade liderada por Georgios, os jovens estavam otimistas. Ele próprio não via motivos para se preocupar, porque fora, tal qual seus colegas, seduzido pelas palavras de Constantino, a quem consideraria, até o último dos seus dias, o maior chefe militar do planeta.

Houve um instante de apreensão, como acontece em todas as batalhas. Para Georgios, era uma sensação fascinante, que lhe despertava grande euforia. Sentia-se como um animal selvagem, faminto, sedento de sangue, louco para destroçar sua presa. Então, soou a segunda trompa. Um grito se projetou às alturas e os mercurianos atiraram suas lanças com ponta cega. Magêncio, que se encontrava na dianteira, recuou. juntou-se a seus homens e berrou um dos comandos mais clássicos:

— Testudo! — E assoprou um apito, repetindo: — Testudo!

Eles haviam treinado o movimento por meses, dentro e fora do pátio da escola. Os soldados se juntaram ombro a ombro, unindo os escudos e formando uma carapaça similar ao casco de uma tartaruga. O testudo era famoso porque garantia proteção quase total contra projéteis, embora exigisse coordenação e disciplina, coisas que o exército romano tinha de sobra. Em muitos aspectos, foi o testudo que permitiu que Roma dominasse o mundo, uma vez que os bárbaros não eram capazes de se agrupar desse jeito.

Os dardos bateram na madeira sem ferir ninguém, sem penetrar as formações ou atrasá-los. Os apolianos haviam formado sete carapaças e seguiram caminhando devagar, agachados, protegidos, sem abrir uma fresta sequer. Deslocar-se dentro de um testudo é uma experiência única, uma prova de companheirismo, porque a maioria dos peões no interior desses cascos não enxerga nada, precisando confiar nos colegas à frente. Georgios era quem guiava sua decúria e teve consciência disso quando olhou para trás por um breve segundo e viu os meninos encolhidos, dependendo dele para avançar.

Os mercurianos estavam seguros de que logo os rivais desmanchariam o testudo para dar início ao combate na parede de escudos. Com uma palavra, Rômulo Severo ordenou que seus homens sacassem os gládios de madeira e se preparassem para receber o impacto. Os apolianos, entretanto, prosseguiram em formação até chegar muito próximo do inimigo. Foi então que a estratégia ousada de Constantino se mostrou eficaz.

No último momento, em vez de os apolianos se alinharem para o entrechoque, tocaram as defesas adversárias com o próprio testudo, e de baixo da carapaça saiu um garoto engatinhando, depois outro e mais outro, até que o casco se desfez. Esses combatentes, sem seus escudos, penetraram um a um no meio dos oponentes, por sob suas pernas, e, quando os mercurianos menos esperavam, estavam sendo atacados de todos os lados por meninos que gritavam e se comportavam como lunáticos.

O plano de Flávio Constantino não funcionaria em uma situação real de batalha, porque o primeiro que tentasse penetrar a centúria seria perfurado nas costas. Naquela simulação, porém, os alunos usavam armas não letais.

Em outras palavras, o que eles tinham nas mãos eram clavas, objetos sem ponta, que precisavam de espaço para ser manobrados.

Para a sorte dos apolianos, a tática deu certo. Em minutos, o que era para ser um confronto típico da infantaria romana se transformou em um caos generalizado. Georgios estava exatamente onde queria estar, no coração da tempestade. Como em um sonho, ele se lembrou das brigas de que participara, em especial das que perdera. Era sublime poder lutar plenamente e fazer isso em equipe. Cada pancada desferida era um fantasma que ele exorcizava. No primeiro golpe enxergou os assassinos de sua mãe, no segundo vislumbrou o rosto de Cláudio Régio, de Saul, dos meninos que o espancaram em Niceia, dos garotos que tentaram estuprá-lo em Lida, do eunuco que o acertara durante a passeata em Antioquia e até de Romão, o diácono que o criticara no Templo de Hórus.

No meio do alvoroço, dois jovens o cercaram. Georgios sabia que eram mercurianos porque portavam escudos, enquanto os apolianos os haviam deixado para trás. Brandindo o gládio apenas, ele tinha uma mobilidade fantástica, muito maior que a dos rivais. Simplesmente rodopiou à direita, segurou a borda do escudo do primeiro oponente e o puxou, como quem abre uma porta. De repente, estava cara a cara com o inimigo. Golpeou-o com a espada de treinamento, desfechando múltiplas pancadas contra o elmo de bronze. O rapaz ficou aturdido e tropeçou, quando o segundo legionário empurrou Georgios com o ombro. Ele caiu de costas, desengonçado. Não esperou que o sujeito avançasse e o segurou pelas canelas, levando-o ao solo. Saltou sobre ele e o massacrou com socos e cabeçadas.

Recuperou a clava e se levantou. Não era mais uma batalha, era um escarcéu. Dezenas de garotos se enfrentavam, muitos no chão, com ossos partidos, nariz quebrado, cuspindo dentes, sangrando e tossindo. O gramado era uma pasta de lama, que engolia as sandálias e, se não os prendia, os fazia escorregar. Em meio a gritos de guerra, de energia e de dor, Georgios se concentrou no estandarte de Mercúrio. Onde estava? Se ele pudesse alcançá-lo, os apolianos conquistariam a vitória.

Mas não seria tão fácil. Apesar de a estratégia de Constantino ter sido bem-sucedida no início, os mercurianos tinham um contingente maior. Quase que instintivamente, Georgios procurou por Magêncio. O centurião da semana não era tão mau guerreiro. Provocara algumas baixas, sendo uma delas Rômulo Severo, o diplomata que os visitara mais cedo. Correu até ele e o chamou.

— Precisamos pegar o estandarte de Mercúrio — Georgios apontou para o objeto, que continuava no mesmo lugar, no extremo norte do campo, longe deles, protegido por um porta-bandeira. — Use o seu apito para reunir os soldados.

Magêncio olhou para ele com o rosto corado de suor.

— Se nos afastarmos, eles pegam o nosso, idiota. Quer ir sozinho? Vá em frente. Problema seu. Eu tenho ordens de Constantino para segurar a linha.

Georgios não se atreveu a questioná-lo, porque Magêncio estava certíssimo. No impulso de vencer a todo custo, ele nem considerara que defender o próprio brasão era tão importante quanto capturar o do inimigo. Georgios tinha quinze anos, mas sua personalidade, nesse aspecto, não mudaria tanto dali em diante. O filho de Laios se tornaria um dos mais habilidosos guerreiros da Púrpura, mas nunca seria um comandante excepcional, porque adorava lutar, amava a ação, o que o impedia, por vezes, de pensar estrategicamente.

Examinou o terreno em volta e descobriu Sexto caído de bruços. O gaulês tentou dobrar os joelhos, mas não conseguiu se levantar, porque a armadura pesava. Olhou para Georgios como se pedisse ajuda. O equestre queria assisti-lo, mas para isso teria de se afastar da peleja, e não era todo dia que ele tinha a chance de combater. Seu coração estava dividido entre socorrer o amigo e continuar batalhando, quando ele escutou o trotar de um cavalo.

Do bosque, saiu um garanhão todo cinzento. O homem que o conduzia era alto, de cabelos louros e pele metálica. Flávio Constantino puxou as rédeas, fazendo o animal relinchar. Conduziu a montaria a galope, apanhou o estandarte de Apolo e o ergueu sobre a cabeça. Depois, gritou para os garotos que comandava:

— Senhores, avante! Por Apolo. Pelo Corvo de Prata. Por Roma. É agora! — esbravejou. — Penetrar as linhas. Avançar!

Para os apolianos, as palavras serviram como uma injeção de moral. Para os mercurianos, em contrapartida, eram um fator preocupante, que os desestabilizava emocionalmente. Quem era aquele cavaleiro? De onde viera? Por que estava ajudando os oponentes? Que poderes tinha, e o mais importante: o que planejava?

Era o sinal que Georgios esperava. Ele, Magêncio e outros cinco recrutas se viraram e progrediram feito cães de caça na direção do estandarte inimigo. Balançavam as clavas, driblando os rivais, desviando-se dos formigueiros, saltando as poças, e, como ambas as centúrias estavam dispersas, era quase impossível detê-los. Georgios se lembra de ter levado pelo menos três bordoadas, duas nas costas e uma na nuca, enquanto corria. Não sentiu medo, dor ou cansaço, até que se descobriu a poucos passos do objetivo final. Magêncio estava quase emparelhado com ele, então ficou claro que era uma disputa, uma competição para ver quem chegava primeiro.

Georgios deu ação aos músculos da perna e tomou a liderança. Magêncio o segurou pela túnica.

— Pare. — Ele falava como se fosse uma ordem. — Parado. Eu sou o centurião da semana. *Pare!*

Georgios fingiu que não tinha ouvido e prosseguiu até alcançar o pendão. O porta-bandeira dos mercurianos, prestes a ser cercado por sete apolianos, colocou-se de joelhos, com as mãos na cabeça. O equestre apanhou o objeto e o sacudiu para que todos vissem. Um burburinho se espalhou pelo campo, e os dois lados interromperam os golpes. O grupo derrotado, conforme as regras, largou as armas e se entregou.

Magêncio não se conformava.

— Por que você sempre tem que ser o primeiro? — ele disse a Georgios. — Eu lhe dei uma ordem.

O equestre, no entanto, ainda estava envolto na emoção do combate e não aceitaria desaforos.

— Que se dane a sua ordem. Se fosse por você, nós teríamos degolado o cavaleiro. Essa vitória é *minha*.

— Greguinho de merda. Você vai pagar. Prometo.

Ele se lembrou de que Magêncio dissera a mesma coisa a Bores Libertino e até então nada fizera.

— Só ameaças. Quer resolver? Resolvamos agora.

O filho de Maximiano não era bom de briga, mas gostava de bancar o valente e se adiantou para esmurrar o colega, que pressentiu o perigo e deu um passo atrás, usando a haste da bandeira para se defender. O duelo, todavia, não foi adiante, porque Constantino apareceu sobre o cavalo, e instantaneamente todas as atenções se voltaram para ele.

— Senhores — ele ostentava o lábaro dos apolianos, o que o tornava duplamente garboso —, a contenda entre vocês é inoportuna. — Sorriu, autoconfiante. — Georgios, esta vitória não é sua ou de Magêncio. É minha. *Só* minha. Entendeu?

O equestre baixou a cabeça e disse, sem rancor:

— Sim, senhor.

— Centurião — ele se dirigiu a Magêncio. — De acordo?

O jovem de cabelos amarelos retrucou:

— Sim, senhor.

— O triunfo sempre pertence ao comandante, e toda derrota é da mesma forma atribuída a ele. É preciso que vocês saibam aceitar os louros e também administrar o fracasso. — Constantino domou o cavalo, que sacudia a cabeça para se livrar de um mosquito. O campo cheirava a sangue, suor e terra molhada, e os insetos começavam a zumbir. — Eis a lição de hoje. Não se esqueçam.

Do alto da sela, Flávio Constantino olhou por sobre as cabeças como se procurasse algo. Deu um longo assobio. Um menino pequeno, com cara de sátiro e orelhas de abano, veio correndo até ele. Era Pyrrho, o batedor que Georgios resgatara no bosque. O garoto parecia ter se recuperado totalmente do medo e da confusão. Dirigiu-se ao cavaleiro sorrindo e acenando, como quem saúda um amigo.

Constantino enfiou a mão em um bolso oculto sob a sela e tirou uma algibeira. Chocalhou o conteúdo, fazendo-o tilintar, e em seguida o atirou para Pyrrho, que o apanhou com um pulo.

— Obrigado, senhor. — O menino contou as peças de bronze e se curvou. — Muito obrigado.

— Bom trabalho — Constantino congratulou o batedor, trocando com ele um olhar cúmplice.

Georgios, sem entender o que se passava, protestou:

— Se alguém tem que ser pago, sou eu. Fui seu escudeiro.

— Você é um idealista, Georgios. Eu jamais pensaria em suborná-lo — gargalhou Constantino, condescendente. — Prometi algumas moedas ao meu amiguinho aqui para que ele espalhasse uns boatos.

— Boatos? — reagiu Magêncio, atônito.

— Calma. — O cavaleiro se divertia com a indignação dos mais novos. — Os senhores aprenderão no terceiro ano sobre o emprego de espiões e o uso da inteligência tática — disse, entregando o estandarte a Magêncio. — Por enquanto, é só o que posso dizer.

— Mas e o... — Georgios começou a falar. Constantino o interrompeu:

— Sim, o outro patrulheiro, Rúbio. Está na escola desde ontem à noite. São e salvo.

Um corno soou. Georgios olhou para o oeste e reconheceu o cavalo de Falco. Bores Libertino e mais dois instrutores o acompanhavam a pé.

Quando tornou a se virar, Flávio Constantino havia sumido. Georgios o teria tomado por um fantasma, uma aparição, se nunca mais o tivesse encontrado. Mas o destino dos dois homens estava ligado, não só pelo capricho dos velhos deuses como, indubitavelmente, pela vontade do Senhor Jesus Cristo.

A raiva que Magêncio sentira de Georgios também desapareceu. Ele só conseguia pensar no modo como fora enganado. Constantino havia subornado Pyrrho para que ele convencesse a centúria de que os "cavaleiros da morte" eram invencíveis, quando na realidade eram apenas pessoas comuns.

Georgios comentou:

— Bom, pelo menos ele nos entregou o que prometeu.

— Um dia eu ainda pego esse canalha. Pode anotar. — Magêncio mirou um ponto fixo no mato. Estava cansado e com sono.

— Fomos manipulados. Ludibriados. — O equestre sentiu um gosto azedo na boca. Olhou para os punhos. Estavam sangrando. O corpo fedia, o traseiro coçava. — Que filho da puta.

LIV

CEREÁLIA

De volta à escola, o quarto onde Georgios dormia tornou-se grande demais sem a presença de Juno. Sexto, que antes do torneio costumava alegrar os rapazes, estava triste e deprimido. Passava a maior parte do tempo calado, sozinho, evitando os colegas, como se a companhia humana o enojasse.

Georgios esperava que o humor dele mudasse nos dias que se aproximavam. Os apolianos haviam ganhado vinte denários e sete dias de folga como prêmio por terem superado os mercurianos. O equestre pensou em levar o amigo à Nicomédia para assistir às famosas corridas de biga, que estavam sempre lotadas. Depois eles se embebedariam em alguma taverna e quem sabe conheceriam garotas.

Na manhã do dia 12 de abril, os adoradores de Apolo foram oficialmente liberados, enquanto o time adversário permaneceria nas dependências escolares escovando os cavalos, varrendo o pátio e limpando as latrinas.

Georgios estava se aprontando para sair, calçando as sandálias, ao mesmo tempo em que tentava animar o companheiro de quarto:

— Com vinte denários dá para fazer muita coisa. Eu quero uma refeição decente, para começar. O que você pensa em comer?

Sexto não respondeu. Estava sentado na cama inferior do beliche, apático. Georgios não desistiu.

— Sei como se sente. Mas nós vamos superar. Você vai superar. E eu estou aqui para ajudá-lo.

O jovem gaulês olhou para ele como já não olhava havia dias.

— Georgios, sejamos razoáveis. Não vou à Nicomédia com você. É tão difícil perceber? Tenho outros planos.

— Posso perguntar quais são? Conheceu alguma garota?

— Você está delirando. Como eu ia conhecer uma garota neste fim de mundo? — Sexto deu um riso de frustração. — Estou voltando para casa.

Georgios parou de se arrumar. Encarou o amigo, surpreso.

— Isso é permitido?

— Depende de quem você é. O meu pai é um mero filósofo de Alexandria. Ninguém realmente importante. Por isso concordaram em me dispensar.

— Dispensar? Para sempre? Como assim?

— É muito simples: para mim chega. Estou fora.

— Não acredito que esteja falando sério. — Georgios se sentou ao lado dele na cama. Estavam sozinhos no quarto. — Já aguentou seis meses. Só fica mais fácil daqui para a frente. Confie em mim.

— Confiar em você? — O gaulês inclinou a cabeça em um gesto cansado. — Pare com isso, está bem? Me embrulha o estômago.

O equestre imaginou que o problema fosse ele e perguntou:

— Está aborrecido comigo? O que eu fiz?

— O que você *não* fez. — Sexto se levantou, afastando-se. — Essa é a questão.

Georgios vasculhou a memória e não conseguiu se recordar de nada que o incriminasse.

— Foi algo que eu disse? Tem a ver com Juno?

— Veja, você nem sequer é capaz de lembrar — disse Sexto, decepcionado. — Eu estava lá no campo de batalha, caído, arrebentado. Você me ignorou.

— Não era uma batalha. — Georgios pigarreou de nervoso. — Era um torneio. Um *jogo*. Eu nunca o abandonaria se achasse...

Sexto o cortou:

— O que vale é a intenção. Para você, o importante é vencer. Eu entendo e respeito esse tipo de atitude. Roma não teria se tornado o que é se não existissem homens como você, Magêncio e Constantino.

— Que merda ser comparado a Magêncio.

— Pois é. Vocês são iguais — declarou o gaulês. Georgios sentiu como se uma adaga o rasgasse por dentro. — Queira ou não, são iguais. Farinha do mesmo saco. Soldados da Púrpura. Mas eu sou diferente. Desculpe-me, amigo. Não consigo.

— Por favor, pense melhor. — Georgios ergueu-se do colchão. — Me deixe convencê-lo a mudar de ideia. Ainda dá tempo.

— Estou decidido. Quando você voltar da cidade, não estarei mais aqui.

— Porra, Gaulês. — Georgios o chamou pelo apelido. Estava ao mesmo tempo bravo, magoado e desiludido. Já perdera Juno. Agora perderia Sexto. — Podia ter me dito antes, meu velho. Eu posso mudar. Sei que posso.

— Não quero que você mude. No fundo, ninguém muda.

Sexto, porém, depois de pôr esses pensamentos para fora, entendeu que havia sido excessivamente ríspido. O amigo não era um monstro, como ele fizera parecer, e o ruivo não queria que os dois se despedissem com essa impressão. Tocou-lhe o ombro e disse:

— Sinto orgulho de você, Greguinho. Não tenho dúvidas de que se tornará um grande oficial. Mas tente entender o meu lado. Nem todos nasceram para seguir carreira no exército.

— Isso é verdade — concordou o equestre. De fato, existiam outras formas de contribuir com a sociedade romana. Como político, engenheiro ou filósofo, a exemplo de Strabo.

— Talvez um dia nossos destinos se cruzem — declarou Sexto, mas ele secretamente esperava que não. — Por enquanto, peço-lhe que faça um brinde a mim e outro à memória de Juno. Não vou dizer que a minha passagem por aqui não valeu a pena. Tudo vale a pena. Espero ter aprendido alguma coisa.

— Eu também — afirmou Georgios. — Espero continuar aprendendo. — E acrescentou, mais para agradar o colega: — Espero mudar.

— Georgios — o gaulês o abraçou e repetiu o que dissera anteriormente, agora sem mágoa ou rancor —, tente acreditar quando eu digo: nós somos o que somos. — E concluiu, taciturno: — As pessoas não mudam. Por favor, entenda essa merda. Se você não entender, está fodido na vida. As pessoas *não* mudam.

*

Para um menino de quinze anos, Georgios tivera perdas suficientes. Outras ainda viriam, contudo. Na verdade, analisando de fora, esse parece ter sido seu fado, algo que o perseguiria por toda a existência. Talvez fosse parte da maldição de Zenóbia. Ou quem sabe obra dos antigos deuses, que, embora mais fracos, ainda eram atuantes naquele período.

O primeiro lugar que Georgios pensou em visitar ao chegar à Nicomédia foi o palácio de Diocleciano. Não para encontrar o imperador, que passava a maior parte do ano em campanha, mas para rever seu velho amigo Ábaco, de quem não tinha notícias havia meses.

O caminho ele conhecia de cor. Os recrutas costumavam marchar até a capital todo dia, apesar de raramente cruzarem as muralhas. Era libertador, de certa forma, entrar na Cidade Branca sem as obrigações militares. Já na chegada, saudou as sentinelas do portão. Pela túnica, pela postura e atitude, os guardas sabiam que ele era aluno da Escola de Oficiais do Leste e o saudaram de volta. Georgios sentiu-se importante e, nesse momento, entendeu que autoridade e poder deveriam ser administrados com toda a cautela. É muito fácil se corromper quando se está em posição de destaque. Se ele nem era um oficial e já se sentia assim, o que dizer dos pretores, condes, duques e césares?

Seguiu o aqueduto e avistou os muros da cidadela imperial. Era um dia claro de primavera, com cheiro de flores no ar. O centurião responsável pelo turno era o mesmo com quem ele conversara seis meses antes, um homem idoso trajando cota de malha, com barba e cabelos grisalhos. Seu nome era Paulo Púlio, e Georgios o reconheceu de primeira. Patrício e plebeu se encontraram sob o pórtico.

O garoto se anunciou:

— Salve, centurião. Sou Georgios Graco, afilhado do divino augusto. Estou de folga para o Festival da Cereália.

— Sei quem você é. — Púlio deslocou-se de seu posto sorrindo, com uma plaqueta de cera em uma das mãos e um estilete na outra. — Por Mitra, como você cresceu. — Ele fedia a cerveja. — O que anda comendo?

— Mingau de cevada, infelizmente. — Parecia piada, mas não era. Mingau de cevada era o alimento da plebe, uma massa quase intragável oferecida aos alunos do primeiro ano no almoço e no jantar. — Estou procurando Ábaco.

— Tenho certeza de que alguém tem um desses. O engenheiro-chefe, talvez.

Púlio se virou, ameaçando voltar a seu posto, onde certamente consultaria alguns papéis. Georgios o segurou pela túnica.

— Não. Ábaco é o nome do menino que estava comigo quando fui trazido para cá pelo conde Erhard, em agosto do ano passado.

— Ah. — O centurião pensou por alguns instantes. — Não sei quem é. Não lembro.

— Eu o doei à Púrpura antes de me alistar. Ele deve estar em algum lugar do palácio. Zaket, o prefeito da casa, saberá localizá-lo.

Púlio fez uma cara de azedume. Georgios esperou pelo pior.

— Zaket era aquele egípcio, não era? — ele perguntou de forma retórica. — Morreu no inverno. Sinto muito. Era seu amigo?

— Não, não era — respondeu Georgios, até se dar conta de que, bem ou mal, Zaket era um de seus elos com o passado, porque havia servido a seu pai e construído a muralha de Lida.

— Pois é. Morreu.

— De quê?

— Não sei. — Púlio deu de ombros. — Posso despachar um mensageiro ao palácio. Será que ajuda?

Georgios sabia que, apesar da boa intenção, o procedimento levaria horas. Ele estava em pé sob um arco de pedra nos portões da cidadela, e diante dele se estendia o bosque imperial. O palácio propriamente dito ficava ao longe, era um labirinto de prédios e abrigava milhares de escravos. Se tivesse sorte, Ábaco só seria encontrado ao anoitecer. Então decidiu:

— Não se preocupe. Deixe para depois.

— Melhor mesmo. — Púlio era um homem idoso e tinha plena noção de como funcionava a burocracia do Império. — Quanto tempo pretende ficar na cidade?

— Não sei ainda. Volto mais tarde. — Ele acenou e foi se afastando. — Ou outro dia.

— Será sempre bem-vindo. — O guarda o saudou. — Até mais ver.

O Festival da Cereália é um dos mais antigos de Roma. Comemorado há seiscentos anos, não só marca o início da primavera como homenageia Ceres, a deusa da agricultura, da fertilidade e dos grãos, análoga à grega Deméter.

Louvada sobretudo pelos camponeses, Ceres sempre foi muito popular entre a plebe. No Leste, porém, graças ao avanço do cristianismo, as divindades romanas perdiam força dia a dia. O feriado continuava existindo, mas com um caráter descontraído, menos religioso e definitivamente mais secular.

Na Nicomédia, a Cereália era marcada por uma grande feira que ocupava todo o empório, a praça de comércio ao norte das docas. Chegava-se a essa esplanada através de um corredor de mármore encimado por uma estátua de Júpiter. O lugar era cercado de colunatas, entre as quais se comprimiam os feirantes. Quem conseguia reservar um espaço à sombra das pilastras estava protegido do sol e da chuva. Os demais expunham seus produtos a céu aberto, numa confusão de barracas, esteiras e mesinhas improvisadas. O que mais se negociava eram peixes, caranguejos e frutos do mar. Os aldeões ofereciam o resultado da primeira colheita do ano, legumes e verduras ainda nanicos. Um indivíduo sentado em um banquinho erguia potes com favos de mel. Jarros de cerveja, ânforas de vinho, frascos de azeite e muitos outros itens estavam disponíveis para quem pudesse pagar.

O centro da praça era dominado por um tablado sobre o qual um núbio de roupas coloridas apresentava jovens escravos, presos por correntes e gargantilhas de bronze. Perto de um chafariz, um sujeito magro de pele escura tocava uma flauta, hipnotizando uma serpente. Tratava-se de uma naja, com o pescoço dilatado e perturbadores olhos negros.

Não era um ambiente adequado para a nobreza, mas havia gente rica circulando em liteiras. Garotas passeavam com suas escravas, desfilando pulseiras e coroas de flores.

Já havia passado da hora do almoço. Georgios comprou uma caneca de cerveja, um espeto de carne e sentou-se em um dos bancos dispostos nas laterais do empório. Olhou para o céu enquanto mastigava e murmurou:

— Puta merda. Como é bom ter dinheiro para comer.

Ele se lembrou do tempo em que viajara com Strabo e do período em que estivera na caravana judaica, quando economizava migalhas. Imaginou como os escravos deviam se sentir e entendeu um pouco das aspirações de seu pai, que, embora tivesse muitos escravos, era avesso à prática e tentava oferecer o melhor aos homens e mulheres que possuía.

Relaxado como não ficava desde a estadia no palácio de Diocleciano, comprou mais algumas cervejas. Os romanos, especialmente os patrícios, preferiam vinho, mas na Cereália a cerveja era obrigatória, afinal Ceres era a deusa dos cereais, e as melhores cervejas nasciam a partir da fermentação da cevada e do trigo.

Sentiu vontade de urinar. Saiu do empório à procura de uma árvore ou jardim. Encontrou uma latrina pública. Fez as necessidades e, quando terminou, estava escurecendo. Era tarde para voltar à escola, e ele decidiu que passaria a noite em alguma estalagem ou pousada.

Caminhou mais alguns passos até o fórum. Lá, no segundo dia do festival, aconteceria um grande banquete. No lusco-fusco, viu escravos montando uma plataforma, onde o sacerdote de Júpiter conduziria o sacrifício de doze touros, conforme a tradição. Um grupo de mulheres enfeitava a praça com sementes e espigas de trigo. Georgios se dirigiu a um soldado e perguntou onde ficavam as tavernas. O sujeito disse que os legionários costumavam se reunir em um estabelecimento não muito longe, perto do hipódromo.

Andou até lá e, quando chegou, já tinha anoitecido. Era uma noite agradável, de temperatura amena. O local ficava no fim de um beco. Soldados aproveitavam a folga para conversar e beber na calçada, abraçados a prostitutas. Georgios passou por eles e entrou na propriedade. O salão estava lotado. Quase não havia mesas vazias. Identificou outros combatentes, mas nenhum oficial ou cavaleiro. Falavam alto e jogavam dados, em disputas acaloradas. Georgios reparou que, embora fosse um patrício e os demais fossem legionários, plebeus, ele era o único que não estava armado. Sentiu-se péssimo, pequeno, desvalorizado. Refugiou-se no fundo da sala, sob uma escada. Pediu ao taverneiro uma caneca de vinho tinto, a opção mais forte da casa. Sozinho, quieto, começou a beber.

Seu humor mudou completamente depois de alguns goles. O álcool fez com que ele enxergasse como estava deprimido sem Strabo, Pantaleão, Ábaco, Juno e Sexto. Em um espaço de um ano, perdera todos os amigos. Literalmente todos.

Não deram nem dez minutos e uma menina acomodou-se a seu lado. Exalava um perfume cítrico e tinha os cabelos negros, encaracolados. Georgios não a encarou imediatamente, por pura timidez.

— Olá — ela disse. — Reparei que você está sozinho.

Ele experimentou um inchaço na virilha, mas resistiu ao ímpeto de abraçá-la. Continuava traumatizado com a experiência no *souq*. Preferiu ser sincero.

— Desculpe, não tenho dinheiro para lhe pagar.

Ela deu um riso travesso e balançou a cabeça.

— Por que você fala comigo como se eu fosse uma prostituta?

Georgios olhou para ela. Devia ter seus quinze anos, a tez branca e os olhos azuis. Usava um vestido alvejado, colar de flores e braceletes de aço. Não era a garota mais bonita do mundo, mas tinha um charme irresistível.

Sem que ele pudesse se desviar, ela o beijou tão profundamente que Georgios perdeu o fôlego. Tentou se afastar, mas a moça o apertou. Ele teve de se adaptar e compreendeu que poderia respirar pelo nariz. Os dois passaram uns cinco minutos com os lábios colados. Quando terminou, ele sentiu como se tivesse levado um soco. Estava tonto e sem ar.

— Como é o seu nome? — ele perguntou.

— Theodora, e o seu?

— Georgios.

Os dois estavam abraçados, conversando muito de perto. Georgios nunca esqueceria aquele perfume. Enquanto falavam, a atenção ia da boca ao decote, do decote à boca. Estava encantado. Não queria que o encontro acabasse. Investiu, agora por conta própria. Ela o aceitou e os dois se beijaram por mais alguns minutos. Em seguida, dividiu com ela o vinho e pediu que lhes trouxessem mais duas taças.

Enrolando a ponta do cabelo com o dedo, Theodora perguntou:

— É o seu primeiro beijo?

— Não — ele respondeu, e a imagem de Tysa o assaltou como um golpe. — Já beijei muitas meninas.

Ela riu. Georgios ficou inseguro e indagou:

— O que há de tão engraçado?

— Nem sempre a gente ri quando acha graça de uma coisa — explicou Theodora. — Às vezes a gente ri porque está feliz.

Georgios corou. Depois de alguns instantes, perguntou:

— De onde você é?

— Um dia eu lhe conto. — Ela fez cara de mistério e, quando Georgios se preparou para interpelá-la, Theodora tornou a beijá-lo.

Os dois pouco conversaram de fato. Sempre que ele tentava saber mais sobre a garota, ela respondia com uma carícia.

Durou cerca de duas horas. Findas umas quatro taças, ela se levantou e disse:

— Preciso ir.

— Para onde?

— Um dia eu lhe conto.

Theodora driblou as mesas e saiu porta afora. Georgios cogitou persegui-la, mas, mesmo que a alcançasse, o que iria fazer?

Embriagado, dormiu com a cabeça sobre o tampo da mesa. No meio da madrugada, sentiu alguém cutucá-lo. Fez um esforço monumental para abrir os olhos. Não conseguiu. Passadas algumas horas, escutou um galo cantar.

Um homem o sacudiu.

Ele enfim despertou. Estava no mesmo lugar. O estabelecimento encontrava-se vazio, com portas e janelas abertas. Era dia. Manhã de sol. A luz penetrava entre as frestas. Esticou o pescoço. Enxergou um homem gordo, de barba ouriçada e túnica suja.

— Senhor, pode sair agora? — o homem pediu em grego, com um sotaque estranhíssimo.

Georgios fez um sinal de anuência e deixou a taverna cambaleando. Conferiu a algibeira. Os denários continuavam lá.

— Obrigado, Dioniso — balbuciou, agradecendo ao deus grego do vinho.

Faminto, andou até o fórum. Era o dia do banquete, e isso significava comida de graça. Naquele ano, o evento seria custeado pela guilda dos pedreiros, uma organização muito importante na Nicomédia, que, afinal, era uma cidade em construção. Georgios só bebeu cerveja — nada de vinho forte —, comeu pão e carne salgada. Assistiu à matança dos touros e caminhou pela praça até avistar uma garota de cabelos pretos. Se não fosse Theodora, era muito parecida. Com a libido à flor da pele, optou por segui-la.

A moça estava subindo as escadas da basílica, um prédio alto e retangular em torno do qual, nos dias normais, se desenrolavam trâmites jurídicos. Nos feriados, o espaço servia como passeio público. Ele subiu até as colunatas e a procurou sob o alpendre. Theodora — era ela mesma — estava a uns dez passos, conversando com três homens parrudos. Georgios sabia que eram escravos, porque usavam colares com placas de bronze em que se podia ler o nome de seus proprietários — apesar de que era impossível ler àquela distância. O rapaz se aproximou. Theodora o viu. Então ele reparou em outro menino no meio dos três, um garoto baixo de cabelos amarelos, olhos grandes e pálpebras caídas. O jovem o reconheceu e disse com surpresa:

— Graco?

Era Magêncio, que, quando não o chamava pelo apelido, preferia se dirigir a ele utilizando o sobrenome, mantendo assim o afastamento entre os dois. O equestre se surpreendeu também.

O que Theodora estava fazendo ao lado do Cabeça de Ovo?

Georgios não sabia se olhava para ela ou para Magêncio. A menina o fitava com um sorriso oculto. Sem saber o que fazer, ele saudou o colega:

— Salve, Magêncio.

— Salve. — O filho de Maximiano notou que ele estava pálido. — O que aconteceu?

Georgios gaguejou:

— Nada.

Contrariado, mas obrigado pelas convenções sociais, Magêncio segurou o pulso de Theodora e a apresentou ao colega:

— Conhece a minha irmã? Flávia Theodora.

Georgios sentiu os joelhos bambearem. Theodora, irmã de Magêncio? Então o deus Dioniso havia lhe pregado uma peça, no fim das contas. Curvou a cabeça e beijou a mão da garota, no tradicional cumprimento romano às donzelas.

— Meia-irmã, não irmã — ela comentou docemente, olhando ora para Magêncio, ora para Georgios. — Longa história.

O equestre titubeou.

— Entendo.

Ninguém disse nada a seguir. Houve um segundo de constrangimento, até que Georgios caiu em si e anunciou:

— Preciso ir. Estou atrasado — mentiu. — Boa festa para vocês.

Deixou o alpendre rápido demais. Pareceu a todos que ele estava correndo, fugindo. Desceu as escadarias. Ficou mais algum tempo zanzando pelas ruas e, quando anoiteceu, voltou para a mesma taverna e sentou-se no mesmíssimo lugar. Quem sabe Theodora se lembrasse dele e viesse encontrá-lo?

O ambiente não estava tão lotado como antes, mas continuava cheio. Ele se recordou do proprietário, o indivíduo de barba ouriçada. Pediu que lhe servisse mais vinho.

Perto da meia-noite, no auge da balbúrdia, com os soldados lançando dados e gritando, um oficial adentrou o recinto. Georgios tentou se esconder, mas o sujeito o localizou. Na verdade, parecia estar procurando por ele. Sentou-se no banco à sua frente.

Era Constantino.

Georgios estava bêbado demais para saudá-lo. Disse apenas:

— Estou esperando uma pessoa.

— Eu sei. — Ele gesticulou para o taverneiro, que lhe trouxe duas canecas de vinho. Empurrou uma delas na direção do garoto. — Essa pessoa seria Flávia Theodora?

O equestre se endireitou. Estava sóbrio de repente.

— Como sabe?

— Eu me formo dentro de três meses. Sou um oficial. O cargo tem seus privilégios.

— Já que está tão bem informado, me diga se eu devo esperar por ela ou não.

— Theodora voltou hoje à tarde para casa.

— Onde ela mora?

— Em Bizâncio.

— Que coisa. — Georgios ainda achava difícil acreditar que a meia-irmã de Magêncio tinha aparecido naquela estalagem na noite anterior e o escolhido para beijar. Parecia mais sonho que realidade. — O que ela estava fazendo na Nicomédia?

— Veio para o festival. Os escravos a apresentaram a certos patrícios. — Constantino fez uma pausa e bebeu todo o conteúdo da caneca em um só gole. — Theodora já está na idade de se casar.

Georgios resolveu se abrir. Não tinha nada a perder.

— Nós nos beijamos.

— Estou sabendo disso também.

— De novo empregando espiões?

— Mais ou menos — suspirou Constantino, com o semblante inalterado. — Não exatamente. É difícil explicar.

Os dois ficaram alguns instantes em silêncio. Embora a propriedade fosse simples, a bebida era excelente.

Georgios falou então:

— O que quer comigo? Se veio aqui só para dar más notícias, pode ir embora.

O cavaleiro separou algumas moedas e pediu outras duas taças antes de responder.

— O que aconteceu no acampamento foi um erro — ele desabafou, com franqueza no olhar. — Perdemos o controle. Não era para os garotos terem morrido. Sinto muito. Sei que um dos rapazes era seu companheiro de quarto.

Georgios esperava tudo, menos um pedido de desculpas de Flávio Constantino. Inicialmente, desconfiou. Será que era um teste?

— E os recrutas que vocês espancaram até a morte no Caminho de Sangue? — ele o questionou. Talvez fosse uma prova de inteligência. — Sente muito por eles também?

Constantino fez uma expressão de descrença. Riu como se aquilo fosse uma bobagem.

— Recrutas? Que recrutas?

— Eu *vi* um menino ser morto. — O equestre apontou um dedo para ele. — Não me diga que não aconteceu.

— Digo sim — afirmou o cavaleiro, convicto em suas palavras. — Não aconteceu.

— É mentira.

— Calma. Eu explico. — O oficial bebeu um pouco mais. — Nós sempre misturamos um escravinho na turba e o espancamos para amedrontar os novatos. É uma prática tão antiga quanto a própria escola. Não era um patrício, lógico que não. Era um desses moleques comprados a preço de sal. Jamais sacrificaríamos um aluno. Não somos loucos — ele disse, e parecia estar sendo honesto. — Não vá dizer que também acreditou na história das árvores decrépitas.

Georgios mirou o próprio reflexo no fundo do copo. Para ele, não havia diferença entre escravo, patrício ou plebeu. Era assassinato de qualquer maneira. Uma criança inocente fora morta.

O equestre sabia, por outro lado, que aqueles eram pensamentos subversivos. Quem enxergava todos como iguais eram os cristãos. Essa era uma virtude cristã, não romana. E ser cristão naquele período, especialmente dentro do exército, era algo muito perigoso. Portanto, ele fingiu espanto:

— É mesmo? O garoto era um escravo?

— Sim, era. Juro sobre a Pedra de Júpiter.

— Então você quer o meu perdão?

Constantino gargalhou. Em qualquer outra circunstância, poderia soar como chacota, mas ele já tinha bebido e, assim como Georgios, estava embriagado.

— Só queria esclarecer as coisas — disse. — Que se foda o perdão.

— Sim, senhor. — O equestre respondeu com uma saudação militar. Era uma troça, claro, mas perfeitamente compreensível depois da quarta caneca de vinho.

— O que pensa em fazer amanhã? — perguntou o cavaleiro após algum tempo.

— Não sei.

— Quer dinheiro emprestado para sair com umas putas?

— Queria sair com Theodora.

— Isso seria um pouco mais caro — brincou Constantino. — Sabe quem é o pai dela?

Georgios arregalou os olhos, já inchados pelo álcool.

— Maximiano, suponho.

— Pois é. O maior escroto do Império. — Constantino se levantou. — Depois conversamos mais.

— Aonde você vai?

— Tem um bordel excelente em Claudana. É uma colônia de pescadores a três milhas daqui. Um pouco longe, mas estou a cavalo. E a estrada é boa. Não quer ir mesmo? Levo você na garupa.

— Não tenho dinheiro — justificou-se Georgios. — E não quero ficar devendo. Boa sorte.

— Sorte? Porra, isso não tem nada a ver com sorte. — Outra gargalhada. O cavaleiro, de pé, engoliu o que restava do vinho e completou: — Bom, então nos vemos na escola.

LV

CULTO A MITRA

No dia de seu aniversário, Georgios ganhou uma navalha de presente. Tratava-se de uma lâmina em formato de meia-lua, pequena e incrivelmente afiada. Ele estranhou o fato de os instrutores terem se lembrado da data, mas depois soube que todos os alunos haviam recebido o mesmo objeto.

Na saída do refeitório, após o desjejum, eles foram conduzidos a um galpão onde tiveram os cabelos raspados. Foi-lhes ordenado que fizessem a barba e se lavassem com tabletes de sabão, uma substância esverdeada à base de óleo e bagas de louro, raramente usada pelos romanos. Houve uma breve inspeção, sem muito rigor, e o restante da tarde foi calmo. Georgios escolheu treinar luta grega no ginásio e se exercitar com halteres. Ninguém tinha certeza de quando seria a prova que os levaria ao segundo ano, e a demora tornava os alunos ainda mais ansiosos. Corria o boato de que eles teriam de matar os próprios colegas para se graduar, mas, depois da conversa com Constantino durante a Cereália, Georgios sabia que os instrutores, embora parecessem cruéis, jamais os assassinariam de graça.

Na semana seguinte, quando a espera já estava se tornando insuportável, tambores rufaram na madrugada. Era o sinal para que eles descessem ao pátio totalmente equipados. Até aí, nada de novo. Duas vezes por mês eles realizavam esse exercício, que servia para testar a prontidão dos novatos e saber se eram capazes de responder a um ataque com rapidez e presteza.

No meio da correria, ninguém parou para conferir o calendário. Se o tivessem feito, saberiam que aquele era o dia 9 de agosto, dedicado a Sol Indiges, o deus romano do sol.

Quinze anos antes, o imperador Aureliano oficializara uma nova religião para o Império: o culto ao Sol Invicto. O objetivo era unificar tanto os fiéis quanto o clero em uma só instituição, sob o comando da Púrpura. O Sol Invicto mesclava elementos do mitraísmo e do Sol Indiges, uma antiga entidade latina, ao mesmo tempo em que utilizava e incorporava os santuários e as práticas de Marte, o deus romano da guerra. Os dias 9 de agosto e 25 de dezembro — nascimento de Mitra — tornaram-se, portanto, a partir de um decreto, feriados universais.

Naquela manhã, porém, Georgios só pensava em cumprir sua missão, se manter em pé e obedecer aos seus chefes. O grupo teve, enfim, o primeiro vislumbre de que aquele não seria um dia comum quando o cheiro de mirra lhes penetrou as narinas. Um indivíduo de manto escarlate, a cabeça baixa coberta por um xale, surgiu caminhando entre os rapazes, arrastando as sandálias, balançando um incensário. Era o mesmo homem que os havia abençoado na cerimônia de abertura, o sujeito que, em transe, Georgios confundira com a sacerdotisa de Astarte.

Embora Sexto tenha zombado do amigo, o delírio era — ao menos parcialmente — justificado. O perfume da mirra é quente, apimentado e às vezes provoca alucinações. Não à toa a substância é utilizada em cerimônias religiosas no mundo inteiro, facilitando, dizem alguns, o contato com a divindade.

Durante horas, os recrutas ficaram parados enquanto o clérigo gemia, recitando orações, envolto em gases e ao som de tambores. O Corvo de Prata destacava-se sobre o nevoeiro aromático, e Georgios teve a impressão de que ele batia as asas. Olhou ao redor. Os colegas continuavam em perfeita formação. Será que ele era o *único* sensível aos efeitos da mirra?

Nos primeiros clarões do dia, chegaram ao pátio o comandante Falco e o centurião Bores Libertino, seu braço-direito. O *ductor* estava vestido com sua melhor armadura, uma cota de escamas folheadas a ouro, e usava uma capa vermelha. Libertino, por sua vez, envergava um peitoral de bronze minuciosamente polido, semelhante às couraças cerimoniais da antiga República, e também trazia uma capa.

Quando o sacerdote terminou o ofício, Falco subiu em seu cavalo, um alazão de patas brancas, observou os garotos e disse:

— Senhores, este é o seu último dia como legionários. O que eu preciso dizer-lhes, com toda a honestidade, é que o teste de hoje poderá matá-los espiritualmente. Dos alunos que no passado falharam na prova, muitos se tornaram eunucos, cristãos e idiotas, obrigados a conviver com os leprosos, com refugiados e desertores. Saibam, portanto, que só existem duas saídas desta fortaleza: sobre o escudo ou sobre o cavalo. — Ele se referia à prática de carregar os cadáveres sobre os próprios escudos, como realmente se faz no campo de batalha. — Quem aceitar o desafio que se apresente agora.

Um rapaz esticou o braço. Era Magêncio. O comandante sinalizou, ordenando que ele se aproximasse. No percurso, o filho de Maximiano, orgulhoso, passou ao lado de Georgios e sussurrou:

— Desta vez *eu* vou ser o primeiro. Observe, Greguinho.

Magêncio estava vestido como os demais: túnica branca, cota de malha, elmo, cinto, gládio de madeira, sandálias e braceletes. Colocou-se diante do *ductor* em posição de sentido.

Contudo, foi Bores Libertino quem o abordou. Magêncio gelou, porque o centurião sempre implicava com ele.

— Desequipar-se — ordenou Libertino, e o rapaz obedeceu. Retirou o capacete, a armadura, o cinto, a espada de treinamento e colocou tudo no chão, conforme aprendera. O centurião prosseguiu, sereno: — Perfeito. Me acompanhe.

Sob olhares curiosos, o jovem Marco Aurélio Magêncio desapareceu em meio ao labirinto de ruas. De repente, ocorreu a Georgios que eles ainda não conheciam nem um terço do imenso complexo. Os recrutas só podiam frequentar o alojamento, o entorno, o ginásio, o refeitório e, claro, o grande pátio de entrada. O Templo do Sol Invicto, por exemplo, estava além dos limites permitidos, bem como o pretório, onde residiam o questor e os oficiais de alta patente.

Os garotos permaneceram estáticos. Depois de poucos minutos, escutaram gritos horríveis, de desespero e morte, vindos de algum lugar no setor leste. Não eram berros humanos. Os pelos de Georgios se ouriçaram. O brado, ele se recordou, era idêntico ao da menina possuída pelo demônio que o bispo

Leônidas exorcizara no teatro lotado em Niceia. Um guincho diabólico, proveniente das fossas do Hades.

O comandante ignorou o ruído. Perguntou:

— Quem é o próximo?

Georgios colocou-se adiante. Se não podia ser o primeiro, seria o segundo. Estava apavorado, é verdade, e o pavor o estimulava. Sempre fora assim, desde pequeno.

— Desequipar-se — tornou a dizer Bores Libertino, que regressara ao pátio, as mãos cheias de sangue.

O equestre imitou o colega antes dele. Depositou os itens no piso. Ficou só de túnica, rígido, em posição de sentido.

O centurião falou:

— Perfeito. Me acompanhe.

Georgios acatou a ordem. Libertino o colocou na frente e o empurrou como quem enxota um mendigo, até que eles chegaram a um dos diversos muros que secionavam o complexo. O centurião abriu uma porta gradeada, e depois dela havia um beco. Soltou Georgios lá dentro com um tranco.

— Continue — disse. — Siga até o final.

Libertino trancou a porta com uma chave de ferro. Georgios prosseguiu. O beco era tão estreito que ele nem sequer podia abrir os braços. Resistindo ao impulso de andar de lado, chegou a uma encruzilhada. Olhou para cima. O céu estava azul, sem nuvens. Aleatoriamente, escolheu a passagem da direita, deu mais alguns passos e alcançou um pátio redondo, com arquibancadas de pedra e o chão de areia encharcado de sangue.

O espaço não era amplo. Lembrava uma arena doméstica, desenvolvida para a prática de esportes marciais. Um detalhe, contudo, chamava atenção. Em um dos cantos, havia um porco. Um porco negro, grande e pesado. Farejava o chão, ao mesmo tempo em que mastigava um pedaço de carne. Georgios teve princípio de náusea, imaginando que aquelas eram as entranhas de Magêncio, mas ao olhar de perto discerniu um coração enorme e reparou que se tratava de restos bovinos.

Suspirou.

Olhou em volta. Não havia ninguém. Só o odor dos incensos. Potes ardiam sobre os bancos calcários, vasos estranhos circulavam a plateia.

Deu mais um passo e avistou um pano dobrado caído — ou depositado — no solo. Desdobrou-o. Encontrou uma adaga. Na face interior do tecido, um aviso escrito com sangue.

Occidere sus est, dizia o bilhete, em latim. Mentalmente, ele traduziu para o grego: "Mate o porco".

Se fosse só isso, Georgios já poderia se considerar um aspirante. Ele nunca matara um porco, mas vira dezenas de sacerdotes sacrificarem touros, bodes e ovelhas publicamente. Na Vila Fúlvia, a pessoa responsável por executar os animais era uma velha escrava, então não podia ser tão difícil. Bastava encontrar a veia certa e perfurá-la. O bicho caía na hora, sem espasmos, sem dor. Muito simples.

Segurou a adaga. Cautelosamente, cercou o suíno, que continuava comendo, indiferente à sua presença. Georgios estava agora à distância de um passo. Sorrateiro, espiou o pescoço gordo. Onde ficava a tal veia? Ele não sabia o ponto exato. Precisaria arriscar. Chegou mais perto e tocou a pele áspera, sentindo os pelos duros. O porco não se moveu.

Georgios julgou ter encontrado o local e preparou a estocada. Estava nervoso, apreensivo. Pediu sorte a Moros, o deus cego do Tártaro.

Golpeou. O punhal era afiado e penetrou a carne sem nenhuma dificuldade, até o fundo, mas a lâmina, ele percebeu, era curta demais. Em vez de o porco tombar imediatamente, o ataque só serviu para tirá-lo da inércia. O bicho, que instantes mais cedo mastigava tranquilo seus restos, deu um pinote, um grito, girou o corpo e saiu correndo, desvairado.

Mas não havia para onde correr. O bicho circulou a arena esguichando sangue. Georgios levou um susto, porque não esperava aquela reação. Tomou posição de combate a fim de rechaçar as investidas da criatura, mas ela não o agrediu. Na realidade o porco o evitava, saltando de um canto para outro, roncando, grunhindo.

Georgios parou, esperando o animal descansar. Recuperou o fôlego também. Seus conhecimentos de enfermagem lhe diziam que o corte, embora profundo, não era suficiente para abatê-lo. Se quisesse acabar o serviço, teria de atacar novamente.

O rapaz estava imundo, os pés sujos de areia, suado, a roupa manchada de sangue. Se perfurasse a garganta, calculou, talvez o animal sucumbisse. No mínimo, pararia de gritar.

De novo, achegou-se a ele. O porco deixou que se aproximasse: era burro demais para identificar seu algoz. Então, de pertinho, Georgios espetou a adaga na goela adiposa, de baixo para cima. Conseguiu acertar, e outra vez o suíno reagiu, sacudindo a cabeça, sofrendo, chorando.

O equestre deslocou-se para trás, considerando, por um instante, que um animal daquele tamanho poderia feri-lo e até matá-lo, se resolvesse contra--atacar. Um porco adulto é uma criatura volumosa, com cascos duros e mandíbulas possantes. Felizmente para os seres humanos, esses bichos não são predadores, ao contrário do javali, por exemplo, dotado de instinto selvagem.

Após o do segundo golpe, Georgios entendeu o problema. Os sacerdotes, ao sacrificar bestas, utilizavam lâminas mais longas, enquanto ele empunhava uma adaga, que só poderia ferir a criatura superficialmente. Para matar o porco, ele teria de investir com múltiplas facadas, e isso significava uma morte dolorosa. Sanguinolência desnecessária, mas era o único jeito.

Foi o que fez. Segurou a arma com força e apunhalou o suíno na nuca, afastando-se em seguida. Depois, outros assaltos velozes, no olho, nas costas, na testa e no ventre. O porco era manso e não retrucava, só fugia. Georgios reparou que porcos e homens eram muito parecidos, em certos aspectos. Os berros eram súplicas; os urros, pedidos de clemência, de piedade. O animal não queria ser morto e implorava para continuar vivo. Encarou Georgios, olhos nos olhos. No semblante, algo de humano. Sangrava, babava e chorava.

Georgios não pôde evitar: teve pena da criatura, assim como tivera de Pórcio, o legionário siciliano. Talvez *esse* fosse o teste, no fim das contas. Não era uma prova de combate, mas de lealdade. Misericórdia e compaixão não eram atributos próprios de um guerreiro. O oficial romano não hesitava em matar, em torturar, em pendurar um homem na cruz, em queimar vilas inteiras. Constantino e seus cavaleiros haviam espancado um menino no Caminho de Sangue sem remorso. Remorso, aliás, era um conceito cristão, subversivo por natureza.

Em meio a tantos pensamentos desencontrados, o rapaz fez, instintivamente, o que muitos caçadores haviam feito antes dele.

— Sinto muito, meu amigo. — Ele se ajoelhou, fitou a presa e sibilou: — Não é pessoal.

Para seu espanto, o animal replicou:

— Por que tanto sentimentalismo? — O som não saía da boca do porco. Não era uma voz, tampouco um ruído. Mais parecia um sussurro, que ecoava fundo dentro dos tímpanos. — Você não me engana, rapaz.

Georgios retrocedeu, assustado.

— Quem disse isso?

O porco grunhiu:

— Eu, seu idiota.

O equestre parou.

— Quem? — Ele se recordou do encontro imaginário que tivera com Duh-Shara no segundo dia de curso e falou em voz alta, para alertar a si mesmo: — É uma ilusão. Estou delirando.

— Se é uma ilusão, então por que não me mata? O que está esperando? Vamos lá, essas coisas me excitam.

O jovem simplesmente não conseguiu se mover. O porco concluiu:

— Está com medo, não é? — Riu-se. — Que covardão.

Georgios tremia. Ele podia sentir a presença de algo sombrio, essencialmente ruim.

— O que quer de mim? — perguntou. — Quem é você?

— Ora, você sabe muito bem quem sou eu. — Os olhos negros brilharam, intensos. — Que tal um palpite? Três chances.

— Diga-me você — ele o desafiou, em autodefesa.

O bicho o ignorou.

— Uma dica: nós já nos encontramos antes.

— Onde?

— Em Niceia.

— Lúcifer. — O nome saiu da boca sem que ele sequer percebesse.

— Bom menino. — O animal deu um sorriso maléfico. — Yasmir falou sobre mim, não é? Sim, reparei em você na plateia do teatro. Pensa que eu não o vi?

O garoto balançou os braços e a cabeça negativamente.

— Estou delirando — repetiu, tentando se convencer. — Colocaram algo nos incensários. É a única explicação.

O porco sacudiu-se. O sangue pingava e escorria.

— É, pode ser mesmo — o suíno falou com certa indiferença. — Mas, se fosse um delírio, eu seria fruto da sua imaginação e só saberia dizer coisas que você já sabe. Pergunte-me, então, algo que ainda não sabe.

— Não tenho nada para lhe perguntar, seja quem for. Só quero que vá embora. Esta é uma prova *minha*. Me deixe em paz.

— Está correto mais uma vez. Desculpe a intromissão. Eu apareço em horas pouco convencionais. Não consigo evitar. Velho hábito.

— Saia. — O rapaz fez como se espantasse uma mosca. Lembrou-se de algo que o bispo Leônidas dissera, uma palavra mágica usada pelos cristãos: — Eu o esconjuro!

— Inútil. Para me exorcizar, você precisa de um mínimo de fé — o porco o menosprezou. — E, no fundo, você não quer que eu vá embora. Não seja cínico, rapaz. Sei que quer perguntar. Não faz mal. Ninguém está vendo. Pergunte. É de graça.

Georgios não resistiu à tentação. Respirou fundo e indagou:

— O meu pai está vivo?

O porco deu um grito que lhe pareceu uma gargalhada. Muito alta, sinistra e perversa. Disse em seguida:

— Sim, garanto-lhe que o seu pai não morreu.

O equestre sentiu um calafrio.

— Eu vi o corpo.

— Você viu *um* corpo — argumentou a criatura. — Um cadáver é um cadáver. Depois de um tempo, ficam todos iguais.

Georgios sabia que essa parte era verdade.

— Se o meu pai não morreu, onde ele está?

— Calma. — Cambaleando, o suíno deu três passos na direção do rapaz. — Não sou menino de recados. Sou o Príncipe das Trevas. O antagonista. Satanás. Não me vendo por pouco.

— Mas você acaba de me responder uma pergunta de graça.

— Nada é de graça. Quer a minha ajuda? Façamos um pacto.

— Já tenho um pacto com Marte.

— Marte não existe.

— E o que me garante que *você* existe? Mesmo que exista, o que o líder das hostes do inferno estaria fazendo em uma escola de oficiais romanos, conversando comigo?

Os olhos do bicho se coloriram de vermelho. Estava morrendo.

— Georgios — ele disse e deteve-se abruptamente. — Posso chamá-lo de Georgios, não posso, agora que somos amigos?

Nenhuma resposta. O animal prosseguiu:

— Rapaz, você se subestima, sabe? Muito humilde para o meu gosto. O seu destino convém aos meus planos. Simples assim.

— Já disse — ele se impôs. — Sou filho de Marte.

— Quanta besteira. — O ser o fulminou com um olhar de desprezo. — Ídolos falsos, inventados pelo homem. Júpiter, Zeus, Ares, Marte, Mitra, Sol Invicto... Que palhaçada. Entidades sintéticas. Como vocês conseguem louvar essas merdas?

— Insisto: e por que logo *você* é real?

— Porque sou *eu* que estou falando com você agora, seu cagão! Não o bosta do Marte nem o filho da puta do Mitra. Entendeu?

De uma forma ou de outra, Georgios entendia.

— Já que não pode me dizer onde está o meu pai, diga-me ao menos o que quer de mim — pediu. — Por que me importuna?

O porco deitou-se na areia, exausto pela perda de sangue.

— Só queria conhecer de perto o homem que vai destruir o Império Romano. Olhe, as pessoas dizem que sou orgulhoso, mas às vezes coisas simples me bastam. Uma conversa singela já me agrada bastante.

— Do que está falando? — Georgios não queria prolongar o diálogo, mas estava curioso e intrigado. — Que história é essa de destruir o Império Romano?

— Não se faça de tolo. Sei que ainda se lembra do que escutou na Torre Escarlate. Não era Astarte, era *eu* dentro da estátua — avisou. — O seu destino é esse. Não tem como escapar — declarou o bicho, sem mais rodeios. — Entendeu por que perco o meu tempo conversando com você?

— O meu destino é ser cavaleiro da Púrpura. — O equestre se ajoelhou, agarrou o punhal com as duas mãos, como quem segura uma espada, inclinou a cabeça e fez uma promessa: — Marte, Mitra e Zeus, eu *juro* que jamais lutarei contra o Império. Sou seu guerreiro fiel, seu servo mais devotado. Escute-me, Mitra. Escute-me, Marte.

Quando ele parou para ofegar, ouviu um riso sarcástico. O porco estava de lado no chão, quase morto, ainda o encarando.

— Que garotinho imbecil. Sem saber, você acabou de prestar juramento a mim. Georgios, sou *eu* que moro nos falsos ídolos. E quer saber? Você sacrificou um porco em meu nome.

— Não!

— O tempo dirá se estou ou não dizendo a verdade. Bom, já vou indo. Mas não se preocupe. Nos veremos de novo — ele disse, à medida que as pálpebras do bicho se fechavam. — Isso eu garanto.

Embriagado pela fumaça, Georgios desfaleceu. Quando voltou a si, soldados sem rosto, tilintando em armaduras metálicas, o arrastavam através de um grande templo de mármore decorado, no ponto extremo, com uma gigantesca estátua de Marte, um homem forte de escudo e lança nas mãos. No meio do trajeto, porém, os combatentes o empurraram à esquerda através das colunas, na direção do que parecia ser um poço. Era, na realidade, uma escada que descia em espiral, terminando em um túnel escuro, úmido e muito profundo.

Continuando por essa passagem, ele reconheceu o brilho tremulante do fogo e avistou pessoas encostadas nas paredes, umas quinze de cada lado, indivíduos corpulentos segurando tochas, ostentando cotas de escamas e elmos de cavalaria, a face coberta por máscaras de aço. Eram oficiais, sem dúvida. Talvez a nata do exército romano.

Os participantes abriram caminho e Georgios seguiu carregado na direção de um brilho luminoso que marcava o fim do corredor. Descobriu-se diante de uma escultura dourada que mostrava um jovem imberbe segurando uma faca, pronto para sacrificar um bezerro. Ao pé desse ídolo, um sacerdote o aguardava, oculto sob a própria máscara lustrosa.

Os soldados o largaram no solo. Só então ele percebeu que estava limpo, sem marcas de sangue e completamente nu. Era como se um pedaço de sua vida tivesse sido apagado. Efeito do narcótico, pensou, o mesmo que o fizera conversar com o Diabo. Pantaleão lhe ensinara que certas substâncias provocam não só alucinações, mas amnésia recente, quando inaladas ou ingeridas. Era o caso do ópio, por exemplo, de alguns cogumelos e das fibras de cânhamo.

O ambiente era gelado, hostil e perigosamente silencioso. Escutavam-se as goteiras, a água escorrendo.

Depois de alguns segundos, o sacerdote falou:

— De joelhos.

Georgios já estava ajoelhado. O homem prosseguiu:

— Em nome do sol, do céu e da terra. Em nome de Júpiter, Marte e Apolo. Eu o inicio nos grandes mistérios.

Os oficiais presentes responderam, murmurando em latim:

— *Inventori lucis soli invicto augusto.*

— Diga o seu nome e a sua linhagem — ordenou o religioso, e Georgios obedeceu. Depois o homem perguntou, com um forte sotaque germânico: — Jura servir ao imperador de Roma em quaisquer circunstâncias?

O equestre afirmou:

— Juro.

— Jura ser leal aos seus superiores na paz e na guerra?

— Juro.

— Jura não abandonar os seus companheiros mesmo em face da morte?

— Juro.

— Jura nunca desertar?

— Juro.

O clérigo ungiu-lhe a testa com uma gota de azeite.

— Jura — ele continuou — nunca se aliar a uma potência estrangeira?

— Juro.

— Georgios Anício Graco, filho de Laios e Polychronia, neto de Gerontios, deseja entregar o seu corpo aos serviços da Púrpura?

— Sim. — Era esse seu objetivo desde que fugira de Lida. Respondeu, então, em tom submisso: — Sim, senhor. Eu desejo.

— Está ciente de que, a partir deste ponto, sua vida não mais lhe pertence? Que ela pertence ao supremo governante do mundo?

— Estou.

— Levante-se.

Georgios se pôs em pé. O sacerdote fez um movimento de cabeça e dois soldados vestiram o garoto com uma túnica vermelha. Calçaram-no com um par de sapatos e afivelaram um cinto ao redor da cintura. Depois, eles o empurraram para além da escultura. O túnel prosseguia por mais alguns passos, terminando em um fosso retangular semelhante a um tanque. Em vez de água, entretanto, o que se observava no fundo eram dezenas de lanças eretas. Quem despencasse sobre elas seria empalado, levando horas para morrer à medida que o corpo escorregava, sendo lentamente rasgado por dentro.

Os homens o posicionaram na borda do fosso. O sacerdote murmurou em seu ouvido:

— Mergulhe.

Mesmo ébrio, Georgios hesitou. Não tinha certeza se ouvira direito. O sujeito estava ordenando que ele se matasse?

— Mergulhe — repetiu o sacerdote, a voz abafada por dentro da máscara. — Sua vida não lhe pertence. Entregue-a a Mitra. Só Mitra tem o poder de salvá-lo. Tenha fé no Reluzente.

O pedido era tão estranho que ele concluiu que estava sonhando. Era tudo um sonho, desde o começo. Só podia ser. O porco falante, o Diabo, o Templo de Marte, as galerias subterrâneas, os oficiais graduados. Nada fazia sentido, realmente.

Se era assim, refletiu, atirar-se no fosso o faria acordar. Então inclinou o corpo para a frente e se entregou ao vazio. Nesse momento, nesse exato momento, ele compreendeu que não estava sonhando e ficou desesperado. Sua vida inteira passou diante de seus olhos. E, de todas essas visões, a mais forte foi a de sua mãe, que era triste, reservada, mas o amava acima de tudo. Georgios agora entendia esse amor, sabia que Polychronia havia morrido por sua causa e que ele precisava viver não por si mesmo, mas por *ela*, pela mulher que o gestara, o trouxera ao mundo e o dera à luz.

Foi quando ele sentiu um solavanco. De repente seu corpo parou, como se flutuasse no ar, dois ou três palmos antes de encontrar os espigões afiados.

Obra de Mitra?

Não.

O cinto que os soldados haviam colocado nele estava preso, nas costas, por cabos finos mas resistentes, devidamente enganchados à parede e ao teto. Georgios estivera seguro o tempo todo. Era um teste. Uma prova de lealdade. Mais uma. Talvez a última.

Com os músculos doendo, ele foi suspenso de volta e desatado. Dois homens o rodaram no sentido do sol. O sacerdote fez outro gesto, e um dos mascarados trouxe até eles um embrulho, que colocou na frente do equestre. O religioso ordenou:

— Vista-se.

Georgios desfez o pacote. Havia uma capa rubra, broche, armadura de escamas, elmo de bronze, cinturão, adaga, espada e uma máscara de aço idêntica à dos outros. Faltavam alguns itens, como o escudo e a lança de cavalaria, que seriam fornecidos oportunamente.

O rapaz se vestiu. Enquanto o fazia, os cavaleiros entoavam:

— *Inventori lucis soli invicto augusto.*

Enfim, coube ao sacerdote encaixar a máscara em seu rosto. Quando terminou, os homens formaram uma fila e cumprimentaram o filho de Laios, estendendo-lhe a mão. Georgios percebeu que era um aperto diferente: o dedo anelar se dobrava e o mindinho tocava o pulso alheio em um gesto sutil, porém inconfundível.

O jovem compreendeu que aquele era um código, um modo de os adeptos de Mitra se reconhecerem, mesmo que nunca tivessem se encontrado. Por qual motivo agiam assim, ele não tinha ideia. Como se lesse seus pensamentos, o clérigo explicou:

— Os mitraístas são irmãos de armas, embora possam pertencer a nações e exércitos adversários. Se um dia você tiver de matar um de nós, deve fazê-lo sem dor. Caso aprisione um dos seus irmãos, deverá respeitá-lo. Entendeu suas ordens?

— Sim, senhor.

Os oficiais tornaram a girá-lo. Quatro deles o guiaram através de um segundo túnel, que desembocava em uma escada ascendente. Lá no alto, uma porta se abriu. Georgios farejou orvalho. Estava ao ar livre, vagando na noite. Um dos mitraístas o colocou sentado perto de um arbusto, de frente para o leste.

— Fique onde está — disse uma voz. — Permaneça imóvel.

Georgios não se moveu, mas escutou, nos minutos seguintes, pessoas circularem a seu redor. Teve a impressão de que eram os veteranos trazendo ao local outros alunos como ele, recém-iniciados nos segredos de Mitra.

Nada disso, contudo, era importante naquele momento. Quando o sol despontou no horizonte, ele sentiu como se a luz o penetrasse. Queria desaparecer dentro dela, ser engolido pela imensa bola de fogo. O mundo natural, o universo palpável e seus habitantes eram uma mentira, uma ilusão. Só o astro era real. Somente os deuses eram reais.

Georgios mergulhou em profundo estado de meditação e assim teria ficado indefinidamente se um corno não tivesse soado. Quando despertou, era dia, uma clara manhã de verão. Estava no topo de uma colina arborizada de escarpas suaves, com seus companheiros por perto, agrupados um ao lado do outro, a uma distância de talvez cinco metros.

Os instrutores se aproximavam pelo norte. Falco vinha a cavalo. Os soldados e decanos, a pé. Bores Libertino caminhava com uma trompa nos lábios.

Os alunos se levantaram, alguns ainda tontos pela experiência noturna.

— Conversei com Zeus — articulou um deles, à sua direita, para ninguém em especial. — Ele tem um destino para mim.

— Pois eu me deitei com a bela Minerva — afirmou outro. — Serei pai de trinta filhos, que terão ascendência sagrada.

Enquanto aguardavam os professores, os jovens, ainda tímidos, atordoados, compartilhavam o que tinham visto e vivido na noite anterior. Georgios escutou de tudo, desde atos sexuais bizarros até viagens instantâneas à superfície da Lua.

Ele, no entanto, preferiu ficar em silêncio, com medo de ser preso e condenado, afinal o ser que o visitara não fora Marte, Zeus, Mitra, Minerva, tampouco uma criatura lendária.

Fora o Diabo. Satã. Satanás. Lúcifer, o demônio cristão.

Isso significava que ele era cristão?

Jamais. Era romano — agora mais do que nunca. Era um soldado do Império e em breve seria um cavaleiro da Púrpura.

Como Laios.

Como seu pai.

LVI

CAVALEIRO DA PÚRPURA

O LUGAR PARA ONDE GEORGIOS FORA LEVADO CHAMAVA-SE MITREU, UM SANTUÁRIO de adoração ao deus Mitra. Os mitreus originais, na Pérsia e no Extremo Oriente, eram construídos no interior de cavernas, e para respeitar esse modelo os romanos estabeleceram os próprios mitreus em galerias subterrâneas ou — como no caso da Escola de Oficiais do Leste — em antigas catacumbas, ambientes escuros e frios o bastante para que os novatos se sentissem envoltos em uma atmosfera de absoluto mistério, onde tudo era transcendente, espiritual e sagrado.

Só no dia de sua iniciação Georgios entendeu como a religião estatal funcionava. O Sol Invicto não era propriamente uma divindade, era o nome de um culto que reunia práticas heterogêneas, incorporadas de diversas culturas. O deus do Sol Invicto, em síntese, era o próprio Mitra, embora também fosse Marte, Hércules, Apolo e Sol Indiges. O assunto era tão complexo que os iniciados, antes de compreender todos os detalhes, precisavam percorrer sete estágios dentro da ordem. O primeiro estágio era o do corvo; o segundo era o do acólito; o terceiro, o do mestre; o quarto, o do leão; o quinto era o do príncipe; o sexto, o do patriarca; e o sétimo era o do sol, posto supostamente ocupado pelo imperador em pessoa.

Fosse por sua mente pragmática, fosse pelas vicissitudes da vida, Georgios jamais galgaria aos estágios avançados do mitraísmo. Seus objetivos, de qualquer maneira, não eram religiosos, mas militares, e nesse aspecto ele estava se saindo muito bem. Dos cento e noventa recrutas que haviam sobrado em agosto, apenas oitenta e dois conseguiram se graduar. Os repetentes permaneceriam mais um ano como legionários, sendo humilhados pelos instrutores, realizando missões a pé e marchando debaixo de sol.

Quem passara na prova do porco e nos testes de iniciação podia se considerar aspirante a oficial e estava a um passo de sagrar-se cavaleiro da Púrpura. Como recompensa, eles obtiveram certos benefícios extraordinários. Primeiro, começaram a receber um soldo, que não era muito, mas era melhor do que nada. Segundo, ganharam a permissão de deixar a escola nos dias de folga. Terceiro, conquistaram o privilégio de usar um saiote de couro franjado e um par de mangas no mesmo estilo, condecorações que os identificavam como oficiais de carreira. Enfim, foram separados dos repetentes e transferidos para o setor norte da fortaleza, passando a dividir o espaço com os veteranos do terceiro ano. Por coincidência, armação ou destino, Georgios foi designado a compartilhar o quarto com Flávio Constantino.

O novo alojamento era muito diferente do anterior. Em vez de um prédio de três andares, eles agora ficavam em casas térreas. Cada quarto era independente, continha duas camas, duas janelas, uma latrina particular, um par de baús e se abria para um pátio murado, onde havia um poço, uma fonte, bebedouros e mourões para os cavalos.

No momento em que se deparou com Constantino, Georgios teve vontade de perguntar o que ele continuava fazendo na escola — pelos seus cálculos, o rapaz tinha dezoito anos e já devia ter se formado —, mas ficou com vergonha de tocar no assunto. Em vez disso, mostrou ao colega a carta que acabara de receber de Zaket, o prefeito da casa, um dos escravos de Diocleciano, pedindo que ele comparecesse ao palácio para buscar Pégaso, o cavalo com que o imperador lhe presenteara um ano antes. Constantino leu a mensagem sem interesse.

— Por que está me mostrando isso? — Os dois estavam no quarto, com a porta e as janelas escancaradas. Era uma manhã seca de verão. Lá fora, escutavam-se o tropel dos cavalos e os gemidos dos garotos praticando luta grega.

— O homem está morto — explicou Georgios, mais curioso que alarmado.

— Como assim?

— Zaket, o prefeito da casa. Morreu no inverno passado. O centurião que faz a guarda dos portões me contou durante a Cereália.

Constantino sentou na cama e deu risada.

— Paulo Púlio?

— Ele mesmo.

— Púlio é um bêbado. Sem falar que perdeu um pedaço do cérebro lutando contra os germânicos.

— Como você sabe?

— Ele conta essa história para todo mundo.

O equestre pegou a carta de volta e a releu em silêncio, sem saber o que pensar. Constantino acrescentou:

— Ou pode ser uma armadilha.

Era um mero gracejo, mas Georgios comprou a ideia.

— Duvido. Sou só um aspirante. Quem ia querer me matar?

Quando disse isso, porém, ele se lembrou de que havia fugido de Lida justamente para evitar os capangas de Räs Drago. Parecia um acontecimento distante, que ocorrera havia séculos, mas na realidade fazia apenas dois anos.

Constantino tornou a se deitar e começou a ler um pergaminho, despreocupado.

— Não seja medroso. — Esticou-se sobre o colchão. — Se tiver que ir, sugiro que vá logo. O curso será retomado em três dias, e você vai precisar do cavalo.

Por um instante, Georgios pensou em dividir seus temores com o colega, mas ainda não confiava totalmente nele. No fim, disse apenas:

— Está certo. Vou hoje.

— Ótimo. — O cavaleiro concentrou-se na leitura. — Agora me deixe em paz. Tenho de estudar este texto.

Depois do almoço, Georgios seguiu para a Nicomédia, na esperança de que fosse a última vez que tivesse de fazer o trajeto a pé. Nos meses à frente, ele compreenderia que o mundo estava dividido entre aqueles que tinham um cavalo e aqueles que não tinham. Embora a cavalaria raramente fosse decisiva em batalha, possuir um patrimônio do gênero significava estar um patamar acima dos outros. Um cavalo dava à pessoa mobilidade, velocidade, poder e *status*. Se um ladrão o ameaçasse na estrada, você simplesmente o atropelava, não precisava correr ou lutar. Ademais, um indivíduo montado não sujava os pés de terra, não tinha de se misturar à populaça e podia, se quiser, soltar as rédeas e desaparecer como o vento.

Cruzando os portões da cidade, Georgios foi direto para o palácio. Paulo Púlio estava lá, guardando a entrada. O equestre apresentou a carta de Zaket e o centurião deu-lhe passagem, sem prolongar a conversa. Nenhum dos dois mencionou o encontro anterior. Ele não sabia se Púlio tinha esquecido — o homem era idoso — ou se não queria admitir que se confundira sobre a morte do prefeito da casa. Seja como for, Georgios atravessou o bosque, galgou as escadarias e foi informado de que o egípcio se encontrava na sala do trono. O jovem achou estranho, porque se hospedara por alguns dias no complexo e não se lembrava de existir uma sala do trono. Mesmo assim, acompanhou um escravo e chegou a um dos antigos pátios, que estava sendo reformado. Alguém havia instalado uma cúpula ali. O lugar estava entulhado de operários, andaimes e baldes de cal. Escutavam-se murmúrios, ordens, objetos sendo arrastados, serrotes e martelos em ação. Em um dos cantos, quatro homens erguiam um trono de ouro, posicionando-o sobre uma plataforma de mármore. Zaket estava lá perto alisando o cavanhaque, dando instruções ao mestre de obras. Georgios o chamou, mas ele não ouviu. Então, cutucou-o. O egípcio se virou e o encarou com um sorriso.

— Senhor Graco. — O homem reparou na túnica vermelha, no saiote franjado, na adaga e na espada e soube que Georgios se graduara. — O que o traz ao palácio?

Instintivamente, o equestre franziu a testa. Deu um passo à frente e estendeu a carta para Zaket.

— Você me escreveu. Esta assinatura é sua?

O egípcio analisou o documento e respondeu, encabulado:

— É sim. — Levou a mão à testa. — Por Toth, me desculpe. Escrevi este bilhete faz uns dois meses e ultimamente ando bastante ocupado. Só lhe entregaram agora, certo?

— Esqueça. — Georgios foi direto ao assunto. — Estou aqui para buscar o cavalo.

— Com certeza. — Zaket coçou o nariz, olhou para a plataforma, para os operários, e disse: — O senhor se importaria de esperar alguns minutos? Este é um momento crucial. O imperador pediu que eu supervisionasse pessoalmente a colocação do trono. Importa-se?

Como qualquer adolescente, Georgios era impaciente e se importava. Mas respondeu, educado:

— Esteja à vontade. Espero por você no jardim.

Ele foi saindo e pensando em algo que lera nos livros de história. Os romanos se orgulhavam de, em um passado longínquo, ter derrubado o rei etrusco — antigo povo que ocupara a Itália — e estabelecido uma nação sem um soberano, regida por um grupo de representantes, os senadores. Mesmo com o fim da República, os imperadores continuaram dependentes do Senado. A ideia de ser governados por um monarca absolutista era repugnante para os moradores do Lácio, por isso nenhum césar ou augusto — nem os mais loucos, como Nero, Calígula e Cômodo — ousara construir para si um trono. Pelo menos até agora.

Depois de uma hora, Zaket apareceu no jardim. O egípcio demonstrava cansaço, constrangimento e afobação. Enxugou a testa com um pano.

— Novamente eu lhe peço desculpas, mestre. O imperador está na Grécia e me delegou o cargo de engenheiro-chefe. Muito trabalho.

— Engenheiro-chefe? Não é mais o prefeito da casa?

— Sou as duas coisas.

— Quer dizer que foi liberto?

— Ainda não. Mas é só questão de tempo. — O homem esfregou as mãos, gracioso. — Bom, vamos ao estábulo?

Georgios concordou e a dupla se aventurou entre pátios, portões e corredores. Quando recebera a notícia de que Zaket teria morrido, Georgios se sentira triste, porque o egípcio havia conhecido seu pai. Mas agora, refletindo melhor, achou que essa ligação poderia ser perigosa. Se os homens de Drago o procurassem na Nicomédia, talvez Zaket estivesse disposto a entregá-lo, já que precisava de dinheiro para a alforria.

Desconfiado, no meio do caminho entre a sala do trono e o estábulo, o jovem disse casualmente:

— Uns meses atrás vim procurar por Ábaco e me disseram que você tinha morrido. Que coisa mais estranha, não?

Zaket, que até então era só sorrisos, fechou a cara. Esperou alguns instantes, limpou a garganta com um pigarro e declarou:

— Este é um assunto delicado para mim. Se o senhor não se importar, prefiro não comentar.

O corte seco só serviu para atiçar a curiosidade de Georgios. Ele ouvira dizer que os antigos faraós eram sepultados com pergaminhos mágicos, que lhes permitiam ressuscitar. Será que Zaket havia morrido e renascido?

Resistindo ao impulso de insistir na questão, ele indagou:

— E Ábaco?

— Está na Dalmácia, senhor, estudando para ser advogado. O menino parece ser tão bom com leis quanto é com números. Já sabe citar as Doze Tábuas de cor. Foi liberto pela imperatriz e rebatizado com o nome de Damiano Calvo.

Georgios estava a ponto de comemorar em voz alta, mas se deu conta de que Zaket ainda era um cativo e achou por bem se conter.

— E o conde Erhard?

— Também está na Dalmácia.

— Entendo. E por acaso o imperador deixou alguma outra coisa para mim, além do cavalo?

— Não que eu saiba, senhor Graco.

— Ele não mencionou nada sobre a espada do meu pai?

— Nada. Mas, se eu fosse o senhor, não me preocuparia. O divino augusto é o homem mais esperto do Império, ou não teria chegado tão longe. Todos os passos dele são calculados. Se ele ainda não devolveu algo que lhe pertence, certamente fará isso em situação oportuna.

Os dois percorreram uma travessa e entraram na estrebaria. O ambiente fora ampliado para abrigar um plantel de cavalos que Diocleciano trouxera da Síria. Um cavalariço de cabeça branca, desgrenhado e barrigudo, mas usando as cores do exército, recebeu-os em frente a uma das cocheiras. Georgios imaginou que ele fosse um velho soldado e talvez não lutasse havia anos. O homem, por sua vez, observou as mangas franjadas de Georgios, suas armas e a armadura de escamas e o saudou respeitosamente.

— Salve, aspirante. — Virou-se para o egípcio. — Olá, Zaket.

— Olá, Macrino. — O escravo o cumprimentou curvando a cabeça, sem muita emoção.

O cavalariço tornou a falar com o jovem:

— É o apadrinhado do imperador?

— Sou — sinalizou o rapaz.

— Seja bem-vindo. O cavalo está à sua espera.

O soldado abriu uma das portinholas, trouxe o animal para fora e entregou as rédeas ao legítimo proprietário. Pégaso tinha a crina e os pelos completamente brancos, estava limpo, selado e escovado.

— O senhor sabe montar? — ele perguntou a Georgios.

— Claro que sei. — Em um primeiro momento, o filho de Laios sentiu-se insultado. — Meu pai criava cavalos. Cresci em uma fazenda.

— Tem certeza? — O velho não teve constrangimento em insistir. — Este é um cavalo de guerra. Não quer ajuda?

— Não acho que seja necessário — ele respondeu, mas então notou que Pégaso era bem maior do que pensava. De início, montou com dificuldade, um pouco torto, canhestro. Depois de três tentativas, tinha pegado o jeito. Gostou do exercício e o repetiu por mais alguns minutos, até se cansar. Zaket estava claramente entediado.

— Mestre Graco — ele o abordou —, se não se importar, tenho de voltar aos meus afazeres.

Georgios, agora montado, aproximou-se do egípcio.

— Esteja à vontade, Zaket. — Ele agradeceu ao prefeito da casa e falou sinceramente, sem a menor intenção de provocá-lo: — Fico feliz que não tenha morrido.

O escravo não respondeu. Por uma fração de segundo, Georgios sentiu o impulso de prolongar o encontro, de conversar com Zaket sobre as audiências que ele tivera com seu pai em Lida, mas o homem havia se fechado de tal forma que seria impossível extrair qualquer coisa dele.

Saudou o cavalariço e deixou o palácio, galopando pela primeira vez. Já era tarde e ele decidiu retornar à escola, não sem antes dar algumas voltas na parte externa da cidade. Cavalgando, todas as distâncias ficavam mais curtas, os caminhos mais rápidos e acessíveis.

Pouco antes de o sol se pôr, avistou um grupo de judeus caminhando pela estrada em direção ao portão principal. Georgios sabia que eram judeus pelas roupas características, pelo modo de andar e por usarem toucas de linho sobre a cabeça. Ouviu o som do aramaico e se aproximou deles, na esperança de quem sabe reencontrar Simão, o filho mais velho de Davi.

Naturalmente, Simão não estava entre eles. Georgios discerniu doze andarilhos, todos adultos, transportando sacolas de trigo. Dois deles traziam uma mula carregada de cestos.

Os judeus, ao notarem sua presença, ajoelharam-se, submissos. Georgios sentiu-se envergonhado, afinal não se considerava digno de tamanha mesura. Desmontou e estendeu a mão em um gesto pacífico, dizendo:

— *Shalom*.

Os israelitas se entreolharam, sérios e assustados. O equestre, agora ainda mais constrangido, insistiu na conversa:

— Salve. Os senhores conhecem um rapaz chamado Simão, filho de Davi ben Hessen?

Depois de longos instantes, um dos indivíduos se levantou e fez um pedido:

— Excelência, somos apenas mercadores. Não queremos confusão. Pagamos em dia os nossos impostos. Imploro que nos deixe passar.

Confuso, Georgios deu um passo atrás. Certamente havia ocorrido um engano, um erro de comunicação, pois ele só queria fazer uma pergunta, não intimidá-los e muito menos extorqui-los. No fim das contas, achou melhor se afastar. Com uma palavra enérgica, permitiu que prosseguissem.

Observando os homens a distância, ficou imaginando o que poderia fazer — se quisesse — com o poder enorme que lhe fora outorgado. Depois, lembrou-se de uma história que Strabo lhe contara sobre o triunfo romano, um desfile a que os generais tinham direito ao retornar à metrópole após sucessivas conquistas militares. Reza a lenda que, ao participar do triunfo, Júlio César sentiu-se invencível, como o próprio Júpiter encarnado. Então, seu escravo particular subiu à biga, em meio aos aplausos, e cochichou em seu ouvido:

— Senhor, recorda-te de que as marés descem, o tempo muda e a Roda da Fortuna às vezes gira ao contrário. — E completou: — Lembra-te de que és apenas mortal.

LVII

SOMBRAS NA ESCURIDÃO

O INCIDENTE NA ESTRADA DEIXOU GEORGIOS UM TANTO ABALADO. NAQUELA noite, ele se lembrou de que o duelo que travara com Pórcio no pátio da ínsula terminara com a morte de Saul, um membro respeitado da comunidade judaica. Isso, somado ao comentário de Constantino de que a carta de Zaket poderia ser uma armadilha, levou o jovem a um certo estado de paranoia.

Ele começou a dormir com a adaga sob o travesseiro e a enxergar sombras que supostamente o perseguiam nas ruas. Em certa tarde, decidiu se abrir com o colega de quarto. Constantino riu, explicando que estava caçoando dele e que não era sua intenção assustá-lo. No entanto, acrescentou, com a face enturvada:

— Se você está se sentindo assim, com certeza há algum motivo. Meu palpite é que os deuses estão tentando contatá-lo. No seu lugar, eu ficaria atento aos sinais.

Georgios não sabia quais eram esses sinais, e Constantino também não.

O curso recomeçou no dia 13 de agosto. Os aspirantes passaram o primeiro mês inteiro tomando aulas de equitação. Para um cavaleiro, a montaria deve ser a extensão do próprio corpo. Não basta saber cavalgar. Os animais frequentemente se assustam com os sons da batalha, então é preciso conhecer os comandos certos para fazê-los saltar, empinar e avançar mesmo sob uma tempestade de lâminas. Um cavalo treinado e guiado por alguém competente pula sobre uma parede de escudos e até se joga de um precipício, se assim lhe for ordenado. São esses os animais qualificados para transportar um guerreiro. Entrar na peleja com montarias comuns é como mergulhar em um mar de tubarões. Por isso, esse período inicial era tão importante.

No segundo mês, os jovens ganharam escudos novos, lanças longas, com ponta de ferro, e começaram a praticar com tais objetos. Grande parte do treinamento era feita no hipódromo da Nicomédia, nos horários em que não havia espetáculos. Os rapazes agora podiam circular livremente, dentro e fora da escola. Na véspera do Festival de Júpiter, muitos decidiram comemorar nos prostíbulos, bebendo e fornicando. Naquela época, os bordéis da capital eram precários, então eles partiram com seus cavalos para a famosa casa de diversão de Claudana, a cerca de três milhas dali.

Georgios, ainda traumatizado pela experiência no *souq*, achou melhor beber na taverna no fim do beco, a mesma onde conhecera Theodora. Seu objetivo era ficar sozinho, mas logo ao adentrar o salão avistou Constantino a uma mesa de canto, já afundado em uma caneca de hidromel.

O cavaleiro o perscrutou com seus olhos azuis e fez um sinal para que se aproximasse. Não havia como recusar. O rapaz apoiou a espada no banco e se sentou de frente para ele.

— Quer? — Constantino estendeu-lhe a caneca.

Georgios mostrou-lhe a palma em um gesto negativo.

— Prefiro posca.

— Posca é bebida da plebe. Peça ao menos vinho. O que o seu pai diria se o visse bebendo uma porcaria dessas?

O equestre riu de nervoso.

— O que você sabe sobre o meu pai?

— Eu sei tudo sobre o seu pai. Sei tudo sobre você. Sei que é apadrinhado do imperador. Pensa que acreditei naquela história de que era afilhado do conde Erhard?

— Como descobriu essas coisas? — indagou Georgios em voz baixa.

Constantino respondeu com uma gargalhada sonora, que se perdeu na confusão de ruídos.

— Você me mostrou a carta de Zaket. Já esqueceu?

— Esqueci — ele admitiu.

— Está explicado por que fomos colocados no mesmo quarto. É uma tentativa do imperador de mostrar aos tetrarcas que está fazendo de tudo para me proteger, afinal você é como um filho para ele.

O equestre não se deixou coagir e pediu ao atendente uma dose de posca. Em seguida, virou-se para o amigo.

— Tetrarcas? Do que está falando?

— Façamos o jogo da verdade — propôs o cavaleiro. — Sei quem é o seu pai. Quer saber quem é o meu?

Georgios não estava com vontade de jogar, mas aceitou.

— Diga.

— Constâncio Cloro, o césar do Oeste.

— Pensei que Maximiano fosse o césar do Oeste.

— Não. Maximiano é o *augusto* do Oeste. Meu pai é o césar, designado por ele para ser o homem de ação contra os germânicos. O Império foi recentemente dividido em quatro áreas administrativas. Maximiano agora controla a Itália, a Hispânia e a África. Meu pai, a Gália, a Germânia e a Britânia. Galério, ex-líder dos jovianos, comanda as províncias centrais, e Diocleciano detém o poder direto sobre o Oriente. Claro, todos estão subjugados ao imperador.

O taverneiro colocou o copo de posca na mesa, recolheu o dinheiro e saiu. Georgios esperou que ele se afastasse e disse:

— Desculpe. Nunca me interessei por política. De todo modo, continuo sem entender por que o imperador teria nos colocado no mesmo quarto. E por que ele iria querer protegê-lo?

— Pelo mesmo motivo que eu continuo na escola. — Constantino deu um gole vultoso de hidromel, pediu outra dose e confessou: — Sou um refém, Georgios. Eu, Magêncio, Décimo e outros alunos considerados "especiais" somos prisioneiros do imperador. Ele nos mantém na Nicomédia para que os nossos pais não se rebelem.

— Existe esse risco?

— Depende. O meu pai sempre foi fiel à Púrpura. Maximiano, no entanto, é um homem perigoso. Ele seria capaz de tudo para assumir o lugar do imperador. Diocleciano está ciente da ameaça, mas o tolera porque ele é um general poderoso. Por outro lado, metade das antigas tropas dele agora é fiel ao meu pai.

Georgios bebeu um gole de posca.

— Que confusão — murmurou.

— Esse tipo de coisa é inerente à política. O que me deixa puto é que, enquanto os tetrarcas brigam, quem se fode sou *eu*, que não posso dar prosseguimento à minha carreira.

— Por Júpiter — praguejou. — Por quanto tempo você terá de permanecer na Cidade Branca?

— Ninguém sabe — lamentou Constantino. — Pode demorar anos. Ou décadas.

— Brindemos a isso — Georgios arriscou uma brincadeira, que, graças à embriaguez, foi bem recebida pelo filho de Constâncio Cloro, geralmente distante e sisudo. Os dois beberam mais um pouco. Constantino estava inconsolável.

— Um dia vou embora deste lugar — ele prometeu a si mesmo. — Talvez antes do que as pessoas imaginam.

— Está pensando em fugir?

— Não. Seria prejudicial ao meu pai. Entretanto, tenho algumas armas escondidas que me dão poder de barganha.

— Que armas?

— Informações.

— Que informações?

— Como apadrinhado de Diocleciano, você deveria saber. — O cavaleiro chegou mais perto de Georgios, reduziu a voz e revelou, com o hálito forte e os olhos inchados: — Prisca, a imperatriz. Ela é cristã.

O equestre abanou a cabeça, sorrindo.

— Isso é ridículo.

— Ridículo ou não, é verdade. A esposa do imperador é cristã praticante. Por isso ele nunca a traz para cá, preferindo mantê-la acastelada em sua residência de verão na Dalmácia.

Georgios apalpou o ombro de Constantino, condescendente.

— Meu amigo, você está bêbado. — Levantou-se. — Os nossos cavalos estão no hipódromo, a cinco quadras daqui. É melhor irmos andando antes que você diga mais alguma bobagem.

Constantino também se levantou, agressivo.

— Bobagem? Pensa que estou mentindo? — Ergueu a caneca, exaltado. — Meu nome é Flávio Constantino. Sou filho do césar!

— Muito bem, meu caro príncipe. — Georgios pegou a espada, prendeu-a ao cinturão e abraçou o colega. — Já está tarde. Por hoje chega.

O cavaleiro aceitou a sugestão e os dois saíram do estabelecimento. Era uma noite fria de setembro, com a lua em quarto crescente. Pouco se enxergava na escuridão.

Sem querer, Georgios pegou o caminho errado e entrou em uma travessa cheia de mendigos. Os pedintes, mesmo àquela hora, se aproximaram para esmolar. Constantino os afastou, mas alguns os acompanharam até uma ruela transversal.

De repente, um indivíduo encapuzado apareceu na frente de Georgios com a mão estendida. Sob o fraco brilho da lua, ele reconheceu assaduras na pele do homem, como se uma fita tivesse sido enrolada ao redor de seu pulso, subindo até o cotovelo. Eram marcas provocadas pelo uso do tefilim, o talismã judaico de reza, conforme Simão lhe ensinara. Um indigente, ele calculou, jamais teria sinais daquele tipo, então quem era aquela pessoa?

Obcecado pela ideia de que os judeus queriam matá-lo, o jovem agiu por instinto. Sacou a adaga com a mão esquerda e a encravou no coração do sujeito. Ele deu um grito terrível, e por um momento Georgios achou que tivesse se confundido, que houvesse matado um pobre inocente. Um instante depois, no entanto, olhou para trás e viu que um segundo bandido acabara de se lançar sobre as costas de Constantino, que de tão bêbado nem enxergara o assalto.

O cavaleiro, mesmo ébrio, respondeu com presteza invejável. Desembainhou a espada, girou em seu eixo e degolou o atacante com um movimento ascendente. O sangue esguichou em seu rosto à medida que uma terceira figura surgia diante deles, como que nascida dos pântanos da Estígia. Era esguia e se vestia de preto, com duas facas nas mãos enluvadas.

Georgios puxou a espada. O inimigo, porém, em vez de avançar, recitou o que parecia uma prece, agitando ambas as lâminas. Constantino, que estava mais perto do homem, fosse pelo álcool, fosse pelo golpe que havia sofrido, começou a bambear. Seus olhos se fecharam, e ele estava prestes a desfalecer quando o filho de Laios se interpôs entre o amigo, tonto, e o sujeito que desejava matá-lo.

Uma força estranha o impediu de prosseguir. Os gemidos eram encantadores e o capturaram de alguma maneira.

Se eles eram assassinos contratados, Georgios pensou, deviam ter colocado sorrateiramente alguma coisa em sua bebida. Recordou-se de Pantaleão e do que aprendera sobre substâncias narcóticas. Em seguida, lembrou-se de Ulisses, que lhe ensinara a manter o foco na luta, a não se distrair com absolutamente nada quando estivesse em combate.

O homem de preto se adiantou, como uma naja que prepara o bote. Com a vista embaçada, Georgios o enxergou em forma de espectro, uma sombra negra com dentes de aço.

Mirou essa sombra. Soltou a adaga, apertou firme a espada e atacou horizontalmente, cobrindo toda a largura do beco.

Mesmo sem enxergar direito, sentiu que o fio da arma havia encontrado uma barreira de carne. Depois ouviu outro berro, semelhante ao grasnar de um pássaro, e então tudo voltou ao normal, como se nada tivesse acontecido.

Escutou Constantino bufar. O cavaleiro estava a menos de um metro dele, aparentemente sóbrio, vasculhando a escuridão.

— Onde ele está? — perguntou a Georgios. — O terceiro.

— Fugiu — avisou o equestre.

— Fugiu como? — Constantino estava transtornado, espumando pela boca. — Ele estava na minha frente. Malditos ladrões!

Dois corpos continuavam no beco. Georgios foi investigá-los. Não encontrou nada de relevante além de um par de facas sinuosas. Despiu-lhes a tanga e descobriu um detalhe importante.

— Circuncidados. — Ele mostrou a Constantino. — São judeus.

O cavaleiro suspirou.

— Parece que você tem mais inimigos do que eu calculava.

— Não — disse o equestre. — Estes não são judeus da Nicomédia. Não são meus inimigos.

— Por que diz isso?

Georgios pediu para examinar as costas do amigo. Constatou que o primeiro golpe fora desferido contra Constantino. Se não fosse a armadura, ele estaria morto agora.

— Estes homens não estavam atrás de mim — afirmou. — Estavam atrás de *você*.

LVIII

O GRANDE JOGO

O OUTONO DAQUELE ANO FOI O MAIS SECO JÁ REGISTRADO NA CIDADE DAS SETE Colinas. O mês de setembro começou ensolarado, com o ar quente e sem chuvas. A colheita de uva atrasou, os proprietários de terra perderam dinheiro e, em Roma, o preço do vinho subiu, incitando a população à revolta. Nos quarteirões suburbanos, dois depósitos foram incendiados. As Termas de Nero foram invadidas. O estoque de cerveja, roubado.

Depois de oferendas e sacrifícios a um sem-número de deuses, uma tempestade se abateu sobre a Itália e a safra precisou ser colhida às pressas, antes que os campos ficassem inundados. No porto de Óstia, onde o Rio Tibre deságua no mar, o esgoto transbordou e as ruas se alagaram. O fórum parecia um criadouro de ratos, que entravam nas casas, nas lojas, nos templos, destruindo canteiros e propagando doenças.

Encostada no parapeito do navio, Tysa observava as construções portuárias. Sua primeira impressão não foi das melhores. O atracadouro, cercado de muralhas em meia-lua, abraçava águas escuras, rajadas de óleo, com línguas negras e fezes boiando. O acesso ao estuário era feito através de um canal com muros altos e torres de guarda. Tysa se agarrou à mureta porque tinha certeza de que eles iriam bater, mas o capitão era experiente e os levou em segurança à plataforma, estacionando o barco lateralmente.

Óstia não parava nunca e naquela manhã estava ainda mais agitada. O censo do ano anterior acusara cento e cinquenta mil habitantes, na maioria gauleses, árabes, judeus, hispânicos, egípcios e gregos. Os cristãos estavam em toda parte, e grafites com o símbolo do peixe podiam ser encontrados nas ruas, nas travessas e nos fontanários. Por outro lado, quatro galés ancoradas na foz do Tibre faziam lembrar que Óstia era uma das antigas bases da *Classis Misenensis*, a frota mais tradicional da marinha romana. Tysa reparou em pelo menos uma das trirremes, navios de guerra pintados de vermelho com um aríete de bronze na proa esculpido com o rosto da loba que teria amamentado Rômulo e Remo.

Os soldados da marinha usavam capas azuis, mas o homem que os recebeu exibia uma túnica carmim, tinha a face redonda e uma cicatriz enorme no pescoço. Estava acompanhado de quatro oficiais combatentes e havia outros seis em alerta, observando-os de um ponto afastado.

O homem sorriu e acenou para o senador Caio Valério Fúlvio, que agora caminhava pelo cais, equilibrando-se com a ajuda da esposa. Aos dezessete anos, Tysa era uma mulher encantadora, cuja beleza impressionava. Os cabelos louros desciam em trança, fazendo-a parecer a encarnação de Andrômeda.

Por desinteresse ou respeito, o homem falou primeiro com o senador. Deu-lhe um abraço, dois beijos e um aperto de mãos.

— Salve, excelência. É um prazer recebê-lo.

O político retribuiu a gentileza.

— Comandante — coaxou. — O prazer é meu. Não nos vemos faz...

— Dez anos. Desde sua última visita à Itália — ele respondeu, afiado. — Sejam louvados todos os deuses, especialmente Netuno, que o trouxe até nós. Fez boa viagem?

— Viajar é sempre um transtorno — Fúlvio admitiu e apontou para Tysa. — Conhece a minha esposa?

Ela olhou para o homem e o cumprimentou com um balançar de cabeça.

— Comandante.

O militar fez uma breve reverência e emendou:

— Encantado. Meu nome é Júlio Asclepiodoto. Sou o responsável pelas defesas da cidade. É a sua primeira vez em Roma?

Ela enrugou a testa, inquisitiva.

— Já estamos em Roma?

— Ainda não, senhora Fúlvia — respondeu o comandante. Só então Tysa reparou que ele não tinha a mão esquerda. No lugar, restara um cotoco enegrecido, coberto de pele e vasos sanguíneos. — Roma fica rio acima, seis léguas distante.

O senador interferiu:

— Tysa, o senhor Júlio Asclepiodoto é o prefeito pretoriano, chefe da antiga guarda imperial.

A jovem o examinou a distância.

— Deve ser um homem poderoso, senhor Asclepiodoto.

— Suplico que me chamem de Júlio. — Ele desviou o olhar para o senador. — Querem pernoitar em Óstia? Ou preferem tomar imediatamente o caminho de Roma?

Foi Tysa quem respondeu:

— Comandante, o meu marido é um homem de constituição frágil, e esta cidade me parece insalubre. Estamos debilitados pelos dias a bordo, e eu lhe agradeceria se pudéssemos partir o quanto antes. Seria melhor se dormíssemos hoje sob o nosso próprio teto.

— Sem dúvida — ele concordou. — Também acho melhor.

Asclepiodoto fez um sinal e oito homens musculosos trouxeram uma liteira de ébano com espaço para duas pessoas. Tysa e Fúlvio entraram e se acomodaram sobre o coxim. Ela fechou as cortinas, poupando-os do contato com a plebe, mas era impossível evitar os ruídos, os gritos, o cheiro de peixe, de gordura, o fedor do esgoto.

Uma hora depois, Tysa arriscou espiar lá fora. O cortejo — liderado por Júlio Asclepiodoto, que cavalgava na dianteira — percorria a Via Ápia, uma das principais estradas romanas. Era larga e bem conservada, embora as pedras estivessem úmidas pela tempestade da véspera, obrigando os carregadores a andar com cuidado. Orlada de árvores e túmulos de gente famosa, estava também cheia de famílias desabrigadas, que só não se aproximavam porque eles eram escoltados por homens armados. Mais à direita, destacava-se a célebre *Aqua Claudia*, um aqueduto com dois níveis de arcos que começara a ser construído cerca de trezentos anos antes e ainda se mantinha absolutamente intacto.

Em certo ponto, o grupo fez uma curva, pegou uma estrada secundária, cruzou alguns vinhedos e chegou à Muralha de Aureliano, uma estrutura pouco elegante feita de concreto, argamassa e tijolos. O portão era menor do que Tysa havia imaginado e só permitia o ingresso de uma carroça por vez. De lá, o caminho os levou ao Monte Aventino, uma das regiões mais populosas do mundo, onde se localizavam o porto do Tibre, os armazéns fluviais e um pequeno bazar. O Aventino nascera como um distrito pobre, depois prosperara e agora se encontrava em franco declínio, abrigando pedintes, meretrizes, estrangeiros, soldados que haviam desertado e toda sorte de pessoas consideradas indesejáveis pela já decadente sociedade romana.

Tysa tornou a fechar a cortina e decidiu que só a abriria quando eles chegassem ao destino.

O sol já ia se pondo e o cortejo parou na entrada de uma mansão na subida do Monte Palatino. Lá ficava a residência oficial do senador Fúlvio na Cidade das Sete Colinas, uma *domus* nos moldes republicanos mantida por doze escravos que não viam o dono fazia uma década.

Tysa desembarcou, seguida do corpulento marido.

— Nós agradecemos por tão calorosa recepção — ela disse ao comandante pretoriano.

— Disparate! — Júlio Asclepiodoto fingiu indignação. — Um senador merece o devido respeito — ele afirmou, sem desmontar do cavalo. Fez sinal para seus homens. — Úrsulo, Bruno, Marco e Agripa — selecionou quatro guardas — serão sua escolta permanente. Permita-me oferecer-lhes essa benesse. É o mínimo que posso fazer.

— Obrigado — sorriu Fúlvio. — Claro que aceito.

Tysa logo interveio:

— Agora nós precisamos descansar, comandante. Estamos exaustos. Obrigada mais uma vez.

— Tenham um bom descanso. — Asclepiodoto soltou as rédeas, mas antes de ir embora comentou: — Não se esqueçam do nosso jantar amanhã. A senhora Júlia Aurélia está ansiosa para conhecê-los.

Fúlvio assentiu.

— Impossível esquecer. É para isso que estamos aqui.

— De fato — concordou o romano. — Se precisarem de alguma coisa, mandem um recado.

— Será assim — disse o senador, e a comitiva se foi.

Os quatro pretorianos permaneceram na porta da *domus*, duros como estátuas de mármore. Portavam cotas de malha, capacetes com crina dourada, lanças e escudos ovais. Tysa e Fúlvio entraram na mansão.

— Como estão as pernas, marido? — ela perguntou.

— Que fome — o político desconversou. — Meu estômago está roncando.

— Eu perguntei sobre as pernas.

— Estão bem — ele respondeu, encurralado. — Doem como sempre. Mas estou bem.

Fúlvio atravessou o corredor de entrada e atirou-se em um dos divãs posicionados no triclínio. O jantar foi servido rapidamente. Ele comeu e bebeu em silêncio. Em seguida, apresentou a Tysa todos os escravos, espantosamente se recordando dos nomes, do dia em que os adquirira e em quais condições.

Mais tarde, quando o casal degustava os figos da sobremesa, a esposa o cutucou:

— Pensei que o motivo da nossa viagem fosse nos encontrarmos com o senador Afrânio Hanibaliano, sobre o qual me falou.

— Isso mesmo. Hanibaliano almeja ser eleito primeiro cônsul, e Asclepiodoto será seu suplente. Suponho que precisem do meu apoio.

— Hummm... — Tysa ruminou, sem entender. Eram apenas nomes para ela, sem significado algum. — E quem seria Júlia Aurélia?

O senador despertou. Sentou-se no divã, esticando as pernas.

— Nunca ouviu falar dela?

— Deveria?

— Óbvio. A viúva de Marco Cláudio Tácito.

— Sou ignorante nesse aspecto. Quem é Marco Cláudio Tácito?

— Sucedeu Aureliano como imperador. Um homem sábio, que poderia ter posto o mundo nos eixos, mas era velho e acabou falecendo em campanha. Júlia Aurélia herdou sua fortuna e desde então é uma figura proeminente em Roma. Um conselho dela vale mais que dez sacas de ouro.

Tysa deu de ombros.

— Entendi.

Os dois ficaram mais algum tempo no triclínio, enquanto os escravos recolhiam a comida. Fúlvio cochilou até ser acordado pelo canto de um grilo.

— Estranho você nunca ter ouvido falar dela — ele retomou o assunto abruptamente. — Ainda mais tendo nascido em Lida.

Tysa não viu ligação.

— É. Nunca ouvi.

Ele se levantou com a ajuda de dois escravos.

— Ah, claro. É por causa do nome — disse Fúlvio. — Júlia Aurélia é o nome romano. Talvez você a conheça pelo nome sírio.

— Talvez.

— Zenóbia — ele revelou, como se não fosse nada de extraordinário.

— Zenóbia? Igual à rainha?

— Igual não. É a própria. *Era*. Não se espante. Não tema, minha flor. Depois de tantos anos em Roma, Zenóbia é uma nova mulher, pacificada. Impressionante o que uma boa dose de civilização pode fazer com uma pessoa — ele divagou, já não se aguentando em pé. — Bom, até amanhã. Boa noite.

Como qualquer menina do Leste, Tysa escutara histórias sobre a rainha Zenóbia, a mulher que, em um passado longínquo, assumira o lugar do marido e desafiara o Império Romano. Se fosse uma pessoa comum, estaria animada para conhecê-la, mas seu pai, Räs Drago, assassinara o filho dela, Vabalato, após a Batalha de Palmira, obliterando a linhagem real e ganhando o respeito do césar. Tysa cortara ligações com o ramo paterno fazia três anos, mas temia que Zenóbia a usasse para descarregar seu ódio ou de algum modo realizar sua vingança, fosse ela qual fosse.

No dia seguinte, resolveu dar uma volta pela metrópole, imaginando que o passeio a ajudaria a afastar maus pensamentos. Escolheu visitar o Monte Capitolino, onde Roma havia nascido. Dois pretorianos, três escravos domésticos e quatro carregadores de liteira a acompanharam àquela que era a mais importante das sete colinas. Para chegar ao Capitólio a partir do Palatino, era preciso passar sob o aqueduto de Nero e entrar no antigo fórum republicano. O local — centro nervoso do Império — era dominado pela Basílica Júlia, um prédio alto e retangular, e pelo edifício do tabulário, ainda mais alto, que armazenava os registros municipais. Havia um arco no centro do fórum dedicado ao imperador Sétimo Severo, uma longa plataforma de mármore que às vezes servia como palanque, o pequeno santuário em homenagem à deusa Cloacina, o espírito da Cloaca Máxima, o grande esgoto de Roma, além de uma série de templos, incluindo o de Vesta, uma estrutura cilíndrica com uma chaminé por onde saía a fumaça sagrada; o de Castor e Pólux, os filhos gêmeos de Júpiter; e o de Concórdia, a padroeira da harmonia conjugal. À esquerda, a cúria onde o Senado se reunia estava sendo reformada, superlotando a praça de operários, engenheiros, guindastes e carros de boi.

Tysa não chegou a se impressionar, porque achou tudo muito sujo, diferente do que lera nos livros de história. O espaço estava coalhado de ambulantes, um dos quais tentando vender um macaco. O chão acumulava camadas de estrume, como se ninguém o limpasse havia dias. Mendigos pediam esmola, agitando canecas de chumbo. Pregadores gritavam na base das colunas votivas, reproduzindo as palavras de Cristo, convidando os pobres a fazer uma prece.

O fórum, entretanto, era bem vigiado, e a moça não presenciou confusões. Dali era visível o complexo religioso sobre o Capitólio, e após mais alguns passos, ao fim de um aclive, ela desembarcou da liteira em frente ao Templo de Júpiter Capitolino. Precisou beber um pouco de água para recuperar as forças antes de subir as escadas, mas teve de se contentar com a vista desde o terraço, porque o lugar estava fechado.

— Só abre para cerimônias públicas, senhora — explicou um dos pretorianos que a escoltavam.

— Percebe-se — ela retrucou secamente, tentando entender por que o guarda não a alertara do fato.

O calor aumentou e de repente estavam todos suando. Tysa desceu a colina a pé e pegou um caminho alternativo, sugerido por um dos escravos. A rota cruzava uma antiga muralha, margeava o Circo Máximo, o mais distinto dos hipódromos romanos, e transpunha os jardins do palácio de Augusto.

Chegando em casa, ela fez um lanche e tomou um banho frio. O marido passara a tarde deitado, assistido por dois massagistas. O problema das varizes tornara-se crônico, e ele precisava que alguém o tratasse pelo menos uma vez por semana.

No princípio da noite, o casal seguiu até a residência de Zenóbia sobre o Monte Célio, apenas algumas ruas distante. A *domus* tinha o dobro do tamanho das mansões senatoriais e era moderna, com mosaicos retratando deuses egípcios, paredes que mostravam a figura de entidades sumérias, incluindo Bel, o Senhor do Fogo, e colunas gravadas com hieróglifos. Quem os recebeu foi um eunuco pálido, de aparência cadavérica, que disse chamar-se Ânzu.

Conduziu-os ao átrio, também muito grande, decorado com móveis trazidos da Pérsia. Júlio Asclepiodoto já estava lá, na companhia de sua esposa, Copérnia, e do senador Afrânio Hanibaliano, um homem charmoso de cabelos brancos, pele queimada de sol, braços fortes e corpo delgado. Estavam desarmados, mas ao menos doze soldados montavam guarda, zelando por eles, dentro e fora da casa.

Hanibaliano abriu um sorriso ao reconhecer Caio Fúlvio. Os convivas se cumprimentaram, apresentaram as esposas e se sentaram para esperar a rainha. O vinho era servido em taças de cristal. Pedaços de alcachofra fritos em azeite e levemente salgados lhes foram oferecidos em pratos de ouro.

— Excelência — disse o bronzeado Hanibaliano, após o primeiro gole de vinho. — Peço-lhe desculpas pessoalmente pela situação em que Roma se encontra. O senhor deve ter notado a degradação da cidade. É um desastre, uma tristeza. Tenho um plano de urbanização que surpreenderá a todos.

— Para o bem ou para o mal, senhor Hanibaliano? — brincou Fúlvio, mas naquele gracejo havia uma sugestão de descrença.

Hanibaliano soltou uma gargalhada.

— Para o nosso bem, sempre. Para o bem dos verdadeiros romanos. Precisamos nos livrar desses terríveis cristãos.

Júlio Asclepiodoto bateu a mão contra o punho decepado.

— Eu o aplaudo, meu caro.

— Concordo também — atalhou Fúlvio. — Mas os cristãos estão longe de ser o pior dos problemas.

O senador Hanibaliano ia retrucar quando um serviçal dedilhou uma harpa, anunciando a chegada da anfitriã. Zenóbia era uma mulher alta, esguia e voluptuosa, de traços finos e olhos verdes. Os cabelos negros estavam enfeitados com minúsculas contas de ouro, e os braceletes, também dourados, destacavam-se sobre a pele morena. O vestido era branco e decotado, com tiras de seda e camadas duplas de algodão. Aos cinquenta e um anos, muito de sua beleza havia se perdido, mas o charme de Zenóbia só aumentara, porque, além de seu magnetismo natural, ela agora era rica, influente, e os patrícios a veneravam.

— Que Bel abençoe os senhores e que a deusa Ísis proteja as senhoras. — Ela olhou para Tysa e Copérnia. — Sejam muito bem-vindos à minha casa — falou em um latim tão perfeito que ninguém diria que era estrangeira.

Concentrou-se em Fúlvio. — Presumo que seja o senador Caio Valério Fúlvio, de Pafos. Obrigada por aceitar o meu convite.

Fúlvio tremeu de júbilo.

— Eu é que agradeço. — Ele instintivamente tentou se levantar, mas não conseguiu. — Obrigado, majestade. Muito obrigado.

Ela sorriu com elegância.

— Prefiro que não me chame por títulos antigos. Sou uma cidadã romana por direito. Faz dezessete anos que reneguei a barbárie.

O senador Hanibaliano sorriu.

— Roma aceita todos de braços abertos — ele garantiu, mas completou em tom severo: — Contanto que respeitem as nossas tradições.

Zenóbia fez um gesto e um batalhão de escravos trouxe o jantar. O cardápio incluía elementos exóticos até para quem morava no Leste. O prato principal era carne de crocodilo, servida em uma bandeja imensa com o animal praticamente inteiro, as costas abertas recheadas de frutas e caranguejos. Sobre a mesa havia diversos tipos de vinho e uma bebida destilada à base de anis.

Por quase uma hora, os comensais discutiram frivolidades. Zenóbia perguntou a Fúlvio e a Tysa como era a vida no Chipre e disse que gostaria de visitá-los em ocasião oportuna. Júlio Asclepiodoto gabou-se de como sua guarda havia controlado a revolta do vinho, prendido e executado os malfeitores. O senador Hanibaliano insistiu que uma reforma urbana se fazia urgente e explicou o motivo:

— O imperador nos abandonou. É a primeira vez que isso acontece em mil anos — ele disse, embora o período fosse meramente retórico. — Se alguém não assumir o controle de Roma, a cidade se tornará alvo fácil. Na minha opinião, o novo cônsul deve tomar para si essa responsabilidade.

Houve um curto silêncio. Em condições normais, criticar o imperador seria um ato de traição, mas eles estavam lá para isso. O prefeito acrescentou:

— Concordo. O perigo é real e já está se refletindo nas ruas. Posso falar por mim: a guarda pretoriana sempre teve a missão de proteger augustos e césares, bem como a própria cidade. Diocleciano está aos poucos minando o nosso poder. Dizem que o objetivo dele é desarticular as unidades e esvaziar o pretório.

— Dizem? — Fúlvio o interpelou. — Quem disse isso?

— Não importa quem disse — Asclepiodoto desviou-se. — Basta ter olhos para enxergar.

Hanibaliano continuou:

— Escutei algumas histórias, meus amigos. Ouvi dizer que, em seu palácio na Nicomédia, o imperador mandou instalar um trono de mármore decorado com ouro e pedras preciosas.

— Se for verdade — Fúlvio soltou um arroto involuntário —, é um ultraje.

— Imaginemos que seja — propôs o senador bronzeado. — Apenas imaginemos, por um breve minuto. O que deveríamos fazer a respeito?

Outro momento de silêncio, esse mais prolongado. Ninguém queria tomar a iniciativa. Eram homens poderosos, mas o que estava prestes a acontecer era grave e poderia custar-lhes a vida.

Então, Zenóbia falou:

— Senhores, se me permitem uma opinião.

— Claro — os três retrucaram em uníssono.

— Os senhores são pessoas honradas e entendo o motivo de fraquejarem. Ninguém aqui deseja ser tomado como traidor. Mas eu me pergunto onde devemos depositar a nossa lealdade: em um militar tosco da Dalmácia ou nos princípios sagrados sobre os quais esta cidade foi fundada?

Os presentes ficaram calados, digerindo aquelas palavras. O comandante pretoriano indagou:

— O que está propondo, senhora?

— Nada. — Zenóbia encolheu os ombros. — Não sou política e nada entendo de tais pormenores. Mas estudei filosofia com o grande Cássio Longino e gosto de pensar nessas coisas.

O senador Fúlvio estava hipnotizado e pediu:

— Por favor, majest... — Corrigiu-se: — Por favor, senhora, continue.

— O que eu estava dizendo não é nada diferente do que vossas excelências já sabem — ela afirmou, singela. — Roma nasceu com um pacto antigo. Roma jamais terá um rei, nunca se submeterá a um monarca. E o Senado é justamente o garantidor desse preceito. É obrigação dos senhores, descendentes dos primeiros romanos, assegurar que a metrópole continue sendo o que sempre foi. Os seus filhos farão o mesmo, os filhos deles também, e assim sucessivamente.

Fúlvio declarou após instantes:

— Senador, comandante — olhou para Hanibaliano e Asclepiodoto —, me parece que a senhora Júlia Aurélia está certa.

— De acordo — exclamou o charmoso político. — Se seguirmos nessa linha, excelência, teremos o seu apoio nas eleições?

— Sem sombra de dúvida — aquiesceu Fúlvio. — Declararei o meu voto publicamente.

Zenóbia opinou:

— Não é o bastante. — Ela olhou para o chão, como se divagasse. — O cônsul tem poderes limitados fora da Itália, e estamos falando de um Império que vai desde a Britânia até os limites da Pérsia. Em tempo de invasões e revoltas, o que nós precisamos é do suporte do exército.

Os três encararam Fúlvio, todos juntos. Com o cotoco do braço, Júlio Asclepiodoto tocou o ombro do colega rechonchudo.

— Caro amigo, o senhor é um bom juiz de caráter. Diga-nos: qual seria a opinião de seu primo sobre o que conversamos?

— Meu primo? — O senador se confundiu, porque tinha muitos primos, mas logo entendeu de quem se tratava. — Os senhores se referem a Maximiano?

— Sim — Hanibaliano confirmou com a cabeça.

— Não tenho ideia do que ele pensa. — Fúlvio tentou se esquivar. — Só posso responder por mim.

Tysa, que se mantinha calada, sentada em um divã, atenta a tudo, sentiu o clima de tensão se alastrando.

Finalmente, a anfitriã sugeriu:

— Com a ajuda dele e do Senado, os senhores poderiam assumir o controle do Oeste. Seria um primeiro passo para a reconquista do Império.

O prefeito pretoriano advertiu:

— Há uma pedra no caminho. Mesmo se Maximiano aderisse à nossa causa, teria de convencer Constâncio Cloro a apoiá-lo. Cloro comanda as tropas da Gália, é fiel ao imperador e só o renegaria em último caso. Se sofresse, digamos, um ataque pessoal. E o augusto jamais cometeria esse deslize.

De repente, tudo fez sentido na cabeça de Fúlvio, e ele descobriu que, mesmo sem querer, havia se tornado uma peça do jogo político. Experimentou um calafrio na ponta dos dedos, e sua voz saiu da garganta como que surgida da tumba:

— Que dia é hoje?

— Dia 22 de setembro — informou Zenóbia.

— Três noites atrás — contou Fúlvio —, o jovem Flávio Constantino, filho de Constâncio Cloro, foi morto nas ruas da Nicomédia por ladrões ordinários. Como sabemos, Constantino era mantido na corte pelo imperador, que prometeu zelar por sua integridade. Com isso, suponho que o pacto de confiança entre Diocleciano e Constâncio Cloro se desfez.

Os convidados se entreolharam, refletindo sobre o que haviam acabado de ouvir. O senador Hanibaliano perguntou, em um sibilar:

— Excelência, com todo o respeito, como sabe disso? Três noites atrás? Nenhuma notícia do Leste chegaria tão rápido até nós.

Fúlvio não respondeu — nem precisava. O recado era claro e cristalino. Maximiano, ao contratar os sicários por meio do primo, planejava jogar Constâncio Cloro contra o imperador, ao mesmo tempo em que enviava uma mensagem ao Senado. Estava montada, assim, uma conspiração tão complexa, tão bem engendrada, que poderia mudar os rumos da sociedade romana.

Zenóbia resumiu o óbvio:

— Se Maximiano e Constâncio Cloro estão conosco, então o Ocidente é *nosso* — ela exclamou com vigor. — O próximo passo é despachar um representante a Sirmio para tentar contato com Galério, o césar das províncias centrais. Quem se dispõe a realizar essa tarefa?

Júlio Asclepiodoto era o chefe da guarda pretoriana e não podia deixar a cidade em nenhuma hipótese. Afrânio Hanibaliano, por sua vez, estava em campanha para o consulado. Só restavam duas peças no tabuleiro.

— Eu mesma faria isso — manobrou a legendária rainha e acrescentou, com cinismo evidente: — mas, afinal, sou apenas uma mulher. — Olhou para Fúlvio. — Excelência, o destino de Roma repousa em suas mãos. Podemos contar com o senhor?

Sem saída, o flácido senador murmurou:

— Sem dúvida. — Ele engoliu em seco e retrucou a contragosto: — Se é para o bem da cidade e para o futuro do Império, os senhores podem contar comigo... — Tossiu, engasgado. — Naturalmente.

O alívio que Tysa sentira por Zenóbia não tê-la reconhecido como filha de Drago logo se transformou em revolta.

Quando chegou em casa após o jantar, não resistiu ao impulso de conversar com o marido. Ela e Fúlvio não mantinham relações conjugais, mas, com o passar dos anos, a moça aprendera a admirá-lo. Era um homem sensível e até certo ponto inocente, o que despertou nela um estranho sentimento de proteção.

Esperou os escravos se recolherem e invadiu o quarto do senador. Ele estava deitado, de lamparinas acesas, lendo um pergaminho com os olhos miúdos. Era o famoso *Satíricon*, romance latino que descreve as aventuras do protagonista, Encólpio, e de seu amante, Gitão, nos tempos áureos do principado romano.

Fúlvio se surpreendeu ao notá-la. Colocou a leitura de lado.

— Minha flor — ele sorriu, embaraçado. — Já sei, os escravos não prepararam a sua cama. Que vergonha. — Contorceu-se à esquerda, tentando alcançar uma sineta na mesinha de cabeceira. — Não se preocupe. Vou resolver esse problema agora.

De pé, Tysa apanhou a sineta, impedindo que o esposo a tocasse.

— Não é isso — ela exclamou, ruborizada. Fechou a porta e, andando de um lado para outro do quarto, desabafou: — Eles o estão usando. — Esfregou as mãos. — Será que não percebe?

— Eles? — O senador deu uma risota. — Eles quem?

— Eles! — Tysa ergueu a voz. — Zenóbia, o senador e o comandante pretoriano. — Ela realmente não decorara os nomes. — Estão usando você para conseguir o que querem. O que *eles* querem. Não tem nada a ver com o bem de Roma ou com o futuro do Império. Será que não percebe?

Pela primeira vez, o senador Caio Valério Fúlvio olhou para Tysa como um ser humano consciente, abrindo mão de suas defesas formais. Pela primeira vez, ele a *enxergou*.

— Sim, eu percebo. Por que você acha que fui embora de Roma? — Ele se arrastou para trás, sentando-se obliquamente na cama. — Fugi para Lida, depois para o Chipre, mas é impossível detê-los. O jogo sempre continua. Precisa continuar.

— Que jogo?

— O jogo do poder. Uma vez que você entra, não consegue sair.

— Se é para jogar — Tysa estava indignada —, joguemos ativamente. Não como peões. Não como peças manipuláveis.

— Foi Zenóbia quem montou o tabuleiro — disse Fúlvio, e decretou: — O jogo é *dela*.

— Não aceito isso.

— Com o tempo você vai aprender a aceitar. Quem se adapta, como eu, sobrevive. Quem insiste em jogar sempre perde. Cedo ou tarde, acaba perdendo. — E concluiu: — Zenóbia é invencível.

— Ninguém é invencível.

Fúlvio, então, já cansado, cobriu-se com os lençóis de seda, recuperando sua postura distante.

— Preciso dormir, minha flor. Está tarde, não está? — coaxou. — Chamo os escravos ou não precisa?

Tysa colocou a sineta no lugar.

— Não precisa, marido — ela retrucou, controlada. — Não precisa.

Serena como uma esfinge, Tysa voltou a seus aposentos. Em vez de se deitar, porém, sentou à penteadeira. Sozinha, na calada da noite, à luz dos candeeiros, separou alguns rolos de papiro e neles escreveu uma carta.

Não assinou. Enfiou os papéis em um tubo de couro. E no dia seguinte os despachou.

LIX

O VELHO MARTE

GEORGIOS QUIS AVISAR IMEDIATAMENTE AS AUTORIDADES SOBRE O ATAQUE NO beco, mas Constantino pediu que ele guardasse segredo.

Naquela mesma noite, após pegarem os cavalos no hipódromo, os dois galoparam até o alvorecer, enfim parando sobre uma colina arborizada de onde se tinha uma bela vista da cidade, a leste, com seus barcos de pesca singrando o golfo à luz do nascente.

O dia raiou em tons carmesins, o céu colorido de nuvens alaranjadas. Constantino subiu mais um pouco a pé, chegando a um local ondc havia um resto de calçamento e, no centro dele, uma estátua do deus Marte em trajes militares, segurando um escudo e usando um capacete de crina alta. O ídolo parecia muito antigo, sujo e com o mármore desgastado.

— Essa estátua pertenceu ao legendário imperador Aureliano — disse Constantino. — Meu pai me trouxe aqui um dia antes de eu ser recrutado, quatro anos atrás.

Georgios segurava Pégaso pelo bridão.

— O seu pai serviu a Aureliano?

— Não só a ele.

— Mundo pequeno. Talvez ele tenha conhecido o meu pai.

— Talvez. — Constantino ficou alguns minutos calado, contemplando o horizonte. A certa hora, reforçou: — Georgios, ninguém pode saber o que aconteceu esta noite. O atentado contra mim é um crime político. Estão querendo jogar o meu pai contra a Púrpura.

— Bem provável — consentiu o rapaz. — Por que não escreve para ele, então?

— Não até eu descobrir quem planejou esse embuste — disse e tornou a se voltar para o equestre. — Prometa que não vai dizer nada mesmo sob tortura.

— Prometo.

Sentindo-se mais aliviado, Flávio Constantino colocou-se de frente para o colega e apertou-lhe os ombros.

— Georgios, você salvou a minha vida. Nunca vou esquecer.

O filho de Laios não tinha se dado conta do fato. Agira meramente por instinto, combatendo os assassinos que queriam matá-lo.

— Você teria feito o mesmo por mim — ele redarguiu.

De novo, Constantino se calou. Olhou para a estátua de Marte. De repente, indagou:

— Posso lhe fazer uma pergunta pessoal?

— Claro — respondeu Georgios.

— O porco. O que ele lhe disse?

— Porco? — O jovem não entendera direito. — Quer dizer, o porco que tivemos de matar na prova de graduação?

— Sim — confirmou Constantino. — Ele é tido como uma espécie de oráculo. Sempre diz algo especial para cada aluno. — E avisou: — Sei que é particular, então, se não quiser me contar, não tem problema.

— Posso contar — concordou o garoto —, contanto que mantenha segredo. Que jure nunca revelar a ninguém.

— Eu juro — afirmou o cavaleiro. — Juro diante de Marte. Juro sobre a Pedra de Júpiter.

Georgios, então, deu um longo suspiro e declarou:

— Ele disse que eu iria destruir o Império Romano. Mas eu não acredito. Nunca acreditei. Foi um sonho. Um delírio.

— Pois deveria acreditar. Faz todo o sentido. Entendi tudo agora. — Ele sacou a espada e observou as marcas de sangue. — Não foi o imperador que me colocou no quarto com você. Foram as moiras — exclamou. — Os nossos destinos estão ligados.

O equestre estranhou o tom, profético demais para alguém tão rigoroso.

— Por que diz isso?

— Porque o porco... — murmurou o príncipe romano. — Quero que saiba que ele me disse... — Fez uma pausa, tomou fôlego e completou: — Georgios, ele me disse a mesma coisa.

LX

TRÉVEROS

No dia 19 de outubro daquele ano, os telhados da cidade de Tréveros amanheceram cobertos de gelo. Era a primeira geada do inverno — embora eles ainda não estivessem no inverno.

O norte da Gália sempre fora uma região preterida pelos antigos romanos, que amavam o brilho do sol e detestavam os dias chuvosos. Mas o tempo havia passado, o Império se expandido e nem todos mais pensavam daquele jeito.

Embora fosse um guerreiro respeitado, Constâncio Cloro não suportava o calor intenso, condição que, entretanto, nunca o impedira de lutar as guerras no Leste. Quando jovem, atuara como guarda-costas do imperador Aureliano e estivera presente na épica batalha nos portões de Palmira. Mas isso, como ele costumava dizer, acontecera "séculos atrás". Com quarenta e dois anos, Cloro conquistara o que muitos haviam cobiçado: uma posição de destaque na história. Hoje era o oficial responsável pelas tropas da Gália, o césar do Oeste, subordinado apenas a Maximiano, o Inclemente, e ao próprio imperador.

O palácio de Constâncio Cloro em Tréveros, na província da Bélgica, era gelado e sombrio. O vento soprava pelos corredores apagando as lamparinas, obrigando os escravos a acender os braseiros e a alimentar as piras de fogo.

Cloro habitualmente almoçava em um grande salão de granito com janelas altas gradeadas, na companhia de seus cães: Duro, um animal todo preto de orelhas pontudas, e Nero, seu irmão de pelagem castanha. Diante dele, havia uma longa mesa de cedro cingida por doze cadeiras, mas o césar estava sozinho.

Jogou um osso para os cachorros, que babavam esperando um agrado. Enquanto os mascotes brigavam, correndo e pulando, um mensageiro entrou no recinto. Saudou-o com a mão espalmada, entregou-lhe um tubo de couro e saiu. Constâncio Cloro encheu a caneca de cerveja, bebeu e, com os dedos engordurados, leu a mensagem no papiro.

Parou de mastigar. Leu de novo.

Deu um tapa no tampo da mesa.

— Numa! — gritou. — Onde está Numa? — Apontou para uma das sentinelas que montavam guarda no corredor. — Chame-o aqui.

O soldado desapareceu, retornando vinte minutos depois. Um ancião o acompanhava, apoiado em um bastão de carvalho. De tez morena e enrugada, usando um manto simples e sapatos encardidos, Numa não era um escravo comum: era o secretário pessoal de Constâncio Cloro, seu conselheiro, confidente e amigo. Numa tinha então setenta e quatro anos e gostava de dizer que o segredo de sua longevidade repousava no fato de que, sendo eunuco desde criança, abandonara terminantemente toda e qualquer atividade sexual, "que, como os senhores sabem, consome bastante energia", afirmava.

Numa percebeu o alarde do césar. Cloro era um indivíduo de aparência peculiar, graças aos cabelos completamente brancos e à pele clara como leite. Os olhos eram de um azul cristalino e dependendo da luz se tornavam vermelhos.

Constâncio Cloro fez um gesto pedindo que o ancião se sentasse. Ele obedeceu, puxando a cadeira mais próxima.

— Boa tarde, césar.

— Preciso de seus conselhos, meu caro, mais uma vez. — Cloro esboçou um sorriso. — Você sempre me foi fiel.

O secretário descansou o bastão na lateral da mesa.

— Não, césar. Sou fiel aos deuses. São eles que me orientam.

Cloro concordou de modo plácido. Sabia que Numa jamais o trairia, mas o eunuco tinha um jeito estranho de falar. Insistia na história dos deuses, gostava de bancar o profeta.

O tetrarca observou a luz pálida que incidia sobre os talheres. O prato do dia era javali assado com molho de ervas.

Os cães pediram mais comida. Cloro os calou com um chiado.

— Quanto tempo faz que nos conhecemos, Numa? — ele perguntou.

— Desde Palmira, césar. Desde Tiana, na realidade.

— Palmira. — Cloro bebeu um gole de cerveja. Limpou o queixo barbeado com as costas da mão. — Eu me lembro daquele dia como se fosse hoje. O calor sufocante do deserto, as bolas de fogo cortando o céu, o óleo quente pingando, o cheiro de betume, os gritos de guerra, as trompas. O prazer da vitória!

O eunuco esperou alguns segundos e comentou com um risinho:

— O senhor acordou um tanto nostálgico hoje.

— Me acontece às vezes — ele admitiu, afagando a capa de pele de lontra. — Especialmente quando recebo notícias desagradáveis.

Cloro, então, entregou-lhe as folhas de papiro. Enquanto Numa as lia, pegou mais alguns ossos e os atirou aos cães.

— Quem escreveu isto? — indagou o secretário.

— Não há selos ou assinaturas — informou. — Qual é a sua opinião?

Numa coçou o rosto enrugado. Endireitou-se na cadeira. O assunto era sério.

— Se Constantino tivesse sido morto, com certeza nós já saberíamos. O jovem príncipe está vivo, não há dúvida quanto a isso. Resta saber se ele realmente sofreu algum atentado. Devemos enviar alguém à Nicomédia para entrevistá-lo a esse respeito.

— E se for verdade? E se o meu filho tiver mesmo sido atacado?

— Nesse caso, saberemos que o conteúdo desta carta — disse Numa, erguendo as folhas — é fidedigno.

— Digamos que seja fidedigno. O que isso significa?

— Significa que alguém está trabalhando para colocá-lo contra o imperador. A mensagem cita uma conspiração envolvendo Zenóbia, Maximiano, o prefeito pretoriano e ao menos um senador. Faria sentido, mas não podemos acusar e muito menos agir sem provas. Precisamos — ele repetiu — averiguar. Por meio, logicamente, de uma pessoa de confiança.

— Quem?

Numa entrelaçou os dedos, observando as nuvens através da janela. Era uma tarde úmida, típica do outono gaulês. Os cães haviam parado de mastigar e estavam agora dormindo debaixo da mesa.

— Se Zenóbia estiver liderando esse conluio — prosseguiu o secretário —, não há nada que possamos fazer. Nem eu, que dediquei toda a minha vida a estudar o comportamento humano, a analisar as intrigas palacianas, a aconselhar augustos e césares, seria páreo para as tramoias dela. Precisaríamos de alguém que compreenda não só a cabeça de uma rainha como a mente complexa de uma mulher.

— Existe tal criatura?

— Helena — sugeriu Numa. — Somente Helena pode nos ajudar.

— Minha esposa? — Cloro se fechou em uma expressão de amargura. — Não nos vemos há anos. Ela me odeia.

— Se ela o odeia ou não, eu não sei. Mas sei que ela ama o seu filho. — E completou, enfático: — Ela *não* vai se recusar.

— Como sabe?

— Nenhuma mãe se recusaria.

Cloro refletiu por alguns instantes. Constantino era seu herdeiro político, uma peça essencial para que o clã prosperasse. Contudo, nunca o amara de fato. O próprio conceito de amor era estranho para ele. Será que as mulheres pensavam diferente? Ou será que ele é que era o insensível, o perverso, uma versão mundana de Cronos, que comia e mastigava suas crias?

Numa insistiu:

— Envie um mensageiro a Bizâncio. Sua esposa saberá o que fazer. Pode acreditar — ele disse. — As mães sempre sabem.

Depois de meditar por um dia inteiro, fazendo preces a Mitra e a Marte, Constâncio Cloro mandou chamar um áugure a seus aposentos, que sacrificou um coelho e enxergou sinais que o césar considerou positivos. Sendo assim, acatou a sugestão do eunuco e despachou um emissário naquela importante jornada.

Sem ter noção do tipo de documento que transportava, o carteiro cruzou os Alpes, entrou na Dalmácia, atravessou a Macedônia e chegou a Bizâncio em dezembro, entregando, enfim, a mensagem ao destinatário.

E foi assim que *eu*, Flávia Júlia Helena, então cesarina, hoje augusta, me tornei personagem desta história.

Nova Roma, 12 de setembro, 1081 *ab urbe condita*

Salve, excelência.

Se o senhor está lendo esta carta agora, provavelmente se encontra cercado de alguns dos meus melhores homens e não por Magno, que normalmente enviamos.

Lamento a formalidade, mas ela é necessária. Como deve saber, minha mãe está muito doente. Já há algum tempo ela vem cogitando a possibilidade de chamá-lo à corte. No entanto, tinha receio de perturbar os seus afazeres, pois sabe que é um homem ocupado.

Em sua última missiva, o senhor coloca-se à disposição para nos visitar, o que a estimulou, então, a reforçar o convite.

Como filho, peço-lhe um pouco mais do que isso. Minha mãe está determinada a encerrar a biografia de Georgios Graco, porém não tem forças para escrever. Propus que contratássemos alguém de confiança para redigir o texto enquanto ela ditava. O primeiro nome que surgiu foi o seu.

Sei que é um pedido delicado e compreendo se não aceitar. De todo modo, estou disposto a oferecer, além de todo o conforto palaciano, um pagamento mensal de vinte soldos de ouro.

Seja qual for a sua decisão, vou respeitar. Peço apenas que me responda o mais rápido possível, pois temo pela saúde de minha mãe. Não creio, para ser honesto, que ela resistirá ao próximo inverno.

Sinceramente,

Flávio Valério Constantino, augusto de Roma
e governante supremo do Império unificado

Cesareia Marítima, Diocese do Leste, 1081 *ab urbe condita*

Prezado augusto,

Seu convite me enche de felicidade e orgulho.

Claro que aceito.

Preciso de pelo menos um dia para reunir o meu material de referência, os meus livros e documentos, e para fazer as malas. De qualquer forma, envio este bilhete imediatamente comunicando a minha decisão. Quando o senhor o receber, deverei estar a apenas dois dias de viagem da corte.

Se me permite a ousadia, não gosto do nome que deu à cidade. Reconheço que Bizâncio é ultrapassado, mas Nova Roma é muito formal.

Quero sugerir outra opção.

Constantinopla.

O que acha?

Seu servo,

Eusébio

NOTA DO AUTOR

Quem acompanha o meu trabalho sabe que eu tenho o hábito de escrever uma pequena apresentação no começo dos meus livros me dirigindo pessoalmente aos leitores. Desta vez, porém, resolvi fazer diferente. Como *Santo Guerreiro: Roma Invicta* começa com uma carta — de Helena para Eusébio —, achei que um texto meu logo no início poderia causar certo ruído na narrativa, misturando o real e o imaginário. Considerei melhor, portanto, publicar estas palavras aqui, no final, para podermos conversar mais tranquilamente, sem a interferência de bispos, generais, imperadores e cesarinas.

A ideia de escrever um romance histórico me perseguia já há alguns anos. Contudo, foi só depois de concluir a tetralogia angélica — série de fantasia composta por *A Batalha do Apocalipse* e os três volumes de *Filhos do Éden* — que eu me senti confiante para navegar nesses mares.

Há muitas diferenças conceituais entre o romance histórico e a literatura fantástica. Enquanto a fantasia tem a liberdade de utilizar seres etéreos e recursos mágicos, o romance histórico se apoia na realidade — nua e crua. Em outras palavras, a história não se passa em um mundo paralelo ou em uma terra distante, mas no nosso universo, e os personagens que a habitam são os mesmos que figuram nos livros de história. Para alguém como eu, pouco acostumado com questões essencialmente mundanas, era um desafio e tanto.

Mas são as dificuldades que me movem. Sempre foi assim.

Uma vez escolhido o gênero, eu precisava encontrar uma época para retratar — o que me levou a outro impasse. Há muitos períodos que me fascinam sobremaneira, a saber: a Idade Média, as Grandes Navegações, a Era Vitoriana e os "loucos" anos 20. Desses eu tinha, no entanto, uma relação mais íntima com a Roma Antiga, afinal *estive lá* em carne e osso!

Calma que eu não estou maluco (ainda). Aos dezoito anos, fiz uma viagem pela Itália e tive a oportunidade de conhecer o sítio arqueológico de Pompeia, perto de Nápoles. Pompeia, classificada como patrimônio mundial pela Unesco, foi soterrada pelas cinzas do vulcão Vesúvio, que entrou em erupção em 79 d.C. A cidade se manteve oculta até ser descoberta e desenterrada em 1748. Hoje, quem visita o local pode ver e tocar em monumentos quase intactos e — mais que isso — entender como era o dia a dia de uma autêntica cidade romana.

Eu me lembro como se fosse hoje. O sol estava se pondo e eu me sentei nas calçadas de pedra, diante de uma padaria centenária, olhando para os lados e tentando imaginar como eram as pessoas que ali viviam e que por ali passaram.

Desde então, passei a consumir tudo o que caía nas minhas mãos sobre a Roma Antiga, mas havia um intervalo que me encantava particularmente, pela carência de fontes: o declínio do Império, desde o fim do terceiro século até a deposição, em 476, de Rômulo Augusto, tido como o último imperador do Ocidente.

O que impressiona quando estudamos a chamada Antiguidade tardia (284-750 d.C.) é justamente o encontro entre dois mundos: o romano, representado pelo poderio decadente mas ainda operante das legiões, e o mundo bárbaro, encarnado na figura das tribos germânicas, com sua cavalaria possante e seus hábitos excêntricos — como o famoso pacto de suserania e vassalagem —, que, associados ao cristianismo, lançariam as bases para a sociedade europeia medieval.

Um romance histórico durante o colapso de Roma. Perfeito! Agora eu só precisava de um personagem, alguém responsável por conduzir o leitor pelos meandros dessa aventura.

De repente, eu me lembrei de São Jorge. Entusiasmado, fiz algumas buscas e descobri que Jorge — ou Georgios, em grego — teria estado no centro do furacão social, político e militar que marcou a administração de Diocleciano (entre 284 e 305 d.C.). Seu martírio, de acordo com a *Enciclopédia Católica*, deu-se em 303, quando da última grande perseguição aos cristãos.

Pronto! Eu tinha um protagonista, uma época e um lugar. Faltava construir o enredo — então fui à caça de referências.

Em novembro de 2016, após o lançamento de *Filhos do Éden: Universo Expandido* — o guia visual da tetralogia angélica —, visitei Istambul a convite dos meus editores turcos e comecei as pesquisas *in loco*, finalmente encerradas em 2018, em Israel, onde conheci o túmulo de São Jorge e caminhei pela cidade em que ele teria crescido. Seguiram-se as investigações bibliográficas, a preparação do roteiro, e em 1º de janeiro de 2020 eu começava a escrever este título, concluindo o processo em outubro do mesmo ano.

Santo Guerreiro: Roma Invicta reúne muitos elementos dos meus livros anteriores, abordando questões religiosas, grandes batalhas, intrigas políticas e uma pitada de misticismo. Procurei descrever personagens e eventos históricos com precisão, mas reconheço que tomei certas liberdades artísticas. Helena (ou Santa Helena), por exemplo, mãe do imperador Constantino e narradora deste primeiro volume, ficou famosa pela devoção à Igreja ao fundar santuários cristãos na Palestina — como o Santo Sepulcro, em Jerusalém, e a Igreja da Natividade, em Belém — que são até hoje bastiões da cristandade. Helena, no entanto, nasceu em 250, antes da grande perseguição aos cristãos, e teve educação grega, tendo estudado provavelmente filosofia, o que me permitiu dar a ela um ligeiro ar de ceticismo — em oposição a Eusébio, bispo de Cesareia, que era um cristão fervoroso. Entre as obras do clérigo, incluem-se *História Eclesiástica*, sobre o desenvolvimento do cristianismo primitivo; *Crônica*, em que ele traça uma linha do tempo desde Abraão (patriarca bíblico) até 325; e *Vida de Constantino*, biografia do imperador homônimo.

Antes de encerrar, gostaria de fazer alguns agradecimentos. Primeiro, à minha irmã, Juliana Spohr, mestranda em história medieval, que me ajudou a corrigir detalhes e conceitos técnicos. Segundo, ao Thiago Cabello, especialista em literatura grega, por esclarecer minhas dúvidas acerca dos deuses, dos épicos e da mitologia clássica. Terceiro, à acadêmica Mary Beard, por responder aos meus tweets e e-mails, ainda que de forma sucinta. E, quarto, ao arqueólogo e historiador Greg Woolf, por trazer luz às minhas questões sobre o transporte de cavalos pelo mar. Sinceros agradecimentos também aos meus amigos do site Jovem Nerd, em especial ao Deive Pazos (Azaghal), que considero meu "leitor ideal".

Finalmente, gostaria de pedir desculpas a você, leitor, por arrastá-lo a uma nova trilogia. Minha intenção inicial, admito, era escrever um só volume, mas a história de Georgios acabou me capturando de tal forma que eu me alonguei e tive de dividir a obra em três partes. A segunda parte, *Ventos do Norte*, mostrará a atuação do nosso herói como tribuno militar na Germânia e sua luta às margens do Reno. Já a terceira, *O Império do Leste*, vai explorar sua carreira como paladino — guarda especial do imperador —, suas viagens ao Egito e o martírio na Nicomédia.

Espero que você tenha curtido esta primeira jornada — e que aceite me acompanhar nas próximas. Vamos juntos.

EDUARDO SPOHR, *primavera de 2020*

Santo Guerreiro: Roma Invicta também está na internet.

Acesse o site:
www.santoguerreiro.com

Fale com o autor pelo Twitter:
twitter.com/eduardospohr

Curta a página no Facebook:
facebook.com/eduardospohr

Siga o perfil no Instagram:
instagram.com/duduspohr

Acompanhe os vídeos no YouTube:
youtube.com/duduspohr

Escute os áudios no Telegram:
t.me/eduardospohr

Confira o website oficial:
www.eduardospohr.com.br

Ou escreva por e-mail:
eduardospohr@gmail.com

Impresso no Brasil pelo Sistema Cameron da Divisão Gráfica da
DISTRIBUIDORA RECORD DE SERVIÇOS DE IMPRENSA S.A.